Magali Volkmann

Das schwarze Uhrwerk

DRACHENMOND VERLAG

Drachenmond Verlag GmbH
Auf der Weide 6
50354 Hürth
http: www.drachenmond.de
E-Mail: info@drachenmond.de

Lektorat: Stephan R. Bellem
Korrektorat: Michaela Retetzki
Satz: Marlena Anders
Layout: Astrid Behrendt
Umschlagdesign: Marie Graßhoff
Bildmaterial: Shutterstock

Druck: Booksfactory

ISBN 978-3-95991-946-3

Prolog

Drei Tagebücher

Der Rebellenkönig war fort. Tot, sagten seine Freunde. Feige, erwiderten seine Feinde. Carive hoffte von Herzen, dass weder das eine noch das andere stimmte.

»Hast du jemals ein Feuer geküsst?«

Carive schüttelte den Kopf. Sie standen auf einem rußgeschwärzten Balkon, und ein Flammenregen hüllte die Welt in stinkendes Rot und Grau. Luftschiffe hingen am Himmel, schleuderten glühende Geschosse auf ihr Versteck; doch Kyron betrachtete das Flammenmeer, ohne es zu sehen, das Gesicht verborgen hinter einer schlichten Ebenholzmaske. Niemand wusste, wie er dahinter aussah. Das bestgehütete Geheimnis der Rebellion war das Antlitz ihres Anführers.

»Ich schon«, flüsterte Kyron, die Stimme gedämpft vom alternden Holz. »Ich habe die Flammen berührt. Mit dem Uhrwerk um mein Leben getanzt. Aber wenn man rebelliert, verliert man seinen Lebensfunken. Stück für Stück, bis irgendwann nichts mehr da ist, wofür es sich zu kämpfen lohnt.«

Seine Worte versetzten Carive in Sorge. »Was … was wollen Sie damit sagen?«

Kyron schloss kurz die Augen. Orangefarbenes Licht flackerte auf seiner Maske und fing sich in seinem schwarzen Haar.

»Ich habe etwas für dich«, sagte er, griff in seine Tasche und zog drei schmale Bücher heraus. »Ich … weiß ja, dass du gern liest. Schau so bald wie möglich hinein, am besten schon heute Nacht. Betrachte das als einen Befehl.«

Carive nahm die Bände schweigend entgegen. Sie waren weder groß noch dick, kaum besser als Notizbücher; wenn sie sofort anfing, würde sie die Bände in spätestens zwei Tagen beendet haben. Sie klappte eines von ihnen auf. Zerschlissenes Papier, dicht beschrieben mit einer kindlich anmutenden Handschrift.

»Tagebücher«, murmelte sie.

»Der Mann, dem sie gehören, ist tot«, sagte Kyron schwach. »Aber du musst … ich meine, du solltest … lies hinein. So bald wie möglich. Du wirst verstehen.«

Carive schluckte. »Ich weiß nicht, ob …«

»Vertrau mir, Carive. *Du wirst verstehen.*«

Damit wandte sich Kyron um und verließ den Balkon. Carive stand eine Weile reglos da, betrachtete die brennenden Ruinen und schmeckte Asche. Seltsamerweise fühlten sich die Tagebücher in ihren Armen warm an. Was immer es mit ihnen auf sich hatte, es würde gewiss nicht schaden, einen kurzen Blick zu riskieren.

Fang an zu lesen, wisperte Kyrons Stimme. *Beeil dich.*

Du wirst verstehen …

Erster Teil

Funken, Raben und Rebellen

1

Von verkrüppelten Rabenjungen

Irgendwo auf den Dreizehn Inseln gibt es ein Lied, das nicht vom Schwarzen Uhrwerk umgeschrieben wurde. Es gedeiht ungesehen und ungehört im Dunkeln, durch nichts verraten als ein Summen aus Tausenden von Kehlen. Ich hatte nur ein einziges Mal Gelegenheit, es zu hören, bevor alles um mich herum zerbrach. Die Menschen nannten es das Lied der Rebellion, und obwohl ich seine Melodie einst liebte, missfiel mir nichts mehr als sein verräterischer Text.

Lasst Ceratis Glocken klingen … sie werden Kyrons Namen singen … zerbrecht das Uhrwerk, um Frieden zu bringen … hofft darauf, dass die Insel brennt …

Ich hasste Rebellen. Ich hasste sie so sehr. Vielleicht hätte ich sogar Kyron unter die Wellen geschickt, hätte ich ihn damals gekannt; doch zu dieser Zeit wusste ich nur wenig vom Schatten, und das Töten war eine abstrakte Kunst für mich. Ich beneide diejenigen, für die es ein Leben lang so bleibt; aber ich schweife ab. Dies ist keine Kriegsgeschichte. Womöglich wären die Dinge einfacher, wenn ich es so nennen könnte.

Beginnen wir also ganz am Anfang. Bevor Kyron kam und bevor ich lernte, dass die Wahrheit im Land des Uhrwerks so gut wie ausgestorben ist.

Mein Name ist Taiden Artos Belarron, und ich war fünfzehn Jahre alt, als ich zum zweiten Mal in meinem Leben fast von Rebellen hingerichtet wurde.

Der Ärger fing damit an, dass meine Mutter mich zwang, mit meiner Verlobten ins Varieté zu gehen. Wahrscheinlich hätte sie sich das zweimal überlegt, wenn ich sie darin eingeweiht hätte, wie viele unverhüllte Frauenbeine man dort sah. Aber ich scherte mich nicht um die Schicklichkeit, denn ich hatte sowieso keine Lust auf diesen Ausflug. Jeder Augenblick mit Selana war mir eine Qual, und es graute mir davor, sie eines Tages heiraten zu müssen.

Also saß ich schweigend da, während sich rote und goldene Funkenlaternen entzündeten und sich ihr warmes Glimmen mit dem Rattern der mechanischen Kulisse mischte. Die Tänzerinnen schwangen ihre Beine, dass ihnen die Röcke in hundert Lagen um die Hüften wirbelten, und das Bühnenbild wandelte sich stetig und geriet dabei gelegentlich ins Stocken. Ein teures Vergnügen, vor allem, weil wir eine Loge für uns hatten. Aber Geld spielt keine Rolle für die Belarrons vom Rabenfels, schon gar nicht auf ihrer angestammten Heimatinsel.

»Was für eine schöne Vorstellung«, wisperte Selana. Sie hatte helle Haut, so wie ich, nur war ihr Haar von einem dunkleren Braun als meines und fiel in großen Locken an ihrem Rücken hinab. »Ich könnte die ganze Nacht lang zusehen.«

Ich brummte lediglich. Blickte zu meinem Bein hinunter, als ich dort ein eigenartiges Zucken spürte. Meine linke Hand war warm und gut, aber die rechte lag kühl auf meinem Oberschenkel und zitterte im Takt meines Herzschlages. Sie war seit fast zehn Jahren gelähmt. Meistens ertrug ich das mit einer Gleichmut, die mich selbst verwunderte, doch besonders in Selanas Gegenwart hasste ich dieses verkrüppelte, nutzlose Ding.

»Worum geht es hier überhaupt?«

»Nun, um die Eroberung der Inseln«, sagte Selana. »Passt du denn nicht auf?«

Natürlich tat ich das nicht. Die Beine der Tänzerinnen hielten mich viel zu sehr im Bann. Ich zuckte mit den Schultern und hoffte vage, dass Selana sich wieder von der Vorstellung gefangen nehmen und mich zufriedenlassen würde.

Ich hatte nichts gegen sie … nun, zumindest nicht viel. Sie war ein hübsches Mädchen mit roten Lippen, das so lieblich zu erröten vermochte wie niemand sonst im Land des Uhrwerks. Wir teilten sogar die gleichen Interessen, eine Liebe für Bücher und Musik und heißen Apfelkuchen mit Sahne. Deswegen kamen wir bei unserer ersten Begegnung gut ins Gespräch, auch wenn wir beide eher schüchterne Menschen waren. Ich hatte mein Glück nicht fassen können. Niemals hatte ich damit gerechnet, mir meine zukünftige Frau selbst aussuchen zu können, und nun bekam ich eine bildhübsche Verlobte mit einer Vorliebe für genau die richtigen Dinge.

Allerdings war es wie mit den Kulissen in dieser Vorstellung. Sie waren vielleicht hübsch anzusehen, aber irgendetwas stockte.

»Du siehst ja gar nicht hin«, sagte Selana.

»Es langweilt mich ein bisschen.«

»Das tut mir leid«, sagte sie automatisch. »Wir … wir werden uns beim nächsten Mal etwas vornehmen, was dir mehr Spaß macht. Wenn du möchtest. Ich wusste nicht, dass …«

»Was willst du?«, unterbrach ich sie.

Selana verstummte, doch ihr Blick schien mit Absicht nicht über meine Hände zu gleiten.

»Ich möchte, dass du glücklich bist«, sagte sie nervös.

Als ich sie ansah, wandte sie sich ab. Unter anderen Umständen hätte sie mir vielleicht leidgetan, aber ich konnte die Lüge in ihren Worten förmlich schmecken.

»Es ist so schön hier«, flüsterte sie. »Die Lichter, die Musik, die Kleider – es gefällt dir bestimmt, wenn du nur noch etwas abwartest …«

Ich seufzte. »Du musst dich nicht dafür entschuldigen, dass ich mich langweile. Das ist nicht deine Schuld.«

»Natürlich ist es das«, sagte sie hilflos. »Es … es ist meine Pflicht, dich glücklich zu machen. Irgendwann werden wir verheiratet sein. Was wäre ich für eine Frau, wenn ich nicht …«

Sie unterbrach sich. Zog die Finger zurück. Erst jetzt bemerkte ich, dass ihre Fingerkuppen meine schlechte Hand gestreift hatten, und für einige quälend lange Herzschläge konnte sie den Ekel in ihrem Blick nicht vor mir verbergen.

Wortlos erhob ich mich und ging. Selana rief mir irgendetwas nach, worauf sich mehrere Gäste empört zu ihr umdrehten. Es war mir gleichgültig. Ich verließ das Gebäude und folgte dem dunklen Bürgersteig. Kutschen und Automobile glänzten im Licht der Funkenreklame, rot und blau und golden, und nicht weit entfernt stand eine Gruppe Männer in einem Hauseingang und rauchte.

»Taiden!« Selana drängte sich an einem älteren Ehepaar vorbei; ihr Kleid war in Unordnung geraten, und ihre Locken wippten. »Bleib hier, bitte. Es tut mir leid, ich wollte dich nicht beleidigen.«

»Ich weiß«, sagte ich schwach. Ich war längst über das Stadium hinaus, in dem ich wegen ihrer Abscheu beleidigt gewesen wäre; inzwischen resignierte ich. Ich war traurig und müde und resignierte.

»Es ist nur … deine Hand. Es sieht so schrecklich aus – vielleicht, wenn du einen Handschuh tragen könntest …«

»Warum? Damit du nicht sehen musst, wie sie zuckt?« Abgesehen davon hätte ich Stunden gebraucht, um meine unwilligen Finger in die dafür vorgesehenen Öffnungen zu fädeln. »Ich habe nie darum gebeten, verkrüppelt zu werden. Ich … ich bin deswegen nicht schlechter als andere Menschen.«

»Das habe ich nicht gesagt, Taiden!«

»Ich weiß, dass du das denkst. Alle denken das.« Ich blickte zur Seite; der Gedanke daran, sie meine Traurigkeit sehen zu lassen, war mir unerträglich. »Dir gefällt es nicht, einen Krüppel heiraten zu müssen.«

»Das stimmt nicht«, entgegnete sie schwach.

Aber ich hatte mich längst umgedreht und ging die regennasse Straße hinab. Wenig später hörte ich Selanas Schuhe über das Pflaster klappern. Warum klammerte sie sich an mir fest, obwohl sie mich überhaupt nicht mochte? War es denn zu viel verlangt, eine Verlobte zu haben, die sich nicht bei jeder meiner Berührungen fast übergab?

»Du bist ein Belarron! Du kannst nicht wie ein schmutziger Arbeiter in der Stadt herumlaufen! Außerdem wird man sich fragen, wo wir geblieben sind.«

»Najee und ich sind ständig in der Rabenstadt unterwegs«, erinnerte ich sie. Ob ich Ärger bekommen würde, war mir gleichgültig; mein Vater erklärte mir bei jeder Gelegenheit, dass ich ein nutzloser Krüppel sei, und daher hatte ich ein dickes Fell.

»Er ist nur ein Gärtnerssohn!«, schnaubte Selana. »Das ist kein angemessener Umgang für dich. Du solltest dir Freunde suchen, die …«

Ich blieb stehen. Selana lief beinahe in mich hinein, fing sich jedoch rechtzeitig.

»Die *was?* Die dir besser gefallen? Die reiche Eltern haben, die das besitzen, was du Anstand nennst? Najee hat etwas, was der ganzen Oberschicht der Dreizehn Inseln fehlt, Selana. Er findet mich nicht ekelhaft, nur weil ich ein Krüppel bin.«

»Es tut mir leid«, sagte sie tonlos.

»Nein, tut es nicht.« Ich sah sie halb müde und halb wütend an. »Du sagst das nur, weil du denkst, dass ich es hören will.«

Selana schwieg, sodass ich mehr als genug Gelegenheit hatte, um mich im Stillen zu ärgern. Gleichzeitig war ein verdächtiges Brennen in meinen Augenwinkeln wach geworden. Ich rieb es unwirsch fort. Dies war also das Mädchen, mit dem ich mein Leben verbringen sollte, und sie beugte sich jeder meiner Launen und verbarg doch nur ihren Ekel und ihre Abscheu damit.

Es tat mehr weh, als es sollte.

»Taiden …«

»Spar dir die Worte«, sagte ich gereizt.

Selana packte meinen Unterarm. »Taiden, da ist jemand.«

Ich blieb stehen. Dunkle Gassen, umschmiegt vom Qualm der Industrieviertel. Kein Grund zur Sorge. Von hier war es nicht weit bis zur Hauptstraße, die bis zum Sitz meiner Familie führte.

Doch als ich mich umdrehte, lief ich fast in einen maskierten Mann hinein.

Selana entfuhr ein unterdrückter Aufschrei. Ich stolperte zurück. Der Fremde war nicht viel größer als ich und von ebenso schlanker Statur; Bandagen bedeckten sein Gesicht, und sein Haar lag unter einer Kapuze verborgen.

In seiner Hand schimmerte eine Pistole.

Einen Augenblick lang blieb meine ganze Welt stehen. Die ferne Erinnerung an Schmerz und Ohnmacht. Ein leises Klingeln in meinen Ohren, gefolgt von einer schrecklichen Erkenntnis.

Rebellen.

Ich wirbelte herum und nahm die Beine in die Hand. Selanas Finger rutschten von meinem Arm. Ich packte sie mit der guten Linken, um sie davonzuzerren; Streitereien hin oder her, ich konnte sie auf keinen Fall zurücklassen. Sie schrie auf, während der fremde Mann ebenfalls zu laufen begann. Wenigstens schoss er uns nicht in den Rücken. Es war nicht einmal sicher, ob er einen von uns traf, und es hätte bestimmt unerwünschten Lärm verursacht.

Zumindest wollte ich mir das einreden.

»Stehen bleiben, Bastard!«

Ich zwang mich, schneller zu rennen. Allmählich bekam ich Seitenstechen, doch ich hastete trotzdem um eine Ecke, Selanas blasse Hand in meiner. Ihre Röcke behinderten ihre Bewegungen. Ich zog sie mehr, als dass sie rannte.

»Beeil dich!«, rief ich.

»Ich kann nicht ... lauf langsamer, Taiden! Bitte!«

Ein Schuss. Selana schrie. Ich blieb abrupt stehen, als sich ihre Finger von meinen lösten, fuhr mit pochendem Herzen auf dem Absatz herum. Selana lag auf dem Pflaster und zitterte, aber ich konnte keine Verletzung erkennen. Offenbar war sie nur gestürzt, weil sie sich erschrocken hatte.

Ich kniete nieder. Selana hob den Kopf.

»Lauf schon. Du hast mich nie gemocht, ich weiß es. Lauf!«

»Was ... bist du verrückt? Wir ...«

Ich unterbrach mich, als sich ein Schatten über uns legte, und sah zögernd auf. Der maskierte Mann hatte uns eingeholt und sein Pistolenlauf schien genau zwischen meine Augen gerichtet zu sein.

»Schlaf gut, Belarron«, murmelte er.

Dann schlug er mir die Waffe gegen den Schädel und die Welt verschwand in einer schmerzerfüllten Dunkelheit.

Mein Kopf tat weh. Das war das Erste und das Letzte, was ich mit klarem Verstand wahrnahm. Es war nur ein leises Pochen, doch es peinigte mich. Ich zog geräuschlos die Beine an; hoffte, dass der Schmerz vorüberging, wenn ich nur lange genug ausharrte.

Aber das tat er nicht, natürlich nicht, und ich schlug die Augen auf und fand mich in einem verdunkelten Salon wieder. Jemand hatte das Fenster mit einem Tuch verhängt; schwaches Tageslicht sickerte durch den Stoff, beleuchtete Sitzmöbel mit staubigen Troddeln und einen zerkratzt aussehenden Tisch. Ich stemmte mich nach oben, drückte die

Türklinke herunter, rüttelte an dem Fenstergriff hinter der Abdeckung. Nichts. Jeder mögliche Fluchtweg war mit akribischer Sicherheit verriegelt worden.

Ich schloss kurz die Augen, ehe ich nach draußen spähte. Dort fand ich einen Innenhof vor, umgeben von den Fassaden einer heruntergekommenen Mietskaserne; Ruß und Wasser liefen an den Wänden hinab und bildeten Pfützen aus dunklem Schmutz. In der Ferne sah ich Fabrikschlote, gelegentlich verziert mit blinkender Reklame. Der Industriebezirk der Rabeninsel. Nicht gerade der hübscheste Ort der Inseln.

Und ich war hier gefangen.

Ich hörte Schritte. Jemand machte sich an der Tür zu schaffen; dann trat unser maskierter Verfolger in den Raum. Er stellte eine Funkenlaterne auf dem Tisch ab, schaltete sie ein, ehe er sich mir zuwandte. Der Draht in ihrem Inneren begann weißgolden zu glühen und erfüllte den Salon mit Farbe.

»Guten Morgen, Belarron.« Sein Dialekt war typisch für die Arbeiterschicht; selbst kurze Vokale zog er lang, verwandelte sie in ein undeutliches Nuscheln. »Schön geschlafen?«

Ich ging nicht darauf ein. »Wo ist Selana?«

Der Mann neigte den Kopf. Ich sah, dass die Haut rings um seine Augen dunkel war, als hätte er den ganzen Sommer unter freiem Himmel verbracht. Viele Bewohner der Dreizehn Inseln sind dunkelhäutig; triffst du einen, der es nicht ist, ist er entweder Adliger oder Ausländer.

»Sie schläft«, sagte er gefährlich sanft. »Setz dich hin, Belarron. Ich habe einige Fragen an dich.«

»Ich heiße Taiden.«

»Das interessiert mich nicht. Du bist sowieso bald tot.«

Ich spürte, wie mir die Farbe aus dem Gesicht wich. Der Mann lachte darüber, ehe er seine Pistole hervornahm und spielerisch in der Hand wog.

»Ich fand Waffen schon immer faszinierend«, erzählte er, während er sie mit geübten Handgriffen entsicherte. »Dein Leben zwischen meinen Fingern, Belarron, werd also besser nicht zu frech. Du kennst das Gefühl, angeschossen zu werden, nicht wahr?«

Ich nickte verwundert. Woher wusste er das?

»Erzähl mir davon.«

Ein kalter Tropfen Schweiß rann mir den Nacken hinunter. Es war kein Erlebnis, von dem ich gern erzählte, doch die Pistole … gütiger Zinnhybrid, die *Pistole.* Er würde mich töten, ich sah es ihm an. Mir ein Loch in den Brustkorb schießen und unter den Bandagen grinsen, bis ich zu seinen Füßen verblutet war.

»Ich kann mich kaum daran erinnern. Ich war noch sehr klein, als es passierte.« Ich schluckte schwer, versuchte mich nicht zu fragen, warum er diese Geschichte von mir hören wollte. »Meiner Familie … untersteht das Schienennetz der Dreizehn Inseln. Deswegen besuchen wir oft die Fabrikhallen, sehen uns an, wie neue Eisenbahnen gebaut werden. Damals jedoch … hatte sich ein Mitglied der Rebellion eingeschlichen. Er wollte meinen Vater erschießen, nur …« Ich stockte. »Er verfehlte. Die Kugel traf stattdessen mich.«

»Weiter.«

»Sie holten sofort einen Arzt«, flüsterte ich. »Er sagte, dass ich spätestens bei Einbruch der Nacht sterben würde. Meine Mutter wollte das nicht zulassen. Sie … ließ einen Raben von den Zinnen des Schlosses fangen … und seine Lebenskraft auf mich übertragen. Seinen Funken. Deswegen überlebte ich die Verletzung, nur ging irgendetwas dabei schief. Nach der Funkenübertragung war ich vom Hals abwärts gelähmt.«

»Aber du läufst«, sagte mein Entführer. Er klang milde überrascht.

»Aber ich laufe«, stimmte ich zu. »Es war wie eine allergische Reaktion. Es dauerte Monate, bis das Gefühl in meine Muskeln zurückkehrte – nur nicht in meine rechte Hand. Die Ärzte sagen, dass sie für immer so bleiben wird.«

»Du hast jetzt sicherlich große Angst vor Schüssen.«

Ich sagte nichts.

»Dachte ich mir«, flüsterte mein Entführer. Seine Pistole glitzerte im Funkenlicht; der Griff war mit Intarsien aus Ebenholz verziert und an der Mündung der Waffe schimmerten stilisierte Ranken aus Gold.

Dann packte er mich unwirsch beim Zopf. »Mitkommen.«

Mir stiegen die Tränen in die Augenwinkel, aber ich war beileibe nicht so dumm, ihm diesen Befehl abzuschlagen. Stattdessen ließ ich mich an meinem langen Haar in den Nebenraum zerren, wo mich neben zwei maskierten Männern auch Selana erwartete. Blut troff aus ihrem Mundwinkel, als sie ihre zerrissenen Röcke so dicht wie möglich an sich presste. Ich starrte sie an, unfähig, ein Wort hervorzubringen. Nein. Nein, sie hatten nicht etwa …

Ich hörte einen der Rebellen kichern. »Der sieht ja aus wie ein Mädchen!«

Mein Entführer lachte nicht, aber ich spürte förmlich, dass er unter seinen Bandagen grinste. Sie wurden allmählich lose, sodass er aussah wie eine der Mumien, die man manchmal im fernen Südargano fand.

»Vielleicht machen wir später ein Mädchen aus dir, Belarron«, sagte die Mumie. »Wir könnten dir Locken ins Haar drehen, ein paar unwichtige Dinge abschneiden und dich in ein Korsett einschnüren. Wäre das nicht herzallerliebst?«

»Nein, wäre es nicht«, erwiderte ich bissig.

Er ignorierte mich. »Wie viel bezahlt deine Familie für euch?«

»Ich weiß nicht. Eintausend Knochenmünzen.« Die Hälfte davon musste ich meinem Vater wahrscheinlich sogar wiedergeben, falls er überhaupt so viel für mich auszugeben gedachte. »Mein Bruder zahlt bestimmt noch weniger.«

»Wirklich?«, sagte Mumie belustigt. »Ich verstehe das, für einen verkrüppelten Rabenjungen würde ich ebenfalls keinen halben Groschen ausgeben. Womöglich kann ich seine Großzügigkeit etwas erhöhen, wenn ich ihm einen Finger deiner Liebsten schicke.«

»Sie ist nicht meine Liebste. Lass sie in Ruhe!«

Selana erstarrte. Ich begriff sofort, dass ich das nicht hätte sagen dürfen, doch ich konnte es nicht zulassen, dass ihr die Rebellen ein Leid zufügten. Sollte sie sich ruhig grämen und die Haare raufen, wenn sie dafür nur sicher vor den Uhrwerksfeinden war.

»Geiseln geben keine Widerworte.« Mumie versetzte mir einen Tritt in die Seite, der mich vor Schmerz keuchen ließ. »Weißt du, was in den Fabriken geschieht, wenn ein Arbeiter schneller spricht als denkt? Ich werde es dir zeigen.«

Mit diesen Worten griff er nach einem Gürtel, der zwischen mehreren Kleidungsstücken an einer behelfsmäßigen Garderobe hing, und glitt mit der Hand in eine Schlaufe an seinem Ende. Ich fuhr unwillkürlich zurück, doch ich fing mich, als ich die Rebellen hinter mir lachen hörte.

»Zieh dein Hemd aus, Belarron.«

»Warum?«

»Willst du, dass es blutig wird?«

Mein Atem stockte. Zögernd griff ich nach dem ersten Hemdsknopf, nur brauchte ich selbst an besseren Tagen viel Geduld, um sie ohne Hilfe aufzubekommen. Mumie sah mir eine Weile zu, dann schnalzte er mit der Zunge und riss das Hemd auseinander. Der Stoff fiel geräuschlos zu Boden. Fröstelnd schlang ich die Arme um meinen nackten Oberkörper.

Mumie bedachte mich mit einem ärgerlichen Blick, als sei ich schuld an meiner widerspenstigen Bekleidung, ehe er hinter mich trat. Ich kniff die Augen zusammen, während meine rechte Hand im steigenden Takt meines Herzschlags zuckte. Ich schwor mir, tapfer zu sein. Nicht zu schreien. Ich wollte Selana vielleicht nicht heiraten, aber sie durfte mich nicht für einen Schwächling halten.

»Wenn man in einer Fabrik arbeitet und nicht weiß, wann man sich zu zügeln hat«, murmelte Mumie, »bekommt man drei Hiebe für seine Frechheit.«

Der Gürtel sauste hinab. Es gab ein grässliches Klatschen, als mir das Leder über den Rücken fegte, und plötzlich brach der Schmerz in einer Flutwelle über mich herein. Ich schrie, als ich spürte, wie meine Haut aufplatzte; Mumie hatte gelogen, das konnten unmöglich drei Schläge sein, es waren mindestens dreißig.

Ich hörte, wie Selana kreischte, als ich nach vorn stürzte.

Dann verschwand die Welt in Dunkelheit.

Schmerzen. Das war das Erste, was ich wahrnahm. Ich lag bäuchlings auf dem Sofa, blutbefleckt und zitternd; mein Rücken jedoch fühlte sich an, als hätte mich ein Tiger zum Schärfen seiner Krallen benutzt. Rebellen, dachte ich; das Uhrwerk lehrte, dass sie jedem guten Bürger nach dem Leben trachteten. Aber warum ich? Warum wir beide?

Ich drückte das Gesicht in ein Sofakissen, um meine Tränen zu ersticken. Ich wollte nicht hier sterben, und ich wollte noch weniger, dass sie auch Selana umbrachten. Das Uhrwerk würde uns retten, oder etwa nicht? Es beschützte die Menschen, die ihm dienten, das hatte ich schon als Kind gelernt … die Steinerne Garde würde kommen, die legendäre Uhrwerkspolizei, und die Rebellen zur Rechenschaft ziehen …

Dieser Gedanke tröstete mich. Zumindest, bis ich hörte, dass sich etwas im Nebenraum zu regen schien. Dann flog die Tür auf und Mumie zerrte mich von meinem Sofa; die Wunden auf meinem Rücken meldeten sich, sodass mir erneut die Tränen kamen.

»Du bist wirklich ein Mädchen, Belarron«, sagte Mumie. »Selbst deine Verlobte weint nicht annähernd so viel. Bist du sicher, dass ihr vor eurem Ausflug nicht versehentlich die Kleidung vertauscht habt?«

»Ihr habt Selana wehgetan«, flüsterte ich.

»Sie braucht wohl ein neues Kleid«, sagte Mumie trocken. »Aber mach dir keine Sorgen, Belarron. Ich rühre dreckige Adelsweiber wie sie nicht einmal mit einem Stock an.«

Er ließ mich auf den Boden des Nebenzimmers fallen. Ich ächzte leise. Mumie setzte sich mir gegenüber und ich hatte den Eindruck, dass er irgendwo unter seinen Bandagen lächelte.

»Lass uns gehen«, flüsterte ich. »Bitte. Meine … meine Familie wird dir Geld geben, so viel, wie du willst.«

»Ich dachte, dass du ihnen nur eintausend Knochenmünzen wert bist.«

Ich biss mir auf die Zunge.

»Das würde mein Vater bezahlen«, sagte ich leise. »Oder mein Bruder. Seit er sich zum Hybriden hat machen lassen, bin ich ihm egal.«

Mumie spannte sich an. »Deine dreckige Sippe interessiert mich nicht.«

»Jetzt ist er eine halbe Maschine«, murmelte ich. »Er ist ein Mann aus Fleisch und Funkensilber, das kühlt seine Gefühle ab. Deswegen würde er nichts für mich bezahlen … weil es ihm egal ist, dass ich sterben könnte. Er hätte statt Silber Messing nehmen sollen, das heilt immerhin Wunden.«

»Du wirst eine Menge Funkenmessing brauchen, wenn ich mit dir fertig bin«, sagte Mumie barsch und rammte mir die Faust ins

Gesicht. Ein scharfes Knacken spaltete mein Bewusstsein, gefolgt von heißem Schmerz. Ich schrie unwillkürlich auf. Das war ein Fehler. Die Pein wurde dadurch nur noch größer und das Blut floss warm über meine Lippen.

Er hat mir die Nase gebrochen, dachte ich wie betäubt. *Einfach so.*

»Sobald du das nächste Mal ungefragt den Mund aufreißt«, zischte Mumie, »schieße ich dir eine Ladung Kugeln in die Brust. Vielleicht sorge ich auch dafür, dass deinem Mädchen etwas passiert. Es wäre förderlich für dein Benehmen, wenn ich ihr die Hände abschlagen würde, schätze ich.«

»Lass sie zufrieden«, nuschelte ich. »Bitte.«

Mumie zog seine Pistole. Richtete sie auf mich. Im gleichen Augenblick hörte ich Schritte, aber mein Herzschlag pochte plötzlich so schwer in meinen Ohren, dass ich nichts mehr wahrnehmen konnte außer ihrem gähnend dunklen Lauf.

Dann fiel der Schuss und der Schmerz blieb aus.

Mumie blinzelte ungläubig. Starrte auf seine Waffe, während Blut aus seiner Schulter quoll. Er schrie nicht, gestattete sich nicht einmal ein schmerzvolles Zischen; doch seine Augen weiteten sich und sein Körper erstarrte.

Hinter ihm trat ein dunkelhaariger Mann in den Raum.

»Steinerne Garde«, sagte Marawyn Belarron und senkte seine Pistole. »Sie sind verhaftet, Bastard.«

Danach ging alles ganz schnell. Gardisten stürmten mit erhobenen Waffen in den Raum und hatten schon bald die gesamte Wohnung durchsucht. Sie brachten Selana nach draußen, die kreidebleich war und zitterte, und legten mir eine Decke um die Schultern; Mumie hingegen wurde bleich und blutig hinausgeführt, ohne dass man auch nur nach seiner Verletzung gesehen hätte. Ich hoffte, dass er lange in seiner Zelle versauern würde, bevor man ihn seiner gerechten Strafe zuführte.

Jetzt saß ich fröstelnd auf der Treppe des Mietshauses, während mir ein Arzthelfer Salbe auf die Rückenwunden strich. Marawyn stand neben mir, eine Zigarette im Mund und den Blick getrübt vor Sorge.

Meine Wangen brannten vor Scham. Von allen Menschen auf der Welt war mein Onkel der Letzte, dem ich jemals Kummer hatte bereiten wollen.

»Sie werden Narben behalten«, sagte der Arzthelfer zu mir.

Ich zuckte mit den Schultern und bereute es sofort, als greller Schmerz durch meinen Körper schoss. Marawyn beobachtete meine Reaktion mit einer hochgezogenen Braue.

»Lässt sich das nicht nähen?«

»Das ist nicht notwendig. Solange sich der junge Herr nicht streckt oder Sport treibt, sollte alles gut verheilen.«

Marawyn nickte lediglich. Er war von oben bis unten ein Gardist, gekleidet in Grau und mit Pistolen bewaffnet; Tätowierungen in Schwarz und Purpur bedeckten seine Unterarme, ein Relikt seiner wilden Jugend. Das Haar hatte er genau wie ich zu einem lockeren Zopf gebunden. Natürlich hatte es die Farbe glänzender Rabenfedern. Fast alle Belarrons waren groß und schlank, mit einem Haarschopf wie zerriebene Kohle; ich hingegen hatte das wilde braune Haar meiner Mutter geerbt. Das ärgerte mich manchmal.

»Was machst du überhaupt hier?«, fragte ich leise.

»Deine Mutter hat mich gestern aus dem Bett geklingelt.« Marawyn lächelte schwach; unter seinen Augen lagen Schatten. »Sie weinte bitterlich in den Telefonhörer, und es dauerte eine Weile, ihr die ganze Geschichte zu entlocken. Als ich jedoch erfuhr, dass du entführt worden warst, kam ich sofort auf die Rabeninsel. Ging zur Gardestelle, um herauszufinden, ob euch jemand in dieser Nacht gesehen hatte.«

Marawyn neigte den Kopf. »Du weißt ja, wie es auf den Inseln ist; kein Schritt ihrer Bewohner bleibt verborgen. Meine Gardisten hielten also die Augen offen. Uns fiel auf, dass Menschen in diesem leeren Mietshaus ein und aus gingen. Wir beobachteten sie ein paar Stunden, um sicherzugehen. Dann war es nur noch eine Sache von Minuten.«

»Er wollte mich erschießen.« Durch meine gebrochene Nase wurde mein Flüstern undeutlich. »Ich wäre gestorben, wenn du nicht gekommen wärst.«

Marawyn legte mir eine Hand auf die Schulter. »Denk nicht daran, was dir hätte passieren können. Jetzt geht es nach Hause. Wir sollten deine Mutter langsam von ihrem Kummer erlösen, nicht wahr?«

Damit half er mir in ein frisches Hemd und knöpfte es für mich zu, ehe er mich nach draußen begleitete. Ich schwieg, während wir in eine Kutsche stiegen; mein Körper schien nur noch aus Schmerzen zu bestehen, und irgendwo in meinem Kopf hallten Schussgeräusche wider. Also sah ich aus dem Fenster, benommen und müde und zittrig. Wie gern hätte ich mich auf meinem Sitz zusammengerollt und die nächsten zwei Jahrzehnte verschlafen.

»Ich gehe nie wieder ins Varieté«, nuschelte ich.

Marawyn lächelte milde, sagte jedoch nichts.

Wenig später tauchte das rote Schloss meiner Familie am Horizont auf. Rabenfels sah alt aus, zählte jedoch keine fünfzig Jahre; meine Vorfahren waren von niederem Adel gewesen und hatten erst durch geschicktes Taktieren an Einfluss gewonnen, sodass es uns an angemessenen Familiensitzen gemangelt hatte. Das Bauwerk stand auf einem Felsrücken, der an drei Seiten senkrecht ins Meer abfiel, und von den Türmen flatterte das Wappen meines Hauses – ein Rabe auf blau-golden gestreiftem Grund. Die Westseite hingegen lief in ein Pinienwäldchen aus, das an den Mauern des Torgebäudes endete. Dort hielt die Kutsche an und wortlos gingen wir ins Schloss.

Auf dem Innenhof war trotz der warmen Mittagsstunde wenig los. Dienerinnen in blauen Kleidern schritten umher, machten diese oder jene Besorgung für meine Familie; ich sah mich verstohlen nach meinem Freund Najee um, doch dann blieb Marawyn neben mir stehen. Einen Augenblick später bemerkte ich den Grund dafür. Zwei Männer in Schwarz kamen auf uns zu und ich wünschte fast, dass ich mich auf irgendeine Weise hätte unsichtbar machen können.

»Hallo, Bruderherz«, sagte Marawyn. »Du bist heute gut zu Fuß, wie ich sehe.«

Artos Belarron schnaubte. Selbst für die Maßstäbe meiner Familie war er hochgewachsen, nur stand sein Umfang seiner Größe in nichts nach; die Knöpfe über seinem Bauch spannten gefährlich und darüber saß ein breites Gesicht mit einem kurzen schwarzen Bart. An seiner Seite ging mein älterer Bruder Amarion, genauso groß, nur deutlich schmaler. Seine Arme glänzten silbern, wo man das Funkenmetall in seinen Körper eingearbeitet hatte. Die Maschinerie unter den edelsteinbesetzten Schutzplatten klickte kaum hörbar.

»Du hast ihn wiedergefunden«, sagte mein Vater.

Marawyn lächelte verschmitzt. »Meine Pflicht als Mitglied der Garde.«

»Du arbeitest auf Salacis, nicht hier.« Artos Belarron sah mich prüfend an. »Mir ist nicht klar, warum dich deine Mutter noch nach draußen lässt. Du machst unserer Familie nur Schande. Der Krüppel, der nicht einmal ausgehen kann, ohne von Rebellen entführt zu werden.«

»Lass ihn in Ruhe, Artos«, sagte Marawyn scharf.

»Wenn du ein richtiger Mann wärst, hättest du dich selbst freigekämpft«, sagte mein Vater zu mir, ehe er sich Marawyn zuwandte. »Geh schon. Bring ihn zu meiner Frau. Ich kann ihr Heulen nicht mehr hören.«

Damit ließ er uns auf dem Innenhof stehen. Amarion sah uns bestenfalls mäßig interessiert an, ehe er ihm folgte. Jedes Funkenmetall hatte eine andere Wirkung auf den menschlichen Körper, und obwohl mein Bruder mir unheimlich geworden war, machte er sich wenigstens nicht mehr über mich lustig.

Erst als Marawyn mir einen Arm um die Schultern legte, fiel mir auf, dass meine Augen brannten.

»Hör nicht hin«, sagte er. »Wenn Artos jemals entführt worden wäre, wüsste er, dass man sich aus so einer Lage nicht einfach *freikämpft.*«

Ich schluckte schwer. »Bist du denn schon entführt worden?«

»Einmal«, gab Marawyn zu, »nur ist das vielleicht eine Geschichte für einen anderen Tag. Komm mit. Je schneller wir hier fertig sind, desto eher kannst du ausruhen.«

Damit führte er mich ins Schloss, bis zu einer angelehnten Doppeltür, in die Scheiben aus verziertem Milchglas eingearbeitet waren. Für den Bruchteil einer Sekunde glaubte ich, ein jungenhaftes Grinsen auf Marawyns Gesicht zu sehen, ehe er mich geräuschlos in den Salon begleitete.

»Dinora?«, rief er. »Bist du hier? Ich habe dir etwas mitgebracht.«

Ein ersticktes Schluchzen. »Ich schwöre dir, Marawyn, ein Blumenstrauß wird mich nicht aufmuntern.«

»Es ist besser«, versprach Marawyn. Ich hörte ein Rascheln im Dämmerlicht des Zimmers, dann fiel mir jemand um den Hals. Meine Mutter zitterte, als sie mich fest in die Arme schloss. Ich wurde rot. Selbst an guten Tagen stritten wir uns oft, aber das hatte ich ihr nicht antun wollen.

»Es geht dir gut«, murmelte sie. »Gütiger Zinnhybrid, ich dachte, dass … oh Taiden. Tu das nie wieder. *Nie wieder,* hörst du?«

»Glaubst du, ich lasse mich mit Absicht entführen?«, nuschelte ich.

»Sei nicht so frech«, sagte sie schwach, ehe sie mir ins Gesicht blickte. »Was ist mit deiner Nase?«

»Gebrochen«, gestand ich leise.

Sie zog die Brauen zusammen, das einzige Anzeichen ihres wachsenden Zorns, doch sie bemerkte ihre Reaktion und tupfte sich die letzten Tränen mit einem bestickten Taschentuch ab.

»Ich habe den Rebellen verhaftet, der das getan hat«, sagte Marawyn.

»Wen interessieren Rebellen«, murmelte meine Mutter, ehe sie mich von oben bis unten musterte. »Du siehst schrecklich aus. Hat dir dieser Abschaum nichts zu essen gegeben? Ich lasse sofort nach einer Stärkung schicken – du musst zu Kräften kommen, Schatz, du warst nie besonders robust …«

»Ich bin nicht schwach«, sagte ich ärgerlich.

»… und obendrein hast du immer mit deinen Fingern zu kämpfen. Dieser schmutzige Rebellenhaufen wusste ganz gewiss nicht, wie man eine solche Einschränkung zu behandeln hat.« Sie legte eine Hand auf meine Stirn. »Gütige Funken, du kochst ja. Wenn du krank geworden bist, gehe ich ins Gefängnis der Rabeninsel und erschieße diesen Rebellendreck.«

Ich schüttelte sie wütend ab. »Ich fühle mich gut!«

Sie verschränkte die Arme, die nächste Zurechtweisung auf den Lippen, doch Marawyns Kichern unterbrach sie in ihrer mütterlichen Sorge. »Lass ihm seine Ruhe, Dinora. Er weiß schon, was das Beste für ihn ist, er ist so gut wie erwachsen.«

»Das dachte ich auch von dir, und dann hast du dich bis zur Halskrause mit den Mustern irgendwelcher Wilden bedeckt.« Sie sah Marawyn streng an. »Taiden ist erst fünfzehn, die Rebellen hätten ihn beinahe getötet.«

»Ich kann auf mich aufpassen«, widersprach ich.

»Nicht mit dieser Hand«, sagte meine Mutter. »Du kannst nicht einmal dein Besteck richtig halten, Schatz.«

Ich verzog den Mund und stapfte aus dem Salon. Meine Mutter rief mir irgendetwas nach, aber ich achtete nicht darauf, während die vertraute Wut in meinem Magen brodelte. Selbst sie hielt mich für hilflos. Selbst sie ekelte sich vor dieser toten, kalten Kralle.

Schweigend verließ ich das Gebäude. Die Schlossgärten von Rabenfels lagen vor mir, angefüllt mit sterbenden Sommerblumen, deren Blütenblätter in verschiedenen Schattierungen von Blau glommen. In der Nähe hörte ich das Klappern einer Heckenschere. Es dauerte nicht lange, seine Quelle ausfindig zu machen – einen Jungen mit verfilztem Haarschopf und wüstendunkler Haut. Trotz meines Ärgers musste ich lächeln. Ich hatte nicht mehr darauf gehofft, Najee noch einmal sehen zu dürfen.

Ich trat zwischen den Hecken hervor. Najee zuckte zusammen, grinste jedoch, als er mich erkannte.

»Was hast du da im Gesicht? Siehst aus wie'n balaisischer Paradiesvogel.«

»Wenigstens ist es bei mir nicht dauerhaft«, sagte ich trocken.

Najee lachte keckernd. Ich musste ebenfalls lachen, obwohl es furchtbar schmerzte, ehe wir einen Handschlag austauschten.

»Hab schon gehört, was dir zugestoßen ist«, plapperte er. »Hat dein Onkel diese Bastarde erschossen? Wie hoch ist ihr Blut gespritzt?«

»Er hat sie nicht getötet.« Ich schluckte. »Ich wünschte, ich hätte …«

Ich unterbrach mich, als mir ein Gedanke kam. Wenn ich Mumie selbst hätte anschießen können, statt auf Marawyn zu hoffen … wenn ich Grau tragen könnte wie er …

»Ich werde nicht heiraten«, flüsterte ich.

Najees Lächeln flackerte. »Ach ja?«

Ich schenkte Najee ein wölfisches Grinsen, obwohl mir keineswegs nach Scherzen zumute war. Nein, ich würde Selana nicht zur Frau nehmen, nur um mich für den Rest meines Lebens auf Rabenfels zu langweilen. Mumie würde es wahrscheinlich nicht mehr lange machen, aber es würde jemanden geben, der seinen Platz einnahm – und dann wollte ich vorbereitet sein.

Ich konnte Rebellen jagen. Ich konnte dem Uhrwerk dienen, wie es sich gehörte.

Die Steinerne Garde wartete auf mich.

2

Frauen, Funken, Rebellion

Ein paar Tage nach meiner Befreiung war der Mann, den ich Mumie getauft hatte, von der Rabeninsel verschwunden. Niemand wusste, wie ihm die Flucht gelungen war; einige Diener auf Rabenfels sprachen von Zauberei, andere von seinem Rudel niederträchtiger Rebellenfreunde. Ich verdächtigte seine Komplizen, behielt meinen Argwohn jedoch für mich. Mir hörte ja sowieso niemand zu.

Aber mich ermutigte sein Verschwinden so sehr, wie es mich verstörte, und ich schwor mir nur noch eiserner, Verbrecher wie ihn als Gardist zur Strecke zu bringen. Nie wieder würde ich so hilflos sein, warten zu müssen, bis mich mein Onkel rettete. Ich würde ein Zahnrad im Schwarzen Uhrwerk werden, und wer sich mit uns anlegte, endete zu Recht tot und kalt im Ozean begraben.

»Mumie wird schon sehen, was er davon hat«, sagte ich zu Najee; wir hatten uns in den Schlossgärten verkrochen, wie so oft, bewaffnet mit aus der Küche stibitztem Wein. »Das Uhrwerk wird ihn erschießen, bevor er überhaupt den Mund aufmachen kann.«

»*Ich* werde das tun«, prahlte Najee. »Irgendwann werde ich Gardepräsident sein und jeden Rebellen höchstpersönlich erledigen. Dann musst du Knickse machen, bevor du mich in meinem feinen Büro besuchen darfst.«

»Das ist unwahrscheinlich, Najee. Ich bin vom Blut des Zinnhybriden.«

Najee schnalzte mit der Zunge. »Komm mir nicht damit, Paradiesvogel, der halbe Adel stammt von ihm ab. Und wenn er zehn Uhrwerke gegründet hätte, ihr müsst allesamt an meine Tür klopfen – ich hätte ihn doch besiegt, wenn er nicht schon dreißig Jahre tot wäre …«

Ich lächelte, sagte jedoch nichts, während Najee beflügelt vom Wein vor sich hin plapperte. Ausländer wurden nur selten in die Garde aufgenommen, doch ich wollte nicht derjenige sein, der seine Tagträume zerplatzen ließ.

»… und wenn ich erst mal in der Armee bin, werde ich so gut sein, dass sie mir gleich einen Posten in der Garde geben.« Najee stürzte einen kräftigen Schluck Wein hinunter. »Wenn wir dort sind, werde ich dir zeigen …«

»Ich kann nicht mitkommen.«

Najee blinzelte.

»Deine Hand?«

Ich blickte auf meine Rechte, die kalt und starr in meinem Schoß lag. Das Uhrwerk schrieb jedem jungen Mann der Dreizehn Inseln den Militärdienst vor, damit es gegen die Rebellion gerüstet war.

Krüppel wurden von dieser Pflicht befreit.

»Das ist doch bescheuert«, fuhr Najee fort. »Du stammst vom verdammten Uhrwerksgründer ab, eigentlich sollten sie darum betteln, dass du mitgehst.«

Ich lächelte schwach. »Kann ich dir etwas zeigen?«

Najee wirkte verdutzt, aber er nickte. Mit unserer Weinflasche bewaffnet schlichen wir in den Westturm von Rabenfels, dessen Spitze meine Räumlichkeiten beherbergte. Vor der magnetischen Wand meines Salons blieben wir stehen. Ich hatte dort mehrere Plakate mit Funkenmetall befestigt; gewöhnliches Metall wurde nicht vom Magnetgestein angezogen, das häufig auf den Inseln vorkam.

»Daran arbeite ich schon eine Weile«, sagte ich. »Ich dachte, es wäre gut, mehr über die Uhrwerksfeinde zu wissen …«

Meine Stimme erstarb, als sich Najee der Plakatwand näherte. Ich hatte Dutzende von Fahndungsplakaten aufgehängt, und in ihrer Mitte thronte das des größten Rebellen; ein Mann mit schwarzem Haar und schwarzer Maske, der den Betrachter eisig anstarrte. Der Schatten von Arassa. Das Uhrwerk versuchte seit Jahren, ihn zu fassen. Bisher hatte niemand Erfolg damit gehabt.

»Was denkst du?«, sagte ich nervös.

Najee drehte sich zu mir um. »Du meinst es ernst mit der Rebellenjagd?«

Ich nickte, weil mir jede mögliche Antwort im Hals stecken blieb. Wenn er darüber lachen würde … nur ein einziges Mal mit dem Mundwinkel zuckte …

»Aber das ist doch gut«, sagte Najee und grinste. »Warte nur, bis ich von der Armee wiederkomme. Du spürst die Rebellen auf und ich erschieße sie. Wir werden die besten Gardisten der ganzen Inseln sein.«

Ich spürte ein Lächeln auf meinem Gesicht. Wärme in meiner Magengrube, die nichts mit der Weinflasche in Najees Fingern zu tun hatte. Manchmal fragte ich mich, ob er eigentlich wusste, was für ein wunderbarer Freund er war.

»Und das trotz meiner Hand?«

»Wer braucht denn seine Finger zum Nachdenken?«, sagte Najee lachend.

Wenn ich ehrlich war, hätte ich ihn am liebsten dafür umarmt, aber ich würgte meinen übermütigen Anflug rasch herunter. »Ich warte darauf, dass du wiederkommst. Und sobald wir alt genug sind, treten wir der Garde bei.«

Najee grinste darüber. »Worauf du wetten kannst, Paradiesvogel.«

Im Frühling nach meinem neunzehnten Geburtstag starb mein Vater. Sein Herz habe ausgesetzt, erklärten die Ärzte; es war regelrecht erdrückt worden unter den Massen seines Fleisches, das genug Material für zwei weitere Männer hergegeben hätte. Als sie seinen Leichnam auf ein Boot legten, es anzündeten und den Wellen übergaben, sah ich ungerührt zu. Die Journalisten schrieben später, dass ich der Zeremonie mit großer Stärke entgegengetreten sei … aber die Wahrheit lautete, dass mir der Tod meines Vaters egal war. Ja, sogar eine Erleichterung. Niemals wieder würde er auf mich hinabsehen und mit dunklem Blick verurteilen.

»Du hast dich gut geschlagen«, sagte Marawyn.

Es war mir unmöglich, ihn anzusehen. Ich saß auf einem der schwarzen Felsen, die es an den Küsten zuhauf gibt, und blickte auf das Meer hinaus; die Festgesellschaft befand sich jedoch in seidenen

Trauerzelten, die eigens für diesen Tag genäht worden waren. Niemand auf den Inseln war religiös, dafür hatte das Uhrwerk gesorgt. Dennoch fanden die Trauerfeiern nach alter Tradition am Ozean statt.

»Er hat mir nichts bedeutet«, sagte ich leise. »Das sollte nicht so sein.«

Marawyn blieb einige Augenblicke lang am Fuß des Felsens stehen, ehe er zu mir kletterte. Ich begegnete seinem Blick und sah zur Seite; er hatte hellgraue Augen, so wie ich, aber seine waren leicht gerötet.

»Er war nicht gut zu dir«, sagte er langsam, »aber verzeih ihm, wenn du kannst. Artos hatte auch Gutes an sich.«

Ich biss mir auf die Zunge. »Er mochte dich doch auch nicht.«

»Ja, weil ich seinen Kleiderschrank angezündet habe, als ich dreizehn war.« Marawyn zwinkerte mir zu, ehe er sich eine Zigarette ansteckte. »Deine Mutter hat mir erzählt, dass du der Steinernen Garde beitreten willst.«

Mir wurde kalt. Ich hatte nie mit ihr darüber gesprochen, aber sie schnüffelte andauernd in meinem Salon herum und hatte die Fahndungsplakate dabei gewiss nicht übersehen.

»Lach mich nicht aus«, murmelte ich.

»Das würde ich nicht tun«, sagte Marawyn; er klang ehrlich überrascht. »Denkst du wegen dieses Rebellen daran? Er wird dir nicht mehr wehtun, wahrscheinlich ist er bereits tot.«

»Nein, ich ...« Ich schluckte schwer. »Warum bist du denn Gardist geworden?«

»Es war nicht meine Entscheidung. Ich war damals noch ein Kind, und mein Vater meinte, dass ich in der Garde Manieren lernen würde.« Marawyn kicherte. »Deine Pläne gefallen Dinora überhaupt nicht. Sie meinte, dass ich es dir ausreden soll.«

»Das wundert mich nicht«, sagte ich ärgerlich.

»Deine Mutter hat nur Angst um dich. Das hat sie immer.«

»Und was denkst du darüber?«

Ein kurzes, unbehagliches Schweigen trat ein. Ich lauschte auf das Rauschen der Wellen und versuchte vergeblich, mein Unbehagen herunterzuwürgen.

»Ich denke«, sagte Marawyn bedächtig, »dass es Zeit für dich wird, einen eigenen Weg zu gehen. Du wirst dich in Rabenfels zu Tode langweilen, warum also solltest du dich nicht bei der Garde bewerben?«

»Vielleicht, wenn ich meine Verlobte loswerde«, murmelte ich.

Mein Onkel sah mich seltsam an. »Du magst sie nicht.«

Ich schluckte. Mehrere Dutzend Antworten kämpften in meiner Kehle darum, nach draußen zu gelangen, doch am Ende blieben sie mir im Hals stecken.

»Das spielt keine Rolle«, sagte ich schließlich. »Sie zwingen mich sowieso dazu.«

»Das«, sagte Marawyn, »will ich nie wieder von dir hören.«

Ich blinzelte meinen Onkel an, aber er bedachte mich mit einem verschwörerischen Lächeln. »Wenn du es geschehen lässt, obwohl es dir nicht gefällt, dann hast du es verdient. Du musst für das kämpfen, was du wirklich willst.«

»Wie denn?«, sagte ich lustlos. »Ich kann ja schlecht in Mutters Salon gehen und sie fragen, ob sie die Verlobung auflöst.«

»Dafür ist Dinora zu stur«, gab Marawyn zu, ehe er sich vom Felsblock gleiten ließ und geräuschlos im schwarzen Sand aufsetzte. »Ich weiß nicht, warum sie so sehr darauf beharrt, auch sie hat einen Funken Wildheit im Blut. Früher, wenn sie Artos aus dem Weg gehen wollte, ging sie oft reiten. Stundenlang über das unwegsamste Gelände, das sie finden konnte. Würdest du das heute glauben?«

»Nein«, sagte ich verdutzt.

»Dachte ich mir.« Marawyn grinste. »Ich wäre schwer enttäuscht, wenn du keinen Weg finden würdest, um deinen Kopf aus der Schlinge zu ziehen. Du bist ein kluger Junge, Taiden. Zeig Dinora, dass du nicht ihre Schachfigur bist.«

Damit schnippte er seine Zigarette ins Wasser und ging zum Zelt zurück. Ich seufzte leise. Ich hatte versucht, über meinen Schatten zu springen und Zuneigung zu Selana zu entwickeln. Aber dennoch …

Ich mied Selana so gut wie möglich. Trotzdem kam sie gelegentlich in meinen Salon, und wir teilten auf Geheiß meiner Mutter zumindest etwas Raum statt unserer Herzen miteinander. Abgesehen vom melodischen Klimpern des Phonographen war es still; Selana bestickte ein Taschentuch, während ich die Gardeberichte in der *Tugend* las und mir vorstellte, eines Tages selbst für einen großen Rebellenfang in der Zeitung zu erscheinen. Es ehrte mich nicht, aber ich hoffte, dass sie bald gehen würde. Abends traf ich mich oft mit Najee in den Schlossgärten, um lachend Wein mit ihm zu trinken oder in die Rabenstadt zu schleichen.

Ich faltete die Zeitung mit zwei Fingern zusammen. Selana sah auf, begegnete meinem Blick und konzentrierte sich rasch wieder auf das Taschentuch. Die Uhrwerksmusik drängte sich in mein Bewusstsein, schleppend, feierlich. Mir kam eine Idee. Ich streckte Selana die gute Hand entgegen und sie sah stirnrunzelnd darauf hinab.

»Ich dachte, dass wir tanzen könnten«, flüsterte ich.

Sie zögerte. »Wenn es dir gefällt.«

Sie legte ihre Näharbeit weg, gestattete es schweigend, dass ich sie auf die freie Fläche hinter meinen Sitzmöbeln führte. Der Schatten von Arassa starrte von der Magnetwand auf uns hinab, als ich den Arm um ihre Taille schlang. Dann begannen wir uns im Takt der Musik zu bewegen. Ich hörte Selanas Atemzüge, doch selbst auf diesem engen Raum schaffte sie es irgendwie, mich kein einziges Mal anzusehen.

»Du tanzt sehr gut«, sagte ich.

Selana schwieg. Mein Herz klopfte schwer. Vielleicht würde sie sich entspannen, wenn ich freundlicher war, wenn ich auf sie zuging … und ehe ich es mir anders überlegen konnte, hatte ich ihr einen Kuss auf die Wange gehaucht. Selana sah aus, als sei sie aus Porzellan gemacht, doch ihre Haut war warm und weich. Ich lächelte schwach, während ich sie im Kreis drehte. Vielleicht, dachte ich, würden wir eines Tages trotz allem eine gute Ehe führen …

Im gleichen Augenblick, als mir dieser Gedanke kam, endete das Lied. Selana blieb sofort stehen, entwand sich meinem Griff; und erst jetzt bemerkte ich, dass meine rechte Hand wie ein sterbender Fisch an ihrer Hüfte zuckte.

»Hör auf«, flüsterte sie. »Ich … bitte, *hör auf.*«

Ich sah sie lange an. Kälte wühlte in meiner Magengrube, und plötzlich lag mir die eine Frage auf der Zunge, die ich ihr nie zu stellen gewagt hatte.

»Warum hasst du mich so sehr?«

»Ich hasse dich nicht«, stammelte sie. »Es ist nur – diese Kralle ist so kalt.«

»Eine Kralle?«, flüsterte ich.

»So habe ich das nicht gemeint«, begehrte sie auf.

Ich senkte den Blick. Starrte meine toten Finger an, sah zu, wie sie im Takt meines Herzschlages verkrampften. Wie oft mein Vater geschimpft hatte, wenn ich versehentlich etwas fallen ließ. Wie mein Bruder früher gelacht hatte, weil ich mich als Kind nicht einmal allein hatte anziehen können.

Ich hatte geglaubt, es eines Tages zu ertragen. Doch der Ekel in Selanas Blick belehrte mich eines Besseren. Vor mir stand die Frau, die ich heiraten, mit der ich eine Familie gründen sollte. Würde sie mich für den Rest unseres Lebens so ansehen?

Ich glaubte die Antwort darauf zu kennen. Und die Tränen, die ich heimlich darüber vergoss, konnte man gewiss an einer Hand abzählen.

Der Rummel um Artos Belarron endete sehr bald. Es war mir nur recht. Amarion wurde vom Uhrwerk als Graf vom Rabenfels bestätigt und ich unternahm einige Ausflüge mit Marawyn, ehe er nach Salacis zurückkehren musste. Zum Abschied schenkte er mir ein Buch, in dem ich Fotografien sammeln konnte. Gemeinsam suchten wir die ersten Bilder aus und klebten sie mit Vorsicht ein, lachten mehr, als dass wir arbeiteten. Wie herrlich wäre es gewesen, einfach mit ihm fortzugehen. Aber so etwas würde meine Mutter nie erlauben, schon gar nicht, während sie aus reiner Pietät um die Seele meines Vaters weinte.

Ich dachte noch darüber nach, welche Abenteuer mein Onkel wohl auf Salacis erleben mochte, als ich viele Wochen später in der Badewanne lag. Ich badete oft und gern, weil mich dabei niemand störte; doch dieses Mal hörte ich Schritte durch den Schleier von Dampf und Wasser klingen. Jemand rief meinen Namen, klopfte an die Tür. Ich regte mich nicht. Es dauerte Ewigkeiten, aus der Wanne zu steigen und mich anzukleiden.

Wer auch immer der Besucher gewesen war, er war verschwunden, als ich meinen Salon betrat. Stattdessen fand ich ein Blumengesteck auf dem Tisch vor. Zwischen den Blüten steckte eine Karte. Sie duftete nach Selanas Parfüm, und ihre Handschrift war von damenhafter Eleganz.

Es tut mir leid, schrieb sie. *Es war mein Fehler, nicht deiner.*

Wahrscheinlich hätte sie das Gleiche geschrieben, wenn ich sie von einer Klippe geworfen hätte, dachte ich säuerlich. Trotzdem blinzelte ich ein Brennen in meinen Augen fort, ehe ich mich ankleidete und meinen Turm verließ. Draußen auf dem Schlosshof entdeckte ich Najee, der ein totes Huhn rupfte, während Dutzende von Bediensteten über den Platz wuselten. Ich runzelte die Stirn über ihre Betriebsamkeit. Hatte ich irgendeinen Geburtstag vergessen?

»Hallo, Paradiesvogel«, sagte Najee, als er mich kommen hörte. Die Jahre bei der Armee hatten ihm nicht geschadet; seine wüstendunkle Haut war noch dunkler gebrannt, sein Fuchsgesicht verwegener geworden. »Gehen wir einen Feuerschnaps trinken, wenn ich mit dem Huhn fertig bin? Ich helfe der Tochter der Köchin aus – sie hasst es, Vögel zu rupfen, aber sie ist ganz hübsch.«

Seltsamerweise verspürte ich einen Stich. »Verstehe.«

»Vielleicht heirate ich sie irgendwann«, sagte Najee. »Wenn ich erst mal bei der Garde bin, können wir uns ein Haus in der Stadt leisten. Besser als mein Bett im Dienstbotentrakt, also – was ist denn mit dir los?«

Ich zwang mich zu lächeln. Auf keinen Fall wollte ich Najees Vorhaben im Weg stehen … doch ich dachte auch an die Zukunft, sah mich ganz allein Wein trinken, während Najee sein Küchenmädchen lachend auf die Wangen küsste.

»Ist sie wirklich so hübsch?«

Najee grinste. »Dir würden die Augen aus dem Kopf fallen, Paradiesvogel.«

Ich erwiderte sein Grinsen so tapfer wie möglich, obwohl ein großer Teil von mir verlangte, dass das gesamte Küchenpersonal sofort aus dem Schloss geworfen wurde. Doch bevor ich antworten konnte, rief jemand meinen Namen. Selana. Sie kam eilig auf uns zu, musterte mich jedoch nur flüchtig und Najee überhaupt nicht.

»Was ist denn?«, fragte ich schroff. Ich hatte mich nicht im Ton vergreifen wollen, aber ihr Anblick erinnerte mich an den letzten Dämpfer, den sie meinen sterbenden Gefühlen versetzt hatte.

»Deine Mutter hat nach uns verlangt.«

Wir schwiegen einander an.

»Ich habe nach dir gesucht«, fügte sie schüchtern hinzu.

»Es ist doch bekannt, dass wir uns täglich hier zum Hühnerrupfen treffen.« Eigentlich stand mir nicht der Sinn nach Scherzen, nur wollte ich in Najees Augen auf keinen Fall als schwach erscheinen. »Sag bloß, dass sich das nicht gehört.«

Najee lachte. »Bin mal euer Abendessen wegbringen. Wir sehen uns später.«

Damit sprang er auf die Beine und eilte davon, wobei er nichts bis auf ein Häufchen Federn zurückließ. Kaum dass er verschwunden war, verschränkte Selana die Arme.

»Er ist kein guter Umgang.«

»Das interessiert mich nicht.«

Selana schnaubte empört. »Es gehört sich nicht für einen Belarron, mit einem Gärtnerssohn herumzulaufen.«

»Fang nicht wieder damit an«, sagte ich schroff und drängte mich an ihr vorbei. Selana eilte mir sofort nach, doch ich achtete nicht auf sie.

»Du gehst immer nur zu ihm«, sagte sie aufgebracht. »Ich habe dich noch nie lachen sehen, wenn *er* nicht in der Nähe ist. Er ist kein Umgang für dich – er ist grob und ungebildet – und ich soll dich doch heiraten, nicht er!«

»Schade eigentlich«, fauchte ich.

Selana verfiel so abrupt in Schweigen, als hätte ich sie geschlagen. Ich wusste nicht, warum mich das so rasend machte; ich wusste nur, dass ich es einfach nicht mehr aushalten konnte. Als wir im Salon meiner Mutter eintrafen, glaubte ich, dass mir vor Wut der Kopf zu platzen drohte. Aber sie saß in ihrem Lieblingssessel, die Hände sittsam ineinander gefaltet, ein geradezu verdächtiges Lächeln auf dem Gesicht.

»Tee?«, fragte sie, nachdem wir uns gesetzt hatten.

Selana nickte, aber ich schüttelte den Kopf. Meine Mutter läutete eine Glocke; nach einer Weile erschien ein Mädchen mit einem Tablett und stellte es auf dem Tisch ab.

Ich frage mich, ob sie mich lieben würde, dachte ich trotzig, als sie ging.

»Warum hast du uns hierher bestellt?«

Meine Mutter schüttelte den Kopf, verzichtete jedoch auf eine Zurechtweisung. Ich roch sofort die Lunte und wurde bedauerlicherweise nicht enttäuscht.

»Es wird Zeit, die Hochzeit vorzubereiten.«

»Das kannst du vergessen«, sagte ich prompt.

Sie seufzte, als hätte sie mit keiner anderen Antwort gerechnet. »Sei nicht kindisch, Schatz. Die Hochzeitsgäste sind bereits auf dem Weg hierher. Wenn du nachher deinen Festanzug anprobieren würdest …«

»Trag ihn doch selbst«, fuhr ich sie an, bevor ich wusste, wie mir geschah. Neben mir steckte Selana die Nase in die Teetasse, als wäre sie am liebsten am anderen Ende der Welt gewesen.

»Taiden!«, sagte meine Mutter empört.

»Ich habe mir das lange genug gefallen lassen«, sagte ich scharf. »Du wirst mich nicht verheiraten. Ich werde das nicht tun!«

»Du wirst tun, was man dir sagt«, gab sie zurück. »Du wirst morgen vor den Altar treten und deine Verlobte ehelichen, und du wirst dich nicht darüber beschweren. Du musst diese Sturheit von deinem Vater haben. In meiner Familie war niemals jemand so verbohrt.«

Ich schnaubte. Wer wollte mich denn zum Heiraten zwingen?

»Du bist ein erwachsener Mann und wirst dich so benehmen«, sagte sie. »Du wirst fünf Jahre der Planung nicht mit deinem Dickkopf zunichtemachen.«

Ich stand auf. »Das werden wir ja sehen.«

Damit wandte ich mich um und ging. Ich glaubte, dass Selana leise schniefte, sah sie jedoch nicht an; der Zorn pochte so heftig hinter meinen Schläfen, dass ich Kopfschmerzen davon bekam, und ihre traurigen Rehaugen würden es nicht besser machen.

»Komm zurück, Taiden!«, rief meine Mutter. *»Komm sofort zurück!«*

»Zwing mich doch«, murmelte ich und stürmte in die Schlossgärten hinab, bevor sie sehen konnte, dass mir neben der rechten Hand auch die Beine zitterten. Erst als ich Najee im Schatten einer Eiche dösen sah, begriff ich, dass ich nach ihm gesucht hatte. Sein träges Grinsen milderte meinen Zorn. Das tat es immer, egal, wie ärgerlich ich war.

»Also, wozu will dich deine Mutter dieses Mal drängen?«

»Zum Heiraten«, sagte ich ärgerlich. »Das lasse ich mir nicht gefallen. Das kann sie vergessen! Ich würde eher von hier weglaufen, als Selana zu …«

Ich unterbrach mich. Ließ meine Worte Revue passieren.

»Das ist es«, flüsterte ich.

Najee hielt im Nichtstun inne. »Was?«

»Ich werde Rabenfels heute Nacht verlassen.« Es auszusprechen fühlte sich beängstigend an, doch ich wusste, dass mir keine andere Wahl blieb. »Ohne Bräutigam können sie keine Hochzeit abhalten. Soll meine Mutter Selana selbst zur Frau nehmen, wenn es ihr so wichtig ist.«

Najee kicherte darüber. »Na schön, Paradiesvogel. Wohin willst du denn gehen?«

Ich überlegte. Als Erstes fiel mir Salacis ein, wo ich immerhin meinen Onkel hätte, aber bei ihm würde meine Mutter zuerst nach mir suchen. Von ihrer Seite der Familie hingegen erwartete ich keine Hilfe. Wir hatten die Flynts von Cariale einmal besucht, als ich noch klein gewesen war, und keiner von ihnen hatte mich auch nur eines Blickes gewürdigt.

»Heute fährt ein Nachtzug nach Arassa«, sagte ich unschlüssig. »Ich weiß nicht, wohin ich sonst gehen könnte.«

Najee grinste. »Willst du den Schatten fangen?«

Ich hielt kurz inne. Arassa, natürlich. Ich hatte gar nicht daran gedacht, doch dann sah ich den maskierten Rebellen vor mir … ich trug eine graue Uniform, und die Menschen jubelten mir zu, während ich ihn seiner gerechten Strafe zuführte …

»Glaubst du, dass ich es schaffen könnte?«, flüsterte ich.

»Das haben wir doch abgemacht, Paradiesvogel. Wir werden es zusammen tun.« Najee grinste breit. »Außerdem kann ich dich schlecht allein gehen lassen, oder?«

Ein eigenartig leichtes Gefühl erfasste mich. »Aber die Tochter der Köchin …«

»Ich heirate sie einfach, wenn wir wiederkommen«, sagte Najee munter.

Ich schluckte. Es rührte mich, dass er mitkommen wollte, ja nicht einmal gezögert hatte; mit ihm würde sich die Ferne weniger fremd anfühlen, die Reise wie ein Abenteuer. Aber natürlich würde ich ihm das niemals sagen können. Was, wenn er mich dafür auslachte?

»Pack deine Sachen, Najee«, flüsterte ich stattdessen. »Wir sehen uns heute Nacht.«

Der Rest des Tages verging quälend langsam. Ich packte heimlich meinen Koffer, stopfte persönliche Gegenstände wie Kleidung hinein, während mehr als einmal Dienstmädchen klopften und verschwanden, ohne Einlass bekommen zu haben. Mir war kalt, schrecklich kalt sogar. Wie sehr ich meiner Mutter wehtun würde. Das schmerzte, auch wenn ich wusste, dass ich mir keinen Rückzieher erlauben konnte.

Eine Weile saß ich still neben meinem Koffer. Versuchte, nicht darüber nachzudenken, was ich tun wollte. Dann gab ich mir einen Ruck und kramte nach Papier und Füllhalter. Schreiben war mir stets eine Qual, weil ich früher einmal Rechtshänder gewesen war, aber heute fiel es mir besonders schwer.

Ich wusste mir nicht anders zu helfen, schrieb ich schließlich. *Es tut mir leid.*

Die Mitteilung zu verfassen ging schnell. Dennoch wagte ich mich erst kurz vor Mitternacht nach draußen. Es erstaunte mich, wie wehmütig mir zumute war, als ich die gewundene Treppe hinunterstieg. Auf halbem Weg nach unten begegnete mir eine Frau im Morgenmantel. Ich wollte mich mit einer gemurmelten Entschuldigung an ihr vorbeidrücken, doch dann sah ich ihr Gesicht und erstarrte.

»Wohin willst du?«, flüsterte Selana. Sie hielt eine Funkenlaterne in einer Hand; der Metalldraht in ihrem Inneren glomm in einem sanften Goldton, und sie schob die Blende vor das Glas, als der Schein zu stark wurde.

»Das könnte ich dich auch fragen«, gab ich zurück.

»Ich wusste, dass du eine Dummheit machen würdest. Deswegen habe ich aufgepasst.« Selanas Augen waren gerötet, und ich fragte mich unwillkürlich, wie viel Mut sie der Gang in diesen Turm gekostet haben musste. »Warum kannst du die Hochzeit nicht annehmen? Warum rebellierst du ständig?«

Ich verzog den Mund. »Ich rebelliere nicht.«

»Doch, das tust du. Du merkst es ja nicht einmal.« Selana senkte den Blick. »Bitte. Geh wieder nach oben. Alles wird gut werden, sobald wir verheiratet sind, wir brauchen nur Zeit.«

»Die Ehe wird nicht gut gehen«, sagte ich matt. »Du weißt das.«

Selana sah mich an. Stumme Tränen liefen über ihre Wangen. Dann schloss sie die Augen, rang sich ein Nicken ab und für einen Augenblick wirkte sie so schwach wie eine weggeworfene Puppe.

»Es tut mir leid«, flüsterte ich.

»Geh schon«, sagte Selana. Ich sah sie verwundert an, drängte mich jedoch an ihr vorbei nach unten. Ich sah kein einziges Mal zu ihr zurück. Ich brachte es einfach nicht über mich.

Najee erwartete mich in den Gärten, bewaffnet mit einem Bündel Kleidung, das er locker unter einen Arm geklemmt hatte. Ein Grinsen lag auf seinem Gesicht, doch heute fiel es mir schwer, es zu erwidern.

»Hast du alles, Paradiesvogel?«

»Natürlich«, sagte ich matt.

Sein Lächeln verblasste. »Was ist denn los?«

»Nichts. Es ist nur …« Ich schüttelte den Kopf. Wenn Najee es schaffte, mit einem Schmunzeln Abschied von Rabenfels zu nehmen, wollte ich es auch tun. »Schon gut. Lass uns gehen.«

Najee hob die Brauen, sagte jedoch nichts dazu. Das war mir nur lieb. Ich warf einen letzten Blick auf die Schlosstürme, auf die Fenster, hinter denen meine Mutter gerade schlafen mochte. Ein Kloß bildete sich in meinem Hals. Rasch wandte ich mich ab und beeilte mich, Najee die Straße hinunter zu folgen.

Es dauerte nicht lange, bis wir die Rabenstadt erreichten, eine rußgeschwärzte Siedlung, beleuchtet von Funkenlicht und von Luftschiffen überflogen. An den Fassaden hingen Banner; die meisten warben für die Eisenbahngesellschaft meiner Familie, aber manchmal entdeckte ich auch Aufrufe gegen die Rebellion oder dampfumwobene Maschinen, die sich gegen Uhrwerksfeinde erhoben. Und natürlich warf auch das Uhrwerk einen Blick auf uns.

»Was tun Sie so spät noch draußen?«, fragte der Gardist, als er auf uns aufmerksam geworden war. Er hatte rauchend an einem Zaun gestanden und bei seinem Anblick überlegte ich, wie mir wohl eine von diesen längs gestreiften Gardistenwesten stehen würde.

»Wir wollen den Nachtzug nach Arassa erwischen«, sagte ich wahrheitsgemäß.

»Nennen Sie mir Ihre Namen.«

Wir taten wie geheißen, während er sich unsere Antworten in einem kleinen Notizbuch notierte. Danach folgte das übliche Kreuzverhör: was wir in Arassa tun wollten, warum wir einen so späten Zug nahmen und so weiter. Ich antwortete möglichst aufrichtig, erwähnte jedoch lieber nicht, dass ich vor meiner eigenen Hochzeit ausriss. Zum Glück hakte der Gardist nicht nach, sondern steckte das Büchlein weg und rückte seinen Hut zurecht.

»Ich wünsche Ihnen eine angenehme Reise.«

Danach störte uns niemand mehr.

Der Bahnhof empfing uns so kalt wie die ganze Stadt. Das Gebäude bestand fast gänzlich aus Eisenpfeilern, die ein filigranes Netz aufspannten; von der Dachkuppel jedoch hing ein Portrait des Zinnhybriden, wie üblich begleitet von seinem Sinnspruch *Metall über Blut.* Er war ein attraktiver Mann gewesen, mit edlen Gesichtszügen und einer Haut wie Schokolade; doch wirklich auffällig waren seine Augen, eisig blau, die starr auf die Halle hinunterblickten.

Mein Urgroßvater, dachte ich stolz. Als Kind hatte ich die Geschichten über seine Eroberungen verschlungen, ehrfürchtig und zugleich erstaunt darüber, dass ich zu den Nachfahren eines solchen Helden gehörte. Vor einem halben Jahrhundert noch waren die Inseln ein wilder Ort gewesen, bevölkert von menschenfressenden Bestien, regiert von einem schlichtweg bösartigen König. Der Zinnhybrid jedoch hatte gegen ihn gekämpft und gewonnen. Auf seinen Lehren war das Uhrwerk begründet worden, und es wachte bis heute über uns.

»Mein Vater sagt, dass man Eisenbahnen nicht trauen soll«, murmelte Najee, kaum dass wir uns Fahrkarten besorgt und ein Schlafabteil betreten hatten. »Es ist nicht gesund, sich so schnell zu bewegen.«

»Das hat man über Fahrräder auch gesagt, Najee. Außerdem hätte das Uhrwerk etwas unternommen, wenn es so gefährlich wäre.«

»Das ist nicht lustig«, sagte er ärgerlich. Im gleichen Augenblick setzte sich der Zug in Bewegung. Wir verließen die Bahnhofsgewölbe, fuhren auf eine der Brücken hinaus, die seit Jahrhunderten die Dreizehn Inseln verbanden. Ich sah mit Absicht nicht aus dem Fenster, wusste ich doch, dass die Lichter von Rabenfels über den Wellen glitzern würden. Meine Entscheidung war gefallen. Jetzt gab es kein Zurück mehr.

Najee blickte die beiden Betten an. »Oben oder unten, Paradiesvogel?«

»Unten«, sagte ich automatisch. Ich konnte zwar die Leiter hinaufklettern, wenn ich den schlechten Arm hinter die Sprossen klemmte, aber danach stand mir nicht der Sinn. »Glaubst du, dass ich einen Fehler gemacht habe, Najee?«

Najee hielt auf halbem Weg in sein Bett inne.

»Blödsinn. Wir werden ein Abenteuer erleben, du wirst schon sehen. Und wie kann dir deine Mutter böse sein, wenn wir den Schatten von Arassa fangen?«

Ich musste lächeln. Er hatte ja recht damit.

Najee lächelte zurück. »Lass uns schlafen gehen. Morgen wird es bestimmt aufregend genug, oder?«

»Klingt gut«, sagte ich und drehte die Funkenlaterne ab. Mondlicht hüllte das winzige Abteil ein. Ich kroch ins Bett und lag dennoch eine Weile wach, während Najee über mir zu schnarchen begann. Als der Morgen graute, war ich viele Stunden von meiner Heimat entfernt und der Zug rollte langsam in den Bahnhof von Arassa ein. Ich fragte mich, was mich draußen erwarten würde. Ob Rabenfels schon vor Aufruhr brannte.

Aber Najee hatte recht. Meine Entscheidung war gefallen.

Die Insel Arassa wartete auf mich, und ich war begierig darauf, ihre Schatten zu jagen.

3

Zwischenspiel
Der Thron des Schattens

Carive legte das Buch zur Seite.

Draußen stand die Welt in Flammen. Es war ihr gleichgültig. Gefühle durchströmten ihr Bewusstsein, die nichts zu tun hatten mit dem Grauen der Rebellion. Sie hätte wissen sollen, dass Kyron ihr keine einfachen Antworten geben würde. Aber warum war es ihm so wichtig, dass Carive etwas über einen Adligen erfuhr, dem sie nie begegnet war?

Du wirst verstehen, sagte Kyron. *Hab Geduld, Carive.*

Er sagte das so leicht. Aber Carive blickte auf die abgegriffenen Tagebücher hinab und eine merkwürdige Frustration erfasste sie. Bücher konnten die Rebellion nicht beenden. Enthielten leere Worte statt gutem Rat, halfen nichts auf dem Weg, den es für sie zu beschreiten galt.

Das wusste sie doch schon seit Langem.

Carive schob zwei Finger unter ihre Brille, um sich die Augen zu reiben. Vielleicht brauchte sie eine Pause, um auf andere Gedanken zu kommen. Sie verstaute die Tagebücher sorgfältig, verließ die karge Kammer, die zu ihrem Heim geworden war; wie fast alle Rebellen lebte auch sie in Kyrons dunkler Schlossruine. Ihre Schritte führten sie zum ehemaligen Tanzsaal, wo die meisten Rebellen schliefen. Die Wände waren glatt und schwarz, die Fensterreihen zu beiden Seiten vor Jahrzehnten schon zersplittert. Carive wusste aus Geschichtsbüchern, wie prachtvoll dieser Ort einmal gewesen war. Der Verfall um sie herum ließ sie traurig werden.

Sie ließ den Blick schweifen. Kyron hatte Zelte für die Rebellen aufstellen lassen, und dazwischen roch es nach Eintöpfen, die eher aus Wasser denn aus richtigen Zutaten bestanden. Das Lager endete vor einem Sessel, der auf einem Podest aus Kisten stand. Blaue Kissen lagen auf dem ausgeblichenen Sitz. Oft klagten die Rebellen, dass Kyron einen goldenen Thron verdient habe, was ihm aus irgendeinem Grund missfiel.

Ich bin nicht euer Rebellenkönig. Hört auf, mich so zu nennen.

Zumindest warst du das nicht immer, dachte Carive. Kyron war Ausländer, so wie sie, stammte jedoch aus dem fernen Argano. Das war die einzige Information, die Carive über den Schatten hatte aufstöbern können, denn danach verlor sich alles in Legenden. Kyron hatte mehrere funkenmechanische Hybriden mit bloßen Händen getötet. Wenn die Monde am Himmel standen, konnte er sich vollkommen unsichtbar machen. Er war ins Gefängnis geschickt worden, wo man ihm die Maske ins Gesicht genäht hatte, und keine Pistolenkugel der Welt konnte ihm mehr als einen Kratzer zufügen.

Sie wünschte, dass sie auch nur annähernd so stark gewesen wäre. So mutig. Carive schlief zitternd ein und stand genauso wieder auf, denn der Gedanke daran quälte sie, dass jeder Tag in der Ruine ihr letzter auf dieser Welt sein mochte.

Zögernd ging sie auf den Thron des Schattens zu. Rückte die Kissen zurecht, schüttelte sie, bis sie weich in ihren Händen lagen. Wohin war Kyron verschwunden? Ob er einen Plan hatte, um das Uhrwerk endgültig zu zerschlagen?

»Was machst du da, Karotte?«

Sie wirbelte herum. Das Herz klopfte ihr bis zum Hals, als zwei junge Männer auf sie zukamen. Beide hatten die dunkle Haut geborener Ceratarier, und sie fühlte sich sofort unwohl mit ihrem roten Haar und den linkischen Gliedmaßen, die sich oft so seltsam fehl am Platz anfühlten.

»Gar nichts«, stieß sie hervor.

»Lüg nicht«, sagte einer der Männer. »Du wolltest auf dem Schattenthron sitzen, gib es zu. Das wollen sie alle. Was glaubst du, was Kyron von dir halten würde? Denkst du, du wärst ihm würdig?«

»Nein«, murmelte sie, den Blick zu Boden gerichtet.

Sie hörte die beiden lachen. Wieder einmal. Carive hatte nie ein Wort mit ihnen gewechselt, und doch war sie ihnen irgendwie aufgefallen. Oft folgten sie ihr, verhöhnten sie bei jedem Schritt, den sie durch das Gebäude tat. Nichts Ungewöhnliches in der Ruine, in der zwischen den Angriffen des Uhrwerks stets zermürbende Langeweile einschlug.

Trotzdem wünschte Carive, dass es jemand anderes getroffen hätte. Eine Mischung aus Scham und Abscheu brodelte in ihrer Magengrube. Das Uhrwerk nahm sie so oft unter Beschuss, warum traf es nicht diese Dummköpfe?

»Vielleicht gibt Kyron dir wenigstens eine Maske«, sagte einer von ihnen. »Hast du versucht, dir die Augen auszukratzen? Das sieht absolut lächerlich aus.«

Sie wusste, was er meinte. Die Narben in ihren Augenwinkeln. Carive versuchte manchmal, sie mit einer getönten Brille zu kaschieren, doch damit kam sie sich nur noch alberner vor und ließ es dann für Monate bleiben.

»Ich kann nichts dafür«, flüsterte sie.

Die Männer bedachten Carive mit hämischen Blicken. Sie wich mehrere Schritte zurück. Als keiner der beiden Anstalten machte, ihr zu folgen, wirbelte sie herum und eilte davon. Carive schämte sich für ihre Feigheit, empfand zugleich jedoch einen eigenartig glühenden Hass. Auf wen, wusste sie nicht. Vielleicht eher auf sich selbst als auf diese Trottel.

Geschlagen kehrte sie in ihre Kammer zurück. Hier lauerte ihr immerhin niemand auf … niemand außer Taiden Belarron. Carive nahm das blaue Tagebuch zur Hand. Dachte daran, wie ihr Herz gepocht hatte, als sie die Bücher berührt hatte. Nur eine Geschichte, mehr nicht. Es gab nichts Beunruhigendes daran.

Aber warum fürchte ich mich dann so sehr?

4

Und dies ist das Ende

Vom ersten Augenblick, an dem ich Arassa sah, habe ich die Insel geliebt. Es ist schwer zu verstehen, wenn man niemals den warmen Wind dort gespürt und den Duft des Meeres in der Nase gehabt hat. Aber selbst nach all der Zeit, nach all den Orten, die ich gesehen habe, erinnere ich mich gern an diese Insel und den Zauber meines Besuches dort.

Alle Dreizehn Inseln führen Vögel auf ihrem Siegel. Das Wappen der Rabeninsel ist gewiss nicht schwer zu erraten, und das von Ceratari trägt zwei Spatzen auf schwarzem und rotem Grund. So ist auch die Stadt im Vulkankessel: von oben bis unten zerrupft und dreckig, eine rußgeschwängerte Metropole auf heißem Boden. Die richtige Heimat für Federvieh, das nach einer Nische für sich sucht.

Das Wappen von Arassa zeigt zwei Schwäne, einen roten auf Weiß sowie einen weißen auf Rot, die ihre Flügel im Kampf gegeneinander aufgebauscht haben.

Ich will bleiben, war mein erster Gedanke, als ich vom Bahnhof auf die Stadt hinunterblickte. Von den schwarzen Stränden bis zum bewaldeten Vulkangipfel am Horizont erschien mir Arassa von oben bis unten perfekt. Die Häuser lagen halb im Meer und halb an Land, umkränzt von steinernen Stegen, die wie zum Gruß an die einlaufenden Schiffe weit ins Hafenbecken hinausliefen. Es gab sogar Stadtteile, die gänzlich aus Wolkenkratzern voller glühender Funkenreklame bestanden. Ich konnte mich nicht an den bunten Fassaden und den beleuchteten Straßen sattsehen. Es war Liebe auf den ersten Blick.

»Warst du schon mal hier?«, fragte Najee, der neben mir ausgestiegen war.

Ich schüttelte stumm den Kopf.

»Man sieht's«, sagte Najee trocken. »Mach den Mund zu, es zieht.«

Ich renkte meine Kinnlade ein. Najee kicherte.

»Wollen wir uns die Stadt ansehen?«

Ich blickte auf meinen Koffer. »Vielleicht sollten wir zuerst das Gepäck loswerden.«

»Später. Komm schon, Arassa ist gerade aufgestanden, jetzt machen wir es unsicher.«

Damit eilte Najee davon. Ich schüttelte grinsend den Kopf, ehe ich ihm die Treppe zum Bahnhofsplatz hinab und unter die Augen einer gewaltigen Statue folgte. Ein schlanker Mann in edler Kleidung, einen Arm vollständig in Metall gerüstet, das hüftlange Haar zu einem Zopf geflochten. Zu seinen Füßen waren Blumenkränze verstreut. Wie es wohl wäre, so berühmt zu sein wie der Zinnhybrid? So innig von den Dreizehn Inseln geliebt zu werden wie er?

Obwohl ich gern länger geblieben wäre, wandte ich mich eilig ab, um Najee nicht zu verlieren. Als ich ihn einholte, bedrängte er gerade einen dunkelhäutigen Passanten im Anzug, der meine Ankunft mit einem ärgerlichen Blick bestrafte.

»Gibt es hier irgendwo eine billige Unterkunft?«, platzte Najee heraus.

»Unten am Hafen. Fragen Sie nach einer Frau namens Kytai.«

»Oh. Ist das ein aliamischer Name?«

»Gewiss. Die Leute sagen, dass ihr Blut so schwarz ist wie ihre Haut. Sie brüstet sich damit, vom verstorbenen Grafen Arassa abzustammen, aber er hat sie nie anerkannt.«

Ich verstand nicht. »Schwarzes Blut?«

»Der Zinnhybrid war ein Halbaliam«, erwiderte der Passant und ging. Ich sah Najee verdutzt an, der jedoch nicht sonderlich überrascht wirkte.

»Wenn der Zinnhybrid ein Aliam gewesen wäre«, sagte ich langsam, »hätte sich das bei seinen Nachfahren bemerkbar gemacht. Diese Wilden konnten die Gestalt wechseln, Najee! So eine Gabe verschwindet doch nicht plötzlich.«

Najee hob die Hände. »Du meine Güte, Paradiesvogel! Wen interessiert schon, ob dein Urgroßvater anders ausgesehen hat, wenn er genug Blut gesoffen hatte?«

»Er hat uns angelogen«, sagte ich ärgerlich.

»Das tut deine Mutter auch.«

»Schon, aber …« Ich schüttelte den Kopf; an meinem ersten Tag in der Fremde wollte ich nicht darüber nachdenken, was ich zurückgelassen hatte. »Was hat eigentlich dein Vater dazu gesagt, dass du mit mir verschwindest?«

Najee zuckte die Schultern. »Er meinte, dass ich wiederkommen kann, wann immer ich will. Er wird einsam sein, aber das wird schon.«

Ich nickte, doch ich kannte Najee zu lange, um nach seiner Mutter zu fragen. Er reagierte stets unwirsch, wenn wir auf sie zu sprechen kamen, und ich nahm an, dass sie gestorben war. Vielleicht im Kindbett, vielleicht an Tuberkulose. Nur wenige Menschen konnten sich eine Funkenübertragung leisten, wie sie mir einst das Leben gerettet hatte, und dank eines neuen Lebensfunkens von beinahe jedem erdenklichen Leid genesen.

Wir erkundeten Arassa den halben Tag lang; am späten Nachmittag jedoch wurden wir unserer Streifzüge müde und setzten uns vor ein Café. Motorkutschen brausten um die Backsteingebäude. Ich sah ihnen interessiert zu, während ich heißen Apfelstrudel aß. Auf der Rabeninsel gab es solchen Trubel nicht; die westlichen Inseln waren kleiner als die östlichen, und Veränderungen hielten dort nur langsam Einzug.

Gegenüber des Cafés gabelte sich die Straße an einem Gebäude, das aussah wie ein gigantischer roter Keil. An seiner Fassade hing ein großes Tuch, das die schattenhaften Umrisse eines maskierten Mannes zeigte. Schwarzes Holz auf seinem Gesicht. Glühende Augen, scharfe Kanten, ein bösartig gezacktes Messer in der Hand.

Bekämpfe den Schatten von Arassa, stand dort. *Widme dein Leben der Armee.*

Ich aß schweigend weiter, während Najee eine Dame nach der anderen anlachte und zweifellos in süßen Gedanken über sie schwelgte. Ich versuchte mich ebenfalls an einem Lächeln, doch irgendwie gefror es mir auf dem Gesicht, als die ersten angewiderten Blicke über meine schlechte Hand hinwegglitten. Dann sah ich, dass sich etwas über dem

Bild des Schattens bewegte; eine dunkle Gestalt erschien an der Dachkante und hob den Arm.

Ich sah Metall aufblitzen.

Rollen quietschten. Das Segeltuch sackte nach unten, knickte um und blieb an der Fassade hängen; überall waren überraschte Ausrufe zu hören und Najee wirbelte entsetzt zu mir herum.

»Das – das ist der Schatten von Arassa!«

Das Blut rauschte in meinen Ohren. Und bevor ich nachdenken konnte, bevor mir tausend Gründe einfielen, warum es eine Dummheit war, sprang ich auf und begann zu laufen. Najee rief mir irgendetwas nach, als ich mich durch die Menge drängte; hoch über uns durchtrennte der Schatten ein zweites Seil und das Tuch machte einen Ruck, baumelte nur noch an einer Ecke über dem Platz –

Eine Truppe Gardisten stürzte an mir vorbei, die Waffen sinnloserweise gegen den maskierten Mann erhoben. Der Schatten blickte nach unten, rammte das Messer in das letzte Stück Seil und das bedruckte Segeltuch stürzte den Straßen von Arassa entgegen.

Diene deinem Land. Bekämpfe den Schatten.

Ich hastete quer über die Straße. Motorkutschen rauschten haarscharf an mir vorbei, als ihre Fahrer die Lenkräder herumrissen. Hoch über mir begann auch der Schatten zu laufen. Ich schlug eine andere Richtung ein und rannte weiter, mit der grimmigen Absicht, ihn so früh wie möglich abzufangen.

Aber wo ist er? Wo ist er?

Ich bog um eine Ecke und entdeckte eine Feuerleiter, die offenbar auf das Dach des Gebäudes führte. Gardisten eilten an der Gasse vorbei, wohl um die Zugänge zum Platz abzuriegeln. Er konnte nicht entkommen, das war unmöglich. Niemand entkam jemals dem Uhrwerk.

Ich sah mich um. In der Nähe befand sich ein Hauseingang, der mir wie ein geeignetes Versteck erschien, und ich bezog dort Deckung und wartete. Nach einer Weile kletterte ein Mann die Leiter herunter, gehüllt in dunkle Kleidung. Ich begann zu laufen, wollte ihn stoßen – doch er wirbelte herum, stieß mich so hart gegen die Wand, dass ich unwillkürlich keuchte.

»O Götter«, sagte der Schatten. Er hatte einen fremdartigen, zischelnden Akzent; vielleicht kam er vom Kontinent. »Wyatt muss verzweifelt sein, wenn er mir schon Stadtjungen statt Gardisten nachschickt.«

»Wer?«, krächzte ich.

Der Rebellenführer antwortete nicht. Ich streckte die gute Hand nach ihm aus, aber er stieß mich mühelos zurück.

»Such nicht nach mir. Du wirst in Gefahr geraten.«

»Ach ja? Was wirst du tun, deine Rebellen auf mich hetzen?« Ich wand mich in seinem Griff. »Was, wenn jemand von dem Plakat verletzt worden wäre? Hast du überhaupt daran gedacht?«

»Als ich die Lügen des Uhrwerks sah, wurde ich wütend«, sagte der Schatten. »Ich wollte sie vernichten. Es gibt nicht mehr viel, was noch durch meine Schale bricht.«

»Durch deine – was?«

Wir starrten einander an. Seine Augen waren so kalt und unerbittlich wie Gletschereis, und mir wurde flau im Magen. Ich stand hier mit dem Schatten von Arassa, verdammt, er würde mich töten, wenn ich frech zu ihm war.

Aber seine Finger glitten von meinem Hals. Für einen langen Augenblick sah er mich an, doch als ich mich nicht rührte, wandte er sich ab und lief davon. In der Ferne begannen Glocken zu läuten. Ich hörte ihnen zu, ohne irgendetwas zu fühlen.

Du weißt nicht, was die Inseln ihren Bürgern antun.

Ich ballte die gute Hand zur Faust.

»Du hast den Schatten von Arassa gesehen?«, sagte Najee ungläubig, kaum dass ich an unseren Tisch zurückgekehrt war; der Platz war inzwischen abgesperrt worden und Gardisten scharten sich um den traurigen Haufen Segeltuch am Boden. »Gütige Funken. Gütige Funken!«

»Er hat gar nicht versucht, mich zu töten«, sagte ich.

»Ja, weil du ein Belarron bist. Wenn er dich anrührt, legt er sich mit der ganzen Rabeninsel an.« Najee kicherte. »Ich hätte dich einholen sollen, aber du rennst wie ein Balaisi in der Savanne. *Das* wäre ein Abenteuer gewesen!«

Er fing an zu lachen und ich stimmte unwillkürlich ein. Beim Metallarm des Zinnhybriden, er hatte ja recht. Ich war dem Schatten von Arassa begegnet. Am ersten Tag in dieser Stadt. Und ich hatte überlebt.

»Wir werden ihn fangen«, flüsterte ich.

»Natürlich werden wir das, Paradiesvogel«, sagte Najee lachend. »Wir zeigen diesem Rebellenführer, warum es nicht viele von seiner Sorte auf der Rabeninsel gibt. Wenn wir ihn zur Garde bringen, machen sie uns bestimmt zu Präsidenten.«

»Bestimmt«, sagte ich eifrig.

Najee grinste, aber bevor er antworten konnte, trat ein junges Paar an den Tisch. Wie die meisten Inselmenschen hatten sie dunkle Haut, als wären sie zu lange in der Sonne gewesen, und Perlen waren in das lockige Haar der Frau gewoben.

»Entschuldigen Sie«, sagte der Mann. »Können Sie mir einige Knochenmünzen wechseln? Ich habe nur noch Zwanzigerstücke.«

Najee und ich zückten unsere Geldbeutel. Ich bemerkte, dass der Fremde meine rechte Hand anstarrte; sie lag nutzlos auf der Tischplatte, während ich mit den Fingern meiner linken nach Kleingeld suchte.

»Da. Sollte stimmen, im Rechnen war ich immer gut.«

»Vielen Dank«, sagte der Mann. »Darf ich fragen … sind Sie von Adel?«

Ich nickte zögernd. »Ich … heiße Taiden Belarron.«

»Angenehm. Mein Name ist Fyonn, und dies ist meine Verlobte Talisha. Ein reizendes Geschöpf. Leider spricht sie nicht besonders viel, doch eine Frau braucht sowieso nur ein Händchen für den Haushalt.«

Er legte den Arm um ihre Taille, während er sprach. Talisha errötete, sagte jedoch nichts und stieß ihn auch nicht weg.

»Najee«, sagte Najee, präzise wie immer. »Wohnen Sie hier in Arassa? Können Sie uns die Stadt zeigen?«

Fyonn lächelte. »Selbstverständlich. Aber wenn Sie nach Nervenkitzel suchen, könnte ich Sie zu einem … besonderen Zeitvertreib mitnehmen.«

Vor meinem inneren Auge sah ich mich plötzlich von Dutzenden bildhübscher Kurtisanen umringt, die sich an mich schmiegten und mir jeden Wunsch von den Augen ablasen. Ich tauschte einen Blick mit Najee; sein Grinsen verriet mir, dass ihm der gleiche Gedanke gekommen war wie mir.

»Besonders?«, hakte ich leise nach.

Fyonn lächelte schmal.

Eine Stunde später stand der Plan für den Abend. Fyonn verabschiedete sich mitsamt seiner Dame, und wir zahlten für unseren Kuchen und machten uns auf den Weg zum Hafen, um nach der Frau namens Kytai zu suchen. Wie sich herausstellte, war sie eine alte Dame mit schokoladenfarbener Haut, zäh wie Leder und mit einem breiten, schleppenden Akzent. Vielleicht kam sie aus den Kolonien. Da die Dreizehn Inseln rohstoffarm waren, hatte man schon vor Jahrzehnten begonnen, die Länder jenseits des diamantenen Meeres zu erschließen.

»Eine Nacht«, sagte Kytai mit rauer Stimme. »Zwanzig Knochenmünzen pro Nase. Damenbesuch ist nicht erwünscht. Arassa bietet euch mehr als genug Freudenhäuser, Jungs.«

Najee nickte, aber ich errötete. Kytai unterdrückte ein Lachen, ehe sie meinen Koffer ergriff und ihn mühelos nach oben trug. Ich folgte ihr mit einem leisen Ärger im Magen, der sich nicht milderte, als sie eine Tür aufstieß und das Gepäck davor abstellte. Dann drückte sie mir einen Schlüssel in die gute Hand und kehrte kommentarlos nach unten zurück.

»Komische Frau«, sagte Najee verdutzt.

Ich zuckte mit den Schultern, ehe ich meinen Koffer öffnete. Mich auszuziehen gelang mir auch mit fünf Fingern, doch für das Anziehen musste ich Najee um Hilfe bitten. Meine Wangen brannten vor Scham, aber er lächelte, als er mir das Hemd zuknöpfte. Ein flaues Gefühl breitete sich in meiner Magengrube aus. Ich konnte mich so glücklich schätzen, ihn als Freund zu haben …

Der Abend war bereits angebrochen, als wir die Unterkunft verließen; Motten tanzten um die Funkenlaternen, und nur selten drang das Klappern von Kutschen oder Pferdehufen durch die Dämmerung. Obwohl mir Arassa riesig vorkam, fanden wir die Straße schnell, in die Fyonn uns eingeladen hatte. Eine verwinkelte Gasse voller Geschäfte, in deren Schaufenstern metallische Spielzeuge herumsprangen und Hunderte von Amuletten selbst durch das Glas zu klirren schienen.

Fyonn erwartete uns bereits. Er stand vor einer Ladentür und rauchte, und er lächelte, als er uns kommen sah. Sein Haar war ordentlich nach hinten geölt. Eine übliche Mode im Bürgertum, die ihm jedoch erstaunlich gut zu Gesicht stand.

»Guten Abend, meine Herren. Wie ich sehe, haben Sie gut hierher gefunden.«

Ich musste lächeln. »Sie reden wie ein Adliger.«

Fyonn zog amüsiert eine Braue hoch. »Wirklich? Meine Geschwister und ich sind in einer Fabrik aufgewachsen. Aber kommen Sie, die Séance wird bald anfangen.«

»Die was?«, fragte Najee.

»Wir werden mit den Geistern sprechen«, sagte Fyonn. »Ihr adliger Freund wird davon gehört haben, die feinen Damen machen es gern. Es macht Spaß, Sie werden schon sehen.«

Najee sah alles andere als begeistert aus, aber ich musste Fyonn recht geben; manchmal hatte meine Mutter solche Rituale mit ihren Gesellschafterinnen abgehalten, bis es ihnen langweilig geworden war. Trotzdem folgte ich ihm in den Laden. Es dauerte eine Weile, bis sich meine Augen an die Dunkelheit dort gewöhnt hatten, doch der Raum war leer bis auf einen kerzenbeleuchteten Tisch, um den sich eine Gesellschaft scharte. Fyonns Verlobte war hier, natürlich; außerdem saßen dort mehrere Männer und eine Frau, die ihr Gesicht hinter einem Schal verbarg. Ich wurde sofort misstrauisch, zwang mich jedoch, still zu bleiben. Sie war nicht der Schatten; sie war keine Rebellin.

»Guten Abend, Athata«, sagte Fyonn höflich.

Die maskierte Frau reagierte nicht. Mich beschlich das unangenehme Gefühl, in ein eisernes Ritual gestolpert zu sein, das sich nicht durch alberne Dinge wie Konversation auflockern ließ.

»Ist jemand mit Aliamenblut in den Adern hier?«

Was für eine Frage, dachte ich. Aliamen hatten schwarzes Blut, fast wie Teer; meines jedoch war so menschlich rot wie nur irgend möglich. Was sollte ich schon davon haben, selbst wenn der Zinnhybrid ein Halbblut gewesen wäre?

»Löschen Sie das Licht.«

Fyonn beugte sich vor, um alle Kerzen bis auf eine auszublasen. Als Athata uns anwies, einander die Hände zu reichen, ließ ich es schweigend zu. Ich spürte Najees warme Berührung an meiner Linken. Selbst im Dunkeln sah ich ihn lächeln. Aber es hatte etwas Gezwungenes an sich, und sein Griff war so fest, dass es fast schmerzte.

Athata begann leise zu singen. Ich kannte die Melodie nicht, und auch die Sprache war mir fremd, in der sie sich gelegentlich unterbrach. Ich bemerkte, dass die Kerzenflamme bläulich zu flackern begann. Wie der Himmel, dachte ich, als ich hineinsah … wie der Himmel über Ceratari, damals, bevor die Fabriken gebaut worden waren …

Und beinahe konnte ich die frische Luft riechen, fühlte eine warme Brise, und Staub rieselte von der Decke auf mich herab. Ich befand mich in einem gewaltigen Thronsaal; die Fenster waren weit geöffnet und dahinter zeichneten sich die bunten Fassaden von Ceratari ab.

Um mich herum reihten sich Frauen und Männer, deren cremefarbene Kleidung in krassem Kontrast zu ihrer dunklen Haut stand. Ich begegnete ihren Blicken. Sie alle hatten strahlend blaue Augen, erfüllt von einer Abscheu, die selbst nach all den Jahren noch schmerzte.

»Schmutziger Halbmensch«, flüsterte ein Mann.

Ich wandte mich ab. Am Kopf des Saales, unter einem großen Banner mit den Spatzen von Ceratari, stand ein Thron aus goldbeschlagenem Ebenholz. Dort saß ein Mann, der einmal sehr gut aussehend gewesen sein mochte, bis ihn das Alter eingeholt hatte. Grau durchzog den perlengeschmückten Zopf, zu dem er sein Haar geflochten hatte, und sein Gesicht war hart wie Stein.

»Hallo, Vater«, sagte ich und grinste. »Ich wollte mich nur kurz verabschieden, bevor du mich ins Exil schickst.«

Er presste die Lippen aufeinander. »Deine Anwesenheit ist hier nicht erwünscht, Halbmensch.«

»Ich weiß. Aber ich wollte dir noch etwas sagen.« Ich musterte die rubinbesetzten Ketten, die vollgefressenen Schlangen gleich auf seinem Seidenhemd lagen. »Die Leute da draußen hassen dich. Dich und deine Dekadenz.«

»Mir kommen die Tränen«, sagte eine Hofdame. Ich hörte es hier und da kichern.

Ich ignorierte sie. »Sie hungern. Ich glaube, ein Laib Brot kostet im Moment zweihundert Knochenmünzen. Aber wie viele Gänge hatte euer letztes Abendessen? Sieben oder acht? Wenn euch das nicht bald um die Ohren fliegt, weiß ich auch nicht weiter.«

»Das sind Nutztiere, Junge«, sagte mein Vater. »Wieso sollte es mich interessieren, was sie zu fressen haben?«

»Tja, wenn du nicht mit einem Nutztier ins Bett gegangen wärst, wäre ich gar nicht hier.« Ich zwinkerte ihm zu. »Da dachte ich, dass du es vielleicht hören willst.«

Empörtes Murmeln. Meinem Vater stieg die Zornesröte ins Gesicht.

»Du schickst mich ins Exil, weil ich ein Halbblut bin«, sagte ich. »Weil ich dir sage, was du nicht hören willst. Und weißt du was? Ich werde wiederkommen. Vielleicht nicht heute oder morgen, aber ich kehre zurück, und ich werde dich umbringen.«

»Ergreift ihn!«, brüllte mein Vater.

Ich legte die Hand zu einem ironischen Gruß an die Stirn, wandte mich um und rannte davon. Erst als ich sie senkte, sah ich, wie dunkel meine Haut war – fast wie Schokolade.

Irgendetwas stimmte nicht, aber ich kam nicht darauf, was es war.

Jemand schlug mir ins Gesicht. So heftig, dass es das Bild des Thronsaals auslöschte. Ich starrte die Frau an, die über mir kniete, und meine Hand schnellte ohne mein Zutun vor und drückte ihre Kehle zu. Schreie hallten in meinem Kopf, die ich nicht über die Lippen brachte. *Gütige Funken – so werde ich sterben.*

Athata packte mein gutes Handgelenk und entrang sich keuchend meinem Griff, ehe sie mir den Daumen fest zwischen die Augenbrauen presste.

»Wie heißt du?«

Etwas kreischte mit meiner Stimme.

»Sag mir deinen Namen!«

Es kitzelte in meiner Kehle. Plötzlich kehrte das Gefühl in meinen Körper zurück.

»Ich heiße Taiden!«, brüllte ich. »Ich bin Taiden Belarron! Gütige Funken, holen Sie dieses *Ding* aus mir raus, es redet an meiner Stelle, ich schwöre es.«

»Ich weiß«, sagte die Frau. »Sie hätten mir sagen sollen, dass Sie Aliamenblut in sich haben.«

Sie zog eine Nadel aus ihrem Ärmel und stach mir in die schlechte Hand. Ich zuckte zusammen, als ich silberweißen Nebel aus dem Einstich aufsteigen sah, der sich rasch verflüchtigte. Von Rebellen entführt zu werden war eine Sache, aber dies …

»Was haben Sie gesehen?«

Ich schluckte.

»Einen großen Saal. Den … wenn ich mich nicht irre, den Aliamenkönig …« Ich stockte. »Wo sind all die Leute?«

»Nebenraum«, brummte Athata. »Ich habe Sie nach hinten gebracht, als Sie ohnmächtig geworden sind. Das ist der Grund, warum schwarzes Blut in meinem Geschäft unerwünscht ist – es trägt Magie in sich, und es weckt Erinnerungen an andere Zeiten.«

Ich starrte sie an, unfähig zu antworten.

»Aber ich war nie in Ceratari«, murmelte ich.

»Nein«, sagte Athata, »doch Ihre Vorfahren waren es. Wer magisches Blut in den Adern hat, ist fähig, durch die Augen seiner Ahnen einen Blick in die Vergangenheit zu werfen. Machen Sie sich keine Sorgen. Es wird nicht wieder passieren, solange Sie niemand von meinem Schlag anleitet.«

Als ich nicht darauf reagierte, lächelte das Medium. »Ich will Ihnen einige Ratschläge mitgeben, Metalltänzer. Hüten Sie sich vor Brücken und scharfem Schnaps, passen Sie auf Ihr Rückgrat auf und nehmen Sie sich für die nächsten Wochen nicht allzu viel vor.«

Ich verkniff mir einen Kommentar über dieses merkwürdige Horoskop. »Was ist ein Metalltänzer?«

»Das finden Sie schon selbst heraus«, erwiderte Athata und ließ mich im Dunkeln stehen.

Najee und ich verließen den Laden überstürzt. Das wunderte wahrscheinlich niemanden. Ich brachte es gerade noch über mich, mich halbwegs ruhig von Fyonn zu verabschieden, ehe wir heftig zitternd ins nächtliche Arassa hinauseilten.

»Du hast geschrien«, platzte Najee heraus. »Als würdest du in Flammen stehen! Jag mir nie wieder solche Angst ein, Paradiesvogel – dreizehn Stunden, ich dachte, du würdest gleich tot umfallen.«

»Ich glaube nicht, dass mir die Stunden hätten helfen können.« Die Dreizehn waren die treuesten Offiziere des Zinnhybriden und regierten seit seinem Tod die Inseln; doch obwohl mein Urgroßvater ihnen der Sage nach die Unsterblichkeit geschenkt hatte, verehrte man sie nicht wie ihn. »Gütige Funken … ich dachte nicht … ist noch mehr passiert?«

»Nein, aber …« Najee schluckte. »Deine Augen waren plötzlich blau.«

Es dauerte eine Weile, bis ich diese Aussage begriff.

»Meine Mutter hat blaue Augen«, sagte ich langsam.

»Ich *weiß*«, stieß Najee hervor. »Dann hast du – du hast mich angestarrt, als würdest du mich gar nicht kennen. Das war unheimlich, ich will das nie wieder tun.«

»Ich auch nicht«, flüsterte ich. »Was … was hältst du davon, wenn wir einfach einen Schnaps trinken und ins Bett gehen? Und dann reden wir nie wieder darüber.«

»Einverstanden«, sagte Najee düster.

Damit machten wir uns auf den Weg durch die Stadt, deutlich eiliger als noch zur Mittagszeit, und betraten das erstbeste Lokal. Kaum dass unsere Getränke kamen, packte ich meinen Feuerschnaps und stürzte ihn hinunter. Seine Schärfe trieb mir die Tränen in die Augen. Egal. Ich wollte hundert davon trinken, wenn das hieß, dass ich nicht mehr an Geister denken musste.

Ich erinnere mich nur verschwommen an diesen Abend. Irgendwann war der Tisch voller Trinkgläser, und in meinem süßen, watteartigen Rausch bekam ich irgendwie Najees Schulter zu fassen. Ich weiß noch, dass wir nach draußen taumelten, lachend und betrunken, den Schreck der Séance vorzüglich verdrängt. Dass mir die Luft kühl den Hals hinabstrich. Dass ich leise kicherte und dass mir plötzlich ein Stück Stahl an der Kehle lag.

»Nicht bewegen, Belarron«, sagte jemand.

Danach setzt meine Erinnerung vollkommen aus.

Ein dunkler Raum, die Fenster verhängt mit Stoff.

Stickige Luft. Ein schaler Geschmack auf meiner Zunge. Ich blinzelte und bereute es sofort, denn auch das spärliche Licht im Zimmer tat mir in den Augen weh. Mein Kopf fühlte sich an, als sei er unter eine Motorkutsche geraten. Was hatte ich mir bloß eingebrockt?

Ich kam mühsam auf die Beine. Die ganze Welt drehte sich, und einen Augenblick später fiel mir auch ein warum. Richtig, Najee und ich hatten es mit dem Schnaps übertrieben. Wenn ich meine Geldbörse noch hatte, war vermutlich nichts mehr außer toten Motten darin. Und danach …

Kalter Stahl an meinem Hals.

Nicht bewegen, Belarron.

Nein. Nicht schon wieder. Nicht hier, nicht jetzt, *nicht jetzt.*

Ich hörte, dass jemand am Türschloss herumnestelte. Ich wandte den Kopf und blickte einen dunkelhaarigen Mann an. An seinem Gürtel hing eine Pistole. Eine silberne Waffe mit Einlegearbeiten aus Gold, die sie fast zu teuer machten, um damit zu schießen.

»Schön geschlafen, Belarron?«, erkundigte sich Fyonn.

Ich starrte ihn an. Diese Pistole. Die dunkle Haut.

»Du hast gar keinen Akzent mehr«, flüsterte ich, weil ich glaubte, sonst verrückt zu werden. Er hätte tot sein sollen. Marawyn hatte versprochen … versprochen, dass er mir nie mehr wehtun würde …

»Was du nicht sagst«, sagte Fyonn grinsend. »Ich verdiene Geld damit, Stimmen und Dialekte nachzuahmen, ich könnte wahrscheinlich sogar deine lächerliche Verlobte imitieren. Hat sie dich inzwischen satt? War sie angewidert vom Rabenkrüppel?«

Die letzten Worte sprach er in dem breiten Akzent aus, den er einst auf der Rabeninsel verwendet hatte, und eine schreckliche Kälte krallte sich in meinen Eingeweiden fest. Dieses Mal war Selana nicht hier.

Aber Najee schon.

»Du fragst ja gar nicht nach deinem Freund«, sagte Fyonn gefährlich sanft.

Mir blieb fast das Herz stehen.

»Nein«, flüsterte ich. »Nein, du hast ihm nicht wehgetan – du hast nicht …«

»Ich könnte ihn erschießen«, sagte Fyonn und wog seine Pistole in der Hand. »Würdest du weinen, Belarron? So wie meine Geschwister geweint haben, als mein Bruder mit dieser Waffe auf Rabenjagd ging und *dich angeschossen hat?*«

Ich sah ihn fassungslos an. Fyonn starrte zurück, schwer atmend, ehe er mir eine Ohrfeige versetzte, deren schiere Wucht mir den Kopf herumriss.

»Aber du hast überlebt«, fauchte er. »Du hast *überlebt,* während sie ihn hingerichtet haben! Wie kannst du es wagen? *Wie kannst du es wagen?«*

Ich schluckte; meine Kehle fühlte sich wie zugeschnürt an. Einige Augenblicke lang betrachtete Fyonn mich voller Hass, ehe er sich abwandte.

»Wir werden später in ein anderes Gebäude gehen. Wenn du dich wehrst, bringe ich den Karakusher um.«

Damit verließ er den Raum. Ich stand zitternd in der Dunkelheit, starrte auf die Tür, während seine Schritte langsam verklangen. Wieder die Gefangenschaft, dachte ich. Mein Vater hatte recht gehabt. Das Einzige, wozu ich taugte, war, entführt zu werden.

Und als ich an Rabenfels dachte und daran, wie meine Mutter gerade weinen mochte, stiegen mir selbst die Tränen in die Augen. Ich würde sie nie wiedersehen. Dabei fielen mir so viele Dinge ein, die ich ihr sagen musste – wie lieb ich sie hatte, wie leid es mir tat, davongelaufen zu sein …

Ich rollte mich im Bett zusammen. Zwang mich auszuruhen. Aber es dauerte nicht lange, bis sich die Tür erneut öffnete und mich ein grobschlächtiger Mann auf die Beine zerrte. Ich zischte vor Schmerz, als er meine Arme hinter dem Rücken fesselte und mich nach draußen führte. Dort erwartete mich Fyonn mit seinen Rebellen. Er grinste, ehe er mir die Augen verband.

»Nicht bewegen, Belarron«, sagte Fyonn.

Damit stieß er mich auf eine raue Oberfläche, unter der es zu vibrieren begann. Erst jetzt verstand ich, dass meine Entführer mich auf irgendein Gefährt geworfen hatten, und es setzte sich rumpelnd in Gang. Jede Unebenheit im Pflaster jagte einen schmerzhaften Impuls durch meinen Körper. Hatte denn niemand gesehen, was hier vor sich ging? Würde uns das Uhrwerk nicht zu Hilfe eilen?

»Paradiesvogel?«

Mein Herz setzte kurz aus.

»Najee«, flüsterte ich. »Gütige Funken, wie geht es dir? Bist du wohlauf?«

»Sie haben mich geschlagen«, sagte Najee. »Aber das haben die Offiziere bei der Armee auch getan. So machen sie mir keine Angst.«

Ich stockte. »Sie haben …«

»Schon gut, Paradiesvogel. Ich fürchte mich nicht. Überhaupt nicht.«

Ich konnte hören, dass er log. Natürlich. Ich starb ja beinahe selbst vor Angst, und warum sollte sich Najee besser fühlen?

Das Heulen des Motors erstarb. Grobe Hände zogen mich auf die Beine, rissen mir die Augenbinde vom Gesicht. Ich blinzelte ins grelle Licht und stellte fest, dass wir vor einem Wolkenkratzer aus rotem Backstein standen, dessen Höhe ich eher ahnen als feststellen konnte.

»Wir haben euer Gerede gehört«, sagte einer der Männer. »Wenn ihr das nächste Mal den Mund aufreißt, schlage ich euch die Zähne aus.«

»Genug jetzt«, sagte Fyonn scharf. »Ich habe keine Lust, festgenommen zu werden, weil ihr hier herumtratscht wie die Waschweiber.«

Damit wandte er sich um. Wir folgten ihm widerwillig in ein Foyer, an dessen Ende sich mehrere Fahrstühle befanden. Fyonn gab seinen Männern ein Zeichen, sie griffen sich Najee und zerrten ihn davon. Wir hingegen mussten auf die nächste Einstiegsmöglichkeit warten, und als eine Kabine vor uns aufstieg, stieß Fyonn mich unwirsch hinein. Ich zählte stumm die Stockwerke, die an uns vorbeiglitten. Im siebten stiegen wir aus und folgten dem Gang bis zu einer Tür, an der ein zerkratztes Namensschild hing.

Die Wohnung dahinter war leer. Der Lärm einer belebten Straße drang herein, doch ich achtete nicht darauf. Die Männer fesselten uns erneut und warfen uns in eine Ecke. Ich verkniff mir einen Aufschrei, als mein Hinterkopf hart gegen die Wand schlug.

Fyonn lachte schallend. »Du bist immer noch ein Mädchen, Belarron.«

»Lass ihn in Ruhe«, fuhr Najee dazwischen.

Fyonns Lächeln verschwand. »Was hast du gesagt?«

»Du hast mich schon verstanden, du Bastard!«

Fyonn trat ihm so heftig ins Gesicht, dass ich es knacken hörte. Najee schrie auf, als sein Kopf nach hinten flog; Blut stürzte ihm aus der Nase und verschmierte seine erbleichenden Züge.

»Nein«, flüsterte ich. Meine Eingeweide fühlten sich wie bleigefüllt an. »Najee – nein …«

Fyonn lächelte, ehe er sich mir zuwandte. »Du erinnerst dich bestimmt an unser Spiel. Also, wie viel bekommen wir für dich?«

»Ich weiß nicht«, murmelte ich; aber jetzt, wo mein Vater tot war, würde meine Mutter gewiss jeden Preis für mich bezahlen. »Ich … nein. Dreitausend Knochenmünzen. Vielleicht, ich weiß nicht.«

»Wie viel für deinen Freund?«, unterbrach mich Fyonn.

Ich biss mir auf die Zunge. »Übergebt mich meiner Familie. Sobald ich in Rabenfels angekommen bin, gebe ich euch alles, was ihr wollt.«

Fyonn grinste. »Ach ja? Was, wenn wir den ganzen Reichtum deines Hauses fordern?«

Ich hielt seinem hämischen Blick kaum stand.

»Dann könnt ihr ihn haben«, murmelte ich. »Ein Leben ist wichtiger als Knochenmünzen.«

Fyonn lachte laut. Wenig später stimmten seine Rebellen mit ein; dann klopfte jemand in der Wohnung unter uns gegen die Decke und sie verstummten mit grässlichem Grinsen auf den Gesichtern.

»Vielleicht töte ich dich doch nicht, solange du noch lustig bist.« Er bedachte mich mit einem widerlich gütigen Lächeln. »Wir sind dem Uhrwerk nichts wert. Leute wie ich bekommen nichts von ihm außer einer Kugel in den Schädel.«

Ich biss mir auf die Lippen. »Du würdest ein besseres Leben haben, wenn du dem Uhrwerk treu wärst.«

Fyonns Lächeln verschwand. »Glaubst du das, Rabenkrüppel?«

Seine Stimme war gefährlich leise. Ich drückte mich unwillkürlich an die Wand.

»Du denkst, dass das Uhrwerk für uns sorgt? Ich habe vierzehn Stunden am Tag gearbeitet, kaum dass ich richtig laufen konnte. Du hast keine Ahnung, wie es ist, in den Fabriken aufzuwachsen und zu wissen, dass man einen Dreck wert ist. *Dir* hat man schon alles nachgetragen, bevor man dich aus dem Schoß deiner Mutter gezogen hat!«

Fyonn wandte sich um. »Bringt ihn weg. Ich kann ihn nicht mehr sehen.«

Der Zinnhybrid möge uns gnädig sein, dachte ich, als sie mich im Nacken packten und davonzerrten.

Zwei Tage. Zwei Tage in Schmerz und Blut und Dunkelheit. Sie hatten uns in ein leeres Zimmer geworfen, und manchmal glaubte ich, dass sie uns dort vergessen hatten. Wenn wir Glück hatten, brachten sie uns eine Schale Brei, die wir uns teilen mussten. Wasser gab es häufiger, doch es schmeckte faulig und ließ mir übel werden. *Wir werden hier sterben,* dachte ich. *Gütiger Zinnhybrid, wir werden wirklich hier sterben.*

Aber was hätte ich tun sollen? Um Hilfe rufen? Fyonn würde hier sein, um mir die Rippen zu brechen, bevor sich die Bewohner der umliegenden Wohnungen auch nur gerührt hatten. Vielleicht hätten wir davonlaufen können. Doch meine Beine zitterten wie meine Hand, und vor Hitze wurde mir selbst im Sitzen schwindlig.

Ich blinzelte. Es war entsetzlich stickig in unserem Gefängnis; selbst durch das offene Fenster strömte keine Luft herein. Ich hörte Najees pfeifende Atemzüge neben mir. Bestimmt hätte Fyonn ihn keines Blickes gewürdigt, wenn ich nicht gewesen wäre, und jetzt saßen wir in der Finsternis, warteten darauf, dass er es zu Ende brachte …

Für seinen Bruder, den ich nie kennengelernt hatte. Der für sein Attentat hingerichtet worden war. Schließlich hatte er den Adel angegriffen, auch wenn es nur den geringsten Raben getroffen hatte.

»Ich will nicht hier sterben«, flüsterte Najee.

Ich blinzelte.

»Deine Mutter wird dich bestimmt freikaufen.« Er klang verschnupft. »Aber mich nicht. Ich bin ja nur ein Karakusher, ich bin nichts wert.«

»Das stimmt nicht, Najee.«

Er schwieg, aber ich hörte sein leises Schniefen. Ich schluckte schwer. Najee hatte nie geweint, nie … er verstand es stets, sich sein Lachen zu bewahren …

»Er wird denken, dass ich weggelaufen bin«, flüsterte Najee plötzlich. »Ich hab ihm versprochen, dass ich wiederkomme, Taiden. Er wird heulen, wie er geheult hat, als er meine Mutter verlassen hat.«

Ich schluckte. »Du hast mir nie von ihr erzählt.«

»Wusste nicht, ob du es verstehen würdest«, murmelte Najee. »Sie ist verschwunden, als ich noch klein war. Jemand hatte die Haustür eingetreten. Aber eines Tages kam sie einfach wieder, als wäre nichts gewesen, und sie war … irgendwie anders geworden. Fragte mich dauernd, ob ich mein Land liebe, ließ mich Uhrwerkslieder singen. Am Ende haben meine Eltern nur noch gestritten. Also ist mein Vater mit mir gegangen.«

Ich biss mir auf die Lippen. Manchmal bohrte das Uhrwerk seinen Rebellen Funkendrähte in den Kopf; das hielt ihre Gedanken auf den richtigen Bahnen.

»Das habe ich nicht gewusst«, flüsterte ich.

»Hab's dir absichtlich nicht erzählt«, gab Najee zurück. »Du schimpfst ständig über deine Familie, und ich flenne ihretwegen wie ein Mädchen.«

Ich erwiderte nichts. Stattdessen streckte ich einen Arm aus, um Najee an mich zu drücken. Nur ganz kurz, aber es tat gut. Wenn ich gewusst hätte, was auf uns zukam … wenn Najee nur sicher sein würde …

Jemand stieß die Tür auf. Heftig. Ich hob den Kopf, hoffte einen kindischen Augenblick lang auf meinen Onkel; doch in der Tür stand Fyonn, das Gesicht wutverzerrt, und er packte meinen Arm und zerrte mich hinaus. Najee rief uns etwas nach, doch das Blut rauschte in meinen Ohren und erstickte seine Stimme. Irgendetwas war passiert, ich wusste es.

Jetzt würde ich es ausbaden.

Fyonn schleifte mich in einen erstaunlich gut eingerichteten Raum; es gab einen langen Tisch und mehrere Stühle, und in einer Ecke stand ein altmodischer Fotoapparat auf einem Stativ. Er riss mir unwirsch die Fesseln von den Armen, ehe er mir bedeutete, mich zu setzen.

Ich war nicht so dumm, seine Forderung zu ignorieren.

»Wir haben deiner Mutter geschrieben«, sagte Fyonn in bedrohlich leisem Ton. »Vorhin haben wir eine Antwort bekommen. Eintausend Knochenmünzen hat man uns angeboten. Du hast mir das Dreifache versprochen.«

Irgendwo unter meiner lähmenden Angst verspürte ich Ärger. Das stank förmlich nach Amarion; in meinem Hinterkopf konnte ich ihn lamentieren hören, dass sich ein richtiger Belarron nicht erpressen ließe, schon gar nicht von schmutzigen Rebellen.

»Aber ich werde ihnen eine kleine Denkhilfe schicken«, sagte Fyonn und grinste. »Talisha! Du musst ein paar Fotografien machen.«

»Fotografien«, wiederholte ich. Das klang seltsam besorgniserregend, und es gefiel mir noch weniger, dass Fyonn wenig später einen schweren Hammer auf den Tisch legte.

Mir brach der kalte Schweiß aus. »Was soll das werden?«

»Ein Appell an deine Familie«, sagte Fyonn. »Weil ich heute einen guten Tag habe, darfst du dir den Arm aussuchen. Links oder rechts?«

Ich fuhr so schnell auf, dass mir kurz schwarz vor Augen wurde, aber Fyonn packte mich mit der freien Hand und drängte mich auf den Stuhl zurück.

»Links oder rechts?«

»Rechts«, erwiderte ich automatisch. Ich begann zu zittern, als Fyonn hinter mich trat und meinen Kopf zur Seite zerrte. Der Hammer berührte meine Schulter, und selbst durch mein Hemd hindurch konnte ich das eiskalte Metall spüren. Fyonn schnalzte mit der Zunge, zerriss mit einem heftigen Ruck den Stoff. Mir wurde übel, als sich der Hammerkopf auf meine nackte Haut drückte.

»Tu das nicht – du kannst haben, was du willst – bitte, *bitte,* ich will nicht …«

»Dafür ist es zu spät«, sagte Fyonn. »Nicht schreien, Belarron. Du möchtest doch nicht die Nachbarn stören.«

Damit ließ er den Hammer auf meine Schulter niedersausen. Ein trockenes Knacken ertönte; dann überspülte mich der Schmerz. Ich schrie auf, spürte heiße Tränen auf meinen Wangen – und Fyonn schlug heftiger zu, immer heftiger, und plötzlich packte er meinen Arm, um ihn auf dem Tisch auszustrecken.

»Hör auf!«, brüllte ich. »Gütige Funken, hör auf – ich tue, was du willst, aber lass das, tu mir nicht weh, *tu mir nicht weh!*«

Seltsamerweise blieben die nächsten Schläge aus. Ein Teil von mir war erleichtert, dem anderen war es gleichgültig; da war nur noch die Pein, das warme Blut an meiner Schulter, und ich hoffte, dass er mir den Schädel einschlagen und alles zu Ende bringen würde.

»Ich habe gesagt, dass du nicht schreien sollst«, sagte Fyonn langsam. »Das ist doch wirklich nicht schwer. Warum hältst du dich nicht daran?«

»Bitte … es tut so weh …«

Fyonn hob mein Kinn an. Ich sah, dass er immer noch lächelte, lächelte und weinte zugleich; aber ein winziger Teil von mir wusste, dass er es nicht bemerkte.

»Sehen wir, wie das deinem Bruder gefällt«, wisperte er.

Die Tischplatte knarrte, als Fyonn den Hammer auf meinen Arm niederdonnern ließ, und nach einer letzten Schmerzwelle erfasste mich Ohnmacht.

Sie versorgten meine Wunden nicht einmal. Später, als ich wieder bei halbwegs klarem Verstand war, hatten sich meine Verletzungen bereits entzündet. Ich spürte, dass ich fieberte; meine Schulter fühlte sich jedoch an, als sei sie in tausend Scherben zersplittert, und sie alle hatten Zähne. Ich hielt den Arm an mich gedrückt, versuchte, vor Schmerz und Erschöpfung nicht zu weinen. Mehr konnte ich nicht tun. Mich zu untersuchen hieße, mich zu bewegen. Und nichts, *nichts* auf der Welt war wichtiger geworden, als mich so starr zu halten, als sei ich plötzlich zu Stein erstarrt.

»Taiden …«

Ich blinzelte trübe, als Najee mir eine Hand auf die Stirn legte. Sie fesselten uns beide nicht mehr; er war so schwach und zittrig wie ich, und dunkle Ringe hatten sich unter seinen Augen eingegraben.

»Nicht einschlafen«, flüsterte er. »Du darfst nicht …«

Aber es war so leicht, die Augen zu schließen. So leicht. Einen Herzschlag lang schwieg Najee, ehe ich seine Hand auf meinem zerschlagenen Arm spürte, und heißer Schmerz fuhr durch mein Fleisch und ließ mich aufschreien.

Najee zog sofort die Hand zurück. Ich hoffte, dass Fyonn nicht vorbeikam und mich für mein Gebrüll bestrafte. Er würde mich treten, ich wusste es. Er trat immer nach meinem Arm, wenn ich meine Zunge nicht hütete.

»Tut mir leid«, stammelte Najee; es klang, als sei er den Tränen nahe.

»Schon gut«, flüsterte ich. »Du hast es doch nicht böse gemeint.«

Najee sah mich hilflos an. Seine Sorge rührte mich mehr, als ich mich jemals auszusprechen getraut hätte, doch dann begann mein Arm erneut zu pulsieren und löschte alle Gefühle in mir aus.

»Brauchst du noch etwas?«, fragte er leise.

Ich sah ihn lange an.

»Es ist so stickig hier«, murmelte ich. »Kannst du mir ans Fenster helfen? Ich will Arassa so gern sehen …«

»Es wird wehtun, Paradiesvogel.«

»Macht nichts.«

Vorsichtig half Najee mir auf die Beine. Es geschah nur sehr langsam, doch immerhin schaffte ich es überhaupt, und ich schrie auch gar nicht so laut. Najee öffnete das Fenster, setzte mich behutsam auf dem Fensterbrett ab. Der Straßenlärm klang unendlich angenehm. Vielleicht würde es das letzte Mal sein, dass ich diese Geräusche hörte.

Najee ließ sich neben mir nieder. Ich griff vorsichtig nach ihm, um nicht das Gleichgewicht zu verlieren. Seine Kleidung raschelte unter meinen Fingern. Sie war verschwitzt und stank, aber das war mir gleichgültig.

»Es tut mir so leid«, murmelte ich.

»Muss es nicht. Du konntest nicht wissen …« Najee schüttelte den Kopf. »Warum mussten wir uns bloß betrinken? Ich … ich vermisse die Tochter der Köchin. Sie hatte so eine niedliche Stupsnase.«

Ich schluckte. »Grüß sie von mir, wenn du heimkommst, ja? Und … und geh zur Garde für mich. Irgendjemand muss ihn erledigen …«

Najee sah mich lange an. Seine Augen waren nass.

»Versprochen«, murmelte er und umarmte mich kurz. Trotz der entsetzlichen Schmerzen in meiner rechten Körperhälfte wurde mir plötzlich flau im Magen. Dann öffnete sich die Tür. Mein Arm brannte, als ich Fyonn mit seiner Bande eintreten sah, seine geliebte Pistole locker in der Hand liegend.

»Nicht genug Geld«, sagte Fyonn. »Viertausend Knochenmünzen. Ein armseliger Preis.«

Ich rechnete so schnell nach, wie es mir meine Angst erlaubte. Seit Fyonn meinen Arm zertrümmert hatte, waren drei Tage vergangen. Ausreichend Zeit für einen raschen Briefwechsel zwischen Arassa und Rabenfels.

»Wollt ihr mich noch übler zurichten?«, flüsterte ich.

Fyonn ignorierte mich. Sein Blick wanderte zu Najee hinüber. Er ließ mich erschrocken los und ich krallte die gute Hand in den Fensterrahmen, um nicht rücklings in die Tiefe zu stürzen.

»Ich habe es vor einigen Jahren zum Fabrikleiter gebracht«, erzählte er. »Dann hackten die Raben meinem Bruder die Augen aus und ich verlor meine Stelle. Aber es gibt eine Lektion, die ich gelernt habe, während ich in meinem feinen Büro saß und die rauchenden Schornsteine hinter dem Fenster betrachtete. Wenn jemand keinen Nutzen hat, wird er auch nicht durchgefüttert.«

Fyonn hob seine Pistole und schoss. Der Knall hallte von den Wänden wider, doch es gelang ihm nicht, Najees Schrei zu übertönen. Ein taubes Gefühl ergriff Besitz von meinem Innersten, als er auf die Knie sank, als er mit einem dumpfen Geräusch nach vorn fiel. Ich wollte die Hand nach ihm ausstrecken, aber ich konnte mich nicht rühren. Das musste ein böser Traum sein ... gleich würde ich schweißgebadet aufwachen, nach Najee sehen, beruhigt sein, weil er lebte ...

Ich spürte, dass mir eine Träne über die Wange rann.

Und dies ist das Ende.

Wind fuhr mir in den Rücken. Mir kam eine Idee. Alles, alles war besser, als hierzubleiben und auf den Tod zu warten, und mit letzter Kraft zog ich mich auf das Fensterbrett. Fyonn zog die Brauen zusammen und schoss. Etwas zuckte durch meine zerschlagene Schulter. Es tat weh; unendlich weh sogar. Ich schrie und verlor das Gleichgewicht, und auf einmal war der Boden unter meinen Füßen verschwunden.

Die Zeit schien sich zu verlangsamen. Ich starrte in den Himmel, glaubte zu sehen, wie Fyonn an das Fenster eilte und mir voller Entsetzen nachblickte. Einen Herzschlag lang war mir nach einem Lachen zumute, doch dann kam der Aufprall. Hart und dumpf. Ich spürte ein grässliches Knacken in meinem Rückgrat, aber ich hatte keinen Atem mehr übrig, um zu schreien –

Meine Umgebung verschwamm in düsteren Farbflecken. Ich hörte fernes Geschrei, als hätte man mich unter Wasser gedrückt. Dann legte jemand die Hand an meine Wange und drehte meinen Kopf. Für einen

Augenblick starrte ich in das Gesicht einer Frau, die Augen aufgerissen, die Wangen blass.

»Helfen Sie mir«, stieß ich hervor. Zumindest glaubte ich das.

Die Welt verschwand in schwarzen Schleiern, und sie löschten alles aus.

5

Der falsche Mann trägt Messing

Wärme und Dunkelheit. Behagliche, schmerzlose Stille.

Für eine süße Ewigkeit lag ich in einen Kokon aus Bettdecken gewickelt da. So, wie ich es als Kind gemacht hatte, als meine größte Angst die Geister gewesen waren, die manchmal über die Wellen jenseits der Dreizehn Inseln ritten. Aber je länger ich döste, desto seltsamer wurde mir zumute. Mein Körper prickelte, fühlte sich jedoch auch schwer an. Mit jedem leisen Atemzug glaubte ich ein Klicken wahrzunehmen, so leise, dass ich mich konzentrieren musste, um es überhaupt zu hören.

Und ich spürte eine Atemmaske auf meinem Gesicht.

Ich riss die Augen auf. Mein Herz raste. Ich befand mich in einem so prächtig eingerichteten Schlafzimmer, dass es gut nach Rabenfels gepasst hätte; die Tapete war mit Goldprägungen verziert, das Mobiliar übersät von Porzellanfiguren. Einen schrecklichen Augenblick lang dachte ich an Fyonn, doch irgendwie bezweifelte ich, dass er kitschige Schafhirten mit rot bemalten Wangen sammelte.

Aber wenn ich nicht bei ihm war, wo war ich dann?

Ich richtete mich auf. Verbände rieben über meine Haut; sie hüllten meinen rechten Arm, meine Schulter und den Brustkorb ein. Ich hatte das unangenehme Gefühl, dass ein Gewicht auf der verbundenen Körperhälfte lag; bevor ich jedoch darüber nachdenken konnte, betrat eine Frau den Raum. Schlank war sie, schlank und hübsch, und das blonde Haar fiel in sorgfältig frisierten Wellen um ihr ansehnliches Gesicht.

Ich spannte mich an. Das musste eine Falle von Fyonn sein – gleich würde er hereinkommen, mich fragen, warum ich Selana nie so schöne Augen gemacht hatte.

»Sie sind ja wach«, sagte sie milde. »Das ist gut zu wissen. Sie haben eine Woche lang geschlafen, Sie waren schwer verletzt.«

Ich erstarrte.

»Ich habe …«, krächzte ich. »Sie … machen Scherze.«

»Wenn ich das tun wollte, würde ich mir eine bessere Geschichte einfallen lassen.« Die Frau musterte mich prüfend. »Halten Sie mich für eine Lügnerin?«

»Nein«, log ich. »Nein … aber wie haben Sie …«

Sie lächelte. »Nehmen wir Ihnen die Bandagen ab. Dann können Sie sehen, warum Sie noch am Leben sind.«

Damit begann sie meine Verbände zu lösen. Natürlich lag eine gewisse Unschicklichkeit darin, mich von einer so üppigen Blondine berühren zu lassen, doch ich war dankbar für ihre Hilfe und nahm sie gerne an. Es klickte immer wieder, während sie arbeitete. Schon bald kam ich dahinter, dass das Geräusch nicht von außen kam. Kalte Angst durchfuhr mich. Was war mit mir geschehen?

Als ich an mir hinabsah, entdeckte ich, dass Metall meinen Körper durchwob. Die rechte Seite meines Brustkorbs war von goldenen Streifen durchzogen, die sich zu meiner Körpermitte hin verjüngten, und auch mein gebrochener Arm war auf diese Weise geflickt und erinnerte an das gestreifte Vorderbein eines Tigers. Aber das Schlimmste war meine Schulter. Sie schien gänzlich aus Messing zu bestehen, und das Metall ging so harmonisch in mein Fleisch über, als sei ich damit auf die Welt gekommen.

Fassungslos sah ich von meinem zusammengeflickten Körper auf.

»Sie haben mich zum Hybriden gemacht?«

»Natürlich, was hätte ich sonst tun sollen?« Sie verschränkte die Arme. »Es war schwierig, das können Sie mir glauben. Ohne die Mechanik in Ihrer Brust könnten Sie nicht richtig atmen, und den Arm hätte man eigentlich abnehmen müssen.«

»Ich will das nicht hören«, sagte ich rasch.

»Und außerdem musste ich Ihr Rückgrat richten, es war gebrochen. Das war schwierig, aber ich bin *gut.*« Sie sah mich streng an, als hätte ich das Gegenteil behauptet. »Mein Name ist übrigens Aurenna. Und wer sind Sie?«

Ich zögerte, als mich eine schreckliche Vision davon überfiel, wie Aurenna mit einem Schraubenschlüssel statt eines Hammers über mir aufragte.

»Taiden. Taiden Flynt.« Letzteres war der Mädchenname meiner Mutter, doch ihre Familie war nahezu lächerlich groß. »Ich bin entfernt mit Adligen verwandt.«

»Dachte ich mir. Sie sind blass um die Nase, vor allem ohne Haar.« Aurenna sah mich prüfend an. »Ich habe es nicht gern abrasiert, wenn ich ehrlich bin.«

Meine Hand fuhr ruckartig nach oben. Tastete an meinem Schädel entlang. Dort befand sich ein Schleier aus Haarstoppeln, gesäumt von zwei halb verheilten Schnitten, die sich von meinem Nacken und über die Ohren bis zu meiner Stirn zogen.

»Warum?«, krächzte ich.

Aurenna wirkte unzufrieden. »Weil ich Drähte in Ihr Gehirn bohren musste, Sie Dummkopf. Das ist nötig, damit der Körper das Funkenmetall nicht abstößt.«

Mir lief es eiskalt den Rücken hinunter. *Gehirndrähte.* Und sie redete darüber, als hätte sie mir nur einen aufgeschnittenen Finger verbunden!

»Aber …« Ich stockte kurz; meine Kehle fühlte sich wie ausgetrocknet an. »Wie kann Metall … so etwas schaffen?«

»Das tut es nicht«, sagte Aurenna. »*Ich* habe das geschafft. Funkenmessing hat heilende Eigenschaften, aber es hängt viel davon ab, wie man es einsetzt. Es ist nicht mit dem Material zu vergleichen, mit dem man Luftschiffe oder Motorkutschen konstruiert. Dieses Messing lebt.«

Ich starrte sie entsetzt an. Lebendes Metall. In meinem Fleisch. Und sie hatte mich einfach von der Straße gekratzt und an mir herumoperiert, bis ich mehr Ähnlichkeit mit einer Konservendose als einem Menschen bekommen hatte.

Aurenna bemerkte meinen Blick und grinste.

»Keine Sorge. Ich weiß, was ich tue.«

Damit verließ sie den Raum. Ich sank langsam in die Kissen zurück. Das Funkenmessing lag warm in meinen Körper gebettet da, arbeitete beinahe geräuschlos vor sich hin. Ich berührte einen der Streifen in meinem Brustkorb und fragte mich, wie es möglich war, auf diese Weise Menschen zusammenzuflicken. Ich war so schwer verletzt gewesen …

Nicht bewegen, Belarron.

Ich hörte Schüsse in meinem Hinterkopf. Blut benetzte meine Stiefel. Wenn ich Najee nur mit mir gerissen hätte … er hätte sich alle Knochen gebrochen, aber Aurenna hätte sie gerichtet, so wie sie meinen Körper gerichtet hatte …

Doch vielleicht, dachte ich, war er entkommen. Hatte sich lange genug tot gestellt, um sich fortzuschleppen, als Fyonn nicht mehr aufpasste. *Es geht ihm ganz bestimmt gut,* sagte ich mir; und ehe ich es verhindern konnte, rannen mir heiße Tränen über die Wangen. Warum machte ich mir etwas vor? Najee war mein einziger Freund gewesen, und jetzt …

Ich hätte unter den Wellen enden sollen. Nicht er.

Schritte. Ich schrak auf. Aurenna war in den Raum zurückgekehrt und stellte ein Tablett auf dem Nachttisch ab. Ich wich ihrem Blick aus; aber sie packte mein Kinn und zwang mich, ihr ins Gesicht zu sehen, und mir stockte der Atem ob dieser unschicklichen Berührung.

»Haben Sie Schmerzen?«

»Nein … nein, es ist nur …« Zwei einsame Tränen rollten mir über die Wangen, als ich sie wegzublinzeln versuchte. »Mir – mir tut nichts weh, wirklich nicht.«

Aurenna sah mich lange an. Sie hatte stahlblaue Augen, erstaunlich klar, und schien damit bis auf den Grund meiner Seele zu blicken.

»Warum sind Sie aus diesem Fenster gestürzt?«

Ich schüttelte stumm den Kopf.

Aurenna nahm ein Taschentuch hervor, um mir über die Wangen zu wischen, nur hätte ihr Blick kaum weniger mütterlich sein können. »Ich habe Ihre kümmerlichen Reste zusammengeflickt. Ich finde, dass Sie mir eine Erklärung schuldig sind.«

»Ich kann nicht«, flüsterte ich.

Aurenna richtete sich auf. Ich sah ihr an, dass sie meine Antwort als unbefriedigend empfand, doch der Zorn in ihrer Stimme hielt sich in Grenzen. »Essen Sie Ihre Suppe. Es wird Zeit, dass Sie etwas in den Magen bekommen.«

Ohne ein weiteres Wort verließ sie den Raum. Ein Kloß bildete sich in meinem Hals. Ich hatte Aurenna nicht kränken wollen, wo sie mich doch gerettet hatte. Aber die Wahrheit … diese schreckliche Wahrheit …

Irgendwo in meinem Hinterkopf hörte ich ein leises Lachen.

Ich hütete zwei Wochen lang das Bett. Eine seltsame Zeit, ganz anders als die Stunden, die ich einst krank in meinem behaglich warmen Schlafzimmer verbracht hatte. Damals hatte ich die Krankheit gespürt, die Schwäche, die sie begleitete; jetzt hingegen fühlte ich nichts bis auf die Unfähigkeit, aufzustehen. Mein Geist war wach, nicht getrübt durch die Leiden meines Körpers, und so begann ich mich schon bald zu langweilen.

Nach ein paar Tagen bat ich Aurenna darum, ein Telefonat führen zu dürfen. Sie wirkte skeptisch, brachte mir jedoch ihr Telefon, eine goldene Apparatur mit Glaseinsätzen voller Funkendrähte. Ich überlegte kurz, ehe ich mich mit der Gardestelle von Salacis verbinden ließ. Auch auf Rabenfels gab es ein Telefon, aber es würde dauern, bis man meine Mutter an den Hörer geholt hatte.

Ein leises Knacken. »Steinerne Garde, Salacis. Marawyn Belarron am Apparat.«

»Onkel«, platzte ich heraus, bevor ich darüber nachdenken konnte, was ich eigentlich sagen sollte.

Schweigen. Ich konnte förmlich hören, wie es in Marawyns Schädel ratterte.

»Taiden? Wo steckst du gerade?«

»Ich bin in Arassa. Ich …« Ich blickte auf meinen halb metallischen Arm, beschloss jedoch, ihn vorerst nicht mit dieser Auskunft zu erschlagen. »Ich wusste nicht, wo ich anrufen soll.«

»*Arassa?*«, sagte Marawyn perplex. »Gütige Funken, du kannst nicht einfach davonlaufen – dich von Rebellen schnappen lassen – weißt du, wie wir uns gesorgt haben? Wir dachten, dass du tot wärst!«

»Es tut mir leid«, sagte ich zerknirscht; noch nie hatte ich Marawyn so aufgeregt erlebt, und das war tausendmal schlimmer als jeder Weinkrampf meiner Mutter. »Ich wollte nur nicht heiraten.«

»Wo bist du jetzt? Bist du verletzt?«

»Es geht mir gut«, flüsterte ich. »Ich – ich bin in Sicherheit.«

Marawyn schwieg. Ich grub unwillkürlich die Finger in den Telefonhörer.

»Ist dir klar, was du deiner Mutter damit angetan hast?«, sagte er. »Taiden, sie hat in den letzten Wochen kaum aufgehört zu weinen.«

»Ich weiß«, sagte ich, und mir stiegen selbst die Tränen in die Augen. »Ich – ich wollte ihr nicht wehtun, aber – du weißt, was ich sonst bekommen hätte.«

»Ich möchte, dass du sie anrufst und dich entschuldigst«, sagte Marawyn. »Sie hat lange genug gelitten. Kannst du das für sie tun?«

»Ich glaube schon«, murmelte ich.

»Und noch etwas«, sagte Marawyn, und dieses Mal hörte ich ein Lächeln in seiner Stimme. »Ruh dich erst einmal aus, bevor du daran denkst, den Schatten von Arassa zu jagen.«

Zum ersten Mal seit Langem musste ich lachen. Schmerzen meldeten sich in meiner Brust, ehe ich spürte, wie das Messing dort erkaltete und die Pein im Nichts zerrann. Merkwürdig, doch in diesem Augenblick dachte ich nicht darüber nach. Stattdessen unterhielt ich mich mit Marawyn, bis er wieder an die Arbeit musste, fasste mir ein Herz und ließ mich nach Rabenfels verbinden.

Wie erwartet dauerte es eine Ewigkeit, bis ich meine Mutter am Apparat hatte. Ich hatte es schon beinahe aufgegeben, als ich sie plötzlich schluchzen hörte, gelegentlich unterbrochen von den Vorwürfen, mit denen ich bereits gerechnet hatte. Ich versuchte mich zu entschuldigen, aber wie üblich hörte sie kaum zu, und schließlich legte ich frustriert den Hörer weg. Wenige Herzschläge danach kam Aurenna in den Raum zurück. Ich hoffte inständig, dass sie mein Stammeln nicht gehört hatte, doch ihr Gesichtsausdruck verriet etwas anderes.

»Mit wem haben Sie da geredet?«

»Mit meiner Mutter.« Ich senkte den Blick auf die Bettdecke, wo meine rechte Hand vergessen vor sich hin zuckte. »Kann man … das hier auch mit Messing reparieren?«

Aurenna nahm die kalten Finger zwischen ihre, dehnte und bewegte sie, ohne dass ich die geringste Berührung spürte. »Das ist totes Fleisch.

Ohne irgendeinen Lebensfunken. So etwas kann man mit keinem mir bekannten Mittel richten.«

Sie wirkte ärgerlich, als sie meine Hand auf die Decke zurückgleiten ließ, als sei sie enttäuscht von den Grenzen ihrer Fähigkeiten. Aber ich verspürte ein eigenartiges Kribbeln. Aurenna hatte sie einfach so berührt – als seien meine Finger aus gesundem, gewöhnlichem Fleisch …

»Schon gut«, murmelte ich. »Es ist nicht so wichtig. Aber vorhin ist mein Messing plötzlich kalt geworden.«

»Oh, das ist normal«, sagte Aurenna. »Wenn Sie sich verletzen, zieht Ihr Körper Energie aus dem Metall – deswegen kühlt es ab. Passen Sie auf.«

Sie zog ein kleines Messer aus ihrem Ärmel. Bevor ich etwas dagegen tun konnte, hatte sie mir einen Schnitt quer über den Arm zugefügt. Ich keuchte auf, während dunkles Blut über meine Haut rann. Doch dann spürte ich mein Messing schlagartig erkalten; die Verletzung verschwand mit einem Prickeln und ließ nichts außer einem roten Strich zurück.

»Wenn ich jetzt eine Pistole nehmen und Ihnen in den Bauch schießen würde«, sagte Aurenna ungerührt, »täte es sehr weh, aber Sie würden nicht tot umfallen. Messinghybriden sind bekannt für ihre Robustheit.«

»Ja, weil sie halbe Maschinen sind«, sagte ich trübe.

Aurenna verdrehte die Augen. »Oh, *bitte*.«

Sie stieß einen hohen Pfiff aus. Einen Augenblick lang herrschte Stille. Dann gab es ein leises Klicken und unter dem Türspalt drängten sich die seltsamsten Spinnen hindurch, die ich je gesehen hatte.

Es war, als hätte ich ein mechanisches Skelett betrachtet. Die Spinnenbeine bewegten sich wie von der Natur geformt, als sie auf meine Bettdecke kletterten; Metallfedern pulsierten in ihren glasumhüllten Hinterleibern und Funkendrähte sandten Lichtblitze durch ihre feinen Glieder. Noch nie hatte ich etwas gesehen, was diesen Konstruktionen auch nur annähernd gleichkam. *Sie hat das gebaut*, dachte ich voller Staunen. *Sie hat mich gebaut.*

»*Das* sind Maschinen«, sagte Aurenna. »Hirnlose Mechanismen, die erschaffen wurden, um zu dienen. Existieren Sie aus dem gleichen Grund?«

»Ich diene dem Uhrwerk«, sagte ich unschlüssig.

»Dann sind Sie ein Schwachkopf.« Aurenna sah mich streng an. »Wenn Sie mich dafür denunzieren, mache ich die erste sprechende Spieluhr der Inseln aus Ihnen. Haben Sie das verstanden?«

Ich errötete. »Aber ich würde nie …«

»Gut für Sie.« Aurenna pfiff ein weiteres Mal und die Metallspinnen krabbelten davon, um zu meiner Verwunderung mit dem Fensterputzen zu beginnen. »Sagen Sie, fühlen Sie sich bereit für ein paar Schritte?«

Ich nickte hastig. Aurenna half mir, mich aufzusetzen, und ganz langsam setzte ich die Füße auf den Boden und wunderte mich, wie schwer mir selbst so etwas Leichtes fiel. Doch von diesem Tag an verbesserte sich mein Zustand stetig. Bald schon ging ich wieder ohne Aurennas Hilfe; schwieriger war es, mich an meine Schulter zu gewöhnen, die schwer auf meiner rechten Körperseite lastete. Doch ich nahm mir fest vor, kräftiger zu werden, mit den Veränderungen zu leben. Wenn ich erst einmal gesund war, würde ich zur Garde gehen und Fyonn endgültig in eine Gefängniszelle bringen.

Ich hoffte, dass es das war, was Najee sich gewünscht hätte.

Es tut mir leid. Es tut mir so leid.

Ich zog die Beine an. Ich saß auf dem Fensterbrett meines Krankenzimmers, genoss die Morgensonne; hinter den bunten Häuserreihen glitzerte das Meer und ich sah zum Leuchtturm hinüber, in dem sich das Quartier der arassanischen Garde befand. Ich beschloss, mich dort vorzustellen, sobald ich mich an mein Messing gewöhnt hatte. Vielleicht würde ich eines Tages sogar Präsident einer Gardestelle werden, so wie mein Onkel … die Träume verwirklichen, die Najee nicht mehr leben konnte …

Ich blinzelte einige Tränen fort, als ich Aurenna kommen hörte. Als sie jedoch die Tür öffnete, zog sie die Brauen hoch. Rasch glitt ich auf den Boden zurück und raffte mein offenes Hemd zusammen, während mir die Röte in die Wangen stieg. Aurenna hatte meinen Koffer von Kytai abgeholt, damit ich etwas anzuziehen hatte, doch die Hemdknöpfe zu schließen fiel mir auch mit halb metallischen Armen nicht leichter.

Dann lehnte sie sich in den Türrahmen, die Arme verschränkt, und grinste. »Sie verstecken da nichts, was ich nicht schon gesehen hätte, Taiden.«

Ich drückte mein Hemd noch fester an mich. Aurenna lachte.

»Kommen Sie. Ich muss Ihre Metallteile untersuchen.«

»Stimmt etwas nicht mit ihnen?«

»Oh nein, das ist nur Routine.« Aurenna beugte sich vor, um meinen Hemdkragen zu richten; ihre Finger streiften den Rand meiner Schulterplatte und ein elektrisierendes Kribbeln jagte durch meinen Körper. »Die Nahtstellen zwischen Metall und Fleisch sind sehr empfindlich. Daran kann man nicht viel ändern, also lernen Sie besser, es zu genießen.«

Ich errötete erneut, als ich sah, wie verrucht sie grinste.

»Ach, sagen Sie besser gar nichts.« Aurenna lachte. »Kommen Sie, wir haben nicht den ganzen Tag Zeit.«

Aber sie wartete meine Antwort nicht ab, sondern führte mich in ihre Werkstatt und streifte einen Kittel über. Ich nutzte die Gelegenheit, um mich umzusehen. Der Raum wurde von einem Operationstisch eingenommen, über dem eine Lampe baumelte; der Rest verschwand unter Regalen voller Lexika und Chemikalien, in denen verschiedene Metallteile eingelegt waren. Auf all diesen Gegenständen lag kein einziges Staubkorn. Gewiss hatten sich Aurennas Haushaltsspinnen darum gekümmert.

»Setzen Sie sich auf den Tisch«, sagte Aurenna. Ich gehorchte und sie wandte sich um, eine Schutzbrille mit getönten Gläsern im eisernen Haar verankert. »Gütige Funken, beruhigen Sie sich. Sie sehen ja aus wie eine Tomate.«

Ich griff mir verlegen in den Nacken. »Was werden Sie jetzt …«

»Lassen Sie das«, unterbrach Aurenna mich schroff. »Sie haben dort zwei Drähte unter der Haut, die Sie nicht zusammendrücken sollten.«

»Was passiert dann?«, fragte ich argwöhnisch.

»Sie werden ohnmächtig.« Sie zog mir das Hemd aus, während sie sprach, und ich mied ihren Blick so gut wie möglich. »Die Nackendrähte in Verbindung zueinander zu setzen, führt zu einem Kurzschluss in Ihrer Gehirnmechanik. Nach ungefähr fünfzehn Minuten nehmen sie ihre ursprüngliche Position wieder ein, und erst dann werden Sie aufwachen. Das ist der wichtigste Schwachpunkt eines Hybriden … oh, und es wird scheppern, wenn Sie umfallen, das können Sie mir glauben. Das Metall macht Sie fast zweihundert Pfund schwer.«

»Zweihundert Pfund«, wiederholte ich. Mein Vater hatte gewiss das doppelte Gewicht auf die Waage gebracht, und das ganz ohne Funkenmessing. »Aber … Sie müssen mich ins Bett getragen haben, als ich bewusstlos war …«

Aurenna deutete in das Regal hinter sich, in dem zu meiner Überraschung ein gepanzertes Paar Handschuhe lag. »Damit hebt es sich leichter. Außerdem waren sie ganz nützlich, als ich Sie hierher gebracht habe, ich musste mit einer Hand die Pistole bedienen und Sie mit der anderen umherzerren.«

»Die *Pistole?*«, echote ich.

»Nun, mir sind ein paar Herumtreiber nachgelaufen«, sagte Aurenna schulterzuckend. »Sie kamen aus dem Gebäude, aus dem Sie gestürzt waren, kurz nachdem ich eine Motorkutsche angehalten hatte. Wir fuhren so schnell wie möglich, während ich versuchte, Ihre Blutungen zu stillen. Diese Leute folgten mir durch die Straßen. Ich schlug sie in die Flucht.«

Ich biss mir auf die Lippe. O gütige Funken. Was sagte es über Aurenna aus, dass sie bei jedem Ausflug eine Pistole dabei- *und* Fyonn damit bedroht hatte?

»Sie sind verrückt«, hauchte ich.

»Ja, das sagen die Nachbarn auch.« Sie grinste. »Aber was soll ich schon tun? In diesen Zeiten muss man sich gegen Topfgucker verteidigen. Und nun legen Sie sich hin, wir schwatzen schon viel zu lange.«

Aurenna schaltete die Funkenlaterne über unseren Köpfen ein, während ich mich auf dem Tisch ausstreckte. Sorgfältig untersuchte sie meine Wirbelsäule; auch dort hatte ich hauchfeine Narben entdeckt. Ich konnte nur mutmaßen, wie viele Rollen Draht sie eigentlich an mir verbraucht hatte.

»Strecken Sie sich aus.« Ich folgte ihrer Anweisung und Aurenna stach in ein Loch in meiner Schulterplatte, sodass sie klirrend absprang. Ganz vorsichtig begann sie damit, Einzelteile in meinem halb metallischen Gelenk abzuschleifen und auszutauschen. Ich legte den Kopf zur Seite, ließ mich vom Duft ihres Parfüms gefangen nehmen, während es leise in meiner Mechanik klickte und arbeitete.

Nach einer Weile hörte ich Aurennas zufriedenes Brummen. Ich spürte ihre behandschuhten Finger auf meiner Haut und versuchte vergeblich, das Kribbeln meiner Nahtstellen zu ignorieren. Ohne dass ich es gewollt hätte, liefen mir Schauer über den Rücken. Ich biss heftig in mein Kissen und unterdrückte damit ein verräterisches Aufstöhnen.

»Soll ich mich umdrehen?«, fragte ich mit erstickter Stimme.

»Nicht nötig«, erwiderte Aurenna. »Ich werde nach Ihrem Rückgrat sehen, wenn Sie schon einmal so daliegen. Mit reparierten Nervensträngen kann man nie vorsichtig genug sein.«

Sie ließ die Fingerkuppen über meine Nahtstellen wandern. Mir fiel auf, dass sie keine Handschuhe mehr trug; ihre Berührung war weich und warm und weckte ein süßes Ziehen in meinem Körper. Einer Hälfte meines verbliebenen Verstandes war es peinlich, die andere feuerte Aurenna an. Ich wollte nicht, dass sie aufhörte, obwohl es so schrecklich unschicklich war.

»Die Narbe sieht gut aus«, befand Aurenna schließlich. »Es ist besser verheilt, als ich dachte. Aber eine Stelle werde ich im Auge behalten müssen, und das ist diese hier.«

Sie legte den Zeigefinger auf einen meiner Rückenwirbel. Ich fühlte, wie ein Draht über meinen Knochen rieb. Dann jagte ein heißer Schauer durch meinen Körper und ich stöhnte unwillkürlich auf.

Aurenna kicherte. Ich drehte mich auf die Seite und starrte sie an. Ihr Grinsen verriet mir, dass sie genau wusste, was sie die ganze Zeit getan hatte.

»Gütige Funken«, murmelte ich, als ich begriff.

Ihr Lächeln wurde breiter als das Akarisdelta.

»Jetzt werde ich wohl ein paar andere Dinge überprüfen«, flüsterte sie.

Und das tat sie dann auch.

Gütige Funken.

Wenig später fand ich mich in Aurennas Schlafzimmer wieder. Ich hatte nicht die geringste Ahnung, wie ich dort hingekommen war. Aber sie sah mich herausfordernd an, ehe sie sich das Kleid über den Kopf zog, und plötzlich dachte ich über ganz andere Dinge nach als über diese leise Frage.

Sie zog sich völlig schamlos aus. Als sei es das Natürlichste auf der Welt, sich nackt vor einem Mann zu präsentieren, den man irgendwo auf der Straße aufgegabelt hatte. Aurenna hatte mehr Busen, als es ihr Mieder anzudeuten vermochte, und ihre Hüfte war eine wunderbare geschwungene Linie. Sie stemmte eine Hand in die Taille und ich sah sie grimmig lächeln, als ich meinen Blick zögernd über sie hinwegwandern ließ.

»Du hast noch nie mit einer Frau geschlafen, oder?«

Ich errötete. »Nein, natürlich nicht … ich weiß nicht, ob …«

Sie legte mir einen Finger auf die Lippen. Ich verstummte augenblicklich. Dann streifte Aurenna mir das Hemd von den Schultern und plötzlich war mein Kopf wie leer gefegt. Ich hatte nicht die geringsten Erfahrungen mit dieser Art der Liebe; alles, was ich wusste, hatte ich aus Najees schlüpfrigen Kommentaren gelernt. Wenn ich ihr nun keine Freude bereiten konnte? Wenn sie zwischen den Laken erstarrte, weil meine rechte Hand an ihrer Hüfte lag?

Ich hätte nicht gedacht, dass das möglich war, aber sie hatte mich noch schneller ausgezogen als sich selbst. Ich taumelte ein paar Schritte nach vorn, als sie mich aus dem Kleiderhaufen am Boden zog und wie selbstverständlich mein Becken zu sich heranzog.

»Hör auf damit«, flüsterte ich. »Das tut man nicht. Nicht vor der Ehe. Ich …«

Aurenna sah mich scharf an. »Du willst mich doch nicht heiraten, oder?«

Ich starrte sie an, unfähig, eine Antwort darauf zu formulieren.

»Dachte ich mir. Ich teile diese Einstellung, weißt du. Ich kann keinen verliebten Trottel gebrauchen, der mir im Weg steht und sich romantischen Tagträumen hingibt. Aber du bist ein hübscher junger Mann, und ich möchte wissen, wie du dich in meinem Bett machst. Verstanden?«

Ich biss mir auf die Lippen. Das hatte nie jemand zu mir gesagt. Aurenna grinste und drückte mich auf die Matratze, ehe sie meinen Hals zu küssen begann.

»Aurenna …«

»Ruhe jetzt«, sagte sie in drohendem Ton. Ich fühlte mich nicht imstande zu antworten. Doch Aurenna machte weiter, ob ich nun etwas sagte oder nicht, und daher hörte ich auf zu denken und gab mich diesem einfachen Vergnügen hin.

Oh, und die Vergnügungen nahmen kein Ende – obwohl Aurenna am Anfang furchtbar unzufrieden mit mir war. Ich war aber auch ein unbeholfener Liebhaber. Sie zeigte mir, was ich tun sollte, und ich versuchte es nach Leibeskräften … nur war sie ebenso schnell dabei, mir einen Klaps zu geben, sobald ihr meine Leistungen missfielen. Es war verboten süß. Rebellisch wild. Aber niemals schien sie auch nur daran zu denken, meine schlechte Hand von sich zu stoßen, und an ihrer Seite zu schlafen hielt immerhin meine Geister fern.

Meistens jedenfalls.

Denn als ich die Augen schloss, stand ich im roten Wolkenkratzer. Ich sah Fyonns blütenweißes Lächeln, hörte ihn lachen, als er mir immer wieder den gebrochenen Arm verdrehte. Dann veränderte sich die Szene. Ich blickte meinem besten Freund ins Gesicht, eine Pistole auf ihn gerichtet. Ich wusste, dass ich diese Waffe liebte. Sie war elegant und tödlich; sie schenkte mir Macht.

Ich schoss Najee in die Brust. Blut spritzte an die Wand, tränkte seine Kleider. Dennoch brach er nicht zusammen. Er starrte mich lediglich aus bernsteinfarbenen Augen an, während eine dunkle Flüssigkeit aus dem grässlichen Loch über seinem Herzen sickerte.

Dann packte er mich bei den Schultern.

Wir waren Freunde, Paradiesvogel! Warum hast du mich mitgenommen? Warum hast du mich zurückgelassen? Warum hast du überlebt?

Ich wollte das nicht – Najee, ich wollte nie …

Najee hörte mir nicht zu. Er sah mir lediglich ins Gesicht und seine Schusswunden verwandelten jeden seiner Atemzüge in ein Keuchen.

Du hast mich getötet.

Ich schlug die Augen auf. Mein Herz raste. Ich spürte Aurennas Wärme im Rücken, aber sie hätte ebenso gut zehn Inseln von mir entfernt liegen können.

Ich hasse dich, Paradiesvogel.

Ich drehte mich um. Schüttelte Aurennas Schulter, bis sie aufwachte. Zuerst sah sie mich verschlafen an, doch dann zog sie mich lächelnd auf sich und ich ließ den Dingen ihren Lauf. Aber die Erinnerungen verschwanden nicht aus meinem Kopf, und als sie an Stärke gewannen, hielt ich inne. Es barg kein Vergnügen für mich, nicht jetzt. Es vertrieb die bitteren Gedanken nicht.

Aurenna blinzelte mich an.

»Was hast du denn?«

Ich starrte sie an. Ich konnte spüren, wie Tränen über meine Wangen liefen.

»Ich hätte dich nicht wecken sollen«, flüsterte ich, zog meinen Morgenmantel an und ging. In dieser Nacht trank ich eine Flasche Feuerschnaps aus. Endete irgendwie auf Aurennas geblümtem Sofa, weinte leise und betete zum Zinnhybriden, dass ich von Träumen verschont bliebe. Falls mein Urgroßvater zuhörte, zeigte er sich gnädig. Ich empfand keinen Schmerz, keine Pein mehr von der Sorte, wie sie Messing nicht heilte. Taub und tot sein, nichts mehr fühlen, was für ein wunderbares Privileg.

Als ich aufwachte, saß Aurenna neben mir. Ich spürte, wie sie mir über den Schädel strich, und sah ihren kummervollen Blick. Es war seltsam, dass er mich nicht berührte. Vielleicht hatte ich mir wirklich das Herz taub gesoffen.

»Du tust mir so leid«, wisperte sie.

Lange nachdem sie gegangen war, gestattete ich es mir zu weinen.

6

Von Hampelmännern und Gardisten

Die Sonne versank im Meer. Meine Mechanik pfiff aus dem letzten Loch. Der schwarze Sand zu meinen Füßen federte meinen Sprint ab und ich rutschte mit jedem Schritt stärker weg, bis ich strauchelte und auf dem Boden aufschlug. Schmerz wallte in meinen Beinen auf, doch obwohl er rasch vorüberging, blieb ich liegen. Mein Atem ging so hastig, dass die Zahnräder in meinem Brustkorb rasselten, und meine Muskeln standen in Flammen.

Scher dich unter die Wellen, Aurenna, dachte ich. Neuerdings ließ sie mich oft Gewichte heben, Liegestütze machen oder scheuchte mich hinaus, damit ich mir die Füße blutig rannte. Dann wiederum setzte sie mir neues Messing ein, zog verbogene Federn aus meiner Mechanik, hörte sorgfältig meine Lunge ab. Sie verlangte meinem Körper alles ab, um zu sehen, wo die filigranen Mechanismen ihre Arbeit taten und wo nicht. Oh, und sie verbesserte mich wirklich. Bald sah man mir nicht mehr an, wie schwach ich einst gewesen war, und mein Funkenmessing funktionierte wie von der Natur geformt.

»Ich möchte, dass du auch ohne mich zurechtkommst«, sagte Aurenna einmal, als ich auf ihrem Operationstisch lag und sie irgendetwas in meinem Brustkorb zurechtrückte. »Ich kann nicht immer in deiner Nähe sein, um dir die Schrauben nachzuziehen. Außerdem bist du eine wunderbare Herausforderung. Dein Messing ist das Einzige, was dich noch zusammenhält.«

Ich schluckte. »Dann bin ich wirklich nur ein Automat.«

»Du bist ein Dummkopf, das steht fest.« Es klickte leise, als Aurenna an irgendeinem Zahnrad drehte. »Beweg dich nicht, sonst rutsche ich mit der Nadel ab.«

Ich wagte es nicht einmal, zu nicken.

»Wie funktioniert Funkenmechanik überhaupt? Ich verstehe das alles nicht.«

»Ich dachte schon, dass du das nie fragst«, sagte Aurenna, ohne von ihrer Arbeit aufzusehen. »Also. Du weißt wahrscheinlich, dass alles Lebendige auf dieser Welt auch einen Funken in sich trägt. Den absoluten Kern ihrer Lebenskraft. Wenn wir geboren werden, ist er am stärksten; je älter wir jedoch werden, desto schwächer brennt er, bis er eines Tages ganz erlischt.«

Aurenna unterbrach sich kurz, um irgendetwas in meinem Brustkorb mit einer Pinzette zurechtzurücken.

»Wenn man ein Lebewesen tötet, entweicht dieser Funken, und dann kann man ihn isolieren. Das ist der Punkt, an dem die Funkenkünste ins Spiel kommen. Denn Funkenenergie ist wild, nahezu instabil; sie bringt alles, was sie berührt, in eine neue Form. Bannt man sie zum Beispiel in ein Metall, stellt man damit eine Art Batterie her. Der menschliche Körper kann davon zehren – Platin macht ihn intelligenter, Kupfer energiegeladener. Das ist die Natur der Funken. Veränderung.«

Ich dachte an meine schlechte Hand. Eine misslungene Funkenübertragung. Ewiger Stillstand.

»Das ist natürlich nicht das Einzige, was man mit Funkenenergie anstellen kann«, sagte Aurenna. »Ich denke, deswegen hat sich diese … ach, wie hieß es … Elektrizität nie durchgesetzt. Diese Energien verhalten sich ganz ähnlich, aber Funken sind weitaus vielfältiger zu nutzen.«

Ich dachte nach. »Ich habe einmal von einem Wissenschaftler gelesen, der Froschschenkel mit elektrischem Strom zum Zucken gebracht hat.«

»Wozu soll das gut sein? Wenn er sich die Mühe gemacht hätte, etwas über Funkenmechanik zu lernen, hätte er ihnen das Fahrradfahren beibringen können.« Aurenna schwieg kurz. »Du wirst übrigens noch eine Runde über die Insel drehen, wenn ich mit dir fertig bin. Versuch nicht, dich zu drücken.«

Ich seufzte. Ich hatte einmal versucht, den abendlichen Lauf zu schwänzen; als Aurenna jedoch davon hörte, hatte sie mir wortlos eine Zigarette in den Mund gesteckt. Ich wusste nicht, was sie damit bezwecken wollte, und zog daran. Das war dumm von mir. Schlagartig begann meine Lungenmechanik zu rebellieren und ich hustete so sehr, dass ich beinahe mein Innenleben erbrochen hätte.

Ich hatte noch viele Zigaretten gebraucht, doch am Ende lief ich und ärgerte mich darüber. War ich denn nicht der Mann im Hause? Wie konnte es sein, dass ich mir etwas von ihr sagen ließ? Aber Aurenna war aus einem anderen Holz geschnitzt als die Damen der feinen Gesellschaft. Sie hätte wahrscheinlich sogar den Zinnhybriden dazu gebracht, den Kopf einzuziehen und brav seine Runden über die Insel zu laufen.

Ächzend stemmte ich mich nach oben. Sand rieselte aus meinen Armstreifen; Aurenna hatte mir verboten, meine Mechanik zur Schau zu stellen, doch ich konnte die winzigen Körner deutlich an meinen Nahtstellen spüren. Ich klopfte meine Kleidung ab und blickte mich um. Niemand zu sehen. Aber es wurde inzwischen dunkel und ich beschloss, mich auf den Rückweg zu machen.

Beeil dich, sonst werden dich die Rebellen holen.

Ich sah auf den Ozean hinaus. Allmählich kleidete sich das rauschende Türkis in Schwarz, und verirrte Lichter flackerten über die Wellen. Totenlichter. Sie tauchten nur sehr selten auf, aber es hieß, dass sie die Seelen der Verstorbenen mit sich durch die Zeit trugen.

Ich schloss kurz die Augen, ehe ich mich umwandte und ging. Die meisten Passanten blickten mich abschätzig an; durchgeschwitzt und sandverklebt, wie ich war, bot ich auch keinen angenehmen Anblick. Dann vernahm ich das ferne Geräusch einer Motorkutsche. Schauer liefen mir zwischen den ungleichen Schulterblättern hinab. Er suchte mich wahrscheinlich immer noch …

Wer sagt, dass es überhaupt Fyonn ist?

Dennoch bog ich rasch in die nächstbeste Gasse ein. Nur fort von der Dunkelheit, den Erinnerungen. Trotzdem glaubte ich Fyonn an jeder Ecke stehen zu sehen, die Arme verschränkt und boshaft grinsend. *Raben, die unerlaubt davonflattern, muss man wieder einfangen, Belarron …*

Zehn Minuten später hatte ich mich verirrt. Ich biss die Zähne zusammen, als ich mich umsah; doch meine Umgebung schien mir alles andere als vertrauenserweckend. Die Häuser wirkten baufällig und Wäscheleinen waren über die Straße gespannt, während irgendwo in der Ferne ein Phonograph sein misstönendes Lied herunterleierte. Geschminkte Frauen warteten am Straßenrand, gekleidet in so kurze Röcke, dass ihre *Knöchel* sichtbar wurden. Gütige Funken!

Einen Herzschlag später taumelte ein Freier aus der parfümierten Umarmung eines Bordells. Obwohl ich knapp sechs Fuß groß war, überragte er mich um Haupteslänge. Die Augen unter den dichten Brauen blickten schwer und meine Mechanik stockte, als er mich fixierte. Diesem Mann wäre ich selbst tagsüber lieber aus dem Weg gegangen.

»Verzeihung«, sagte ich rasch. »In welcher Richtung liegt der Hafen? Ich – ich habe mich verlaufen.«

»Auf einer Insel wie Arassa? Sie sollten nie nach Ceratari reisen.« Er deutete in den Himmel. »Halten Sie sich südlich. Sie können dem Mondlicht folgen.«

»Danke«, murmelte ich. Der Mann nickte und ging weiter, und wenig später kam eine zweite Person aus dem Bordell. Sie trug einen Kapuzenmantel, der ihr Gesicht in Schatten legte, und auf dem Weg über die Straße rempelte mich der Fremde versehentlich an.

»Verzeihung«, zischelte der Mann, beachtete mich jedoch nicht weiter, als er ging.

Mir stockte die Mechanik.

So sieht man sich wieder.

Ich zögerte kurz, ehe ich ihm zu folgen begann. Noch nie hatte ich jemanden beschattet, doch mir gelang es, ihn nicht zu verlieren; am Ende jedoch führte mich der Schatten in eine Sackgasse. Ich hörte ihn auf Arganisch fluchen, als er feststellte, dass sein Opfer offenbar nicht hier war. Er wandte sich um, begann zu gehen … und als er mich entdeckte, zuckte er zurück.

»Taiden Belarron, nehme ich an.«

Ich spannte mich an. »Kennen wir uns?«

»Nein. Aber es hat sich im Untergrund herumgesprochen, dass wir Besuch von der Rabeninsel haben.«

Die Ruhe in seiner Stimme irritierte mich. Trotzdem verspürte ich einen ärgerlichen Stich. Diese Leute redeten also über mich?

»Habt ihr Rebellen mir noch nicht genug angetan?«

»Nicht jedes Mal, wenn du dir den Fuß anstößt, ist es die Schuld der Rebellion.« Er betrachtete mich aus kalten grauen Augen. »Geh. Ich habe Geschäfte zu erledigen.«

»Du willst diesem Mann wehtun«, flüsterte ich.

Der Schatten legte den Kopf schief. »Glaub mir, Wyatt hat es verdient.«

»Niemand verdient so etwas.«

Wir musterten einander. Lange. Der Schatten war fast so groß wie ich, schlank, aber in Form; das Haar fiel ihm in leichten Wellen auf die Schultern, glänzend schwarz wie Rabenfedern. Dann jedoch machte er Anstalten, sich an mir vorbeizudrängen. Ich packte ihn beim Arm und stockte. Sein Fleisch war eigenartig kühl und hart, als sei es …

… in Wirklichkeit Metall.

»Du bist ein Hybrid«, flüsterte ich. »Ich werde es dem Uhrwerk sagen.«

»Wirklich? Ich fürchte, dass du der Garde ebenfalls einiges zu erklären hättest.« Er zog meinen Kragen weit genug zur Seite, um die Ausläufer meiner Schulterplatte zu enthüllen. »Einrastendes Metall. Ich kenne nur eine Funkenmechanikerin, die so etwas in ihren Arbeiten verwendet – eine Rebellin.«

Mir wurde kalt. »Was soll das heißen?«

»Hat sie dich geküsst? Dich in ihr Bett mitgenommen? Das hat sie mit jedem ihrer Hybriden getan, dafür wurden sie gebaut.« Der Schatten legte den Kopf schief, ehe er mühelos an mir vorbeiglitt und mir den guten Arm hinter den Rücken drehte. »Aurenna ist berüchtigt in dieser Stadt. Und du, du bist ein illegaler Hybrid. Sie hätte eine Genehmigung des Uhrwerks gebraucht, um dich zu einem Metallmenschen zu machen.«

Mir stockte die Mechanik. »Du lügst.«

»Das tue ich nie. Ich bin nicht das Uhrwerk.«

»Das stimmt«, flüsterte ich. Einen Augenblick lang konnte ich förmlich spüren, wie meine Gefühle in der Schwebe hingen; doch dann dachte ich an Najees Fuchsgesicht, an sein sanftes Lachen, an das Blut zu meinen Füßen. »Rebellen sind schlimmer.«

Er krallte die Hand in meinen Arm. Ich wusste sofort, dass ich etwas Falsches gesagt hatte, aber es war mir egal. Er hatte mit den Lügen angefangen. Aurenna hätte mir niemals aus diesem Grund geholfen.

»Du verstehst nicht, was das Uhrwerk tut.« Der Schatten verdrehte meinen Arm ein wenig fester. »Wer nicht spurt, kommt ins Gefängnis. Wer sich weigert, zur Armee zu gehen, wird als Zielscheibe benutzt. Es widert mich an, Taiden Belarron. Du kannst nicht ermessen, wie schrecklich ich es finde!«

Die letzten Worte hatte er beinahe geschrien, und plötzlich ließ er meinen Arm los und packte meinen Nacken.

»Ich habe es dir schon einmal gesagt«, flüsterte er. »Es gibt nicht mehr viel, was durch meinen Panzer bricht, doch deine Ignoranz gehört dazu.«

Er drückte zu. Ein Zucken fuhr durch meinen Körper; dann gaben meine Beine nach. Ich spürte nicht mehr, wie mein Kopf auf dem Boden aufschlug. Aber als ich aufwachte, war ich allein, und nicht die geringste Spur zeugte noch davon, dass ich eben mit dem Schatten von Arassa in einer dunklen Gasse gestanden hatte.

Funkenlicht fiel durch das Fenster.

Ich drehte mich auf die andere Seite. Hinter mir raschelte es, als Aurenna die Decke über ihre Schultern zog. Wir hatten uns gestritten. Nicht weil ich zu spät nach Hause gekommen war, sondern weil ich es gewagt hatte, nicht mit ihr schlafen zu wollen. Zuerst hatte sie mich zu verführen versucht, dann war sie wütend geworden, und schließlich hatte sie sich schnaubend umgedreht und war eingeschlafen. Aber ich konnte es nicht tun, nicht heute. Die Worte des Schattens spukten immer noch in meinem Kopf herum.

... sie hat es mit jedem Hybriden getan, den sie konstruiert hat ... und sie ist eine Rebellin ...

Ich dachte über die Nächte nach, in denen wir das Bett geteilt hatten. Niemals hatte ich zu glauben gehofft, dass mich eines Tages eine Frau begehren mochte, statt mich einen Krüppel zu nennen. So oft hatte Aurenna über meine Haut, mein Messing gestrichen;

mir gesagt, wie sehr sie mein Haar mochte, kaum dass es nachgewachsen war …

Ich setzte mich auf. Aurenna drehte sich zu mir um, aber ich tat, als hätte ich es nicht bemerkt. Vielleicht war ich gar nicht so besonders für sie, wie ich es mir gewünscht hätte. Vielleicht war ich einfach nur ihr neuestes funkenmechanisches Spielzeug.

»Leg dich hin«, sagte Aurenna plötzlich. »Du machst mich wahnsinnig.«

Ich blickte auf die Bettdecke. »Ich schlafe im Gästezimmer, wenn du möchtest.«

»Es reicht schon, wenn du endlich ruhig liegen bleibst, Belarron.«

Etwas in mir erstarrte.

»Woher …«

»Ich bin nicht dumm«, sagte Aurenna gereizt. »Du hättest es mir sagen sollen.«

Ich zog die Beine an. »Mein Name bringt mich immer nur in Schwierigkeiten.«

»Das schaffst du schon von ganz allein.«

Ich blinzelte. Aurenna drehte sich auf die Seite, den Hauch eines Grinsens im Gesicht. Das ermutigte mich. Wenn sie wütend auf mich war, lag niemals ein schalkhaftes Blitzen in ihrem Blick.

»Wo hast du eigentlich gelernt, Hybriden zu bauen?«, fragte ich unverfänglich. Vielleicht würde sie mir etwas von meinen Vorgängern erzählen, wenn ich mich vorsichtig an das Thema herantastete.

Aurenna lächelte. »Früher nahm mich mein Vater oft in seine Werkstatt mit. Ließ mich mit den Metallteilen dort spielen, während er arbeitete. Als er sah, wie viel Spaß ich daran hatte, brachte er mir alles bei, was er wusste. Keine weibliche Beschäftigung, das mag sein, aber er war Arganier und scherte sich nicht um die Sitten der Inseln.«

Sie verschränkte die Hände hinter dem Kopf. »Danach ging ich nach Ceratari, um an der Universität zu studieren. Ich wollte lernen, wie man Hybriden konstruiert. Also schrieb ich mich unter dem Namen meines Bruders ein, verkleidete mich als Mann und verstellte meine Stimme. Natürlich dauerte es nicht lange, bis man mich entdeckte. Ich musste fliehen, um der Irrenanstalt zu entgehen, nur … hatte ich nicht genug gelernt, um Metallmenschen zu erschaffen. Mein erster Hybrid lebte nicht lange.«

Ich öffnete den Mund, aber Aurenna legte zwei Finger an meine Lippen. »Ich bin besser als früher, sonst wärst du ebenfalls tot. Schlaf jetzt.«

Ich nickte schwach, während sie sich auf die andere Seite drehte. Lange saß ich da und lauschte ihren tiefen, regelmäßigen Atemzügen. Der Schatten hatte mich belogen. Bestimmt hatte er das.

Es wurde Zeit, dass er und seine gesamte schmutzige Brut die Rechnung dafür gereicht bekamen.

Am nächsten Morgen wartete ich, bis Aurenna das Haus verlassen hatte, ehe ich meine beste Kleidung anzog und zum Hafen hinunterging. Dort, auf einer Landzunge, stand das hiesige Gardequartier; ein Leuchtturm aus dem roten Stein, aus dem man fast alles in Arassa erbaute. Automobile standen vor dem Gebäude und verpesteten die salzige Seeluft mit ihrem Motorengestank. Eine neue Erfindung. Vor fünf Jahren noch hatten nur die ranghöchsten Mitglieder des Uhrwerks ein derartiges Gefährt besessen.

Eine Stunde später saß ich in einem grauen Raum, der bis auf zwei Stühle und einen Tisch dazwischen vollkommen leer war. Es war eine Weile her, seit ich in so einem Zimmer gesessen hatte. Ein Bürger der Inseln musste alle fünf Jahre in die Garde kommen; und dann wurden Fragen gestellt und Antworten in Schreibmaschinen gehämmert, um in dicken Akten zu verstauben. Profile, die uns auf Beobachtungslisten setzten, die uns Rechte gewährten oder absprachen. Keine Gesellschaft war so fest zementiert wie die des Schwarzen Uhrwerks.

Es dauerte nicht lange, bis sich ein Gardist zu mir gesellte. Sein Rücken war breit genug, um ganzen Völkern ein schattiges Plätzchen zu gönnen, doch trotz seiner massiven Statur bewegte er sich leichtfüßig. Die kantigen Gesichtszüge wirkten jedoch, als hätte sie ein Fünfjähriger aus dickem Papier ausgeschnitten. Oder ich, wenn ich mir Mühe gab.

»Mein Name ist Wyatt«, sagte er, schüttelte meine schlechte Hand und setzte sich. »Sie sind also hier, weil Sie der Steinernen Garde beitreten wollen.«

Ich nickte stumm. Hatte der Schatten diesen Namen nicht erwähnt?

Wyatt fasste mich ins Auge, griff jedoch nach einem Füllhalter und begann zu schreiben.

»Name«, sagte er.

Ich brauchte einige Augenblicke, bis ich begriff, dass das eine Frage war.

»Taiden Belarron«, antwortete ich.

Kritzeln. »Wie alt sind Sie?«

»Zwanzig.«

»Bei welcher Abteilung des Militärs haben Sie gedient?«

»Ich wurde vom Armeedienst befreit«, gestand ich.

Gekritzel. »Also können Sie nicht mit einer Waffe umgehen.«

Ich musste an Najee denken. *Ich will nicht einmal eine anfassen.*

»Nein«, murmelte ich. »Ist das schlimm?«

»Keine Fragen«, erinnerte mich Wyatt in harschem Tonfall. Ich starrte ihn erschrocken an, aber er schrieb ungerührt weiter, nahm sich einen frischen Bogen Papier und sah mich zum ersten Mal wirklich an.

»Sie sind mit Marawyn Belarron verwandt, oder?« Er wartete meine Antwort nicht ab. »Sie sehen sich sehr ähnlich. Er ist ein ausgezeichneter Gardist, obwohl … nehmen Sie es mir nicht übel, aber er sieht aus wie ein Exzentriker.«

»Schon gut«, murmelte ich. Marawyn gehörte zu den wenigen Männern, die bewusst mit der Etikette brachen; es schien sich jedoch zu lohnen, denn ich hatte nie gehört, dass jemand auch nur ein schlechtes Wort über ihn verlor. Meine Mutter hatte ihm einmal gesagt, dass es in seinem Alter aus sein sollte mit seinen Spielereien; er hingegen erwiderte augenzwinkernd, dass sie eine verkniffene Gouvernante sei. Sie kabbelten sich gern, fiel mir auf. Als Kind hatte ich das nicht verstanden und geglaubt, dass sie einander nicht ausstehen konnten, aber nun erinnerte ich mich an ihr gelegentliches Grinsen.

»Ich kann Sie nicht einstellen, wenn Sie nie an einer Waffe gedient haben«, sagte Wyatt. »Es gibt nur wenige Ausnahmen von dieser Regel.«

Ich biss mir auf die Zunge, ehe ich den rechten Arm ausstreckte. Die Messingstreifen dort schimmerten im Funkenlicht und Wyatt drehte sofort eines der Blätter zu mir um, auf denen er herumgekritzelt hatte.

Es war ein Arbeitsvertrag. Ich musste lächeln. Metallmenschen wurden sehr auf den Inseln geschätzt; alle dreizehn Stunden waren Hybriden, so wie mein Urgroßvater.

»Unterschreiben Sie das. Ich werde es nach Ceratari schicken, damit man in der Hauptstelle über den Fall entscheiden kann.« Wyatts Mundwinkel zuckte, während ich mühsam meinen Namen auf das Blatt kritzelte. »Kommen Sie mit. Wir müssen Uniformen für Sie heraussuchen.«

Ich grinste breit.

Der Rest des Tages stellte sich als durchaus vergnüglich heraus. Zwei Näherinnen der Garde nahmen meine Maße und danach führte mich Wyatt im Leuchtturm herum; munter plauderte er über alles, was ihm in den Sinn kam, während ich staunend die Gardisten beobachtete. Perfekt geschnittene Uniformen, glänzende Stiefel. Der Wille des Uhrwerks, bewaffnet mit Stahl.

Bald schon würde ich einer von ihnen sein.

Diese Aussicht entlockte mir ein Lächeln, während Wyatt neben mir noch immer redete. »… ich hoffe, dass meine Söhne ebenfalls in der Garde anfangen, sobald sie vom Armeedienst zurückkehren. Was ist mit Ihnen, haben Sie Kinder?«

Ich zuckte zusammen. »Nein.«

»Dann wird es Zeit«, sagte Wyatt. Ich sah ihn an, verkniff mir jedoch meine Antwort; Aurenna würde mir wahrscheinlich die Nackendrähte durchschneiden, wenn ich mit einem derartigen Anliegen zu ihr kam.

»Fürs Erste werde ich Sie ins Zollamt stecken«, sagte Wyatt. »Ich habe ebenfalls dort angefangen, nachdem ich meine Stelle im Gefängnis verloren hatte. Ich sei zu mild mit Rebellen umgegangen, können Sie sich das vorstellen?«

Ich schüttelte den Kopf. Wyatt lächelte grimmig.

»Welche Aufgaben werde ich haben?«

»Nun, Sie werden Züge und Schiffe kontrollieren und gefährliche Objekte einsammeln. Dazu müssen Sie natürlich unsere Bestimmungen über Waffen kennen.«

Ich nickte schwach. Hoffentlich konnte ich die Abteilung wechseln, sobald ich mich eingearbeitet hatte, denn im Zollamt gab es keinen Platz für die Rebellenjagd.

Wyatt lächelte. Mein Schweigen schien ihm zu gefallen. »Melden Sie sich morgen beim Präsidenten dieser Gardestelle.«

»Wer ist der Präsident?«, fragte ich vorsichtig.

Wyatt schmunzelte. »Ich.«

Ich spürte, wie mir das Blut in den Kopf schoss. Tatsächlich befanden sich zwei Aufnäher an Wyatts Ärmel; einer zeigte das Wappen von Arassa, der andere das silber-goldene Streifenmuster, das ihn als Gardepräsidenten auswies.

»Entschuldigen Sie«, sagte Wyatt. »Ich hätte Sie darauf hinweisen sollen.«

»Schon in Ordnung«, sagte ich leise. »Darf ich Ihnen eine Frage stellen?«

»Gewiss.«

»Haben Sie je den Schatten von Arassa getroffen?«

Wyatt ballte die Hand so fest zur Faust, dass seine Knöchel weiß hervortraten. Ich wusste sofort, dass ich einen Fehler gemacht hatte; doch bevor ich meine Frage zurückziehen konnte, setzte er zur Antwort an.

»Ich habe mich dreimal mit ihm duelliert«, sagte er verdrossen. »Jedes Mal ist er mir entkommen. Seine Existenz ist eine Beleidigung des Uhrwerks. Es wird Zeit, ihn mitsamt seiner dreckigen Rebellenbrut auszumerzen.«

Ich schluckte, erwiderte jedoch nichts.

»Der Schatten gehört mir«, sagte Wyatt nachdrücklich. »Ich werde derjenige sein, der ihn seiner gerechten Strafe zuführt. Stehen Sie mir dabei nicht im Weg und wir werden glänzend miteinander auskommen.«

»Natürlich«, sagte ich, obwohl ich etwas anderes dachte. Erst Fyonn, dann der Schatten. Wenn ich mit der arassanischen Unterwelt fertig war, würde nicht einmal mehr Asche übrig sein, die man in den Ozean streuen konnte.

Wyatts Mundwinkel zuckten, ehe er ohne ein weiteres Wort davonging.

»Wo bist du gewesen?«, fragte Aurenna scharf, kaum dass ich heimgekommen war. »Du sollst hier im Haus bleiben, wenn ich dich nicht laufen lasse.«

»Ich war spazieren«, sagte ich vorsichtig; irgendwie ahnte ich, dass sie wenig Gefallen an meiner neuen Beschäftigung finden würde. »Das ist doch nicht verwerflich.«

»Ach ja? Was, wenn dich ein Gardist sieht?«

Mich beschlich ein ungutes Gefühl. »Warum sollte das so schlimm sein?«

»Weil man Hybridoperationen genehmigen lassen muss, du Dummkopf«, fuhr Aurenna mich an. »Jedem Uhrwerkshybriden wurde eine Nummer eingraviert. Dir nicht. Wenn das jemand herausfindet, werden sie dich töten.«

Meine Mechanik stockte. Das hatte mir der Schatten auch gesagt. Das hieß …

»Ich bin nicht dein erster Hybrid«, flüsterte ich. »Richtig?«

»Richtig«, sagte Aurenna. »Sie sind früher oder später alle an ihrer Dummheit eingegangen, also sieh zu, dass du aus der Schusslinie des Uhrwerks bleibst.«

»Im Uhrwerk gibt es nichts …«

»Sei nicht so naiv«, sagte Aurenna barsch. »Hat es dich beschützt, als du aus diesem Fenster gefallen bist? Hat das *Uhrwerk* deine Schulter konstruiert? Manchmal glaube ich, dass du vergisst, wem du dein Leben zu verdanken hast.«

Ich biss mir auf die Zunge.

»Ich könnte dir dafür geben, was du willst«, sagte ich zögernd. »Meine Familie ist reich genug, dir ein eigenes Landhaus zu spendieren. Sag, was du als Bezahlung möchtest, und …«

»Es geht mir nicht um Knochenmünzen! Du bist einfach zu frech. Ich habe zwei Nächte lang kein Auge zugetan, weil ich dich während der Operationen versorgen und beatmen musste. Ich habe deine Knochen repariert und deinen Muskeln erlaubt zu heilen. Du tätest gut daran, nicht zu vergessen, dass ich dich mit einem Schraubenzieher umbringen könnte!«

»Das würdest du nicht tun!«

Aurenna versetzte mir eine Ohrfeige. Mein Kopf flog zur Seite und ich rieb mir die Wange, bis das Brennen dank meines Messings zu einem erträglichen Prickeln zerrann.

»Glaubst du das?«, schrie sie. »Ich habe dich gerettet! Ich kann mit dir tun, was ich will! Wenn ich dir den Kopf abschlagen und auf mechanische Beinchen setzen wollte, hättest du zu fragen, wann die Operation beginnt!«

»Du bist doch völlig verrückt!«, fauchte ich.

Aurenna hob drohend die Hand. Ich fing ihren Hieb mit einem meiner Armstreifen ab. Ein Vibrieren ging durch mein Fleisch, als hätte ich direkt neben einer läutenden Glocke gestanden, und Aurennas Augen weiteten sich. Wie einfach wäre es gewesen, sie zu Boden zu werfen, ihr alle Luft aus der Lunge zu treiben! Ein schrecklicher Einfall … doch wäre ich auf eine derart verheerende Idee gekommen, hätte sie mich nicht aufhalten können.

»Warum sagst du mir das alles erst jetzt?«, flüsterte ich. »Wolltest du … hättest du mich etwa umgebracht, wenn ich nicht nach deinem Geschmack gewesen wäre …«

»Ich wäre dich losgeworden«, sagte Aurenna fest.

Ich starrte sie an. Mein Herz schlug schwer gegen meine halb metallischen Rippen.

»Du lügst.«

Aurenna sah mich lange an, ehe ihr Gesicht etwas weicher wurde. »Du verstehst das nicht. Ich habe sehr viele Hybriden gebaut. Einige von ihnen wollten mich denunzieren. Oder mir Schmerzen zufügen, damit ich tat, was sie wollten. Also half ich mir mit den einzigen Waffen, die eine Frau zur Verfügung hat … ihrem Verstand und ihrem Werkzeug.«

Sie lächelte bitter. »Aber du bist anders, denke ich. Das war mir schon klar, als ich dich aus diesem Fenster stürzen sah. Ich war mir sicher, dass du mir niemals wehtun würdest, und ich bin es immer noch.«

»Weil ich ein Krüppel bin«, murmelte ich.

»Weil du ein guter Mensch bist«, sagte Aurenna. »Du bist so viel mehr als Fleisch und Messing. Du …«

Ich beugte mich vor und küsste sie. So heftig, dass es sie beinahe von den Beinen riss. Die Kälte verschwand aus meiner Magengrube und ich spürte ein Lächeln auf dem Gesicht, als Aurenna mir in die Unterlippe biss.

»Du tust immer so ruhig.« Ihr Atem ging stoßweise. »Aber du bist nicht still. Du kannst auch wild sein, du verfluchter Lügner. Du … lass das sein!«

Trotz ihres Protestes ließ sie es zu, dass ich die Hand in ihr Mieder schob und ertastete, was darunter verborgen lag. Es war schwierig für mich, Aurenna mit meiner unbeholfenen Linken zu entkleiden; aber sie wand sich aus dem Stoff und zog mich zu Boden. Ich bedeckte ihren Hals mit Küssen. Dieses Mal sagte sie mir nicht, wie ich sie halten und berühren sollte; und als wir fertig mit unserer Rangelei waren, hielt sie sich reflexartig an meinen Schultern fest. Ich blickte sie an, während sich mein Atem beruhigte und meine Mechanik langsam in ihren gewöhnlichen Takt zurückfiel. Ob ich einen Fehler gemacht hatte?

»Es tut mir …«

»Mach es nicht kaputt.« Sie grinste. »Es gefällt mir, wenn du das machst. Die Initiative ergreifen, meine ich. Du bist immer so ruhig und schüchtern, aber dieser Wagemut steht dir viel besser.«

Ich musste lächeln. Aurenna küsste mich auf die Stirn, ehe ich die Augen schloss und in ihrer warmen Umarmung eindöste. Ich war doch kein Automat, dachte ich. Kein Krüppel. Ich hatte all diese Dinge auf Rabenfels gelassen …

Und es hat dich nur deinen besten Freund gekostet, nicht wahr?

In dieser Nacht schlief ich unruhig, wie so oft. Träumte von Najee, der mir eine Pistole an die Brust setzte, silbrig golden wie der Tod. Ich sah sein Lachen, als ich mich an die Wand presste, ihm zu entrinnen versuchte. Tränen rannen über meine Wangen, stürzten wie Perlen in die Finsternis.

Tu mir nicht weh, ich wollte nicht – es tut mir leid, Najee, es tut mir leid!

Najee drückte ab. Ich fuhr auf. Meine Mechanik raste schneller als mein Herz; schon oft war mir aufgefallen, dass sie auf meine Stimmung reagierte, nur wurde mir jetzt beinahe übel davon.

»Was ist denn?«, murmelte Aurenna neben mir.

Ich starrte in die Finsternis.

»Gar nichts«, flüsterte ich und ließ mich wieder in die Kissen sinken. Aurenna brummte, sagte aber nichts mehr. Und ich lag noch lange mit brennenden Augen in der Dunkelheit und fragte mich, ob Najee mir je verzeihen würde, dass ich an seiner Stelle mit dem Leben davongekommen war.

»Sie sehen blass aus«, sagte Wyatt am nächsten Morgen zu mir. Er saß hinter seinem Schreibtisch und schrieb, und es erstaunte mich, welch elegante Lettern dieser Schrank von einem Mann zustande brachte. »Hatten Sie eine unruhige Nacht?«

»Könnte man so sagen«, erwiderte ich leise. »Schlechte Träume.«

»Gehen Sie in die Apotheke«, riet mir Wyatt. »Man hat mir dort Laudanum empfohlen. Ich bin sehr zufrieden damit.«

Ich verkniff mir eine Antwort. Obwohl ich kaum eine Nacht durchschlief, erschien es mir falsch, die Erinnerung an Najee mit Medizin zu ersticken. Wortlos setzte ich mich vor den Schreibtisch, wobei Wyatt mir einen scharfen Blick zuwarf. Erst nach einigen Sekunden fiel mir ein, dass ich eigentlich hätte warten müssen, bis er mir den Platz anbot. Der Benimmunterricht war nie meine Stärke gewesen.

»Gut, dass Sie hier sind«, sagte Wyatt schließlich. »Es gibt ein Problem.«

Er reichte mir ein Blatt Papier; in einer Ecke befand sich das Wappen von Ceratari, in der anderen das der Garde, zwei gekreuzte goldene Schwerter vor einem Baum auf Grau.

»Ich habe gestern einen Eilbrief abgeschickt«, erklärte er. »Ich brauche eine besondere Bescheinigung, um Männer einzustellen, die nicht bei der Armee waren. Vor einer halben Stunde flatterte die Antwort herein.«

Ich überflog das Dokument, und mit jedem Wort wurde mir kälter. »Ich darf der Garde nicht beitreten?«

»Nicht unter diesen Umständen«, sagte Wyatt ernst. »Eine Ausbildung an der Waffe wurde vom Uhrwerk vorgeschrieben. Wer sie nicht erhalten hat, muss mit einer Alternative aufwarten. Sagt Ihnen der Begriff Metalltanz etwas?«

Ich schüttelte den Kopf.

»Es handelt sich um eine Kampfkunst, die speziell für den Umgang mit Hybriden entwickelt wurde«, erklärte Wyatt. »Es geht darum, die Nackendrähte seines Gegenübers zusammenzukneifen und ihn damit hilflos zu machen.«

»Wozu soll das gut sein?«, sagte ich stirnrunzelnd. »Man kann seinen Gegner doch einfach erschießen.«

Wyatt lachte schallend. »Wer den Metalltanz beherrscht, kann Kugeln ausweichen. Natürlich ist die Quote nicht perfekt … ich glaube, dass selbst unsere besten Tänzer nur acht von zehn Geschossen schaffen. Aber ein Messinghybrid muss keine Angst vor einer Schusswunde haben, habe ich recht?«

Ich nickte schwach. Ich tat besser, was er wollte; auf keinen Fall wollte ich Wyatt negativ auffallen, wo ich doch nicht einmal hätte existieren dürfen. Aber schließlich war ich ein Belarron. Die Uhrwerkstreue lag mir im Blut, und vielleicht konnte ich später bei einigen Beamten vorsprechen und dieses Missverständnis aus der Welt schaffen.

»An wen muss ich mich wenden?«

»Fragen Sie nach dem Hampelmann mit dem arganischen Akzent.« Wyatt ballte die Faust. »Um fünf Uhr beginnen die Unterrichtsstunden.«

Ich sah zur Standuhr hinüber; bis dahin hatte ich noch etwa zehn Minuten Zeit.

»Was für ein Hampelmann?«

»Sie werden ihn schon erkennen. Er zischt so sehr beim Sprechen, dass Sie gut daran täten, sich mit einem Regenschirm zu bewaffnen.« Wyatt blickte mich so wütend an, als sei ich schuld an diesen Verfehlungen, ehe sein Gesichtsausdruck milder wurde. »Verzeihen Sie, Taiden. Ich darf Sie doch beim Vornamen nennen?«

Ich zuckte mit den Schultern.

Wyatt nickte. »Dieser Tanzlehrer und ich kommen nicht gut miteinander aus. Ich habe bereits mehrmals versucht, ihn aus der Garde zu entfernen, die wohl kaum angemessen für eine Kreatur wie ihn ist … aber mein Vorhaben war nicht von Erfolg gekrönt. Seien Sie vorsichtig, wenn Sie ihm entgegentreten. Er hat ein rebellisches Naturell.«

»Ich werde mich nicht auffressen lassen«, versicherte ich.

Wyatt schmunzelte. »Sie gefallen mir, wissen Sie das?«

»Das freut mich«, sagte ich höflich, ehe ich ging. Eigentlich hatte ich mir vorgenommen, gelassen zur Halle zu spazieren; aber dann siegte meine Nervosität und ich wurde schneller, bis ich rannte. Es schlug gerade fünf, als ich in die Übungshalle unter dem Leuchtturm schlitterte und beinahe einem anderen Schüler in den Rücken sprang. Ich entschuldigte mich hastig und bezog eine Position in der Reihe, die längst von den restlichen Hybriden gebildet worden war.

»Wer sind Sie denn?«, hörte ich jemanden fragen. Ein hochgewachsener Mann mit zischelndem Akzent, an dessen Armen Silberplatten funkelten; das verwuschelte schwarze Haar fiel ihm auf die Schultern und mehrere lange Narben zogen sich über seine linke Gesichtshälfte.

»Taiden Belarron. Bin neu hier.«

»Dachte ich mir. Sie tragen ja nicht einmal eine Uniform.«

»Sie werden im Augenblick genäht.« Ich hob zögernd meine schlechte Hand. »Ich habe um Jacken und Hemden gebeten, die ich auch mit links schließen kann.«

Eine kurze Pause. Der Hybrid musterte mich nachdenklich und ich sah ihm deutlich an, dass er mich ebenso schnell erkannt hatte wie ich ihn.

»Diese Lähmung wird Ihnen Schwierigkeiten beim Metalltanz bereiten. Betrachten wir es als Herausforderung.«

Oh, natürlich, dachte ich, ehe sich eine Frage auf meine Zunge legte. »Wie heißen Sie eigentlich?«

»Mein Name ist Kyron«, erwiderte der Gardist, und sein Mundwinkel zuckte. »Sie sollten ihn sich merken.«

7

Zwischenspiel
Gardist und Verräter

»Verräter!«, brüllte jemand.

Carive schrak auf. Schritte erklangen vor ihrer Tür, aber sie entfernten sich so schnell, wie sie gekommen waren. Carive wusste, dass sie leicht zu erschrecken war, dennoch wurde ihr in ihrer Unruhe übel. Ihr war nicht bewusst gewesen, wie stark sie sich auf die Geschichte konzentriert hatte.

Ob es ein Notfall war? Oder war Kyron zurückgekommen?

Sie wusste es nicht, aber sie fand, dass er ihr einige Antworten schuldig war. Gardist war er also gewesen, genau das, was er seit Jahren bekämpfte. Warum?

Carive legte das blaue Tagebuch weg, raffte ihre Röcke und lief hinunter in den Tanzsaal. Wenn sich etwas Bedeutendes ereignete, dann meistens in dieser Halle, und heute wurde sie nicht enttäuscht. Eine Traube aus Schaulustigen hatte sich dort gebildet; in ihrer Mitte befand sich ein junger Mann, gekleidet in eine Gardeuniform. Eines seiner Abzeichen zeigte das Wappen Ceratаris; das andere war silbrig golden gestreift, ein Zeichen seines hohen Ranges.

Das ist Taiden, dachte sie erschrocken, korrigierte sich auf den zweiten Blick jedoch selbst. An dem Gardisten fand sich keine Spur von Funkenmessing, und irgendwie wusste sie, dass Taiden Belarron dem Fremden nicht im Geringsten ähnelte. *Er ist zu klein. Zu zart. Taiden ist mindestens einen Kopf größer, er …*

Plötzlich stürzte sich ein halbes Dutzend Rebellen auf den Mann und begann, auf ihn einzuprügeln. Er krümmte sich schreiend zusammen, aber um ihn herum erhob sich Jubelgeschrei – die Menge brüllte Beleidigungen, Flüche, schreckliche Obszönitäten, während sich der Fremde auf dem Boden zusammenrollte.

»Wir wollen hier keine Uhrwerksdiener!«, kreischte eine Frau. »Du dreckiger Bastard, *du* setzt die Ruinen in Brand – *du hast mein Kind getötet!*«

»Als ob ich die Kanonen abgefeuert hätte, du dämliche Ziege!«, tobte der Gardist. »Ich sitze nicht in den Luftschiffen des Uhrwerks, verdammt – ich bin nicht euer Feind!«

»Lügner«, brüllte die Frau und warf einen Stein nach ihm. Er verfehlte den Mann um einige Zoll, und dann wurde es schlagartig ruhiger. Carive brauchte eine Weile, um den Grund dafür zu erkennen; eine hochgewachsene Frau mit eisengrauen Locken war vor die Menge getreten und Carive errötete, weil ihre Beine in Hose und Stiefeln steckten.

Im Gegensatz zu den Damen der Dreizehn Inseln trugen die Rebellinnen keine Kleider, denn die schweren Röcke waren im Weg, wenn man andauernd um sein Leben rannte. Aber Carive fühlte sich nackt in einem solchen Aufzug und ihre Wangen brannten nur noch heftiger beim Gedanken daran, dass sich eine Frau freiwillig so zeigen konnte. So liefen doch nur kulturlose Aliamen herum!

»Was macht ihr hier für einen Aufruhr?«, fragte sie. »Geht wenigstens auf das Dach und werft eure Steine auf die Gardetruppen, ihr Trottel.«

Einer der Rebellen räusperte sich. »Wir haben ihren Präsidenten aufgegriffen, Naris. Er ist draußen herumgeschlichen.«

»Ich schleiche nicht herum«, fauchte der Gardist.

»Du hast hier nichts zu sagen«, sagte Naris schroff. »Er bezeichnet uns als Verräter. *Uns!* Sag schon, Aryon, wer kriecht den Dreizehn Stunden in den Hintern, wenn nicht du? Wie kannst du es wagen, uns irgendeines Verbrechens zu bezichtigen – bei all den Dingen, die *du* getan hast!«

»Du hast keine Ahnung, du verschrumpelte Hure«, schrie Aryon. »Wo ist Kyron? *Wo ist er?* Ich muss mit ihm reden, verdammt! Sagt ihm, dass ich hier bin, er wird mir zuhören, es geht um das Brückenfest!«

Carive schluckte. Das Brückenfest war eine Tradition in Ceratari, doch in diesem Jahr hatte sie es versäumt; erst seit Kurzem war sie wieder auf den Beinen, durch eine Funkenübertragung von Tuberkulose geheilt. Kyron legte viel Wert darauf, dass keine Krankheiten im Schloss umgingen. Selbst das konnte bereits den Tod seiner Rebellion bedeuten.

»Sagt mir, wo Kyron ist!«, brüllte Aryon. »Ich lasse euch ins Gefängnis werfen, ihr dreckigen Uhrwerksverräter! Vergesst nicht, wer ich bin!«

»Du bist ein Stück Dreck, das immerhin steht fest.« Naris sah ihn mit so glühender Abscheu an, dass Carive sich fragte, warum ihr Blick Aryons Haut nicht versengte. »Der Schatten des Vulkans hat Besseres zu tun, als sich mit Abschaum wie dir zu befassen.«

»Er wollte immer …«

Naris schlug Aryon ins Gesicht. Er jaulte auf. Ihr Atem schien ein wenig schwerer zu gehen, ihre Schultern bebten vor Zorn.

»Du widerst mich an«, sagte sie. »Es ist mir egal, was Kyron dazu sagt. Uhrwerksdiener müssen sterben.«

Aryon kniff die Augen zusammen, als Naris ein langes Messer zog. Jubelschreie hallten durch den Saal, doch sie verebbten, bevor die Menge erneut in Aufruhr geraten konnte.

»Was geht hier vor?«

Carive wurde kalt. Gedränge entstand, als die Rebellen Platz für den Fremden machten, und bei seinem Anblick brach Gemurmel in der Menge aus. Der Mann war geschmeidig wie eine Raubkatze, seine Bewegungen von wilder Eleganz; das Haar fiel ihm in einem geflochtenen Zopf bis auf die Hüfte und es war weiß wie Schnee. Carive hatte nicht viele Freunde in der Ruine, aber selbst sie kannte die rechte Hand des Rebellenkönigs – den Halbaliamen, der in seinem Dienst tausend Gesichter getragen hatte.

»Hallo, Kanra«, sagte Naris, das Messer immer noch erhoben. »Schau mal, was wir gefangen haben.«

»Reizend«, erwiderte Kanra nüchtern. »Allerdings bezweifle ich, dass der Schatten erfreut sein würde, wenn er diese Kreatur ermordet vorfände.«

Naris funkelte ihn an. »Hast du vergessen, was er getan hat?«

»Wie könnte ich? Ich sehe seine Luftschiffe jeden Morgen am Himmel hängen.« Kanra musterte sie scharf; er trug eine Brille mit dünnem Messinggestell, die gut zu seinen aristokratischen Gesichtszügen passte, und die Augen dahinter waren von der Farbe ausgedünnten Blutes. »Bring ihn weg. Kyron wird sich mit ihm befassen wollen, sobald er zu uns zurückgekehrt ist.«

»Hat der Hurensohn etwa Angst?«, höhnte Aryon.

Wortlos rammte Naris ihm die Faust in den Magen. Aryon keuchte und krümmte sich zusammen. Carive sah zur Seite; ihr Herz schlug schwer. Sie hatte keine Ahnung, warum sie alle so wütend auf diesen Mann waren; doch es gefiel ihr nicht, wie sie ihn quälten. Sie wusste zu gut, wie sich das anfühlte. Sollten sie nicht besser als das Uhrwerk sein?

»Hör auf damit«, hörte sie sich sagen. Naris bemerkte es nicht, doch Kanra wandte sich zu ihr um, und für einen Augenblick wirkte er überrascht.

»Hallo, Carive. Warst du nicht vor Kurzem noch ans Bett gefesselt?«

»Ich – ich bin gesund geworden.« Ihr Herz raste; sie redete ungern über ihre Krankheit. »Tut ihm nicht weh. Wir sind keine Barbaren, wir sind nicht das Uhrwerk.«

Naris ließ Aryon los. Er stürzte zu Boden, gab jedoch keinen Laut von sich.

»Hätte von Kyron kommen können«, murrte sie. »Schön. Verschwindet. Wir werden dieses Stück Dreck später bestrafen.«

Sie deutete auf Aryon, und irgendwie schaffte sie es, all ihre Abscheu vor ihm in diese Geste zu legen. Carive hörte die Beschwerden einiger Rebellen, wandte sich jedoch zum Gehen, als sich die Menge zu zerstreuen begann.

»Bleib hier, Karotte«, sagte Kanra leise.

Carive zögerte. Etwas an diesem Mann machte ihr Angst, und es war gewiss nicht das Aliamenblut, das durch seine Adern floss.

»Die arme, schüchterne Carive Thorpe«, sagte Kanra. »Du bist Ausländer, nicht wahr? Wie kommt es, dass du einen so gewöhnlichen Nachnamen trägst?«

»Mein Großvater war Ceratarier«, nuschelte sie. »Ich bin keine richtige Ailionierin, ich … ich bin hier geboren.«

»Gütige Funken, sie verschluckt sich ja fast an ihrer Zunge«, sagte Naris. »Hör auf, ihr Fragen zu stellen, Kanra.«

Er überhörte sie. »Ich sehe dich nicht oft. Deswegen weiß ich wenig über dich, aber … lass mich raten. Du warst eine gewöhnliche junge Dame, bevor der Rebellenkönig kam und der Vulkankessel in Flammen aufging. Immer darauf bedacht, einen sittsamen Eindruck zu machen; doch für die Schlacht wurdest du nicht geboren.«

»Aber ich möchte kämpfen«, sagte sie leise, denn seine Worte enthielten zu viel Wahrheit, um nicht wehzutun.

»Wirklich? Ich habe dich noch nie ohne ein Buch im Arm gesehen. Oder in Hosen statt einem Kleid.« Ein Lächeln flackerte über seine farblosen Lippen. »Sag mir, Carive, warum erhebt jemand wie du die Stimme für Aryon?«

»Es wäre falsch, ihn zu demütigen«, sagte sie. »Wir sind besser als das.«

Kanras Mundwinkel zuckte. »Ich glaube, dass Kyron Gefallen an dir gefunden hätte. Nimm das nicht als ein Kompliment. Er ist manchmal ermüdend edelmütig.«

»Edelmütig!«, fauchte Aryon. »So nennt ihr es also, treue Uhrwerksdiener zu ermorden? Ihr haltet den Schatten vielleicht für euren Helden, doch das ist er nicht – das ist er nicht!«

»Das hast du aber schön gesagt«, spottete Naris.

Aryon funkelte sie an, ehe er ihr vor die Füße spuckte. Carive fiel auf, dass er fast einen Kopf kleiner war als sie. Seinem wütenden Blick zufolge hasste er sie allein dafür.

Kanras Augen verengten sich, doch noch schrecklicher als das war das hinterhältige Lächeln, das für den Bruchteil einer Sekunde über sein Gesicht flackerte.

»Wenn du gestattest, Naris, werde ich dieses Stück Dreck in seine Zelle bringen und ihm zeigen, was der Preis für seine Frechheiten ist.«

Naris wirkte überrascht, doch dann breitete sich ein Lächeln auf ihrem Gesicht aus. Sie packte Aryon beim Kragen und stieß ihn Kanra in die Arme, und das Zetern des Gardisten schallte noch lange durch das Gewölbe, als das Halbblut ihn davonzerrte.

Carive war erleichtert über Kanras Verschwinden, doch sie versuchte, sich nichts anmerken zu lassen. Stattdessen dachte sie an die Tagebücher, an Kyrons Arbeit in der Garde. Gut möglich, dass Aryon ihn dort kennengelernt hatte. Aber wo war Taiden abgeblieben? Saß er womöglich gerade im Haus des Goldes, der ceratarianischen Gardestelle, und bekämpfte die Rebellion vom Schreibtisch aus?

»Darf ich Sie etwas fragen, Naris?«

Naris wirkte überrascht, nickte jedoch.

»Kennen Sie einen Mann namens Taiden Belarron?«

Sie schnaubte. »Wie kommst du darauf, dass ich irgendetwas mit dem Adel zu schaffen hätte?«

»Ich …« Ihr Tonfall machte sie so stutzig, dass sie kurz den Faden verlor. »Sie haben grüne Augen. Das ist im gemeinen Volk sehr selten, außer wenn die Menschen vom Kontinent sind, so wie ich.«

»Vielleicht bin ich ja aus Escava.« Naris verzog die Lippen zu einem Lächeln. »Ich bin schon lange damit fertig, eine Dame zu spielen, Karotte. Warum fragst du nach Taiden Belarron? Leute wie er haben mit uns nichts zu schaffen.«

Nein, dachte Carive. *Und du?*

Naris schwieg, doch ihr Blick ließ sie nicht los. Carive versuchte, ihn so gut wie möglich zu erwidern, obwohl ihr das unendlich unangenehm war.

»Ich habe Taiden gekannt«, gab sie schließlich zu. »Für jemanden von seinem Stand war er ungewöhnlich. Bei unserer ersten Begegnung hielt ich ihn für unbeholfen, aber er hatte Feuer in sich. Und wer so dumm war, die Flammen zu wecken, der ging in ihnen zugrunde.«

Carive dachte an die Luftschiffe, die manchmal den Himmel über dem Vulkankessel füllten. Die glühenden Kugeln hatten bereits zwei Türme des Schlosses vernichtet; es war reines Glück, dass nichts Schlimmeres geschehen war. Wie wahrscheinlich war es, dass Taiden Belarron dahintersteckte, dessen Familie ein ganzes Imperium aus Metall und Dampf beherrschte?

»Kämpft er gegen die Rebellion?«

»Das tun Gardisten nun einmal«, sagte Naris, wandte sich um und ging. Sie sah ihr eine Weile nach, ohne zu wissen, was sie darüber denken sollte. Erst dann ging Carive zu einem der gewaltigen Bogenfenster hinüber, legte eine Hand an das zersprungene Glas und blickte in den Himmel.

Keine Luftschiffe. Sie kamen nicht immer. Doch während Carive in das wolkenlose Blau hinaufblickte, tanzten Schatten vor ihren Augen, die schon bald die Silhouette eines Raben zu bilden schienen.

Ich kann fliegen, wisperte Taiden in ihrem Hinterkopf. *Und du, Carive?*

Sie wandte den Blick ab.

8

Schattenjäger tanzen miserabel

Ich war nicht gut im Metalltanz. Daran gab es nichts schönzureden. Im Gegenteil, ich hatte oft das Gefühl, als sei ich in den ungelenkigsten Körper der Dreizehn Inseln geboren worden.

»Schieb die Füße auseinander«, sagte Kyron streng. »Wenn du sie zu eng aneinandersetzt, stehst du da wie eine Salzsäule. Du musst beweglicher sein. Flinker. Kannst du das?«

»Ich glaube nicht«, ächzte ich. Ich war vollkommen durchgeschwitzt und mein Atem ging schwer; Kyron war ein erbarmungsloser Tanzmeister und erwartete stets, dass ich mein Bestes gab. »Ich könnte womöglich eine Pause …«

»Wenn du einem Gegner gegenüberstehst«, unterbrach Kyron mich, »wird er dich so wenig ausruhen lassen wie ich. Was solltest du also tun? Du packst seinen Nacken oder wirst eine sehr lange Rast unter den Wellen machen.«

Ich sah ihn finster an. Meine Muskeln schmerzten trotz meines Messings und die Haut über meinen Nackendrähten war ständig gereizt. Kyron packte mich jeden Tag und er drückte immer zu. Er sagte, dass das eine wertvolle Lektion für mich darstellte.

Ich hatte ihn noch nie erwischt.

Kyron legte den Kopf schief. »Ich warte.«

Ich verzog den Mund. Ich wusste nie, ob er sich über mich lustig machte; das war das Problem mit dieser Sorte Hybrid. Aurenna hatte mir einmal erklärt, dass Silberhybriden oft die Fähigkeit verloren, einer Situation mit der richtigen Stimmung zu begegnen.

Und dass sie vollendete Lügner waren, weil sie nicht nervös werden konnten.

Kyron hob die Hand. Wie üblich fing er langsam an, sodass ich seinen Hieb mühelos abfing, und allmählich steigerten wir das Tempo zu einem fieberhaften Tanz. *Vielleicht schaffe ich es heute,* dachte ich. Doch Kyron schien vorauszusehen, wie ich mich bewegte, war stets außerhalb meiner Reichweite und dennoch gefährlich nah an meinem Nacken. Seine Bewegungen wurden schneller, sein Metalltanz immer fließender; ich stolperte ihm eher nach, als dass ich kämpfte, und dann –

Einem jähen Impuls folgend hob ich die rechte Hand. Kyrons Augen folgten der Bewegung und ich streckte die guten Finger nach seinen Nackendrähten aus. Im gleichen Augenblick spürte ich eine Berührung am Hals. Mir stockte der Atem, als Kyron die Drähte dort zusammendrückte, und plötzlich wurde es schwarz um mich herum.

Ich erwachte auf dem Boden. Starrte die Decke des Kellergewölbes an, während das Brennen in meinem Nacken verebbte. Kyron saß neben mir und polierte seine Unterarme, ohne auf mich zu achten. Licht fing sich an seinem Silber, seinem rabenschwarzen Haar. Einen seltsamen Augenblick lang wollte ich hindurchfahren und überprüfen, ob sich überhaupt etwas wie Leben unter Kyrons ausdrucksloser Schale verbarg.

Der stets korrekte Gardist, dachte ich.

Der Schatten von Arassa.

Wenn ich ehrlich war, wurde ich nicht schlau aus ihm. Seit wir allein übten, nannte er mich beim Vornamen, als seien wir seit Jahren Freunde; jede Unterrichtsstunde brachte er mit großem Ernst hinter sich, und niemals schien er auch nur daran zu denken, mir absichtlich schlechte Lektionen zu erteilen. Es war schwer, einen Rebellenführer in ihm zu sehen, sehr schwer. Kyron war zwar älter als ich, sah jedoch geradezu unverschämt gut aus, und ohne seinen scharfen Akzent hätte ich meine Vermutung für lächerlich gehalten.

Ich muss ihn verraten. So bald wie möglich.

Aber was wurde dann aus mir? Meine Ausbildung im Metalltanz zog sich bereits einige Monate hin, würde jedoch noch Jahre dauern, und Kyron war der einzige Lehrer dieser Gardestelle. Würde man mich nicht fortschicken, wenn ich ihn verriet? Ich wollte mich nicht darauf verlassen, dass ich in der Garde bleiben durfte, nur weil ich einen Rebellen enttarnt hatte.

Kyron warf mir einen kurzen Blick zu. »Das war unklug.«

»Dachte ich mir«, sagte ich ärgerlich.

Er überhörte mich. »Du hast nicht auf meine Bewegungen geachtet. Dir kam es nur auf einen schnellen Sieg an, und deswegen bist du gestürzt. Kannst du aufstehen?«

Ich nickte stumm.

»Gut. Nimm die Position von eben ein … genau so, ja. Pass auf.« Kyron stellte sich vor mich. »Du willst meine Nackendrähte zusammenkneifen. Du denkst, dass ich auf deine schlechte Hand achte, aber ich weiß, dass du mich nicht damit verletzen kannst. Ich beobachte deine Augen. Es ist eine Täuschung. Dein Blick verrät, was du als Nächstes tun wirst, also tue ich das hier.«

Blitzschnell hob er seine Linke. Seine Finger legten sich an meinen Nacken. Ich zuckte zusammen, doch er drückte nicht erneut zu.

»Du bist leichtsinnig«, sagte Kyron. »Du überlegst nicht, bevor du handelst. Das spiegelt sich in deinem Metalltanz. Pass auf.«

Er beugte meinen Rücken und gab mir einen Stoß, sodass ich unter seinem ausgestreckten Arm hindurchhuschen konnte. Ich machte zwei lange Schritte, wandte den Kopf und legte die Finger an seinen Hals.

»So ist es besser«, sagte Kyron, ohne sich umzudrehen. »Nimm dir mehr Zeit zum Üben. Am Ende des Jahres musst du diese Kniffe beherrschen.«

Ich verzog den Mund. »Wann lerne ich, Kugeln auszuweichen?«

Kyron wirkte verärgert. »Wie alt bist du?«

»Einundzwanzig.«

»Wenn du jeden Tag übst, kannst du es vielleicht in zehn Jahren«, sagte er nüchtern. »Aber selbst ein erfahrener Metalltänzer geht in einem Kugelhagel zugrunde. Du tust gut daran, Kämpfen aus dem Weg zu gehen, die nicht …«

Kyron unterbrach sich, als Schritte im Gewölbe erklangen. Wenig später kam Wyatt in Sicht, adrett wie immer, eine Akte unter den Arm geklemmt.

»Was gibt es denn?«, fragte Kyron. »Ich unterrichte gerade.«

»Dann unterbrechen Sie gefälligst Ihre alberne Tanzstunde.« Wyatt warf ihm die Akte zu. »Jedes Mal, wenn ich in Ihre Abteilung gehen muss, sind Sie verschwunden. Ändern Sie das. Und wenn ich den Schatten von Arassa nicht bald in einer Zelle sehe, wird eine der Magnetwände dort einen anderen Gefangenen finden.«

Kyron lächelte. »Glauben Sie ernsthaft, dass eine magnetische Wand ein Problem für mich darstellen könnte?«

»Sie gehen zu weit, Ausländer«, fauchte Wyatt. »Sie mögen vielleicht jetzt ein Paar hübsche Silberarme haben …«

Ich horchte auf.

»… aber ich weiß genau, was Sie für ein dreckiger kleiner Rebell sind. Keine Achtung vor Regeln und Gesetzen. Typisch für einen Wilden vom Kontinent.«

»Das sagt mir ein Mann, dessen Gemahlin schreiend vor ihm davongelaufen ist.« Kyron bedachte Wyatt mit einem eisigen Blick. »War das alles?«

Wyatt sah aus, als wollte er Kyron die übelste Tracht Prügel seines Lebens verpassen, während ich mir auf die Lippen biss. Unmöglich. Es war einfach abstrus, dass sich ein verheiratetes Paar trennte; sogar meine Eltern hatten lieber in getrennten Betten geschlafen, statt einen Skandal zu verursachen.

»Vergessen Sie nicht, was ich ausgraben könnte, sobald wir uns auf *Ihre* Vergangenheit konzentrieren.« Wyatt lächelte hinterhältig, ehe er mir einen Blick zuwarf. »Warum erzählen wir nicht unserem jungen Freund davon?«

»Warum gehen Sie nicht jemand anderes schikanieren?«, gab Kyron zurück.

Wyatt grinste.

»Seien Sie vorsichtig damit, woran Sie Ihr Herz hängen«, sagte er. »Sie sitzen in der Falle, Ausländer. Denken Sie daran.«

Damit verließ er die Halle. Ich sah ihm verdutzt nach, während Kyron in der Akte zu blättern begann und dabei jede Seite umschlug, als hätte sie ihm ein großes persönliches Unrecht angetan.

»Wieso bringt Wyatt dir Akten vorbei, wenn er dich nicht mag?«

»Das muss er, ob er will oder nicht.« Kyrons Blicke wanderten über die sorgfältig abgetippten Einträge, doch in seinen Augen war noch immer silbergeschwächte Wut zu erkennen. »Ich bin Präsident der Abteilung für Innere Sicherheit. Das macht mich verantwortlich für die Suche nach dem Schatten von Arassa, und wenn sie etwas über ihn herausfinden, muss ich es erfahren.«

»Interessant«, rutschte es mir heraus.

»Ach ja?«

Ich erstarrte unter Kyrons scharfem Blick. Manchmal vergaß ich fast, was er war, nur lag das vermutlich auch in seiner Absicht.

»Ich habe einmal gesehen, wie der Schatten ein Plakat des Uhrwerks zerstörte«, sagte ich ausweichend. »Die Zerstörung von Uhrwerkseigentum ist strafbar.«

»Lügen von den Mauern dieser Stadt zu reißen, ist kein Verbrechen.« Kyrons Augen verengten sich. »Nicht dass du das verstehen würdest. Du bist hier geboren worden, du kennst nichts anderes als den Klammergriff des Uhrwerks.«

Klammergriff, dachte ich. So ein Unsinn. Vielleicht wurde man vom Uhrwerk festgenommen, wenn man sich zu rebellisch gebärdete, aber das war immerhin gut und richtig so.

»Beenden wir die Stunde«, sagte Kyron schließlich. »Geh den Metalltanz öfter für dich selbst durch. Daheim in Argano heißt es, dass man sieben Jahre bis zur Perfektion braucht.«

Meine Begeisterung darüber war zugegebenermaßen gering, doch Kyron hatte sich bereits abgewandt, und damit war auch ich entlassen. Ich machte mich seufzend auf den Heimweg, um ein Bad zu nehmen und meine Kleider zu wechseln. Ich hatte noch eine Stunde Zeit, bis ich wieder an die Arbeit musste.

Aurenna hielt übrigens nicht viel von meiner Beschäftigung. Sie hatte gezetert und geschrien, dass ich keine Lizenz besäße und überhaupt nur ein Vakuum statt einem Hirn im Schädel hätte. Beinahe hätte sie mich sogar hinausgeworfen, aber plötzlich erschien ein beunruhigendes Grinsen auf ihrem Gesicht und sie drückte mir abrupt einen Kohlestift mitsamt mehreren Bögen Papier in die Hand.

»Was …«

»Mach einen der Hybriden kalt«, sagte Aurenna lächelnd. »Reib die Nummer durch, mit der er lizenziert wurde. Sei ein guter, dreckiger Gardist.«

Ich verschränkte die Arme. »An Gardisten ist gar nichts *dreckig.*«

»Dummkopf. Du bist unter verachtenswerte Kreaturen gegangen, die den Irrsinn des Gesetzes durchsetzen, ohne ihre verdammten Köpfe zu benutzen. Wenn du so ein stumpfer Idiot wirst wie sie, setze ich dir eine Spieluhr in den Schädel ein, damit du wenigstens ein lustiges Liedchen von dir geben kannst.«

Ich verzog das Gesicht. »Wieso bist du immer so rebellisch?«

»Wieso machst *du* immer Kratzfüße vor dem Uhrwerk?«

»Das tue ich nicht.«

Aurenna sah mich streng an. Ich verstummte. Einen Augenblick lang dachte ich, dass sie mir eine Ohrfeige versetzen würde, doch dann ging sie ohne ein weiteres Wort davon.

Wir sprachen nie wieder über meine Arbeit in der Garde. Ich war beileibe nicht so dumm, dieses Thema anzusprechen, und von Aurenna bekam ich kaum mehr als gelegentlichen Spott zu hören. Allerdings musste ich meine Uniformen selbst waschen, und wann immer ich Grau trug, entzog sie sich meiner Umarmungen. Ich hätte gern gewusst, warum sie Gardisten so sehr verabscheute. Aber ich war daran gewöhnt, dass Aurenna ihre Geheimnisse für sich behielt, und drang nicht weiter in sie ein.

Nachdem ich sauber und umgezogen war, machte ich mich auf den Weg zum Bahnhof. Im Gebäude trieben sich bereits einige meiner Kollegen herum und ich gesellte mich zu ihnen, als sie in einen Zug der blau-goldenen Linie stiegen. Auf dem Gang stapelten sich die Reisenden, so wie ich es hasste. Resignierend hängte ich mich an einen besonders massiven Gardisten, der wie eine Dampflok durch die Masse pflügte.

»… entschuldigen Sie die Umstände. Wir müssen den Zug kontrollieren, bevor er nach Arulan weiterfahren darf, das ist Vorschrift …«

»… und seht auch zwischen den Sitzen nach …«

Ich schob die Tür zu einem Abteil auf, kniete nieder und begann, nach Auffälligkeiten im Sitzfutter zu tasten. Draußen gingen Gardisten umher und kontrollierten die Außenwände des Zuges. Ich konnte Gespräche auf dem Bahnsteig hören. Manchmal unterhielten sich meine Kollegen mit Passanten, die ihren Zug zu erwischen versuchten, und …

»… er ist in der Steinernen Garde aufgetaucht …«

»Ach ja?«, erwiderte eine vertraute Stimme. »Interessant.«

Mir blieb fast das Herz stehen. Ich spähte aus dem Fenster und entdeckte einen Mann mit ordentlich zurückgekämmtem Haar, dem eine silber-goldene Pistole von der Hüfte hing.

Er ist noch hier.

Ich blieb wie angewurzelt stehen. Meine Mechanik klickte leise, als sei sie aus Silber, als wollte sie meinen Herzschlag so schnell wie möglich beruhigen. Was sollte ich jetzt tun? Ihm hinterherlaufen? Hilfe holen? Aber wohin würde er verschwunden sein, bis ich einem der anderen Gardisten erklärt hatte, was geschehen war?

Ich hörte Najees leises Kichern.

Willst du mich gar nicht rächen, Paradiesvogel?

Aber ja. Dafür trug ich Grau, dafür war ich hierhergekommen; und bevor ich es mir anders überlegen konnte, verließ ich das Abteil und sprang aus dem Zug. Fyonn schritt elegant von dannen. Ich richtete mein Haar, als ich ihm folgte, in der armseligen Hoffnung, mich irgendwie unauffälliger machen zu können. Er betrat schon bald die Sommerstraße und schlenderte einem Wolkenkratzer aus rotem Stein entgegen, und beim Anblick des Gebäudes setzte meine Mechanik aus.

Mehr musste ich nicht wissen. Ich wandte mich um und machte mich auf den Weg zum Leuchtturm. Nicht, um Verstärkung zu holen … diese Sache ging nur mich etwas an. Ich durfte keine Zeit verlieren, wenn ich Fyonn schnappen wollte.

Ich musste heute Nacht handeln, und ich hatte Angst davor.

* * *

Ich hastete in den Leuchtturm. Durchquerte die Eingangshalle, betrat die Abteilung für Geheimnisse und Observierung. Als niemand hinsah, öffnete ich eine Tür und huschte in den Raum dahinter. Hunderte von Kleidungsstücken hingen an goldenen Bügeln, verbreiteten den Geruch von Staub und Stoff. Ich ignorierte sie, ging zu einer Truhe hinüber und stieß sie auf.

Perücken in allen erdenklichen Farben. Frauenhaar und Männerhaar, kunstvolle und schlichte Haarpracht. Nach kurzem Stöbern entschied ich mich für einen schwarzen Haarschopf, ehe ich aus der Garde schlich. Niemand sprach mich an; offenbar hielt man mich für einen Gardisten, der sich gerade auf den Weg zur Observierung machte.

Rasch ging ich nach Hause, warf mein Diebesgut auf das Bett und hüllte mich in dunkle Kleidung. Anschließend steckte ich eine von Aurennas mechanischen Spinnen sowie eine Eisenstange ein, die ich hinter ihrer Werkbank gefunden hatte und die sie wahrscheinlich benutzte, um unliebsame Besucher aus dem Haus zu prügeln.

Schweigend machte ich mich auf den Weg. Es war dunkel auf den Straßen geworden und Beleuchter streiften umher, um die Funkenlaternen anzuzünden. Es roch nach dem Ozean, nach Akazien und Zypressen, doch heute konnte ich diesen Duft nicht genießen. Zurück an den Ort, an dem Najee gestorben war. An dem ich hätte umkommen sollen.

Der rote Wolkenkratzer tauchte vor mir auf. Ich ließ die Eisenstange in meinen Ärmel gleiten, durchquerte mit klopfendem Herzen das Foyer. *Nur nicht zittern,* sagte ich mir. *Ich werde diesen Mistkerl erledigen.*

Ich stieg in den Fahrstuhl. Zählte stumm die Etagen ab. *Zwei.* Najee hielt ein totes Huhn in der Hand und blickte verdutzt, bis Selana uns voneinander trennte. *Vier.* Eine Heckenschere klapperte. *Fünf.* Blutflecken an der Wand. *Sechs.* Dunkle Tropfen rannen an meinen Schuhspitzen hinab.

Sieben. Ich betrat den schmalen, dunklen Gang. *Nicht bewegen, Belarron,* hatte Fyonn gesagt, doch wenn ich nicht tanzte, würde ich sterben.

Die Tür zu Fyonns Unterschlupf war geschlossen. Ich klopfte, obwohl ich nicht mit einer Antwort rechnete, und zog eine der Messingspinnen heraus. Ihr Hinterleib glomm grünlich auf, als ich sie auf das Schloss setzte, ehe sie am Metall zu kratzen begann.

Stimmen. Ich ließ die Eisenstange aus dem Ärmel gleiten. Kaum dass sich die Tür öffnete, holte ich aus und erwischte den Rebellen am Kopf. Blut rann über seine linke Gesichtshälfte, als er mit einem Keuchen zusammensackte.

Fyonn und seine verbliebenen drei Kumpanen starrten mich an. Er hatte seine Frau auf seinen Schoß gezogen, doch die beiden Männer schienen bis eben ihre Waffen gereinigt zu haben. Einzelteile rollten ihnen aus den Händen, als ich in den Raum sah.

Dann zog Fyonn seine Pistole und spannte den Hahn.

»Verschwinde.«

»Weißt du, was Najee jetzt gesagt hätte?«, gab ich zurück. »Sieh mal, wie ich zittere, du verdammter Bastard.«

Ich wirbelte herum und rannte. Hinter mir erklang ein Schuss. Die Kugel zerlegte die Funkenlaterne über meinem Kopf mit einem Klirren und tauchte den Gang in Dämmerlicht.

»Haltet ihn auf!«, brüllte Fyonn. »Ich kenne diese Stimme!«

O gütige Funken, dachte ich, hastete um eine Ecke und presste mich an die Wand. Meine Mechanik klickte unruhig, während ich mich zu fassen versuchte. *O Funken, o Funken, o Funken.* Ich war verrückt. Ich war so gut wie tot.

Dann vernahm ich leise Schritte, und kaum dass sich ein schlanker Körper im Halbdunkel abzeichnete, holte ich aus. Eine Frau brach vor mir zusammen und blieb bewusstlos auf dem Boden liegen, und obwohl sich mir der Magen umdrehte, war ich gleichzeitig erleichtert. *Zwei habe ich. Fehlen noch drei.*

Ich spähte um die Ecke, um sicherzugehen, dass niemand mehr hier war; dann schlich ich mit erhobener Waffe weiter. Nach kurzer Zeit entschied ich mich, die Schuhe abzustreifen, weil jeder meiner Schritte deutlich hörbar über den Holzboden schallte. Bei ihrem Anblick kam mir eine Idee. Ich klemmte die Eisenstange unter den Arm, hob einen Schuh auf und warf ihn. Es polterte. Sekunden später hastete ein Schatten in die Dunkelheit. Ich rannte ihm nach und holte aus.

Zwei noch, dachte ich, während der Mann zu Boden stürzte. Ich zog ihn ins Halbdunkel und lehnte ihn an die Wand, als würde er um die Ecke spähen, ehe ich Stellung im Dunkeln bezog. Schon bald tauchten zwei Gestalten vor mir auf. Ich spannte mich an. *Sieh nur, Najee,* dachte ich. *Der Paradiesvogel kann auch zuschlagen.*

Ich sah Fyonn an die Seite des Mannes treten.

»Hast du ihn gesehen?«

Schweigen. Ich stand auf und schlug Fyonns letztem Verbündeten die Metallstange um die Ohren. Beim Missklang meiner provisorischen Waffe wirbelte er herum. Seine Augen wurden groß vor Überraschung.

Aber nur einen Augenblick lang.

Fyonn hob die Pistole und drückte ab. Im gleichen Augenblick drehte ich mich einem Impuls folgend zur Seite. Die Kugel zischte an mir vorbei und bohrte sich in die Backsteinwand. Mit einem unterdrückten Fluch legte er abermals auf mich an. Eine Kugel zerschlug eine Funkenlaterne über uns, einer zweiten entging ich um Haaresbreite und die dritte schrammte kreischend an meiner Metallschulter entlang. Fyonn presste sich an die Wand, seine Waffe mit beiden Händen umklammert. Ich stellte mit einer gewissen Befriedigung fest, dass ihr Lauf zitterte.

Dennoch gab er einen Schuss ab. Ich drehte mich zur Seite, und plötzlich fühlte ich einen jähen Schmerz am Rückgrat; mein Messing kühlte aus, als es zu arbeiten begann, und Blut sickerte in mein Hemd. Ich biss die Zähne zusammen, um nicht zu schreien, ließ die Eisenstange in meine Linke gleiten und warf sie Fyonn entgegen. Sie schlug scheppernd gegen die Wand; für den Bruchteil einer Sekunde jedoch zuckten seine Augen zur Seite und ich trat ihm die Pistole aus der Hand.

Die Metallstange rollte mir vor die Füße.

»Du solltest kapitulieren.«

Fyonn verzog den Mund. Er mochte ein sadistischer Mistkerl mit weißen Handschuhen sein, aber zumindest wusste er, wann er verloren hatte.

»Sag mir, wer du bist.«

»Vielleicht kennst du mich ja noch«, flüsterte ich. Mein Atem ging schwer, meine schlechte Hand zitterte. »Ich heiße Taiden Belarron.«

Es dauerte kaum eine halbe Stunde, Fyonn mitsamt seinen Kumpanen in seine Wohnung zu verfrachten und zu fesseln. Fyonn wehrte sich ein wenig, sodass ich am Ende doch Gebrauch von meiner Eisenstange machte; mir drehte sich der Magen dabei um, doch als ich an Najee dachte, verflog alle Übelkeit. Gerechtigkeit. Ich behielt dieses Wort sorgfältig im Kopf, während ich ins Foyer zurückkehrte und die Steinerne Garde verständigte.

Ich hatte es geschafft, dachte ich. Endlich war der Albtraum vorüber.

Aber ich fühlte mich leer.

Zu meiner Überraschung war Fyonn wach, als ich zu ihm zurückkehrte. Blut sickerte aus seinem Haarschopf und gerann langsam auf seiner Haut, ohne dass er darauf zu achten schien.

»Ich hätte nicht gedacht, dass du überlebt hast, Belarron.«

Ich zog meinen Kragen zur Seite, sodass er den Ansatz meiner Messingschulter sehen konnte. Das entlockte ihm ein Lächeln; doch mir lag plötzlich eine andere Frage auf der Zunge, kalt und schwer wie Blei.

»Was hast du mit Najee gemacht?«

»Oh, er lebte noch, als du aus dem Fenster gefallen bist«, sagte Fyonn grinsend. »Bevor ich das geändert habe, fragte er mich, was ich mit dir angestellt habe. Ich sagte ihm, dass du tot wärst. Und er weinte, als er starb.«

Ich blinzelte. Meine Augen brannten.

»Du hast diesen Karakusher geliebt.«

»Er war mein bester Freund«, sagte ich leise.

»Wenn du meinst«, sagte Fyonn mit einem schiefen Grinsen. »Du hast ihn angesehen, wie du deine Verlobte nie angesehen hast, Belarron. Wir beide wissen das. Du trägst jetzt vielleicht eine hübsche graue Uniform, aber darunter bist du genauso rebellisch veranlagt wie ich.«

»Das stimmt nicht«, sagte ich scharf.

Fyonn lachte. Ich wandte mich ab. Er wollte mich nur aus der Fassung bringen, weil ich ihn gefangen hatte. Auf keinen Fall hätte ich Najee … so etwas hatte das Uhrwerk verboten, und außerdem würde ich nicht mit Aurenna ins Bett gehen, wenn ich …

Danach gab es nur noch Schweigen zwischen uns. Ich stand mit schmerzendem Rücken am Fenster, bis ein Rudel Gardisten unter Wyatts Führung erschien. Wyatt lächelte selten, aber mein Fang entlockte ihm ein breites Grinsen, und er lobte mich überschwänglich für meinen Dienst am Land. Trotzdem schmeckte dieser Sieg nicht süß. Es hatte einfach getan werden müssen, und es machte Najee nicht wieder lebendig.

Sie brachten Fyonn mitsamt seiner Bande in die Garde. Ich hingegen brachte mich ins Bett. Als ich heimkam, war es weit nach Mitternacht, doch Aurenna war noch wach; sie las in einem Buch namens *Enzyklopädie der Funkenmechanik* und sah mich finster über seinen Rand hinweg an.

»Warum kommst du so spät? Du sollst doch …« Sie stockte, als ich mein Hemd auszog. »Was hast du mit deinem Rücken angestellt?«

»Ich wurde angeschossen«, murmelte ich. »Schon gut.«

»Schon gut«, wiederholte Aurenna und rollte mit den Augen, ehe sie aufstand. Ich fühlte ihre Berührungen an meinen Nahtstellen, doch der Reiz daran ging völlig im Brennen meiner Drähte unter.

»Deine Rückendrähte sind beschädigt«, sagte Aurenna. »Sieht mir nach einem Streifschuss aus, aber ein Messinghybrid muss sich vor so etwas nicht fürchten.«

»Oh, gut«, murmelte ich. »Ich sehe schon vor mir, wie mich alle Welt mit Schüssen eindecken wird, weil es mir ja egal sein kann.«

»Du wirst in letzter Zeit wirklich frech, weißt du das?« Aurenna grinste. »Mach dir keine Gedanken. Ich werde mich morgen darum kümmern.«

»Danke«, flüsterte ich.

Sie küsste lächelnd meine Wange, ehe wir zu Bett gingen. Trotz des pochenden Schmerzes in meinem Rücken gelang es mir bald einzudösen. Ich lauschte mit einem Ohr auf den Wind, der am Fenster vorbeirauschte, verlor mich fast in diesem sanften Geräusch. Es erinnerte mich an irgendetwas, ja … an den Tag, an dem ich mir das arganische Grasmeer angesehen hatte …

Als ich die Augen aufschlug, blickte ich auf ein unendliches Meer aus Getreide. In goldenen Wellen neigte es sich unter dem Wind, bis hin zum Ozean, der nur selten so sattblau leuchtete wie an diesem Nachmittag. Weit entfernt lagen die Dreizehn Inseln, aber hier auf dem Kontinent war alles anders. Oft trug ich nicht einmal meine natürliche Gestalt. Die Arganier mochten keine Leute wie mich.

Halbaliam nannten sie mich hier. Nicht Halbmensch. Offenbar hasste man an diesem Ort aus einer anderen Perspektive.

»Also«, sagte Theria. »In diesem merkwürdigen Land regiert dein Vater. Das macht dich zu einem Prinzen, nicht wahr?«

Ich musterte sie aus dem Augenwinkel. Theria war ein nettes Mädchen, auch wenn sie voller seltsamer Fragen steckte; ich hatte sie in einem Bordell in der Hauptstadt Vareiva aufgelesen, und anscheinend hatte sie nie etwas anderes gesehen als die dunklen Wände ihres Schlafzimmers.

»Nicht wirklich. Ich wurde unehelich geboren, deswegen darf ich nach dem Gesetz der Inseln nichts erben.«

Theria verzog den Mund, blieb jedoch stumm.

»Er hat meine Mutter umgebracht«, sagte ich mit einem Blick über die goldenen Wiesen. »Einfach so, wie es Leute machen, die zum Spaß in die Wälder gehen und jagen. Ich weinte mir deswegen die Augen aus dem Kopf. Fünf Jahre alt war ich, reichte ihm nicht einmal zur Hüfte, und schon damals wollte ich ihn töten.«

»Gütige Funken! Warum hat er das getan?«

»Weil es Schande über ihn gebracht hat, ein Kind mit einer Menschenfrau gezeugt zu haben. Aliamen bilden sich viel darauf ein, dass sie sich von Menschen unterscheiden; wenn sie Kinder miteinander bekommen, verwässert ihr Erbe sehr schnell. Schon meine Kinder würden alles außer der Schwärze im Blut verlieren. Die Langlebigkeit, den Geruchssinn, sogar die dunkle Hautfarbe … und nicht zuletzt die Gabe des Gestaltwandels.«

Theria blickte auf ihre Hände, als stellte sie sich vor, wie sie sich veränderten und gänzlich zu etwas Neuem wurden.

»Tut es weh?«

»Nein, überhaupt nicht. Alles, was ich dafür brauche, ist ein Teil der Gestalt, die ich annehmen möchte. Blut funktioniert am besten, weil ich die Probe herunterschlucken muss, aber im Prinzip funktioniert es mit jedem Stück des menschlichen Körpers.« Ich lächelte. »Das spielt jetzt keine Rolle mehr, denke ich. Ich habe mich dafür entschieden, das alles wegzuwerfen. Ich möchte ein Hybrid werden.«

Sie starrte mich erschrocken an.

»Du bist wahnsinnig«, sagte sie und hob ihre Unterarme, an denen schwere Kupferplatten prangten. »Wie willst du dich mit so etwas im Körper verwandeln?«

»Ein Gestaltwandler zu sein ist gar nicht so aufregend, wie du glaubst. Außerdem wird es mit Zinn funktionieren, wenn es sein muss, es ist das anpassungsfähigste Funkenmetall.« Ich schwieg kurz. »Ich brauche die Metallmenschen der Inseln, wenn ich etwas bewirken will. Die Aliamen setzen sie nur für schwere Arbeiten ein, wie Maschinen. Sie werden die Ersten sein, die für mich in den Kampf ziehen, und sie werden es gut machen.«

»Wegen ein bisschen Zinn werden sie dir nicht zuhören«, gab Theria zu bedenken.

»Oh doch. Denn damit zeige ich ihnen, dass ich zu ihnen gehöre.« Ich lächelte sie an. »Mach dir keine Sorgen, Theria. Sobald das erledigt ist, reisen wir durch Argano. Finden Menschen, die verrückt genug sind, um einen König zu stürzen. Und dann segeln wir gemeinsam auf die Dreizehn Inseln und gründen das Schwarze Uhrwerk.«

Sie fing an zu lachen. »Das Uhrwerk?«

»Ja«, sagte ich. »Wegen der Hybriden und der Mechanik in ihren Herzen. Tickende Zahnräder für ein neues Land, so schwarz wie mein Blut, so schwarz wie die Dreizehn Inseln. Ich finde, dass es großartig klingt, du etwa nicht?«

Theria musterte mich, als sei ich wahnsinnig geworden. Dann jedoch beugte sie sich vor und küsste meine Wange, während ihre Augen funkelten.

»Es ist wunderschön, Amarion«, sagte sie.

Den Bruchteil einer Sekunde später fuhr ich aus dem Schlaf.

Sonnenlicht fiel in das Schlafzimmer. Mein Herz raste, meine Haut war von kaltem Schweiß bedeckt. Einen Augenblick lang begriff ich nicht, wo ich war oder was sich gerade ereignet hatte, doch dann verstand ich. Amarion. Das war der Vorname des Zinnhybriden gewesen und mein Bruder nur ein Kind von Hunderten, das man nach ihm benannt hatte.

Ich dachte an die Séance. An Athata, die mir versprochen hatte, dass es bei einer Vision bleiben würde ohne ihre Anleitung. Ich überlegte, ob ich sie besuchen sollte, entschied mich jedoch dagegen. Vielleicht war es nur ein gewöhnlicher Traum, geboren aus Schmerz und Aufregung.

Vielleicht aber auch nicht.

Ich beschloss, die Entscheidung darüber auf später zu verschieben, zog mich an und ging durch den Raum. Ich bewegte mich genau drei Schritte weit, bis mir ohne jede Vorwarnung die Beine wegknickten. Mein Kinn schlug schmerzhaft auf die Dielen, und als ich mich nach oben stemmte, rann mir Blut am Hals hinab.

Erst nach einigen Herzschlägen bemerkte ich, dass ich meinen Körper jenseits der Hüfte nicht mehr spüren konnte. Mir stockte die Mechanik. Mit zitternden Fingern versetzte ich mir einen kräftigen Schlag auf den Oberschenkel.

Ich fühlte keinen Schmerz. Nicht einmal die Berührung. *Ich musste dein Rückgrat flicken,* hörte ich Aurenna sagen, und plötzlich wurde mir alles klar.

»Aurenna!«, brüllte ich. »Aurenna, kannst du mich hören?«

Sie konnte es nicht. Ich schrie mir die Kehle wund, bis sie die Tür aufriss und mir beinahe ins Gesicht trat. Sie sah zu mir hinab, den Mund bereits zur Moralpredigt geöffnet … und fing sich innerhalb von Sekunden.

»Was machst du da?«

»Ich sehe mir die Maserung des Holzbodens an«, sagte ich gereizt.

Aurennas Mundwinkel zuckte. »Solange es dir gut genug für Sarkasmus geht, lasse ich keine Trauerzelte am Meer für dich aufstellen.«

Wir musterten einander. Dann senkte ich den Kopf.

»Meine Beine«, flüsterte ich. »Ich kann nicht … ich war schon einmal gelähmt, und irgendwann ging es zurück. Aber das hier wird nicht weggehen, oder? Es wird nie wieder gut werden.«

»Doch, wird es«, sagte Aurenna in verdächtig sanftem Ton, ehe sie neben mir niederkniete. »Dein Rückendraht ist gerissen. Er leitet Funkenenergie von deinem Gehirn zu deinen Beinen, weil dein Rückgrat nicht mehr in der Lage ist, solche Impulse zu übertragen. Ich kann das richten, aber es wird dauern, weil ich keinen Messingdraht vorrätig habe.«

Ich schloss die Augen. »Was soll ich bloß solange tun?«

Aurenna strich mir durchs Haar. Ich sah ihr an, dass sie nicht wusste, was zu tun war; dann jedoch bedachte sie mich mit einem Lächeln und drückte mir einen Kuss auf die Stirn.

»Ich werde das in Ordnung bringen«, versprach sie. »Bis dahin brauchst du einen Rollstuhl. Ich hatte schon einmal so einen Fall … Cyphers Zubehör ist sicherlich im Keller. Ich werde es für dich heraufholen.«

»Wer ist Cypher?«, murmelte ich.

Aurenna seufzte. »Mein Verlobter. Kurz vor unserer Hochzeit hatte er einen Unfall. Ich habe versucht, ihn zu retten, aber ich war damals noch nicht so gut wie heute. Er lebte nicht sehr lange.«

Ich schluckte. »Das tut mir leid.«

»Schon in Ordnung«, sagte Aurenna und zerrte mich mühsam fort. Es dauerte eine Ewigkeit, bis wir es die Treppe hinunter geschafft hatten, obwohl ich Aurenna nach Kräften half und sie ihren wundersamen Handschuh zur Hilfe hatte. Aber letztendlich setzte Aurenna mich in einen Sessel und verschwand, um wenig später mit dem Rollstuhl zurückzukehren. Sie zog mir die Gardeuniform an, bettete mich in den Sitz und warf mir eine Decke über die nutzlos gewordenen Beine. Es war, als sei ich wieder sieben Jahre alt und nicht imstande, mich aus eigener Kraft zu bewegen. Ich wollte schreien. Ich wollte weinen.

»Ich bin dir so viel schuldig«, murmelte ich und schloss sie unbeholfen in die Arme. »So viel.«

»Schon gut.« Aurennas Wangen waren gerötet, sicher eine Folge des anstrengenden Abstiegs in den Salon. »Fahr einfach in deine schmutzige Garde. Sei ein dreckiger kleiner Diener des Uhrwerks.«

Damit schob sie mich hinaus. Ich legte die Hand an meine Räder und rollte davon. Sie wurden durch irgendeinen Mechanismus unterstützt, sodass mir das Rollen leichter als erwartet fiel; dennoch musste ich mich konzentrieren, um auch das rechte Rad zu bedienen. Besser als damals, dachte ich. Als Kind war ich darauf angewiesen gewesen, dass jemand meinen Rollstuhl lenkte, und allzu oft hatten mich die Dienstmädchen in verlassenen Winkeln des Schlosses vergessen und mich damit zum Weinen gebracht.

Es nahm eine Menge Zeit in Anspruch, bis zum Gardegebäude vorzudringen; kaum dass ich jedoch hereingerollt war, sah ich Wyatt auf mich zukommen. Verwunderung breitete sich auf seinem viereckigen Gesicht aus, als er sich mir näherte.

»Warum sitzen Sie im Rollstuhl?«

»Mein Rückendraht ist gerissen«, sagte ich düster. »Wegen dieser Rebellen. Es ist schrecklich, das können Sie mir glauben.«

Wyatt verzog den Mund. »Lassen Sie das richten.«

»Es wird dauern. Meine Funkenmechanikerin hat keinen Draht vorrätig.«

»Frauen dürfen keine Funkenmechaniker werden«, sagte Wyatt leise. »Sagen Sie, sind Sie eigentlich lizenziert?«

Mir blieb fast das Herz stehen.

»Dachte ich mir«, sagte Wyatt. Er ragte über mir auf wie ein Titan, und es half nicht, dass ich in meinem Rollstuhl deutlich kleiner war als sonst. »Das ist verboten. Das ist Rebellion.«

»Ich wollte niemals ein Hybrid werden«, sagte ich hastig. »Sehen Sie doch, wie viel Messing ich mit mir herumschleppe. Es war eine Notoperation. Aurenna hat mir das Leben gerettet.«

»Passen Sie besser auf, was Sie sagen!«, bellte Wyatt. »Ich könnte Sie dafür ins Gefängnis werfen lassen – niemand darf Metall tragen, ohne um Erlaubnis zu bitten!«

»Das dürfen Sie nicht. Ich bin ein Belarron!«

»Oh, wirklich?«, sagte Wyatt. »Es wäre ein Leichtes für mich, Ihre Identität zu verheimlichen.«

Ich öffnete den Mund, doch bevor ich etwas sagen konnte, hob Wyatt den Blick. Ich sah über die Schulter. Kyron trat zu uns heran, die Jacke seiner Uniform lässig geöffnet; darunter trug er statt der längs gestreiften Gardeweste ein hellgrünes Hemd, das weit genug aufgeknöpft war, um den Ansatz seines Brustkorbs zu präsentieren.

Aus irgendeinem Grund verfiel meine Mechanik in einen aufgeregten Takt, dem mein Herz sich sofort anpasste, aber Wyatts Augen verengten sich. »Ziehen Sie sich um. Einem primitiven Wilden wie Ihnen mag es neu sein, aber in zivilisierten Gegenden gibt es Vorschriften für Kleidung.«

»Oh, aber natürlich«, sagte Kyron gleichmütig. »Soll ich es gleich hier erledigen oder darf ich mich in die Abstellkammer zurückziehen?«

»Das würde Ihnen so passen, oder?«

Kyron lächelte spöttisch. Ich wusste nicht, woher er die Kraft dazu nahm; doch sein Grinsen machte ihn zehn Jahre jünger und frecher, als hätte ich es mit einem hellhäutigen Najee zu tun.

»War das alles? Ich muss meinen Schüler sprechen.«

Wyatt bedachte uns mit Blicken voll tiefster Verachtung, ehe er ging. Sofort verschwand Kyrons Lächeln und sein Funkensilber arbeitete hörbar. Er roch eigenartig gut, fiel mir auf. Vielleicht hatte er zu seinem seltsamen Hemd auch irgendein arganisches Parfüm aufgelegt.

»Du bist also ein illegal erschaffener Hybrid.«

Als ob du das nicht wüsstest, dachte ich. Dann jedoch kam mir ein Gedanke und ich biss mir auf die Lippe. Vielleicht mochte er der Schatten von Arassa sein, aber er war auch Wyatts Feind, und wen sollte ich sonst um Rat bitten?

»Ohne mein Messing wäre ich vor zwei Jahren gestorben. Warum ist Wyatt so wütend darüber?«

»Weil illegale Hybriden lebende Regelbrüche sind«, sagte Kyron nüchtern. »Nicht jeder, der an Metall interessiert ist, darf es auch tragen. Dafür muss man seine Uhrwerkstreue unter Beweis stellen. Wenn du dein Funkenmetall erlangt hast, ohne das zu tun, bist du nach dem Gesetz der Dreizehn Inseln ein Betrüger. Du hast das Uhrwerk getäuscht, und das ist Rebellion.«

Ich spürte, wie mir die Farbe aus dem Gesicht wich. »Aber ich bin nicht – ich habe nie …«

»Du bist ein guter, weicher Uhrwerksbürger.« Kyrons Augen wurden schmal. »Du würdest nicht im Traum daran denken, etwas Schlechtes zu tun, habe ich recht?«

»Nein, würde ich nicht«, sagte ich ärgerlich.

Kyron schnaubte. Ich sah ihn finster an. Einen Augenblick lang herrschte düsteres Schweigen; dann hörte ich Kyrons Silber klicken und sein Gesichtsausdruck wurde wieder mild.

»Du solltest dich vor Wyatt hüten«, sagte er. »Er würde seine eigene Mutter an das Uhrwerk verraten, wenn er der Meinung wäre, dass sie ein Verbrechen begangen hat. Als ich im Gefängnis war …«

»Du warst *was?*«, sagte ich ungläubig.

Kyron verzog nicht einmal den Mund, aber sein Blick flackerte unruhig. Mir war sofort klar, dass er mir das nicht hatte sagen wollen; dass dies vielleicht niemand im ganzen Leuchtturm wusste.

»Das passiert eben, wenn man zu oft grüne Hemden trägt.« Kyron legte den Kopf schief. »Nicht dass mich Wyatts Meinung interessieren würde. Ich diene den Dreizehn Inseln, nicht dem Uhrwerk.«

»Wo ist da der Unterschied?«

»Du verstehst das nicht. Du bist hier aufgewachsen, du hast die Freiheit niemals kennengelernt.« Kyron seufzte. »Daheim in Argano ist es nicht wie hier. Die Triade bestimmt nicht jeden Atemzug, den man tut. Sie existiert, um ihr Land zu beschützen … nicht, um es zu kontrollieren.«

Ich sah das alles anders, aber immerhin sprach ich mit dem Schatten von Arassa, und über lästerliche Worte brauchte ich mich nicht zu wundern. Warum war er überhaupt so offen? Wieso stand er hier herum und schwatzte über die arganische Barbarei, obwohl er wusste, dass ich ihn jederzeit ausliefern könnte?

»Du musst dich legalisieren lassen«, sagte Kyron. »Wie ich hörte, hast du ein paar Rebellen gefangen. Falls du den anschließenden Prozess gewinnst, wirst du es nicht bereuen. Jeder Gardist, der einen Verbrecher fängt, wird vom Uhrwerk entlohnt.«

Was bekommt der Gardist, der den Schatten findet?, dachte ich.

»Fyonn wird verlieren. Ich weiß es.«

»Das denkst du«, sagte Kyron. »Aber Wyatt ist ein kluger Mann. Er vergisst niemals eine Beleidigung, ob sie nun echt war oder eingebildet. Er wird nicht ruhen, bis er dich zur Rechenschaft gezogen hat.«

Mein Herz setzte mehrere Schläge aus.

Als ich an diesem Abend die Garde verließ, wünschte ich mir fast, nie wieder dorthin zurückkehren zu müssen. So oft hatte ich mir ausgemalt, wie es wäre, Fyonn zu fangen … doch nun war mir kalt und elend zumute. Ohne meine Beine konnte ich den Metalltanz nicht fortführen, nicht richtig arbeiten. Und wenn Wyatt mich vor Gericht stellte, weil ich ein illegaler Hybrid war, was sollte dann aus mir oder Aurenna werden?

O Funken, ich war in solchen Schwierigkeiten.

Schritte. Ich blickte über die Schulter, aber bevor ich etwas entdecken konnte, stieß mich jemand aus dem Rollstuhl. Der Aufprall trieb mir die Luft aus der Lunge; ich keuchte und drehte mich mühsam auf den Rücken, sah einen Mann über mir stehen, ein gezacktes Messer in der Hand.

Kyron, dachte ich erschrocken, musste mich jedoch korrigieren; auf dem Gesicht des Fremden lag ein Schal, kein schwarz lackiertes Holz. Ich versuchte von ihm fortzukriechen, doch meine Beine hingen wie Mehlsäcke an meinem Körper, und plötzlich hatte er mich beim Hemd gepackt und zerrte mich zu sich heran. Ich spürte seine Messerklinge an meinem Nacken. Wenn er sie zerschnitt –

Bitte nicht, dachte ich hilflos.

Ich schloss die Augen, und dann geschah alles auf einmal. Ein Keuchen. Das Gewicht des Mannes verschwand von meinem Oberkörper. Ich blinzelte ungläubig. Der Attentäter lag bewusstlos am Boden, und vor ihm stand ein maskierter Mann mit verwuscheltem schwarzem Haar.

Gütige Funken, dachte ich. Ich wusste nicht, ob ich etwas sagen sollte, doch der Schatten sah mich nicht an; stattdessen trat er über den Angreifer hinweg, packte mich unter beiden Armen und zog mich in den Rollstuhl zurück. Ich roch einen vagen Nachklang seines Parfüms, hörte seinen Atem an meinem Ohr. Und plötzlich geriet meine Mechanik in Bewegung, trieb meinen Puls nach oben und das Blut in meine Wangen. Gütige Funken …

Ich rollte sofort auf Abstand.

»Ich wusste nicht, dass Rebellen auch Gardisten helfen«, sagte ich leise.

Er sah mich scharf an. »Ich bin nicht das Uhrwerk. Ich behandle Menschen nicht schlechter, nur weil ich nicht mit ihren Ansichten übereinstimme.«

»Gut zu wissen«, sagte ich.

Wir musterten einander. Lange. Die dunkle Maske auf seinem Gesicht unterstrich seine Augenfarbe, grau und weich wie Nebel; und ich erwiderte seinen Blick und fragte mich, ob er irgendeinen Gesichtsausdruck unter dem Holz verborgen trug.

»Danke«, flüsterte ich.

Mein Herzschlag glich sich dem Takt meiner Mechanik an, begann wie von selbst zu rasen. Aber sein Blick blieb unergründlich. Ganz sanft zauste der warme Wind sein Haar und seine dunkle, dunkle Kleidung.

»Bring dich nicht noch einmal in Schwierigkeiten«, sagte er schließlich, ehe er sich umdrehte und in der Dunkelheit verschwand. Seine mechanischen Waden ächzten, und ich fragte mich, warum es niemals jemand außer mir gehört hatte. Morgen könnte ich vielleicht zu Wyatt gehen … ihm meinen Verdacht mitteilen … und vielleicht, vielleicht würde es diese Misere beenden …

Ich dachte immer noch darüber nach, als Aurenna mir später ins Bett geholfen und die Decke über meinen Körper gebreitet hatte. Sie bestand darauf, dass ich bei ihr schlief, auch wenn sie mich dafür die Treppe hinaufzerren musste. Ich überlegte, ob sie sich ohne mich wohl einsam fühlte. Doch Aurennas Herz war seltsam, und ich durfte es nicht besitzen – das durfte niemand auf der Welt.

»Was macht dein Rücken?«, flüsterte sie.

»Er tut weh«, sagte ich wahrheitsgemäß. »Außerdem ist mein Messing kalt.«

»Das ist gut. Wenn es warm wäre, würde deine Funkenheilung nicht wirken.« Sie strich über meinen Brustkorb, als sie das sagte, berührte meine Nahtstellen mit sanften Fingern. »Du hast doch irgendetwas.«

Einen Augenblick lang überlegte ich, ihr von den Ereignissen des Tages zu erzählen und davon, wie die Angst einem Knoten gleich in meiner Brust saß. Von Kyron … vor allem von ihm. Aber ich brachte es nicht über mich. Sie würde mich vielleicht nur anschreien, weil ich mich überhaupt erst der Garde angeschlossen hatte, und das konnte ich zumindest heute nicht mehr recht verkraften.

»Schon gut«, murmelte ich. »Der Tag mit dem Rollstuhl war nur sehr anstrengend.«

»Ich werde an ihm arbeiten, damit du ihn besser bedienen kannst«, versprach Aurenna. »Solange du keine Schmerzen hast …«

Im gleichen Augenblick hörte ich das Geräusch splitternden Holzes.

Wir fuhren auseinander. Ich starrte Aurenna an, die plötzlich die Farbe einer Schachtel Tafelkreide angenommen hatte. Dann stieß sie mich aus dem Bett und ein lautes Scheppern ertönte, als ich mit der Messingschulter voran auf die Dielen stürzte.

»Aua! Aurenna, was beim Metallarm des Zinnhybriden …«

»Halt die Klappe!«, fauchte sie, sprang neben mir auf den Boden und schob mich unter das Himmelbett. Ich sah verdutzt zu, wie sie die Decke so drapierte, dass man mich nicht mehr sehen konnte.

Schritte auf der Treppe.

»Das ist die Garde.« Mir stiegen Tränen in die Augen. »Gütige Funken … ich wollte nicht …«

Aurenna nickte. »Sei jetzt leise. Bitte. Ich möchte nicht, dass sie dich auseinandernehmen. Sag, dass es gegen deinen Willen war, dass ich dich zu den Operationen gezwungen hätte.«

»Ich werde nicht …«

»Sag, dass ich eine Verrückte sei, aber lass dich nicht umbringen.« Sie steckte den Kopf unter das Bett und küsste meine Stirn. »Auf Wiedersehen, Taiden Belarron. Du bist mein Meisterstück, also pass auf, dass dich das Uhrwerk nicht verdirbt.«

Sie lächelte schwach. Bevor ich etwas erwidern konnte, stand sie auf. Ich sah den Saum ihres Morgenmantels über den Boden schleifen, als sie sich schweigend anzog.

Im gleichen Augenblick wurde die Tür aufgestoßen.

»Steinerne Garde«, sagte ein Mann. Seine Stimme war schmerzhaft vertraut. »Sie werden des Verbrechens der illegalen Funkenmechanik angeklagt.«

»Dachte ich mir«, sagte Aurenna nüchtern. »Gehen wir.«

Schritte. Ich konnte hören, wie sie die Treppe hinabgingen. Dann wurde es still. Funkenlicht fiel durch das Fenster und tauchte den Raum in einen rötlichen Schimmer.

Das wirst du mir büßen, Wyatt.

Aber ich lag noch lange unter dem Bett verborgen und verbot es mir zu weinen.

9

Exekution

Die Fassung zurückzugewinnen war schwer. Der Rest fiel mir leicht. Ich brauchte Ewigkeiten, um mich unter dem Bett hervorzuhangeln und anzuziehen; doch dann zog ich mich mühsam über den Boden, vergaß beinahe den Schmerz meines zerschlagenen Rückgrats. Mein Kopf fühlte sich wie mit Watte umwickelt an. Es gab nur einen Gedanken, der in der Leere meines Schädels widerhallte. Eine einzige Melodie, nach der ich tanzen wollte, sobald ich wieder laufen konnte.

Das bekommst du wieder, Wyatt. Das bekommst du wieder.

Keuchend erreichte ich Aurennas Werkstatt. Ich wusste, dass ich nicht hierbleiben konnte, denn früher oder später würde die Garde das Haus durchsuchen. Ich musste meine Sachen packen. Das Nötigste zusammensuchen. Sobald ich mich irgendwie in den Rollstuhl gesetzt hatte, konnte ich mir den Koffer auf die Knie legen.

Ich fand ihn hinter Aurennas Werkbank. Rasch schlug ich den Deckel auf und warf ein Etui mit Werkzeug sowie ein paar Einzelteile zum Wechseln hinein. Danach kroch ich mühselig mit dem Koffer ins Schlafzimmer zurück und öffnete den Kleiderschrank, das quälende Ticken der Wanduhr im Nacken. An meine Kleidung kam ich nur schwer heran, aber zumindest konnte ich mein Fotoalbum mitnehmen, das auf dem Boden des Schrankes lag.

Als ich es herausnahm, fiel eine Fotografie heraus, die mich und Aurenna zeigte. Ich hatte den halb metallenen Arm um ihre Taille geschlossen und sie lächelte jeden Betrachter an, adrett und stolz wie immer. Ich schluckte, als ich begriff. Sie hatte gewusst, dass man sie eines Tages verhaften würde. Vielleicht von der Sekunde an, in der sie beschlossen hatte, mein Leben zu retten.

Es bestätigte meine Vermutung, dass ich eine Geldbörse zwischen meinen Hosen fand. Sie war prall gefüllt mit Münzen, doch ich entdeckte auch ein Dokument der Knochenbank, in dem es um Aurennas Vermögen ging. *Gib nicht alles auf einmal aus,* stand auf der Rückseite. *Weine mir nicht nach.*

Aber ich weinte dennoch ein wenig, als ich die Papiere in meinen Koffer warf und so viel Kleidung wie möglich hineinstopfte. Ich verschloss ihn sorgfältig, ehe ich ihn die Treppe hinabstieß; dann drehte ich mich mühsam um und ließ meine Beine hinunterrutschen. Es dämmerte bereits, als ich es nach unten geschafft hatte, als ich mich schweißgebadet in den Rollstuhl zog. Wind fuhr in den Raum. Die Haustür war aus den Angeln geschlagen worden; dahinter gähnte mich das halb verdunkelte Arassa an.

Mich überfiel eine entsetzlich lähmende Angst. Wohin sollte ich jetzt bloß gehen? Ich hatte niemanden in Arassa, und ich konnte wohl kaum im Gardequartier ausharren, wenn Wyatt gerade mit Aurenna auf dem Weg dorthin war. Warum hatte er mich nicht gesucht? Er musste doch wissen …

Mir kam ein schrecklicher Gedanke. Der Attentäter. Wenn Wyatt ihn geschickt hatte … wenn Kyron mir nicht geholfen hätte …

Meine Mechanik stockte.

Kyron.

Ich wusste nicht, ob er mir helfen würde. Eigentlich hatte er sogar gute Gründe, es nicht zu tun. Aber niemand hasste Wyatt so sehr wie er, und vielleicht würde er mir zuhören.

Ich versetzte meinen Rädern einen Stoß. Schon bald wichen die roten Hochhäuser zurück und gewährten einen Blick auf die Wildnis, die sich um den Vulkan im Herzen der Insel ausstreckte. In dieser Gegend gab es viele Felsterrassen, auf denen prächtige Villen standen. Kyrons Haus gehörte zu ihnen, ein weiß getünchtes Gebäude mit flachem Dach. Offenbar verdiente man als Präsident der Inneren Sicherheit verdammt gut.

Ich rollte durch seinen verwilderten Garten, nahm all meinen Mut zusammen und läutete. Ein Schellen jagte durch das Haus; und nach einer gefühlten Ewigkeit öffnete Kyron schlaftrunken und zerzaust die Tür.

Er murmelte etwas auf Arganisch, bis er zu bemerken schien, dass er gar nicht in Argano war. »Was machst du denn hier?«

»Ich wusste nicht, wohin ich gehen soll«, sprudelte ich los. »Wyatt hat Aurenna festgenommen, er wird sie umbringen oder ins Gefängnis stecken oder – oder – gütige Funken, er wollte mich *töten*, er hat mich gesucht, aber ich hatte Glück.«

Kyron blinzelte. Seine Augen waren blutunterlaufen.

»Komm. Das ist nichts, was wir auf meinem Rasen besprechen sollten.«

Mit diesen Worten half er mir nach drinnen. Der Flur seines Hauses war vollgestopft mit Mobiliar und die Treppe sah aus, als würde sie selbst unter dem Gewicht einer Mücke quietschen. Kyron schob mich in den Salon und stellte meinen Rollstuhl an den Tisch. Im Zimmer lag nicht das kleinste Staubkorn. Es sagte viel über Kyron aus, dass er neben der Arbeit in der Garde und seinen rebellischen Aktivitäten auch noch Zeit zum Putzen fand.

Kyron setzte sich mir gegenüber. »Warum suchst du mich auf?«

Ich brauchte einige Augenblicke, um meine Gedanken weit genug für eine zusammenhängende Antwort zu ordnen. »Wyatt wollte mich töten. Hat Aurenna geschnappt. Das ist meine Schuld, ich habe ihm gesagt, dass sie mich verbessert hat, ich wusste nicht …«

Meine Augen brannten. »Du bist der Einzige in der Stadt, der mich zur Krönung des Tages nicht auch noch auseinanderschrauben würde. Es tut mir leid, wenn ich dich störe, aber ich wusste nicht, wohin ich sonst gehen soll.«

Kyron legte den Kopf schief. So zerzaust und müde sah er menschlicher aus als im Gardegrau seiner Uniform, doch ich hätte beim besten Willen nicht sagen können, was hinter seinen Augen vorging.

»Solange wir einander helfen«, sagte er langsam, »sind wir besser als das Uhrwerk. Ich werde ein Wörtchen mit Wyatt reden und sehen, ob ich etwas für deine Funkenmechanikerin tun kann.«

»Sie werden sie umbringen«, sagte ich trübsinnig.

»Oh nein. Wenn Aurenna dich verbessert hat, kannst du sicher sein, mit der besten Mechanik der Inseln ausgestattet zu sein. Sie hat einen gewissen Ruf, und das Uhrwerk wirft nicht weg, was noch einen Nutzen hat.«

»Wirklich?«, flüsterte ich.

»Wirklich.« Etwas in Kyrons Gesicht zuckte, als versuchte er zu lächeln. »Fürs Erste kannst du hierbleiben. In meinem Haus wird dich niemand bedrohen.«

»Danke«, nuschelte ich.

Kyron nickte. »Ich werde dir das Gästezimmer zeigen. Du kannst dich darin einrichten, während ich einige Dinge kläre.«

Sein Mundwinkel hob sich zu einem eigentümlichen Grinsen. »Ich werde Wyatt den Schrecken seines Lebens einjagen, und ich werde bestimmt keine Schuldgefühle deswegen bekommen.«

Am Nachmittag kam Kyron mit einem zufriedenen Lächeln nach Hause. Er trug dunkle Kleidung, die einen Großteil seiner Haut bedeckte, abgerundet mit einem ausgebeulten Mantel. Ich fand es höchst verdächtig, dass er einen für seine Verhältnisse euphorischen Eindruck machte. Offenbar war seine Belehrung geglückt, und zum ersten Mal seit Stunden verspürte ich weder Angst noch Kummer.

»Wyatt hat sich erstaunlich kooperativ gezeigt«, meinte Kyron. »Ich denke, dass er dich vorerst nicht mehr mit Attentätern belästigen wird. Wir Arganier haben ein Sprichwort für so etwas. *Erinnere dich des Messers an deinem Hals, bevor du die Hand an Fremde legst.*«

Ich bezweifelte, dass es ein derartiges arganisches Sprichwort gab, sagte jedoch nichts dazu. »Was hast du mit ihm angestellt?«

»Nichts Schlimmes, wirklich.« Kyron rieb sich die Schläfe. »Als junger Mann war ich sehr wild, aber heute nicht mehr. Mein Silber verbietet mir vieles, was früher selbstverständlich war.«

Warum hast du es dann angelegt?, dachte ich, doch etwas in seinem Blick brachte mich zum Schweigen. Plötzlich fühlte ich mich schäbig. Ich dachte so schlecht über ihn, und dennoch war er da gewesen, hatte mir geholfen, als ich am dringendsten Hilfe gebraucht hatte.

»Ich … ich weiß nicht, wie ich dir danken soll.« Ich schluckte. »Für alles.«

Zur Antwort zog er eine Münze hervor und schnippte sie mir zu. Ich fing das Geldstück unbeholfen auf, drehte es in der Hand und stellte fest, dass Kyron eine Seite der weißen Knochenmünze in schwarze Farbe getaucht hatte.

»Wenn eines Tages jemand zu dir kommt, der eine schwarz-weiße Münze dabeihat, hilf ihm in meinem Namen aus der Patsche.«

Was für eine seltsame Bitte, dachte ich, aber ich nickte. »Das ist … weniger, als ich dachte. Du hast mir auch mit dem Attentäter geholfen.«

Ich hatte damit gerechnet, dass er zusammenzuckte. Die Wahrheit leugnete, die so deutlich in seinen Taten geschrieben stand. Stattdessen lächelte Kyron mich an, offen, beinahe freundlich. Das machte etwas Seltsames mit seinem Gesicht; einen Augenblick lang wirkten seine silbrigen Narben eher wie Spinnweben auf mich, und beinahe hätte ich die Finger ausgestreckt, um sie ihm von der Haut zu wischen.

»Ich dachte schon, dass du nie darauf zu sprechen kommst.«

»Ich wollte es nicht ausplaudern«, sagte ich ausweichend.

»Das ehrt dich«, sagte Kyron. »Du hattest unzählige Gelegenheiten, mir damit zu schaden. Ich dachte … ich sollte mich revanchieren.«

Ich sah ihn skeptisch an. Da glaubte also der Schatten von Arassa, in meiner Schuld zu stehen, und ich hatte es nicht einmal gemerkt. Aber etwas an Kyrons Auftreten irritierte mich, machte mich nervös. Er tat ja so, als sei es ihm vollkommen egal, dass ich sein Geheimnis kannte.

»Aber wieso …« Ich unterbrach mich. »Wieso rebellierst du? Sie werden dich töten, und das Uhrwerk tut nichts Böses …«

»Sag das noch einmal«, flüsterte Kyron, »und denk an Aurenna.«

Ich stockte unwillkürlich.

»Aber ich werde deine Frage beantworten«, sagte Kyron und setzte sich, sodass unsere Gesichter auf einer Höhe waren. »Du weißt, dass ich einmal im Gefängnis war. Ich denke bis heute nicht, dass ich ein Verbrechen begangen habe, aber ich bin auch Arganier, und kein Ausländer ist jemals gut im Uhrwerksgericht davongekommen. Ich musste zusehen, wie sie die Gefangenen zusammenschlugen. Manchmal bekam ich auch selbst Prügel. Wir arbeiteten jeden Tag, bis wir zusammenbrachen, fraßen Dreck und tote Ratten, und dieses Schicksal wird vermutlich auch deiner Aurenna blühen.«

Ich schluckte; meine Augen brannten.

»Es war die Hölle«, sagte Kyron unbarmherzig, »und als ich Jahre später entlassen wurde, hatte ich vergessen, wie das Leben auf den Inseln funktioniert. Meine Mutter hatte mich für mein Vergehen verstoßen, also ging ich zu meinem Stiefvater. Er eckte im System an, so wie ich, und eines Tages fand ich den Grund dafür heraus. Er trug nachts eine schwarze Maske.«

Mir wurde kalt. »Er war der Schatten vor dir?«

»Ja«, sagte Kyron. »Der Titel ist alt, sehr alt sogar. Seit es das Uhrwerk gibt … nein, schon früher … gibt es Menschen, die sich gegen das Schlechte auf diesen Inseln auflehnen. Mein Stiefvater war vielleicht der Letzte von ihnen … er ging auf die Straße, sobald es dunkel wurde, hörte sich die Sorgen der Menschen an und versuchte, sie zu mildern. Das gefiel dem Uhrwerk nicht. Die Garde lauerte ihm auf, und … schließlich wurde er bei einem Schusswechsel getötet.

Ich verlor beinahe den Verstand. Ich war so wütend über seinen Tod, so wütend auf das Uhrwerk, das mir immer und immer wieder geliebte Menschen raubte. Also hob ich seine Maske auf. Setzte seine Arbeit fort. Ich wollte etwas gegen das Unrecht auf den Inseln tun, und ich wusste, dass er es so gewollt hätte.«

Ich biss mir auf die Lippen. Dachte daran, wie wütend ich auf das Uhrwerk war, wie sie Aurenna fortgebracht hatten, nur weil sie mich gerettet hatte. Daran, wie ich hatte sterben sollen, nur weil ich das Verbrechen begangen hatte, überlebt zu haben.

»Wofür bist du ins Gefängnis gekommen?«

»Ich habe den falschen Menschen vertraut.« Kyron stand auf und legte mir einen Brief in die gute Hand, ehe er an mir vorbeiging. »Das ist übrigens für dich. Ich habe es von Wyatts Schreibtisch genommen, bevor er etwas damit anstellen konnte.«

Stirnrunzelnd öffnete ich das Dokument. Es war eine Vorladung zu einem Gerichtsprozess, aber ich war nicht der Angeklagte. Es ging um die Verbrechen, die Fyonn begangen hatte, und ich war als Zeuge geladen.

Der Prozess dauerte nur drei Tage. Ich beharrte auf meiner Aussage, dass Fyonn Najee getötet und auch mich beinahe ermordet hatte. Fyonn verteidigte sich, indem er behauptete, dass Najees Tod ein Unfall gewesen sei. Doch ich bin ein Belarron vom Rabenfels. Wir Adligen können jeden Bürger anklagen, ob unsere Anschuldigungen nun wahr sind oder nicht, und bekommen Recht vom Uhrwerk. Das ist unser Privileg, weil wir Enkel und Urenkel des Zinnhybriden sind.

Sie brachten Fyonn in schweren Handschellen herein. Er saß so verloren auf seinem Stuhl wie ein Kind, bedeckt mit Blutergüssen, und seine Ruhe war einem fiebrigen Blick und zitternden Händen gewichen. Er tat mir beinahe leid, doch dann erinnerte ich mich an Najee.

Das hier ist Gerechtigkeit.

Der Richter legte die Fingerkuppen aneinander.

»Wie sind Sie aus dem Gefängnis der Rabeninsel entkommen?«

»Meine Freunde haben mir geholfen.« Fyonn senkte den Kopf. »Ich wurde bewacht, aber sie haben die Wachen umgebracht. Sie haben meinetwegen ihren Hals riskiert. Ich hätte das Gleiche für sie getan.«

Einer der beiden Gardisten, die an seinen Seiten postiert waren, schlug Fyonn gegen den Hinterkopf. Sein Schädel krachte auf die Tischplatte, und dann hörte ich ein seltsames Geräusch.

Es dauerte eine Weile, bis ich begriff, dass er weinte.

»Tut ihnen nicht weh«, flüsterte Fyonn. »Lasst Talisha zufrieden. Sie ist eine gute Frau … sie hat nichts getan, ich habe sie in diese Sache hineingezogen.«

»Seien Sie still«, sagte Wyatt barsch. Als Präsident der Gardestelle war er bei fast jedem Prozess anwesend, aber die Blicke, die er mir zuwarf, ließen mich Böses ahnen. »Wir haben kein Mitleid mit Rebellen.«

Fyonn erwiderte nichts. Lag einfach nur auf dem Tisch, ein schluchzendes Bündel aus zerschlagenem Fleisch. Er war nicht mehr am Leben, dachte ich. Das Uhrwerk hatte ihn mit voller Macht zwischen seinen Zahnrädern zermalmt.

»Sie stammen aus einer Rebellenfamilie, nicht wahr?«

»Was weiß ich«, flüsterte er. »Mein Bruder hat rebelliert, ja. Ich weiß nicht, warum er ein Attentat auf die Belarrons verübte. Aber er war sich im Klaren über die Konsequenzen, und er hat mich geschützt, solange er konnte.«

»Die Protokolle des Verhörs sind gestern angekommen«, sagte der Richter. »Er hat angegeben, den Adel gehasst zu haben. Er gab dem Haus Belarron die Schuld am Elend in den Industrievierteln der Rabeninsel. Er wollte etwas *ändern.*«

Fyonn sah ihn fassungslos an.

»Meine Mutter starb in einer Fabrik«, murmelte er. »Sie bekam heißen Dampf ins Gesicht und verreckte. Und dann … vierzehn Stunden Arbeit. Diese furchtbar kleine Wohnung. Wir alle atmeten Ruß ein und schwitzten Blut. Wozu braucht das Uhrwerk Gefängnisse, wo es doch seine Industrie hat?«

Ich blickte mit einem Kloß im Hals auf Fyonn hinab. Was war das Industrieviertel bloß für eine Gegend, wenn sie Menschen wie ihn hervorbrachte?

»Mir ging es nicht um Lösegeld«, sagte Fyonn. »Ja, ich habe Taiden Belarron gequält. Ja, ich wollte ihn in den Wahnsinn treiben, bevor er starb. Amarion Belarron hat meinen Bruder hinrichten lassen, also wollte ich ihm seinen wegnehmen. Es war meine Rache.«

Fyonn spuckte aus. »Da haben Sie mein verdammtes Geständnis. Machen Sie damit, was Sie wollen.«

Ich brauche wohl nicht zu erwähnen, dass das Urteil nicht überraschend ausfiel. Alle fünf Bandenmitglieder erhielten die Todesstrafe. Vielleicht hätte ich mich freuen sollen, feiern müssen … aber ich fühlte mich so müde, so unendlich verbraucht. Was interessierte es schon Najee, ob Fyonn lebte oder starb. Er würde niemals zu mir zurückkehren. So wenig wie Aurenna.

Wortlos wendete ich den Rollstuhl und rollte davon. Auf halbem Weg holte Fyonn mich ein, die Arme wund unter den Handschellen, zwei bewaffnete Gardisten im Schlepptau.

»Bist du jetzt zufrieden, Belarron?«

Ich spürte eine dumpfe Wut unter meiner Mechanik pochen. »Warum sollte ich? Macht dein Blut Najee wieder lebendig?«

»Wie edel von dir, immer noch an deinen dreckigen Karakusher zu denken«, höhnte Fyonn. »Meine Freunde werden trotzdem sterben.«

»Najee hat nie etwas Schlimmes getan, und ihr habt ihn getötet. Nenne mir einen guten Grund, warum ich euch noch retten sollte.« Ich war selbst überrascht, wie hohl und dunkel meine Stimme klang. »Ich hätte anders über euch gerichtet, weil es falsch ist, Menschen eine Kugel in den Kopf zu jagen. Aber ich bin dir oder deinen Rebellenfreunden nichts schuldig, und ich werde mir eure Tode nicht ansehen.«

»Das werden Sie nicht«, sagte Wyatt. Ich zuckte zusammen; ich hatte nicht bemerkt, dass er hinter uns ging. »Sie werden es selbst erledigen, Belarron.«

Ich zwang den Rollstuhl zum Stehen.

»Das ist nicht Ihr Ernst«, flüsterte ich, während man Fyonn an mir vorbeizog.

»Doch«, erwiderte Wyatt verärgert. »Selbst ein Krüppel wie Sie sollte in der Lage sein, einen Kopfschuss abzugeben. Tun Sie es, um zu beweisen, dass Sie ein richtiger Hybrid sind.«

»Was hat das damit zu tun?«, sagte ich gereizt.

»Hüten Sie Ihre Zunge«, fauchte Wyatt. »Ich gebe Anweisungen und Sie haben sie verdammt noch mal zu befolgen. Ihr Leben hängt an einem seidenen Faden, schon vergessen?«

Nein, das hatte ich nicht. Ich rollte schweigend weiter, und Wyatt hielt mühelos mit mir Schritt.

»Werden Sie es tun?«, fragte er scharf.

Ich wandte den Blick ab. Dachte an die Träume, die Najee und ich vor so langer Zeit gehabt hatten. Rebellen zu finden … und zu töten …

Mir drehte sich der Magen um, aber ich nickte. Wyatt kräuselte die Lippen zu einem Lächeln, ehe er an mir vorbeiging. Ich schloss kurz die Augen, versuchte, mich zu beruhigen. Dafür war ich doch zur Garde gegangen. Fyonn umzubringen oder selbst zu sterben, darauf war es von Anfang an hinausgelaufen.

Trotzdem war mir bitterkalt, als ich mir später eine Waffe abholte und in die Todeszelle rollte. Sie brachten Fyonn mit gefesselten Armen herein, zwangen ihn schweigend in die Knie und befestigten seine Fesseln an dafür vorgesehenen Haken am Boden. Zitternd rollte ich hinter ihn. Machte die Waffe schussbereit. Einer meiner Kollegen hatte mir gezeigt, wie es ging, damit ich das Ganze schnell über die Bühne bringen konnte.

Fyonn lachte gequält. »Da hast du deine Rache, Belarron. Schmeckt sie dir?«

Ich starrte auf seinen Nacken, unfähig, meine Gedanken in Worte zu fassen.

»Ich wollte das nicht«, stieß ich hervor.

»Das interessiert mich nicht. Schieß endlich, Feigling. Als ich deinen Karakusher getötet habe, habe ich auch nicht gezögert.«

»Najee war unschuldig«, fauchte ich. »Er hat niemandem etwas getan!«

Fyonn lachte bitter. »Was weißt du schon über Schuld, Belarron? Als ich klein war, sah ich eine Arbeiterin in eine Maschine geraten. Sie qualmte und stank, während die Frau ihre Todesqualen herausschrie. Am Ende waren wir Arbeiter schuld, weil der Apparat dabei kaputt ging. Um die Tote hat sich niemand geschert. Tagelang haben wir die Schubkarren an ihrer Leiche vorbeigeschoben, bis man sie endlich weggebracht hat.«

Ich schluckte.

»Beweg dich nicht. Das wird es schlimmer machen.«

»Für dich vielleicht«, sagte Fyonn abschätzig.

Mit tauben Fingern hob ich die Pistole. Selbst jetzt zitterte er nicht, dieser Bastard. Selbst jetzt verriet nichts seine Angst.

»Beeil dich, Belarron«, sagte Fyonn. »Ich möchte meine Frau wiedersehen.«

Ich blickte auf. Sah zum Fenster in der Wand hinüber, wo Wyatt stand und mich beobachtete. Ich ließ ihn nicht aus den Augen, als ich abdrückte, doch im gleichen Augenblick begann meine Rechte zu zittern und verzog den Lauf nach links.

Es knallte. Fyonn stürzte nach vorn. Eine dunkle Flüssigkeit spritzte über den Boden, während er zuckte und zitterte. Ich dachte unwillkürlich an Najees Ende zurück und hätte mich um ein Haar übergeben. Dann traten mehrere Gardisten ein und drehten Fyonn herum. Blut sickerte aus dem Loch, das ich ihm in den Schädel gestanzt hatte, und in seinen Augen war kein Feuer mehr … und dennoch hob und senkte sich sein Brustkorb.

Sie brachten ihn weg, bevor mir nur ein Wort über die Lippen gekommen war. Es war auch nicht nötig. Von diesem Tag an war ich ein Mörder, und ich konnte noch Wochen später nicht einmal flüchtig in den Spiegel sehen.

10

Der Panzer seines Herzens

Fyonn starb am dritten Tag, nachdem ich ihn angeschossen hatte. Die Kugel hatte schweren Schaden angerichtet, ohne Frage, dennoch hatte sie wie durch ein Wunder alle wichtigen Regionen seines Gehirns verfehlt. Niemand machte sich die Mühe, sich um die Verletzung zu kümmern. Ich versuchte es, doch ich wusste nichts über Medizin; also starrte ich auf das eiternde Loch in seinem Kopf und fand mich selbst noch schrecklicher. Ich war ein Mörder. Ich war nicht besser als der Mann, den ich getötet hatte.

Kurz vor dem Ende stöhnte Fyonn. Seine Augen waren milchweiße Kugeln in dem schweißnassen Gesicht. Er flüsterte etwas Unverständliches in die Dunkelheit, und plötzlich lag er still. Auch meine Mechanik blieb einen Augenblick lang stehen. Das war nicht das, was ich mit dem Überfall auf den Wolkenkratzer hatte bewirken wollen.

»Ich weiß, dass es dich nicht interessiert«, flüsterte ich. »Aber es tut mir leid.«

Ich drehte den Rollstuhl um und verließ das Zimmer. Es als Krankenzimmer zu bezeichnen, wäre Schmeichelei gewesen; in Wahrheit war es nur eine Abstellkammer, in der man Fyonn abgelegt hatte, damit er verreckte. Natürlich hätte man ihm mit einer zweiten Kugel ein Ende machen können, doch Wyatt hatte die Lippen darüber geschürzt. Das kostete Munition, sagte er. Kugeln, die man wahrscheinlich einem anderen Rebellen in den Rücken jagen würde.

Dieser Bastard. Dieser verdammte Bastard.

Ich ließ mich den Gang hinabrollen. Nach einigen Augenblicken hörte ich Schritte, und es überraschte mich nicht, dass mir mein liebster Vorgesetzter einen Stapel Papierbögen in den Schoß warf.

»Was ist das?«, fragte ich wütend. »Neue Todesurteile?«

»Seien Sie still. Wir sind hier nicht auf Rabenfels.« Wyatt schien auf mehreren Beleidigungen zu kauen, schluckte sie jedoch allesamt herunter. »Das ist Ihre Belohnung. Zweitausend Knochenmünzen und eine Bescheinigung dafür, dass Sie ein legal existierender Hybrid sind.«

Das machte mich nur noch rasender. »Also bin ich legalisiert, weil ich jemanden erschossen habe? Was ist das für eine Logik?«

»Lesen Sie endlich ein verdammtes Gesetzbuch«, sagte Wyatt schroff. »Es gefällt mir nicht, dass Sie jetzt von Ihrem Verbrechen reingewaschen sind, aber Regeln sind Regeln. Gehen Sie zu einem Funkenmechaniker. Lassen Sie sich eine Nummer eingravieren. Und beim Metallarm des Zinnhybriden, kümmern Sie sich um Ihren Rückendraht, bevor ich ihn persönlich herausreiße.«

»Oh, natürlich«, sagte ich bissig. »Dann tue ich das am besten gleich!«

Ich wendete den Rollstuhl und gab meinen Rädern einen Stoß. Wyatt rief mir irgendetwas nach, doch ich ignorierte ihn und ließ mich in die Räumlichkeiten der Gardemechaniker hinabrollen. Dort herrschte erstaunlich viel Betrieb; ich entschied mich jedoch für einen grauhaarigen Mann mit gutmütigem Gesicht und reichte ihm meine Legalisierung. Geduldig half er mir auf den Operationstisch und zog mir das Hemd aus, und ich biss die Zähne zusammen, als der Stoff über meinen verletzten Rücken scheuerte.

»Es wird wehtun«, warnte er.

»Schon in Ordnung. Ich brauche keine Narkose.« Womöglich wachte ich dann nicht mehr auf, ob ich nun existieren durfte oder nicht. »Fangen Sie an.«

»Wie Sie wünschen.« Er rollte mich auf den Bauch und ich biss mir auf die Zunge, als eine Messerspitze an meiner Wirbelsäule entlangglitt. Schmerz breitete sich an meinem Rückgrat aus. Keuchend krallte ich die Hand in den Operationstisch, bis mir das Bewusstsein entglitt, und obwohl es mich später ärgerte, war es vermutlich besser so.

Als ich erwachte, tat mir alles weh. Aber ich spürte einen Verband auf der gereizten Haut; spürte meine Beine. Ich berührte zögernd meine Hüfte, und weil meine Fingerkuppen ein Kribbeln hinterließen, grinste ich in mein Kissen hinein. Am liebsten wäre ich aufgesprungen, um zu sehen, ob meine Muskeln noch kräftig genug dafür waren … doch ein kleiner Teil von mir wusste es besser.

Langsam setzte ich mich auf, ließ meine Füße auf den Boden gleiten und versuchte, mein Gewicht auf sie zu verlagern. Obwohl ich nicht lange im Rollstuhl gesessen hatte, begann ich auf der Stelle zu schwanken und stolperte auf den Operationstisch zurück.

Verflucht.

»Vorsichtig«, sagte der Funkenmechaniker; er saß in einer Ecke und reinigte mehrere Nadeln von Metallstaub. »Sie dürfen sich nicht unnötig belasten. Ich habe übrigens eine Seriennummer in Ihre Schulter graviert. Damit sind Sie offiziell ein genehmigter und legal existierender Hybrid.«

Ich hörte ihm kaum zu; stattdessen strich ich über meine Oberschenkel, zog die Knie an, inspizierte meine Schienbeine. Mein Rücken schmerzte, als ich erneut aufzustehen versuchte, doch dann spürte ich mein Messing erkalten und die Pein auf ein erträgliches Maß gerinnen.

»Das ist keine gute Idee, gnädiger Herr«, sagte der Mechaniker warnend.

»Ich weiß. Aber mein Rollstuhl macht mich krank.« Ich packte einen Griff des Gefährts, stützte mich darauf, während ich vorsichtig hinausging. Es war schweißtreibend. Es tat weh. Beides war mir vollkommen egal.

»Die Bezahlung …«

»Lösen Sie die Belohnung ein, die ich mit meinem Brief bekommen habe.«

»Sehr wohl.« Der Funkenmechaniker schluckte. »Passen Sie auf sich auf.«

Als ich an diesem Abend nach Hause kam, fühlten sich meine Beinmuskeln wie verbrannt an. Es war nicht von Bedeutung. Ich sah Kyron lächeln, als ich durch seine Haustür ging, gestützt auf den Rollstuhl wie auf eine Gehhilfe. Aus dem Salon drangen die Klänge eines Phonographen. Irgendwie hatte ich geglaubt, dass Kyron die Stille vorziehen würde, vielleicht sogar wie eine Maschine dasaß, bis ihn Rebellion und Arbeit riefen.

»Du läufst?«

»Sieht so aus«, sagte ich. Trotzdem ließ ich mich auf die Knie sinken, als mich die Kraft verließ, und Kyron setzte sich neben mich. Ein vages Lächeln lag auf seinem Gesicht. Etwas daran ließ mir warm werden.

»Es ist gut, dass du wieder auf den Beinen bist.« Zögernd legte er eine Hand an mein Schienbein. »Spürst du das?«

»Sehr gut sogar.« Ich lächelte. »Aber ich glaube, dass ich eine Menge im Metalltanz nachzuholen habe.«

»Das wirst du schon schaffen. Du hast Talent, und mit deinem Blut … die Leute sagen, dass Magie im Metalltanz liegt, weißt du. Dass das der Grund ist, warum wir Kugeln so mühelos ausweichen können. Und viele Menschen mit Aliamenblut waren gute Tänzer … so wie der Zinnhybrid.«

Ich musste lächeln. Kyron lächelte ebenfalls, nahm seine Hand langsam von meinem Bein und löste damit ein seltsames Kribbeln in mir aus.

»Jetzt kann Wyatt mir nichts mehr tun, oder?«, wechselte ich das Thema. »Sie haben mich legalisiert. Wenn er mich angreift, ist es Mord.«

Kyron nickte schwach. »Das Gesetz ist in diesem Fall eindeutig, und Wyatt wird nicht dagegen vorgehen. Als er das Attentat auf dich eingefädelt hat, glaubte er, dich in die Enge getrieben zu haben. Wenn er es jedoch noch einmal tun und scheitern würde, könntest du einen Prozess verlangen.«

Ich versuchte mir vorzustellen, was ich empfinden würde, wenn Wyatt ebenfalls erschossen wurde. Ich wusste es nicht. Ich wollte kein Blut an meinen Händen haben, nie wieder … und würde es Aurenna gefallen, ihn so zu sehen? Würde es sie glücklich machen, zu wissen, dass ich Rache an ihrem Peiniger genommen hatte?

Der Gedanke an sie schmerzte. Aber ich riss mich zusammen. Bestimmt wäre es ihr lieber, wenn ich mein Messing im Gedenken an sie pflegte, statt mir die Augen aus dem Kopf zu weinen.

»Ich möchte ihr helfen«, murmelte ich. »Aurenna … sie hat das alles nicht verdient.«

Kyron sah mich seltsam an. »Hast du sie geliebt?«

Ich begegnete seinem Blick. Auf seinem Gesicht lag eine eigenartige Unruhe, die seine Silbermechanik in ein leises Klicken versetzte.

»Ich weiß nicht. Sie war … wir haben Dinge getan … aber gütige Funken, ich wollte sie nicht heiraten, das hätte ihr so wenig gefallen wie mir.«

Darauf schwieg Kyron eigenartig lange. Ich hörte, dass das mechanische Innenleben seiner Arme im Takt des Phonographen arbeitete. Dann glätteten sich seine Gesichtszüge, und als er die Augen wieder auf mich richtete, kribbelte es in meiner Magengrube.

»Ich habe mir ihre Akte angesehen«, sagte er. »Sie sitzt in Nordwestarassa. Das gleiche Gefängnis, in dem ich gewesen bin.«

»Du bist doch auch freigekommen«, sagte ich. »Sie kann es schaffen, sie ist der klügste Mensch, den ich kenne.«

»Sie wurde nicht für das Gleiche verurteilt wie ich«, sagte Kyron matt. »Ich musste nur beweisen, dass ich … von meiner Rebellion geheilt war. Für Aurenna ist das keine Möglichkeit.«

»Warum nicht?«

Kyron antwortete nicht. Einen Augenblick lang hatte ich den Eindruck, dass ihn irgendetwas beschäftigte, aber dann wurde sein Gesicht so glatt wie der Vulkansee in Ceratari.

»Du kannst noch eine Weile hier wohnen bleiben, wenn du möchtest. Bis du zu Kräften gekommen bist, meine ich. Es ist oft einsam in diesem Haus.«

Ich fragte mich, wie es wohl wäre, eine eigene Wohnung zu haben. Eisige Stille, solange die Nachbarn nicht stritten. Und an den nackten weißen Wänden würden Tag und Nacht meine Geister tanzen.

»Danke«, flüsterte ich.

Kyron lächelte schwach. »Ruh dich erst einmal aus. Sobald deine Beine wieder in Ordnung sind, möchte ich dich tanzen sehen.«

Damit wandte er sich um und ging. Ich sah ihm nach, dachte an Aurenna, an das Gefängnis. An Kyron, wie er es einst erlebt haben musste. Bestimmt konnte er mir sagen, was sie dort erwartete, doch ich wollte es nicht wissen. *Sei stark, Aurenna,* bat ich sie stumm. *Versprich es mir.*

Aber mir wurde sehr, sehr kalt.

Doch ich sah Aurenna für lange Zeit nicht wieder. Monate vergingen, und mein Leben hätte so süß sein können; aber ich fühlte mich wie erfroren, wie betäubt. Ich hatte alles, was ich wollte. Eine graue Uniform, die Schwäne von Arassa auf den Ärmel genäht, und wurde zu einer Waffe gegen die Rebellion ausgebildet. Davon hatte ich geträumt, seit ich fünfzehn gewesen war.

Oh, ich hasste es. Ich hasste es so sehr. Ich hatte das Glück, beim Zoll zu sitzen, mich nur um Pistolen und Drogen kümmern zu müssen. Dennoch sah ich oft, wie Rebellen in den Leuchtturm geführt wurden, und manchmal waren sie noch jünger als ich, zittrig vor Angst, sahen mich im Vorübergehen flehend an …

»Sie haben eine gerechte Anhörung verdient«, sagte ich eines Abends zu Kyron. Er stand vor einem bodenlangen Spiegel, die Vorhänge sorgfältig zugezogen, und richtete sich für einen Abend in den Schatten her. »Sie einfach wegzusperren … zu töten …«

»Die Gerechtigkeit des Uhrwerks, würde ich sagen.« Ich sah Kyrons schmales Lächeln aufblitzen. »Natürlich hast du recht damit, aber so wird es nie geschehen. Auf den Inseln wird nicht eingesperrt, wer gegen Gesetze verstößt – sondern wer der Obrigkeit nicht gefällt.«

Ich blickte zur Seite. »Ich habe nie gesehen …«

»Du bist ein Belarron, natürlich hast du das nicht. Aber eins sollte dir klar sein – dass sich die Welt nicht in Uhrwerksdiener und schlechte Menschen aufteilt.«

Ich blickte zur Seite. Er hatte ja recht. Der Fehler lag bei Wyatt, nicht in der Uhrwerksmaschinerie; kein anderer Präsident einer Gardestelle würde sich zu solcher Niedertracht herablassen.

Schweigen trat ein. Kyron zog sein Hemd über den Kopf und warf es zur Seite, um ein anderes anzuziehen. Ich musterte kurz seinen Oberkörper, ehe ich errötend wegsah. Stattdessen stellte ich mir vor, wie er in der Dunkelheit gegen Gardisten kämpfte, sich aus der Schusslinie ihrer Pistolen drehte, die Augen hinter der Maske silbrig funkelnd. Wie verboten. Wie aufregend.

»Was machst du eigentlich nachts, wenn du in die Stadt gehst?«

»Oh, dies und das. Verhafte mich nicht dafür.«

»Sehr witzig«, sagte ich. »Hör zu, das würde ich nie … du kannst mir wirklich vertrauen.«

Für einen Herzschlag zuckte ein Lächeln über sein Gesicht, ehe ihn das Silber wieder gefangen nahm. Mir wurde warm. So lange wohnte ich nun schon bei ihm, aber Kyron blieb meist für sich; und je besser ich ihn kennenlernte, desto mehr bedauerte ich seine Zurückgezogenheit.

»Es gibt mehrere Kneipen in Arassa, in denen mich die Menschen antreffen können«, erklärte er mir. »Ich warte dort auf sie und höre mir ihre Sorgen an – Dinge, um die sich das Uhrwerk nicht kümmert. Sagen wir zum Beispiel, dass mich eine Frau mit einem kranken Säugling aufsucht, der von Uhrwerksärzten übergangen wird, weil er arganisches Blut in sich hat. Ich kenne Ärzte, die sich trotzdem um das Kind kümmern. Also schicke ich sie mit einer schwarz-weißen Münze dorthin und er weiß, dass er mir eine neue Kundin zu verdanken hat.«

Ich dachte darüber nach. »Was, wenn jemand vom Uhrwerk zu dir kommt?«

»Oh, das tun sie manchmal«, sagte Kyron. »Dann versuchen sie, mich zu erschießen, und das Ganze wird sehr hässlich. Es ist das Risiko wert. Die Arassaner haben niemanden außer ihrem Schatten.«

Er bekam einen eigenartig milden Tonfall, als er das sagte, doch ich achtete nicht darauf; mir war eine Idee gekommen, die sich ebenso gut wie schrecklich anfühlte.

»Ich würde gern einmal mitkommen.«

Kyrons Spiegelbild richtete die Augen auf mich. »Ist das dein Ernst?«

»Nicht, weil ich mich so rebellisch fühlen würde«, sagte ich rasch. »Ich dachte nur … ich könnte mehr über die Rebellion lernen. Vielleicht bringe ich es noch weiter in der Garde. Und dann kann ich helfen, das Uhrwerk gerechter zu machen.«

»In die Schatten zu gehen ist gefährlich. Das sollte dir bewusst sein.«

»Dafür bildest du mich ja im Metalltanz aus«, sagte ich scherzhaft.

Der Hauch eines Lächelns flackerte um seine Mundwinkel. Das machte ihn jünger und hübscher, und mich überkam ein schwaches Bedauern beim Gedanken daran, wie selten ich es zu sehen bekam.

»Nicht heute«, sagte Kyron sanft. »Aber ich erzähle dir gern mehr über meine Arbeit, wenn es dich interessiert.«

Ich nickte, als ich begriff, dass ich vorerst nicht mehr als das bekommen würde.

»Ich werde erst am Morgen wiederkommen«, sagte Kyron abrupt. »Lass die Hintertür offen, wenn du zur Arbeit gehst.«

»Verstanden«, sagte ich leise. »Und … pass auf dich auf.«

»Versprochen«, sagte Kyron, ehe er sich seine Maske griff und ging. Zurück blieb nichts bis auf ein eigenartiges Kribbeln in meiner Magengrube. Das Abendessen, vermutlich. Messinghybriden wurden nur selten krank, doch ich war auch ein sagenhaft schlechter Koch.

Ich ging zeitig zu Bett und schlief tatsächlich eine Weile; in der Dämmerung jedoch wachte ich auf, unfähig, in den Schlaf zurückzusinken. Ich sah nach, ob Kyron zurückgekehrt war, doch von ihm fehlte jede Spur. War er verletzt? Lag er gerade angeschossen im Dreck, frierend und blutend, oder hatte ihn das Uhrwerk gefangen?

Ich tigerte im Haus herum, war drauf und dran, auf der Suche nach ihm in die Stadt zu laufen; doch dann schalt ich mich für diesen dummen Einfall, zog meine Uniform an und ging zur Arbeit. Trotz der frühen Stunde gingen Männer auf den Straßen umher, schmückten Bäume wie Laternenpfähle mit Seidenstreifen in Blau und Schwarz und Gold. Die Farben meiner Familie. Ich ahnte Böses und wurde nicht enttäuscht, als ich in den Leuchtturm trat und jemand augenblicklich meinen Namen rief.

Ich wandte mich um. Für den Bruchteil einer Sekunde sah ich eine Frau auf mich zulaufen, ehe ich mich plötzlich in einer festen Umarmung wiederfand. Mir stockte die Mechanik, als ich auf meine Mutter hinabblickte. Ich war bestimmt nicht so viel größer gewesen als sie, als ich fortgelaufen war …

»Was machst du denn hier?«, murmelte ich.

»Das könnte ich dich auch fragen.« Sie strich mir lächelnd durchs Haar; ich hielt es noch immer kurz, wie Aurenna es mir zu schneiden gepflegt hatte. »Du bist so groß geworden. Genau wie dein Vater. Wenn er dich jetzt sehen könnte, würde ihm vor Stolz das Herz platzen.«

Das wagte ich zu bezweifeln; Artos Belarron hatte eine Kunst daraus gemacht, mich so wenig wie möglich zu beachten. Trotzdem schwieg ich in mich hinein. Aus irgendeinem Grund war meine Mutter überzeugt davon, dass mich meine Familie liebte, und mir stand nicht der Sinn nach dieser alten Streiterei.

»Ich dachte, dass du mich nicht als Gardist sehen willst«, sagte ich.

»Nun, ich hatte Schwierigkeiten mit diesem Gedanken«, gab meine Mutter zu, »aber Marawyn meinte, dass du dich gut schlagen wirst. Es ist nicht das, was ich mir für dich gewünscht habe, aber … warum bist du bloß weggelaufen? All das wäre nie passiert, wenn du nicht immer so stur sein müsstest.«

»Du hast versucht, mich zu verheiraten«, erinnerte ich sie bissig.

»Selana hat deinen Cousin geheiratet«, sagte meine Mutter in so munterem Tonfall, als hätte sie es niemals anders beabsichtigt. »Sie passen sehr gut zusammen, das muss man den beiden lassen, und jetzt lebt sie glücklich in Cariale. Hast du eine Frau in Arassa gefunden? Ist sie von hoher Geburt? Du bist fünfundzwanzig, Schatz, du solltest längst in festen Händen sein.«

»Das ist Onkel Marawyn auch nicht, und ihn kritisierst du nie.« Ich verschränkte die Arme. »Was machst du überhaupt hier?«

»Dein Neffe heiratet die Erbin des Hauses Navarre. Tylos ist ja kaum jünger als du, gerade einmal achtzehn.« Sie lächelte schwach. »Außerdem musst du Marawyn wirklich nicht in allem nacheifern, was du tust. Er ist von Natur aus rebellisch. Ich weiß noch, wie er mich einmal auf eine Spazierfahrt mit seinem Motorrad einlud, und er raste, dass mir der Hut davonflog. Ich schimpfte ihn aus, aber er lachte nur darüber. Er nimmt alles auf die leichte Schulter. Aber das kann befreiend sein, das muss ich ihm lassen …«

Meine Mutter bekam einen seltsam träumerischen Blick, ehe sie sich zu fangen schien. »Du brauchst wirklich eine Frau, Taiden. Marawyn sagt etwas anderes, doch was weiß er schon davon? Nach der Hochzeit werde ich sofort nach einer Dame aus angemessenem Hause suchen.«

»Ich will überhaupt nicht heiraten«, fuhr ich sie an.

»Das sagst du nur, weil du ein Belarron bist. Die Sturheit liegt dir eben im Blut.« Sie lächelte mich an. »Wir reden später darüber, ja? Zuerst muss ich zum Gardepräsidenten von Arassa, und … wag es nicht, mir den Rücken zuzudrehen!«

Doch ich hatte mich umgewandt und war gegangen. Ich hörte die Schuhe meiner Mutter klappern, als sie mir mit hastig gerafften Röcken folgte. Wortlos beschleunigte ich meine Schritte, erreichte Wyatts Büro und klopfte. Meine Mutter holte mich keuchend ein, aber bevor sie nur den Mund geöffnet hatte, rief Wyatt uns nach drinnen.

Ich atmete tief ein, ehe ich den Raum betrat. Wyatts Büro war klein, aber penibel sauber; auf dem Schreibtisch standen Fotografien von Wyatts Kindern, doch das Fahndungsplakat des Schattens an der Magnetwand sah aus, als hätte er darauf geschossen. Ein schmerzhaft ziehendes Gefühl breitete sich an meinen Nahtstellen aus. Wyatt lächelte, als er meinen Gesichtsausdruck bemerkte, und drehte die Regler an der Wand etwas höher.

»Wen haben Sie da mitgebracht?«, fragte er mich.

Ich verzog den Mund. »Meine Mutter. Dinora Belarron, geborene Flynt von Cariale, Witwe meines Vaters und was immer für Titel ich sonst einsetzen müsste. Es ist uns allen eine große Ehre.«

»Seien Sie nicht so ein Miesepeter.« Wyatt lächelte, während meine Mutter wortlos ihren Platz einnahm. »Wie ich hörte, hat das Zollamt vor Kurzem einige Schmuggler festgenommen. Sie werden sie in ein paar Tagen erschießen.«

Mir drehte sich sofort der Magen um. Es war fast drei Jahre her, dass ich Fyonn getötet hatte; und selbst Kyron hatte mir gesagt, dass ich mir keine Vorwürfe deswegen machen musste. Und es wieder zu tun, Menschen zu töten, die mir nichts getan hatten …

Wenn du nicht kämpfst, darfst du dich nicht beschweren.

»Das können Sie vergessen«, sagte ich fest. »Ich werde nie wieder töten.«

»Doch, das werden Sie«, sagte Wyatt scharf. »Ich habe Sie lange genug geschont. Jeder Gardist hat die Hinrichtungen öfter praktiziert als Sie.«

»Ich werde nicht noch einmal zum Mörder«, fuhr ich ihn an. »Kommen Sie endlich damit klar.«

»Taiden!«, sagte meine Mutter empört.

Wyatt sah aus, als hätte er mir am liebsten die Nackendrähte durchgeschnitten, sah dann jedoch zu meiner Mutter und schluckte seine Worte hinunter.

»Aus meinen Augen. Wir sprechen uns später.«

Meine Mutter schüttelte den Kopf. »Lassen Sie ihn bleiben. Er muss wissen, wie die Garde das Fest beschützt … denken Sie nur an den Schatten von Arassa, er ist nicht zu unterschätzen.«

Ich verkniff mir ein Lächeln, wusste ich doch, dass der Schatten von Arassa wahrscheinlich gerade im Bett lag und die Strapazen der letzten Nacht ausschlief. »Ich liebe Hochzeiten. Das heißt, solange ich nicht der Bräutigam bin.«

»Sie werden Dienst haben«, sagte Wyatt scharf. »Sie sind in letzter Zeit eindeutig zu frech, Belarron. Wenn Sie glauben, dass Ihr Name und Ihre Freunde jedes Unheil von Ihnen abwenden können, irren Sie sich.«

Ich legte den Kopf schief. »Und trotzdem sitze ich im Zollamt, nicht in der Abteilung für Innere Sicherheit.«

Wyatt biss die Zähne zusammen. Ich verspürte einen seltsam grimmigen Stolz, doch es gelang mir, kein verräterisches Lächeln aufzusetzen.

»Mein Enkel hat Taiden als Gast eingeladen«, sagte meine Mutter. »Dafür sollte die Garde Verständnis haben.«

Wyatt wirkte wütend; einen Herzschlag später jedoch verschwand aller Ärger aus seiner viereckigen Visage. Das gefiel mir überhaupt nicht. Seinen Zorn konnte ich ertragen; aber sein Lächeln war gefährlich.

»Natürlich. Sie sind entschuldigt, Taiden. Suchen Sie sich etwas Hübsches zum Anziehen heraus. Genießen Sie den Abend.«

Ich spürte ein Prickeln im Nacken, kaum dass Wyatt das letzte Wort über die Lippen gekommen war.

Die Hochzeit sollte am Ende der Woche stattfinden. Das genügte, um meine spärlichen Kenntnisse der Etikette aufzufrischen. Aber während die Stadt abgeriegelt wurde, um Störungen durch Rebellen zu vermeiden, nahm Kyron mich zur Seite und begann, mich in seine eigene Art der Rebellion einzuweihen.

»Ich habe mir Gedanken gemacht«, erzählte er mir. »Du sagtest, dass du mit mir in die Schatten gehen willst. Das lässt sich arrangieren. Vielleicht kann ich dir morgen zeigen, woran ich fast jede Nacht arbeite.«

»Wirklich?«, sagte ich verdutzt.

Kyron lächelte. »Natürlich müssen wir eine Verkleidung für dich finden. Wenn man dich mit mir sieht, wird dich nichts mehr vor Wyatts Zorn beschützen.«

»Ich glaube, dass er sowieso schon zu viel weiß.«

»Das tut er auch«, sagte Kyron. »Gelegentlich versucht er, mich unter irgendwelchen Vorwänden festzunehmen, doch der Fall liegt schwierig. Ich bin zwar Ausländer, aber auch ein Hybrid – mir wurde die Uhrwerkstreue in die Haut gesetzt. Selbst für einen Gardepräsidenten ist es schwierig, mich ohne Beweise anzuklagen.«

Ich nickte wissend. Mit dem Adel verhielt es sich ähnlich; meine Vorfahren hatten den Zinnhybriden eisern unterstützt und er sie belohnt, indem er sie seine Kinder heiraten ließ. Die Loyalität lag uns im Blut, und ein rebellischer Adliger hätte mit großer Wahrscheinlichkeit einen handfesten Skandal ausgelöst.

»Vielleicht werde ich einen Weg finden, um Wyatt aus dem Verkehr zu ziehen«, fuhr Kyron fort. »Ansonsten werde ich Arassa eines Tages verlassen müssen. Es gibt noch zwölf andere Inseln, auf denen ich Hilfe leisten kann.«

Ich biss mir auf die Zunge. Wie einsam ich sein würde, wenn Kyron ging. Er konnte ganze Tage still verbringen, getragen von arganischer Musik, doch immerhin war er ein Freund und sein Lächeln mein Schatz geworden.

»Geh nicht weg«, flüsterte ich.

»Das werde ich nicht.« Er sah mich seltsam an, als ich das sagte. »Du musst das nicht tun, Taiden. Nicht jeder Mensch ist für die Rebellion gemacht.«

»Vor allem keine Krüppel«, rutschte es mir heraus.

»Das bist du nicht.« Kyron nahm meine Hände und drehte sie so, dass ich auf meine Handflächen blickte. »Das hier macht dich nicht zu einem schlechteren Menschen. Es spielt nicht einmal eine Rolle. Deine Rechte mag sich kälter anfühlen als die Linke, doch fünf Finger reichen, um etwas zu bewirken.«

Ich sah zu ihm auf. Wärme prickelte in meiner Magengrube. Unwillkürlich verschränkte ich meine guten Finger mit seinen und er ließ es geschehen; aber dann ließ mich Kyron abrupt los und rückte seinen Kragen zurecht.

»Wir gehen bald in die Schatten«, versprach er mir und ging. Ich sah ihm schweigend nach, fühlte ein Kribbeln, wo er mich berührt hatte. Verstohlen rieb ich die linke Hand an meiner schlechten. Das Gefühl verschwand nicht.

Etwas stimmt nicht mit dir, Belarron.

Lügen, dachte ich. Alles Lügen.

Trotzdem beschäftigte mich dieser Gedanke bis zum Abend, als wir uns für die Nacht in den Schatten zu rüsten begannen. Ich war von Kopf bis Fuß in Schwarz gehüllt und meine Rechte steckte in einem dicken Handschuh, um ihr Zucken zu unterbinden. Mein Haar war jedoch unter einer blonden Perücke verschwunden. Wenn das so weiterging, würde ich irgendwann ein Geschäft für falsche Haarteile eröffnen können.

Zuletzt band mir Kyron einen Schal um, der nichts außer meinen Augen freiließ. Ein Lächeln zeigte sich in seinen Mundwinkeln. Es stand ihm gut.

»Gehen wir«, sagte er und zog sich seine Maske übers Gesicht. Wir verließen das Haus durch die Hintertür, gingen durch Kyrons verwilderten Garten; stets achtete er darauf, sich im Schatten zu halten, und ich folgte ihm durch die verwinkelten Gassen der Stadt. Mein Herz schlug schwer vor Aufregung. Wenn uns jemand von der Garde sah … gütige Funken, womöglich würde ich Aurenna bald aus erster Hand fragen können, wie es im Gefängnis war.

Aber wir hatten Glück. Gelegentlich brausten uns Automobile entgegen, doch Kyron führte mich um alle Gefahren herum, als wüsste er genau über jeden Rebellenfeind in Arassa Bescheid. Ich überlegte, ob wir zu einer Kneipe gingen, als er plötzlich vor mir stehen blieb und ich fast in ihn hineinlief.

»Was ist denn?«, murmelte ich.

Kyron ging in die Knie. Erst jetzt sah ich, dass zwei Kinder an der Hauswand hockten; ein Mädchen, dem dickflüssiges Blut an der Schläfe hinabrann und das einen Jungen umklammerte. Sie schien kaum bei sich zu sein; kaum hörbar flüsterte sie vor sich hin und stieß einen leisen Aufschrei aus, als sie uns bemerkte.

Kyron streckte ihr dennoch eine Hand entgegen. Ohne Zittern, ohne Vorsicht. Sehr langsam strich er dem Mädchen das Blut aus dem Gesicht und sie ließ es schweigend geschehen.

»Verrätst du mir, was passiert ist?«

Einen Augenblick lang war es still, als sie offenbar zu entscheiden versuchte, ob sie Kyron trauen konnte. Ich nickte leicht, weil ich dachte, dass es sie ermutigen mochte; und schließlich entspannten sich ihre Züge.

»Sie haben unsere Eltern fortgebracht«, flüsterte sie. »Mutter hat gesagt, dass wir weglaufen sollen. Ich weiß nicht, wo sie sind … die Gardisten haben gesagt, dass sie arbeiten müssen, damit das Uhrwerk sieht, dass sie – dass sie gut sind.«

Das Ende ihres Satzes wurde von einem heftigen Schluchzen davongespült. Kyron nahm sie wortlos in den Arm. Mir wurde kalt, als sich das Mädchen an seiner Schulter ausweinte, und Kyron blickte zögernd in meine Richtung und doch an mir vorbei.

»Du hast immer noch deinen Bruder«, sagte er leise.

Schniefen. »Was, wenn sie ihn mir wegnehmen?«

»Das werden sie nicht. Liebst du das Uhrwerk?«

»Nein«, sagte sie bestimmt.

Kyron seufzte. »Das ist gut, aber behalte es besser für dich. Frag in der Stadt nach Arbeit. Deinen Bruder kannst du in ein Waisenhaus geben, bis du genug Geld verdient hast. Dort wird er es gut haben.«

»Ich will nicht von ihm getrennt sein«, flüsterte sie.

»Ihm wird nichts passieren. Geh zum Waisenhaus in der Roten Gasse und gib dem Besitzer das hier. Er wird sich um euch kümmern, er ist ein Freund von mir.«

Damit zog er eine seiner bemalten Knochenmünzen hervor. Das Mädchen nahm sie wortlos entgegen, wobei sie Kyron mit so großer Achtung betrachtete, als sei er der Zinnhybrid persönlich.

»Danke«, murmelte sie.

Kyron schwieg. Irgendwie ahnte ich, dass er unter der Maske lächelte, als er dem Mädchen eine verklebte Haarsträhne aus dem Gesicht strich.

»Warum blutest du so stark?«

»Die Gardisten haben mich geschlagen«, sagte sie leise.

Kyron schob die Maske ein wenig hoch und hauchte ihr einen Kuss auf die Stirn. »Passt gut auf euch auf. Das Uhrwerk wird euch vermutlich nicht mehr verfolgen, aber ich möchte nicht, dass ihr Dummheiten macht.«

»Natürlich«, sagte sie. »Schatten.«

Kyron nickte. »Ich komme morgen wieder. Erzähl mir dann, wie es dir ergangen ist.«

Das Mädchen lächelte, zog seinen Bruder auf die Beine und eilte davon. Einige Augenblicke lang blieben wir in der Gasse stehen und sahen ihnen nach. Kyrons Silber arbeitete hörbar unter dem dunklen Stoff seiner Ärmel, ließ mich unwillkürlich schlucken. Er war manchmal so sanft, so herrlich hilfsbereit. Wie konnte er diese Güte nur mit Funkenmetall betäuben?

»Es geht dir nahe«, flüsterte ich.

Kyron nickte schwach. »Du hast gehört, was die Kleine gesagt hat. Diese Kinder hätten keine Zukunft gehabt. Sie wären vielleicht sogar getötet worden, wenn wir gegangen wären – weil das Uhrwerk Straßenkinder verabscheut.«

Ich biss mir auf die Lippen. »Du warst so gut … zu ihr, zu mir. Warum betäubst du das mit Silber?«

»Ach Taiden«, flüsterte Kyron. »Das ist keine schöne Geschichte.«

»Erzähl sie mir. Bitte. Ich muss …«

»Leise«, sagte er plötzlich.

Er blickte an mir vorbei, als er das sagte. Als ich mich umdrehte, sah ich zwei Männer in Grau am Ende der Gasse stehen; doch bevor wir uns auch nur rühren konnten, hatten sie die Köpfe in unsere Richtung gedreht und Kyron murmelte einen arganischen Fluch in sich hinein.

»Steinerne Garde«, rief einer von ihnen. »Was tun Sie zu dieser Uhrzeit …«

Kyron packte meine gute Hand und wirbelte mit mir herum. Ich stolperte ihm nach, während einer der Gardisten einen missbilligenden Aufschrei ausstieß. Wir hasteten um eine Ecke und in eine zweite Gasse, und dort stieß Kyron mich in einen dunklen Hauseingang und eilte weiter. Ich sah, wie die Männer an mir vorbeiliefen, hörte einen Schuss. Kyron drehte sich zur Seite, noch bevor er verhallt war, und stellte sich seinen Gegnern entgegen.

Meine Mechanik begann zu rasen. Vor meinem inneren Auge strauchelte Kyron beim Metalltanz – einer der Gardisten setzte ihm die Waffe an den Kopf, Blut spritzte auf meine Schuhe …

Der zweite Gardist zog seine Pistole, und ich begann zu laufen und schloss meinen Arm um seinen Hals. Er stieß einen Aufschrei aus, was seinen Begleiter alarmiert herumfahren ließ, und Kyron schlug ihn mit einem einzigen Hieb zu Boden.

Der Gardist brach stöhnend zusammen, während sich sein Partner in meinem Klammergriff wand.

»Tun Sie mir nicht weh, Schatten, ich mache nur meine Arbeit.«

»Ich weiß.« Kyron atmete schwer. »Verschwinde.«

Ich ließ ihn los. Der Mann tat zitternd wie geheißen. Aber ich hatte keine Zeit, um ihm lange nachzusehen, denn Kyron zog mich ohne ein Wort in die entgegengesetzte Richtung davon.

»Wir müssen umkehren. Die Schüsse. Hier wird es gleich vor Gardisten wimmeln.«

Ich schluckte. »Ist das meine Schuld?«

Kyron warf mir einen überraschten Blick zu. »Ist das dein Ernst? Ohne dich wäre dieser Kampf ganz anders ausgegangen.«

Ich lächelte unter meinem Schal, doch bevor ich etwas sagen konnte, ertönte eine Sirene. Sofort fuhr mir Kälte in die Knochen. Wie oft hatte ich dieses Geräusch gehört, wenn ich allein war, gehofft, dass Kyron wohlbehalten zu mir zurückkam.

Dann begann Kyron zu laufen. Ich hastete ihm hinterher, aber wir rannten nicht in Richtung seines Hauses, sondern in die des Aschedistriktes, wo es nur wenig außer verfallenen Gebäuden gab. In der Ferne schlossen sich weitere Sirenen an, überspülten Arassa mit einer Flut aus Missklängen. Hinter den Fenstern wurden Lichter entzündet. Kyron riss sich die Maske vom Gesicht und sprang über eine niedrige Mauer und ich folgte seinem Beispiel und ließ ihn los, um die Perücke in meine Weste zu stopfen.

Erst als wir in den verwilderten Garten irgendeiner Hausruine stolperten, wurde Kyron langsamer. Er führte mich in ein dunkles Dickicht, drückte mich zu Boden; ich wollte protestieren, doch dann hörte ich, wie Schritte hinter einer nahen Mauer erklangen. Die ganze Garde würde jetzt durch Arassa schwärmen. Vielleicht sogar bis zum Morgengrauen.

»Passiert das öfter?«, flüsterte ich, als ich zu Atem gekommen war.

Kyron grinste. »Gewöhne dich daran.«

»Sehr witzig.« Aber ich wagte es nicht, mich zu rühren, blieb einfach im Dreck liegen und hoffte, dass uns niemand fand. Kyron lehnte neben mir an einem Baumstamm, ließ den Blick durch die Gegend schweifen. Der Takt meiner Mechanik beruhigte sich, als ich sah, wie ruhig er wirkte. Wäre seine Besorgnis durch das Silber gebrochen, hätte ich wahrscheinlich guten Grund gehabt, schreiend von der Insel zu fliehen.

»Du gehörst doch zur Inneren Sicherheit. Werden sie dich nicht holen wollen?«

»Es ist noch nicht spät. Sie werden davon ausgehen, dass ich mich irgendwo betrinke.« Kyron lächelte schwach. »Morgen werde ich erschöpft aussehen. Vielleicht ziehe ich mich auch unordentlicher an als sonst. Man wird denken, dass ich verkatert sei, und es mir verzeihen … denn schließlich bin ich ein Gardist, arganische Wurzeln hin oder her.«

»Ein Wunder, dass sie dich überhaupt in die Garde gelassen haben.«

Kyron grinste. »Ich habe ein paar Beamte bestochen. Danach trug ich Grau, und das verhüllt einen Schatten sehr gut. Eine respektable Arbeit für einen geläuterten Mann.«

»Aber du bist nicht geläutert.«

»Nein. Das bin ich nicht.« Er strich gedankenverloren über seine Narben, als er das sagte. »Dafür haben sie mir zu viel angetan.«

Ich betrachtete seine linke Gesichtshälfte. »War das die Garde? Oder Wyatt?«

Kyron lächelte traurig. »Wenn es bloß so wäre.«

Ich sah ihn fragend an. Kyron zögerte, ehe er sich neben mich setzte; sein Silber begann wieder zu arbeiten, unterdrückte irgendein Gefühl, doch sein Gesichtsausdruck blieb nachdenklich.

»Erzähl es mir«, bat ich ihn.

»Ich sollte nicht.«

»Glaubst du, ich würde dich für die Wahrheit hassen?«, fragte ich. »Gütige Funken, ich weiß doch auch, dass du der Schatten bist.«

Kyron nickte schwach. Hinter der Mauer rannte jemand vorbei. Er wartete, bis die Schritte verhallt waren, ehe er leise zu sprechen begann.

»Wenn man die Köpfe der Unterwelt sucht«, flüsterte er, »wird man immer in den Wolken fündig. Deswegen fuhr ich früher häufig mit Luftschiffen, unterhielt mich mit Dieben und Drogenhändlern und Menschen, die dem Uhrwerk einfach missfielen. Einmal lauerte mir ein junger Gardist auf. Er wollte sich beweisen, Wyatt imponieren. Ich hatte gerade erst angefangen, den Metalltanz zu lernen; er bekam mich zu fassen und schnitt mir das Gesicht auf. Und die ganze Zeit raunte er mir ins Ohr, dass ein verkehrter Bastard wie ich nichts anderes verdient hätte.«

Ein eisiger Schauer überkam mich, als ich begriff. »Du hast gesagt, dass sie dich für etwas eingesperrt haben …«

»… was als heilbar gilt«, sagte Kyron schwach. »Dafür bin ich ins Gefängnis gekommen. Man hat versucht, mir meine … unerwünschten Neigungen auszutreiben. Und wenn du sagst … wenn du mich nicht hasst, weil ich der Schatten bin, warum solltest du es deswegen tun?«

Ich setzte mich auf. Nie zuvor hatte ich Kyron so hastig, so flehend sprechen hören; irgendwo ertönten immer noch die Sirenen, doch auf einmal waren sie sehr leise für mich. *Etwas stimmt nicht mit dir, Belarron …*

Du trägst vielleicht Grau, aber du bist so wie ich.

»Was denkst du?«, flüsterte Kyron.

Ich richtete mich auf. Der letzte Akt der Rebellion, dachte ich.

Dann beugte ich mich vor und küsste ihn. Sanft. Kyron zuckte zurück, sah mich erschrocken an; einen Augenblick lang füllten sich meine Eingeweide mit Blei, bis er die Schutzplatten von seiner Mechanik streifte und mich so heftig zurückküsste, dass wir gemeinsam in den Dreck fielen. Ich schloss die Hände um seine Hüfte … vergaß die Sirenen, die Garde, die Tatsache, dass wir uns gerade in irgendeinem Erdloch vor dem Schwarzen Uhrwerk versteckten. Sollten sie doch suchen. Ich hatte Wichtigeres zu tun.

»Taiden«, flüsterte Kyron. »Taiden, hör zu.«

Ich blickte zu ihm auf. Hörte, dass seine Mechanik im gleichen Takt wie meine arbeitete.

»Ich wollte das schon so lange tun«, flüsterte er. »Ich wusste, dass … dass du so bist wie ich … und ich hatte Angst, solche Angst …«

»Vor mir?«, murmelte ich.

»Davor, dass das Uhrwerk dich holt«, gab er zurück, und plötzlich rannen ihm Tränen über die Wangen und fielen mir ins Gesicht. »Versprich mir, dass du dich nie von ihnen fangen lässt. Nie. Ich denke … das könnte ich nicht ertragen.«

»Schon gut«, flüsterte ich. »Wir müssen nie wieder aus diesem Gebüsch klettern, wenn du nicht willst.«

Er gab ein eigenartiges Geräusch von sich, das halb Lachen und halb Schluchzen war. Ich zog seinen Kopf zu mir herunter und küsste ihm die Tränen vom Gesicht. So süß. So verboten. Pure Rebellion.

Aber es war nicht das erste Mal, dass ich etwas tat, wofür mich das Uhrwerk getötet hätte.

Ich habe diese Nacht nie vergessen.

Grillen zirpten in der Dunkelheit. Irgendwann hörte ich sie nicht mehr, so wenig wie die Sirenen oder den Wind, der uns immer wieder das Haar zerzauste. Ganz sanft knöpfte Kyron mir das Hemd auf, küsste mein Messing wie mein Fleisch, wickelte uns beide in seinen Umhang und streifte alle Masken und alle Hüllen ab. Ich zögerte damit, die schlechte Hand auf seine nackte Haut zu legen. Aber Kyron hauchte lediglich einen Kuss auf meine toten Finger, ehe er sie exakt dorthin schob, wo er sie fühlen wollte.

»Schäm dich nicht dafür, Taiden«, flüsterte er und beugte sich über mich. »Schäm dich niemals für das, was du bist.«

Statt zu antworten, küsste ich ihn. Immer wieder. Vielleicht war das falsch, vielleicht auch verpönt … aber was scherten mich schon die Befindlichkeiten des Uhrwerks, von Menschen wie Wyatt, der gesamten Dreizehn Inseln? Ich hatte Kyron lächeln sehen, ihn ohne seine silberne Rüstung erlebt. Nichts wog dieses Erlebnis auf. Und kein Gesetz dieses Landes sollte es sterben lassen.

Wir verbrachten die ganze Nacht unter dem Umhang. Umarmten uns im Sternenlicht. Erst im Morgengrauen kehrten wir zu Kyrons Haus zurück; zum ersten Mal seit langer Zeit fühlte ich mich glücklich, und ich sah Kyron deutlich an, dass er die gleichen Gefühle genoss. Wir hatten mit dem Uhrwerk getanzt, und das Uhrwerk hatte verloren. Es war verboten. Es war tödlich. Aber es war auch wild und aufregend, und ich wollte mehr davon.

Erst nach einer Weile fiel mir ein, dass heute der Hochzeitstag meines Neffen war. Kyron ließ mich lächelnd im Flur zurück, mit der Anmerkung, dass er vor seinem Dienst noch ein wenig schlafen wolle; ich hingegen stieg schweigend in die Badewanne. Während ich die

Spuren der Nacht von meinem Körper schrubbte, dachte ich darüber nach, was in den letzten Stunden geschehen war. Zweifel befielen mich. Ob ich einen Fehler gemacht hatte?

Es fühlte sich nicht so an.

Aber das tat es nie.

Als ich sauber war, beschloss ich, Kyrons Beispiel zu folgen … doch statt ins Gästezimmer zu gehen, in dem ich seit drei Jahren schlief, blieb ich vor seinem Schlafzimmer stehen. Eine Weile stand ich vor der Tür, lauschte am Holz, ehe ich mich nach drinnen wagte. Kyron blinzelte, als ich mich näherte, ließ mich dann jedoch ohne ein Wort unter seine Decke schlüpfen.

»Schlaf ruhig weiter«, murmelte ich. »Ich wollte nur nicht allein sein.«

Kyron lächelte träge.

»Du bist der seltsamste Mann, den ich je getroffen habe«, flüsterte er. »Du dienst dem Uhrwerk und küsst die Rebellion. Du scheust dich nicht, für das zu kämpfen, woran du glaubst. Das fand ich schon bei unserer ersten Begegnung … wie sagt ihr Inselmenschen … faszinierend.«

Ich runzelte die Stirn. »Ich hätte nicht gedacht, dass du dich daran erinnerst.«

Kyron grinste. »Nun ja, du warst niedlich.«

»Ach. Deswegen hast du mich andauernd gerettet?«

Sein Grinsen wurde breiter, ehe er einen Arm nach mir ausstreckte. Ich rückte vorsichtig in seine Umarmung, genoss seine Wärme, ehe wir einen Kuss austauschten. Dann strich seine Hand über meine Seite. Spielte mit meinen Nahtstellen, ließ die Finger sanft zwischen meine Schenkel wandern. Ich grinste und zog ihn so nahe an mich heran, dass kein Blatt Papier mehr zwischen uns gepasst hätte, und dann geschah alles von selbst.

Als wir jedoch fertig miteinander waren, schloss ich die Augen; dachte an Aurenna und Selana … und Najee. Wir beide hatten uns gern hübsche Frauen angesehen, aber hätte ich ihn fortgestoßen, hätte er mich so in die Arme genommen wie Kyron?

Als ich meine Gedanken jedoch Kyron zuflüsterte, lächelte er lediglich.

»Daheim in Argano ist das üblich«, erklärte er mir. »Niemand würde dich dafür schief ansehen, wirklich. Sogar der Zinnhybrid hat sich gleichermaßen zu Männern und Frauen gelegt.«

»Du veralberst mich«, sagte ich grinsend.

»Das ist mein voller Ernst. Er war im Exil auf dem Kontinent, bevor er die Dreizehn Inseln unterworfen hat. In Argano erzählt man sich einige interessante Geschichten über ihn.«

Ich hätte gern mehr darüber gehört, nur kroch mir allmählich die Müdigkeit unter das Messing, und ich küsste seinen Hals und döste bald in seiner Umarmung ein. Als ich jedoch zu mir kam, war Kyron verschwunden. Natürlich. Die Innere Sicherheit bewachte das Fest meines Neffen.

Auf dem Nachttisch standen ein Teller mit belegten Broten, ein gekochtes Ei und eine Tasse Tee. Kyron war ein grottenschlechter Koch, aber ich verschlang das Frühstück dankbar und freute mich, dass er an mich gedacht hatte. Dann zog ich meine Festkleidung an, einen Anzug in den Farben meines Hauses, und machte mich auf den Weg zur Hochzeit meines Neffen.

Das Fest fand im Herrenhaus der Brautfamilie statt, in einem lang gezogenen Kasten mit Unmengen von Bogenfenstern, die den sandfarbenen Stein durchsetzten. Am Eingangsportal standen zwei Schwanenstatuen in Weiß und Rot. Ich betrachtete sie nachdenklich, während bunte Paare an mir vorbeirauschten, ehe ich mir einen Ruck gab und durch das Foyer in den Ballsaal schritt.

Es war ein hübscher Ort, selbst für einen Menschen, der von Kindesbeinen an den blau-goldenen Prunk von Rabenfels gewohnt war. Der Saal besaß eine gläserne Kuppel, die in das Herrenhaus eingelassen war wie eine Perle, und an den glasdurchwirkten Wänden hingen Wandbehänge aus der Epoche der Hybridritter. In einer Nische, die nur über eine Treppe erreichbar war, saßen die adligen Gäste an samtbeschwerten Ebenholztischen. Ich ließ mich von einem Diener zu meinem Platz geleiten und augenblicklich entdeckte ich den einzigen Menschen, auf den ich mich gefreut hatte.

»Onkel!«, rief ich aus.

Marawyn stand auf, das Gesicht beherrscht von einem jungenhaften Grinsen, um mich in die Arme zu schließen. Er trug zwar einen Anzug, hatte jedoch seine Ärmel hochgekrempelt und präsentierte wie zufällig die tätowierten Unterarme.

»Hallo, Neffe. Wo sind denn deine Haare?«

»Das könnte ich dich auch fragen.« Marawyns Haarschopf war zwar so schwarz wie eh und je, erschien mir jedoch dünner als bei unserer letzten Begegnung. »Aber zu meiner Messingschulter sagst du nichts?«

Marawyn kicherte. »Das hat mir deine Mutter längst erzählt. Nicht dass es ihr gefallen hätte, sie hätte dich lieber mit Silber beruhigt und mit dem nächstbesten Mädchen verlobt.«

Ich dachte an Kyron und verkniff mir eine säuerliche Antwort. »Kann sie mich nicht endlich zufriedenlassen?«

»Sie meint es nur gut«, sagte Marawyn. »Sie dachte, dass du glücklich mit einem braven, sanften Mädchen wärst … aber dafür bist du Dinora zu ähnlich. Sie hat als junge Frau das Feuer gesucht. Die Rebellion. Ich wusste, dass du es eines Tages genauso machen würdest.«

»Ach ja?«, sagte ich ärgerlich.

Marawyn grinste breit, doch bevor mir eine Antwort einfiel, läutete eine Glocke im Gebäude. Mehrere Gardisten bedeuteten uns, unsere Plätze an der Festtafel einzunehmen. Ich rutschte auf meinen Platz, sah verstohlen zu meiner Mutter hinüber. Ein damenhaftes Lächeln lag auf ihrem Gesicht. Konnte es wirklich eine Maske sein?

Ich bemerkte kaum, dass Musik zu spielen begann und das Brautpaar in den Saal trat. Zuerst erkannte ich meinen Neffen Tylos gar nicht; er hatte wenig von Amarion, der wortlos Garnelenpastetchen verzehrte, war groß und dünn und hatte rötliches statt schwarzem Haar. Aber ich achtete nicht auf seine Braut, den Meerpriester, die geflüsterten Schwüre im tausendfachen Lampenschein. Ob Tylos sein Mädchen gern hatte? Oder gab es jemand anderes in seinem Leben, der vielleicht aus der Ferne zusah, das junge Paar voller Wut und Trauer beobachtete?

Jemand berührte meine Schulter. Ich zuckte heftig zusammen und blickte Kyron ins Gesicht; natürlich trug er Gardegrau, doch seine versilberten Unterarme zeichneten feine Lichtreflexe auf seine Wangen.

»Habe ich dich erschreckt?«

Ich grinste. »Wie kommst du darauf?«

Kyron legte den Kopf schief; in seinen Mundwinkeln zeigte sich ein Lächeln. »Lass uns ein Stück gehen. Ich halte es hier drin nicht mehr aus.«

Es war mir nur recht, etwas Abstand zum Fest zu gewinnen, und wortlos folgte ich Kyron durch ein großzügiges Portal in die nächtlichen

Gärten. Sie waren größer als auf Rabenfels; die Monde spiegelten sich in mehreren Teichen und Motten umschwirrten die Funkenlaternen im Geäst der Bäume. Ausnahmslos funkenbotanische Züchtungen, mit Blüten von der Größe reifer Kürbisse, deren Äste sich wie zufällig zu filigranen Vogelkäfigen verflochten hatten. Hier auf den nördlichen Inseln waren solche Spielereien teuer; im Süden hingegen gab es viele Funkenbotaniker, deren Fähigkeiten sogar zur Züchtung ganzer Baumhäuser genügten.

Ich ließ den Blick schweifen. Nur wenige Paare waren schon an die frische Luft gegangen, doch ihr Anblick versetzte mir einen Stich. Für sie gab es keinen Grund zur Heimlichtuerei.

Kyron folgte meinem Blick, sah sich sorgfältig um und hauchte mir dann einen Kuss auf die Wange. »Hab Geduld, bis das Fest vorüber ist. Danach gebe ich dir gern eine private Lektion im Metalltanz, wenn du verstehst.«

Ich musste lachen. »Glaubst du immer noch, ich wäre talentiert?«

»Sehr sogar«, sagte er, und ich stellte nicht ohne Verblüffung fest, dass er gerade zum ersten Mal solche Späße mit mir machte. »Bis dahin … ich würde dir Silber leihen, wenn ich könnte, aber ich brauche es gerade selbst.«

»Gütige Funken. Was tun sich da für Seiten an dir auf?« Ich berührte grinsend seinen Unterarm. »Es muss schön sein mit so viel Funkensilber.«

»Nicht wirklich. Es ist anstrengend, etwas zu fühlen, wenn du nicht da bist.«

»Warum hast du es dir dann einsetzen lassen?«

Statt zu antworten, führte Kyron mich tiefer in den Garten. Stumm folgte ich ihm durch ein Dickicht aus geschlossenen Rosenblüten, wir betraten eine Brücke aus Holz, die sich in kühnem Bogen über einen Teich schwang. Kyron kletterte wortlos auf das Brückengeländer und ich setzte mich zu ihm. Frösche quakten im Schein der Funkenlaternen, während er eine Silberplatte nach der anderen abnahm und sie auf das Geländer legte.

»Als ich fünfzehn war«, sagte Kyron langsam, »traf ich diesen Jungen in der Stadt. Ein geborener Ceratarier, so einsam wie ich, aber sein Lächeln … sein Lächeln war das Süßeste, was ich je gesehen hatte. Ich freundete mich mit ihm an, und irgendwann … wurde aus unserer Beziehung mehr als das. Wir dachten uns nichts dabei. Wir hielten es für ein Spiel. Wir waren jung und dumm genug zu glauben, dass wir klüger als das Uhrwerk seien.«

Seine Stimme war leise, sein Blick ging in weite Ferne. Mir wurde bewusst, wie schwer es ihm fiel, darüber zu sprechen … dass er vielleicht noch nie darüber gesprochen hatte.

»In Argano betrachtet man eine solche Verbindung anders als hier«, flüsterte Kyron. »Früher galt ein Paar aus zwei Männern als besonders kampfgewandt, weil sie einander mit dem Leben verteidigen würden. Bis heute bedeutet eine solche Beziehung große Ehre für die Familie. Ich weiß, dass ihr Inselmenschen das nicht so seht … aber meine Mutter war Arganierin. Ich dachte, dass sie es wissen sollte, mich unterstützen würde – und ich trat vor sie, hielt die Hand meines Liebsten, als ich ihr die Situation erklärte. Aber ich … ich hatte mich geirrt. Sie schrie uns an. Sagte, dass ich ihr nie wieder unter die Augen kommen sollte. Dann – dann rief sie die Garde – und die Gardisten kamen und brachten uns ins Gefängnis.«

Seine Stimme brach. Tränen rannen über seine Wangen, so silbrig wie die klickende Mechanik an seinen Unterarmen. Mir wurde kalt, schrecklich kalt sogar; aber ich achtete darauf, nicht mit der Jacke in die feinen Getriebe zu kommen, als ich Kyron vorsichtig an mich drückte.

»Ich sehe sie manchmal in der Stadt«, flüsterte Kyron. »Sie tut, als würde sie mich nicht kennen. Und … und mein Liebster …«

Er kniff die Augen zu. »Er ist dort *gestorben.* Wie so viele andere vor ihm. Er gab mir die Schuld daran, was passiert war, und er hatte recht. Wenn ich nicht so dumm gewesen wäre … wenn wir nicht im Uhrwerk gelebt hätten … Ich weiß, dass es ohne seine Tyrannei nie geschehen wäre, dass ich … hätte lieben können, wen ich möchte.«

Kyron schluckte hörbar. »Ich wollte dagegen kämpfen. Meine Trauer zu Feuer machen. Und als ich beschloss, ein Hybrid zu werden, wählte ich Silber … weil ich dachte, dass die Erinnerungen dann weniger wehtun würden …«

Er verstummte. Mir wurde flau im Magen. Trotzdem küsste ich die Tränen von seiner Wange, ob das Uhrwerk es nun sah oder nicht, und überlegte mir meine Antwort sorgfältig.

»Aber du bist freigekommen«, flüsterte ich. »Das schaffen nicht viele Gefangene.«

Kyron schwieg. Legte den Kopf an meine Schulter, während in der Ferne die ersten Uhrwerkslieder ertönten, und blickte mit unergründlicher Miene in den dunklen Teich hinab.

»Ich kam frei«, sagte er, als ich schon längst nicht mehr mit einer Antwort rechnete. »Als hätte ich ein Verbrechen begangen. Als sei meine Liebe etwas Böses gewesen. Ich habe oft überlegt, ob ich wahrhaft rebellieren sollte. Bevor ich dich kennengelernt habe, gab es nichts zu verlieren.«

Ich musste lächeln. »Ich hatte nicht den Eindruck, dass du mich mögen würdest.«

»Silberhybriden mögen niemanden.« Kyron wischte sich über das Gesicht, ehe er mich verstohlen anlächelte. »Aber im Moment fühle ich mich sehr leicht. Solange das anhält, darfst du den Mann genießen, der ich früher war. Ist das nicht wunderschön?«

»Bezaubernd«, erwiderte ich.

Und zum ersten Mal, seit ich ihn kannte, lachte Kyron auf. Mir stockte kurz die Mechanik, ehe ich ebenfalls zu lachen begann. Das tat gut, und am liebsten hätte ich nicht mehr aufgehört, doch dann rückte er ein Stück von mir fort und sah mich mit einer vagen Spur seines üblich kühlen Ernstes an.

»Ich habe mich dazu entschlossen, Hochverrat zu begehen«, erklärte er.

»Das ist kein guter Scherz.«

Kyrons Mundwinkel zuckte. »Ich meine es ernst, Taiden. Solange das Uhrwerk existiert, wird meine Arbeit nur ein Tropfen auf dem heißen Stein sein. Bald werde ich meine Stelle in der Inneren Sicherheit kündigen und nach Ceratari gehen. Allein im Vulkankessel könnte mein Vorhaben gelingen.«

»Das Uhrwerk zu stürzen«, flüsterte ich.

»Das Uhrwerk zu stürzen«, wiederholte er und nickte.

Mir wurde kalt, als sich mir die Vorstellung davon aufdrängte, wie ich allein in Arassa zurückblieb und er dort draußen sein Leben riskierte. »Ich … was wird dann aus mir?«

»Du wirst tun, was immer du magst«, erwiderte Kyron. »Wenn du ein ruhiges Leben in Arassa führen möchtest, werden sich unsere Wege bald trennen. Aber ich denke, dass der Vulkan groß genug für uns beide ist. Ich werde Männer brauchen, die in der Garde arbeiten … und ich brauche dich.«

Ich dachte darüber nach. Ich war doch hierhergekommen, um die Rebellion zu vernichten. Dann hatten sie Aurenna geholt … und es würde immer, immer wieder geschehen …

Ich wusste nicht, was richtig war und was falsch. Aber ich wusste, dass ich es nicht ertragen würde, noch einmal Freunde wie Geliebte aus den Armen gerissen zu bekommen. Egal von wem.

»Ich komme mit«, sagte ich leise. »Ich werde dir helfen.«

Kyron lächelte schwach. Ich wusste, dass ihm sein Silber kaum mehr erlaubte; und plötzlich ertappte ich mich bei dem Gedanken daran, den Panzer seines Herzens einfach in den Teich zu werfen.

»Es wird gefährlich werden. Sag nicht, dass ich dich nicht gewarnt hätte.«

»Ich werde nicht länger vor dem Uhrwerk kuschen«, gab ich zurück.

»Dachte ich mir«, sagte Kyron grinsend.

Ich musste lachen. Eine Weile saßen wir in freundschaftlichem Schweigen beieinander, die Finger ineinander verschränkt; mehr wagte ich unter den Augen des Uhrwerks nicht, jetzt, wo es Kyron besser zu gehen schien. Ich tröstete mich damit, dass wir bald wieder unter uns sein würden, unbeobachtet, frei. Wen interessierte es, ob das unschicklich war? Warum würden die Leute sagen, dass etwas nicht mit mir stimmte, wenn es mich doch glücklich machte?

Schritte hallten über die Brücke. Ich drehte mich um, löste mich aus Kyrons Berührung und im gleichen Augenblick trat eine Frau in einem Kapuzenmantel zu uns heran. Ich öffnete den Mund, aber bevor ich auch nur ein Wort herausbekam, drückte sie mich an sich. Dann stieg mir der Duft eines Parfüms in die Nase – eines vertrauten Parfüms …

Meine Mechanik stockte.

»Aurenna«, flüsterte ich. »Ich … ich dachte, du wärst im Gefängnis …«

Ich hatte damit gerechnet, dass sie mich einen Dummkopf nennen würde, doch sie gab mir eine sachliche Antwort. »Ich wurde freigelassen. Ein Gardist hat ein gutes Wort für mich eingelegt. Es … ist schön, dich zu sehen.«

Sie schlug ihre Kapuze zurück und ich wünschte, dass ich das Gleiche hätte sagen können. Ich hatte Aurenna so schlank und schön in Erinnerung, das Haar stets in Form gelegt; jetzt jedoch wirkte sie abgemagert, mit eingefallenen Wangen und papiertrockener Haut. Als sie mich berührte, griff ich unwillkürlich nach ihrem Arm, um ihn wegzudrücken. Er war so dünn, dass ich ihn mit der Hand umschließen konnte, und ich fühlte ihre Knochen deutlich unter dem dahingeschmolzenen Fleisch hervorstechen.

»Wie bist du hier hereingekommen?«, flüsterte ich.

»Mein … ein … ein Freund hat mich mitgenommen.« Sie trat einen Schritt zurück; selbst ihr Blick war nicht mehr das, was er einst gewesen war, wirkte eigenartig leer. »Bitte sei nicht böse. Sei nicht böse, sei nicht böse. Ich … ich muss …«

Ich runzelte die Stirn. Glitt unwillkürlich auf das Geländer zurück, während Kyron wortlos herunterstieg. Aurenna neigte gehorsam den Kopf, als er durch ihre Locken strich, und seine Finger verharrten an einem Punkt knapp unterhalb ihrer Schläfe.

Man brauchte mir nicht zu erklären, was er gerade ertastet hatte.

Ich hatte schließlich selbst Narben von Gehirndrähten.

»Aurenna«, flüsterte ich. »Aurenna, was haben sie mit dir …«

Statt zu antworten, riss sie sich von Kyron los und versetzte mir einen kräftigen Stoß. Mir blieb vor Schreck die Luft weg. Ich versuchte, mich an Aurenna festzuhalten; aber ich griff reflexartig mit der Rechten zu. Meine Finger glitten über ihre Schulter, ohne etwas zu ergreifen, und ich verlor das Gleichgewicht, stürzte über das Geländer –

Eisiges Wasser schlug über mir zusammen. Meine Mechanik stockte. Verzweifelt ruderte ich mit den Armen, doch das Messing in meinem Brustkorb zog mich in die Tiefe, als hätte man mir einen Felsbrocken um die Fußknöchel gebunden. Ich strampelte mit den Beinen, in der Hoffnung, nach oben zu kommen, meinen Hals irgendwie aus der Schlinge zu ziehen …

Jemand packte meinen Nacken. Zerrte mich nach oben. Ich atmete scharf ein, als mein Kopf durch die Wasseroberfläche stieß, ließ mich von Kyron ans Ufer ziehen und stürzte in den Dreck. Er wandte sich diskret ab, während ich einen Mundvoll Wasser erbrach und mich schwer atmend auf den Rücken drehte.

»Wie bist du …«

Kyron lächelte gequält. »Ich habe nicht viel Metall in mir, und die Hälfte davon liegt auf der Brücke. Im Vergleich zu einem Hybriden wie dir bin ich ein gewandter Schwimmer.«

»Aber …«

»Später. Ich möchte nicht, dass …«

Er unterbrach sich mitten im Wort. Seine Augen weiteten sich. Dann stürzte Kyron abrupt zur Seite, während sich seine Haut rötete und zu nässen begann. Vier silberne Drahtenden ragten aus einem Schnitt in seinem Nacken. Funkenblitze sprangen knisternd zwischen ihnen über, zuerst schnell, ehe sie langsam schwächer wurden und erloschen.

Mein Herz schien still zu stehen. Das Blut rauschte in meinen Ohren. Ich sah von Kyrons reglosem Körper auf und blickte Aurenna ins Gesicht, die ein blutiges Messer in der Hand hielt. Etwas in ihren Augen flackerte, als ich hilflos nach hinten kroch, als ich mit der guten Linken ausglitt und rücklings ins Gras stürzte. Dann kniete sie nieder. Setzte mir die Waffe in den Nacken. Ich konnte fühlen, wie sie in die beiden Messingdrähte dort ritzte.

»Wyatt hat gesagt, dass du ein Uhrwerksfeind bist«, flüsterte sie.

Sie bewegte das Messer, und es ging so schnell, dass ich nicht einmal mehr schreien konnte.

11

Nach seinem Ende

Vor vielen Jahren einmal, heißt es, glaubten die Menschen der Dreizehn Inseln an die Magie von Monden und Wellen. Sie hatten ihre Religion von den Aliamen übernommen, die ihre Toten dem Meer übergaben, statt Friedhöfe in Wäldern anzulegen wie auf dem fernen Kontinent. Der Zinnhybrid hatte den Glauben seiner Vorfahren ausgemerzt. Es gab keine Götter außer ihm auf den Inseln. Aber es hieß noch immer, dass die Geister der Verstorbenen auf dem Wind ritten und im Ozean ruhten, wo sie ihren Frieden fanden.

Ich fragte mich, ob ich gestorben war. Wenn ja, fühlte sich der Tod merkwürdig an; ich hörte das Piepen funkenbetriebener Maschinen und auf meinem Gesicht lag eine Atemmaske. Einen süßen Augenblick lang glaubte ich, dass ich wieder in Aurennas Gästezimmer lag, auf dem Weg der Genesung und ohne die geringste Ahnung, dass ich zu diesem Zeitpunkt bereits unwissentlich rebelliert hatte.

Aber als ich blinzelte, sah ich nur ein fremdes Krankenzimmer. Dicke Drähte schlängelten sich aus meiner Mechanik und in abenteuerliche Apparaturen zu beiden Seiten meines Bettes. Wo meine Haut nicht von Bandagen bedeckt war, glänzte sie rötlich, doch mein Kopf war klar. Ich konnte ihn nicht drehen. Jemand hatte meinen Hals bandagiert.

Erst nach einigen Augenblicken bemerkte ich, dass ich nicht allein war. Am Fenster stand ein Paar, das mir den Rücken zugewandt hatte; der Mann überragte die Frau um Haupteslänge und hielt sie sanft im Arm.

»Beruhige dich, Dinora«, sagte Marawyn. »Du hast gehört, was die Funkenmechaniker gesagt haben. Er wird durchkommen.«

»Ich soll mich *beruhigen?*«, brauste sie auf. »Zuerst diese Schweinerei mit der Entführung – dann schlagen ihn irgendwelche Rebellen zusammen – nicht meinen jüngsten, meinen zartesten Sohn …«

Ihre restlichen Worte gingen in einem Weinkrampf unter; sie schluchzte in sein Hemd, während er mit geröteten Augen einen Kuss auf ihre Stirn hauchte. Ich hatte das Gefühl, etwas darüber denken, sie zur Rede stellen zu müssen … aber jetzt war es nicht von Bedeutung, es zählte allein der Gedanke an Kyron, wie er mit zerschnittenen Nackendrähten im Gras lag …

Er war nicht tot. *Er war nicht tot.* So eine Lappalie würde den Schatten von Arassa niemals aufhalten, und Aurenna würde nie … sie hatte mich konstruiert, mich geliebt …

Wyatt hat gesagt, dass du ein Uhrwerksfeind bist.

Gehirndrähte. Sie hat Gehirndrähte.

»Nicht vor ihm«, sagte meine Mutter plötzlich. »Taiden soll … nicht denken, dass ich … ich sollte ihm ein Vorbild sein …«

Marawyn seufzte. »Er ist alt genug, um die Wahrheit zu hören.«

Sie schluchzte leise. »Was soll er nur von uns denken? Er wird uns fragen, warum ich – eine Heirat von ihm erwartet habe, wenn ich doch selbst – es ist schon schlimm genug, dass er dir so ähnlich sieht, und dann wird er auch noch *Gardist,* prügelt sich mit Rebellen, vergisst alle Vorsicht …«

»… und kommt ungestraft davon.« Marawyns Mundwinkel zuckte, doch sein Blick blieb ernst und unendlich müde. »Ich … erinnere mich, dass Taiden als Kind manchmal zu mir gekommen ist, bevor er das Laufen verlernt hatte. Er weinte sich bei mir aus, weil er dachte, dass sein Vater ihn hasst. Allein deswegen bin ich ihm die Wahrheit schuldig, Dinora. Vielleicht kann er uns die Lügen nicht verzeihen, aber ich werde sie nicht länger leben.«

»Du erzählst es ihm nicht mit meinem Segen«, sagte meine Mutter scharf, ehe sie aus dem Raum stolzierte. Marawyn sah ihr nach, schien um zehn Jahre gealtert zu sein; dann jedoch steckte er sich eine Zigarette in den Mund und folgte ihr hinaus. Doch ich dachte nicht über diese Entdeckung nach, selbst wenn sie mir einst die Welt bedeutet hätte.

Ich dachte an den schwarzen Teich, an Kyrons leblosen Körper … an sein Lachen, ungetrübt vom Silber. Nie wieder würde ich es hören dürfen. Nie wieder …

Tage vergingen. Nachts weinte ich mich in den Schlaf. Oft kam mich meine Mutter besuchen, gelegentlich auch Marawyn, aber ich mochte nicht mit ihnen reden und tat jedes Mal so, als würde ich schlafen. Ich dachte daran, wie meine Mutter manchmal mit Marawyn tanzte, wie er es auf seinen Besuchen nie versäumt hatte, ihr eine Kleinigkeit aus Salacis mitzubringen. Ich dachte an Artos Belarron, der sie beide verachtet hatte. Der irgendetwas an mir hasste …

Die Wahrheit hätte so süß schmecken sollen, doch stattdessen empfand ich Bitterkeit. Hunderte Male flüsterte ich Kyrons Namen vor mich hin, gemeinsam mit denen von Aurenna, von Najee; Freunde, die ich verloren hatte, weil Rebellen und Uhrwerksbürger tobten. Tränen liefen mir unter die Atemmaske, als ich an sie dachte und daran, was die Zukunft bereithalten mochte. Nie wieder würde ich unbeschwert durch die Stadt gehen, mich einfach mit Menschen anfreunden können … denn das Uhrwerk nahm mir alles weg, immer wieder …

Ich will sie stürzen, hörte ich Kyron flüstern … und in dieser Nacht glaubte ich sogar, ihn an meinem Bett sitzen zu sehen, die Arme aus Fleisch, die Augen silbrig. *Ich will lieben, wen ich will … retten, wen ich kann … und du? Was willst du?*

»Ich kann nicht«, flüsterte ich. »Ich … ich wünschte, *ich* wäre tot.«

Sei nicht feige, Taiden. Er rückte so nahe an mich heran, dass ich mein verweintes Spiegelbild in seinen Augen sah. *Willst du sie nicht bestrafen? Willst du nicht, dass sie dich nie wieder verletzen?*

Ich schwieg. Wandte sogar den Blick ab, obwohl ich nichts lieber getan hätte, als ihn in die Arme zu schließen und darum zu bitten, dass er niemals wieder fortging. Plötzlich verstand ich, warum Kyron gekämpft hatte. Warum er niemals seine Maske abgelegt hatte, ganz gleich, wie schwer ihm seine Aufgabe auf den Schultern lag.

Weil der Schatten nicht sterben durfte, solange es das Uhrwerk gab.

Es war kurz nach Mitternacht, als ich einen Entschluss fasste. Ich zog die Schläuche aus meiner Mechanik und stieg aus dem Bett; Gehen war schwer, doch ich kämpfte mich über die kalten Gänge, gestattete mir keine Pause. Vom Hospital war es nicht weit bis zu Kyrons Haus.

Ich stieß die Tür auf und schnappte mir einige Dinge, bevor ich eine Kutsche heranwinkte. Die Fahrt dauerte nicht lange. Schon bald erreichten wir den Platz, auf dem ich einst mit Najee gesessen hatte, versunken in Sonne und Freiheit und Apfelstrudel, die Katastrophen der Zukunft nicht im Entferntesten ahnend.

An einem Gebäude hing ein großes Tuch mit dem Gesicht eines maskierten Mannes. *Bekämpfe die Rebellion,* stand dort. *Widme dich dem Kampf gegen die Dämonen von Arassa.*

Ich bezahlte den Kutscher und betrat den Wolkenkratzer. Er besaß keinen Fahrstuhl, aber jede Stufe war eine willkommene Anstrengung, ein Tribut an den Menschen, der einst hier gestanden und die Lügen über sich zerschnitten hatte. Oben kniete ich im Schatten eines Schornsteins nieder, zog meine schwarze Perücke hervor und rückte sie zurecht. Dann folgte Kyrons Maske, vom Alter zerklüftet, schwach nach Meersalz riechend. Ich hätte gern gesagt, dass mich in diesem Augenblick magische Ehrfurcht durchfahren hätte, doch das wäre gelogen. Es war nur ein Stück Holz. Wer außer Kyron wäre würdig genug, es jemals in die Hand zu nehmen?

Die Glockentürme der Stadt läuteten zur Mitternacht. Trotz der späten Stunde wuselten einige Arassaner wie Ameisen auf dem Platz herum. Ich sah ihnen eine Weile zu, ehe ich ein Messer zog und eines der Seile durchtrennte, die das bedruckte Segeltuch an der Backsteinwand hielten. Flaschenzüge quietschten und plötzlich erfasste ein Windzug die bemalten Stoffbahnen und ließ sie flattern. Ich sah, wie das Tuch umknickte. Ein bitteres Lächeln fing sich in meinen Mundwinkeln.

Unter mir erklangen Schreie. Ich streckte die Arme aus, hieß sie willkommen, achtete nicht auf den kühlen Wind oder das Geschrei der Menge. Es dauerte eine Weile, bis mir auffiel, dass ich weinte. Meine Augen brannten, meine Mechanik bewegte sich im Takt meines Herzschlags und silbern rannen die Tränen unter meiner Maske hervor und fielen in die Tiefe.

»Mein Name ist Kyron«, flüsterte ich. »Das dürft ihr nicht vergessen.«

12

Zwischenspiel
Einladung zum Tanz

Carive schlug das Buch zu.

Gefühle mischten sich in ihr. Sie wusste nicht zu sagen, welcher Natur sie waren, denn die elektrischen Schauer auf ihrer Haut lösten Schwindel in ihr aus. Die Insel Arassa, eine grün-goldene Perle in der diamantenen See. Die Schwere eines dunklen Teiches. Kyrons Ende … und sein Anfang …

Du wirst verstehen.

Vertrau mir.

Carive blinzelte. Tränenspuren zogen sich über ihre Wangen, doch sie hatte nicht bemerkt, dass sie zu weinen begonnen hatte. Aber je länger sie auf das Tagebuch starrte, desto schwächer wurde der Sturm in ihrem Kopf. Bestimmt hatte Kyron niemals jemandem von diesen Erlebnissen erzählt … und sie durfte davon lesen, Geheimnisse erfahren, die gewiss nicht einmal seine engsten Berater kannten …

Eine eigenartige Erregung befiel sie und entlockte ihr ein Lächeln. Erst dann fiel ihr auf, dass eine Karte zwischen den letzten Seiten eingeklemmt war. Carive zog sie vorsichtig heraus, biss sich auf die Lippen, als sie Kyrons kindliche Blockschrift erkannte.

Hallo, Carive. Ich belästige dich ungern, aber es gibt etwas, worum ich dich bitten muss. Schick einen Brief an den Präsidenten der Steinernen Garde. Sag ihm, dass ich am Ende der Woche die Dreizehn Stunden erwarte. Sie sollen sich auf den Metallhängen einfinden; Aryon weiß, was damit gemeint ist. Er wird mich nicht enttäuschen.

Erzähl niemandem, was du gelesen hast. Lass die Bücher nicht herumliegen.

Lies sie rasch zu Ende.

Stirnrunzelnd senkte Carive das Papier. Die Metallhänge lagen im Norden der Insel, jenseits des Vulkans; umgeben von Dörfern und tropischen Wäldern wurde dort ausrangiertes Funkenmetall gelagert. Vielleicht wollte der Schatten auch die Stunden verschrotten; sie alle waren der Tradition nach Hybriden. Und sie konnte Aryon in der Ruine aufsuchen, ihn irgendwie freilassen, um Kyrons Wünsche zu erfüllen …

Ich sollte aufhören, ihn Kyron zu nennen, sagte sich Carive. *Er heißt Taiden. Taiden Belarron.*

Trotzdem starrte sie eine Weile auf die Karte in ihrem Schoß, fragte sich, was der Schatten wohl mit diesem Befehl bezwecken mochte. Die Dreizehn Stunden waren die oberste Gewalt der Inseln; sie trugen die Verantwortung für die Gesetze, die Gefängnisse, die Gehirndrähte als Mittel der Züchtigung. Einmal hatte Carive im Rahmen ihres Studiums einen Prozess beobachtet, bei dem eine der Stunden den Vorsitz innegehabt hatte. Die Angeklagten hatten eine Statue des Zinnhybriden geschändet, als sie betrunken gewesen waren, hieß es.

Sie saßen seit drei Jahren im Gefängnis und dreißig weitere lagen noch vor ihnen.

Carive seufzte. Legte die Tagebücher in ihre Schublade, ehe sie sich auf ihrem kargen Nachtlager einrollte. Morgen würde sie sich um den Befehl des Schattens kümmern. Das war ihre Pflicht …

Seltsamerweise fühlte sich Carive wie gerädert, als sie mit dem Sonnenaufgang erwachte. Sie spürte ein Kribbeln auf der Haut, das bis in ihren Schädel strahlte; aber sie versuchte, nicht darauf zu achten, ging in den Tanzsaal hinunter und ließ sich eine Schüssel Suppe geben. Eine dünne Brühe, kaum mehr als Wasser. Sie zog sich damit in eine Ecke zurück, während sich die anderen Rebellen um Feuerschalen scharten. Bestimmt würden sie Carive nur anstarren, wenn sie sich zu ihnen gesellte. Bestimmt würde das genügen, damit sie wieder einmal den Mut verlor und sich zurückzog, irgendwohin, wo niemand auf ihre Narben starren oder ihr gehässige Worte an den Kopf werfen konnte.

Wenn bloß ihre Familie hier gewesen wäre. Carive dachte an ihre Mutter, die gewiss einen fröhlichen Scherz über ihre Lage gemacht hätte; an ihren Vater, dessen Geschichten selbst die dunkelsten Tage in ihrem Heimatviertel aufzuhellen vermochten. Das Uhrwerk mochte keine Ailionier, doch sie hatte versucht, trotzdem so viel wie möglich aus ihrem Leben zu machen. Nicht, um es ihnen zu zeigen.

Sie hatte es für den einzigen Weg gehalten, ihre Eltern zu finden, bis der Schatten in den Vulkan gekommen war.

Etwas rieb an ihrem Bein. Ein schwarzer Kater, einer von Hunderten in der Ruine; Taiden hatte sie willkommen geheißen, da sie das Ungeziefer fernhielten. Carive tauchte zwei Finger in ihre Suppe und hielt sie dem mageren Fellbündel hin. Das Tier leckte ihr die Fingerkuppen ab. Carive kraulte lächelnd seinen Kopf, doch nach wenigen Augenblicken sträubte sich sein Fell und der Kater rannte fauchend davon.

»Tut mir leid«, hörte sie Kanra sagen. »Er muss gerochen haben, was ich bin. Tiere hüten sich vor Aliamen.«

»Schon gut«, sagte Carive leise.

Es raschelte, als sich das Halbblut neben sie setzte. Wie üblich trug Kanra einen Anzug, aber seine Ärmel waren hochgekrempelt und offenbarten je zwei Linien aus Schwarz und Rot, die sich von seinen Handgelenken bis in seine Armbeuge zogen.

»Was bedeuten diese Tätowierungen?«, fragte sie.

Kanra blickte auf seine Unterarme. »Ach, nicht viel. Die Aliamen vom Kontinent lassen sich tätowieren, damit sie einander auch in verschiedenen Körpern erkennen können. Meine Verwandten von den Inseln taten so etwas nicht. Die Gestalt zu verändern war verpönt, ihre Gesellschaft dekadent. Sie haben sich mit Menschen verglichen, hielten sich für besser als sie und haben teuer dafür bezahlt.«

Carive nahm diese Worte mit einem Nicken hin. Ein unangenehmes Gefühl wühlte in ihrer Magengrube. Niemand besuchte sie jemals, um einfach mit ihr zu reden; er musste irgendetwas beabsichtigen, wollte sie vielleicht quälen wie alle anderen Rebellen auch.

»Warum sitzt du allein hier, Karotte?«

Carive versteifte sich. »Nicht so wichtig.«

Kanra musterte sie über den Rand ihrer Brillengläser hinweg. Prüfend. Sie merkte, dass ihr unbehaglich davon wurde, wandte den Blick jedoch nicht ab.

»Ich fühle mich unwohl bei den anderen«, gestand sie schließlich. »Ich habe so viele Narben um die Augen. Niemand möchte das sehen. Die Leute starren mich an, sie … lachen darüber, machen Witze …«

»Ärgert es dich?«, fragte Kanra. »Ärgern dich Menschen, die andere verletzen, nur weil sie es können?«

Carive dachte darüber nach. Es hatte Tage gegeben, an denen sie das Lachen ihrer Peiniger nicht aus dem Kopf bekommen hatte. An denen sie sich fragte, ob sie jetzt verrückt werden würde, in den Wahnsinn getrieben von hämischen Worten wie bösen Streichen. An denen sie sich gewünscht hatte, dass das Unaussprechliche mit ihnen geschah.

An denen sie auf das Verderben ihrer Peiniger hoffte.

»Sehr sogar«, sagte sie leise.

»Und dennoch hast du dich für den Präsidenten der Steinernen Garde eingesetzt. Weißt du denn nicht, wie uns diese wertlose Uhrwerkskreatur gejagt hat? Jedes Luftschiff über der Ruine ist auf seinen Befehl hergekommen.«

Carive blickte in ihre Suppenschüssel. »Ich habe die Luftschiffe von meinem Fenster aus gesehen, aber ich wusste nicht, wer sie geschickt hat. Ich bin noch nicht lange auf den Beinen, ich hatte Tuberkulose …«

»Ich weiß«, sagte Kanra. »Du kannst von Glück reden, überlebt zu haben.«

Carive schluckte schwer; es erschreckte sie, dass Kanra so viel Wissen über sie besaß. Doch er war auch einer von Taidens engsten Beratern. Die rechte Hand, die er nicht hatte. Es musste etwas an ihm geben, was den Schatten veranlasst hatte, ihm zu vertrauen.

»Ich muss Aryon besuchen«, murmelte Carive.

Kanra sah sie scharf an. »Warum?«

»Weil …« Carive atmete schwer aus. »Kyron hat mir eine Aufgabe hinterlassen. Ich muss mit Aryon sprechen, um sie zu erfüllen.«

»Ich hatte nie den Eindruck, dass ihr euch nahesteht.«

»Tun wir auch nicht«, räumte Carive ein. Nur ein einziges Mal war sie mit dem Schatten durch die Stadt gewandert, und damals hatte es sich fast so angefühlt, als sei sie keine Maus im großen geschwärzten Ceratari. »Ich darf nicht darüber reden.«

»Das dachte ich mir«, sagte Kanra trocken. »Aber warum ausgerechnet du? Wenn es wichtig ist, hätte Kyron es Naris oder mir aufgetragen.«

»Ich weiß nicht«, sagte Carive schwach. »Ich habe Taiden nie wirklich …«

Sie schlug sich die Hand auf den Mund, doch es war zu spät. Kanras Augen verengten sich, und dann beugte er sich so nahe an Carive heran, dass sie unwillkürlich nach hinten rückte.

»Woher kennst du seinen Namen?«

»Ich habe seine Tagebücher«, stieß Carive hervor.

»Tagebücher? Von jemandem, der mit der rechten Hand nicht schreiben kann?« Sie spürte Kanras Atem auf den Wangen, als er die Lippen zu einem messerscharfen Lächeln verzog. »Du solltest dir bessere Lügen ausdenken, Carive.«

Carive begann zu zittern. Wurde um jede Antwort verlegen. Kanra betrachtete sie mit einem kaum wahrnehmbaren Lächeln, als gefiele ihm ihr Zittern, ehe er sich zurückzog.

»Du könntest eine Fälschung bekommen haben.«

»Nein … nein.« Warum sollte sich jemand die Mühe machen, eine so umfangreiche Lebensgeschichte zu fälschen? »Sie sind echt. Und ich muss zu Aryon. Bitte.«

»Ich bin nicht taub«, gab Kanra zurück. »Er ist der Präsident der Steinernen Garde. Wenn er nicht schwer bewacht wird, bin ich kein Albino mehr.«

»Ich muss es schaffen. Taiden will es so.«

»Taiden wollte viele Dinge, und die meisten waren entweder ungesund oder idiotisch.« Kanra lächelte. »Nun gut. Wenn es dem Uhrwerk wehtut, werde ich dir helfen.«

Carive biss sich auf die Unterlippe. »Was haben sie dir angetan?«

Sie wusste sofort, dass sie die falsche Frage gestellt hatte. Kanra spannte sich an, wurde noch blasser als sonst; und für den Bruchteil einer Sekunde dachte sie, dass er sie einem Raubtier gleich anfauchen würde, ehe er sich wieder unter Kontrolle hatte.

»Vor sechzig Jahren«, flüsterte er, »gehörte dieses Land noch meinem Volk. Der Zinnhybrid hat es uns abgenommen und Tausende von Aliamen abgeschlachtet, aber das Uhrwerk hält bis heute Gefangene im Vulkan fest. Sie haben meine Familie, Karotte. Ich bin der letzte freie Aliam der Dreizehn Inseln.«

»Deine Familie?«, sagte sie verwundert.

Kanra knurrte leise.

»Glaub mir, es ist keine Geschichte für einen weichen Menschenwurm. Such dir lieber eine sinnvolle Beschäftigung. In spätestens zwei Stunden komme ich mit diesem Nichtsnutz namens Aryon wieder, und ich habe keine Lust, dich in der ganzen Ruine suchen zu müssen.«

Carive lud schweigend ihre Waffe nach.

Schüsse erklangen. In der Ferne jubelte ein Mann, während ein anderer ein enttäuschtes Stöhnen hören ließ. Aus irgendeinem Grund hatte die Schlossruine einen eigenen Bahnhof, der mitten durch das Gebäude verlief und den Eindruck erweckte, dass man sich unter dem Bogen einer Brücke befand. Nicht weit entfernt schossen zwei Rebellen namens Kupfer und Zinn auf leere Konserven. Viele Menschen hier hatten Decknamen. Bevor der Schatten in der Ruine residiert hatte, hatten sie tagsüber ein gewöhnliches Leben geführt und waren nachts auf die Straße gegangen, um für ihn zu kämpfen.

Carive zielte auf eine Strohpuppe, die über den rostigen Gleisen aufgehängt worden war. Schon als sie schoss, wusste sie, dass sie ihr Ziel verfehlen würde; dann hörte sie jemanden lachen und schämte sich. Sie war zu gar nichts gut. Vielleicht kannte sie sich mit der Geschichte der Inseln aus, vielleicht hatte sie vor ein paar Jahren und in einem ganz anderen Leben sogar studiert, aber das half niemandem in diesen rauen Zeiten.

»Nimm es mir nicht übel, Mädchen«, sagte jemand. »Aber du schießt wie ein betrunkener Arganier.«

Carive zuckte zusammen. Kanra war neben sie getreten, die Hände hinter dem Rücken verschränkt, und betrachtete sie über den Rand seiner Brille hinweg.

»Warum verschwendest du unsere Munition, Karotte? Wir haben kaum genug, um die Garde in Schach zu halten.«

»Tut mir leid«, sagte sie prompt.

Er sah sie an, ein vages Lächeln im Gesicht. Gütige Funken. Genoss er es so sehr, sie zappeln zu sehen?

»Ich will nur … nützlich sein.« Sie schluckte.

»Ich … ich war bei der Armee. Als Krankenschwester, um mir Geld für das Studium zu verdienen. Die anderen Frauen haben mich getriezt … ich wollte nur, dass sie weggehen, also habe ich eine Waffe aus dem Lager gestohlen … aber dann wurden sie böse. Sie nahmen mir die Pistole weg. Haben mir Feuerschnaps in die Augen gegossen.«

Carive schluckte schwer. »Es hat so fürchterlich gejuckt. Ich wusste, dass ich nicht kratzen durfte, aber ich konnte nicht anders. Daher die Narben. Und meine Brille.«

»Was wolltest du mit der Waffe tun?«, fragte Kanra.

»Ich dachte, dass sie dann aufhören würden zu lachen«, sagte Carive matt. »Aber das taten sie nicht. Ich wurde wütend, ich dachte, ich könnte ihnen Schmerz zufügen. Aber am Ende habe ich es nicht geschafft. Weil ich feige bin.«

»Du denkst wirklich, dass das Feigheit war?«, sagte Kanra in einem merkwürdigen Tonfall.

Sie sah ihn ungläubig an. Kanra erwiderte ihren Blick, schien irgendetwas sagen zu wollen, doch dann wandte er sich ab.

»Komm jetzt. Dieser grau gekleidete Trottel wird versuchen zu fliehen, wenn wir ihn noch länger warten lassen.«

Damit ging Kanra davon und sie folgte dem Halbblut bis in die obersten Geschosse der Ruine. Hier oben wimmelte es von Wachen, doch Kanra führte Carive an ihnen vorbei und in einen runden Raum mit großzügigen Fenstern. Unter der Decke hing eine gläserne Kugel, angefüllt mit angelaufener Mechanik. Die Funkenkünste kamen zwar vom Kontinent, waren jedoch nirgendwo auf der Welt so weit fortgeschritten wie im Land des Uhrwerks.

Sie blieben vor einer Nische stehen, in der ein Mann mit kurzem hellbraunem Haar kniete. Seine Gliedmaßen waren gefesselt und er hatte ein Stück Stoff im Mund; dennoch wehrte er sich so heftig, dass er zur Seite fiel und sich wie ein Wurm auf dem

Boden wand. Kanra setzte sich hinter Aryon, zog ihn mühelos zu sich heran und nahm ihm den Knebel ab. Carive wurde bitterkalt, als das Halbblut ohne das geringste Zögern ein Messer an dessen Kehle legte.

»Du möchtest doch nicht, dass ich damit ausrutsche, nicht wahr?« Kanra lächelte; seine Raubtierzähne blitzten. »Sei ein braver Uhrwerksdiener, sonst schneide ich dir einen zweiten Mund in den Hals.«

Aryon blickte wütend, sagte aber nichts. Kanra drückte die Klinge sanft in seine Haut.

»Ich kann dich nicht hören.«

»Ich werde mich beherrschen«, flüsterte Aryon voller Hass.

Kanra lachte. Carive räusperte sich, bevor es dem Halbblut womöglich einfiel, sich gänzlich seinen Instinkten hinzugeben.

»Ich habe eine Einladung für dich.«

Aryon funkelte sie an. »Wofür? Eine Hochzeit? Ein Ball? Zu schade, dass ich keinen Anzug habe.«

»Sie ist nicht für dich bestimmt, sondern für die Dreizehn Stunden. Kyron erwartet sie am Ende der Woche an den Metallhängen.«

Aryons Augen weiteten sich. »Was?«

»Die Metallhänge«, wiederholte Carive unschlüssig.

»Das habe ich schon verstanden«, sagte Aryon gereizt. »Was will er … nein. Das ist eine Falle. Die Stunden sind nicht so dumm. Sie werden nicht darauf eingehen!«

Carive verzog das Gesicht. Dumm waren sie keineswegs, die Dreizehn, dafür jedoch umso grausamer. Ob sie sich die Gelegenheit entgehen lassen würden, der Rebellion endgültig die Flügel zu stutzen?

»Kyron wird allein kommen. Versprochen.«

»Warum? Will er sich ergeben? Ich werde dir etwas sagen, du ailionische Kakerlake – der Schatten des Vulkans gibt nicht einfach auf. Wir haben Kyron einmal halb *totgeschossen,* und danach lief er immer noch herum, als hätte er bloß in einem Regenschauer gestanden. Er würde sich niemals allein den Dreizehn Stunden entgegenstellen!«

»Doch«, sagte sie fest. »Und er würde bestimmt gewinnen.«

Aryon sah sie ungläubig an. Erst dann wurde ihr bewusst, was sie gesagt hatte. Carives Herz klopfte; trotzdem schaffte sie es, seinen Blick zu erwidern, bis er den Kopf zur Seite neigte.

»Er ist so ein Dummkopf«, sagte der Gardist leise. »Schön. Ich werde es den Stunden ausrichten. Aber das heißt nicht, dass es sie interessiert, was ein Haufen ungewaschener Rebellen zu sagen hat.«

Carive atmete im Stillen auf. Mehr hatte sie sich nicht erhoffen dürfen.

»Dann geh«, sagte sie. »Bringst du ihn fort, Kanra?«

Kanra lächelte auf seine unnachahmlich arrogante Weise. »Wenn man einen Befehl erteilt, fragt man nicht.«

Carive wurde flau im Magen. »Oh. Bring ihn weg. Ist das … nein, das ist besser.«

Der Aliam sah sie seltsam an, ehe er Aryon auf die Beine zog und ihn wortlos aus dem Raum führte. Carive blieb zwischen den Möbeln stehen und eine eigenartige Aufregung erfasste sie. Gütige Funken. Sie hatte den Präsidenten der gesamten Garde zu einem Botengang verdonnert, und er hatte es sich gefallen lassen.

Sie hatte einen Streit gewonnen. Einfach so.

Carive wusste nicht warum, aber es fühlte sich verdammt gut an.

Zweiter Teil

Rache und Reue

13

Die klügste Frau von Arassa

Ich hatte Kyrons Bett nicht gemacht, bevor wir ins Verderben gegangen waren. Staubig und unordentlich lag es vor mir ausgebreitet und Kälte empfing mich, als ich zwischen die Laken kroch. Es kam mir ganz natürlich vor, an diesem Ort zu trauern … zu weinen, bis es keine Tränen mehr in mir gab, die ich um ihn vergießen konnte. Wenn Kyron jemals jenseits meiner Umarmung geweint hatte, dann hier. Und welche Gefühle auch immer durch seinen Silberpanzer gebrochen waren, in seinem Schlafzimmer hatten sie Substanz erhalten.

Ich vergrub mein Gesicht im Kissen. Stellte mir vor, dass wir gar nicht aufgestanden waren, um die Hochzeit zu besuchen … dass er vielleicht gerade Frühstück machte, dass er gleich zurückkommen würde, um mich mit Küssen zu überschütten. Eine Weile ergab ich mich dieser Vorstellung. Kauerte mich einfach im Bett zusammen, geschützt, im letzten Echo seiner Wärme.

Und doch …

Irgendwann hielt ich es nicht mehr aus. Drehte den Kopf zur Seite und bemerkte eine Fotografie auf Kyrons Nachttisch, die mir nie zuvor aufgefallen war. Sie zeigte zwei lachende junge Männer … und ohne seine Narben, seinen Schmerz, erkannte ich Kyron in den Armen des dunkelhäutigen Arassaners kaum wieder.

Es musste so lange her sein, dachte ich. Musste sich so schmerzhaft angefühlt haben, die Augen zu öffnen und in die Vergangenheit zu blicken. Trotzdem hatte Kyron es bewahrt. Sich erinnert …

Vorsichtig löste ich das Bild aus seinem Rahmen, um es einzustecken. Ich wusste, dass bald jemand kommen würde, um das Haus zu räumen; denn Kyron hatte keinen Erben, dem er es hätte vermachen können, und nicht einmal die Macht der Bürokratie hielt das Uhrwerk für immer hin.

In der Ferne läuteten Glocken, während die morgendliche Militärparade über die Straßen zog. Ich kannte das Lied, das sie mitbrachten, hatte es schon tausendmal selbst gesungen. Jetzt widerte mich die Melodie an.

Die Insel brennt, die Insel brennt,
die Schatten trinken Blut.
Hoch die Waffen, lass sie rasseln,
als Zahnrad hast du's gut.

Tränen liefen über meine Wangen, aber ich kletterte aus Kyrons Bett und zog mich an. Wahrscheinlich war es Zeit zu gehen; Arassa hielt nichts mehr für mich bereit. Nicht mit einem so mächtigen Feind wie Wyatt.

Er war es. Er hat das alles getan.

Hitze begann hinter meinen Schläfen zu pochen.

Jetzt würde er büßen.

Ich suchte meinen Koffer und stopfte so viel wie möglich hinein, ehe ich in die Kleidung schlüpfte, in der ich mit Kyron in die Schatten gegangen war. Mein Gepäck stellte ich hinter der Haustür ab; Maske und Perücke jedoch ließ ich in die Westentasche gleiten, ehe ich ging. Ich wusste genau, wo Wyatt wohnte; und ich musste schnell sein. Eine eigenartig kalte Wut begann in meinen Adern zu kochen. Schweigend zog ich die Maske über mein Gesicht, als ich in seinen Garten und durch die Hintertür in seinen Salon eindrang.

Die Insel brennt … die Insel brennt …

Kannst du es fühlen, Wyatt? Kannst du?

Ich sah mich um. Wyatts Haus war so sauber wie sein Büro; absichtlich streifte ich Dreck auf seinem Teppich ab, ehe ich einen Schirmständer bemerkte und einen schweren Spazierstock herauszog. Im gleichen Augenblick hörte ich Geräusche aus dem Obergeschoss.

Weich und feucht und widerwärtig. Einen Augenblick lang verstand ich nicht – hatte seine Frau ihn nicht verlassen? –, ehe mich die Erkenntnis mit der Macht einer Dampflok überrollte.

… die Schatten trinken Blut …

Meine Beine fühlten sich taub an, als ich geräuschlos die Treppe hinaufstieg.

»Was für einen hübschen Körper du hast«, hörte ich Wyatt sagen. »Wie viele Männer haben dich schon gehabt? Belarron lag oft in deinem Bett, nehme ich an. Dreckiger Bastard. Ein potenzieller Rebellenfreund.«

Ein spitzer Aufschrei. Ich drückte meine Waffe in die schlechte Hand, beugte die guten wie die gelähmten Finger um das Holz. Meine Finger mochten tot sein. Aber mein Arm war stark genug.

… hoch die Waffen …

»Ich möchte, dass du ihn noch einmal angreifst, sobald sein Onkel aus der Stadt verschwunden ist«, sagte Wyatt. »Der ältere Belarron ist mir viel zu aufmerksam. Tu dem Verräter weh, mein Mädchen …«

Bettfedern quietschten. Ich stieß die Schlafzimmertür mit dem Fuß auf, und im gleichen Augenblick kreischte Aurenna auf. Wyatt wirbelte herum, die Augen weit aufgerissen. Hastig raffte er sein offenes Hemd zusammen und rückte von ihr ab.

Mein Herzschlag schien in meinem Kopf zu pulsieren.

… lass sie rasseln …

»Macht's Spaß?«, flüsterte ich.

Wyatt starrte mich an. »Du solltest tot sein.«

Ich schwieg. Aurenna drückte sich ängstlich an Wyatt, die Finger in seine Haut gekrallt. Ihr Anblick versetzte mir einen Stich. Sie hätte sich nie zu einem solchen Mann gelegt … sie hätte ihn erdrosselt, ohne auch nur ins Schwitzen zu geraten …

»Was hast du mit ihr gemacht?«, flüsterte ich.

»Sie war ebenfalls eine Gefahr«, sagte Wyatt. »Aber sie wird nie wieder die Rebellin werden, die sie früher war.«

Schlagartig sprang meine Mechanik in einen anderen Takt. In ein System, das ich nie zuvor in meiner Brust gefühlt hatte. Heftig. Zerstörerisch. *Heiß gelaufen.*

»Das hättest du nicht tun sollen.«

Und ehe ich wusste, was ich tat – ehe ich auch nur den Versuch hätte machen können, es zu verhindern –, holte ich mit dem Spazierstock aus. Ein markerschütterndes Krachen ertönte, als er auf Wyatts Gesicht hinabfuhr. Seine Arme zuckten, als wollte er mich packen – doch je stärker ich auf ihn eindrosch, desto schwächer wurde sein Widerstand, bis er völlig erstarb.

»Ich bring dich um!«, schrie ich. »Du verlogener Bastard, er war tausendmal besser als du, *sie* war die klügste Frau in ganz Arassa – sieh, was du getan hast, du Monster, *sieh es dir an!*«

Wyatt antwortete nicht; sein Gesicht war zu einer undefinierbaren rötlichen Masse geschwollen. Ich krallte die gute Hand in die fleckige Bettdecke; mein Atem ging schwer, und ich merkte, dass mir etwas Heißes über die Wangen rann.

… als Zahnrad hast du's gut.

Jemand zupfte an meinem Arm. Schwach.

Kyron … Aurenna …

Es tut mir leid. Es tut mir so leid.

»Was hast du angestellt!«, schrie Aurenna. »Du hast ihn totgeschlagen, Schatten! Du hast ihn *totgeschlagen!*«

Ich schob die Maske hoch. Aurenna erstarrte.

»Willst du mich immer noch töten?«, flüsterte ich.

Sie sagte nichts. Schlug die Hände vor den Mund, während ihr stumme Tränen über die eingefallenen Wangen rollten. Was beweinte sie? Mich oder Wyatt oder den Schlamassel, in dem wir alle gefangen waren?

»Lass dir die Gehirndrähte entfernen«, sagte ich schwach. »Verschwinde aus Arassa, solange du noch kannst. Meide das Uhrwerk.«

»Aber das Uhrwerk ist gut«, flüsterte sie.

»Nein«, sagte ich traurig. »Nein, das ist es nicht.«

»Das Uhrwerk ist gut! Sie haben mir gezeigt, dass das Land gut ist, dass die Gardisten gut sind, und du musst auch gut werden – komm, wir verbrennen diese Maske, wir machen die Rebellion kaputt.«

Ich legte ihr einen Finger auf die Lippen. Sie verstummte sofort.

»Sie haben dich kaputt gemacht, Aurenna.«

Sie sah mich aus großen Augen an. Als hätte sie überhaupt nicht begriffen, was ich gesagt hatte. Ich dachte daran, wie ich ihr zum ersten

Mal ins Gesicht geblickt hatte, nachdem ich aus dem Fenster gestürzt war. Wie sie mich als unerträglichen Holzkopf bezeichnete und im nächsten Augenblick meine Wange küsste.

Ich zögerte, ehe ich ihr einen Kuss gab. So sanft, wie sie es mir beigebracht, wie sie es früher einmal gern gehabt hatte. Doch ihr Mund schmeckte nicht halb so süß wie früher, und sie roch nicht mehr nach Parfüm und Metall und dem Staub ihrer zahllosen Nachschlagewerke.

Sie stank nach dem Mann, dem ich das Gesicht eingeschlagen hatte.

Ich löste mich von ihr.

»Zieh dich an«, sagte ich matt. »Ich komme gleich wieder.«

Aurenna wirkte verwirrt, griff jedoch nach einem Bündel auf dem Boden, während ich mich umwandte und die Treppe hinuntereilte. Auf einem Beistelltisch im Salon stand ein Telefon. Ich riss den Hörer herunter, ließ mich mit der Garde verbinden und spürte die ganze Zeit mein Herz schwer gegen meinen Brustkorb hämmern.

»Ich muss sofort mit Marawyn Belarron sprechen«, sagte ich, kaum dass ich hörte, wie jemand den Telefonhörer abnahm.

Quälende Stille. Schritte auf der anderen Seite.

Dann meldete sich eine vertraute Stimme. »Steinerne Garde, Marawyn Belarron am …«

»Hör zu«, platzte ich heraus. »Du musst eine Frau nach Salacis mitnehmen. Ich weiß nicht – sie ist völlig wahnsinnig geworden, lass ihr diese *Drähte* rausziehen, *bitte.*«

»Taiden? Bist du das? Warum bist du nicht im Hospital?«

»Ich erklär's dir später! Ich habe keine Zeit, ich glaube, ich habe etwas Fürchterliches angestellt – versprich es mir!«

Kurzes Schweigen. Mein Herz schlug mir bis zum Hals.

»Bring sie zum Bahnhof«, sagte Marawyn schließlich. »Was ist denn los mit dir? So kenne ich dich gar nicht.«

»Später«, sagte ich flehend.

»Später.« Marawyn hängte auf. Ich fragte mich, ob ich ihn sehr erschrocken hatte, schüttelte jedoch den Kopf und kehrte zu Aurenna zurück. Einer ihrer Strümpfe war höher gezogen als der andere und ihr Reisemantel falsch zugeknöpft, doch ich übersah beides geflissentlich. Sie war tot, dachte ich bitter. Die Frau, die mir einst das Leben gerettet hatte, gab es jetzt nicht mehr.

Schweigend zog ich Aurenna aus dem Haus. Den ganzen Weg über jammerte sie, nannte mich einen Rüpel und schimpfte auf die Rebellion; als ich sie jedoch zur Ruhe mahnte, klappte sie den Mund zu, zusammengestaucht wie ein kleines Mädchen. Ich hätte am liebsten darüber geweint, aber dann holte ich doch nur mein Gepäck ab und winkte eine Kutsche heran. Die Zeit lief uns davon. Wenn Wyatt zu sich kam, bevor ich Arassa verlassen hatte, war ich ein toter Mann.

Marawyn erwartete uns bereits am Bahnsteig; auch er hatte einen Koffer bei sich, wirkte jedoch bestenfalls verwundert. Ich hielt mich gar nicht damit auf, ihn zu begrüßen, sondern ließ Aurenna los und nahm ihr meinen Koffer ab.

»Das ist mein Onkel Marawyn«, erklärte ich; für Feinheiten war jetzt keine Zeit. »Geh mit ihm und tu, was er dir sagt. Ich schreibe dir einen Brief, sobald ich …«

Ich stockte. Einen Augenblick lang hatte ich nicht die geringste Ahnung, wohin ich mich wenden sollte, aber dann fühlte ich das Gewicht von Kyrons Maske schwer in meinem Mantel ruhen.

»Sobald ich in Ceratari bin«, schloss ich.

Aurenna nickte, doch ihre Augen blieben groß und fröhlich. Es war, als schaute mich ein recht intelligentes Tier an; ich spürte, dass etwas in ihrem Kopf vorging, nur handelte es sich wohl kaum um allzu tiefsinnige Gedanken.

Ich wandte mich Marawyn zu. »Hör zu …«

»Erklär mir, was du hier treibst, Taiden.«

Ich erstarrte. Marawyn hatte die Arme verschränkt, sah jedoch nicht wütend aus; im Gegensatz zu meiner Mutter tat er das nie, was es auf gewisse Weise noch unangenehmer machte.

»Du kannst nicht erwarten, dass ich für eine wildfremde Frau sorge«, sagte er. »Ich kann sie in ein Sanatorium geben, wenn du willst.«

»Nein. Nein, das geht nicht.« Ich schluckte schwer. »Aurenna ist … sie hat mein Leben gerettet. Aber dann kam das Uhrwerk und hat ihr das hier angetan. Ich wusste nicht, wen ich sonst um Hilfe bitten konnte. Ich will nur, dass sie sicher ist.«

»O Funken …«, seufzte Marawyn, ehe er den Kopf schüttelte. »Schön. Komm mit. Wenn du nach Ceratari musst, können wir im Zug überlegen, was wir mit ihr anstellen.«

Damit stieg er in den Waggon und ich nahm Aurenna bei der Hand, um sie in den Zug zu führen. Kaum dass wir in einem leeren Abteil saßen, glitt Aurenna ans Fenster und blickte hinaus, während Marawyn die Tür verschloss. Meine Mechanik wechselte in einen beklemmend hohlen Takt. War ich zu weit gegangen?

»Wenn sie dir so viel bedeutet, werde ich sie mitnehmen«, sagte er leise. »Sieh es einfach als … eine Wiedergutmachung an.«

»Für deine Lügen«, murmelte ich. »Onkel.«

Ich hatte damit gerechnet, dass er meinem Blick auswich. Dass er mir eine Lügengeschichte erzählte, wie es meine Mutter getan hätte. Stattdessen huschte die Andeutung eines Lächelns über sein Gesicht, als sei er nur ein kleiner Junge, den ich bei einem üblen Streich erwischt hatte.

»Du hast uns reden gehört.«

Ich nickte, da ich keinen Grund sah, es zu leugnen.

»Es tut mir leid, dass du es so erfahren hast.« Sein Lächeln verblasste. »Ich … bin oft mit der Absicht nach Rabenfels gekommen, es dir endlich zu erklären. Aber Dinora war immer dagegen, und ich fürchtete mich davor, dass du uns diese Heimlichkeiten nicht verzeihen könntest. Ich hatte nie die Absicht, dir wehzutun. Doch manche Lügen … wiegen schwer.«

»Aber …« Meine Stimme brach. »Das hätte ich euch nicht zugetraut.«

»Niemand tat das«, sagte Marawyn leise. »Deine Mutter und ich, wir haben vieles getan, worauf wir nicht stolz sind … aber ich habe mich nie dafür geschämt, sie zu lieben.«

Er blickte zu Aurenna hinüber. Wich meinem Blick aus. Ich schluckte, hakte jedoch nicht weiter nach; ich konnte spüren, dass er noch nicht bereit für die Wahrheit war, mir sie vielleicht auch unter vier Augen verschwiegen hätte. Stattdessen dachte ich an Kyron und stellte fest, dass ich mich ebenfalls nicht schämte. Wenn er bloß hier gewesen wäre. Wenn ich ihn wenigstens ein letztes Mal hätte küssen können.

»Vielleicht kann ich dir die Geschichte später erzählen«, flüsterte Marawyn. »Du hast sie dir verdient.«

»Ich würde mich freuen«, sagte ich leise.

Marawyn lächelte, doch Kyrons Maske wog schwer in meiner Manteltasche.

14

Kein Ort zum Bleiben

Ceratari ist, um ehrlich zu sein, ein wirklich merkwürdiger Ort.

Zuerst einmal war die Hauptstadt der Dreizehn Inseln auch die einzige, die nicht am Fuß eines Vulkans lag, sondern darin. Wortwörtlich. Auf gewundenen Brücken schlängelte sich der Zug am Vulkanmassiv hinauf, ehe er ins Gestein eintauchte; und dort dampften Funkenlaternen in einer Hitze, die selbst die Fenster des Zugabteils deutlich spürbar erwärmte. Es hieß, dass die Aliamen die Feuer unter der Erde gezähmt hatten; sie waren die Ureinwohner der Inseln gewesen und Ceratari stand auf den Fundamenten ihrer Städte. Ich hoffte, dass das stimmte. Mir fehlte noch, dass der Vulkan womöglich ausbrach, während ich hier oben beschäftigt war.

Wenig später rollte der Zug in den Bahnhof der Stadt ein, und es wurde Zeit, mich von Marawyn und Aurenna zu trennen. Zum Abschied umarmte ich sie so fest, dass sie errötete; aber ich schämte mich nicht dafür. Ich war so froh, dass wir Arassa verlassen hatten, dass der Albtraum endlich zu Ende war. Dennoch …

Ich winkte Aurenna vom Bahnsteig, bis der Zug abgefahren war, ehe ich aus der unterirdischen Bahnhofsanlage hinaufstieg. Ceratari war so bunt wie Arassa, ein Erbe der Regentschaft des Aliamenkönigs … doch an vielen Stellen war der Putz von den Fassaden geplatzt oder verdreckt von einer dicken Rußschicht. Es war unschwer zu erraten, woher dieser Dreck kam. Die Stadt schien den ganzen Vulkankessel auszufüllen, und Dutzende von Fabrikschloten ragten in den Himmel und würgten dunkle Wolken aus.

Etwas Nasses streifte meine Wange. Ich wischte es ab und blickte auf eine Spur aus rußgeschwärztem Regenwasser. Eine seltsame Taubheit erfasste meine Magengrube. *Allein im Vulkankessel könnte mein Vorhaben gelingen.*

Allein in seinem Herzen kann das Uhrwerk erzittern.

Plötzlich fühlte ich mich sehr müde. Ich ging zur nächstbesten Pension, ließ mir einen Zimmerschlüssel geben und legte mich komplett angezogen ins Bett. *Wyatt wird mir nie wieder wehtun,* dachte ich. Aber das Uhrwerk hatte so viele Zahnräder. Und er hatte Aurenna … er hatte *Kyron …*

Ich merkte, dass mir heiße Tränen über die Wangen liefen. *Der Schatten darf nicht fallen.*

Wie von selbst legte ich die Hand in meinen Nacken, um die Drähte dort zusammenzukneifen, und die dunkle Welle der nahenden Ohnmacht fühlte sich beinahe wie eine Erleichterung an.

Dunkelheit.

Träume.

Blicke ins Nichts.

Ich blinzelte schwach. War mir für den Bruchteil einer Sekunde bewusst, dass ich träumte, bis die undurchdringliche Finsternis in eisig kaltem Wind verschwand. Um mich herum glänzte ein Spektrum an Farben, an schwebenden Felsen, die mit kräftigen Sträuchern bewachsen waren und von denen manchmal Wasser in die Tiefe stürzte. In der Nähe der Dreizehn Inseln gab es nur wenige davon. Niemand wusste, wie sie entstanden waren, obwohl viele Forscher die Splitter im Himmel untersucht hatten. Schließlich hatte die Möglichkeit bestanden, dass es dort irgendetwas zu holen gab.

»Hast du dich je gefragt«, sagte ich, »warum diese Brocken eigentlich schweben?«

Neben mir verschränkte Ruanne die Arme.

»Nein«, sagte er.

Ich verdrehte die Augen.

»Ich habe Wichtigeres zu tun«, sagte Ruanne aalglatt. »Warum stehst du hier herum und siehst dir schwebende Felsen an, Amarion? Du hast dreizehn Inseln zu erobern.«

Eigentlich hatte ich mir lieber von Theria dabei helfen lassen, meine Nerven zu beruhigen, nur behielt ich das besser für mich. Ruanne war die geborene Gouvernante. Für Dinge, die Spaß machten, hatte er nichts übrig.

Aber ich brauchte ihn. Ruannes Familie hatte ihm genügend Geld hinterlassen, um für immer ausgesorgt zu haben. Oder um eine Eroberung zu finanzieren. Er bezahlte einen Teil meines Feldzugs unter der Bedingung, dass auch für ihn ein Sitz in der neuen Regierung der Inseln abfiel.

Ich hatte keine Ahnung, was er damit wollte. Was mich anging, so wollte ich nur meinem Vater eine Lektion erteilen, den Aliamen, den gesamten Dreizehn Inseln. Was interessierte es mich im Augenblick, was danach geschehen würde?

Und doch …

Ich blickte über die Schulter. Nicht weit entfernt standen zwei Hybriden in weißer Uniform, deren metallene Körperteile glitzerten, als sie abwechselnd auf die Attrappe eines Aliamenkriegers schossen. Ich hörte ihr Gelächter, als eine der Kugeln den Schädel der Puppe traf. Die perfekten Söldner, dachte ich.

Mehr nicht.

»Ruanne«, sagte ich, »was denkst du über meine zwölf anderen Offiziere?«

»Sie sind grausam und inkompetent«, sagte Ruanne. »Sie bringen Schande über deine Bewegung und ihre Familien. Wenn einer dieser Dorftrottel mein Sohn wäre, würde ich ihn enterben und vom Luftschiff werfen lassen.«

Ich musste widerwillig lächeln. Eines musste man Ruanne lassen; der Mann war nahezu verstörend ehrlich.

»Wie gut, dass du keine Kinder hast.«

»Die Götter von Mond und Meer mögen es geben, dass das auch so bleibt.« Ruanne drehte sich um, die beiden Hybriden im Blick. »Du hast dich mit Abschaum umgeben, weil dir niemand außer Abschaum zugehört hat. Weil niemand sonst verrückt genug ist, die Inseln zu erobern.«

»Ach«, sagte ich. »Was bist du, Ruanne?«

Er starrte mich an, offenbar unfähig, eine Antwort zu formulieren.

»Komm mit«, sagte ich. »Ich will dir etwas zeigen.«

Damit wandte ich mich von der Reling ab. Ruanne folgte mir wortlos eine Treppe hinauf, zur Rückseite des Luftschiffes, wo die Motoren hörbar surrten und das Ruder gelegentlich von einer Seite zur anderen schlug. Ruanne klammerte sich sofort mit einer Hand an das Geländer. Typisch. Mir machte die Höhe nicht das Geringste aus.

»Vielleicht haben wir ja Glück«, sagte ich fröhlich. »Allmählich lichten sich die Wolken.«

»Was?«

»Ruanne«, sagte ich milde. »Glaub mir, ich weiß, dass du recht mit meinen Offizieren hast. Aber jetzt brauche ich Männer, die Blut vergießen, die keine Grausamkeit scheuen. Aliamen sind wilder als Menschen, auch wenn meine Verwandten auf den Inseln sich alle Mühe geben, das zu leugnen. Wenn sie einmal in einen Blutrausch verfallen, finden sie nur schwer daraus zurück. Ein Mensch kann dabei nicht mithalten, es sei denn, er ist genauso verwildert, genauso instinktgetrieben.«

Ich legte den Kopf zur Seite. »Sie werden sich mit allem wehren, was sie haben. Sie werden all ihre Stärke, all ihre Fähigkeiten aufbieten. Aber wir … wir sind viele.«

Ich blickte in den Himmel. Im gleichen Augenblick tauchten wir unter die Wolkenlinie. Der kristallklare Ozean spannte sich unter uns auf, glänzte in sattem Blau und Türkis, und darüber schwebten Luftschiffe.

Nicht fünf. Nicht zehn. Lange Reihen von Schiffen erstreckten sich über den Horizont, golden glänzend, mit schwarzen Flaggen geschmückt. Auf jede einzelne von ihnen war ein Zahnrad aufgestickt worden. Die Arganier benutzten im Gegensatz zu den Inselmenschen keine Wappen, und dies war das Äußerste, was ich ihnen hatte abverlangen können.

»Du bist wahnsinnig«, flüsterte Ruanne.

Ich merkte, dass ich zu grinsen anfing.

»Denk über meine Offiziere, was du willst«, sagte ich. »Aber ich glaube, dass wir verdammt viel Spaß auf den Inseln haben werden.«

Als ich wieder zu mir kam, wusste ich einen Augenblick lang nicht, wo ich war. Dachte nicht einmal an die Vision, die sich angeschlichen, im Stillen auf der Lauer gelegen hatte. Was interessierte mich das Leben des Zinnhybriden. Was interessierte mich überhaupt noch irgendetwas auf der Welt.

Morgenlicht fiel durch das Fenster, weckte Erinnerungen … und mit einer Kraft, deren Ursprung mir völlig schleierhaft war, zog ich meine Uniform an und würgte etwas geröstetes Brot zum Frühstück herunter. Die Pensionswirtin sah sich das stirnrunzelnd an, enthielt sich jedoch eines Kommentares. Ich wusste sowieso nicht, ob ich irgendeine Antwort für sie zustande bekommen hätte.

Schweigend verließ ich die Pension und ging zur Gardestelle von Ceratari hinunter. Das Haus des Goldes nannte sie sich – ein schwarzer Turm, die Spitze ein Gespinst aus Metall und Glas, gebettet auf eine künstliche Insel im Vulkansee. Die Vorstellung, wieder in der Garde zu arbeiten, war abscheulich. Aber was immer die Zukunft brachte … ohne Geld sah sie noch schlimmer aus.

Ich betrat die Eingangshalle des Turmes mit einem mulmigen Gefühl. Trotz der frühen Stunde schwirrten Dutzende von Gardisten hier herum, mehr, als ich jemals in Arassa gesehen hatte. Ich beobachtete das Treiben eine Weile, bis mir ein junger Mann mit einem schreiend grünen Stirnband auffiel. An seinem Jackenärmel prangten zwei Aufnäher. Einer zeigte das Wappen von Ceratari, der andere das silber-goldene Streifenmuster eines Gardepräsidenten.

Ziemlich jung für einen Präsidenten, dachte ich. Trotzdem ging ich auf ihn zu und seine Brauen schnellten in die Höhe, als er mich bemerkte. Gütige Funken, wie klein er war! Er reichte mir kaum bis zur Schulter, und das war noch höflich aufgerundet.

»Huch. Sie sind doch kein Inspektor des Uhrwerks, oder?«

Er klang so aufgeregt, dass ich beinahe gelächelt hätte. »Ich heiße Taiden Belarron. Arassanisches Zollamt.«

»Oh. Oh ja, ich erinnere mich. Wyatt hat sich dauernd über Sie beschwert.« Er grinste. »Ich heiße Aryon. Und wissen Sie was? Ich bin der Präsident der Steinernen Garde.«

»Wirklich? Sie können doch kaum zwanzig sein.«

»Ganz unter uns«, sagte Aryon mit einem verschwörerischen Zwinkern, »ich bin erst letzten Monat zwanzig geworden. Da staunen Sie, was? Mein Vater hat meine Beförderung durchgesetzt – Ruanne. Ruanne von den Dreizehn Stunden. Das würde er doch nicht machen, wenn ich nicht gut wäre, oder?«

»Äh«, sagte ich, »wahrscheinlich nicht.«

Aryon strahlte mich an. Ich fragte mich dumpf, ob der Ruß in der Luft den Ceratariern irgendwie zu Kopf gestiegen war.

»Wieso reden wir nicht in meinem Büro weiter?«

Damit wandte er sich ab und ging. Ich folgte ihm über mehrere identisch aussehende Korridore in einen lichtdurchfluteten Raum. Hinter den Fenstern zeichnete sich der Vulkansee ab, nur war davon kaum etwas zu sehen; überall stapelten sich Akten zu Türmen, die drohten, bei jedem Windstoß eine Lawine auszulösen. Statt Fahndungsplakaten hingen Fotografien von leicht bekleideten Frauen an der Magnetwand, versehen mit kaum lesbaren Notizen über ihre körperlichen Vorzüge. Ich zog mich eilig in einen Sessel, während Aryon sich an all dem Chaos vorbei hinter seinen Schreibtisch drängte.

»Sind Sie ein Bote von Wyatt? Normalerweise kommt er persönlich vorbei, wenn er mich ärgern – ich meine, mit mir reden will.«

»Ich habe mich selbst geschickt«, gab ich zu. »Ich würde gern hier arbeiten.«

»Dafür brauchen Sie aber eine Genehmigung des Uhrwerks.«

Ich erstarrte unwillkürlich. Aryon prustete los.

»Jetzt habe ich Sie gehabt, oder?« Grinsend zog er ein zerknittertes Stück Papier hervor. »Ich schreibe Ihnen einfach eine. Wozu bin ich Präsident? Ich könnte jeden Gardisten auf den Inseln zwingen, rosafarbene Röcke zu tragen, wenn ich wollte.«

Ja, dachte ich. Hier war eindeutig irgendetwas in der Luft, was die Ceratarier den Verstand verlieren ließ.

»Rosa ist nicht ganz mein Stil«, sagte ich. »Ich würde etwas Gedeckteres bevorzugen. Violett. Hellorange.«

Aryon kicherte. »Ich mag Sie, Taiden. Ich darf Sie doch so nennen?«

»Sicher doch.«

Er nickte zufrieden und kritzelte irgendetwas auf seinen Zettel. »Wenn Sie wollen, kann ich Sie zu den Gewöhnlichen Mordfällen schicken. Das ist eine unserer größten Abteilungen, weil in einer Stadt wie Ceratari wirklich *andauernd* jemand stirbt. Wir haben allerdings auch eine Abteilung für Funkenmordfälle, wenn Sie lieber zusehen wollen, wie Leute von kaputten Funkenlaternen gegrillt werden.«

»Ich nehme die langweiligen Mordfälle«, sagte ich rasch.

»Ha! Gute Wahl.« Aryon grinste. »Prima. Dann bekommen Sie gleich eine andere Dienstmarke. Präsident der Abteilung für Gewöhnliche Mordfälle. Wunderbar! Jetzt habe ich das Problem mit der Neubesetzung auch gleich gelöst.«

Ich sah ihn verwundert an. Aryon musste wirklich ein Grünschnabel sein, wenn er einen Fremden prompt zum Abteilungspräsidenten machte, aber mir war das egal. Was nützte mir eine wichtige Position? Würde sie Kyron wieder lebendig machen, Aurenna den Verstand zurückbringen?

»Wann kann ich anfangen?«, murmelte ich.

Aryon lachte. »Wenn Sie schon so fragen, warum nicht jetzt?«

Seltsamerweise trieb mir seine gute Laune ein Schmunzeln aufs Gesicht.

Der Rest war Bürokratie. Ich kritzelte meine Unterschrift auf ein paar Dokumente, die aussahen, als hätte Aryon sein Frühstücksbrot darin eingewickelt, ließ mich von ihm durch das Haus des Goldes führen und war dennoch erleichtert, als ich endlich nach Hause gehen konnte. Auf der anderen Seite des Sees wuchs Ceratari die Kraterwände hinauf, erbrach Rußwolken und Eruptionen aus purpur-goldenen Lebensfunken. Im Vergleich dazu waren die anderen zwölf Inseln ländlich, sonnenverwöhnte Provinzen in der diamantenen See. Die Stadt im Vulkan jedoch …

Ceratari war kein Ort zum Bleiben, zumindest nicht für mich. Andauernd musste ich zu den Gardemechanikern, weil sich Ruß im metallenen Innenleben meiner Lunge sammelte, und nachts weckten mich vorbeirauschende Automobile oder die Turbinen naher Luftschiffe. In Arassa war die Sonne warm gewesen, die Schatten weich; tagsüber hatte die Luft nach dem Salz des Ozeans geschmeckt und nachts bedeckten Sternenbänder den Himmel. Hier gab es nichts davon. Hier brannte sich das Sonnenlicht unerbittlich in meine Haut, und die Reklame glomm selbst um Mitternacht so hell, dass sie alles Licht über dem Vulkan erlöschen ließ.

Am liebsten hätte ich Ceratari verlassen. Wäre auf eine Insel wie Salacis oder Arulan gegangen, wo die Welt ein wenig freundlicher aussah. Aber zwei Dinge hielten mich davon ab. Kyrons Maske, schweres Holz, seine letzten Worte über diese Stadt …

Und, bei den Dreizehn Stunden, der Präsident der Steinernen Garde.

Ich dachte eigentlich nicht über Aryon nach. Wollte nicht über ihn nachdenken. Er war ganz anders als Wyatt, aber das war noch schlimmer; sein Lächeln war wie dafür gemacht, Frauenherzen zu gewinnen, und manchmal merkte sogar ich, wie meine Mechanik bei seinem Grinsen in allzu leichte Takte umschlug. Allein deswegen wollte ich mich am liebsten vor ihm verstecken. Aber eines Tages stand er einfach vor der Pension, läutete die Türklingel ungefähr zwei Dutzend Mal und rief meinen Namen, und ich musste mich von der entnervten Hausherrin nach draußen ziehen und obendrein mächtig ausschimpfen lassen.

»Hallo, Taiden«, plapperte er; in der Hand hielt er eine Flasche Feuerschnaps. »War gerade hier in der Gegend. Hast du Lust, etwas trinken zu gehen?«

Ich hatte Lust, mich im Bett zu verkriechen und nie wieder zum Vorschein zu kommen, aber mein Vorhaben zerschellte förmlich an seinem Lächeln. Als wollte er mich wirklich dabeihaben. Als würde es ihn freuen, mich zu sehen.

»Ich hole meine Jacke«, sagte ich leise.

»Ihr Hybriden seid alle solche Frostbeulen, weißt du das?« Grinsend packte Aryon meinen Unterarm, um mich in die Nacht hinauszuziehen. »Gütige Funken, du bist so langweilig! Keine durchzechten Nächte, keine Frauengeschichten, kein *Spaß*. Hattest du eigentlich überhaupt jemals eine Frau?«

»Ja«, sagte ich. »Es ging schrecklich aus.«

»Tja, es kann nicht immer alles klappen«, sagte Aryon und öffnete die Schnapsflasche mit einer Routine, die mich verwunderte. »Als ich das erste Mal mit einem Mädchen im Bett war, hat mich mein Vater dabei erwischt. Es ist jetzt aus mit dem Spaß, sagte er. Ich soll aufhören, mich durch die Betten Cerataris zu schlafen, sagte er. Dann hat er mich in die Garde gesteckt und den anderen Jungen gesagt, dass sie mir ins Knie schießen sollen, wenn ich versuche, wegzulaufen.«

Ich musste lachen. »Wie alt warst du da?«

»Vierzehn. Fünfzehn. Hab's vergessen.« Aryon grinste. »Auch einen Schluck?«

Er hielt mir die Flasche hin. Ich dachte daran, was beim letzten Mal passiert war, als ich mich in aller Öffentlichkeit betrunken hatte. *Nicht bewegen, Belarron.*

Ich streckte die Hand aus, nahm den Feuerschnaps entgegen und stürzte ihn in mehreren langen Schlucken hinunter. Der Alkohol brannte in meiner Kehle, ließ meine Mechanik augenblicklich in einen angenehm leichten Takt springen. Keine Erinnerungen. Nicht heute. Wenigstens nicht heute.

Aryon sah mich mit einem ungläubigen Grinsen an, als hätte er so etwas nie von mir erwartet. »He, lass mir auch was übrig!«

Ich fing an zu lachen. Ich hatte keine Ahnung warum. Aber Aryon lachte ebenfalls, schnappte sich die Flasche und verschüttete die Hälfte; und wir fanden beide, dass dies das Lustigste war, was sich jemals ereignet hatte.

So versoffen wir den ganzen Abend. Bald war die erste Flasche leer, also organisierten wir eine zweite und eine dritte; danach schafften wir es sogar irgendwie, zu Aryons Haus vorzudringen, um dort ungestört weiterzutrinken. Ich glaube, dass ich halb ohnmächtig auf dem Sofa endete, während Aryon aus irgendeinem Grund in die Badewanne stieg und es immerhin schaffte, nicht dort zu ertrinken. Am Morgen jedoch war die Wärme der Nacht verschwunden. Der grässlichste Kater meines Lebens pochte hinter meinen Schläfen, und Aryon sah aus wie eine Wasserleiche und war auch beinahe so gesprächig.

»Wer ist eigentlich Aurenna?«, fragte er mich später, als wir uns gegenübersaßen und den Kopfschmerz mit heißem Kaffee zu bekämpfen versuchten.

Ich sah auf. »Was?«

»Bin noch mal aus der Wanne gestiegen, weil ich meinen Bernsteinlikör vergessen hatte. Du redest im Schlaf, Kumpel.«

»Oh. Das … habe ich noch mehr gesagt?«

»Das meiste habe ich nicht verstanden. Egal. Also, wer ist sie?«

Ich umklammerte meine Tasse. »Das ist nicht so wichtig.«

»Hm … na gut. Aber du kannst es mir ruhig erzählen, wenn du jemanden zum Reden brauchst.«

Ich sah in seine verquollenen und doch ehrlich grünen Augen. Nein. Ich konnte ihm niemals auch nur ein Wort davon verraten, was in Arassa geschehen war … was ich dort getan hatte.

»Vielleicht sollte ich jetzt heimgehen.«

»In Ordnung.« Aryon lächelte schwach. »Wir sehen uns in der Garde.«

Ich nickte, wobei meine Gehirnmasse gegen das Innere meines Schädels zu schwappen schien, zog meinen Mantel über und ging. Jeder Schritt sandte ein schmerzhaftes Pochen durch meine Schläfen, nur hatte ich es nicht eilig damit, überhaupt in der Pension anzukommen. Was erwartete mich schon dort? Ein leeres Zimmer mit einem kalten Bett, die Fotografie von Kyron und seinem Liebsten auf dem Nachttisch. Erinnerungen in der Dunkelheit. Albträume, unter denen ich mich umherwälzte, bis ich schweißgebadet auffuhr.

Ich dachte darüber nach, was Kyron wohl dazu gesagt hätte. Wahrscheinlich gar nichts. Stattdessen hätte er mich zum Vulkansee gezogen und meinen Kopf untergetaucht, immer wieder, bis ich ausgenüchtert und imstande war, ihm bei seiner Arbeit zu helfen.

Was hatte er hier tun wollen?

Wie wollte er rebellieren?

Ich wusste es nicht, aber in dieser Nacht richtete ich mich zum ersten Mal für die Schatten her. Wickelte dunkles Tuch um mein Metall, setzte die Perücke auf und schob die Maske in die Tasche. Niemand beachtete mich, als ich die Pension verließ. Schon gegen Abend sah man hier nichts mehr, wenn man die beleuchteten Straßen hinter sich ließ … und geschützt vom Dunkel setzte ich die Maske auf und spürte, wie mein Atem fast sofort warm unter dem Holz stand. Ziellos begann ich durch die Stadt zu streifen. Wohin sollte ich gehen? Was sollte ich …

Etwas regte sich in der Dunkelheit. Schnell. Ich spannte mich an, aber bevor ich irgendetwas tun konnte, rannte mir jemand entgegen und riss mich zu sich herum. Ein Messer drückte sich an meine Kehle, während mir eine grobe Hand den Arm hinter dem Rücken verdrehte, und ich schrie vor Schmerz auf.

»Was machst du hier?«

Eine Frauenstimme. Rau. Ich zappelte in ihrem Griff, aber sie hielt mich so fest, dass ich mich ihr nicht entwinden konnte.

»Antworte«, fauchte sie. »Verdammt, Kyron, ich will dich nicht in Ceratari sehen!«

»Sie kennen ihn?«, platzte ich heraus. »Ich – hören Sie, ich bin nicht …«

»Lüg mich nicht an«, sagte sie barsch.

Ich merkte, dass mir der Geduldsfaden riss. »Gütige Funken! Kyron hat einen arganischen Akzent, verdammt, hören Sie nicht, dass ich von den Inseln bin?«

Stille. Dann, wider Erwarten, löste sich das Messer von meiner Kehle. Die Frau drehte mich zu sich herum und schob mir die Maske hoch. Sie mochte ungefähr doppelt so alt sein wie ich; eisengraues Haar umspielte in Wellen ein hartes, nahezu faltenloses Gesicht. Aber ihre Beine steckten in Männerhosen und eng anliegenden Stiefeln, was mir aller Aufregung zum Trotz sofort die Röte auf die Wangen trieb.

Sie kniff die Augen zusammen. »Was ist das für ein Trick?«

»Es ist kein – Sie … Sie kennen Kyron.« Ich atmete schwer aus. »Ich bin sozusagen seine Vertretung.«

»Ach? Sag ihm, dass er seine arganische Nase wieder nach Arassa zurückstecken soll, wenn er sie in seinem Gesicht schätzt.« Sie hob drohend das Messer. »Ich könnte sie dir natürlich abschneiden. Als kleine Erinnerung daran, dass er hier nichts … was ist denn?«

Ich merkte erst, dass mir etwas Warmes über die Wangen gelaufen war, als sie mich anzustarren begann.

»Ich bin seine dauerhafte Vertretung«, murmelte ich.

Die Frau weitete die Augen. »Kyron ist …«

»Ja«, flüsterte ich tonlos.

Einen Augenblick lang starrte sie an mir vorbei. Als hätte sie die Tragweite dieses einfachen Wortes nicht erfasst. Dann jedoch richtete sie das Messer erneut auf mich, die Lippen aufeinandergepresst.

»Und du wagst es, mit seiner Maske herumzustolzieren«, flüsterte sie. »Trägst sie wie eine *Trophäe* durch die Stadt! Nenn mir einen Grund, warum ich dich nicht abstechen sollte.«

Weil ich ihn geliebt habe.

»Weil ... jemand seine Arbeit machen muss.« Ich blickte fort. »Weil er der beste Mann war, den ich jemals kannte.«

Sie musterte mich mit dunklem Blick ... dann jedoch tat sie etwas Seltsames. Wortlos steckte sie die Waffe weg und reichte mir die Hand; ich schüttelte sie mühsam mit der Linken, was mir einen irritierten Blick bescherte.

»Mein Name ist Naris«, sagte sie. »Tut mir leid, dass wir uns auf dem falschen Fuß erwischt haben. Komm. Und lass die Maske in der Tasche, sie zieht die Gardisten an wie eine Funkenlaterne die Motten.«

Damit setzte sie sich in Bewegung. Ich folgte ihr durch das Dämmerlicht. Nach einigen Schritten zog sie eine Kapuze über ihr Haar, und ich begriff, dass sie auf Distanz gewiss niemand mehr für eine Frau halten würde.

»Vielleicht kann ich dich bei seiner Arbeit unterstützen«, sagte sie. »Ich weiß kaum etwas darüber, aber vielleicht genügt es.«

Ich zog die Brauen zusammen. »Warum wollen Sie mir plötzlich helfen?«

»Weil Kyron ... tja. Weil er ein guter Mensch war, genau wie du gesagt hast.« Naris zündete sich eine Zigarette an. »Das ist eine ziemlich persönliche Geschichte, aber wir sind nicht im Guten auseinandergegangen. Als ich Kyron traf, waren wir beide ganz neu in unseren Berufen. Ich war eine junge Frau, die ... sagen wir ... sich mit illegalen Beschäftigungen durchschlagen musste. Kyron half mir, etwas mehr aus meinem Leben zu machen, aber ich närrisches Ding verliebte mich in ihn. Ich wusste ja nicht ... er erwiderte meine Gefühle nicht. Wir gerieten in Streit, sagten einander einige ziemlich hässliche Dinge. Und jetzt, wo er tot ist ...«

Sie sah mich schief an. »Wart ihr ein Paar?«

Ich merkte, dass mir sofort das Blut in die Wangen schoss.

»Meine Güte, Junge. Das ist doch nicht schlimm. Im Prinzip ist überhaupt nichts schlimm, was vom Uhrwerk verboten worden ist.«

Naris grinste, ehe sie sich abwandte. Ich widersprach ihr nicht, hatte ich doch genug mit meinem glühenden Kopf zu tun, und folgte ihr durch das Dunkel. Ich behielt die Umgebung im Auge, auch wenn ich nicht wusste, worauf ich eigentlich achten sollte. Konnte ich ihr vertrauen? Hatte Kyron es getan?

Doch bevor ich mir ein Urteil bilden konnte, blieben wir vor einer schmutzigen Kneipe am Straßenrand stehen. Naris warf ihre Zigarette zu Boden, trat sie aus und gemeinsam blickten wir auf die schwach beleuchteten Fenster.

»Bereit für die Feuertaufe?«

»Was?«, sagte ich erschrocken.

»Was glaubst du, was Kyron in Arassa getan hat?«, sagte sie. »Er ging in den Dreck, denn dort waren die Menschen, die ihn am meisten gebraucht haben. Hier gibt es Hunderttausende davon. Also setz dieses Stück Holz auf. Zeig uns allen, was du kannst.«

Sie fädelte Kyrons Maske aus meiner Tasche und drückte sie mir in die Hand. Ich schloss die Finger um das spröde Holz. *Zeig, was du kannst, Taiden.*

Ich setzte die Maske auf mein Gesicht.

Und schrie dennoch leise auf, als Naris mich in die Kneipe schob und draußen vor der Tür zurückblieb.

Das Erste, was ich wahrnahm, war der Geruch von Qualm. Dämmerlicht, in dem Gestalten saßen, die beinahe ausnahmslos die Köpfe nach mir drehten. Einige von ihnen begannen zu flüstern, als sie mich sahen, andere widmeten sich wieder ihrem Schnaps. Gesprächsfetzen flimmerten an mir vorbei, als ich ihre Tische passierte. Das wenigste davon beruhigte meinen Puls.

»… das denn für ein Verrückter …«

»… soll uns in Ruhe lassen …«

Ich war froh, dass ich die Maske trug, denn so konnte ich immerhin den Mund darunter verziehen. Weil ich nicht wusste, was ich sonst tun sollte, ging ich zu einem leeren Tisch und setzte mich. Die Bedienung beäugte mich, kam jedoch zu mir heran. Ich bestellte einen Feuerschnaps und ignorierte die Brüchigkeit meiner Stimme, so gut ich es vermochte.

Du schaffst das, sagte ich mir. Doch ich fühlte mich furchtbar elend mit all diesen Blicken im Rücken ... wie in meiner Kindheit, wenn man mich über den Hof von Rabenfels geschoben hatte und die Dienstmädchen kichernd auf mich hinuntersahen.

Aber nein. Nein. Niemand sah, wie ich mich unter dieser Maske fühlte. Niemand sollte es je wieder sehen.

Die Bedienung stellte den Feuerschnaps vor mir ab und blieb etwas länger als nötig vor mir stehen. Ich hob den Blick. Sie war ein hübsches rothaariges Mädchen mit Brille, so blass wie alle Inselmenschen, in deren Adern ailionisches Blut floss. Ihre Augenpartien waren gerötet und vernarbt ... und man sah ihr deutlich an, dass sie darum wusste und sich dafür schämte. Irgendwie tat sie mir leid. Ich weiß schließlich, wie es ist, sich mit Makeln durch die Welt zu schlagen.

»Sind ... sind Sie ...«

Ich hob den Kopf. Sie errötete.

»Der Schatten von Arassa«, flüsterte sie. »Ich habe von Ihnen gehört. Es heißt, dass Sie den Leuten Ihre Hilfe anbieten.«

Ich schwieg kurz.

»Ja«, sagte ich. »Ja, das tue ich wohl.«

Sie lächelte schwach, mied jedoch meinen Blick, das Tablett fest an ihre Brust gedrückt. »Können Sie vielleicht auch mir ... Sie wissen schon. Helfen?«

Meine Mechanik verfiel in einen Takt, den ich erst nach einigen Augenblicken verstand. Erleichterung. Dafür, dass ich das hier zum ersten Mal machte, fühlte es sich fast verboten leicht an.

»Wir wollen sehen, was ich tun kann, oder?«

Sie lächelte schwach.

»Vor ein paar Jahren«, sagte sie, »gab es Aufstände hier in Ceratari. Im kleinen Ailion. Das Uhrwerk hat das Viertel durchsucht, und ... sie haben die Bürger weggebracht, die verdächtig für sie aussahen. Egal, ob sie etwas getan haben oder nicht.«

Sie atmete schwer aus. »Meine Eltern waren unter ihnen. Meine Mutter hatte mich in eine Kiste gesteckt, sonst hätten sie mich auch erwischt. Ich war fast noch ein Kind, ich wusste überhaupt nicht, was los ist, und als ich nach draußen ging ... war da überall Blut und Asche ...«

Von einem Aufstand in Ceratari hatte ich nie gehört, aber das war vermutlich auch die Absicht des Uhrwerks. Schweigend beobachtete ich das Mädchen, empfand eine vage Anerkennung. Ich wünschte, ich hätte auch nur halb so gefasst von meinen Erlebnissen in Arassa erzählen können wie sie von ihrer Vergangenheit.

»Wie heißt du?«, fragte ich leise.

»Carive.« Sie schniefte. »Meine Eltern … ich denke, sie sind im Gefängnis. Falls sie noch leben. Ich studiere Rechtswissenschaften, weil ich dachte, dass ich ihnen helfen könnte … ich gebe mir Mühe, aber das Studium ist schwierig, und selbst wenn ich es gut abschließe …«

»Du studierst? Als Frau?«

»Ich bin eine der ersten«, gestand Carive, der es offensichtlich unangenehm war, darauf angesprochen zu werden. »Es kostet viel Geld, und ich … habe ja niemanden, der mir helfen kann. Deswegen arbeite ich hier. Dafür darf ich auch im Obergeschoss wohnen.«

»Wirklich bemerkenswert.«

Carive errötete. »Ach, so besonders ist das gar nicht.«

Ich fasste sie ins Auge. Sie machte nicht den Eindruck, als spielte sie ihr Können herunter, nur damit ich ihr das Gegenteil versicherte. Doch ich dachte lediglich am Rand daran. Sie versuchte so sehr, sich zu behaupten, um ihrer Familie zu helfen. Was hatte ich nach Kyrons Tod getan?

Geweint hatte ich, ja. Wochenlang.

Und dennoch so lange gebraucht, um zu kämpfen.

»Ich dachte nur …«, sagte Carive zögernd. »Wenn Sie ihnen nicht helfen können, wer dann?«

Ich dachte darüber nach, doch ich merkte, dass sich meine Laune verdunkelte. Die Gefängnisse unterstanden nicht uns, sondern den Dreizehn Stunden. Wenn ich gefragt hätte, ob ich jemanden dort herausholen durfte, endete ich allein für diese Dreistigkeit wahrscheinlich selbst in einer Zelle.

»Ich sehe keine Möglichkeit dazu«, gab ich zu. »Es tut mir leid.«

Carive zuckte zurück, als hätte ich sie geohrfeigt.

»Aber Sie sind der Schatten von Arassa«, sagte sie ungläubig.

Nein, dachte ich. *Ich bin nur eine schlechte Kopie.*

Plötzlich ertrug ich ihren Blick nicht mehr. Ich stand auf und verließ die Kneipe, bemerkte jedoch auf den ersten Blick, dass Naris spurlos verschwunden war.

Carive stolperte mir eilig nach.

»Bringen Sie mich wenigstens ins Gefängnis«, flehte sie. »Ich werde sie selbst retten, ich werde …«

»Weißt du, was sie dort mit dir anstellen werden? Du wirst Ratten fressen und am Bluthusten eingehen.«

»Ich muss es wenigstens versuchen«, beharrte sie und vergaß völlig zu nuscheln. »Bitte. Ich muss wissen, ob es ihnen gut geht!«

Ich schwieg, während Asche auf unsere Schultern regnete. Aus dem Augenwinkel nahm ich eine vage Bewegung wahr. Zwei dunkle Gestalten, die unter flackernder Funkenreklame standen und in unsere Richtung blickten.

Meine Mechanik stockte. Gardisten auf Streife. Natürlich, Naris musste vor ihnen weggelaufen sein – aber beim Metallarm des Zinnhybriden, ausgerechnet *jetzt* …

Reiß dich zusammen, Taiden, sagte ich mir. *Du bist nicht allein hier.*

»Carive. Komm mit mir, aber sei leise.«

»Was?«

Ich packte ihren Arm und bog in die nächstbeste Gasse ein. Nach einigen Schritten warf ich einen Blick über die Schulter und stellte fest, dass uns die beiden Männer folgten. Sie waren hinter uns, aber nicht so weit entfernt, dass ich sie in einem Sprint hätte abhängen können. *O Funken,* dachte ich. *Lass das gut gehen, lass das gut gehen, lass das gut gehen.*

»Lauf weg, Carive. Ich halte sie auf, solange ich kann.«

»Ich fürchte mich nicht«, sagte Carive. »Ich kann kämpfen, ich habe …«

»Gütige Funken«, sagte ich ärgerlich. »Sie werden dich umbringen, verstehst du das denn nicht?«

Sie sah mich erschrocken an. Ich bereute meinen Tonfall sofort, wandte mich jedoch um und begann zu rennen. Carives Rocksaum flatterte, als sie mir hinterherhastete, als sie sich mit verblüffender Geistesgegenwart in eine dunkle Nische presste. Ich blickte mich eilig um. An den Straßenrändern wurzelten tot aussehende Bäume, und ich ging hinter einem davon in Deckung und hörte die beiden Männer nur einen Herzschlag später um die Ecke hasten.

Stille. Meine Mechanik klickte. Ich spähte aus meinem Versteck hervor. Einer unserer Verfolger wirkte nicht ungewöhnlich, doch der andere war ein Hybrid, dessen Arme von dicken grauen Stahlplatten übersät waren.

»Wo sind sie?«

»Halt die Klappe. Wenn sie sich verstecken, sind sie jetzt vorgewarnt.«

Der Hybrid begann zu gehen. Ich sah, wie Carive in ihrer Nische erbleichte, fasste mir ein Herz und trat hinter dem Baum hervor.

»Gibt es ein Problem?«

»Warum schleichen Sie hier herum?«, gab er zurück. »Das ist Rebellion!«

Ich wollte etwas erwidern, aber meine Kehle fühlte sich wie zugeschnürt an. Meine Mechanik erzitterte. Das war eine dumme Idee gewesen, verflucht, ich sollte weglaufen, die Maske in den Vulkansee werfen …

»Lassen Sie sich freiwillig festnehmen?«

Mein ganzer Körper erstarrte, als der Gardist langsam auf mich zukam. Er würde mich abführen – ins Gefängnis werfen – und sie würden mit mir machen, was immer sie mit Aurenna, mit Kyron gemacht hatten.

Kyron.

Plötzlich war ich nicht mehr in Ceratari, und der Nachtwind schmeckte süßlich frisch; vorsichtig nahm Kyron seine Maske ab und heiße Tränen fielen auf mein Gesicht, als er mich küsste. *Lass dich niemals von ihnen holen, Taiden … das könnte ich nicht ertragen …*

Der Hybrid kam näher. Gefährlich nahe.

Und ich packte ihn mit aller Kraft und stieß ihn von mir fort. Ich hörte sein überraschtes Keuchen, rückte in die Ausgangsstellung des Metalltanzes; einen Augenblick lang wirkte er überrascht, ehe er es mir gleichtat. Für einen Herzschlag blickten wir einander an. Dann holte er mit einer Hand aus, schneller, als Kyron es je getan hatte; ich wich ihm aus, glitt um ihn herum, hob die rechte Hand zu einer Finte.

Seine Augen folgten meinen toten Fingern, und ich packte ihn mit der Linken und drückte seine Nackendrähte gegeneinander. Sofort fiel der Hybrid in sich zusammen wie ein Kartenhaus. Eilig wandte ich mich um und blickte in den Lauf einer Pistole.

»Keinen Schritt weiter!«, drohte der Gardist und gab einen Schuss ab. Ich drehte mich zur Seite. Sofort lud er nach und legte erneut auf mich an, nur um abrupt zusammenzubrechen.

Ich blinzelte ungläubig, als Carive hinter ihm auftauchte, bewaffnet mit einem schweren Holzbrett. Sie zitterte leicht, aber ihr Blick war fest, als gehörte eine Prügelei mit Gardisten genauso zu ihrem Alltag wie Studium und Arbeit in einem stickigen Schankraum. Du meine Güte. Passierte das, wenn man in den schmutzigsten Vierteln von Ceratari aufwuchs?

»Ich habe gesagt, dass ich helfen kann«, sagte sie trotzig.

Gütige Funken, dachte ich.

»Ich stehe in deiner Schuld«, gab ich zu. »Aber verschwinde besser von hier.«

»Passen Sie auf sich auf, Schatten«, flüsterte sie, doch ihre Wangen glühten, als sie sich umwandte und in die Nacht hinauslief. Ich wandte mich dem Hybriden zu, während sich mein Herzschlag wie meine Mechanik in einen bleischweren Takt begaben. Er würde nicht lange bewusstlos bleiben. Ich musste ihn beschäftigen.

Ich öffnete das Hemd meines Gegners. Es klirrte, als eine Schutzplatte nach der anderen absprang; als ich ein Gespinst aus metallenen Federn in seiner Brust enthüllte. Einen Augenblick lang starrte ich hinein, versuchte, einen klaren Gedanken zu fassen. Ich musste weg hier, bevor die Garde kam. Bevor mich jemand entdeckte.

Das Blut rauschte in meinen Ohren, als ich das Hemd über seiner Brust zusammenzog und hastig in die Nacht hinauslief.

Selbst jetzt, nach all der Zeit, bereue ich die Ereignisse dieser Nacht.

Aber ich war noch jung und neu im Geschäft, und ich ahnte nicht einmal, was ich dem armen Mann mit diesem einen Streich angetan hatte.

15

Rothaariger Besen!

»Gütige Funken!«, wütete Aryon. Er schritt unruhig im Kreis umher, wobei die Absätze seiner Schuhe auf dem Pflaster klapperten, und wahrscheinlich hätte dieses Geräusch sogar Kyron bis aufs Blut gereizt. »Sie haben einen Stahlhybriden auseinandergenommen, Taiden! Sie haben einen Metalltänzer besiegt und seine Mechanik über die ganze Straße verteilt! Wie haben die Rebellen das gemacht?«

Natürlich wusste ich diese Frage zu beantworten, doch ich lehnte mich lediglich an die Wand und mied Aryons Blick. Er durfte nicht sehen, was ich dachte. Niemand durfte das.

Jetzt trug ich eine andere Art der Maskierung.

»Mit einem Schraubenzieher, schätze ich«, sagte ich.

Aryon sah mich an, als hätte er mich am liebsten selbst auseinandergeschraubt.

»Das können wir nicht gebrauchen«, schimpfte er. »Jetzt werden die Leute schon wieder aufsässig, wir hatten doch erst vor ein paar Jahren einen Aufstand! Diese Rebellen wissen das Uhrwerk überhaupt nicht zu schätzen.«

Ich verkniff mir meinen Kommentar dazu. »Ein Aufstand?«

Aryon schnaubte. »Vor ein paar Jahren haben einige Arbeiter rebelliert, weil sie behaupteten, dass ihre Arbeitszeiten zu lang seien. Wir mussten damals die halbe Stadt verhaften, um alles unter Kontrolle zu bekommen.«

»Hat bestimmt eine Menge Kugeln gekostet«, sagte ich säuerlich.

»Ist doch egal. Das sind nur schmutzige Industriekrabben.« Aryon fingerte eine Zigarette aus seinem Stirnband, um sie sich hastig in den

Mund zu schieben. »Ich bin der Präsident der Garde, verdammt. Ich bekomme das in den Griff. Auch wenn es Munition kosten wird!«

Ich verzog den Mund beim Gedanken an niedergeschlagene Aufstände, sagte jedoch nichts. Stattdessen trat ich aus den Schatten und blickte mich um. Überall liefen Gardisten herum, sicherten Spuren und markierten die Stellen, an denen die Einzelteile des Hybriden gelegen hatten.

Aber der Fall … der Fall lag auf meinem Schreibtisch.

»Wie geht es ihm?«, fragte ich leise.

»Schlecht«, sagte Aryon. »Seine Zahnräder lagen frei, und sein Hemd hat sich darin verfangen. Stank ordentlich nach versengtem Stoff, als wir ihn gefunden haben.«

Ich biss mir auf die Zunge.

»Keine Ahnung, ob er es schafft«, sagte Aryon. »Ich schätze nicht, die Jungs von der Spurensicherung haben seine Akte ja direkt auf deinen Tisch geworfen. Tja … komm mal mit, ich will dir etwas zeigen.«

Damit wandte er sich ab. Ich drängte mich an mehreren Gardisten vorbei, um ihn nicht aus den Augen zu verlieren. Sie suchten die ganze Straße ab, benutzten Funkenlaternen mit besonderem Licht, um Blutspuren zu entdecken; gewiss hätte Aurenna ihre helle Freude daran gehabt, doch der Gedanke an sie stimmte mich traurig. Marawyn hatte geschrieben, dass sich ihr geistiger Zustand kaum besserte. Vielleicht würde sie sich nie wieder erholen.

Aryon führte mich in ein leer stehendes Haus, in dem mehrere Gardisten herumstanden und schwatzten, doch auf seine ungeduldige Geste hin grinsten sie nur und unterhielten sich weiter. Aryon stieg das Blut in den Kopf, aber ich ignorierte ihn und folgte ihm in einen Raum mit einem provisorischen Krankenbett.

Dort lag ein Gardist mit verbundenem Schädel und blickte trübe an die Wand.

»Wir haben ihn nicht weit von dem Hybriden gefunden«, erklärte Aryon. »Ich dachte, wir sollten mit ihm reden, bevor wir ihn ins Hospital karren.«

Fahrlässig von ihm, dachte ich, sagte aber nichts. Wenn mich dieser Mann nun an meiner Stimme erkannte? Oder an meiner Hand? Gütige Funken, hatte es irgendetwas gegeben, was mich verraten hatte?

Aryon schnappte sich einen Stuhl, um sich ans Bett zu setzen. »He, hörst du mich?«

Trotz meiner Nervosität fiel es mir schwer, nicht mit den Augen zu rollen. Aryon und ich waren nur fünf Jahre auseinander, aber manchmal dachte ich, es wären fünfzig.

Der Gardist nickte matt.

»Prima. Kannst du dich an die letzte Nacht erinnern?«

»Ich …« Er schwieg kurz. »Wir waren auf Streife … und dann war da dieser Mann.«

»Was für ein Mann?«

»Keine Ahnung«, sagte der Gardist gereizt. »Groß. Dunkelhaarig. Trug eine Maske.«

Aryon wurde leichenblass. Ich verschränkte die Arme, um das verräterische Zittern meiner Hand zu unterdrücken.

»Eine Maske«, wiederholte ich.

»Ja. Er war … fast wie ein Schatten.«

Darauf tat Aryon etwas Seltsames; er barg tatsächlich kurz das Gesicht in den Händen, ehe er sich darüber rieb, als wollte er damit alle Müdigkeit vertreiben. Seine Augen funkelten. Das gefiel mir überhaupt nicht.

»Was ist denn mit dir los?«

»Das solltest du eigentlich wissen«, sagte Aryon frostig, und mir blieb kurz das Herz stehen, ehe er den Blick abwandte. »Das dunkle Haar. Die Maske. Das … das ist der Schatten von Arassa, verdammt.«

Ich schwieg kurz.

»Ach ja, richtig«, sagte ich. »Ich … hatte ihn in letzter Zeit vergessen.«

»Ist das dein Ernst? Er hat die Arassaner jahrelang gegen das Uhrwerk aufgestachelt! Wyatt hat andauernd Briefe geschrieben, damit Ceratari ein paar Gardisten zur Unterstützung schickt, aber sie konnten ihn einfach nicht fangen, bis …« Aryon stockte. »Moment. Wyatt hat mir geschrieben, dass er tot ist … er hat *Fotos* davon geschickt. Er kann doch nicht … das ist unmöglich!«

Er blickte mich fassungslos an, als hoffte er, dass ich eine Erklärung für ihn hatte … doch der Gedanke daran, wie Wyatt feixend Kyrons Leiche fotografieren ließ, trieb mir eine heiße Übelkeit die Kehle hinauf.

Zumindest blieb mir eine Antwort erspart, als zwei Gardisten in den Raum kamen, eine große Kiste zwischen sich.

»Wir haben die Metallteile des Hybriden eingesammelt«, sagte einer von ihnen. »Wohin sollen wir sie bringen?«

»In die Asservatenkammer«, schlug ich vor. »Dort stören sie vorerst nicht.«

»Sehr wohl«, sagte der Gardist, ehe er Aryon einen scheelen Blick zuwarf. »Wieso das traurige Gesicht, Kommandant, wurden Sie gerade ausgescholten?«

Aryon stieg die Zornesröte ins Gesicht. Die Männer grinsten einander an, ehe sie gingen. Aryon sah ihnen mit einem glühenden Hass nach, der wahrscheinlich Löcher in die Wand hätte ätzen können; doch ich sah das Zittern deutlich, das er nach jedem derartigen Gespräch in den Augen hatte.

»Meine Güte, Aryon«, sagte ich. »Du bist der Präsident der gesamten Garde. Die Dreizehn Inseln schauen auf dich. Du kannst dich nicht so auslachen lassen.«

»Ach, sei still«, sagte er scharf. »Ich … ist doch egal, verdammt. Ich werde den Schatten fangen. Dann sehen sie ja, was sie von ihrem Gelächter haben.«

Ich hob eine Augenbraue.

»Sieh mich nicht so an! Ich werde diesen Mistkerl finden, und dann führe ich ihn den Dreizehn Stunden vor. Die Leute werden sich noch in hundert Jahren daran erinnern, dass ich den Schatten geschnappt habe!«

Ich musste an die Träume denken, mit denen ich einst nach Arassa gegangen war. An mein Verlangen nach dem großen Sieg, der beweisen würde, dass ich ein Held war und kein Rabenkrüppel. Wie mir die Menschen zugejubelt hätten … wie sie Aryon zujubeln würden …

Aryon schob das Kinn vor. »Diese Gardisten werden schon sehen, was sie von ihrem Gelächter haben. Ich bin der jüngste Präsident in der Geschichte der Garde. Das habe ich auch verdient, sie werden schon sehen. Ich bin nicht nur hier, weil mein Vater es so wollte, verdammt!«

Ich stimmte ihm mit einem Murmeln zu, obwohl ich etwas anderes dachte. Wahrscheinlich hätte ich Aryon erzählen können, dass Kyron ein geflügelter Ritter aus Escava war, und er hätte sich ans Fenster gestellt und stundenlang den Himmel beobachtet.

»Ich werde Wyatt sagen, dass er mir die Akte über den Schatten schicken soll«, beschloss Aryon. »Ich werde diesen Rebellen umbringen. Das hat er davon, wenn er Ärger in meinem Ceratari macht!«

Ich geriet schlagartig ins Schwitzen, aber ich versuchte, eine steinerne Miene zu bewahren. »Meine Güte, Aryon, du weißt doch noch nicht einmal seinen Namen.«

»Oh doch«, sagte er, ehe er sich eine Zigarette ansteckte. »Die Arassaner haben ihn Kyron genannt, und er ist … der Schatten des Vulkans geworden.«

Aryons grottenschlechte Laune hielt, wie zu erwarten, für die nächsten paar Wochen an. Schon bald hatte er Dutzende von haarsträubenden Plänen entworfen, wie er den Schatten fangen wollte; und als er damit fertig war, lungerte er in meinem Büro herum, um mir zu erzählen, wie er diese *verdammte Rebellenkröte* unter die Wellen zu bringen gedachte. Ich beschloss dumpf, mich vorerst nicht noch einmal in den Schatten zu versuchen. Beim ersten Ausflug gefasst. Gardisten verletzt. Nur, weil ich so aufgeregt gewesen war.

Dieser Gedanke quälte mich so sehr, dass ich noch vor Einbruch der Dunkelheit zu Bett ging. Kurz nach meiner Ankunft in Ceratari hatte ich ein Haus von Aurennas Knochenmünzen gekauft; von hier konnte ich ungestörter arbeiten als von der Pension, wo womöglich eines Tages jemand die Maske unter meiner Matratze eingeklemmt vorfand. Am nächsten Morgen jedoch weckte mich die Türklingel. Ich fuhr auf und stolperte im Morgenmantel nach unten; draußen stand jedoch nur ein Bote, einen dicken Brief in der Hand.

»Was ist los?«, fragte ich. »Brennt das Haus des Goldes?«

Er schüttelte hastig den Kopf und überreichte mir meine Post. Auf dem Papier prangte ein Kranich auf schwarzem Untergrund, doch es dauerte, bis der Groschen bei mir fiel.

»Die Knochenbank von Ceratari?«, fragte ich. »Oh. Ich habe gar kein Konto hier, glauben Sie, sie wollen mir eines andrehen?«

»Ich – ich weiß nicht. Das würden sie nicht tun, oder? Ich liebe das Uhrwerk. Es gibt keinen Grund, mich …«

»Gütige Funken, beruhigen Sie sich.« Ich nahm den Brief kurz zwischen die Zähne, um ihm eine Münze zuzuschnippen. »Da. Kaufen Sie sich ein Stück Kuchen, das hilft gegen empfindliche Nerven.«

»Nein. Ich meine, ja. Danke.« Der Bote machte sich hastig aus dem Staub. Ich sah ihm verdutzt nach. Vielleicht sollte ich öfter im Morgenmantel nach draußen gehen, das schien die Leute zu erschrecken.

Ich stieß die Haustür mit dem Fuß zu und öffnete den Brief. Wider Erwarten ging es nicht um meine nonexistenten Konten; es war eine Einladung auf einen Ball. Es dauerte einige Augenblicke, bis ich begriff. Die Knochenbank, ja. Sie unterstand der Familie Baines, die schon seit Generationen zu den engsten Partnern der Belarrons zählten.

Ich fragte mich dumpf, ob Marawyn auch eingeladen war. Wahrscheinlich nicht; schließlich führte mein Bruder die Familiengeschäfte. *Nein, Halbbruder. Er ist mein Halbbruder.* Ein seltsamer Gedanke ... aber Marawyn war sieben Jahre jünger als meine Mutter und noch ein halbes Kind gewesen, als Amarion geboren worden war.

Ich legte den Brief weg, um in meine Uniform zu schlüpfen. Im Haus des Goldes herrschte reger Betrieb, so wie immer, und an der großen Wand am Kopf der Halle hängten mehrere Gardisten neue Fahndungsplakate auf. Ich blieb stehen, um sie genauer in Augenschein zu nehmen.

Eines zeigte einen maskierten Mann, dem das rabenschwarze Haar zerzaust auf die Schultern fiel und der den Betrachter direkt anzustarren schien.

Gesucht wegen Hochverrat, Mord an Uhrwerkstreuen und Rebellion. Belohnung ... fünfzigtausend Knochenmünzen.

Mir drehte sich der Magen um. Rasch wandte ich mich ab und eilte in mein Büro. Hastig schlug ich die Tür hinter mir zu, ließ mich an die Wand sinken und merkte erst dann, dass ich zitterte. Fünfzigtausend. Das war mehr, als die meisten wohlhabenden Familien überhaupt auf dem Konto hatten.

Schlagartig flog die Bürotür auf und schlug so heftig gegen die Wand, dass die Akten in ihren Regalen bebten. Im gleichen Augenblick schwebte Aryon über die Türschwelle, eine monströse Tasse in der Hand.

Ich würgte meine Gefühle so mühsam herunter, dass es fast wehtat.

»Gütige Funken, Aryon. Kannst du nicht klopfen? Was, wenn ich nackt gewesen wäre?«

»Dann hätte ich jetzt einige peinliche Fragen an dich«, meinte Aryon und nahm einen tiefen Schluck. »Weißt du was? Ich habe herausgefunden, wozu diese balaisischen Pflanzen gut sind, die wir neulich konfisziert haben. Beim Metallarm des Zinnhybriden! Ich habe mich noch nie so *aufgedreht* gefühlt!«

Großartig. Es gibt Menschen, die man von solchen Getränken fernhalten sollte, und Aryon war der erste Eintrag auf dieser Liste.

»Was willst du überhaupt hier?«

»Hab gehört, dass du eine Einladung von der Knochenbank bekommen hast.« Aryon grinste. »Frag mich nicht, woher ich das weiß, in Ordnung? Mein Vater hat mir verboten, eine Begleitung zum Fest mitzunehmen. Sagt, dass ich mich sonst nicht auf das Wesentliche konzentrieren würde. Ich hätte gern diese Blonde gefragt, die unten im Zollamt arbeitet – aber ich *darf* ja niemanden mitnehmen, also muss ich später herausfinden, wie sie sich in meinem Bett macht.«

Ich fragte mich dumpf, ob Ruanne sein Verbot eigentlich durchdacht hatte; sagte man Aryon, dass er etwas nicht tun durfte, konnte man es als getan betrachten.

»Hast du schon eine Begleitung?«, plapperte Aryon weiter. »Wahrscheinlich nicht, oder? Frag die Tochter des Knochenfürsten. Ihr Belarrons kommt doch gut zurecht mit den Baines.«

»Ich habe keine Ahnung, wie sie aussieht. Was, wenn sie ein Holzbein hat?«

Aryon prustete los. »Wenn du recht hast, gebe ich dir einen Feuerschnaps aus.«

Ich lächelte unverbindlich, sagte aber nichts. Aryon gluckste eine Weile in sich hinein, wobei sein balaisisches Kräutergebräu aus der Tasse spritzte, ehe er sich an meinen Schreibtisch lehnte und allmählich ruhiger wurde.

»Wyatt hat mir Kyrons Akte zugeschickt, weißt du.«

Meine Mechanik stockte. »Ach ja?«

»Ja«, sagte Aryon. »Weißt du was? So schwer kann er nicht zu finden sein, wir haben Fotografien von ihm. Ich könnte ihn schon nächste Woche gefunden haben. Oder sogar morgen!«

Ich entspannte mich. »Warum hältst du ihn eigentlich für so gefährlich?«

»Hast du noch nie von der Schattensage gehört?«

»Nein«, sagte ich wahrheitsgemäß. Ich kannte mich nicht mit Märchen aus; wenn ich ein paar fantastische Lügen lesen wollte, kaufte ich eine Zeitung.

Aryon nickte bedächtig. »Prima. Die Geschichte ist verboten, weißt du. Ich war einmal mit einer Seidenhändlerin im Bett, die mir davon erzählt hat. Am Ende musste ich sie natürlich erschießen lassen, weil sie Gedankengut der Rebellion verbreitet hat.«

»Du hast die Frau *erschießen lassen?*«, fuhr ich ihn an. »Gütige Funken, Aryon, die Leute da draußen sind keine Tontauben!«

»Willst du nun von den Schatten hören oder nicht?«, sagte Aryon gereizt.

Ich verschränkte die Arme. »Nur, wenn du mich danach nicht umbringst.«

Aryon sah mich finster an, ehe er sich auf die Tischkante setzte.

»Früher gab es viele Aliamen auf den Inseln«, sagte er. »Der Zinnhybrid hat sie natürlich alle besiegt, aber … tja, diese anzugtragenden Wilden hatten komische Vorstellungen. Sie waren davon überzeugt, dass ihr Volk aus Mondlicht und Finsternis geboren wurde – und von einem Mann zu dem geschmiedet, was sie heute sind. Sie nannten ihn ihren Schattenkönig. Den Vater aller Gestaltwandler. Und als er starb, hielten sie die Augen nach seinem Nachfolger offen – Aliamen glauben, dass die Besten und Schlimmsten unter ihnen wiedergeboren werden.«

Ich runzelte die Stirn. »Was hat das mit Kyron zu tun?«

»Wart's ab«, sagte Aryon gereizt. »Jedenfalls fingen die Aliamen an, ihren größten Helden im Andenken an ihren König den Beinamen *Schatten* zu geben. Als die Menschen auf die Dreizehn Inseln kamen, übernahmen sie diese Eigenart. Deswegen tragen so viele Figuren unserer Geschichte diesen Beinamen – der erste Hybridritter, der Märtyrer von Cariale, der Zinnhybrid höchstpersönlich.«

»Davon habe ich noch nie gehört.«

»Wir erzählen es ja auch nicht jedem«, sagte Aryon gereizt. »Aber … tja, wenn du die Dreizehn Stunden gesehen hättest … sie haben ja den letzten Schatten erlebt. Den Zinnhybriden. Er hat genauso angefangen, und wir wissen alle, was *dann* passiert ist.«

Ich schluckte. »Er macht den Dreizehn Angst?«

»Lächerlich, ich weiß«, sagte Aryon. »Aber irgendwie schon.«

Oh du meine Güte. Meine Güte. Ich hatte doch nur ein paar Knochenmünzen verteilen wollen, und plötzlich war ich der oberste Staatsfeind?

»Wir müssen ihn aufhalten«, sagte Aryon. »Irgendwie. Er hat so viel Ärger in Arassa gemacht, er wird ganz Ceratari in Brand stecken.«

»Ich glaube nicht, dass das seine Absicht ist.«

Aryon sah mich schief an. »Wieso das denn?«

Verdammt.

»Äh«, sagte ich. »Weil er sich … in Arassa auch zurückgehalten hat. Oder? Ich wüsste nicht, dass dort jemand seinetwegen gestorben wäre.«

»Ach. Ach ja, stimmt.« Er musterte mich mit dunklem Blick, die Tasse in seiner Hand vergessen, ehe er sich abwandte. »Ich hasse diesen Mistkerl. Ich werde ihn töten, wenn ich kann.«

Ich war froh, dass ihm entging, wie ich den Mund verzog. Aryon war mein bester Freund, und dennoch … die Wahrheit würde ich ihm nie erzählen können. Was, wenn er mich dafür hasste? Mir wehtat, nur weil ich in seinen Augen ein Verbrecher war?

»Wie auch immer«, sagte Aryon abrupt. »Ich muss jetzt zu einem Treffen mit dem Knochenfürsten. Wir sollen ja sein Fest bewachen. Ich … ich muss das gut machen. Mein Vater verlässt sich auf mich.«

Ich bezweifelte, dass Ruanne naiv genug war, um mehr Verantwortung als absolut nötig in Aryons Hände zu legen. Aber ich sagte nichts. Aryon war stur, niemals würde er zuhören, wenn ich über Kyrons Absichten sprach.

Aber wenn mich das Uhrwerk schon zu seinem größten Feind erklärt hatte, war es vielleicht an der Zeit, ihm einige Dinge nahezulegen.

»Kann ich mitkommen?«, fragte ich. »Wir müssten nur kurz an meinem Haus anhalten, ich … äh … habe mein Frühstück vergessen.«

»Das passiert im hohen Alter«, sagte Aryon grinsend und ging. Ich sah ihm stirnrunzelnd hinterher. Was würde er tun, wenn ich ihm wirklich mit der Maske auf dem Gesicht entgegentrat? Würde er seine

Gedanken ausnahmsweise einmal beisammen haben und mir seine Gardisten auf den Hals hetzen?

Gut möglich. Vielleicht würde er mir aber auch nur pistolenfuchtelnd hinterherlaufen, über seine Füße fallen und am nächsten Morgen mit gesenktem Kopf zur Arbeit erscheinen. Aryon war schließlich nicht Wyatt. Zum Glück.

Wenig später fuhren wir in einer Kutsche zu meinem Haus. Ich eilte hinein und schob ein gewisses Stück Holz mitsamt einigen anderen Utensilien in meine Uniform, ehe wir zu einem Platz weiterfuhren, der mit Automobilen der Garde gefüllt war. Vor uns lag ein zedernbewachsener Hügel, auf dem sich eine ausgebrannte Ruine erhob. Der ehemalige Meertempel. Natürlich kam niemand mehr hierher, um seinen Göttern zu huldigen, doch die geschwärzten Mauern waren eine beliebte Kulisse für größere Feste.

Neben uns kam eine zweite Kutsche zum Stehen. Sofort stürmte Aryon vor und half einem der Insassen hinaus … einer jungen Frau mit herzförmigem Gesicht, deren Augenfarbe perfekt dem Grün ihres Kleides entsprach. Dichte dunkelrote Locken fielen über ihre Schultern. Etwas in mir stockte. Obwohl sie einander überhaupt nicht ähnelten, dachte ich bei ihrem Anblick an Aurenna; und einen Augenblick lang war ich darauf gefasst, dass sie gleich an meiner Metallschulter herumkritteln würde, nur um mich anschließend einen Dummkopf zu schimpfen.

»Sie sehen wunderbar aus, Araine«, säuselte Aryon. »Man findet ailionische Schönheit nur selten in Ceratari.«

Er beugte sich vor, um ihr die Hand zu küssen. Araine ließ das Ganze mit einem Hauch von Röte über sich ergehen. Ich warf ihr einen entschuldigenden Blick zu. Araines Augen fanden meine, und für den Bruchteil einer Sekunde glaubte ich ein Lächeln zu sehen, ehe ihr Blick auf meinen metalldurchzogenen Unterarm fiel und augenblicklich hart wurde.

Ich runzelte die Stirn, doch bevor ich Araine auf ihre Gewittermiene ansprechen konnte, stieg ein blonder Mann mittleren Alters aus der Kutsche. Sein Gesicht war schmal, aber hart, seine Haut trocken vom langen Aufenthalt in der Welt des Geldes. Levon Baines, der Knochenfürst, Geschäftsführer einer der größten Banken des Landes. Wenn Araine seine Tochter war, kam sie wohl stark nach ihrer Mutter.

Wir tauschten einige gehaltlose Begrüßungen aus, ehe Aryon das Wort ergriff. »Sehen Sie sich die Bäume an. Das ist ja ein halber Wald! Wer sagt, dass Kyron sich nicht einfach hindurchstehlen kann?«

»Warum sollte er das denn tun?«, fragte ich, während ich in Gedanken abzuschätzen versuchte, wie weit ich dabei kommen würde.

»Was weiß ich. Ich bin doch kein Rebellenführer.« Aryon verzog das Gesicht, schien zu merken, dass er es tat, und wandte sich an den Knochenfürsten. »Wieso … äh, was war jetzt … wieso gehen wir nicht das Gebäude inspizieren?«

»Eine gute Idee«, sagte der Knochenfürst belustigt.

Ich merkte, dass Aryon deutlich sichtbar ins Schwitzen geriet, doch Baines hatte sich bereits abgewandt. Aryon fluchte leise und folgte ihm hastig zum Meertempel hinauf; Araine und ich hingegen blieben allein auf dem großen Platz zurück.

»Sie sind ein Hybrid«, stellte sie fest.

»Was hat Sie darauf gebracht, der Metallarm oder das Klicken meines Brustkorbs?« Ich lächelte schwach. »Tut mir leid. Das Klicken, meine ich. Ohne die Mechanik in meiner Brust wäre ich nicht mehr am Leben.«

»Ich würde lieber sterben, als zu einem Hybriden zu werden«, erklärte Araine voller Inbrunst.

Diese Antwort ließ mein Innenleben quälend lange aussetzen, ehe sich mein Ärger den Weg nach oben bahnte. »Gütige Funken. Was glauben Sie eigentlich, wer Sie sind?«

»Ich bin keine Uhrwerksmaschine«, sagte sie barsch und stolzierte davon. Ich beeilte mich, ihr zu folgen, obwohl ich am liebsten alle dreizehn Inseln zwischen uns gehabt hätte.

»Uhrwerksmaschine!«, wiederholte ich. »Wenn Sie wüssten, Araine!«

»Behalten Sie Ihre Lügen für sich, Belarron.«

»Meine Güte«, fuhr ich sie an. »Was habe ich Ihnen eigentlich getan?«

Sie blieb stehen. Drehte sich zu mir um, während sich Sonnenlicht in ihrem Haar fing und ein Glühen darin weckte.

Dann versetzte sie mir eine Ohrfeige und ging davon. Ich rieb mir die Wange, ohne zu begreifen, was ich jetzt schon wieder falsch gemacht hatte. Frauen!

»Die Gardisten werden kugelsichere Westen tragen«, hörte ich Aryon sagen. Wir waren inzwischen zu den Resten des Hauptsaales hinaufgestiegen; verfallene Wände ragten um uns auf, und am Fuß des Zedernhügels zeichnete sich der Vulkansee in seiner türkisfarbenen Pracht ab.

»Kugelsichere Westen«, wiederholte ich nachdenklich. »Ja …«

Araine legte den Kopf schief. »Wovon reden Sie?«

»Ist doch egal«, sagte ich gereizt. »Oh, und da wäre noch etwas. Ich schlage eigentlich keine Frauen, aber wenn Sie mir noch mal eine klatschen, klatsche ich zurück.«

Araine lächelte trotzig. »Mit dieser Hand? Vergessen Sie's.«

»Dafür ist meine Linke gut genug. Hat Ihr Vater Ihnen keine Manieren beigebracht?«

»Levon ist mein Ziehvater«, sagte Araine scharf. »Ich wurde adoptiert.«

Ich zuckte zusammen. Araine starrte mich wütend an, ehe sie sich abwandte. Ich nutzte die Gelegenheit, um in den umliegenden Wald zu verschwinden. Als ich sicher war, dass mich niemand sah, kniete ich neben einem der Bäume nieder und steckte das Bündel zwischen das Wurzelwerk, das ich hierher mitgebracht hatte. Maske und Perücke, eingewickelt in einen dünnen schwarzen Umhang. Hoffentlich würde das nicht auffallen. Ansonsten hatte ich ein Problem.

… es ist eine dumme Idee, verdammt …

Ich dachte daran, wie ich Kyron zum ersten Mal begegnet war, an seine Silhouette über den Dächern von Arassa. Wütend war er gewesen, hatte er gesagt, beflügelt vom Gedanken, die Lügen über sich von den Mauern der Wolkenkratzer zu reißen. Etwas, was er problemlos nachts oder in der Dämmerung hätte erledigen können; dennoch hatte er seinen Auftritt in die Mittagszeit gelegt. An einen Zeitpunkt, an dem ganz Arassa ihn sehen konnte.

Als hätte er es darauf angelegt, dass die Stadt von seiner Existenz erfuhr.

Ich wandte mich ab und kehrte in die Halle zurück. Araine sah mich sofort an, als ich zwischen den Mauern hervortrat, doch Aryon hatte mir den Rücken zugewandt und zitterte immer noch vor dem Knochenfürsten.

»Falls es zu einer Störung kommt …« Aryon schien zu überlegen. »Also, das bekommen wir schon hin. Keine Rebellen. Keine dämlichen Schatten mit Masken. Alles wird nach Plan verlaufen!«

»Das hört sich gut an.« Ich rechnete dem Knochenfürsten hoch an, dass er Aryons Nervosität mit keinem Wort erwähnte. »Sichern Sie das Gelände, wie Sie es für richtig halten.«

»Das mache ich«, sagte Aryon eifrig. »Der Saal wird unter ständiger Beobachtung stehen.«

»Freut mich«, erwiderte der Knochenfürst. »Dann sehen wir uns in drei Tagen, nicht wahr?«

Aryon lächelte erleichtert, aber ich sah zu Araine, die eine Locke hinter ihr Ohr strich und mir dabei scharfe Blicke zuwarf.

»Wir sehen uns in drei Tagen«, wiederholte sie.

In meinen Ohren hörte sich das beinahe wie eine Drohung an.

16

Die Kunst der Idiotie

Die Leute glauben ja immer, dass nichts auf der Welt den Schatten des Vulkans zu erschüttern vermag. Sie denken, dass mir für jede Situation ein unfehlbarer Plan bereitlag, dass ich mich niemals fürchten würde und dass das Uhrwerk schon zitterte, wenn ich morgens ins Badezimmer taperte. Sie halten mich für einen großen Mann, und manchmal kann ich mir sogar vorstellen warum. Aber ich bezweifle, dass die Helden der Dreizehn Inseln jemals so nervös gewesen waren wie ich auf dem Weg zum Ball des Knochenfürsten.

»Steinerne Garde, Innere Sicherheit«, sagte ein Mann in Grau, kaum dass ich die Treppe hinaufgekommen war. »Strecken Sie die Arme aus. Wir müssen Sie durchsuchen.«

Mit einem Seufzen ließ ich mich abklopfen, sah die Brauen des Gardisten nach oben wandern, als er meinen Brustkorb abtastete.

»Ist das eine kugelsichere Weste?«

»Ja«, gab ich zu, ganz der ängstliche Adelssohn. »Ich habe sie aus der Garde geliehen. Nachdem Kyron diesen Hybriden angegriffen hat, bin ich lieber etwas vorsichtiger.«

Der Gardist verkniff sich ein Lächeln. »Er wird nicht auf das Fest gelangen. Das gesamte Gelände ist abgesichert.«

Er ist gerade durch die Kontrolle gekommen, dachte ich, als ich weiterging.

Damit stieg ich in die schwärzlichen Reste des Meertempels hinauf. Obwohl ich früh dran war, war der Saal gut gefüllt; Paare wirbelten auf der Tanzfläche umher, während andere Gäste zu Abend aßen. Auch ich suchte mir einen Tisch, und wenig später servierte mir ein Diener das Abendessen, während das Orchester auf der alten Galerie ein neues Lied anstimmte. Eine schwere, einprägsame Melodie. Sie drehte mir den Magen um.

Die Schatten schreien, die Schatten schreien,
die Hybriden schmecken Blut.
Hoch die Waffen, lass sie rasseln,
als Zahnrad hast du's gut …

Ich biss mir auf die Zunge. Vielleicht war mein Plan doch nicht so gut, wie ich gedacht hatte. Aber ich musste etwas tun, verdammt … den Leuten zeigen, dass ich kein Mörder war, dass ich helfen wollte, dass der Schatten von Arassa lebte.

Ich blickte trübe in die Menge; doch dann schaffte es meine Laune, gleichzeitig heller zu werden und noch stärker zu kippen, als ich Aryon auf mich zukommen sah. Ausnahmsweise einmal hatte er sein Stirnband zu Hause gelassen; sein Gesichtsausdruck hingegen hätte genügt, um Dutzende kleiner Kinder in Tränen ausbrechen zu lassen.

»Hat Araine dir einen Korb gegeben?«, fragte ich prompt.

Aryon grunzte lediglich. »Sie weiß nicht, was sie versäumt. Ich hätte sie zu meiner Königin gemacht, oh ja. Vielleicht nur für ein paar Nächte, aber eine verderbende Krone ist besser als keine. Niemand weist den Präsidenten der Garde zurück. Mir gehört die ganze Stadt, verdammt!«

Gütige Funken. Wie konnte Aryon eigentlich Dinge wie *verderbende Krone* sagen und gleichzeitig kein Wort vor Levon Baines herausbekommen?

»Vielleicht solltest du dir langsam eine passende Partie suchen«, sagte ich.

»Mach mir keine Vorschriften. Du bist auch nicht verheiratet.«

Ich blickte über die tanzenden Paare hinweg. Fragte mich, wie es wohl gewesen wäre, mit Kyron hierherzukommen. Bestimmt hätte er in einem Anzug umwerfend ausgesehen, nahezu genauso elegant getanzt, wie er kämpfte.

»Ich habe eben kein Glück mit Frauen«, sagte ich unverbindlich.

Aryon begann zu lachen. »Blödsinn. Du kannst sie mit deinem Namen und deinen Knochenmünzen kaufen. Sie werden sich darum reißen, deine Söhne auf die Welt zu bringen, und warum solltest du dir kein Mädchen zulegen, das auch noch ein Vermögen in die Ehe einbringt? Los, schnapp dir Araine. Ich weiß, dass ihr beiden herumgetuschelt habt, sonst würde sie mich ja nicht abweisen.«

»Wieso sollte ich das tun? Sie ist eine arrogante Ziege.«

Aryon grinste. »Natürlich.«

Ich sah ihn finster an, ehe ich eine Gabel zwischen meine steifen Finger klemmte, um mit dem Abendessen zu beginnen.

»Aryon«, sagte ich, »sie sieht vielleicht gut aus, aber das ist absolut undenkbar.«

»Wieso denn?«, sagte Aryon erstaunt.

Ich schüttelte den Kopf. Nein, es war besser, wenn ich für mich blieb. Tagsüber war ich in der Garde beschäftigt und nachts ging ich in die Schatten; dazwischen blieb nicht viel Zeit für eine Frau.

Oder einen Mann.

»Sei nicht so verbohrt, Taiden. Du bist ein Belarron, sie ist eine Baines. Wenn sie dich abweist, beleidigt sie deine Familie. Sie beleidigt die Rabeninsel. Gütige Funken, ich wünschte, *ich* hätte einen wichtigen Nachnamen.« Aryon lachte, während ich unwirsch auf meine Pastete eindrosch. »Wenn ich du wäre, würde ich gleich morgen in die Garde gehen und in ihrer Akte nachschauen, ob sie irgendetwas ausgefressen hat. Kaum etwas macht eine Frau gefügiger als eine wohl platzierte Drohung. Du schneidest dir übrigens gerade in die Hand.«

Ich senkte den Blick. In meinem Ärger war mir nicht aufgefallen, dass mein Messer über meine Rechte geglitten war, und Blut tropfte durch den Stoff meines Handschuhs auf den Tellerrand. Ich verzog das Gesicht und schob ihn fort. Wahrscheinlich stand mir ein großartiger Abend bevor.

Während mein Messing erkaltete, um die Wunde zu verschließen, wurde die Musik in der Ruine leiser und verstummte. Auch die Funkenlaternen erloschen, bis nur noch ein halb verfallener Balkon am Kopf der Halle im Licht lag, und dann trat der Knochenfürst mit seiner Ziehtochter am Arm in den Laternenschein. Er blickte schweigend in die Menge, ehe er ein Mikrofon auf seinem Pult zurechtrückte. Ich nutzte die Gelegenheit, um mich in der Halle umzusehen. Einhundert Gardisten, schätzte ich, doch für mich fühlten sie sich wie tausend an; und sie alle trugen Waffen.

»Herzlich willkommen auf meinem Fest«, begann er. »Es freut mich, dass Sie so zahlreich erschienen sind.«

Es war noch nicht zu spät. Ich konnte einen Rückzieher machen.

»Seit einhundertfünfzig Jahren kümmern wir uns um die Finanzen der Dreizehn Inseln«, sagte Levon Baines, »und wir sind die einzige Bank des Landes, deren wichtigste Position vererbt wird. Eines Tages wird es an der Zeit sein, meine Verantwortung weiterzugeben. Die Knochenbank in die nächste Generation zu führen. Meine Damen und Herren, ich möchte Ihnen die Erbin meiner Bank vorstellen – meine Tochter Araine.«

Applaus. Ich sah Araine in den Laternenschein treten; sie trug ein aufwendig besticktes Kleid und Perlen im Haar, und obwohl die gesamte Halle zu ihr aufsah, wirkte ihr Lächeln natürlich.

»Ich freue mich, eines Tages die Knochenbank leiten zu dürfen. Ich hoffe, dass es noch lange dauert, bis sie an mich übergeht«, sie lächelte ihrem Ziehvater zu, »doch ich verspreche, meine Aufgabe gut zu machen.«

Sie neigte den Kopf. Der Rest war Etikette. Ich ließ sie kaum aus den Augen, während sie sich ihren Applaus anhörte und zur Tanzfläche hinabstieg.

Aryon stieß mir den Ellenbogen in die Seite. »Jetzt geh schon zu ihr.«

»Ich will überhaupt nicht«, beschwerte ich mich.

Aber er hatte mich längst auf die Beine gezogen. Ich zeigte ihm eine rüde Geste und ging; doch dann stellte ich fest, dass mich meine Schritte tatsächlich zu Araine führten, die im Schein goldener Funkenlaternen mit mehreren Männern sprach. Geduldig wartete ich, bis sie ihre Gesprächspartner verabschiedet hatte, bevor ich mich ihr näherte. Sofort wurde ihr Gesichtsausdruck eiskalt. Warum hasste sie mich bloß so sehr?

»Wollen Sie mich im Namen Ihres Hauses beglückwünschen?«

»Ach ja. Ja, genau.« Soweit ich wusste, war meine Familie auf irgendeinem anderen Fest; aber das war gut so, denn das hieß, dass meine Mutter mir keine Verlobte suchen konnte. »Sagen Sie, sind Sie an einem Tanz interessiert?«

»Ja. Allerdings nicht mit einer Tötungsmaschine.«

Ich zuckte zurück. »Tötungsmaschine?«

»Alle Hybriden sind das. Alle *Gardisten* sind das.« Sie schob das Kinn vor. »Was ist, sperren Sie mich jetzt dafür ein? Bringen Sie mich um?«

»Ich sollte es«, sagte ich aufgebracht. »Gütige Funken, ich habe nie – Sie wissen überhaupt nichts über mich!«

»Will ich auch gar nicht«, fauchte Araine.

Wir starrten einander an, und vielleicht hätte ich meine Manieren in diesem Augenblick vergessen, wäre nicht Levon Baines zu uns getreten. Ich sah ihm deutlich an, dass er den Braten gerochen hatte. Wahrscheinlich war ich keineswegs der erste Hybrid, den Araine so heftig anschrie.

»Gibt es ein Problem?«

»Ich habe Ihre Tochter um einen Tanz gebeten«, sagte ich. »Anscheinend hat sie kein Interesse.«

»Araine«, sagte Baines mahnend.

Sie sah ihn wütend an, schien sich jedoch nicht zu trauen, ihm vor meinen Augen Widerworte zu geben. Stattdessen bot sie mir so widerwillig die Hand an, als hätte ich eine ansteckende Krankheit, und ich führte sie unter den wachsamen Augen ihres Ziehvaters davon.

»Das haben Sie doch mit Absicht gemacht, Belarron«, zischte sie.

»Sie spucken ganz schön große Töne, dafür, dass ich Sie jederzeit ins Gefängnis werfen könnte.«

»Das können Sie nicht machen. Dann steht Ihre Familie ohne Geld da.«

»Ich kann nicht behaupten, dass mich das interessieren würde.« Ich sah sie prüfend an, als wir auf die Tanzfläche traten und ich zögernd die schlechte Hand an ihre Taille legte. »Araine … wieso hassen Sie mich so sehr?«

Araine antwortete nicht, während das nächste Lied begann. Langsam führte ich sie über den zerfurchten Stein. *Eins, zwei, drei. Eins, zwei, drei.* Ich merkte, dass sich meine Mechanik dem Takt der Musik anglich, und das war gut; denn dann konnte ich fast vergessen, wie schwer mein Herz unter meinen Messingrippen schlug.

»Das geht Sie nichts an.«

Ich seufzte. »Schön, dann eben nicht. Aber hören Sie wenigstens auf, mich anzusehen, als hätte ich Ihren Hund umgebracht.«

»Gut«, sagte sie. Damit schien das Thema für sie erledigt zu sein. Ich war jedoch klug genug, nicht weiter nachzuhaken, sondern musterte sie nachdenklich. Sie blickte knapp an mir vorbei, obwohl wir uns so nahe waren, dass ich die Sommersprossen auf ihren Wangen zählen konnte. Aber sie stieß mich nicht weg. Ließ meine rechte Hand wie selbstverständlich an ihrer Taille ruhen.

»Sie tanzen sehr gut«, sagte ich.

»Danke«, erwiderte sie leise.

Ich sah sie an. Ich wollte wütend auf sie sein, sehr sogar … doch es war schön, dass sie meine Rechte an ihrem Körper duldete, und ihr süßes Parfüm löste einen eigenartigen Schwindel in mir aus. Seit Kyrons Tod war ich niemandem mehr so nahe gekommen. Seit er fort war, war ich allein …

»Araine«, flüsterte ich. »Glauben Sie an den Schatten des Vulkans?«

Sie sah mich seltsam an. »Ist das eine Art Verhör?«

»Nein«, sagte ich rasch. »Nein, versprochen …«

Sie verfiel in Schweigen. Ich dachte, dass sie mir eine Antwort schuldig bleiben würde, doch dann räusperte sie sich.

»Ich bin nicht sicher, ob es ihn gibt, wenn ich ehrlich bin. Wo ich als kleines Mädchen gelebt habe, war er ein Held für die Kinder. Ich habe auch Bilder von ihm gemalt … ich wollte ihn so gern einmal treffen. Levon hat mir später verboten, ihn zu zeichnen.«

»Vielleicht sehen Sie ihn ja heute«, rutschte es mir heraus.

Sie blinzelte mich an. »Was?«

Ich merkte, dass mir die Röte in die Wangen kroch. Verdammt, konnte ich denn nicht einmal mehr auf meine Zunge aufpassen? Rasch wollte ich ihr eine ausweichende Antwort geben, doch dann veränderte sich die Melodie des Liedes … *die Schatten schreien, die Schatten schreien …*

»Danke für den Tanz«, flüsterte ich und ließ sie stehen. Araine blinzelte mich an, rief mir irgendetwas nach; doch ich wusste, dass ich mich nicht mehr nach ihr umdrehen durfte. Ich durchquerte die Ruine und trat in den Wald; und obwohl es stockfinster war, fand ich den Baum sehr schnell, unter dessen Wurzeln ich meine Verkleidung deponiert hatte. Schweigend maskierte ich mich in der Finsternis und hüllte mich in den mitgebrachten Umhang, ehe ich mich mit einem flauen Gefühl im Magen umwandte und zum Gebäude zurücktastete.

Die Rückseite der Ruine lag unbewacht da. Ich schlich durch ein Netz aus geschwärzten Mauerresten zu der Treppe, die auf den verfallenen Balkon führte. Dann erreichte ich die Plattform, auf der eben noch der Knochenfürst gestanden hatte und von der man über die ganze Halle blicken konnte. Funkenlicht flimmerte durch Vorhänge aus tausendfarbigem Efeu. Ich schaltete das Mikrofon ein und rieb seine freiliegenden Kontakte zwischen den Fingern. Es gab ein kreischendes Geräusch und es unterbrach Musik und Tanz; Hunderte von Augenpaaren richteten sich auf den Balkon, und ich merkte, wie mir der Magen in die Kniekehlen sackte.

Dann … ein Klicken. Gefolgt von vielen weiteren. Um mich herum hoben die Gardisten die Pistolen, und es dauerte nicht lange, bis ich auch Aryon in der grauen Menge entdeckte.

»Kein Grund, die Waffen zu ziehen«, sagte ich. »Ich möchte nur ein Gespräch führen.«

Eisiges Schweigen. Ich schluckte unwillkürlich.

»Die Leute sagen, dass ich ihr Schatten bin«, sagte ich matt. »Das ist falsch. Ich bin nicht hier, um die Inseln in Chaos zu stürzen. Ich möchte nur denen helfen, die Hilfe von mir brauchen.«

»Du lügst!«, rief Aryon.

»Ich werde nicht …«

Aryon feuerte einen Schuss ab.

Er traf mich mitten in die Brust. Ich spürte einen starken Stoß, aber der Schmerz blieb aus. Verwundert tastete ich über das Einschussloch und stellte fest, dass die Kugel in meiner Schutzweste steckte.

In der Ruine war es totenstill. Ich fühlte die Blicke der Gesellschaft auf meiner Haut, während der Wind durch das Geäst der Zedern rauschte.

»Ich will kein Blutvergießen«, sagte ich hastig. »Ich will keine Rebellion!«

»Bringt ihn um!«, brüllte Aryon.

Dutzende von Gardisten, vielleicht die gesamte Besetzung des Vulkankessels, richteten ihre Waffen auf mich. Ich schrie auf, obwohl mich die ersten Schüsse verfehlten; ein Teil meines Körpers war durch das Geländer geschützt, und ich war mir sicher, dass die Entfernung zur Tanzfläche das Zielen etwas schwerer machte. Unwillkürlich riss ich die Arme vor den Kopf, um ihn zu schützen. Dennoch spürte ich, wie sich Kugeln in meine Brust verirrten, wie sich Prellungen aneinanderreihten … und meine Beine knickten ein, während sich mein Anzug mit Blut vollsog, während mein Messing schmerzhaft kalt wurde.

»Das war's«, hörte ich Aryon sagen. »Holt ihn da runter.«

Vergiss es, dachte ich trübe. *So leicht bekommst du mich nicht, mein Freund.*

Ich nahm meine verbliebene Kraft zusammen und richtete mich auf. Die Gardisten blieben stehen. Aryon starrte so fassungslos zu mir hinauf, als sei ich ein Geistwesen vom Kontinent.

»Was …«

»So ein Ärger«, flüsterte ich. »Man kann einen Schatten nicht erschießen.«

Schwindel übermannte mich, als ich mich umwandte und ging. Dadurch wurde der Schmerz schlimmer; ich fiel die Stufen eher hinunter, als dass ich sie hinabstieg. Erst als ich nur noch von Zedern umgeben war, wagte ich es, langsamer zu werden. Aber ich traute mich nicht, die Maske abzunehmen. Meine Schusswunden würden verraten, wer ich war.

Schritte. Ich warf meinen Umhang weg, zog meine Jacke und die durchlöcherte Weste aus und ließ beides fallen. Ich fühlte mich leichter, doch ich spürte, dass mich allein mein Messing vor der Ohnmacht bewahrte. Ich musste fort … den Wald hinter mich bringen … aber ich war so schrecklich müde …

Ein Rascheln hinter mir.

Ich wirbelte herum und wäre fast gestürzt. Seltsamerweise überraschte es mich nicht, dass Araine vor mir stand, zierlich im Mondlicht, die Augen vor Schreck geweitet. Im gleichen Augenblick knickten meine Beine ein. Mein Kopf schlug hart auf den Boden. Tod durch Dummheit, dachte ich.

»Können Sie mich hören, Schatten?«

Sie schüttelte mich. Ich bekam es kaum mit.

»Nein … beim Metallarm des Zinnhybriden, nein! Sie dürfen nicht schlafen! Reden Sie, summen Sie, singen Sie meinetwegen, aber geben Sie nicht auf!«

Es rührte mich, wie sehr sie sich sorgte. Trotzdem legte sich eine Frage auf meine Zunge.

»Wieso sind Sie mir gefolgt?«

»Weil … weil ich den Schatten des Vulkans schon immer einmal treffen wollte.« Sie schien tatsächlich ein wenig zu erröten, als sie das sagte. »Darf ich?«

Ich begriff erst, wonach sie gefragt hatte, als sie die Maske von meinem Gesicht gezogen hatte. Es nützte nichts, sich fortdrehen zu wollen; ihre Gesichtszüge wurden hart, und ich hätte am liebsten darüber geweint.

»Sie sind es?«, flüsterte sie.

Ich biss mir auf die Lippe. »Bleiben Sie hier, bitte … ich habe nie …«

Zittrig zog ich meine Perücke herunter und ließ sie fallen. Ich sah, dass Araine an ihrer Unterlippe nagte, fassungslos, so blass wie ich … doch dann fiel der ferne Schein von Funkenlaternen durch den Wald.

»Sichert das Gelände. Er muss hier irgendwo sein.«

Araine sah mich erschrocken an. Fuhr sich hastig durchs Haar, bis ihre Locken wild um ihr Gesicht tanzten, schob Maske wie Perücke eilig unter ihre Röcke. Meine schwarzen Kleidungsstücke waren leicht zu übersehen, aber mein weißes Hemd mit seinen Blutflecken …

Das Funkenlicht näherte sich.

Araine sah von mir zur Lichtquelle und zurück, und plötzlich riss sie meinen Kopf herum und küsste mich. Ein elektrischer Schlag durchfuhr mich. Ich schloss sie in die Arme, so gut ich konnte … und als der Lichtschein goldener Funkenlaternen über uns fiel, war meine Zunge längst in ihrem Mund. Egal. Völlig egal. Dafür lohnte es sich, seine letzte Kraft zu geben.

Jemand räusperte sich. »Was tun Sie hier?«

Widerwillig löste ich mich aus dem Kuss. Araine klammerte sich an mich – erschrocken, doch keineswegs ängstlich.

»Gütige Funken!«, rief sie aus. »Haben Sie denn keine Manieren?«

Sie erntete ein verhaltenes Lächeln. »Es ist wohl kaum schicklicher, sich im Gebüsch … nun, Sie wissen schon. Haben Sie die Schüsse nicht gehört? Es handelt sich um einen Notfall.«

»Sehen wir aus, als hätten wir überhaupt irgendetwas wahrgenommen?«, gab Araine zurück. Die Wellen ihres Rockes schlugen über meine Beine, und ihr Mieder drückte an meinen Brustkorb und verbarg die dunklen Blutflecken. Trotzdem wurden meine Lider schwer. Es wäre so leicht, sich der Kälte hinzugeben … niemals wieder aufzuwachen …

Ich könnte vielleicht Kyron wiedersehen …

»Eigentlich nicht, nein.« Der Gardist errötete. »Sie sollten zur Festgesellschaft zurückgehen. Dort ist es im Moment sicherer.«

»Versprochen«, erwiderte Araine. Im gleichen Augenblick sank mein Kopf zur Seite.

Der Mann in Grau runzelte die Stirn.

»Was ist mit ihm los?«

»Er ist angetrunken«, sagte Araine hastig. »Machen Sie sich keine Sorgen. Wir gehen sofort zur Ruine zurück.«

»Das hoffe ich«, sagte der Gardist. Araine besaß die Würde zu erröten, und ich sah mit halb geschlossenen Augen zu, wie sich die Lichter entfernten.

Araine ließ mich los. Blut sprenkelte ihr Mieder.

»Wo wohnen Sie?«

»Winterstraße«, murmelte ich. »Gleich am See.«

»Gut. Das ist nicht weit. Kommen Sie.«

»Ich kann nicht …«

»Doch. Sie *müssen.* Ich helfe Ihnen, versprochen.«

Sie schob die Hände unter meine Achseln. Richtete mich auf. Selbst mit Araines Hilfe kam ich nur mühsam auf die Beine, und als sie mich kurz stehen ließ, um meine restliche Kleidung aufzulesen, wurde mir schwindlig. Dann packte sie mich beim Arm, half mir durch den Wald. Den ganzen Weg über schwiegen wir; ehrlich gesagt bekam ich kaum mit, dass wir uns zu meinem Haus vorarbeiteten, und vor der Haustür wurde mir schwarz vor Augen.

Das Nächste, was ich spürte, war Kälte. Heftige Kälte sogar. Ich merkte, dass ich am ganzen Körper zitterte, obwohl ich in eine Decke gewickelt war, dass mein Messing hörbar arbeitete. Oh, und verdammt, diese Schmerzen …

Ich blinzelte. Starrte an die Decke meines Salons. Ich lag auf dem Sofa; mein Brustkorb fühlte sich jedoch an, als wäre ich unter eine Eisenbahn geraten.

Woher … aber ja. Das Fest. Die Schüsse.

Araine.

Ich drehte den Kopf und zischte vor Schmerz. Araine saß im Sessel, ein Buch in der Hand, beobachtete mich jedoch aus dem Augenwinkel. Mein Blut hatte ihr Kleid vollkommen verdorben; trotzdem legte sie die Hand auf meine Stirn und fühlte meine Temperatur, ohne mich dabei anzusehen.

»Wie schlimm ist es?«, flüsterte ich.

»Ich habe drei Kugeln aus Ihrem Bauch gefischt«, sagte Araine. »Der Rest sind Prellungen und Schnitte. Ich habe alles verbunden. Ich wusste nicht … was ich sonst tun soll … ich konnte ja schlecht einen Arzt rufen.«

Ich schloss kurz die Augen. Nichts, womit mein Messing nicht fertigwurde. Aber Araine warf mir einen langen Blick zu und mir wurde kalt beim Anblick ihres ausdruckslosen Gesichtes.

»Sie sind der Schatten des Vulkans.«

»Ja … ich weiß.« Ich ließ den Kopf auf die Sofalehne zurücksinken. »Sie sind mir nachgelaufen … warum haben Sie das getan? *Warum?*«

Sie wandte das Gesicht ab.

»Ich wusste nicht, dass Sie es sind«, sagte sie ärgerlich. »Ich wollte … wissen Sie, wie Sie ausgesehen haben, als Sie diesen Kugelhagel weggesteckt haben? Da waren hundert Gardisten, die ihre Waffen auf Sie gerichtet haben, und Sie haben einfach die Arme ausgestreckt und *wollten* es geschehen lassen. Ich dachte, der Zinnhybrid persönlich wäre in diese Halle gekommen. Ich dachte, Sie wären unsterblich!«

Araine schnaubte leise. »Dann, als Sie weggetaumelt sind … ich wusste, dass Sie Hilfe brauchen. Dass Sie es vielleicht nicht schaffen würden. Also bin ich Ihnen gefolgt. Das ist doch kein Verbrechen.«

Nein. Natürlich war es das nicht. Dennoch …

»Und der Kuss?«

»Was machen ein Mann und eine Frau denn sonst im Gebüsch? Ich konnte der Garde wohl kaum erzählen, dass wir nur Tee getrunken haben.«

Diese Antwort versetzte mir einen Stich. Aber Araine sah mich trotzig an, ehe sie aufstand und zur Tür ging. Ihre Hand zitterte am Türrahmen. Plötzlich wusste ich, dass ich keine stärkere Gefühlsregung mehr von ihr würde erwarten dürfen.

»Kommen Sie allein zurecht?«

»Ich denke schon«, sagte ich tonlos. »Danke.«

Sie biss sich auf die Lippe und ging. Ich konnte hören, wie ihre Schritte auf dem Flur verstummten, und fühlte mich sehr leer. Hatte Kyron das Gleiche empfunden, als er erkannt hatte, dass ich von seinem Geheimnis wusste? Was sollte ich jetzt nur mit Araine anfangen?

Sie wird es verraten, flüsterte eine Stimme. *Sie wird dich verraten.*

Ich schloss die Augen.

Gütige Funken, ich steckte in so großen Schwierigkeiten.

Ich schlief unruhig in dieser Nacht. Stürzte rücklings in eine traumlose Finsternis, zitterte unter meiner Bettdecke, während Schweiß über meinen Brustkorb rann und Spuren aus Eis auf mein Messing zeichnete. Trotzdem schaffte ich es wegzudämmern, bis der Morgen graute. Dann schrillte das Telefon, und ich schrak so heftig aus dem Schlaf, dass mir vom jähen Schmerz meiner Schusswunden ein heiserer Schrei entfuhr.

Der Apparat läutete fast fünf Minuten lang, ehe ich es bewerkstelligt hatte, vor Schmerzen weinend vom Sofa zum Beistelltisch zu kriechen. Es gab nur einen Menschen in Ceratari, der mich derart beharrlich wachklingeln würde, und ich war nicht überrascht, als mir eine vertraute Stimme aus dem Hörer entgegenquäkte.

»Taiden?«, fragte Aryon. »Bist du das?«

Lass dir nichts anmerken. Belarron, beschwor ich mich. »Wer soll ich denn sonst sein? Der wiedergeborene Zinnhybrid?«

Gedämpftes Lachen im Hintergrund. Aryon kicherte ebenfalls.

Ich runzelte die Stirn. »Was treibst du schon wieder?«

»Bin zu Hause. Hab mir freigenommen.« Aryon lachte. »Lass das, Elaine. Ich telefoniere. Du bist gestern früh gegangen, oder? Geht es dir gut?«

»Hab mich noch nie so lebendig gefühlt«, sagte ich trocken. »Du … äh … weißt ja, wie es ist, wenn man es mit dem Feuerschnaps übertreibt.«

Aryon kicherte erneut. »Ich weiß, dass du betrunken warst. Meine Jungs haben es erwähnt. Du hast Araine heftig befummelt, was?«

Ich spürte, wie meine Gesichtszüge entgleisten.

»Hätte nicht gedacht, dass gerade du sie zähmst. Wie war es mit ihr?«

»Wir haben uns nur geküsst«, sagte ich. »Wir haben nicht … das wäre unschicklich.«

»Seit wann interessierst du dich für Manieren? Aber eigentlich rufe ich wegen etwas anderem an. Rate mal, wer uns auf dem Fest besucht hat.«

Ich schloss die Augen. »Kyron.«

»Genau. Woher weißt du das?«

Ich schwieg kurz, während Aryon das Mädchen auf seinem Schoß geräuschvoll küsste. Zumindest vermutete ich, dass die Dame gerade dort hockte, bedeckt mit einem Minimum an Kleidung. Oder Erdbeersoße. Aryon liebte Erdbeeren.

»Du würdest mich nicht anrufen, wenn es nicht um ihn ginge.«

»Bist ein wirklich schlauer Fuchs, Taiden. Dieser Bastard ist mitten auf dem Fest aufgetaucht. Wir haben auf ihn geschossen und er hat keinen Kratzer abbekommen! Er hat gewonnen, oder? Er hat die ganze Garde vorgeführt!«

Er ist ein Idiot, dachte ich.

»Ich hätte länger bleiben sollen. Ich bin zwar kein Schütze …«

»Das hätte sowieso nicht geholfen.« Aryon schwieg kurz, und als er weitersprach, klang er beinahe reserviert. »Er ist kugelsicher. Es klingt dumm, ich weiß, aber wenn du es gesehen hättest … *Ich bin nicht hier, um die Inseln ins Chaos zu stürzen,* hat er gesagt. Dieser dreckige, räudige …«

Ich erstarrte.

»Aryon«, sagte ich langsam, »hast du je in Erwägung gezogen, dass er es wirklich so gemeint haben könnte?«

»Das glaubst du doch wohl selbst nicht«, sagte Aryon aufgebracht. »Er ist das größte Problem, das wir je hatten! Die Stunden haben mich gestern Nacht zu sich berufen, sie sind aufgeregt, sie fürchten um ihre Macht – es wird sich herumsprechen, dass er uns alle vorführt –, die Leute werden ihn für ihren König halten!«

»Sie werden *was?*«, fragte ich entsetzt.

»Die Ceratarier lieben ihn, Taiden! Er kauft sich mit bemalten Knochenmünzen bei den Inselmenschen ein. Er steht vor uns, lacht sich hinter seiner Maske tot und lässt sich nicht erschießen. Kyron ist wirklich der nächste Schatten!«

Das wollte ich nicht, dachte ich. O gütige Funken. Es war ja schon schlimm genug, dass die ganze ceratarianische Oberschicht gesehen hatte, wie ich mich nicht umbringen ließ.

»Was wirst du jetzt tun?«, flüsterte ich.

Einen Augenblick lang schwieg Aryon.

»Ich habe keine Ahnung«, sagte er zerknirscht. »Ich … ach, verdammt, ich sollte … aber die Stunden wissen es. Für morgen ist eine Besprechung mit der gesamten Garde der Inseln angesetzt.«

Ich spürte, wie mir alle Farbe aus dem Gesicht wich.

»Die ganze … aus allen dreizehn Zweigstellen?«

»Genau. Das ist nicht mehr passiert, seit der Zinnhybrid gestorben ist.« Aryon seufzte. »Bleib heute ruhig daheim, wenn es dir nicht gut geht, aber morgen musst du wieder auf den Beinen sein.«

Aryon hängte auf. Einen Augenblick lang starrte ich an die Decke des Salons, während meine Verletzungen leise pochten. Mein Kopf fühlte sich unendlich schwer an. Der nächste Schatten, sagte er. *Der nächste Schatten.*

Es war wohl meinen Verletzungen zu verdanken, dass ich in dieser Nacht überhaupt einschlafen konnte, doch mein Zustand verbesserte sich nicht sonderlich. Es war mir eine Qual, zum Haus des Goldes zu gelangen; ich humpelte eher zum Konferenzsaal der Garde, als dass ich ging, und dort ließ ich mich auf einen Stuhl fallen und schloss sofort die Augen. Ich hatte zwar bemerkt, dass Aryon ganz vorn saß, nur wollte ich ihm so auf keinen Fall begegnen. Das würde nur Fragen aufwerfen … Fragen, auf die ich keine Antwort geben konnte.

»Hallo, Taiden«, sagte eine vertraute Stimme. »Geht es dir gut?«

Ich blinzelte. Mir war unklar, wie lange ich weggetreten war; doch jetzt saß Marawyn neben mir und ich sah die Sorge in seinem Blick.

»Schon gut. Ich … habe nur schlecht geschlafen.« Ich versuchte zu lächeln. »Wie geht es Aurenna?«

»Ganz gut, denke ich«, seufzte Marawyn, doch er ließ mich nicht aus den Augen. »Meistens hört sie darauf, was ich sage … und manchmal bekommt sie aus heiterem Himmel Wutanfälle und zerschlägt alles, was sie finden kann. Ich glaube nicht, dass das der Draht war. Ich habe ihn entfernen lassen, aber … ich darf sie eigentlich nicht allein lassen. Man hat ihr mehr angetan als das, und sie hat sich in den Wahnsinn geflüchtet.«

»Ich hätte sie dir nicht aufzwingen sollen«, murmelte ich.

»Sie ist keine Last, Taiden. Nur ein wenig eigen. Seit ich ihr eine Werkstatt eingerichtet habe, ist sie ruhiger geworden, mit Metall zu arbeiten scheint sie glücklich zu machen.« Er sah mich prüfend an. »Aber dich beschäftigt etwas anderes, nicht wahr?«

Ich schloss kurz die Augen. Hunderte von Pistolenläufen. Die zermürbende Angst vor der Zukunft. Es war besser, wenn Marawyn nichts davon wusste; ich hielt es ja nicht einmal selbst aus.

»Es ist nicht so wichtig«, murmelte ich. »Onkel?«

Sein Mundwinkel zuckte, aber er sagte nichts.

»Erzählst du mir später … du weißt schon. Die Geschichte von dir und meiner Mutter?«

»Ich muss nachher meinen Zug erreichen«, sagte Marawyn leise. »Ich … wie gesagt, ich kann Aurenna kaum allein lassen. Aber wenn du magst, kommen wir dich bald besuchen. Dann sprechen wir über alles.«

»Gut«, flüsterte ich.

Marawyn lächelte schwach, doch im gleichen Augenblick trat ein Gardist an uns vorbei und lenkte mich völlig ab. Sein Gesicht hatte große Ähnlichkeit mit den Schlossruinen Ceratarìs, die der Zinnhybrid vor Jahrzehnten zerstört hatte; ein Auge war blind und zugeschwollen, während Nase und Kinn den Eindruck machten, als seien sie unter eine Dampfwalze geraten. Dieses Schwein. Dieser dreckige Bastard!

Ich ballte meine Linke zur Faust. Wyatt schien mich jedoch nicht bemerkt zu haben; er ging nach vorn zu den anderen Präsidenten der Zweigstellen und ließ sich einige Plätze rechts von Aryon nieder. Gut für ihn. Wenn er hierhergekommen wäre, hätte ich ihn umgebracht.

Marawyn folgte meinem Blick. »Also war es das, was du in Arassa getan hast.«

»Vielleicht«, sagte ich grimmig.

Er seufzte. »Ach Taiden … du hast eine Art, mit Problemen umzugehen, wie du sie nur von deiner Mutter gelernt haben kannst. Sie sitzt eine ganze Weile ruhig da, lässt die Dinge passieren … wenn man jedoch am wenigsten damit rechnet, explodiert sie wie ein Vulkan. Ich weiß noch, dass sie mir fast die Nase gebrochen hat, weil ich … äh, weil sie schwanger mit dir geworden war.«

»Willst du damit sagen, dass ich impulsiv sei?«, sagte ich ärgerlich.

»Im Gegenteil. Ich kenne nur wenige Menschen, die so langmütig sind wie du. Aber wenn man so dumm ist, dich unter Druck zu setzen, steckst du die ganze Welt in Brand.«

Ich verschränkte die Arme. Sollte Marawyn erzählen, was er wollte; Wyatt hatte verdient, was er bekommen hatte. Doch bevor ich etwas dazu sagen konnte, wurde es verdächtig still in der Halle. Sofort beschleunigte sich der Takt meiner Mechanik.

Dann öffneten sich die Türen.

Kaum jemand auf den Inseln hatte die Dreizehn Stunden jemals gesehen. Sie waren anders als der Zinnhybrid, der die Massen geliebt hatte und dessen Bildnis an jeder Straßenecke stand. Grausam hatte er sie genannt. Blutdurstig. Was waren sie jetzt, wo der Fall des Aliamenkönigs fast sechs Jahrzehnte her war?

Schweigend schritten die Dreizehn durch die Halle. Dutzende von Köpfen drehten sich nach ihnen, umschwärmt von Gardisten und gekleidet in Schwarz. Die Köpfe des Uhrwerks, dachte ich. Die Zahnräder, ohne die der gesamte Mechanismus des Landes auseinanderfiel; die Menschen, die verantwortlich waren für den Schrecken der Gefängnisse, für Todesstrafen und Gehirndrähte, für all das Leiden auf den Inseln.

An der Spitze der Dreizehn gingen eine weißhaarige Frau, an deren Unterarmen von Grünspan gesprenkeltes Kupfer glänzte, und ein kleiner Mann mit platinblondem Haar. Einen lächerlichen Augenblick lang dachte ich, dass Aryon sich eine Perücke gekauft hatte, doch dann fiel der Groschen.

Ruanne.

Ich biss mir auf die Lippen, während Ruanne hinter das Rednerpult trat und sich eine Mappe reichen ließ. Durch den Schnitt seiner weißen Uniform sah ich Silberschultern blitzen; und trotz der Kälte in seinem Gesicht sah er Aryon so verstörend ähnlich, als seien sie Zwillinge. Wie sich Aryon wohl fühlte, wenn er seinem Vater gegenübertrat?

»Metall über Blut.« Ruannes Stimme war glatt wie Eis. »Dies ist die erste Gardekonferenz, seit der Zinnhybrid gestorben ist und sein Lebenswerk in unsere Hände gelegt hat. Nie zuvor war es in größerer Gefahr. Ein neuer Feind hat sich erhoben, um der Rebellion ein Gesicht zu geben, und er hätte vor zwei Tagen im Kugelhagel sterben sollen.«

Ich spürte, wie meine Wunden pochten.

»Dieser Verräter nennt sich Kyron«, sagte Ruanne. »Er stolziert durch die Stadt und fügt Unschuldigen Schaden zu. Er erdreistet sich, vor uns zu treten, mit seiner lächerlichen Maske auf dem Gesicht – und zu behaupten, dass er kein Feind des Uhrwerks ist! Wie können wir diesem Monster erlauben, alles zu zerstören, woran der Zinnhybrid geglaubt hat? Wie viel Blut muss noch fließen, bis dieser falsche Schatten endlich fällt?«

»Bringt Kyron um!«, schrie jemand. Jubel brach aus, wurde jedoch sofort von einer herrischen Geste Ruannes erstickt.

»Wer im Vulkan herumtanzt und rebelliert, darf sich nicht wundern, wenn er ausbricht«, sagte er mit messerscharfer Stimme. »Wir werden Kyron wie die dreckige Laus zerdrücken, die er ist, und wir werden unsere Heimat vom Makel der Rebellion reinwaschen.«

»Für das Uhrwerk!«, brüllte eine Frau, und plötzlich gab es kein Halten mehr. Um mich herum sprangen die Gardisten auf. Marawyn zog mich so abrupt nach oben, dass ich keuchte; doch das Geräusch ging völlig unter im Jubel, der die Halle erschütterte. Sie alle applaudierten, sangen Uhrwerkslieder, stampften mit den Füßen. Selbst Marawyn hatte den Blick auf die Stunden gerichtet und klatschte in die Hände. Ich wünschte mir so sehr, dass er seine Freude spielte. Aber dann wurde mir bewusst, dass ich eigentlich gar nicht wusste, wie er zum Uhrwerk stand; dass er mich vielleicht sogar erschießen würde, wenn ich ihm mit der Maske auf dem Gesicht entgegentrat.

Schlagartig gaben meine Beine unter mir nach. Ich merkte erst, dass ich gestürzt war, als sich Köpfe nach mir drehten; als Marawyn plötzlich neben mir kniete, die Augen geweitet. Ich nahm es kaum wahr. Meine Mechanik pochte und pulsierte, und sein Gesicht drohte in dunklen Schleiern zu verschwimmen.

»Taiden, was ist …« Er starrte mich an; plötzlich wurde mir bewusst, dass er die blutigen Verbände unter meinem Kragen entdeckt haben musste. »Gütige Funken, woher hast du diese …«

Ich wollte antworten, aber ich konnte es nicht. Marawyn biss sich auf die Lippen. Dann half er mir langsam auf, wobei er den Blick der anderen Gardisten suchte.

»Schon gut«, sagte er leise, »das ist nur die Aufregung … nur der Kreislauf …«

Aber sein Gesichtsausdruck war so dunkel, wie ich es nie zuvor gesehen hatte, und dann packte er mich beim Arm und führte mich davon. Ich taumelte ihm eher nach, als dass ich ging, die jubelnden Gardisten und die Stunden im Rücken. Jemand lief auf uns zu, doch Marawyn verscheuchte ihn mit einer unwirschen Geste.

»Wir brauchen einen Arzt«, rief er.

»Nein«, flüsterte ich. »Nein, bitte nicht …«

Er blieb stehen. Wandte sich schweigend zu mir um, während die Garde noch immer jubelte … noch immer den Gedanken daran genoss, mich endlich tot zu sehen.

»Hast du rebelliert?«, fragte Marawyn scharf. »Soll es deswegen niemand sehen? Gütige Funken, Taiden, was hast du *getan?*«

»Nein«, wisperte ich. »Ich würde nie …«

»Lüg mich nicht an«, erwiderte er. »Egal, was du getan hast … reiß dich zusammen. Bitte. Ich will nicht, dass sie dir das Gleiche antun wie Aurenna.«

Ich starrte ihn lange an. Der bloße Gedanke daran, ihm solchen Kummer zu bereiten, zerriss mir das Herz. Aber dann dachte ich an Kyron und schwieg. Dies war sein Lebenswerk, das Einzige, was es noch von ihm gab. Ich konnte und wollte es nicht aufgeben.

»Denk daran, Taiden«, flüsterte Marawyn, packte mich bei den Schultern und zog mich so nahe zu sich heran, dass ich seinen Atem an meinem Ohr spüren konnte. »Diese Sache mit Aurenna … mit Wyatt … das ist ein Kampf, den du nicht gewinnen wirst. Mach keine Dummheiten. Ich möchte … mein einziges Kind nicht an das Uhrwerk verlieren.«

Der Schmerz in seiner Stimme ließ mich innerlich erzittern.

»Versprochen«, flüsterte ich.

Und schämte mich noch Wochen später, meinem Vater derart ins Gesicht gelogen zu haben.

17

Blutige Fussabdrücke

In der Nacht nach der Gardebesprechung schlugen sie einem Gardisten den Schädel ein.

Ich fand nie heraus, ob das mit der Erklärung des Uhrwerks zusammenhing. Mit dem Fest von Levon Baines, mit meinen Worten, mit der Gewissheit darüber, dass der Schatten in den Vulkan gekommen war. Ich wusste nur, dass ich nichts davon gewollt hatte, im Gegenteil. Nach dieser Nachricht meldete ich mich für ein paar Tage krank, verkroch mich im Bett und fragte mich, wann mein Leben eigentlich zu einem solchen Chaos geworden war.

Seltsamerweise hatte ich nie richtig darüber nachgedacht, was ich zu verlieren hatte, wenn ich die Maske an mich nahm. Ich hatte auf Arassas Hochhäusern gestanden, an Kyrons Küsse gedacht und Tränen geschmeckt; stets war ich davon ausgegangen, dass er meinen Weg gebilligt hätte, doch nun war ich mir nicht mehr sicher damit. Bestimmt hätte er mir den Kopf gewaschen, wenn er gewusst hätte, was ich angerichtet hatte. Darin war er immer gut gewesen.

»Du hast eine Familie, Taiden«, hätte er vielleicht gesagt. »Ich hatte nichts zu verlieren, bis ich dich traf. Du schon. Also leg meine Maske weg und schlaf dich aus, du siehst wirklich schrecklich aus.«

Ich dachte darüber nach, wie mein Leben verlaufen mochte, wenn ich seinen Rat befolgte. Ich würde brav zur Arbeit gehen, Aryons Geschichten davon zuhören, wie er mit Frauen schlief und sie dann erschoss. Vielleicht würde ich einen anderen Mann treffen, der Kyrons Platz nie füllen könnte, und unsere Beziehung eine weitere Last auf meiner Seele werden. Oder ich begegnete einer Frau, die ich ganz offen heiraten, mit der ich Kinder haben könnte ... Kinder, die eines Tages vielleicht für eine Lappalie hingerichtet würden ...

Und eines Tages würde ich alt sein, vielleicht meine Enkelkinder auf dem Schoß sitzen haben ... und mich fragen, warum ich diesen Wahnsinn niemals aufgehalten hatte.

Ich konnte das Uhrwerk nicht besiegen. Auch wenn ich es noch so gern getan hätte. Stattdessen würde es mir immer wieder Menschen wegnehmen ... mich immer wieder quälen ...

Wenn ich nur Silber statt Messing tragen würde, dachte ich.

Von meinem Nachttisch aus lächelten mich Kyron und sein Geliebter an.

»Hier ist jemand, der Sie sprechen möchte, gnädiger Herr.«

Ich blickte von meinem Schreibtisch auf. Seit dem Ball des Knochenfürsten waren zwei Wochen vergangen, und mein unfreiwilliger Tanz mit dem Tod hatte mir einige hässliche Narben eingebracht. *Die guten Ideen des Taiden Belarron,* dachte ich. Wenn ich je auf die irrsinnige Idee käme, meine Memoiren zu schreiben, war dies vermutlich der perfekte Titel.

»Lassen Sie ihn vor, Naara.«

Meine Sekretärin nickte und ging. Wenig später trat eine junge Frau in den Raum, die dunkelroten Locken vom Wind zerzaust. Wider Erwarten machte etwas in mir einen kleinen Sprung. Ich stand auf, um Araine den Mantel abzunehmen, aber sie bedachte mich lediglich mit einem scharfen Blick und erledigte diese Sache selbst.

»Sie sind ja wieder gesund«, sagte sie, doch sie blickte so missbilligend drein wie eine Gouvernante im Schweinestall.

»Dank Ihnen.« Ich versuchte zu lächeln. »Was führt Sie zu mir?«

»Es gibt etwas, was ich wissen muss. Sie werden mir dabei helfen. Und wenn Sie es nicht tun, verrate ich der Welt, wer Sie sind.«

Sie sah nicht aus, als würde sie scherzen.

»Na schön«, lenkte ich ein. »Wie kann ich helfen?«

Araines Brauen zuckten; offenbar hatte sie nicht erwartet, dass ich so schnell kapitulierte. »Ich muss herausfinden, wer meinen Vater erschossen hat.«

Ich merkte, dass mir meine Antwort sofort quer in der Kehle stecken blieb.

»Erschossen?«, wiederholte ich.

»Was glauben Sie, wieso ich adoptiert wurde?«, sagte Araine trotzig. »Ich habe keine Eltern, und wissen Sie warum? Weil das Uhrwerk sie *getötet* hat.«

Ich zuckte zusammen. Und ich fragte mich noch, warum sie mich so hasste, wo doch nur die treuesten Diener des Landes Funkenmetall geschenkt bekamen?

»Das wusste ich nicht«, flüsterte ich. »Es tut mir leid.«

Araines Gesicht wurde etwas weicher, wenn auch nur für einen Augenblick.

»Wir können im Archiv nachschauen«, sagte ich. »Ich kann Ihnen nichts versprechen … aber trotzdem hätte ich gern ein Versprechen von Ihnen.«

Araine verschränkte die Arme. »Ich kann mir denken, was es ist.«

»Gut. Das spart Zeit.« Ich wandte mich zum Gehen. »Folgen Sie mir.«

Ich streckte die Hand nach ihrem Mantel aus, doch Araine hatte ihn bereits wieder übergestreift. In ihrer Tasche klickte es metallisch, als rollte ein funkenmechanisches Spielzeug darin umher. Nichts Ungewöhnliches. Lebende Metallschmetterlinge und salutierende Goldsoldaten erfreuten sich großer Beliebtheit im Bürgertum.

Schweigend machten wir uns auf den Weg ins Archiv. Es nahm die gesamte Spitze des gebrochenen Turms ein; hier lagerten Tauende von Akten unter einem Dach aus Glas und Gold. Trotz der beklemmenden Dokumente in diesen Hallen kam ich gern hierher. Die Aussicht über Ceratari war fantastisch, und nachts wurde die Fassade sogar beleuchtet, damit keine Luftschiffe mit ihr kollidierten.

Ich trat zwischen die Regale und Araine folgte mir argwöhnisch auf den Gang.

»Das Versprechen«, sagte sie, »besteht darin, dass ich niemandem von Ihrem Geheimnis erzähle. Richtig?«

»Richtig. Meine Arbeit wäre viel schwieriger, wenn ich ihr tot nachgehen müsste.«

Araines Mundwinkel zuckte. Aber nur kurz.

»Ich habe es niemandem gesagt. Nach dem Fest kamen Uhrwerksbeamte und haben mich verhört, aber ich habe behauptet, dass ich bei Ihnen übernachtet hätte.«

Ich fuhr zusammen. »Sie haben *was?*«

»Was hätte ich denn sagen sollen?«, sagte Araine trotzig. »Die Gardisten hatten bereits gesehen, dass wir … dass ich Sie geküsst habe. Es war eine gute Ausrede.«

Ich starrte sie fassungslos an. Araine musste gewusst haben, was das bedeutete; dass ihr Ziehvater keineswegs erfreut sein würde und diese Angelegenheit leicht zu einem Skandal werden konnte. Trotzdem hatte sie es getan. Für einen Menschen, den sie hasste.

Mein Herz klopfte schwer. Ich war nicht zu einer Antwort imstande; es schien einfach keine Worte zu geben, die dieser Entdeckung gerecht werden konnten. Stattdessen suchte ich nach Araines Namen, zog ihre Akte aus dem Regal und begann zu blättern. Die Informationen über ihre Familie folgten erst auf den letzten Seiten. Ein kurzer Bericht zum Tod ihrer Mutter vor fünfzehn Jahren – und dann:

**.1258: Hinrichtung des Vaters durch einen Goldhybriden (012FU94PS)*

Ich zog die Brauen zusammen, als ich die Nummer auswendig lernte; jeder Gardist besaß eine Kennung, die ich im großen Verzeichnis nachschauen konnte. Als ich die Akte jedoch wegstellen wollte, griff Araine nach meinem Arm.

»Ich möchte hineinsehen.«

Ich dachte kurz nach, ehe ich nickte. »Passen Sie nur auf, dass Sie niemand sieht. Eigentlich haben Sie hier gar keinen Zutritt.«

Araine nickte, doch ihre Blicke wanderten längst über die Seiten. *57* stand in der Zeile, die ihre Farbe wiedergeben sollte, *hellgrün.* Eine zutiefst unzureichende Beschreibung, dachte ich. Jedes Wort schien unzureichend zu sein, wenn es um Araine ging.

Ich wandte mich um und ging, kehrte jedoch schon bald mit dem Namen bewaffnet zurück, den sie so dringend hatte erfahren wollen.

Aber Araine sah mich nicht kommen; sie hatte die Akte auf ihre Knie gelegt, starrte hinein, während Tränen über ihre Wangen rannen. Ich blieb stehen, unschlüssig darüber, was ich tun sollte. Wenn ich ihr zu nahe kam, würde sie mich wahrscheinlich zu Tode prügeln und anschließend auch noch damit prahlen.

»Gehen Sie weg«, sagte sie.

»Man wendet sich nicht von einer Dame ab, wenn sie weint«, gab ich zurück. »Was haben Sie da bloß gelesen?«

Araine stand auf und rammte die Akte in das Regal. »Das geht Sie nichts an.«

Ich konnte förmlich spüren, wie mir der Geduldsfaden riss.

»Was habe ich Ihnen eigentlich getan? Ich habe niemanden ermordet, den Sie gernhaben. *Ich* bin nicht das Uhrwerk.«

»Lügen Sie mir nicht ins Gesicht!«, fauchte sie. »Sie würden mich ans Messer liefern, wenn Sie könnten. Hybriden sind dazu gemacht, Verräter zu sein!«

»Ach ja?«, fauchte ich. »Seit wann macht Metall einen Menschen aus? Sind Sie etwa keiner, weil Sie nicht schreiend an magnetische Wände klatschen?«

Araine funkelte mich an, blieb mir jedoch eine Antwort schuldig.

»Ich glaube nicht, dass Sie mich hassen«, sagte ich. »Wenn Sie mich verabscheuen würden, hätten Sie mich wohl kaum geküsst.«

»Denken Sie das?«, fuhr sie mich an. »Denken Sie das?«

Bevor ich etwas dagegen tun konnte, bevor mir auch nur eine Antwort eingefallen war, hatte sie mich geküsst. Heftig. Meine Mechanik stockte, stürzte in einen fieberleichten Takt, den ich seit Jahren nicht mehr gefühlt hatte. Aber wenn sie es so wollte, konnte sie es haben, und ich riss sie herum und erwiderte ihren Kuss so heftig, dass sie mit dem Rücken gegen das Regal stieß und mehrere Akten zu Boden fielen.

»Sie sind ja doch nicht so langweilig«, fauchte Araine, aber ihre Wangen glühten. »Sie verlogener Mistkerl.«

»Spielen langweilige Menschen den Schatten?«, raunte ich ihr ins Ohr.

Sie antwortete nicht, sondern küsste mich erneut. Unbeholfen, aber heftig. Ich merkte, dass mein gesamtes Innenleben in die Schwebe zu geraten schien, in einen Takt, den ich so lange schon nicht mehr gefühlt hatte. Ich dachte an Aurenna, die mir so vieles beigebracht und mich doch nie in diese Aufregung versetzt hatte. Ich dachte an Kyron, der mich in der Geborgenheit unseres Versteckes umarmte …

Vergisst du mich so leicht, Taiden?

Ich entzog mich Araines Berührungen. Sie blinzelte mich an, als sei sie aus einem langen Traum aufgewacht, und alle schamhafte Röte wich aus ihren Wangen.

»Was ist?«, fragte sie.

Ich wandte mich ab. »Was haben Sie in der Akte nachgesehen?«

Sie schwieg kurz. Mir wurde klar, dass ich ihr mit dieser Antwort das Äquivalent einer saftigen Ohrfeige versetzt hatte.

»Gar nichts«, sagte sie. »Es ist nur … sie tippen ein, was sie mit seiner Leiche gemacht haben … sie haben meinen Vater *entsorgt,* schreiben sie …«

»Das tut mir leid.«

»Ich brauche Ihr Mitleid nicht.«

Ich wandte mich zu ihr um, wollte ihr eine scharfe Antwort geben. Doch sie stand nur da und sah mich an. Eine Träne rollte über ihre Wange; sie wischte sie jedoch nicht weg, sondern sah mich trotzig an. Plötzlich begriff ich. Bestimmt hätte sie mich keines Blickes gewürdigt, wenn ich nicht zufällig der Schatten gewesen wäre. Sie liebte die Gefahr, die Aufregung, die Maske.

Aber nicht mich.

»Der Hybrid, der es getan hat, ist noch am Leben«, flüsterte ich. »Wir könnten ihn besuchen, wenn Sie wollen.«

Ich erwartete halb, dass Araine mich fragte, was in aller Welt sie den Mörder ihres Vaters fragen sollte; doch zu meiner Überraschung nickte sie. »Heute Abend.«

»Heute Abend«, wiederholte ich.

»Kommen Sie nicht zu spät, Schatten«, sagte Araine und ließ mich stehen.

Den Rest des Tages verbrachte ich damit, über Araine und unseren Kuss nachzudenken. Lächerlich, ich weiß. Sie mochte mich ja sowieso nicht, und auch wenn es anders gewesen wäre, gab es einfach keinen Platz für sie in meinem Leben. Araine war eine schöne Frau, gewiss … so heißblütig wie Aurenna, so rebellisch wie Kyron. Aber ich sehnte mich danach, dass er mich in den Armen hielt. Dass er mir zeigte, was zu tun war, denn ich konnte es nicht ermessen.

Ich konnte ihn nicht einfach verraten.

Trotzdem machte ich mich nach der Arbeit auf den Weg zur Knochenbank. Es war ein filigranes Gebäude aus Glas und weißem Stein, selbst im goldglänzenden Bankenviertel beinahe ein Fremdkörper. Als ich nach Araine fragte, führte man mich in ein Hinterzimmer, wo sie über ihren Schreibtisch gebeugt dasaß und irgendwelche Zahlen aufschrieb. Ich beobachtete sie eine Weile dabei, ehe ich an den Türrahmen klopfte. Araine zuckte so heftig zusammen, dass ihr Füllhalter eine gezackte Linie auf dem Papier hinterließ; rasch schob sie die Papierbögen zu einem Stapel zusammen und sah zu mir auf.

»Sie sind früh hier.«

Ich zog die Brauen hoch. »Wann soll ich sonst kommen? Um Mitternacht?«

»Ich dachte, dass Sie vielleicht … Sie wissen schon. Sich verkleiden.« Täuschte ich mich oder wirkte sie tatsächlich *enttäuscht*? »Ein Ausflug mit dem Schatten, das wäre etwas gewesen.«

»Das ist keine gute Idee. Man sollte Sie nicht mit Kyron sehen, und außerdem bin ich unsicher, wie ich in Zukunft mit meiner Arbeit fortfahren soll.«

»Sie sollten jedenfalls nicht aufgeben«, sagte sie. »Das wäre ziemlich feige.«

Ich blinzelte verdutzt. Einen Augenblick lang schien sie zu schmunzeln, ehe ihr Lächeln erlosch und sie sich wieder ihren Zahlen widmete. Sie schien nicht ganz bei sich zu sein; ständig strich sie ihre errechneten Ergebnisse durch und schließlich legte sie missmutig den Füllhalter weg.

»Gehen wir«, sagte sie, zog ihren Mantel an und schob sich an mir vorbei nach draußen. Ich folgte ihr aus der Knochenbank zur Promenade hinunter, einer der edelsten Gegenden Cerataris. Eine Seite des Viertels fiel zum Vulkansee ab; die andere grenzte an Wolkenkratzer, umgeben von Parks, die den Ruß der Nordgegend passabel von den gepflegten Wohnhäusern fernhielten. Das Haus des Hybriden, den Araine so dringend treffen wollte, gehörte zu ihnen; wir stiegen zur Haustür hinauf und läuteten. Ein grauhaariger Mann mit vergoldeten Beinen öffnete. Obwohl es noch nicht spät war, trug er einen Morgenmantel, der am Bauch spannte. Ich fragte mich, ob er platzen würde, wenn man eine Nadel hineinstach.

»Was ist denn? Es ist spät.«

»Wir haben ein paar Fragen an Sie.« Ich zog meine Dienstmarke hervor. Der alte Hybrid erstarrte sofort. Die Garde zu brüskieren galt als Verrat, und jeder wusste, was das Uhrwerk mit Verrätern anstellte.

»Ich möchte allein mit ihm reden«, sagte Araine fest.

Ich stellte mir vage vor, wie sie in das Haus marschierte und diesem Hybriden eine Abreibung verpasste, wie sie die Inseln noch nicht gesehen hatten. Ja. Das klang nach einer wirklich hervorragenden Idee.

»Dann treffen Sie sich später auf einen Kaffee«, erwiderte ich und folgte ihr ins Haus. Araine machte ein Gesicht, als hätte ich sie gezwungen, einen toten Frosch zu essen, sagte jedoch nichts mehr.

Der Goldhybrid führte uns schweigend in seinen Salon. Altmodisch eingerichtet war es hier, und auf dem Tisch dampfte eine Tasse Tee.

»Möchten Sie auch etwas trinken?«, fragte der Hybrid nervös.

»Ach«, sagte ich, »wieso eigentlich ni-«

Etwas streifte meinen Nacken. Schlagartig wurde die Welt schwarz. Undurchdringlich. Erst als ich die Struktur des Teppichs unter meiner Hand spürte, begriff ich, was geschehen war; dass ich gerade aus dem Echo eines funkenmechanischen Kurzschlusses aufwachte.

Ein leises Schluchzen.

Sofort riss ich die Augen auf. Richtete mich so hastig auf, dass mir schwindlig davon wurde. Araine. Verdammt, das musste irgendeine Falle gewesen sein, ich musste sehen, ob es ihr gut ging …

Araine hockte auf dem Boden. Zitternd. Der Goldhybrid jedoch lag zuckend zwischen den Sesseln, umgeben von einer größer werdenden Blutlache. Ein Loch klaffte in seiner Brust; sie kniete jedoch neben ihm, kreidebleich, und drückte die Hände auf die Wunde.

»Nein«, flüsterte sie. »Nein – nein, ich wollte nicht …«

Sie fing an zu weinen. Plötzlich begriff ich, was in ihrer Manteltasche geklappert haben musste … und dann sah ich die Waffe auf dem

Boden liegen, eine kleine Pistole, die mit goldenen Einlegearbeiten verziert war.

Mir drehte sich der Magen um, als ich begriff. Sie hatte versucht, mich loszuwerden. Und weil ich mich dagegen gesträubt hatte, hatte sie mir kurzerhand in den Nacken gegriffen.

»Sind Sie eigentlich absolut wahnsinnig?«, fuhr ich sie an. »Gütige Funken, Araine, der Mann war im Ruhestand!«

Araine schwieg. Ich war nicht einmal sicher, ob sie mich gehört hatte. Schweigend kroch ich neben sie und sah mir das Desaster an. Ein sauberer Schuss in die Brust. Selbst wenn ich gewusst hätte, wie man solche Wunden versorgte, hätte ich wohl nichts mehr tun können.

Bevor ich etwas sagen konnte, drückte sie das Gesicht in mein Hemd. Weinte leise hinein, versuchte sich krampfhaft zu fassen und bebte dadurch nur noch heftiger. Sie hasste es, dass ich sie so erwischte, da war ich mir sicher.

Aber sie stieß mich auch nicht weg.

»Ich habe ihn umgebracht«, schluchzte Araine. »Ich wollte nur … ich bin genauso schlimm wie er.«

Ich dachte an Wyatt und sein zerschlagenes Gesicht. Wie konnte ich es mir eigentlich anmaßen, Araine dafür anzufahren, wo ich doch selbst nicht besser war?

»Schon gut«, sagte ich leise.

Araine reagierte nicht. Ich warf ihr meine Jacke über, um das Blut an ihrem Mieder zu verbergen, ehe ich mich mit ihr auf den Heimweg machte. Ich wusste nicht, wohin ich sonst mit ihr gehen sollte; aber ich wusste, dass die Garde spätestens in einer halben Stunde hier sein und uns beide auf kleiner Flamme rösten würde.

Falls Araine überhaupt mitbekam, wohin wir gingen, sprach sie es nicht an. Kaum dass wir mein Haus erreichten, stolperte sie in den Salon, um sich stillschweigend auf dem Sofa zusammenzurollen. Ich glaubte, dass sie etwas Zeit für sich brauchte, und verließ das Zimmer. Als ich mit einer Tasse Tee für sie wiederkam, hatte sie die Augen geschlossen. Tränenspuren zogen sich an ihren Wangen hinab, aber sie schien eingeschlafen zu sein.

Draußen begannen Glocken zu läuten. Ich stellte den Tee ab, um die Vorhänge zuzuziehen. Man würde es mir in die Schuhe schieben, das wusste ich. *Schatten des Vulkans metzelt Unschuldigen nieder,* was für eine nette Schlagzeile in der Morgenausgabe der *Tugend.*

Ich nahm eine Decke aus dem Schrank und breitete sie über Araine aus, ehe ich mich zögernd neben sie setzte. Tränen sickerten unter ihren Lidern hervor. Ich war unsicher, was ich tun sollte, und legte die Hand auf ihren Arm. Sie ließ sich nicht anmerken, ob es sie tröstete oder nicht.

»Ich … du musst denken, dass ich wahnsinnig bin.« Sie schluckte. »Es ist nur – er konnte sich nicht einmal daran erinnern, was er getan hat, und ich – ich wollte mich nur rächen.«

Ich schluckte schwer.

»Vor Jahren«, sagte ich matt, »nahm ich Rache an einem Gardisten. Es tut mir nicht leid, keineswegs … er hatte es verdient, er hätte so viel mehr verdient. Aber ich weiß, dass die Menschen, für die ich es getan habe … nicht stolz auf mich gewesen wären.«

Araine schniefte leise.

»Hat er deinen Vater verurteilt?«, flüsterte ich.

»Nein«, schluchzte sie. »Es … er hat … Levon sagt, dass mein Vater einen reichen Unternehmer angegriffen hatte … und er war ja nur ein Fabrikarbeiter. Sie haben gesagt, das wäre Rebellion. Ich war damals noch ganz klein. Sie – sie haben ihn – ich musste *zusehen,* wie sie ihn hingerichtet haben. Ich war nur ein Kind, ich wusste überhaupt nicht, was los war.«

Sie fing so bitterlich zu weinen an, dass ich sie unwillkürlich an mich zog. »Ich wollte nur …«

»Ich verstehe«, flüsterte ich. »Aber es wird gut werden. Sobald wir dein Kleid gewaschen haben, kannst du wieder nach Hause.«

Araine setzte sich auf, schien erst jetzt wahrzunehmen, dass sie gar nicht in ihrem eigenen Salon herumlag. »Warum …«

»Weil man Fragen gestellt hätte. Du bist von oben bis unten blutverschmiert, wie willst du so in der Knochenbank herumlaufen?«

»Danke«, nuschelte Araine.

»Keine Ursache.«

Sie sah mir ins Gesicht. Vielleicht zum ersten Mal ohne Hass.

»Es tut mir übrigens leid«, sagte sie. »Es ist nur … ich habe Hybriden schon immer gehasst, und plötzlich finde ich heraus, dass der Schatten des Vulkans einer von ihnen ist. Du … du bist nicht wie sie. Du hast mir geholfen, obwohl ich … obwohl ich so hässlich zu dir war.«

»Das ist die Aufgabe des Schattens«, sagte ich leise.

Araine lächelte schwach. Plötzlich wurde mir überdeutlich bewusst, wie nahe ich ihr war, und ich fühlte meine Mechanik in einen eigenartig leichten Takt verfallen. Nein. *Nein.*

Sie beugte sich vor. Ich legte zwei Finger an ihre Lippen.

»Bitte. Bitte nicht.«

»Warum nicht? Bin ich so hässlich?«

Araine klang plötzlich so kindlich verweint, dass ich beinahe aufgelacht hätte. Aber das hatte sie nicht verdient … was sie verdiente, war die Wahrheit.

»Da gab es noch jemanden«, flüsterte ich. »Bis vor Kurzem. Das Uhrwerk hat … ich möchte nie wieder jemanden verlieren.«

Sie blickte mich aus großen Augen an. Kälte wühlte in meiner Magengrube. Ich hatte nie darüber gesprochen, es nicht einmal versucht. Mit wem auch?

»War sie eine Rebellin?«

Er war mehr als das. So viel mehr.

»Es tut mir leid«, flüsterte ich.

Für einige lange Augenblicke sagte keiner von uns etwas. Ich mied Araines Blick, aber ich wusste, dass sie mich beobachtete.

Im gleichen Augenblick läutete das Telefon.

Ich wandte mich ab, froh über einen Vorwand, ihr den Rücken zukehren zu können. »Belarron.«

»Hallo?«, quäkte Aryon. »Wer ist da? Bist du es, Taiden?«

»Nein, hier ist der Schatten des Vulkans.« Ich verdrehte die Augen. »Was gibt es denn?«

»Arbeit, was sonst? Kyron hat wieder zugeschlagen.«

O Funken. Hätte das nicht wenigstens bis morgen warten können?

»Was hat er ausgefressen?«

»Du wirst dich freuen, es fällt in deine Abteilung.« Aryon lachte bitter, dann nannte er mir die Adresse, die Araine und ich eben erst besucht hatten. »Du wirst doch gleich hier sein, oder? Hier brodelt der Vulkan, wenn du verstehst, was ich meine.«

Ich schluckte. »Natürlich.«

»Wunderbar«, sagte Aryon und hängte auf. Ich legte den Telefonhörer weg, tauschte einen Blick mit Araine, die das Thema unseres Telefonats deutlich sichtbar zu ahnen schien.

»Ich muss zur Arbeit. Es ist wichtig.«

Araine schluckte. »Pass auf dich auf, Schatten.«

Ich nickte schwach, ehe ich das Haus verließ. Aber den ganzen Weg lang dachte ich über sie nach. Und zwischen dem Hochgefühl in meiner Mechanik und der flauen Kälte in meiner Magengrube wünschte ich mir nichts mehr, als mich zu Araine umdrehen und sie in die Arme schließen zu können.

Als ich am Schauplatz des Verbrechens eintraf, herrschte bereits Chaos. Natürlich tat es das. Gardisten eilten im Salon umher, wedelten mit tatsächlichen und eingebildeten Indizien; Aryon hingegen stand an einem offenen Fenster und rauchte. Ringe lagen unter seinen Augen.

»Was ist passiert?«, fragte ich ihn, obwohl ich die Antwort kannte.

Aryon wandte den Blick ab.

»Noch ein Angriff auf das Uhrwerk«, sagte er ärgerlich. »Der Mann war seit einem Jahr im Ruhestand. Ich verstehe nicht, warum Kyron ihn getötet hat.«

Ein elektrischer Schlag durchfuhr mich. »Was hat – woher willst du wissen, dass es *Kyron* war?«

»Natürlich war er das«, sagte Aryon ärgerlich. »Und selbst wenn nicht – mein Vater sagt, dass der Schatten immer seine Hände im Spiel haben muss. Je mehr Verbrechen Kyron begeht, desto größer werden die Zweifel der Ceratarier sein, und wer ihn unter anderen Umständen verteidigt hätte, besinnt sich bald wieder auf sein Land.«

Gut gespielt, Ruanne, dachte ich. *Verdammt gut gespielt.*

Aryon drückte seine Zigarette aus und zündete sich prompt eine neue an. Ich ließ den Blick umherschweifen. Im Salon war anscheinend alles heil geblieben, sah man von der Blutlache und den roten Fußabdrücken ab …

Fußabdrücke …

Sofort senkte ich den Blick und entdeckte dunkle Flecken an meinen Stiefeln. Meine Mechanik stockte. Ich hatte so sehr darauf geachtet, Araine ungesehen fortzubringen, dass ich nicht einmal im Traum an meine verdammten Schuhe gedacht hatte.

Aryon sah ebenfalls nach unten. »Stimmt was nicht mit deinen Füßen?«

»Alles in Ordnung«, sagte ich rasch. »Ich dachte nur daran, später neue Stiefel zu kaufen.«

»Ah. Wenn's sonst nichts ist.« Aryon verzog den Mund. »Habe ich dir eigentlich erzählt, dass der Hybrid gestorben ist, den Kyron damals angegriffen hat?«

Ich merkte, dass meine schlechte Hand zu zittern anfing. Nein. *Nein.*

»Hatte er eine Familie? Kinder?«

»Drei Stück«, sagte Aryon. »Ach nein, vier. Das jüngste ist erst ein Jahr alt.«

Und jetzt sind sie treue Diener des Uhrwerks, dachte ich bitter. Ich hatte ihnen den Vater genommen. Einfach, weil ich in Panik gewesen war. Weil Menschen in meinem Namen …

»Ich muss gehen«, sagte ich matt.

»Warte«, sagte Aryon plötzlich. »Ich komme mit.«

Ich zuckte die Schultern, obwohl mir nicht nach Gesellschaft zumute war. Aryon folgte mir nach draußen und fingerte dabei schon wieder eine Zigarette hervor.

»Was ist denn mit dir los?«, fragte ich. »Du qualmst ja wie ein Schlot.«

»Oh, frag lieber, was *nicht* los ist.« Aryon seufzte. »Ich habe es noch niemandem erzählt. Nachdem Kyron uns in der Ruine aufgelauert hat, haben wir sie durchsucht und ein schwarzes Haar auf dem Podium gefunden.«

Ich runzelte die Stirn. »Und weiter?«

»Was glaubst du denn, was ich damit getan habe? Ich bin in die Vulkanzellen gegangen. Ich habe es einem Gestaltwandler verabreicht.«

Ich spürte, wie mir alle Farbe aus dem Gesicht wich.

»Ich dachte … die Aliamen der Inseln wären tot.«

»Das soll jeder denken«, sagte Aryon grimmig, »aber der Zinnhybrid hat keinen einzigen getötet. Warum auch? Er musste sich ja nur in Ceratari einschleichen und den Aliamenkönig umbringen, und danach hatte er die Inseln gewonnen. Jedenfalls haben wir sie alle unten in den alten Vulkanzellen eingesperrt. Aliamen werden bis zu fünfhundert Jahre alt, weißt du, wie viel Energie das ist? Ohne sie würden unsere großen Funkenkonstruktionen gar nicht funktionieren.«

Ich verkniff mir meine Antwort. Funkenmetall wurde von Schweinen oder Hühnern aufgeladen, deren Lebenskraft man sowieso leicht einfangen konnte, wenn man sie zur Schlachtbank brachte. Wie mächtig würde ein Hybrid sein, in dessen Metall aliamisches Leben ruhte? Würde ich solches Messing tragen, hätte ich dann jemals wieder Angst vor Pistolen haben müssen?

»Außerdem sind sie nützlich für solche Fälle«, fuhr Aryon fort. »Wenn du ihnen ein Haar von dir gibst, schlucken sie es herunter und stehlen deine Gestalt. Nur wenn mein Vater davon hört … das wird er mir nie verzeihen. Er wird mich umbringen!«

»Was hast du getan?«, hörte ich mich flüstern.

Alle Farbe wich aus Aryons Gesicht.

»Ich habe einen Aliamen entwischen lassen«, erwiderte er und blies langsam eine Rauchwolke in die Luft.

18

Zwischenspiel
Aliamen leben unglücklich

Carive hielt im Lesen inne.

Die Buchstaben tanzten vor ihren Augen. Ein Zittern ging durch ihren Leib, aber nicht wegen der Aliamen, nicht wegen Aryon und seinen Eskapaden. Vorsichtig blätterte sie im Tagebuch zurück, bis sie die Stelle gefunden hatte, an der sie Taiden Belarron zum ersten Mal begegnet war.

Ich wünschte, ich hätte auch nur halb so gefasst von meinen Erlebnissen in Arassa erzählen können wie sie von ihrer Vergangenheit.

Gefasst.

Für gefasst hatte er sie gehalten.

Carives Herz pochte. Sie hatte sich nie als sonderlich stark betrachtet. Sie achtete lediglich darauf, nur zu weinen, wenn sie allein war; wenn sie jemand ärgerte, wollte sie nicht, dass dieser Jemand ihre Gefühle auch mitbekam. Carive hatte gearbeitet, um Essen auf dem Tisch zu haben. Studiert für eine Hoffnung auf Gerechtigkeit, die mit jedem Tag stärker zwischen ihren Fingern zerrann. Nichts davon war ihr jemals besonders erwähnenswert vorgekommen.

Bis jetzt.

Carive zog die Worte, die Taiden geschrieben hatte, mit einem Finger nach. Wärme breitete sich in ihrer Brust aus und ließ sie vage lächeln. Gefasst war sie, sagte er …

Etwas kratzte an der Fensterscheibe.

Carive ließ vor Schreck das Buch fallen.

So viel dazu, dachte sie und grinste einen herrlichen Augenblick lang über sich selbst. Als sie jedoch ans Fenster trat, hockte ausgerechnet

Kanra davor, schmutzig und blutverschmiert, die Lippen zu einem stummen Knurren verzogen.

Carive stolperte zurück. Kanra knurrte, ehe er sich mühsam in den Raum zog und zu Boden sackte. Es war leicht, von der Eisenbahnbrücke zu Carives Fenster zu klettern, dennoch empfand sie eine vage Anerkennung für das Halbblut.

Irgendwo in Ceratari heulten die Sirenen.

Kanra fauchte leise.

»Wollte nicht zum Eingang durchlaufen.« Sein Atem ging stoßweise. »Sie haben mich fast erwischt. Ich bin durch halb Ceratari gelaufen … oh, und diese Gardistenkröte hat auch noch gezappelt und sich gewehrt …«

Carive schluckte. »Bist du absichtlich zu mir gekommen?«

Kanra schenkte ihr ein wissendes Lächeln.

»Oh. Ich … gut.« Sie errötete. »Ich glaube, ich habe gerade etwas über dich gelesen. *Ich habe einen Gestaltwandler entwischen lassen.* Das hat Aryon gesagt.«

Kanra wirkte skeptisch, schien sich jedoch binnen weniger Sekunden zu fassen.

»Aryon«, sagte er. »Ich erinnere mich kaum an ihn. Das Uhrwerk hält mein Volk tief unter der Stadt gefangen … in der Hitze des Vulkans. Er kam mit einem Glas Wasser und einem Haar in die Tiefe spaziert. Die Aliamen drängten sich an die Gitter, flehten ihn an, sich verwandeln zu dürfen. Ich auch. Ich hatte so großen Durst, und meine Würde war schon vor dreißig Jahren in der Wärme verdampft.«

»Warum hat er dich ausgewählt?«, sagte Carive.

»Ich weiß nicht«, sagte Kanra, den Blick in weite Ferne gerichtet. »Vielleicht hielt er mich für weniger gefährlich als die anderen, weil ich ein Halbblut bin, auch wenn er damit eine gewaltige Fehlkalkulation macht. Ich trank. Ich änderte meine Gestalt. Aryon presste die Lippen aufeinander und starrte mich an, und als er sich abwandte, packte ich seinen Fuß. Ich habe ihn gefragt, ob ich meine Familie sehen kann. Melda und Elevar. Ich habe meinen kleinen Sohn nie kennengelernt.«

Carive fragte sich dumpf, ob Kanra wohl um seine Angehörigen weinte. Er machte nicht den Eindruck, als könnte er unter all seiner Arroganz traurig über irgendetwas sein, doch sie dachte häufig an ihre Eltern und wünschte ihnen das Beste, wo immer sie geendet waren.

»Warum hast du ein Kind, wenn du in Gefangenschaft warst?«

Kanra biss die Zähne zusammen. »Weißt du, warum sie mein Volk nicht einfach abgeschlachtet haben? Warum die Dreizehn Stunden noch jung sind, obwohl sie schon vor sechzig Jahren mit dem Zinnhybriden gekämpft haben?«

Carive schüttelte den Kopf; ihr Herz klopfte.

»Sie *züchten* uns in der Dunkelheit«, stieß Kanra hervor. »Aliamische Lebensfunken sind um ein Vielfaches kräftiger als die von Menschen. Sie … sie ernten unsere Energie, damit *sie* am Leben bleiben. Sie haben uns Dinge ins Essen gemischt, die uns … die uns wild machten … und dann brachten sie mich zu Dutzenden von Frauen. Ich war nicht Herr meiner Sinne, ich … o Götter, ich tat es. Und sie schlachteten meine Kinder, kaum dass sie auf der Welt waren, weil ihre Lebensfunken noch so frisch und unverbraucht waren. Weil sie immer weiterleben wollen, diese dreckigen Söldner des Zinnhybriden. Irgendwann werden sie auch Elevar holen. Sie werden ihn *ermorden!*«

Er packte eines der Bücher auf Carives Nachttisch und warf es gegen die Wand. Es gab ein dumpfes Klatschen; dann segelte es zu Boden wie eine tote Motte und riss zwei Tintenfässer von ihrem Schreibtisch.

Carive starrte ihn fassungslos an.

»Ich werde sie alle umbringen«, zischte Kanra. Schwer atmend fixierte er den sich ausbreitenden dunklen Fleck, und plötzlich verschwand die Wildheit von seinem Gesicht. Wortlos wandte er sich ab, ordnete mit mechanischen Bewegungen seine Kleidung. Als wollte er seine Gefühle mit diesen einfachen Gesten zurechtlegen, wie er sie brauchte.

»Ich habe Aryon angefleht, mich aus der Zelle zu lassen«, sagte Kanra so nüchtern, als seien sie niemals vom Thema abgekommen. »Er wusste nicht, dass er einen Aliamen nicht beherrschen kann; er ist jung und verblendet, er kennt wahrscheinlich nur die Geschichten vom dekadenten Königshof. Ich wollte wirklich nur Melda, die Haft hatte mich meinen Verstand gekostet. Als ich jedoch Aryon vor mir stehen sah, habe ich mich umentschieden.«

Er holte tief Luft. »Ich habe ihm zwischen die Beine getreten und rannte um mein Leben. Ich schaffte es, den Vulkanzellen zu entkommen. Aber ich war so schwach, dass ich in irgendeinem Park am Vulkansee ohnmächtig wurde. Das Uhrwerk fand mich nicht. Wir Aliamen sind nicht leicht aufzuspüren, wenn wir andere Häute tragen.«

Carive hob eine Braue.

»Ich war eine nackte Frau«, sagte Kanra ärgerlich. »Zufrieden?«

Sie errötete. »Ich wusste nicht, dass du das Geschlecht wechseln kannst.«

Kanra schüttelte den Kopf. »Das ist der falsche Ansatz. Ich sehe aus wie eine Frau, wann immer ich möchte, doch mein Bewusstsein bleibt vollkommen männlich. Es ist schrecklich. Nichts will richtig passen, und einige Körperteile sind verschwunden und andere hinzugekommen …«

Carive dachte darüber nach. Oft hatte sie sich ausgemalt, wie es wohl wäre, die Gestalt wechseln zu können; selbst jetzt gab es noch tausend Dinge, die sie gern an ihrem Körper geändert hätte. Wer würde jemals eine ailionische Karotte wie sie mögen?

»Warum warst du nackt?«

Für den Bruchteil einer Sekunde schien er sich an einem sardonischen Lächeln zu versuchen. Dann wandte er sich ab. Carive fühlte sich eigenartig erleichtert, als sie begriff, dass er zu müde für seine üblichen Spielereien war.

»Du vergisst, wie sehr sie uns missbraucht haben. Ich saß sechzig Jahre lang in den Vulkanzellen fest. Nachdem meine eigenen Kleider auf meiner Haut verrottet waren, bestand keine Notwendigkeit, sie zu ersetzen.«

»Das muss furchtbar gewesen sein«, murmelte sie.

»Nicht wirklich. Nacktheit ist nichts Anstößiges für Aliamen, zumindest nicht für die vom Kontinent.« Kanra lächelte. »Jedenfalls erschrak sich der arme Taiden zu Tode, als ich ihm begegnete, und dann reagierte er, wie fast jeder Mann reagiert hätte. Ich hätte mich vor Lachen gekringelt, wenn ich in präsentablem Geisteszustand gewesen wäre.«

Carive errötete, doch Kanra betrachtete die zerbrochenen Tintenfässer und bemerkte es nicht. »Erinnere mich daran, dass ich dir neue Tinte besorge, Karotte. Das sind keine angenehmen Erinnerungen. Nichts war so schön wie der Augenblick, an dem ich aus dem Vulkansee stieg und wusste, dass ich frei war. Wo ich jetzt wohl wäre, wenn ich damals nicht bemerkt hätte, dass Taiden Belarron in der Nähe ist?«

Mit diesen Worten ging er aus dem Zimmer. Carive überlegte kurz, entschied sich jedoch, ihm nicht zu folgen. Sie hatte noch einiges zu lesen. Sie durfte Taiden nicht enttäuschen.

Beeindruckt war er, dachte sie. *Von mir.*

Sie lächelte schwach, als sie das Tagebuch aufschlug.

Es war Jahre her, dass sie auch nur den Hauch eines vagen Stolzes auf sich empfunden hatte.

Der Geruch von Zimt hieß Kanra willkommen, als er die Gemächer des Rebellenkönigs betrat. Zwei Zimmer in dem Flügel, in dem vor langer Zeit einmal der junge Zinnhybrid geschlafen hatte. Eines davon hatte Taiden als Beratungszimmer gedient; das andere war bis auf ein altes Himmelbett leer. Sogar die Tapete schälte sich von den Wänden, und obwohl Kanra alles andere als sentimental veranlagt war, empfand er Traurigkeit. In diesen Raum würde das Leben niemals zurückkehren.

Er setzte sich auf Taidens Bett. Auf dem Nachttisch lagen Fotografien verstreut; selbst einen Bilderrahmen zu finden war so gut wie unmöglich in der Ruine. Eine blonde Frau, die einen viel jüngeren Taiden umarmte. Zwei Jungen, die Kanra nicht kannte und die einander lachend umarmten. Auf dem Durcheinander lag jedoch eine Meldung aus der *Tugend,* herausgerissen mit ungeschickter Hand. *Schatten des Vulkans sprengt Brücke …*

Es klickte leise, als sich die Tür öffnete. Wie üblich roch Kanra, wer hereinkam, bevor er es sah; er nahm die Gerüche von Schweiß und Leder wahr, von Parfüm und Zigarettenrauch, blieb jedoch reglungslos auf der Bettkante sitzen.

Naris ließ sich neben ihm nieder, ohne etwas zu sagen, und blickte seltsam starr nach vorn.

»Er ist vorgestern verschwunden«, sagte sie, »und schon jetzt wird es chaotisch. Du musst ihn wenigstens für ein paar Stunden vertreten, Kanra.«

Als ob ich das könnte, dachte er. Vor Jahrzehnten hatte ihn der Aliamenkönig persönlich zu einem seiner Generäle gemacht. Das erste Halbblut war er gewesen, das jemals mit einer solchen Aufgabe betreut worden war, eine unermessliche Ehre auf den damaligen Dreizehn Inseln. Aber Kanra hatte nicht nur den Kampf verloren, sondern auch Melda, war in die Vulkanzellen gekommen und hatte Jahre gebraucht, um die bittere Wahrheit zu verinnerlichen. Er gehörte nicht in die erste Reihe; hatte nie dorthin gehört.

Denn dort war der Platz der Schatten.

»Ich bräuchte Blut oder Haar von ihm, um seine Gestalt anzunehmen«, sagte er matt. »Außerdem ist seine Maske unauffindbar. Er muss sie mitgenommen haben.«

Naris steckte sich eine Zigarette an. Sie rauchte häufig: wenn sie wütend oder ratlos war oder einfach Lust dazu hatte. Kanra hasste den Gestank, den das verursachte. Trotzdem ertrug er ihr Laster mit Gleichmut, denn eines Tages mochte es vielleicht nötig werden, es gegen sie zu verwenden.

»Er hätte uns sagen sollen, was er plant.«

»Du weißt, wie er in letzter Zeit gelaunt war. Wir können nur hoffen, dass er keine Dummheit macht.«

Naris schnaubte, sagte jedoch nichts.

Einige Augenblicke lang schwiegen sie einander an. Kanra fragte sich, wo Taiden sich gerade verstecken mochte, warum er ihnen den Grund seines Fortgangs nicht anvertraut hatte. Er erinnerte sich jedoch daran, kurz vor dem Fall der Aliamen ebenso verschwiegen gewesen zu sein. Wie Melda deswegen mit ihm geschimpft hatte …

Kanra fragte sich, wie es Melda wohl ging, falls sie überhaupt noch am Leben war. Sie war es gewesen, die ihn von einem Wilden zu einem Mann von Welt hatte reifen lassen. Mit Kunst und Literatur hatte sie ihn vertraut gemacht, ihn die alten Lieder der Aliamen gelehrt, die inzwischen allesamt verboten waren.

Er wünschte, sie wäre hier.

Aber vorher galt es ein Uhrwerk zu stürzen, mit allen Tricks und aller Zielstrebigkeit, die er aufzubringen vermochte.

»Taiden hat Carive drei Tagebücher hinterlassen«, sagte er.

Naris kniff die Augen zusammen. »Seit wann führt Taiden Tagebuch?«

»Das habe ich mich auch gefragt. Irgendetwas geht hier vor sich.« Kanra verschränkte die Arme. »Carive sagt, dass Taiden am Ende der Woche in den Metallhängen auftauchen wird. Er will die Dreizehn Stunden herausfordern.«

Naris fuhr auf. »Die *Metallhänge?* Ist er jetzt völlig wahnsinnig geworden?«

»Er ist verbittert«, sagte Kanra leise. »Das ist schlimmer.«

Naris zog schweigend an ihrer Zigarette, aber ihr Blick sprach Bände.

»Übrigens rotten sich da draußen Dutzende von Gardisten zusammen. Wir müssen die Kinder hier herausholen. Sie werden sie umbringen, sobald sie sich auf dieses Drecksloch stürzen!«

Kanra lächelte schmal. »So sentimental kenne ich dich gar nicht.«

»Sie sind unschuldig«, sagte Naris barsch. »Ich lasse nicht zu, dass sie sterben, nur weil ein Haufen Uhrwerksbastarde die Ruine zu stürmen versucht.«

»Dann kümmere dich darum.« Was interessierten ihn schon die Kinder der Rebellion. Sein Sohn saß in den Vulkanzellen fest, der Hitze wie den Stunden ausgeliefert, falls sie ihn nicht schon längst für ihren persönlichen Vorteil getötet hatten.

»Sehr witzig, Kanra. Sie belagern den einzigen Eingang des Gebäudes, wie soll ich einhundert Kinder dort hindurchbekommen?« Naris blies einen Mundvoll Rauch in die Luft. »Ich müsste mit ihnen über die Bahnschienen gehen …«

Sie unterbrach sich, als Kanra den Kopf schüttelte. »Wir bekommen sie nicht über die Eisenbahnbrücke hier heraus. Die Gardisten werden abschießen, wen immer sie dort herumsteigen sehen. Wir können nichts tun, außer so viele Uhrwerksbeamte wie möglich hierherzulocken und zu hoffen, dass sie so nicht die Stunden im Duell mit Taiden unterstützen.«

»Er kann doch nicht allein gegen diese …«

»Richtig.« Kanra atmete schwer aus. »Wir werden Carive schicken.«

Naris fiel fast die Zigarette aus dem Mund. »Dieses dünne Mädchen?«

»Ich bezweifle, dass sie so weich ist, wie du glaubst. Taiden muss irgendetwas in ihr gesehen haben, sonst hätte er jemand anderes für die

Tagebücher ausgewählt.« Aber verdammt, wie hatte er sie geschrieben? Warum? Kanra hatte ihn noch nie mit einem Notizbuch gesehen, geschweige denn mit einem Stift in der Hand.

Naris starrte ihn an, sagte aber nichts.

»Ich werde den Rebellen ausrichten, dass sie von nun an für sich selbst verantwortlich sind«, sagte Kanra. »Sie sollen versuchen, die Ruine zu verlassen, wenn sie leben wollen. Pack Taidens Sachen, such Daia und versteck dich mit ihr. Er wird wissen wollen, wo sie ist, falls er überlebt.«

»Und falls nicht?«, flüsterte Naris.

Kanra dachte an sein letztes Gespräch mit Taiden. Sein gehetzter Blick. Die Tränen, die unter seiner Maske hervorstürzten und dem Mädchen auf die Stirn fielen.

»Dann erzähl ihr nicht von seinen Dummheiten«, sagte er leise, »und gib ihr sein Fotoalbum, wenn sie groß ist. Sie wird sich freuen, zumindest ein Bild von dem Dummkopf zu haben, der ihr so ein Schicksal auferlegt hat.«

19

Das letzte Halbblut der Inseln

Ehrlich gesagt überraschte es mich nicht weiter, dass Aryon sich einen solchen Patzer geleistet hatte. Ich meine, er war in so vielerlei Hinsicht kindisch. Er dachte an kaum etwas anderes als Wein und Frauen, saß nur in der Garde, weil Ruanne ihn aus irgendeinem Grund auf den wichtigsten Sitz dort gestoßen hatte. Jedenfalls erzählte er mir die ganze Geschichte, und am Ende wusste ich nicht, ob ich lachen oder den Kopf schütteln sollte. Aryon war beileibe nicht dumm, aber das war Stümperei gewesen.

»Mein Vater wird mich umbringen«, jammerte Aryon. »Dieser Gestaltwandler wird Ärger machen. Großen Ärger! Was, wenn er wiederkommt, um die restlichen Aliamen zu holen?«

»Aliamen sind nicht intelligent.« Das behauptete zumindest das Uhrwerk; meine Visionen sagten natürlich etwas anderes aus. »Er wird mit dem Kopf durch die Wand wollen. Dann können wir ihn einfangen.«

»Wenn es bloß so einfach wäre! Ich habe den Albino freigelassen. Das einzige Halbblut in diesen Zellen, das mit den Beinen wackeln und seinen Namen buchstabieren kann!«

O gütige Funken. Das erklärte, warum Aryon sich fast in die Hose machte, denn ironischerweise waren Halbaliamen deutlich gefährlicher als ihre vollblütigen Verwandten. Einer von tausend Halbblütern wurde weder geistig noch körperlich behindert geboren; einer von tausend, der menschlichen Verstand und aliamischen Instinkt in sich vereinte. Ob es ein allzu gemeiner Scherz war, Aryon zu fragen, ob er mich in seinem Testament bedacht hatte?

»Ich stecke bis zum Hals in Schwierigkeiten«, jammerte Aryon. »Die anderen Gardisten werden vor Lachen nicht in den Schlaf kommen – wenn mein Vater das erfährt – er wird mir bestimmt am Gehirn herumschneiden lassen, er hat schon hundertmal gesagt, dass er es mir aufbohren lässt, wenn ich eine Dummheit mache.«

»Wirst du wohl aufhören, dich zu bemitleiden?«, sagte ich gereizt.

»Ich bemitleide mich nicht«, sagte Aryon ärgerlich. »Ich … ich weiß, dass ich kein guter Präsident bin. Ich hätte verhindern sollen, dass Kyron Menschen tötet. Aber ich kann es nicht.«

Der Schmerz in seiner Stimme war beinahe greifbar. Es versetzte mir einen Stich. Natürlich war Aryons Unfähigkeit außerordentlich gesund für mich, doch ich war auch sein Freund und ihn aufzumuntern meine Pflicht.

»Du wirst schon in diese Aufgabe hineinwachsen«, sagte ich. »Ich, äh … bin sicher, dass sogar der Zinnhybrid höchstpersönlich erst einmal lernen musste, ein Anführer zu sein. Glaubst du, er hätte mit zwanzig schon gewusst, wie man eine Armee führt? Es war falsch von Ruanne, dir schon einen so wichtigen Posten zu verschaffen.«

»Mein Vater macht keine Fehler«, sagte Aryon scharf.

Ich stieß meinen Atem in einem gereizten Schnauben aus. »Dann musst du das auch beweisen. Wenn du Kyron nicht finden kannst, such wenigstens diesen Aliamen. Lass veranlassen, dass jeder Ceratarier eine Blutprobe abgeben soll. Das Halbblut wird sich sträuben, weil sein Blut rötlich schwarz ist.«

Aryon starrte mich an, als hätte er mich nie zuvor gesehen.

»Das ist gut«, hauchte er. »Das … das ist genial! Aber darüber wollte ich gar nicht reden. Du errätst nie, welche Gestalt dieser Aliam angenommen hat.«

Meine, schoss es mir durch den Kopf. *Ich bin geliefert.*

Aryon blies eine Rauchwolke in die Luft, ehe er zu lachen begann. »Er ist zu einer Frau geworden, kannst du das fassen? Der Schatten des Vulkans ist offenbar ein Mädchen. Wir sollten ihn in ein Korsett einschnüren.«

»Eine männliche Dame, möchte ich meinen. Kyron ist knapp sechs Fuß groß.«

»Woher weißt du das?«

Ich fluchte stumm.

»Das ist mir aufgefallen, als wir uns in Arassa begegnet sind. Nur wenige Leute sind so groß wie ich.«

Aryon verzog den Mund. Ich erinnerte mich daran, dass ich früher Striche an die Türkante gezeichnet hatte und stolz auf jeden Fortschritt gewesen war. Vielleicht hatte Aryon als Kind das Gleiche getan. Und dabei jedes Mal einen Wutanfall bekommen.

»Wie auch immer«, sagte er säuerlich. »Kyrons Akte besagt eindeutig, dass er schwarzhaarig ist. Wir müssen ein falsches Haar aufgelesen haben … o gütiger Zinnhybrid, dafür habe ich das Halbblut freigelassen …«

Aryon schüttelte den Kopf. »Ich glaube, ich suche mir jetzt eine Droschke zum Haus des Goldes. Was für ein Dreckswetter, verdammt. Aber deinen Stiefeln würde eine Wäsche guttun, so dreckig, wie sie sind.«

»Ja«, stimmte ich zu. »Sie sind wirklich verdammt schmutzig.«

Aryon grinste. Ich lächelte zurück und verabschiedete mich, ehe ich den Heimweg antrat. Inzwischen war es dunkel geworden; Motten schwirrten um die Funkenlaternen und zerstäubten, wenn sie dem Licht zu nahe kamen. Ich bog in einen nahe gelegenen Park ab, der sich längst geleert hatte, atmete halbwegs klare Luft ein und dachte an Araine. Hoffentlich ging es ihr gut. Wenn das Uhrwerk mir die Schuld am Tod des Goldhybriden gab, konnte sie immerhin …

Ein leises Rascheln.

Instinktiv beschleunigte ich meine Schritte, ehe ich mich umsah. Nichts. Dann hörte ich ein jähes Knurren, wie von einem wilden Tier. Ich begann zu rennen, änderte die Richtung und stürzte mich in die Büsche; doch ich war nicht schnell genug, spürte einen Stoß im Rücken, und dann verlor ich das Gleichgewicht und stürzte auf den weißen Kiesweg. Bevor ich mich umdrehen konnte, legte jemand die Hand an meinen Hals. Mir wurde kurz schwarz vor Augen, als kühle Fingerkuppen meine Nackendrähte streiften.

»Ausziehen«, zischte eine Frau. »Sofort.«

Diese Aufforderung verschlug mir die Sprache. Das war ja wohl die Höhe! Als ich mich jedoch auf den Rücken drehte, erstarrte ich. Die Frau stand splitterfasernackt vor mir, das Gesicht so eisern, als liefen die Leute andauernd unbekleidet durch den Vulkan. Sofort schoss mir das Blut in die Wangen. Und zu meinem Ärger auch an Stellen, die ich der Schicklichkeit halber lieber unerwähnt lasse.

»Spar dir die Röte, Hybrid. Gib mir deine Kleidung oder ich beiß dir die Drähte durch.«

»*Wie bitte?*«

Knurrend streckte die Frau eine Hand nach mir aus. Erst jetzt fielen mir feine Tätowierungen an ihren Unterarmen auf; jeweils eine rote und eine schwarze Linie, die an ihren Handgelenken begannen und in ihren Armbeugen endeten.

Plötzlich begriff ich, wen ich vor mir hatte.

Da hatten wir also das entlaufene Halbblut.

Der Aliam knurrte heftig und stürzte sich auf mich. Ich fluchte, als er mich mühelos zu Boden warf. Verzweifelt trat ich nach dem Gestaltwandler, aber ich erwischte lediglich seinen Oberschenkel, und das schien ihn nicht weiter zu stören. Seine Finger tasteten über mein Schlüsselbein. *O Funken, ich bin erledigt.*

Ich schlug dem Aliamen ins Gesicht. Er schrie auf, und hastig packte ich seine Unterarme, um uns beide mit einem Ruck herumzudrehen. Unter mir kreischte und fauchte die falsche Frau. Ich hatte keine Ahnung, wie man einen Aliamen ruhigstellte, aber ich war zuversichtlich, dass mir bald ein Plan einfiel.

Im gleichen Augenblick fiel Licht an mir vorbei.

»Was machen Sie da? Solches Geschrei zu später – *gütige Funken!*«

Schlagartig hörte der Aliam auf, sich zu wehren. Wir starrten einander ins Gesicht. Die Röte schoss ihm in die Wangen; ich ahnte jedoch, dass ich gerade ähnlich aussah.

Ich meine, sein ganzer Unterleib lag frei; und mir sah man deutlich an, dass ich einer gründlichen Inspektion alles andere als abgeneigt war.

Mir ist ja sehr wenig peinlich, doch in diesem Augenblick wäre ich am liebsten gestorben.

Den Rest der Nacht verbrachte ich in der Steinernen Garde. Ich teilte mir ein Beobachtungszimmer mit dem Aliamen, dem man dankenswerterweise einen Mantel zur Verfügung gestellt hatte. Obwohl ich inzwischen todmüde war, wagte ich es nicht zu schlafen. Womöglich würde er mir am Ende doch die Hose stehlen.

»Wir sollten nie wieder darüber sprechen«, sagte ich leise.

»Einverstanden.« Die Stimme des Aliamen war rau. Er steckte ja auch in unendlich viel größeren Schwierigkeiten als ich. Mir würde man höchstens Unzucht vorwerfen, was ja wohl überhaupt nicht stimmte, und das Gelächter der Gardisten war mir sicher. Ich hoffte nur, dass Araine nichts davon hörte. Was würde sie von mir denken, wenn sie erfuhr, unter welchen Umständen ich aufgegriffen worden war?

»Du wirst mich verraten, oder?«

Der Aliam klang keineswegs besorgt. Eher nüchtern, als wollte er nur eine Bestätigung für ein drohendes Unheil einholen. Dennoch war ich auf der Hut. Immerhin hatte mich dieser Mistkerl auf offener Straße angefallen!

»Es wäre meine Pflicht«, gab ich zu. »Du hast gegen den Zinnhybriden gekämpft, oder?«

»Gekämpft? Oh, ich war einer seiner erbittertsten Gegner.« Seine Stimme troff vor Sarkasmus. »Ich stand auf der Seite des Aliamenkönigs, als sein dreckiger Bastardsohn kam, um uns unsere Inseln wegzunehmen. Ich habe versucht, ihn aufzuhalten, während er die heiligen Haine von Arulan verbrannte und jeden auslöschen ließ, der an die Götter meines Volkes glaubte. Das war mein einziges Verbrechen … wenn du es so nennen willst.«

Ich dachte an meine Visionen. Feuer und Blut hatte er gebracht, der Zinnhybrid. Einfach um seiner Rache willen; einfach, weil er es konnte.

»Ja«, sagte ich matt. »Mein Urgroßvater hat Fehler gemacht.«

Seine Brauen zuckten kurz. Ich brauchte einige Augenblicke, um den Grund dafür zu begreifen. Woher hätte er auch wissen sollen, wie lange er ein Gefangener des Uhrwerks gewesen war?

Dann fuhr er nach vorn und packte mich bei der Kehle. Es ging so schnell, dass ich nicht einmal zurückzucken konnte, und seine Finger gruben sich mühelos in meinen Hals und schnürten mir die Luft ab.

»Fehler«, zischte er. »Was glaubst du, wer von uns beiden diesen Verräter besser kennt? Der Mann, der gegen ihn gekämpft hat, oder der, der lange nach seinem Feldzug geboren wurde? Er hat mir meine

Frau aus den Armen gerissen und mich in der Finsternis verrotten lassen. Und du nennst das einen Fehler!«

Ich röchelte. Zu mehr war ich nicht imstande.

»Ich sollte dich erwürgen, Hybrid«, flüsterte der Aliam. »Zu schade, dass der Verdacht unweigerlich auf mich fallen würde.«

Er ließ mich los. Mein Kopf schlug gegen die Wand. Ich rieb mir mit einem Ächzen den Hals, während das Halbblut zum Fenster hinüberging und auf die Stadt hinunterblickte.

»Nenn mich nicht *Hybrid*«, keuchte ich. »Ich heiße Taiden. Taiden Belarron.«

»Kanra«, sagte der Aliam widerwillig. »Es ist gut, deinen Namen zu wissen. Ich kann ihn verfluchen, sobald ich wieder in der Dunkelheit sitze.«

»Ich werde dich nicht verraten.«

Kanra wandte sich um. Er wirkte verwundert.

»Das ist eine Falle.«

»Ist es nicht.« Ich war unsicher, was mich zu diesen Worten ritt. Vielleicht der Gedanke, dass er länger gefangen gewesen sein musste, als die meisten Menschen lebten. Was musste das für eine Hölle gewesen sein? Hatte ich mir nicht vorgenommen, den Opfern des Schwarzen Uhrwerks zu helfen?

»Ich werde ihnen verschweigen, wer du bist«, sagte ich. »Wenn du so nett bist, mich nie wieder anzufallen.«

Kanra setzte zu einer Antwort an, doch im gleichen Augenblick öffnete sich die Tür. Ein Gardist griff nach seinem Arm, um ihn hinauszuführen, und danach hielt mich nichts mehr von einem Schläfchen ab. Ich schlief keine Viertelstunde. Dann zog man mich in ein fensterloses Verhörzimmer, und wenig später starrte ich einen äußerst zerzaust aussehenden Aryon an.

»Was hast du ausgefressen?«, fragte Aryon mürrisch. Seine Augen waren verklebt und gerötet, sein Haar stand in alle Richtungen ab. »Mein Kopf tut so weh. Die Garde hat mich aus dem Bett geklingelt. Warum ausgerechnet heute, Taiden?«

»Was … hast du dich betrunken, Aryon?«

Aryon überhörte mich. Mir wurde kalt. Ging ich ihm so sehr unter die Haut?

»Ich habe es mir auch nicht ausgesucht«, beschwerte ich mich. »Diese Frau hat mich angefallen! Soll ich das einfach über mich ergehen lassen?«

»Ihr habt gekämpft? Auf dem Boden?«

»Bin hingefallen«, sagte ich mürrisch.

Aryon lächelte nicht einmal; wenn er einen Kater hatte, wurde er immer so unausstehlich. »Ihr wolltet wirklich nicht miteinander schlafen?«

»*Nein!* Ich würde nie auf offener Straße – erst recht nicht mit einer Fremden –, denkst du, ich hätte so wenig Anstand, Aryon?«

Aryon schüttelte den Kopf. »Stimmt ja. Ich werde von einer Strafe für euch absehen. Die Frau wird … ich lasse sie aus der Garde geleiten, und du bist schon gestraft genug mit dem Spott, nicht wahr?«

Ich schnaubte. »Kann ich jetzt gehen? Ich hätte gern ein paar Minuten Schlaf.«

Aryon sah mich wütend an. Ich spürte seinen Blick im Rücken, als ich das Verhörzimmer verließ. Als ich an einer angelehnten Tür vorbeiging, hörte ich, dass Kanra mit irgendeinem anderen Gardisten diskutierte. Gut für ihn. Ich bezweifelte zwar, dass Aryon ihn in diesem Zustand wiedererkannte, aber man wusste ja nie.

Ohne mich weiter aufhalten zu lassen, ging ich nach Hause. Araine schlief auf dem Sofa; wäre sie wach gewesen, hätte ich ihr mein Bett angeboten, doch so stellte ich ihr lediglich etwas zu trinken auf den Tisch. Als ich jedoch am nächsten Morgen aufwachte, war sie verschwunden. Spurlos. Mir schlug das Herz sofort bis zum Hals; als ich jedoch vor der Haustür nachsah, entdeckte ich Fußspuren im rußgeschwärzten Stein.

Sie waren die einzige Nachricht, die Araine mir hinterlassen hatte.

Araine verschwand für eine Ewigkeit aus meinem Leben.

Gut war das. Hätte es sein sollen. Wenn sie kein Interesse an mir hatte, konnte sie auch nicht in Gefahr geraten; sterben, wie Kyron gestorben war, nur weil sie dem Schatten etwas zu nahe gekommen war. Trotzdem erwischte ich mich dabei, wie ich häufiger als nötig zur

Knochenbank ging. Wie ich trotz aller Gefahren in die Schatten trat, um zu helfen, um zu sehen, ob sie mir vielleicht ein weiteres Mal folgen und mich küssen würde …

Als ich jedoch eines Morgens von meinen Ausflügen heimkam, steckte ein Brief an meiner Tür. Ich nahm ihn ab, ging nach drinnen und ließ mich mit dem Rücken gegen die Wand sinken, ehe ich ihn aufriss. Wenn das irgendeine Rechnung …

Lieber Taiden, stand dort.

Mein gesamtes Innenleben geriet ins Stocken.

Es tut mir leid, dass ich so wortlos verschwunden bin. Aber mein Vater hat sich große Sorgen gemacht, und ich wollte ihn nicht noch länger warten lassen. Er hat mir Hausarrest gegeben. Ich darf mich nicht einmal melden, bis wir in ein paar Tagen zu einer Reise über die Inseln aufbrechen – er will mich mit unseren Handelspartnern bekannt machen.

Ich schmuggle den Brief an ihm vorbei. Das schaffe ich schon.

Ich wollte dir nur sagen, dass ich dankbar für das bin, was du für mich getan hast. Besonders für deine Küsse. Vielleicht können wir uns wiedersehen, wenn ich nach Ceratari zurückkomme.

Der Brief endete mit einer Unterschrift, die so makellos aussah, als hätte sie stundenlang dafür geübt. Ich blickte darauf hinab, fuhr ihre Kontur mit dem Finger nach, ehe ich mit einem warmen Gefühl im Magen zur Decke blickte.

Dann jedoch verging mein Lächeln. Wie gern hätte ich sie wiedergesehen … in die Arme geschlossen … aber natürlich ging das nicht. Trotzdem ergab ich mich kurz diesem Gedanken. Und faltete den Brief sorgfältig zusammen, um ihn in meine Brusttasche zu stecken.

Ich sollte nicht darauf antworten.

Aber dann endete ich doch am Schreibtisch. Leere breitete sich in meinem Schädel aus, als ich Papier und Tinte suchte; denn es schien einfach keine Worte zu geben, die meinen Gefühlen Ausdruck hätten verleihen können. Trotzdem kritzelte ich einige ungelenke Buchstaben auf mein Schmierpapier. Und brauchte fast eine Stunde, bis ich allmählich zu schreiben begann.

Du hast mir das Leben gerettet, Araine, schrieb ich. *Ich stand in deiner Schuld. Vielleicht … ist es gut, wenn du etwas Abstand zu Ceratari gewinnst. Frieden findest. Aber falls es dich nach Rabenfels verschlägt, sieh dir bloß nicht meinen Turm an. Ich war zu faul, um ihn aufzuräumen, bevor ich ihn zum letzten Mal verließ.*

Ich …

Ich schluckte. Die Finger meiner Linken waren kalt geworden, weil ich den Füllhalter so fest umklammert hielt.

Ich habe dich sehr lieb gewonnen, schrieb ich schließlich. *Ich würde mich freuen, dich wiederzusehen.*

Prüfend betrachtete ich den Text. Später würde er mir bestimmt peinlich sein, aber ich wusste nicht, was ich hätte besser machen können. Ich faltete das Blatt mit drei Fingern zusammen, um es in einen Umschlag zu stecken. Eine Dummheit. Ich sollte sie nicht noch anstacheln … ihr keine Hoffnung machen.

Aber ich hatte es satt, so satt, zu niemandem ehrlich sein zu können. Niemanden zu haben, der verstand. Plötzlich wurde mir klar, warum Kyron mir nie etwas getan hatte, obwohl ich sein Geheimnis jederzeit hätte enthüllen können. Warum er mich stattdessen sogar beschützt hatte.

Weil er die Einsamkeit nicht mehr ertragen hat.

Ich kritzelte Araines Namen mitsamt ihrer momentanen Adresse auf den Brief und brachte ihn sofort zur Post. Nach vier Tagen bekam ich ihre Antwort – ein kleiner Stapel eng beschriebener Seiten. Es war, als würde sie mir Auszüge aus ihrem Tagebuch schicken; manchmal jedoch entdeckte ich auch Zärtlichkeiten im tintenfarbenen Geröll. *Ich vermisse dich ein wenig,* las ich. Und wenn ich solche Worte entdeckte, lief ich meistens so offen lächelnd durch die Garde, dass Aryon mich fragte, was ich da für ein merkwürdiges Zucken im Gesicht hatte.

Ich sah Araine monatelang nicht wieder, doch ihre Handschrift wurde mir vertraut. Wenn ich Post von ihr bekam, schrieb ich brav zurück, und ich saß oft im Haus des Goldes und fragte mich, ob ich wohl schon eine Antwort von ihr bekommen hatte. Aber ich dachte auch an ihren Kuss. Daran, wie sie mich gerettet hatte, obwohl sie behauptet hatte, mich zu hassen. Wie sie untröstlich an meiner

Schulter schluchzte, wie ich ihren Schmerz zumindest ein wenig hatte lindern können.

Und vielleicht erinnerte sich Araine ebenfalls daran, denn mit der Zeit veränderten sich ihre Briefe. Sie waren keine endlosen Aufzählungen mehr, die genau umrissen, wo sie wann gewesen war; sie erzählten von aufrichtiger Zuneigung.

Ich vermisse dich wirklich. Obwohl Levon bei mir ist, fühle ich mich einsam. Ich wünschte, dass du hier bei mir wärst, damit ich dich umarmen kann. Ich wünschte, dass wieder Ballnacht wäre, weil du der beste Tänzer bist, den ich kenne.

Meine Antwort fiel sehr kurz aus.

Ich liebe dich auch.

Dieses Mal schrieb sie nicht zurück. Ich wartete eine Woche; dann wurden es zwei. Vielleicht war mein Brief verloren gegangen; vielleicht war ich zu kühn gewesen. Dieser Gedanke quälte mich. Was, wenn ich sie mit meinen offenen Worten vergrault hatte?

Die Verfehlungen der ceratarianischen Post geisterten mir immer noch im Kopf herum, als ich spätabends in einer Kneipe saß, das Gesicht von meiner Maske verborgen. Vor mir stand eine Schale frittierter Garnelen, aber sie schmeckten mir nicht recht. In letzter Zeit war jedes Essen fade.

Auf der anderen Seite des Tisches saß ein junger Mann.

»… habe keine Ahnung, wo ich arbeiten soll … ich *will* arbeiten, aber seit ich meinen Arm in der Fabrik verloren habe …«

Ich schob eine gefärbte Knochenmünze über den Tisch. »Frag im kleinen Ailion. Dort gibt es ein paar Restaurants, wo immer Hilfe gebraucht wird.«

»Wie soll ich das mit einer Hand schaffen?«, sagte er traurig.

»Glaub mir«, sagte ich milde. »Fünf Finger genügen, um Großes zu tun.«

Er sah mich aus großen Augen an, ehe er sich die Münze schnappte und mit einem Lächeln und gemurmeltem Dank davonlief. Ich musste ebenfalls lächeln. Allmählich wurde es leichter; trotzdem war ich mir sicher, dass es noch Jahre dauern würde, bis ich so gut sein würde wie Kyron.

Jemand setzte sich neben mich. Ich sah nicht einmal auf.

»Hallo, Schatten.«

»Hallo, Naris. Lange nicht gesehen.« Ich blickte zu ihr hinüber; ihr Gesicht hatte mit dem Alter alle Rundungen verloren, doch mit dunklerem Haar wäre sie mühelos als Vierzig– oder gar Dreißigjährige durchgegangen. »Hast du mich gesucht oder bist du nur für die Garnelen hier?«

»Ich bin dir gefolgt, seit du versucht hast, der ersten Streife aus dem Weg zu gehen. Du schleichst schlechter, als du denkst.« Naris lachte leise. »Aber ich wollte mit dir reden, ja. In letzter Zeit habe ich viele Kundinnen, also hast du es nicht mehr nötig, mich für meine Dienste zu bezahlen.«

Ich legte den Kopf schief. »Was für Kundinnen?«

»Ich zeige jungen Frauen, wie man Schusswaffen bedient. Keine weibliche Kunst, ich weiß. Zumindest sind meine Schülerinnen deinesgleichen nicht ausgeliefert.«

»Meinesgleichen?«

»Männer.« Naris ballte die Faust. »Meine Mädchen hängen ihre Herzen an feine Herren, ohne sie zu kennen, oder werden gegen ihren Willen verheiratet. Wenn sie ein Monster erwischen, können sie sich dank meiner Arbeit wehren.«

Ich sah Naris prüfend an; mit solcher Inbrunst hatte ich sie nie zuvor sprechen hören. »Bist du an so jemanden geraten? Ein Monster?«

Sie sah mich grimmig an, ehe sie sich eine Zigarette anzündete. »Es ist über dreißig Jahre her. Er lockte mich aus einer hübschen goldenen Hölle fort und sperrte mich in eine andere. Ihm zu entkommen hat mich beinahe umgebracht. Ich möchte nicht, dass das auch anderen Frauen passiert.«

»Ich verstehe.«

»Nein, tust du nicht«, sagte sie, schien es jedoch nicht böse zu meinen. »Jedenfalls ist es eine gute Arbeit. Junge Frauen zu verteidigen bedeutet mir viel. Ich war erst gestern bei der Erbin der Knochenbank …«

»Gütige Funken!«, entfuhr es mir.

Naris sah mich verwundert an. Ich spürte, wie ich errötete.

»Hat sie … redet sie über einen Mann? Ist sie verlobt? Irgendetwas?«

Naris bekam einen eigenartig feixenden Gesichtsausdruck. »Nein. Aber sie redet oft von dir.«

Ein eigenartiges Kribbeln erfasste meinen Körper. »Wo ist sie?«

»Vermutlich bei ihrem Vater, wo sonst? Heute Nacht herrscht doppelter Vollmond. Araine beobachtet das Ereignis sicher im Garten.«

»Ich muss weg«, sagte ich und verließ die Kneipe. Ich wusste genau, wohin ich gehen musste; jedes Adelshaus unterhielt einen Sitz in Ceratari, und es war nicht weit vom roten Herrenhaus der Belarrons zum Wohnsitz des Knochenfürsten. Vor dem Tor standen zwei Wachen und spielten Karten. Diese Faultiere sollten dringend entlassen werden. Aber nicht heute.

Ich umrundete das Anwesen, bis ich eine Stelle fand, an der die Mauer niedrig genug zum Klettern für mich war. Ich half mir, indem ich meine steife Rechte als eine Art Haken verwendete, bis ich über die Mauerkante in den Garten des Knochenfürsten rutschte. Selbst im Mondlicht konnte man den Glanz der üppigen Pflanzen erahnen, Rosen in allen Farben des Regenbogens und Bäume mit schillernder, marmorglatter Rinde.

Auf einer Terrasse in ihrer Mitte stand eine junge Frau an einem Teleskop. Obwohl es eine kühle Nacht war, hatte sie ihren Mantel an den Ast eines nahen Baumes gehängt. Ich fragte mich, ob sie den Biss des Windes überhaupt bemerkte, blickte sie doch wie gebannt den doppelten Vollmond über uns an.

Du kannst dich umdrehen, sagte ich mir. *Du kannst gehen.* Einen Augenblick lang dachte ich an Kyron, an unseren einzigen Ausflug in die Schatten … und begann mich zu schämen. Bestimmt hätte er nicht gewollt, dass ich unglücklich wurde, nur weil er nicht mehr da war. Dass ich Araine seinetwegen verletzte …

Genug davon.

Genug.

Ich schob die Maske hoch. Ging leisen Schrittes auf sie zu. Araine wandte sich um, als sie mich kommen hörte; und ihre Augen weiteten sich, weil ich sie küsste. Vom Aufenthalt im nächtlichen Garten hatte sie kalte Haut bekommen, aber ihr Mund war warm. Sie krallte die Hände in mein Hemd, hatte Teleskop und Sternenbeobachtung völlig vergessen. Ich auch. Die Rebellion, die Stunden, Aryon mit seinem Kummer, seinem Alkoholatem … all diese Dinge waren still geworden und lagen unendlich weit entfernt.

»Ich liebe dich auch«, flüsterte Araine schließlich. Es war unmöglich zu sagen, wie lange ich sie im Arm gehalten hatte; es hätten Sekunden oder Jahre sein können. »Ich wollte dir eine Antwort schreiben, es war nur … ich habe einfach nichts zustande bekommen. Habe ich dich verletzt, Schatten?«

»Nicht halb so sehr, wie wenn du mich bei diesem Namen nennst.«

»Ich dachte, du wärst stolz auf das, was du tust.«

»Das bin ich«, sagte ich leise. »Aber ich heiße Taiden, nicht Kyron.«

Araine zögerte, ehe sie sich in meine Arme schmiegte. Zum ersten Mal seit langer Zeit vergaß ich das Uhrwerk, die Stunden, das Gewicht meiner Sorgen auf den Schultern. Am liebsten hätte ich Araine nie wieder losgelassen. Aber natürlich war das nur ein Wunschtraum.

Am nächsten Abend führte ich sie in ein Restaurant auf der Promenade aus. Es musste ein seltsamer Anblick gewesen sein – ich ließ versehentlich eine Scheibe Fleisch an die Wand klatschen, als ich sie zu schneiden versuchte, und Araine begann deswegen zu lachen und konnte nicht mehr aufhören. Nach einer Weile warf man uns hinaus; trotzdem saßen wir noch lange auf der Straße und lachten uns über dieses Ereignis kaputt. Wahrscheinlich lehrten wir die gesamte Oberschicht von Ceratari das Fürchten.

Es machte uns beiden nichts aus.

Aber natürlich blieb die Situation nicht die gleiche. In Ailion gibt es ein Sprichwort, das meine damalige Lage sehr gut trifft. *Asteira tyr onoras*. Die Zeit fließt weiter, unbeeindruckt davon, ob man sich gegen sie sträubt.

Wir gehen nicht immer mit ihr.

Und das ist ein großer Fehler.

20

Das Uhrwerk ist stärker als du

In den folgenden Monaten erwischten sie mich fast zehnmal. Meistens aus Unaufmerksamkeit, gelegentlich aus Pech. Irgendwie gelang es mir, niemanden mehr zu töten, nur war das kein Trost. Die Lügen des Uhrwerks überquerten alle dreizehn Inseln, bevor sich meine Wahrheiten überhaupt erst auf den Weg gemacht hatten.

Rebellenführer brennt den Vulkan nieder, hieß es einmal, als eine Fabrikhalle in Flammen aufging. Wenn sich irgendein Gardist den Fuß bei der Patrouille anstieß, titelte die *Tugend* am nächsten Morgen mit dem grenzenlosen Wahnsinn des Schattens. Das tat mehr weh, als ich dachte. Nur noch selten legte ich die Maske an; es schien einfach zu viel zu verlieren zu geben, gab zu wenig Gutes zu bewirken.

Aber das redete Araine mir bald aus.

»Du bist nicht irgendjemand«, sagte sie zu mir. »Du hast immerhin den Mut, um etwas gegen das Uhrwerk zu unternehmen.«

»Es wäre gut, wenn sie mich nicht dafür umbringen«, sagte ich mürrisch.

»Sei nicht immer so verbittert.« Araine beugte sich zu mir hinüber, um meine Wange zu küssen. »Taiden … du bist nicht feige. Du kannst stolz auf das sein, was du tust. Darauf, dass du einfach nach draußen gehst und dich nicht von ihnen unterkriegen lässt.«

Ich lächelte schwach. Sonnenlicht fiel durch das tausendfarbige Blattwerk über unseren Köpfen, als ich sie in den Arm nahm. Am Vulkansee gab es viele funkenbotanisch gestaltete Parks. Gezielte Funkenimpulse hatten das Gras so sattgolden gefärbt, dass es wirkte wie Metall, und über uns ragte eine Eiche mit korkenzieherförmig verdrehtem Stamm und rot glänzenden Blättern auf.

»Also«, sagte sie, »setzt du nachher deine Maske auf oder nicht?«

»Im Augenblick ist es nicht sicher«, gab ich zu.

Araines gute Laune verschwand. »Das ist meine Schuld, oder? Wenn ich diesen Mörder nicht erschossen hätte, hättest du jetzt keine Schwierigkeiten.«

»Das stimmt nicht. Es war das Fest, das …«

Ich unterbrach mich, als ich sah, wie Tränen an Araines Wangen hinabliefen.

»Ich habe Albträume davon«, gestand sie mir. »Es geht einfach nicht weg. Ich dachte … ich dachte, es ist leichter.«

Ich musste an Fyonn zurückdenken. An den Hybriden, der Carive und mich verfolgt hatte; der nun unter den Wellen lag, nur weil ich mich ein einziges Mal in meiner Aufregung vergessen hatte.

»Es wird niemals leichter«, flüsterte ich. »Aber ich denke … solange es wehtut, sind wir besser als das Uhrwerk.«

Araine sagte nichts, doch ich spürte ihre Dankbarkeit.

»Pass nur auf dich auf, wenn du in die Schatten gehst«, murmelte sie. »Wenn du dich von ihnen fangen lässt, gehe ich auf die Insel der Stunden und zünde ihre Häuser an.«

Sie sah nicht aus, als ob sie scherzte. Trotzdem musste ich lachen, und nach einigen Augenblicken stimmte sie mit ein, während die Tränen auf ihren Wangen trockneten. Sie war so jung. So glücklich. Niemals schien sie irgendeinen Zweifel daran zu haben, dass ich das Uhrwerk schlagen konnte und wir danach ein hübsches, gutbürgerliches Leben führen würden.

»Versprochen«, flüsterte ich.

Araine kuschelte sich lächelnd sich an mich.

»Du wirst schon sehen, Taiden«, flüsterte sie. »Es wird alles gut werden.«

Am nächsten Morgen ging ich in die Garde, um ein wenig zu arbeiten und mir neue Aufmunterungen für Aryon einfallen zu lassen, weil ein gewisser Schatten noch immer durch die Unterwelt der Stadt spazierte. Auf halbem Weg durch die Korridore stürmte jedoch eine schluchzende Frau an mir vorbei, einen Säugling auf dem Arm. Ich runzelte die Stirn. Aryons Affären verirrten sich oft ins Haus des Goldes, und er pflegte sich stets vor ihnen zu verstecken; es war kein gutes Zeichen, dass er sie zum Weinen gebracht hatte.

Doch ich war schon als Kind weich genug für mein ganzes Leben gewesen, und deswegen betrat ich Aryons Büro und hätte dabei beinahe einen Stapel Kisten umgerissen. Aryon hatte mir den Rücken zugewandt, wühlte in seinen Aktenschränken. Ich starrte ihn an, während meine Mechanik kurz aussetzte. Er trug sein Stirnband, so wie immer, hatte sich jedoch aus irgendeinem Grund das Haar abscheren lassen.

»Willst du dich zum Hybriden machen lassen?«, fragte ich erschrocken. »Ich meine … man fängt mit den Gehirndrähten an …«

»Blödsinn. Es wurde nur Zeit, sich von diesem kindischen Wuschelkopf zu trennen. Ich bin nicht mehr zehn Jahre alt.«

Ich hob eine Braue. Ruannes Worte aus Aryons Mund. Das geschah manchmal, wenn Aryon sich mit ihm hatte treffen müssen; morgen wäre gewiss wieder alles beim Alten und er würde auf seinen geschorenen Schädel schimpfen.

Schweigend warf Aryon eine klobige Stoffpuppe fort. Ein Geschenk seiner Zwillingssöhne. Er hatte ein Talent dafür, Kinder zu zeugen und sie anschließend zu vergessen, und deswegen hatte ein gewisser maskierter Mann eine Handvoll Münzen vor das Quartier seiner Jungen gelegt.

»Wieso veranstaltest du eigentlich einen Hausputz?«, erkundigte ich mich. Mein eigenes Büro war natürlich blitzsauber; gestern erst hatte ich den ganzen Dreck unter den Teppich gefegt.

»Bei dieser Unordnung kann man kaum arbeiten.«

»Das setzt voraus, dass du überhaupt an Arbeit denkst, wenn du hier bist.« Ich lächelte, um meinen Worten den Stachel zu nehmen, ehe ich die Puppe hervorzog. »Wirst du das alles wegwerfen?«

»Ich denke schon. Was soll ich denn mit diesem Plunder anfangen?«

»Aber das hier ist ein Geschenk deiner Söhne! Glaubst du nicht, dass sie traurig wären, wenn du es einfach wegwirfst?«

»Was sie nicht wissen, macht sie nicht heiß«, sagte Aryon gereizt. »Hör auf, mir erzählen zu wollen, wie ich mich um meine Kinder zu kümmern habe. Du hast nicht einmal welche.«

Ich schluckte eine zynische Bemerkung herunter. Araine und ich hatten über diese Möglichkeit gesprochen, doch wenn meine Maske jemals fiel, hätte das Uhrwerk gewiss keine Güte für die Nachkommen des Schattens übrig.

»Wie auch immer«, sagte Aryon. »Ich … habe ein bisschen nachgedacht. Über den Schatten. Seit er diesen Goldhybriden getötet hat, ist nichts mehr passiert, was wir auf ihn zurückführen können.«

Ich verkniff es mir, Aryon daran zu erinnern, dass mir das Uhrwerk diesen Mord still und heimlich angehängt hatte. »Vielleicht hat er Ceratari verlassen.«

»In der Provinz fällt ein Arganier noch mehr auf als hier. Er ist ja sogar in Arassa aufgefallen, und das ist die drittgrößte Insel des Landes.« Aryon grinste, wenn auch nur kurz. »Der große Uhrwerksfeind sollte sich doch mehr Mühe damit geben, uns wehzutun. Vielleicht … habe ich ihn falsch verstanden.«

Ich erwiderte nichts. Aber meine Mechanik raste.

»Darüber sollten wir hier nicht reden«, flüsterte ich.

»Ich weiß.« Aryon fegte einen Stapel alter Fotografien in eine Kiste. »Es war ja nur eine Idee. Ich dachte nur … glaubst du, dass er recht haben könnte? Dass wir Fehler gemacht haben?«

Ich sah Aryon überrascht an. Für die bloße Andeutung, dass das Werk des Zinnhybriden fehlerhaft sein könnte, bekam man normalerweise eine Reise ins nächste Gefängnis spendiert. Aber er hörte zu. *Er hörte zu.*

»Ich glaube«, sagte ich bedächtig, »dass er nicht der Feind dieser Inseln ist.«

Aryon sah mich seltsam an, ehe er sich abwandte.

»Ich habe überhaupt keine Ahnung mehr, was ich denken soll«, gestand er schließlich. »Vor ein paar Tagen habe ich mir Kyrons Akte vorgenommen und sie von vorn bis hinten durchgelesen. Es gibt Fotografien von seiner Leiche, und drüben in Arassa verbürgen sich Menschen für seinen Tod. Trotzdem hetzt er die Ceratarier auf. Stolziert durch die Dunkelheit, als wäre er ihr König.«

»Worauf willst du hinaus?«

»Gütige Funken, du begreifst doch sonst so schnell.« Aryon seufzte. »Entweder lügen uns die arassanischen Uhrwerksagenten an oder wir haben es nicht mit dem Mann zu tun, der auf der Hochzeit deines Neffen starb. Er nennt sich Kyron und bemüht sich, wie er auszusehen, aber er ist nicht der Schatten von Arassa.«

Einen Augenblick lang blieb mein gesamtes Innenleben stehen.

»Das ist lächerlich, Aryon. Wer sollte Interesse daran haben, einen Rebellenführer zu spielen?«

»Spione aus Escava. Oder Karakush. Gütige Funken, sogar Balys hätte irgendeinen Kolonisten hierherschicken können, damit er für Unruhe sorgt.« An der Art, wie er das sagte, erkannte ich die Worte der Dreizehn; Aryon dachte selten etwas, was sie ihm nicht in den Kopf gegeben hatten. »Wir werden ihn bald bekommen, das habe ich im Gefühl. Aber genug davon. Hast du eigentlich Pläne für heute?«

Ich schüttelte den Kopf. »Ich war mit Araine verabredet, doch sie fühlt sich nicht gut. Vielleicht hat sie etwas Falsches gegessen.«

»Du solltest mit ihr schlafen. Das kuriert sie bestimmt, und wenn nicht, hattest du zumindest deinen Spaß.«

»Wir sind nicht einmal verlobt«, sagte ich scharf.

»Na und? Gütige Funken, nimm dir doch einfach, was du haben willst.« Aryon schien mir jedoch anzusehen, dass ich gerade an mehreren frechen Antworten würgte, denn er wechselte rasch das Thema. »Wieso gehst du nicht an die Arbeit? Ich muss noch viel ausräumen, ich habe eigentlich keine Zeit zu schwatzen.«

Ich verließ schulterzuckend das Büro. Ein mulmiges Gefühl breitete sich in meiner Magengrube aus, und ich lehnte mich mit schwer pochender Mechanik an die Wand. Morgen kümmerte ich mich besser um Aryons Skepsis. Vielleicht konnte ich irgendeinen Freund von Kyron erfinden, einen Mann mit rabenschwarzem Haar, der seine Maske aufgehoben hatte.

Allerdings kann sich der Schatten nicht verstecken, nur weil sein bester Freund plötzlich vom Blitz der Erkenntnis getroffen worden war, und deswegen ging ich in dieser Nacht in eine der zahllosen Kneipen Cerataris hinab. Es herrschte wenig Betrieb und ich saß lange allein an meinem Tisch; dann jedoch gesellte sich ein rotblonder Mann zu mir. Er trug eine Brille, hatte sie jedoch so weit vorgeschoben, dass er über ihre Gläser hinwegblickte.

Sein Blick gefiel mir gar nicht.

»Wie kann ich helfen?«, fragte ich.

»Lange nicht gesehen, Hybrid.« Mein Gegenüber lehnte sich zurück. »Ich müsste lügen, wenn ich sagen würde, dass dir dieses Stück Holz zu Gesicht steht.«

Mir stockte die Mechanik.

»Ich bin kein Hybrid«, stieß ich hervor.

Er grinste. »Oh doch. Ich kann es immer noch riechen – genau wie vor zwei Jahren, als es hieß, dass du mich beinahe vergewaltigt hättest.«

Ich blinzelte. »Kanra?«

Ein hinterhältiges Lächeln. Das genügte mir als Antwort. Ich blickte ihn fassungslos an, dachte an die Frau, die er damals gewesen war. Etwas daran verstörte mich, dass er seine Körper so achtlos wechselte wie andere Leute die Unterwäsche.

»Was willst du von mir?«

»Oh, ich wollte den Rebellenführer kennenlernen, den die Dreizehn so sehr fürchten«, sagte Kanra. »Du würdest kaum glauben, wie überrascht ich war, als ich seinen Geruch wiedererkannt habe. Ceratari ist dreimal so groß wie vor sechzig Jahren, und ich stolpere zweimal über den gleichen Dummkopf.«

Ich verzog den Mund. »Ich hätte gedacht, dass du lieber deine Ruhe vor dem Uhrwerk willst.«

»Das hatte ich auch«, sagte Kanra aalglatt. »Ruhe und viel Zeit, um über meine Rache nachzudenken. Sie werden für das büßen, was sie mir angetan haben … und du wirst mir dabei behilflich sein.«

Ich ballte die Faust. »Ich habe genug Tode verschuldet.«

Kanra lächelte. »Wenn dir der Gedanke an Rebellion so zuwider ist, warum hast du die Maske nicht abgelegt?«

Erst als ich den Mund öffnete, fiel mir auf, dass ich keine Antwort darauf hatte. Kanras Lächeln wurde breiter, als hätte er damit gerechnet. Eine Welle der Abscheu überkam mich. Ich hatte damals seine Haut gerettet, statt ihn zu verraten. So belohnte mich dieser arrogante Bastard?

»Ich bewahre nur das Werk meines Vorgängers.«

»Sehr edel von dir. Und während du hier sitzt und zögerst, vergeht sich das Uhrwerk an den gesamten Dreizehn Inseln.« Kanra legte den Kopf schief. »Du kannst deinen Aufgaben nicht ewig ausweichen, Hybrid.«

»Ach ja?«, fauchte ich. »Du wirst dich noch wundern, Halbblut.«

Kanra knurrte leise.

»Ich hätte mich klarer ausdrücken sollen«, sagte er. »Wenn ich fertig mit den Dreizehn Stunden bin, wird nicht einmal mehr Asche übrig sein, die man in ihrem Andenken ins Meer schütten könnte. Sie werden für das büßen, was sie mir angetan haben; was sie meiner Familie antun, weil sie zu bequem zum Sterben sind.«

Er legte den Kopf schief, die Augen zu Schlitzen verengt. »Du wirst dafür sorgen, dass diese widerwärtigen Heuchler an ihrem eigenen Blut ertrinken. Du wirst ihnen die Lebensfunken aus der Brust reißen, wie sie es mit den Aliamen in der Dunkelheit des Vulkans tun. Du wirst der Rebellenkönig sein, über den man noch in hundert Jahren spricht, aber ich regiere *dich.*«

»Ich werde nicht …«

»Ich weiß, wie du hinter dieser Maske aussiehst«, sagte Kanra, ein Lächeln auf den Lippen, für das ich ihm am liebsten den Hals umgedreht hätte. »Ich weiß, was du für ein Leben führst. Wenn du mir nicht zu Diensten bist, wirst du bald keine Familie mehr haben, um die du dir Sorgen machen müsstest.«

Ich fuhr auf. »Das wagst du nicht!«

»Natürlich tue ich das«, sagte Kanra. »Ich könnte deine Gestalt stehlen, wenn ich wollte. Deine Frau erwürgen, während sie in dein Gesicht sieht. Wie heißt das arme Mädchen gleich? Araine Baines?«

Beinahe hätte ich ihn dafür geschlagen. Beinahe. Aber zwischen uns stand immer noch ein Tisch, und Kanra hatte seinen Stuhl nach hinten geschoben, als hätte er mit dieser Reaktion gerechnet.

»Denk darüber nach«, wisperte er. »Dienen oder sterben, das kennst du doch vom Uhrwerk.«

Ich biss die Zähne zusammen. Nahm ein vages Knarren wahr, als sich eine Tür hinter mir öffnete. Wenn dieser Bastard Araine wehtat, wenn er glaubte, mich zu seiner Marionette machen zu können …

Ein leises Klicken.

Meine Mechanik erstarrte. Ich sah zu Kanra auf, der plötzlich starr an mir vorbeisah. Ein eisiges Prickeln kroch an meinen Nackendrähten hinab, als ich mich umdrehte und in die Pistolenläufe von mehr als zwanzig Gardisten starrte.

Das kann nicht sein, dachte ich. *Das ist unmöglich.*

Ich sprang auf. Zur Tür würde ich mich nicht durchkämpfen können, aber womöglich gab es einen Hintereingang, der mir die Haut retten konnte. Einer der Männer legte auf mich an und schoss. Ich wich ihm aus, wagte es jedoch nicht, mich noch weiter vom Fleck zu bewegen.

»Nicht schießen«, hörte ich Aryon sagen. »Es hilft nichts, das wisst ihr doch.«

Er trat aus der Gardistentraube, eine schlecht sitzende Perücke auf dem Kopf, und trotz seines offensichtlichen Erfolges lächelte er nicht einmal. Ich bewegte mich langsam hinter den Tresen, wobei ich an ein Regal stieß. Neben mir fiel eine Flasche Bernsteinlikör zu Boden und zerbrach mit einem lauten Klirren.

»Das Haus ist umstellt, Schatten. Also bleib stehen.«

Ich biss mir auf die Zunge. Das Letzte, was ich wollte, war, Aryon mit dem Klang meiner Stimme einen entscheidenden Hinweis zu geben. Vielleicht hegte er nur einen Verdacht, vielleicht wusste er nicht, dass ich die Maske angelegt hatte …

Ich begann zu rennen. Blitzschnell hob Aryon die Pistole und schoss. Sie zerlegte eine Flasche im Regal, und als die anderen Gardisten das Feuer eröffneten, klirrten und platzten die Gefäße in Scharen. Der Wirt ließ sich zu Boden fallen, während die Gäste kreischten. Ich nahm mir ein Beispiel an ihm und ging hinter dem Tresen in Deckung. So schnell wie möglich kroch ich über das Parkett, während Alkohol und Glasscherben auf meine Schultern regneten.

Dann packte mich jemand im Nacken. Ich keuchte, als fremde Finger an meinen Drähten entlangstrichen. Erst als ich aufstand und mich umdrehte, stellte ich fest, dass die Schüsse verebbt waren. Dass Aryon vor mir stand, die Pistole auf meine Stirn gerichtet, und zum ersten Mal seit langer Zeit von einem Ohr zum anderen grinste.

»Du bist festgenommen, Schatten.« Er lachte leise. »O Funken! Ich wollte das schon so lange sagen.«

Während er sprach, packten zwei Gardisten meine Arme und bogen sie nach hinten. Aryon sicherte seine Pistole und steckte sie weg, ehe seine Finger unter den Rand meiner Maske fuhren und sie mit einer flüssigen Bewegung fortrissen. Für einen Augenblick schien er mich nicht zu erkennen; dann weiteten sich seine Augen. Ich sah, wie er sich auf die Lippen biss, wie sein Lächeln erstarb. Wie er nicht verstand.

»Was machst du hier?«, flüsterte er. »Du willst mich veralbern, oder? Das ist nicht dein Ernst …«

Ich sagte nichts. Konnte nichts sagen. Mein Herz schlug schwer gegen das Gefängnis meines halb metallischen Brustkorbs.

»Deswegen konntest du so oft vor uns fliehen«, murmelte Aryon. »*Deswegen* warst du nach dem Fest des Knochenfürsten krank. Und du hast mich belogen.«

»Ich hatte keine andere Wahl.«

»Du hast mich *belogen!*«, schrie Aryon. »Niemand traut mir jemals etwas zu! Denkst du, dass ich das nicht weiß? Ich weiß, dass mich die Garde auslacht – dass mich die *Stunden* auslachen – und du, du tust es doch auch! Du hast die ganze Zeit neben mir gestanden und dich amüsiert, während ich den Schatten gesucht habe!«

»Das stimmt nicht«, sagte ich. »Wir sind immer noch Freunde.«

»Warum warst du dann nicht ehrlich zu mir?«, fuhr er mich an, und wenn ich es nicht besser gewusst hätte, hätte ich Zornestränen in seinen Augenwinkeln vermutet. Dann wandte er sich ab, trat wütend meine Maske fort. Ich sah, dass sie zwischen die Tische glitt und in der Dunkelheit verschwand.

»Lass mich gehen, Aryon«, sagte ich leise. »Bitte … ich will niemandem schaden.«

»Du hast Menschen umgebracht«, sagte er scharf.

»Ich wollte nicht …«

»Halt endlich den Mund!«, fauchte Aryon, und dann verdrehten mir die Gardisten die Arme, bis greller Schmerz durch meine Muskeln schoss. Ich zischte leise; mein Blick jedoch wanderte durch den Schankraum und blieb auf Kanra ruhen. Dieser intrigante Mistkerl … der Einzige, der die Garde mehr hasste als mich …

Araine, dachte ich plötzlich. Mich erfasste ein so heftiger Schock, dass mir schwindlig davon wurde. Sie saß wahrscheinlich ahnungslos in der Knochenbank; Aryon würde sie als Nächstes holen, das hätte ich an seiner Stelle auch getan.

»Hilf ihr«, stieß ich hervor. Aryon sah mich stirnrunzelnd an; doch ich spähte über seine Schulter und sah, dass Kanra meine Maske aufhob. Im gleichen Augenblick hörte ich das Klicken von Handschellen. Schweigend führte man mich nach draußen, und während wir zum Haus des Goldes fuhren, behielt ich die beiden Monde im Blick. Vor zwei Tagen hatte doppelter Vollmond geherrscht. Sicherlich hatte Araine das Ereignis beobachtet.

Ich hoffte, dass sie meinetwegen keine Dummheit machte.

»Du hast gut gespielt«, sagte Aryon nach einer Weile. Ich dachte daran, wie oft wir in irgendeiner Kutsche gesessen hatten, auf dem Weg zu den zahllosen Vergnügungen Ceratаris. Wir hatten Scherze getrieben, uns den Feuerschnaps geteilt. Und was für wunderbare Augenblicke das gewesen waren.

»Aber das Uhrwerk ist stärker als du.«

Dritter Teil

Liebe

21

Brecht meine Sanftmut

Sie warfen mich in eine magnetische Zelle. Kaum dass die Tür hinter mir zufiel, zerrte etwas an meiner rechten Körperhälfte, und bevor ich auch nur blinzeln konnte, hing ich an einer Wand aus vollkommenem Schmerz. Sie packte jede Feder, jede Nahtstelle, sogar die empfindliche Mechanik, auf die ich zum Atmen angewiesen war. Ich begann unwillkürlich zu hecheln. *Bitte, lass mich nicht ersticken. Ich will nicht sterben, nicht so.*

Doch die Magnetwand hielt nichts als Qualen für mich bereit. Mein Rückgrat brannte wie an dem Tag, als mir die Drähte dort gerissen waren, und meine Schulter schien wieder in tausend Scherben zerbrochen zu sein. Wenn ich genug Luft dafür bekam, schrie ich. Auch das tat weh. Ich spürte, wie mir die Tränen über die Wangen liefen, und schrie weiter.

So verging die längste Nacht meines Lebens. Ich hechelte so stark, dass ich kaum schlafen konnte, und mir pochte der Kopf von der unregelmäßigen Luftzufuhr. Um mich abzulenken, betrachtete ich meine Zelle. Licht fiel durch ein vergittertes Fenster; die Tür lag gegenüber der magnetischen Wand. Ich würde sie vermutlich für immer anstarren.

Im gleichen Augenblick, als mir dieser Gedanke kam, öffnete sich die Tür. Aryon trat ein, begleitet von seinem silbrig glänzenden Vater und einem Dutzend weiterer Hybriden. Sie stemmten die Füße in den Boden, um nicht ebenfalls an der Wand zu enden. Es gelang ihnen besser als mir.

Ich musterte die Dreizehn Stunden. Mir wurde bewusst, dass ihnen kaum ein Bewohner der Inseln so nahe kam wie ich; was ich jedoch sah, erinnerte nur noch entfernt an die Bilder aus meinen Visionen. Jung waren sie geblieben, natürlich. Doch die ehemals gestählten Körper waren weich geworden, als hätten sie die letzten sechs Jahrzehnte nur auf Festen und in Beratungsräumen verbracht.

Ich sah zu Aryon hinüber, doch er wich meinem Blick aus. Zwischen den Dreizehn eingekeilt sah er eher wie ein zusammengestauchtes Kind als wie ein Gardist aus, und wahrscheinlich stand er auch so vor ihnen, wenn er zu seinen wöchentlichen Besprechungen mit ihnen musste.

»Das ist der Schatten des Vulkans?«, fragte eine Frau mit schneeweißem Haar, die ich erst nach einigen Augenblicken wiedererkannte. »An dem ist ja gar nichts dran.«

»An Ihnen auch nicht, Hungerhaken«, sagte ich mürrisch.

Theria verzog den Mund. Angeblich hatte der Zinnhybrid sie wegen ihrer Schönheit zur Stunde gemacht; doch ihre kupfernen Unterarme waren zerkratzt und in ihren Zügen lag eine Schärfe, die sie eher verbittert als attraktiv wirken ließ. Ich erinnerte mich an meine Visionen, in denen sie noch dunkles Haar gehabt, in denen etwas wie Herzlichkeit in ihrem Blick gelegen hatte. Passierte das, wenn man älter wurde, als Menschen werden sollten?

»Sie sind wohl kaum in der geeigneten Position für Frechheiten. Warum sollten wir Sie nicht für Ihre Verbrechen strafen, bevor Sie den Kopf verlieren?«

Neben ihr nickte Ruanne. Bei seinem unterkühlten Anblick fragte ich mich unwillkürlich, wie dieser Eisblock von einem Mann jemals einen Sohn zustande gebracht hatte. »Wir lassen nichts von Ihnen übrig, Belarron. Sie werden vor uns im Dreck kriechen. Sie werden uns anflehen, Sie hinzurichten.«

»Passen Sie lieber auf, was Sie sagen«, flüsterte ich. »Ich habe vielleicht nur eine Hand, aber das reicht für einen dreizehnfachen Mord.«

Empörtes Murmeln. Ruanne sah mich mit eisiger Verachtung an, während auf Therias Gesicht greller, heißer Zorn geschrieben stand. Es war ein offenes Geheimnis, dass sie den Ton bei den Dreizehn Stunden angaben. In ihrer Gegenwart sprach man jedoch besser nicht darüber.

»Aryon.« Es klang, als würde Ruanne ihn zum ersten Mal beim Namen nennen. »Erteile ihm eine Lektion.«

Aryon sah seinen Vater unschlüssig an, ehe er nickte. Er wirkte seltsam gequält, als täte ihm das alles unendlich leid, aber meinetwegen konnte er sich sein Bedauern sonst wohin stecken. Als er sich näherte, machte sein Kopf einen jähen Ruck. Einen Augenblick lang ergab das keinen Sinn. Dann fühlte ich, wie die Magnetwand an meinem Schädel zog, und mir wurde kalt.

»Du hast einen Gehirndraht«, flüsterte ich, als Aryon sich vorbeugte. Natürlich. Deswegen hatte er keine Haare mehr, und die Narben musste er mit seinem Stirnband verborgen haben.

»Habe ich nicht«, wehrte Aryon sich. »Ich musste nur genäht werden, ich habe mich *gestoßen.*«

»Du merkst doch selbst, wie dich die Wand anzieht. Weswegen hast du den Draht bekommen? Haben sie es getan, damit du mich endlich fängst?«

Aryons Mund wurde zu einer farblosen Linie.

»Ich habe es allein geschafft«, sagte er und schlug mir ins Gesicht. Der Schlag warf meinen Kopf herum, ließ mich schreien, als die magnetische Kraft der Wand meinen Schädel zurückschnappen ließ.

Theria lachte.

»Sie sind eine schreckliche Sadistin«, neckte sie einer der Hybriden. Aryon trat einige Schritte zurück, als der Mann auf mich zukam, durch den Sog der Magnetwand in leichten Taumel verfallen. Ich spürte, dass ich zitterte, als er mir einen Finger an den Bauch legte. *Nur die Kälte. Ich habe keine Angst. Ich habe keine Angst!*

Ich zog die Beine an und versetzte dem Hybriden einen Tritt gegen das Kinn. Mit einem Aufschrei taumelte er nach hinten, und am liebsten hätte ich seinen Hals in die Zange genommen … doch dann besann ich mich eines Besseren und ließ ihn widerwillig ziehen.

»Kommt nur her«, flüsterte ich. »Schön … ihr wollt mich umbringen. Aber zuerst werde ich euch *ärgern.*«

»Spielen Sie Ihre Spiele allein, Belarron«, entgegnete Ruanne abschätzig. »Erfreuen Sie sich in Ihren letzten Nächten daran. Wir werden Sie in ein paar Tagen hinrichten, und Ihre Familie darf sich das ansehen. Das ist mehr, als Sie verdient haben.«

Damit wandte er sich ab und ging. Die restlichen Stunden folgten ihm nach draußen. Allein Aryon blieb, wo er war, wirkte unnatürlich blass im kühlen blauen Mondlicht.

»Warum?«, fragte er. »Warum musstest du unbedingt rebellieren? Du hattest alles, was dir das Uhrwerk geben konnte … du bist aus gutem Hause, du trägst Metall, hast uns gedient …«

»Du verstehst das nicht, Aryon.« Lange vergessene Erinnerungen wallten in mir auf, als ich das sagte; nie zuvor hatte ich mich so müde und kraftlos gefühlt wie jetzt. »Du hast nie erleben müssen, wie man dir eine Frau genommen und alles in ihr ausgelöscht hat, was du je an ihr geliebt hast. *Deine* Freunde sind nicht getötet worden, weil sie einen Lebensstil gepflegt haben, der dem Uhrwerk missfällt. Ich konnte unmöglich den Kopf unten halten, mir alles gefallen lassen und hoffen, dass es nie wieder einen Menschen erwischt, den ich liebe.«

»Du hättest es mir sagen sollen!«, schrie Aryon. »Glaubst du, ich hätte dich … ich hätte nie …«

»Du hättest es Ruanne gesagt«, sagte ich leise. »Du bettelst darum, dass er dich beachtet, Aryon. Das ist er nicht wert.«

»Ich bettle vor niemandem!« Seine Stimme war heiser vor Wut. »Du sagst diese Dinge nur, weil du mir Böses willst. So seid ihr Rebellen alle!«

Ich biss mir auf die Zunge.

»Ich sollte Araine holen lassen«, sagte Aryon barsch. »Wie würde es dir gefallen, ihr in deinen letzten Atemzügen ins Gesicht zu sehen? Allerdings wird sie dich nicht lange überleben. Niemand will sich mit einem wütenden Weibsbild herumärgern, das auf Rache für ihren geköpften Raben sinnt.«

»Sie weiß überhaupt nichts. Sie hat nichts damit zu tun!«

»Aber sie liebt den Schatten des Vulkans«, sagte Aryon. »Wie kann sie da noch unschuldig sein?«

Ohne ein weiteres Wort verließ er die Zelle. Seine Schritte wurden leiser und verstummten, bis ich allein war mit meiner ächzenden Mechanik. Draußen klirrten Schlüssel, als die Wachen die Zellentür verriegelten. Das Geräusch hallte tief in meinem Schädel wider, ließ mich unwillkürlich erzittern.

Ich fühle mich sicher, wenn du mich in den Arm nimmst, hörte ich Araine flüstern.

Als ich daran dachte, hätte ich am liebsten laut geschrien.

Das Uhrwerk war schlimmer als Fyonn, denn Fyonn hatte nur einen Hammer benutzt.

Wenn ich genug Atem hatte, schrie ich. Wenn ich genug Kraft aufbrachte, drückte ich mich mühsam von der Wand ab, nur um Sekunden später vor Schmerzen brüllend an den Stein zurückzuklatschen. Gelegentlich kamen Gardisten vorbei und zerrten mich von der Magnetwand, damit ich trinken und den Nachttopf benutzen konnte. Es dauerte stets eine Weile, bis ich meine steifen Muskeln gelockert hatte. Die Wachen lachten mich aus, während ich auf dem Boden herumkroch wie ein altes Weib, das heruntergefallene Orangen einsammelt.

»Sieh dir den großen Schatten des Vulkans an«, sagte einer von ihnen und versetzte mir einen Tritt. »Selbst er kriecht vor dem Uhrwerk im Dreck. Freust du dich schon auf deine Hinrichtung, Bastard?«

Sein Begleiter holte ebenfalls zu einem Tritt aus. Ich schrie auf und fiel zur Seite. Schmerz pulsierte, wo mich seine Stiefelspitze getroffen hatte, obwohl er in der Qual meiner wunden Mechanik unterging.

»Verachtenswert«, sagte er, ehe er mich an die Magnetwand zurücktrieb. Ich biss die Zähne zusammen, als ich mit der Messingschulter voran gegen den Stein stieß, als mir das Gefühl in den Beinen verloren ging. Die Wand störte den Funkenfluss in meinen Rückendrähten. Ich hoffte inständig, dass es nicht auch auf meinen Nacken übergreifen und mich umbringen würde.

Aber dieses Mal hing ich dort gar nicht so lange wie sonst. Später tauchten zwei andere Wachmänner auf, um mich in ein Verhörzimmer zu zerren; die Funkenlaterne an der Decke flackerte, und auf dem Tisch stand eine Apparatur, die ein leises Summen ausstieß.

»Nicht bewegen«, sagte einer der Gardisten, als sie mich an einen der Stühle fesselten und mir das Hemd aufrissen. Mir fiel auf, dass mehrere dicke Kabel aus dem Apparat quollen, die allesamt in Kupferklammern endeten. Dann rissen mir die Männer die Schutzplatten von der Mechanik, steckten die Klammern an mir fest. Ich geriet ins Schwitzen. Was jetzt passierte, war ganz gewiss nicht nach meinem Geschmack.

Die Gardisten blieben schweigend hinter mir stehen. Wenig später kam eine junge Frau in den Raum. Theria lächelte, als sie sich mir gegenüber hinsetzte. Selten hatte ich etwas so Süßes und zugleich Erschreckendes gesehen.

»Es ist ein Jammer, dass wir uns erst so kurz vor Ihrem Tod kennenlernen dürfen«, sagte sie. »Sie sehen alt aus für einen Dreißigjährigen, und dennoch … gewiss haben Ihnen die Damen der Gesellschaft nachgesehen, wie sie einst Ihrem Onkel nachgesehen haben. Haben Sie eine Frau, die da draußen auf Sie wartet?«

»Nein.«

»Wie traurig.« Theria schaltete die Maschine ein; die Nadeln in ihren gläsernen Messanzeigen begannen zu tanzen. Ich schüttelte den Kopf, um das schwarze Haar aus den Augen zu bekommen. Niemand hatte daran gedacht, mir die Perücke wegzunehmen.

»Ich möchte Ihnen keineswegs wehtun«, sagte Theria. »Wenn Sie die Wahrheit sagen, besteht auch kein Grund dazu. Schwören Sie, mir gegenüber ehrlich zu sein?«

Ich schwieg. Wortlos drehte Theria an einem Regler, ein elektrischer Schlag durchfuhr meinen Körper und ließ mich aufschreien. Ich fühlte, wie meine Nervenenden Feuer fingen, wie meine Muskeln zerrissen; meine Knochen gingen in Flammen auf, mein Gehirn schien in meinem Schädel zu kochen. Als sie die Maschine drosselte, sackte ich zusammen. Starrte zitternd auf meine Hände. Keine Spur einer Verletzung, aber der Schmerz pochte leise weiter, als hätte sie mein Innerstes verbrannt.

»Sie benehmen sich schrecklich«, sagte sie tadelnd. »Sie sollten froh sein, dass ich Sie verhöre und nicht Ruanne. Er sprach davon, Ihnen die linke Hand abzunehmen, bevor es die Kugel für Sie gibt.«

»Reizender Mann«, stieß ich hervor. War er das nicht schon immer gewesen?

Theria lächelte. »Schwören Sie, mir die Wahrheit zu sagen, was immer ich Sie frage?«

»Ja«, flüsterte ich. Empfand glühenden Hass. »Gütige Funken, ja.«

Hinter mir ertönte Gelächter. Ich bekam es kaum mit. Das schwarze Zimmer drehte sich, die Funkenlaterne an der Decke senkte sich wie trunken von einer Seite zur anderen.

»Gestehen Sie, gegen das Uhrwerk rebelliert zu haben?«

Ich blinzelte. »Ich habe nie ...«

Die Maschine heulte auf. Ich schrie und wand mich in meinen Fesseln, und als Theria den Apparat drosselte, fiel mein Kopf zur Seite.

»Haben Sie versucht, das Uhrwerk zu stürzen?«, fragte Theria.

»Ja«, flüsterte ich. »Ja, ich wollte es, ich habe rebelliert – ich gestehe, was Sie wollen –, *aber nehmen Sie mir diese Klammern ab!*«

Theria machte eine Handbewegung. Ich hörte, dass die Gardisten den Raum verließen. Dann stand sie auf und kam um den Tisch herum, wobei ihre spitzenverzierten Röcke sanft um ihre Hüfte schwangen.

»Sie weinen ja«, flüsterte sie, ehe sie mir die Tränen von der Wange wischte. »Ich kann Ihr Leben retten, falls Sie wieder ein Teil des Uhrwerks werden wollen, wissen Sie. Wenn Sie einen Gehirndraht wünschen, nur heraus damit, und alle rebellischen Gedanken werden aus Ihrem Kopf verschwinden.«

Ich dachte daran, was aus Aurenna geworden war, und mir brach sofort der kalte Schweiß aus. »Nein. *Nein.* Geben Sie mir ein Messer, ich bringe mich lieber selbst um.«

»Sie klingen genau wie Ihr Urgroßvater. Es ist schwierig, Sie anzusehen, wenn man den Zinnhybriden gekannt hat ... Sie sind ihm keineswegs wie aus dem Gesicht geschnitten, aber da ist etwas in Ihrem Auftreten, verstehen Sie?« Sie legte mir eine Hand ans Kinn und zwang mich, ihr in die Augen zu blicken. »Er glaubte an das, was er getan hat, auch wenn er manchmal allzu albern sein konnte. Sie hätten sich prächtig mit ihm verstanden.«

Vor ein paar Jahren noch, dachte ich, hätte es mir wahrscheinlich gefallen, auf diese Art mit meinem Urgroßvater verglichen zu werden. Jetzt empfand ich nur noch Abscheu. Wofür hatte er gekämpft? Für ein Land, das seine eigenen Bürger zum Frühstück verspeiste?

»So rebellisch hat er auch dreingeblickt, wenn ihm etwas nicht gefiel«, sagte Theria plötzlich sehr leise, ehe sie mein Kinn losließ. »Ich könnte gut zu Ihnen sein – so gut, wie er zu mir war. Ich habe die Macht, Sie zu retten.«

Sie legte die Finger auf mein Bein. Ich erschauderte unwillkürlich.

»Warum?«, flüsterte ich.

»Spielt das eine Rolle?« Sie strich sanft über meinen Oberschenkel, ehe sie hinter mich trat, um mir ihre nächsten Worte ins Ohr zu hauchen. »Ich möchte, dass Sie überleben, Taiden. Die anderen Stunden sind nicht so großzügig. Ruanne hätte Sie am liebsten jetzt schon erschossen.«

»Ich lehne Ihr Angebot dankend ab«, sagte ich kühl.

Therias Finger krallten sich in meine Schultern. »Sie werden sich früher oder später beugen, Taiden Belarron. Ob Sie sterben oder nicht, die Liebe zum Uhrwerk bringe ich Ihnen bei.«

Mit diesen Worten kniff sie mir die Nackendrähte zusammen und die Ohnmacht brach wie eine Flutwelle über mich herein. Als ich erwachte, hing ich abermals an der Magnetwand. Schmerz wühlte an meinem Messing. Ich schloss die Augen, gab mich der Pein hin; denn solange sie existierte, musste ich wenigstens nicht an andere Dinge denken.

Eine Ewigkeit später hörte ich, wie sich jemand an der Zellentür zu schaffen machte. Ich spürte, wie sich ein dumpfer Ärger in meiner Magengrube ausbreitete, als ich meinen Besucher erkannte.

»Verdammt, Aryon. Kann man hier nicht mal in Ruhe sterben?«

Aryon sah zur Seite, und wie üblich tat er es nicht aus Scham.

»Ich habe mir Sorgen gemacht«, erwiderte er mit mühsam unterdrückter Wut. »Theria will dir einen Gehirndraht einsetzen und mein Vater möchte dich hinrichten. Sie streiten sich darum, ob du verblöden oder verrecken sollst.«

»Wie nett. Wer hat gewonnen?«

Aryon ignorierte mich. »Nimm den Draht an. Bitte. Du … du wirst dich ändern, aber du wirst leben … denk an deine Familie, wir müssen ihnen nicht wehtun, wenn du dich beugst.«

Mir drängte sich die schreckliche Vorstellung auf, wie ich zerstreut und hilflos meinen Eltern entgegentrat, wie ich Theria auf Kommando die Füße küssen würde. Aber Araine würde es das Herz brechen, das wusste ich. So wie mir Aurennas Schicksal das Herz gebrochen hatte.

»Ich werde nie eure Marionette sein«, sagte ich. »Tötet mich und belasst es dabei.«

Aryon zuckte zurück. Dann wurde sein Gesichtsausdruck hart und mir wurde klar, dass ich einen Nerv getroffen haben musste.

»Schön«, sagte er ärgerlich. »Dann stirb eben in diesem Loch. Mein Vater hat recht, du bist wirklich nur ein dreckiger Uhrwerksfeind.«

»Oh, ich vergaß«, sagte ich gereizt. »Ruanne ist das Zentrum aller Weisheit.«

»Du hältst dich für so klug«, fuhr Aryon mich an. »Aber mein Vater wird noch leben, wenn sie dein Innerstes längst eingeschmolzen haben! Und weißt du was? Danach holen wir uns Araine. Sie ist aus Ceratari verschwunden, aber niemand kann sich vor uns verstecken, hörst du? Niemand!«

Er sah mich wütend an, während mich eine jähe Welle der Erleichterung überfiel. Kanra hatte meine Warnung also überbracht. Araine war sicher, und nichts anderes zählte.

Aryon bedachte mich mit einem letzten hasserfüllten Blick, ehe er mir vor die Füße spuckte und ging. Für einen kurzen Augenblick empfand ich Bitterkeit, ehe meine Gedanken zu Araine zurückkehrten. Ich hoffte, dass sie nichts Dummes tun würde, dass sie längst geflohen oder untergetaucht war. Was jedoch meine Familie anging …

Sie würden meiner Mutter wehtun. Sie würden Marawyn wehtun.

Gütige Funken, was hatte ich getan?

Irgendwie schaffte ich es, über diesen beklemmenden Fragen einzudösen, aber kurz vor Einbruch der Nacht kratzte man mich erneut von der Magnetwand. Abermals lächelte Theria mich an, während sie mir elektrische Schläge über die Nahtstellen jagte. *Lieben Sie das Uhrwerk, Belarron? Lieben Sie es?*

Ja, hatte ich erwidert. *Gütige Funken, ja. Es ist dumm, das Uhrwerk zu hassen, es ist eine* große *Dummheit, es wäre Verrat!*

Ganz genau, sagte Theria. Und zur Belohnung für meine Antworten bekam ich kaum so viele Stromschläge wie zuvor. Als sie fertig mit mir waren, hängten sie mich an meinen Platz zurück wie eine Puppe. Tränen liefen mir über die Wangen. Ich wusste nicht einmal warum, aber es tat gut und ich hoffte, dass mich niemand dabei beobachtete.

Ich rieb mir über die Augen. Auf dem Gang erklangen Stimmen; wenig später öffnete sich die Tür und ein Mann in Grau trat ein. Ich spannte mich an. Bei der Anzahl meiner Gäste sollte man meinen, dass ich auf einem Bahnhof statt unter dem Haus des Goldes hockte.

»Hallo, Hybrid. Du siehst mitgenommen aus.«

Ich blinzelte. »Kanra?«

Der Gardist lächelte süffisant, ehe er sich mit einer verstörenden Gleichgültigkeit in den Unterarm biss. Ich sah entsetzt zu, wie er das Blut von seiner Haut leckte; dann begann sein Haar zu wachsen, bleichte aus, und Kanra warf es nachlässig nach hinten. Sein Gesicht nahm jedoch eine schmale, aristokratisch wirkende Form an. Er grinste, als er meine Fassungslosigkeit sah, und entblößte dabei messerscharfe Zähne.

»Ich dachte, dass du mich hasst«, sagte ich. »Wieso bist du dann hier?«

»Stimmt. Aber ich kann das Uhrwerk noch weniger ausstehen als dich, und die edle Dame Baines kann äußerst überzeugend sein.« Kanra sah mich streng an. »Als ich ihr erzählte, was du angestellt hast, hat sie mich zu ihrer schießwütigen Lehrerin gezogen, damit wir einen Plan aushecken können. Am Zopf hat sie mich angefasst! Du solltest wissen, dass ich dir die Schuld dafür gebe.«

»Araine«, flüsterte ich. »Wo ist sie?«

Zwei Frauen in Gardeuniform betraten den Raum. Ich nahm nur nebenbei zur Kenntnis, dass Naris in einer von ihnen steckte; stattdessen richtete ich meinen Blick auf Araine, die sich der Magnetwand näherte. Ich sah ihren geröteten Augen an, wie sehr sie in Sorge gewesen war. Doch bevor ich etwas sagen konnte, schloss sie mich in eine Umarmung und ich drückte sie mit dem freien Arm an mich und verkniff mir meine Tränen.

»Weißt du eigentlich, wie viele Gedanken ich mir gemacht habe?«, flüsterte sie; ihre Schultern bebten. »Du bist ein Idiot, Taiden Belarron, ein götterverdammter *Idiot!*«

Sie schlug frustriert gegen meine Brust. Schwach, aber es genügte, um mir ein Keuchen zu entlocken. Araine fuhr zurück, anscheinend erschrocken, und dann schob Naris sie beiseite.

»Araine … Araine, ihr könnt später reden.« Naris sah mich an. »Gibt es einen Schalter für die Wand?«

»Schau mal vor der Tür nach«, sagte ich heiser. Naris nickte und ging hinaus. Wenig später verebbte der Magnetismus und ließ mich zu Boden sinken. Meine Mechanik pochte, doch der gröbste Schmerz verschwand. Das war gut. Auf keinen Fall wollte ich Naris und Kanra das Ausmaß meiner Schwäche zeigen.

Ich stieg über mehrere bewusstlose Gardisten hinweg, hielt es jedoch für klüger, über diesen Umstand hinwegzusehen. »Was haben sie draußen über mich erzählt?«

»Gar nichts. Wenn du spurlos verschwunden wärst, hätte es weniger Rebellion gegeben als bei einer öffentlichen Hinrichtung.« Naris schnaubte. »Deswegen haben sie auch nicht verlauten lassen, wer du wirklich bist. Dann hätten sie eine Menge zu erklären.«

Das stimmte; ich war schließlich von Adel, und das Blut des Zinnhybriden rebellierte einfach nicht. Womöglich würden die Menschen sogar auf die Idee kommen, dass etwas im Land des Uhrwerks nicht mit rechten Dingen zuging, und was sollten die Dreizehn Stunden dann noch tun?

Wir verließen das Haus des Goldes ohne Zwischenfälle. Unten an den Docks sah ich Gardisten patrouillieren, doch wir schlichen um den Turm herum und ans Ufer des Vulkansees. Dort lag ein Boot im Gebüsch verborgen. Wir schoben es ins Wasser, ehe wir hineinstiegen; Naris ruderte es still auf den nachtschwarzen See hinaus und Kanra sah ihr dabei zu, die bleichen Finger ineinander verschränkt. Es war keine Überraschung für mich, dass sich der arrogante Schnösel zu fein zum Rudern war. Aliamen waren kräftiger als Menschen, hatten ihnen jedoch stets alle Arbeit überlassen.

»Wir sollten Ceratari verlassen«, sagte Naris. »Sie werden jeden Stein im Vulkan umdrehen, jetzt, wo du verschwunden bist.«

»Vermutlich«, sagte ich matt. »Aber ihr müsst mir nicht länger helfen; es reicht, dass ihr mich da rausgeholt habt. Ich weiß nicht, wie ich euch jemals …«

»Indem du den Mund hältst«, sagte Naris, »und der Schatten bist. Die Zeit ist reif dafür, dass wir es dem Uhrwerk heimzahlen.«

Ich blickte zum Haus des Goldes zurück. Dunkel lag es da vor dem nicht minder schwarzen Himmel. Wahrscheinlich würde ich nie dorthin zurückkehren, weder als Gefangener noch als Gardist.

»Ich möchte sie töten«, flüsterte ich.

Aber ich fühlte mich nicht, als hätte ich den Mut dazu. Nicht im Geringsten. Den Schatten des Vulkans nannten sie mich, aber wann hatte ein Schatten jemals etwas Gutes für die Dreizehn Inseln getan?

Wir ließen das Boot am Seeufer zurück und machten uns auf den Weg zum Bahnhof. Ich hielt Ausschau nach der Garde, doch falls man meine Abwesenheit bemerkt hatte, äußerte sie sich noch nicht durch verstärkte Patrouillen. Was würde Aryon wohl sagen, wenn er meine leere Zelle fand? Würden ihn die Stunden für meine Flucht bestrafen?

Ich senkte den Blick. Erst jetzt bemerkte ich, dass Araine die Finger um meine schlechte Hand gelegt hatte. Ich lächelte schwach, bis mir ein schrecklicher Einfall kam.

»Es werden Männer am Bahnhof sein«, sagte ich.

»Auf diese Idee wäre sogar ein Fünfjähriger gekommen, Hybrid.« Kanra warf mir einen kurzen Blick zu, ehe er zu meiner Überraschung meine Maske aus der Tasche zog. »Gib mir diese lächerliche Perücke, die du da trägst, und verschwinde.«

Mit diesen Worten beugte Kanra sich vor und riss mir ein Büschel Haare aus. Ich keuchte unwillkürlich auf, während er sie in seinen Mund beförderte und eine Handvoll Wasser aus einer nahen Regentonne schluckte.

»Meine Güte«, sagte Naris angewidert.

Kanra achtete nicht darauf. Rasch verbarg er sein Gesicht hinter der Maske, während sein weißes Haar kürzer und dunkler wurde, während die Röte seiner Augen in Grau unterging. Dann drückte er Araine kommentarlos seine Brille in die Hand, wirbelte herum und verschwand in der Dunkelheit.

»Geht voraus«, sagte ich leise. »Holt Fahrkarten, ich komme nach.«

Araine schnaubte. »Taiden, glaubst du ernsthaft, dass wir uns Gedanken um Karten machen müssen?«

»Der Märtyrer von Cariale wurde gefangen, weil er die Rechnung für seinen Haarschnitt nicht bezahlen konnte. Bitte. *Geht.*«

Araine sah aus, als wollte sie widersprechen, aber Naris zog sie ohne ein Wort davon. Sofort zog ich mich in die Dunkelheit einer Gasse zurück, blickte in den Himmel. Dort zogen Luftschiffe umher, beobachteten vielleicht die Straßen, so gut es die Finsternis zuließ.

Dann gab es ein hörbares Klicken. Ein Mechanismus an der Unterseite des Schiffes drehte sich und gab eine Sirene frei. Ein jähes Schrillen ertönte; ich fiel auf die Knie und presste mir die Hände auf die Ohren, während Gardisten aus dem Bahnhofszugang quollen und in der Stadt verschwanden. Ich kam auf die Beine und gab mir Mühe, wie ein verängstigter Bürger auszusehen, als ich zum Bahnhofseingang hinunterlief. Ich blickte mich hastig um, entdeckte Naris und Araine unter einem großen Funkenleuchter. Beide hatten jeweils zwei Fahrkarten in der Hand. Mir war egal, bis wohin sie die Fahrt gelöst hatten, solange es nur fort aus dieser Stadt war.

Ich folgte den beiden zu einem Zug und wir stiegen in den hintersten Waggon und suchten uns ein leeres Abteil aus. Wenig später begann der Boden zu vibrieren; ich blickte über den Bahnhof, sah jedoch niemanden, in dessen Hülle ich Kanra vermutet hätte …

Ein dumpfer Schlag. Der Zug gewann an Geschwindigkeit. Dann schob ein dunkelhäutiger Mann die Tür auf, warf mir Maske und Perücke in den Schoß und ließ sich auf einen Sitz fallen.

»Kanra«, sagte Araine erleichtert. »Geht es dir gut?«

Kanra nickte. »Sie glauben, dass der Schatten in Richtung der Nordgegend gelaufen ist. Wahrscheinlich stellen sie die ganze Nacht lang die Stadt auf den Kopf, aber wir werden aus Ceratari herauskommen.«

Ich lehnte mich zurück. Das war mehr, als ich mir erhofft hatte, nur hatte ich mich noch nie so hilflos gefühlt. Nie wieder würde ich einfach auf der Straße spazieren gehen können. Wenn doch, war es bald kein Geheimnis mehr, dass man den Schatten sehr wohl erschießen konnte.

»Ruht euch aus«, sagte Naris. »Schlaft ein bisschen. Die Fahrt wird lange dauern.«

Ich legte den Kopf schief. »Wohin geht sie?«

»Oh, das wird dir gefallen, Schatten«, sagte sie grinsend. »Dieser Zug fährt direkt nach Arassa.«

22

Anerkennung

Der Zug rumpelte. Die Funkenlaterne an der Decke schwankte hin und her; bei Einbruch der Nacht hatten wir sie ausgeschaltet. Wir fuhren seit zwei Stunden über die Nordmagistrale, den schwarzen Ozean unter uns; doch ich blickte schweigend auf die Wellen. Egal, wie sehr ich es versuchte, ich konnte keine Ruhe finden. In meiner Brust knirschte die Mechanik und der Gedanke an die Zukunft streckte sich so dunkel wie das Meer vor mir aus.

Es heißt, dass nicht einmal die Belarrons jedes Detail ihres Eisenbahnimperiums kennen, und zumindest was mich betraf, war dieses Gerücht vollkommen korrekt. Aufgrund der Beschaffenheit der Inselkette gibt es zwei Magistralen, die in der östlichsten Insel Ceratari aufeinandertreffen. Die Nordmagistrale verbindet nur wenige Inseln – die Rabeninsel, Arulan, Cariale und Arassa –, während sich die weitaus längere Südroute bis nach Feuerwacht erstreckt. Zwischen den beiden Routen existiert keine Verbindung. Sie streben stetig auseinander, wenn man weit genug fährt, und irgendwann verwandelt sich das Meer in ein unüberwindbares Hindernis.

Niemand wusste, wer das Brückennetz der Inseln gebaut hatte und warum. Es war niemals zerstört worden, egal, wie Stürme und Kriege wüteten; und selbst unter dem Zinnhybriden war jemals mehr als eine drittklassige Kopie der Brücken gelungen. Ich fragte mich, was er wohl über mich denken würde. Schließlich hatte er selbst gegen den Aliamenkönig rebelliert.

Lieben Sie das Uhrwerk, Taiden?

Nein, dachte ich. Erwartete die Qual. *Nein, ich hasse es.*

Sie sollten lernen, sich zu beugen, hörte ich Theria sagen. *Wenn Sie lügen, muss ich Ihnen wehtun. Das wollen Sie doch nicht, oder?*

Ich zuckte zusammen und bereute es sofort, als scharfer Schmerz durch meinen Brustkorb schoss. Hass überkam mich. Sie hatten Kyron und Aurenna und vielleicht sogar meine ganze Familie bekommen, aber mich würden sie nicht zerbrechen.

Kurz vor Sonnenaufgang verlangsamte sich der Zug. Ich sah aus dem Fenster, während meine Reisegefährten erwachten. Der Leuchtturm der Garde, den ich früher einmal so sehr bewundert hatte, der halbmondförmige Hafen und die weitläufigen Parks. Jenseits der Stadt ragte ein verwitterter Vulkankrater in die Höhe. Alle dreizehn Inseln waren vulkanischen Ursprungs, doch es hieß, dass die Feuer unter den Wellen vor langer Zeit schon erloschen waren.

Der Zug rollte in den Bahnhof ein. Rasch setzte ich meine Perücke auf und hoffte, dass bisher noch niemand daran gedacht hatte, die anderen zwölf Inseln über die Flucht des Schattens zu informieren. Aber nichts geschah. Schweigend verließen wir das Gebäude und den Bahnhofsplatz, während die Uhrwerkspropaganda in sanften Wellen von den Hochhäusern Arassas wehte, und weder Gardisten noch Uhrwerksdiener hielten uns auch nur einen Augenblick lang auf.

Wir begaben uns in Richtung der verfallenen Villen, wo ich mich einst mit Kyron versteckt hatte … und stießen bis zu einem alten Herrenhaus vor, völlig überwuchert und stellenweise eingestürzt. Das Parkett war zerfurcht, die Tapete schälte sich von den Wänden und in einigen Möbeln brüteten faustgroße Insekten mit schillernden Panzern. Auf den Inseln wurden viele Käfer groß, weil sie sich von den Blättern funkenbotanischer Züchtungen ernährten; nur die wenigsten davon wurden den Menschen jedoch gefährlich.

»Also«, sagte Kanra, kaum dass wir den ehemaligen Salon des Hauses betreten hatten. »Es sieht aus, als hätten wir ein Uhrwerk zu zerschlagen.«

Er sah mich an, als er das sagte, aber ich wich seinem Blick aus.

»Wie soll das gehen?«, fragte Naris. »Nicht dass es mich stören würde, wenn die Stunden ins Gras beißen …«

»Die Stunden«, sagte Kanra. »Ganz genau. Sie sind das Zentrum des Uhrwerks – sie machen ihre Arbeit schon so lange, dass sich niemand mehr vorstellen kann, sie nicht in Ceratari sitzen zu haben. Kein Gesetz kann ohne ihre Zustimmung in Kraft treten. Die Steinerne Garde würde handlungsunfähig werden. Kurz gesagt, wenn sie sterben, haben wir dem Uhrwerk den Kopf abgeschlagen.«

»Du hast das ja ziemlich genau durchdacht«, bemerkte ich.

»Wenn du das versäumst, bleibt es eben an mir hängen«, sagte Kanra in einem süffisanten Tonfall, für den ich ihm am liebsten die Nase gebrochen hätte. »Ich bezweifle, dass du einen Plan hast, der über Jammern hinausgeht.«

Und bevor ich wusste, wie mir geschah, bevor ich überhaupt einen klaren Gedanken gefasst hatte, hatte ich ihm eine saftige Ohrfeige verpasst. Ein leises Beben zog sich an meinem Unterarm hinauf, während Kanras Kopf zur Seite flog. Egal. Alles egal.

»Pass auf, wie du mit mir redest«, sagte ich und verließ den Raum. Ich spürte die Blicke von Araine und Naris im Nacken, hörte Kanras leises Knurren; aber es war mir gleichgültig. Ich hatte es so satt. Ich hatte das alles so satt.

Ich zog mich in einen Nebenraum zurück, setzte mich auf ein wurmstichiges Fensterbrett und wickelte mich in eine Decke ein. Zu meiner Überraschung störte mich dort nichts außer meinen eigenen Gedanken; die Monde zeichneten längst bläuliche Vierecke auf den Boden des Quartiers, als Araine die Tür aufschob und beinahe schüchtern nach drinnen spähte.

»Du bist heute so gereizt«, sagte sie.

Ich schwieg. Es war unmöglich, die Angst in Worte zu fassen, die sich in meiner Brust festgesetzt hatte. Araine rückte zu meiner Seite des Fensters herum, kuschelte sich an mich, nahm meine schlechte Hand zwischen ihre. Natürlich spürte ich nichts davon. Dennoch rührte mich diese Zärtlichkeit.

»Ich hätte nie …« Ich schluckte. »Meine Familie, dein Vater, sie sind alle in Gefahr. Ich hätte es nie so weit kommen lassen dürfen.«

»Ich habe Levon geschrieben, dass er verschwinden muss«, gestand Araine. »Ich weiß nicht, ob er auf mich gehört hat. Wenn ja, dann geht es ihm ganz bestimmt gut.«

Sie sagte das mit solcher Gewissheit, doch mir war nie zuvor so schlecht gewesen.

»Das ist alles meine Schuld.« Meine Stimme brach. »Sie werden jeden umbringen, mit dem ich jemals etwas zu tun hatte … sie werden *dich* umbringen, wenn sie dich in die Finger bekommen.«

»Hör auf damit«, sagte Araine ärgerlich. »Glaubst du, das hätte ich nicht gewusst, als ich dich kennengelernt habe? Wenn das Uhrwerk Feuer will, kann es Feuer haben. Ich brenne den ganzen Vulkan nieder, und dann werden wir ja sehen, wer zuletzt lacht.«

Ich sah ihr ins Gesicht. In ihrem Blick lag kein Anzeichen von Furcht. Ich bewunderte sie dafür … und beneidete sie im gleichen Atemzug.

»Es wäre mir lieber, wenn du sicher wärst.«

»Mir aber nicht«, sagte sie scharf. »Wie soll ich mich denn fühlen, wenn ich in der Knochenbank sitze und keine Ahnung habe, wie es dir geht? Sie haben schon meinen Vater der Rebellion angeklagt. Unkraut vergeht nicht.«

Ich schwieg kurz. »Du hast mir nie von deinen leiblichen Eltern erzählt.«

»Weil ich mich kaum an sie erinnere«, sagte Araine bitter. »Meine Mutter starb, als ich erst vier war. Niemand wusste warum. Sie war ungefähr so alt wie ich jetzt, und eine Frau in diesem Alter fällt doch nicht einfach tot um.«

»Das stimmt«, sagte ich leise.

Araine schien mich nicht zu hören. »Mein Vater glaubte, dass sie vergiftet worden sei. Er hatte einen Konkurrenten, als er um sie warb … er wollte ihn zur Rede stellen, aber dann griff die Garde ein. Sein Rivale war von hohem Rang, hat Levon gesagt. Sie haben es als Rebellion ausgelegt … und wollten ihn bestrafen.«

Araine schüttelte den Kopf. »Nachdem er getötet wurde, kam ich in ein Waisenhaus. Das war schlimm. Ich war erst sieben, niemand hat mir irgendetwas erklärt, ich war bloß irgendein weiteres Maul, das gestopft werden musste. Dann kam Levon, um mich zu holen. Ich warf mein Kissen nach ihm, aber er schenkte mir eine Fotografie von meiner Mutter. Davon musste ich weinen, aber er nahm mich in den Arm und sagte mir, dass jetzt alles gut würde.«

»Warum hat er sich entschieden, ein Kind zu adoptieren?«

»Das hat er mir nie gesagt. Levon hatte einmal eine Frau, aber sie hatten keine Kinder, und er brauchte einen Erben.« Araine seufzte.

»Wir könnten zu ihm gehen, weißt du. Wir haben ein Anwesen auf Arassa.«

»Vielleicht wird es beobachtet«, wandte ich ein.

»Das Uhrwerk glaubt, dass du noch in Ceratari wärst. Außerdem wird er uns helfen, das weiß ich genau.«

Mir wurde kalt. »Was macht dich da so sicher?«

»Sei nicht so ein Sauertopf. Weißt du, mit wie vielen Auflagen die Bank arbeiten muss? Levon wäre bestimmt froh, wenn du das alles über den Haufen wirfst.«

Ich hegte meine Zweifel daran; Araine blickte allerdings so streng, dass ich sie für mich behielt. Nach einigen Augenblicken wurde ihre Miene jedoch weicher. Ganz vorsichtig rutschte sie auf meinen Schoß und schlang die Arme um meinen Hals, ehe sie mir einen ungewöhnlich scheuen Kuss gab.

»Wir werden das schaffen«, flüsterte sie. »Du wirst schon sehen.«

Ich küsste sie zurück. Sanft. Das fühlte sich gut und süß an, besonders nach den Strapazen der letzten Tage; wie schön es war, am Leben zu sein, Araine in den Armen zu halten. Und sie war hier, hier bei mir. Bei ihrem Vater wäre sie vielleicht sicherer gewesen, aber ich wusste, dass ich sie mit jeder Faser meines Bewusstseins vermisst hätte.

Araine löste sich aus meiner Umarmung; ihre Wangen glühten.

»Das ist ja schon fast zu rebellisch.«

Ich grinste. »Eben wolltest du es noch so.«

Sie lächelte schelmisch. Das war das Seltsamste an ihr; wie wild sie manchmal sein konnte und wie schüchtern im nächsten Augenblick. Aber ich achtete nicht darauf, sondern küsste sie auf die Wange und legte meine gute Hand ganz sanft an ihre Hüfte.

»Araine«, flüsterte ich. »Versprich mir eins.«

»Dass ich auf mich aufpasse? Ich werde schon …«

»Heirate mich.«

Sie löste sich aus meiner Umarmung. Mein Herz schlug schwer. Einen Augenblick lang starrten wir einander an und ich dachte, dass ich zu weit gegangen war; doch dann flackerte ein Lächeln über ihr Gesicht.

»Wie könnte ich dem Schatten etwas abschlagen?«, flüsterte sie und küsste mich. Ich ließ es zu, dass sie die Arme um mich schlang, roch ihr süßes Parfüm, fühlte die Hitze ihrer Haut; und wie von selbst glitt meine Hand an ihrer Hüfte hinab, unter den Bund der gestohlenen Uniform.

Sie erschauderte, ließ es dennoch ohne zu zögern geschehen. Ich hob sie ganz sanft von meinem Schoß, zog ihr das Hemd über den Kopf und küsste, was darunter verborgen lag. Vorsichtig ließen wir uns zu Boden sinken, nicht mehr als die alte Decke über uns gebreitet. Es war unschicklich. Es verstieß gegen jede Art der Etikette.

Aber es war genau das, was wir jetzt brauchten.

Es dauerte nicht lange, bis es vorbei war. Das machte nichts. Araine hatte mich erschöpft, und doch legte sie lächelnd den Kopf an meine Brust und wickelte uns beide in die Bettdecke ein.

»Wie unschicklich«, flüsterte sie.

Ich strich ihr die verschwitzten Locken aus dem Gesicht, um ihre Stirn zu küssen. »War ich … zu voreilig?«

»Es war genau richtig so.« Sie lachte leise. »So habe ich mir unsere erste gemeinsame Nacht nie vorgestellt.«

»Ich auch nicht«, gab ich zu. Levon Baines würde mich dafür häuten, bevor das Uhrwerk überhaupt meine Fährte aufgenommen hatte, aber was machte das schon aus? Es war so schön, am Leben zu sein. Unversehrt.

»Vielleicht könnten wir meinen Vater besuchen, wenn er hier ist«, sagte Araine, als hätte sie meine Gedanken gelesen. »Wir müssen ihm unbedingt von den Neuigkeiten erzählen.«

Ich versuchte, mir das vorzustellen. *Hallo, Levon. Ich würde gerne deine Ziehtochter heiraten, aber erwarte nicht, in Zukunft viel von uns zu hören. Wir müssen uns für den Rest unseres Lebens verstecken. Weißt du warum? Weil ich der Schatten des Vulkans bin, weil mich meine Dummheiten endgültig eingeholt haben.*

»Ja«, sagte ich. »Ja, das können wir tun.«

Arainerd kuschelte sich lächelnd an meiner Seite ein, die Wange an das kühle Metall meiner Armbeuge gelegt. Ich schloss den schlechten Arm um sie und ließ meine Augen zufallen. Das ging leichter als gedacht. Nur nicht an die Zukunft denken.

Nur nicht an die Rebellion.

Als ich am nächsten Morgen erwachte, war Araine verschwunden. Einen Augenblick lang erschrak ich; dann hörte ich Stimmen im Nebenraum. Ich zog mich rasch an und ging hinüber; dort saßen Kanra und Naris auf dem Boden, erstaunliche Mengen von Essen aufgestapelt, und bedienten sich an Brot und Beeren und sogar geräuchertem Fleisch.

»Wo ist Araine?«, fragte ich.

»Sie badet im Teich hinter dem Haus«, sagte Naris. »Du solltest etwas essen. Wir haben diese Dinge nicht gestohlen, damit sie schlecht werden, weißt du.«

Erst bei diesen Worten merkte ich, wie hungrig ich war; meine letzte Mahlzeit hatte ich noch im Gefängnis bekommen. Ich kniete nieder, um mir unter einiger Mühe ein Stück Brot abzubrechen, wobei mir eine zusammengerollte Zeitung ins Auge fiel.

»Ist die von heute?«

»Ja«, sagte Naris. »Du solltest vielleicht nicht …«

»Was können sie schon geschrieben haben? An Hasstiraden bin ich gewöhnt.« Ich schlug die Zeitung auf und stieß sofort auf eine Fotografie, die den größten Teil des Blattes einnahm. Es war eine Aufnahme meiner Familie. Sie musste mindestens zehn Jahre alt sein, denn ich hatte darauf noch langes Haar; doch mein Blick wurde von der Bildunterschrift angezogen, und etwas in mir erstarrte.

Graf vom Rabenfels erliegt seinen Verletzungen.

Mir blieb die Mechanik stehen.

»Taiden«, sagte Naris, »das kann ein Zufall gewesen sein.«

»War es nicht.« Ich überflog den Artikel. Mein Bruder war anscheinend von einem Automobil angefahren worden, und in mir dämmerte die schreckliche Erkenntnis, dass dies die Strafe für meine Flucht war. Wie meine Mutter weinen würde, falls sie noch lebte … aber weder sie noch Marawyn wurden in dem Artikel genannt …

Es geht ihnen gut. Es muss ihnen gut gehen.

Sonst hätten sie auch das geschrieben.

Ich biss mir auf die Lippen. Verbannte mit aller Macht jedes Gefühl von meinem Gesicht. Niemand durfte es sehen. *Niemand.*

»Es tut mir leid«, sagte Naris matt. »Wenn du etwas Zeit für dich brauchst …«

»Danke«, sagte ich tonlos. »Es ist schon gut.«

Sie nickte stumm, ging jedoch trotzdem. Eine absurde Welle der Dankbarkeit breitete sich in meinen Eingeweiden aus. Kanra saß hingegen nur da, die Augen glühend rote Kohlen, und musterte mich über den Rand seiner Brille hinweg.

»Was wirst du jetzt tun?«, fragte er mich.

Ich wusste sofort, worauf er hinauswollte, und verzog den Mund. »Frühstücken.«

Kanra knurrte leise.

»Schön«, sagte ich. »Ich werde das mit Araine besprechen. Wir könnten nach Balys gehen. Oder uns irgendwo auf dem südlichen Inselbogen verstecken, bis sich die Situation beruhigt hat.«

»Also wirst du weglaufen«, flüsterte Kanra. »Das sinkende Schiff wie eine Ratte verlassen. Der große Schatten des Vulkans, der Held von Tausenden … ein Feigling.«

Ärger überkam mich. »Du hast keine Ahnung, wovon du redest. Ich wollte nie, dass es so weit kommt!«

»Ach«, sagte Kanra. »Es war also nur eine Beschäftigung, damit sich ein idiotischer Haufen Altmetall wie du etwas edler fühlen kann.«

Ich versetzte ihm eine Ohrfeige. Heftig. Kanra knurrte, als er die Hand auf seine Wange presste, als sich die leichenblasse Haut darunter zu röten begann.

»Wenn ich rebelliere – offen rebelliere –, dann wird nicht nur meine Familie sterben! Sie werden jeden umbringen, der sie nur schief angeschaut hat! Ich werde niemanden zur Rebellion aufstacheln. Ich lasse nicht zu, dass das Uhrwerk die gesamten Inseln zermahlt, nur weil ich mich nicht beherrschen konnte.«

Kanra sah mich scharf an. Da erst bemerkte ich, dass meine Augen brannten, und ich hasste mich für diesen Augenblick der Schwäche.

»Jetzt verstehe ich«, flüsterte er. »Es geht überhaupt nicht um diese Leute. Du bist so ein Schwächling, weil du Angst hast, dass sie dir noch mehr wegnehmen. Du schwingst Reden darüber, wie du die Welt verbessern willst, aber sobald dich die Stunden böse ansehen und deine Fingerkuppen blutig werden, verschanzt du dich hinter den Röcken deines Mädchens.«

»Sei endlich still!«, fuhr ich ihn an. »Ich werde nie wieder jemanden für mich sterben lassen. *Nie wieder.* Hast du das verstanden?«

Das Halbblut knurrte. »Du wirst dieses Versprechen nicht halten können.«

»Das werden wir ja sehen«, fauchte ich.

Kanra sah mich an. Lange. Seltsamerweise war jede Wut aus seinem Blick gewichen; das verwunderte mich beinahe genug, um auch meinen Zorn zu mildern.

»Dein Bruder ist tot.« Er legte einen Finger auf die Fotografie in der Zeitung. »Deine restlichen Verwandten werden folgen. Egal, ob du diese Inseln verlässt oder nicht … was bleibt, wird Asche sein.«

Ich musterte das Bild. Meine Mutter, der ich mein Leben lang Kummer gemacht hatte. Marawyn, der so entgeistert gewesen war, als ich ihn nach meiner Hybridoperation angerufen hatte … der ohne nachzudenken ein Rebellennest stürmte, nur um mich zu retten …

Ich fragte mich, was Kyron an meiner Stelle getan hätte. Er hatte das Uhrwerk zerbrechen wollen, gewiss … und er hätte es besser gemacht als ich, er hätte seine Maske niemals fallen lassen.

Aber er war nicht da. Würde niemals wiederkommen. Es wurde Zeit, seine Rebellion endgültig zu meiner zu machen.

»Schön«, sagte ich matt. »Was schlägst du vor?«

Kanras Augenbrauen wanderten in die Höhe.

»Keine Insel liebt den Schatten wie Arassa«, sagte er. »Der Verdienst deines Vorgängers, schätze ich. Also. Geh auf die Straße und überzeuge die Leute davon, für dich zu kämpfen.«

Ja, dachte ich. *Nur wie?*

Kanra schien mir anzusehen, was ich dachte, und sein so edel geschnittenes Gesicht wurde etwas weicher.

»Ich werde die Anhänger des Schattens finden und versammeln«, sagte er. »Wenn ich wiederkomme, solltest du dir eine Rede überlegt haben.«

Ich erstarrte. »Was?«

»Wie willst du sie sonst davon überzeugen, für deine Sache zu kämpfen?«

Mir wurde schlecht. Kanra hatte recht, natürlich, nur war ich nach meinen letzten Versuchen der Überzeugungsarbeit um ein Haar totgeschossen worden.

»Du hast den ganzen Tag zur Verfügung«, sagte er. »Ach ja. Ich muss mir deine Verkleidung ausleihen.«

»Wofür?«, sagte ich argwöhnisch.

Kanra lächelte.

Ich entschied mich, lieber keine weiteren Fragen zu stellen.

Später, als es dunkel geworden war, kehrte Kanra in der Gestalt des rotblonden Mannes und mit meiner Maske unter dem Arm zurück. Ich setzte meine Perücke auf, verzichtete jedoch vorerst darauf, das Holz auf mein Gesicht zu legen. Stattdessen folgte ich ihm durch die Stadt, immer auf der Hut vor der Garde … und beim Metallarm des Zinnhybriden, es war so seltsam anzusehen, wie alles gleich geblieben und doch vollkommen anders geworden war.

Tötet den Schatten, stand auf großen Tüchern, die von den Wolkenkratzern flatterten. Funkenlaternen flackerten links und rechts der Straße, versehen mit großen Pappschildern, die jede noch so kleine Untat des Schattens zu grotesk blutigen Verbrechen aufblähten. Wenn es schon hier so aussah, wie würde sich Ceratari verändert haben?

Kanra folgte meinen Blicken. »Ich kann mir vorstellen, was du denkst. Als ich das neue Ceratari gesehen habe, ging es mir ähnlich.«

Ich musterte seine Tätowierungen. Schmuck vom Kontinent. »Warum bist du überhaupt auf die Dreizehn Inseln gekommen?«

Kanra wirkte verwundert, wenn auch nur für einen Augenblick.

»Ich bin unter den wilden Aliamen aufgewachsen«, sagte er. »Adoptiert, mehr oder weniger; meine Mutter wurde für das Verbrechen hingerichtet, mit einem Gestaltwandler geschlafen zu haben, und mein Vater hat sich niemals bei mir blicken lassen. Für jemanden wie mich ist es allerdings schwer unter den Nomaden des Kontinents. Ich bin von Geburt an kurzsichtig und die Sonne verbrannte meine Haut, wenn ich zum Jagen oder Sammeln mitging. Die Gestalt zu wandeln konnte mir damals noch keine Erleichterung verschaffen. Wir erlangen diese Fähigkeit erst, wenn wir fast erwachsen sind, denn vorher könnten unsere Körper wie Porzellan darunter zerspringen.«

Ich beschloss dumpf, keine Fragen dazu zu stellen.

»Jedenfalls war es kein Leben für mich«, sagte Kanra. »Ich ging in die Städte, weil ich dachte, dass ich vielleicht besser für eine Existenz unter Menschen geschaffen war. Natürlich durfte niemand erfahren, was ich war; häufig trug ich fremde Gestalten, um nicht aufzufallen. Eines Tages begegnete ich jedoch einer Frau. Sie kam aus einem reichen Land jenseits des Meeres, wo Metall lebendig wurde und die Bäume goldene Blätter austrieben. Melda. Sie trug ihren gestohlenen Körper wie eine Königin, sprach mit mir über Literatur und bat mich zum Tanz statt andersherum. Wenn ich nicht gesehen hätte, dass ihr Blut schwarz wie Teer war, hätte ich es nie vermutet. Aber ich sah sie nur eine Nacht lang, bevor sie auf die Dreizehn Inseln zurückkehrte, und ich bin ihr ohne zu zögern gefolgt.«

»Du warst so unbedacht romantisch?«, bemerkte ich.

»Oh nein. Einmal habe ich einen ihrer Lieblingskomponisten entführt und gedroht, dass ich ihm die Haut abziehe, wenn er kein schönes Lied für sie schreibt.« Kanra lachte leise. »Melda war begeistert. Allerdings weniger über das, was er geleistet hatte, als über meine Pläne.«

Ich musste unwillkürlich grinsen.

Kanra lächelte, sagte jedoch nichts mehr, sondern führte mich durch das Dämmerlicht der Gassen bis zu einer Lagerhalle nahe des Hafenbeckens. Ich blickte über das dunkle Wasser, dachte zum ersten Mal seit langer Zeit an Najee. An all die Geister, die ich hier in Arassa zurückgelassen hatte; die mich vielleicht in diesem Augenblick über die Meere hinweg beobachteten.

Kanra blieb vor den Toren der Lagerhalle stehen. Ich setzte meine Maske auf. Bevor er jedoch eine Hand an die Tür legte, wandte er sich zu mir um, einen eigenartigen Ausdruck auf seinem Gesicht.

»Bereit?«

Nein. Nein, das werde ich niemals sein.

»Tu es«, sagte ich.

Kanra nickte. Als er die Tür aufstieß, trat ich mit festen Schritten in die Halle; zwischen mehreren Reihen aus Kisten hindurch, in ein warmes Halbdunkel, das bereits mit Stimmen erfüllt war. Sie alle verstummten, als ich auf eine provisorische Bühne und in das Blickfeld zahlloser Arassaner trat.

Für einen Augenblick stockte mein Atem. Wie in aller Welt hatte Kanra …

Ich entdeckte ein Mikrofon und griff mit der guten Hand danach. Meine Finger zitterten. Doch ich konnte mich nicht mehr von der Masse abwenden.

»Hallo, Arassa«, sagte ich leise.

Und plötzlich brauste Jubel auf – *Jubel,* wie ich ihn nie erlebt hatte, hundert applaudierende Hände und gellende Stimmen – sie alle riefen Kyrons Namen, natürlich, und brachten mich zum Lächeln. Für einen seltsamen Augenblick streifte mich das Echo eines fernen Tagtraums. Ein junger Gardist mit einer guten und einer schlechten Hand, dem die Masse zujubelten, weil er endlich den Schatten gefangen hatte …

»Das Uhrwerk hat behauptet, mich gefangen zu haben«, sagte ich. »Aber nicht allzu laut, denn es hat befürchtet, dass ihr kommt und mich zu befreien versucht. Daran tat es gut, sehr gut sogar. Es fürchtet seine Bürger. Es fürchtet, dass es unter unserer Macht zerbrechen wird.«

»Richtig so!«, schrie ein Mann. Zustimmendes Klatschen breitete sich in der Halle aus. Ich schluckte kurz, versuchte mich an die Worte zu erinnern, die ich mir im Lauf des Tages überlegt und mühsam auswendig gelernt hatte.

»Wie viele von euch sind vom Uhrwerk gequält worden?«, fragte ich. »Wer wurde geschlagen, wem wurden Familienmitglieder genommen? Wer von euch sehnt sich danach, fremde Länder zu bereisen – oder einfach zu leben, wie er will?«

Ich bekam selbst ein unangenehmes Kribbeln im Magen, als ich das sagte, doch viele Arassaner hoben die Hände. Vielleicht sogar alle.

»Dachte ich mir«, flüsterte ich. »Sie sind schreckliche Menschen, diese Metallbüchsen, die auf ihrer Insel im Vulkansee sitzen. Machtgieriger Abschaum vom Kontinent, der den Zinnhybriden benutzt hat, um die Ewigkeit in Reichtum zu verbringen und zu quälen, wer sie dabei stört. Wie kann ein Mann ehrlich sein, wenn er nicht stirbt? Warum sollten sie aufrichtig sein, wenn sie sogar den Tod betrogen haben?«

»Nieder mit den Stunden!«, schrie eine Frau, und ihre Worte wurden mit begeistertem Applaus aufgenommen. Ich hob die freie Hand, aber die Menge beruhigte sich nur langsam; die Luft schien förmlich vor Spannung zu knistern, und tief in meinem Brustkorb klickte meine Mechanik in aufgeregtem Takt.

»Ich sage, dass wir den Dreizehn geben, was sie verdient haben!«, sagte ich. »Wir werden tun, wovor sie sich immer gefürchtet haben – wir werden *rebellieren.* Wir werden kämpfen. Wir werden das Uhrwerk besiegen und diese Inseln zu einem Ort machen, an dem es sich wieder zu leben lohnt!«

Plötzlich schnellte die Lautstärke nach oben, als hätte mir jemand Ohrenschützer vom Kopf gerissen; Jubel brach in der Halle aus und die Menschen johlten, blickten mit glänzenden Augen zu mir herauf. Ich merkte erst, dass ich unter der Maske lächelte, als mir schon die Wangen wehtaten. Rebellen. Meine Rebellen.

»Reist über die Inseln und verbreitet meine Worte«, flüsterte ich ins Mikrofon. »Wir werden das Uhrwerk wissen lassen, dass der Zeitpunkt gekommen ist, den Schatten des Vulkans und seine Armee zu fürchten.«

23

Augen in die Vergangenheit

»Wo warst du?«, fragte Araine ärgerlich. »Ich habe mir Sorgen gemacht.«

Ich gab mir Mühe, schuldbewusst auszusehen, obwohl mir überhaupt nicht danach war. Meine Mechanik arbeitete in federleichten Takten. Wir waren erst im Morgengrauen wiedergekommen und ich war noch nie so müde gewesen … dennoch, da draußen gab es Menschen, die mich unterstützten …

»Ich musste in die Schatten«, sagte ich. »Es hat sich spontan ergeben.«

Sie sah mich prüfend an, während sich Kanra unauffällig entfernte. Ich fühlte mich, als wäre ich nur ein gewöhnlicher Uhrwerksbürger, der mit seinen Saufkumpanen unterwegs gewesen war und sich jetzt vor seiner Frau dafür rechtfertigen musste.

»Ich hoffe, dass es etwas genützt hat«, sagte sie.

Ich dachte an die Menschen in der Halle. Gekommen, um mich zu feiern. Weil sie mich für ihren Helden hielten; weil ich ihr Schatten geworden war.

»Ja«, sagte ich. »Ja, ich denke schon.«

Araines Ärger verging in einem schwachen Lächeln. Ich lächelte ebenfalls und ließ mich von ihr durch die Hintertür nach draußen führen, in einen verwilderten Garten, der süßlich schwer nach Sommerblumen roch.

»Ich sollte nicht zu sehr mit dir schimpfen, denke ich«, sagte sie. »Ich war mit Naris beim Anwesen meines Vaters. Wir sind nicht nahe herangegangen, aber … er ist hier, und es geht ihm gut. Er sieht nur müde aus.«

Sind wir nicht alle müde, Araine?

»Ich würde ihn so gern besuchen«, flüsterte sie. »Das wäre bloß eine schreckliche Idee, oder?«

Ich dachte an meine Eltern. Fragte mich, ob sie noch in Ceratari waren; ob sie überhaupt noch lebten. Plötzlich war alle Wärme verschwunden, die ich in der Lagerhalle empfunden hatte. *Du bekommst deinen Ruhm, Taiden,* flüsterte eine Stimme in meinem Hinterkopf. *Sie alle werden zu dir aufsehen, werden dich lieben … und du musst nur deine Familie dafür töten.*

»Wir werden einen Weg finden«, versprach ich ihr.

Araine lächelte schwach. Ich fragte mich, ob sie in diesem Augenblick ebenfalls begriffen hatte, dass es kein Zurück mehr gab.

»Was hast du in den Schatten getrieben?«

Ich erzählte es ihr, während wir in den dunklen Garten blickten. Es gab einen Teich hier, in dem rote und goldene Fische kreisten; funkenbotanische Züchtungen mit herzförmigen Blättern, die im Dunkeln zu glühen begannen. Araine legte ihren Kopf an meine Metallschulter, nahm meine schlechte Hand zwischen ihre guten. Ein vages Lächeln fing sich auf ihrem Gesicht, als sie meine toten Finger streichelte, als könnte sie ihnen damit das Leben zurückgeben.

»Wir werden das Uhrwerk besiegen«, sagte sie, als ich geendet hatte. »Ganz bestimmt.«

»Ich hoffe es.«

»Sei nicht immer so miesepetrig.« Sie küsste meine Wange. »Es wird schwer werden, ich weiß … aber wenn jemand es schafft, dann du. Du bist der Schatten, den diese Inseln brauchen. Das wusste ich schon, als sie dich fast erschossen haben.«

»Ach? Damals mochtest du mich doch gar nicht.«

»Tat ich wohl«, sagte Araine und wurde tatsächlich ein wenig rot um die Nasenspitze. »Du hast so hübsche Augen.«

Ich musste grinsen. »Wirklich?«

»Ja, natürlich. Sie sind so hell. Und als du mich angesehen hast … da war es, als wäre ich plötzlich deine ganze Welt. Als würdest du *sehen,* wie ich bin, mit allen Fehlern. Mich einfach akzeptieren.«

Ich setzte zu einer Antwort an, doch im gleichen Augenblick raschelte es. Sofort ließ Araine von mir ab und ich spannte mich an, als ich Schritte hörte.

»… hier auf Arassa besonders aufpassen …«

Gütige Funken, dachte ich. *Das ist die Garde.*

Ich drückte Araine zu Boden. Ein unterdrücktes Keuchen entfuhr ihr, doch sie schien zu begreifen und blieb im Schatten der Wand, der tausendfarbigen Rosen und Lilien um uns herum. Ich legte mich bäuchlings neben sie, gespannt wie eine Feder; sah hinter Bäumen und gebrochenem Mauerwerk schemenhafte Gestalten in Grau vorbeiziehen.

»… weiß nicht, wieso er nach Arassa kommen sollte …«

»… um seine Armee auszuheben. Was denkst du denn?«

Ich hielt den Atem an, als die Gardisten kurz stehen blieben.

»Machst du dir keine Sorgen? Ich meine … so eine Anordnung hatten wir noch nie. Vierundzwanzig Stunden zu patrouillieren … die Dreizehn haben die Hosen ordentlich voll, oder?«

»Sprich nicht so über sie«, sagte der andere Gardist scharf.

»Ah. Tut mir leid.«

Einen Augenblick lang blieben sie stehen, wo sie waren. Jede Feder in meinem Brustkorb war bis zum Zerreißen gespannt. Dann setzten sie sich in Bewegung und ich lauschte auf ihre Schritte, bis sie im Rauschen des Windes untergingen.

»Gütige Funken«, flüsterte Araine. »Wenn sie uns …«

Ich legte die Stirn auf die dunkle Erde. Dachte daran, wie ich mich einst mit Kyron im Dunkel versteckt hatte. Aber ich merkte erst, wie mein Herz raste, als Araine nach meinem Unterarm griffe.

»Taiden … Taiden, es ist doch alles gut.«

Ja, dachte ich. *Ja, das ist es.*

Und für die zweite Hälfte dieser langen Nacht schliefen wir im Dämmerlicht. Es hatte keinen Grund, abgesehen davon, dass es draußen kühler war als drinnen; aber wie üblich dauerte es, bis ich zur Ruhe kam. Ich lauschte auf das Rauschen der Blätter, auf Araines leisen Atem. Geliebt hatten wir uns, beinahe geräuschlos. Ich entschied mich dafür, das Levon Baines lieber vorzuenthalten, wenn ich bei ihm um die Hand seiner Adoptivtochter anhielt.

Ich vergrub den Kopf in ihrem süß duftenden Haar. Spürte, wie meine Augenlider immer schwerer wurden, während das Rauschen in leisem Wind verging. Dann fühlte ich, wie sich meine Hand auf sonnengewärmten Stein legte. Die gute Linke, natürlich; und als ich darauf hinunterblickte, lag sie stark und dunkel auf dem Geländer eines Balkons.

Ich hob den Kopf. Vor mir erstreckte sich das satte Grün von Arulan, in der Mitte von einem Vulkan gekrönt, die Hauptstadt der Insel wie eine Perle an den Ozean gebettet. Wir hatten einen Stützpunkt in einer alten Siedlung aus den Zeiten des ersten Hybridritters errichtet. Davon gab es nur wenige auf den nördlichen Inseln. Aber diese hier genügte.

»Wir haben Nachrichten von unseren Spionen, Schatten.«

Ich wandte mich um. Ruanne war auf den Balkon getreten; er trug eine weiße Uniform, deren Schnitt seine Silberschultern so gut wie möglich freiließ.

Ich grinste. »Es klingt so gut, wenn du mich *Schatten* nennst. Wie der Märtyrer von Cariale! Ich hoffe, dass ich nicht auch verbrannt werde, das wäre meinem Teint nicht besonders zuträglich.«

»Bist du jetzt so weit?«, sagte Ruanne.

»Äh.« Seine Kälte wischte mir das Lächeln aus dem Gesicht. »Ja, genau. Spione.«

»Der Aliamenkönig hat seine besten Männer damit beauftragt, die Inseln zu halten«, sagte Ruanne. »Arulan ist wichtig für ihn, hier bildet er seine Garde aus. Ein Mann namens Kanra hält die Hauptstadt in seinem Namen.«

»Schön. Und weiter?«

»Er ist ein Halbblut«, sagte Ruanne. »Trotzdem haben ihn die Aliamen zu ihrem Befehlshaber gemacht. Du weißt besser als ich, was sie von Halbmenschen halten. Dieser Mann muss gut sein, wenn er eine ganze Insel verteidigen soll.«

Ruanne streckte die Hand aus. Ich runzelte die Stirn, ließ mir jedoch eine Fotografie reichen, die einen weißhaarigen Mann mit Brille zeigte.

»He, er hat Tätowierungen«, sagte ich. »Er kommt vom Kontinent. Kein Wunder, dass sie denken, er wäre für den Krieg gemacht.«

»Was meinst du?«

»Hier auf den Inseln hocken Aliamen und Menschen seit Jahrhunderten aufeinander«, sagte ich. »Die Menschen haben viel von ihnen übernommen; ihren Glauben, ihre Sitten. Andersherum war es allerdings genauso. Wild kamen die Aliamen auf die Inseln, und jetzt tragen sie Seide und heiraten untereinander, um einen Stammbaum zu bewahren.«

Ich grinste. »Wenn dieser Kanra von dort kommt, ist es noch bemerkenswerter, dass er sich unter diesen feinen Pinkeln nach oben gearbeitet hat. Auf dem Kontinent leben die Aliamen wild. Sie ziehen umher, gehen ins Bett, mit wem sie wollen, und die meisten von ihnen können nicht einmal lesen.«

Ruanne verzog den Mund. »Barbaren.«

»Das denken die Aliamen von Ceratari auch.« Ich dachte nach. »Ich will das persönlich erledigen. Irgendjemand soll mir Blut beschaffen. Von einem Mann, einer Frau, völlig egal. Obwohl, nicht von einer Frau. Das lenkt mich immer so ab.«

Ruanne verzog den Mund. Ich grinste, weil ich wusste, dass es den alten Stinkstiefel ärgerte.

»Dein Zinn kann sich nicht andauernd an deine Gestalt anpassen, Amarion. Willst du dich irgendwann umbringen?«

»Für den Anfang reicht es, wenn ich heute nicht sterbe.« Ich lachte. »Ich bin der Schatten dieser Inseln, verdammt! Wegen eines bebrillten Albinos falle ich nicht tot um.«

Ruanne starrte mich an, ehe er kopfschüttelnd davonging. Ich sah ihm eine Weile nach, trat dann jedoch ebenfalls nach drinnen. Doch dort befand sich nicht der Gang, den ich erwartet hatte. Stattdessen war ich in einen Salon gekommen, dessen Fenster auf eine bunte Stadt hinausgingen, und mein Zinn ächzte und schmerzte auf einer Seite meines Körpers. Ich wusste, dass das nachlassen würde, wenn ich in meine natürliche Gestalt zurückkehrte. Aber jetzt lief dickes Blut zwischen meinen Schutzplatten hervor und an der Klinge des Schwertes hinab, das ich in der Hand hielt.

Vor mir stand der Mann von Ruannes Fotografie, schwer atmend, verschwitzt vom Gefecht. Ich hatte mit einem wilden Kämpfer gerechnet, mit jemandem, der erst die Fäuste sprechen ließ und dann nachdachte. Doch Kanra trug einen hellen Anzug wie all die anderen Aliamen, überladen mit silber-goldener Zier, und in sein knochenweißes Haar war eine einzelne dunkle Strähne geflochten.

Haar zu verschenken, Material zur Verwandlung, war ein gewaltiger Vertrauensbeweis. Wem mochte es gehören?

»Damit kommst du nicht durch«, flüsterte er.

»Das bin ich doch schon längst.« Ich grinste breit. »Also, ergibst du dich freiwillig oder muss ich dich erst anschneiden?«

Kanra überlegte keine Sekunde lang. Eines musste man dem Mann lassen; er wusste, wann er verloren hatte.

»Schön«, flüsterte er. »Schön, dann nimm dir diese verdammte Insel. Du kannst sie haben, ich unterschreibe, was ich dafür unterschreiben muss. Lass mich nur mit Melda von hier verschwinden. Du wirst mich nie wiedersehen.«

Ich hörte es im Gebäude unter uns klirren. Schreie ertönten. Anscheinend waren meine Männer zur Stadt vorgedrungen, geführt von meinen treuen Offizieren.

Ich hatte sie meine Stunden genannt. Ich dachte, dass das hübsch zum Uhrwerk passen würde, aber Ruanne hatte mich einen Trottel geschimpft und Theria hatte gekichert, als hielte sie das für einen Witz. Sie sollten sehen, was sie davon hatten. Sie alle sollten es sehen.

»Ich mache heute ein paar Kriegsgefangene«, beschloss ich. »Wer dem Aliamenkönig dient, muss damit rechnen, dass so etwas passiert.«

Kanra gab ein Knurren von sich, das nichts Menschliches an sich hatte, und versuchte sich auf mich zu stürzen. Auch in meinem gestohlenen Körper war es ein Leichtes für mich, ihm auszuweichen. Gegen Menschen mochte er stark sein. Für mich war er nur ein Bürokrat mit einem deutlich zu blassen Teint.

Ich setzte zu einem Stich an, traf ihn knapp unterhalb der Schulter und Kanra keuchte, als sich das Metall in seinen Brustkorb fraß. Ich hielt den Atem an, während er ohne ein weiteres Wort zusammenbrach, eine Seite seiner Kleidung verstörend schwärzlich rot getränkt.

Im gleichen Augenblick schwang die Tür hinter mir auf.

»Amarion!«, rief Theria. »Amarion, ist alles in Ordnung?«

»Ja«, flüsterte ich. »Ja, ich denke schon.«

Ich blickte zu Kanra hinab, der bewusstlos zu meinen Füßen lag.

»Sperrt ihn weg«, sagte ich matt. »Wir können ihn vielleicht noch gebrauchen.«

»Aliamen sind gefährlich«, sagte Theria. »Nichts für ungut, Amarion. Aber es wäre besser, ihn zu töten.«

»Oh nein«, sagte ich mit einem vagen Lächeln. »Was die Gestaltwandler dieser Inseln angeht, habe ich schon einige Ideen.«

Ich wusste nicht, ob Theria darauf geantwortet hatte, denn im gleichen Augenblick schlug ich die Augen auf. Meine Mechanik raste. Einen Herzschlag lang wusste ich nicht, wo ich war, starrte verwirrt auf meine Hände, ehe die Erinnerungen des Vortags zurückkehrten und mich nur noch verwunderter zurückließen.

»Araine?«

Sie lag nicht mehr neben mir. Ich setzte mich auf, sah mich nach ihr um; stattdessen fand ich Kanra bis zur Hüfte im Teich stehend vor, das lange Haar tropfend nass. Er bemerkte meine Blicke, machte jedoch keine Anstalten, sich zu bedecken. Scham musste zu den Worten gehören, für die es keine Übersetzung in die Aliamensprache gab.

Ich musterte ihn etwas genauer, obwohl Kanra nicht gerade die Sorte Mann war, die ich mir gern ansah. Knapp unterhalb seiner Schulter entdeckte ich eine große, wulstige Narbe.

Mein gesamtes Innenleben schien zu erstarren.

»Ich muss dich sprechen«, rief ich. Die Vision. Endlich hatte ich Gelegenheit, mehr darüber zu erfahren.

»Dann steig ins Wasser oder gedulde dich. Ich bin noch nicht fertig.«

Ich entschied mich lieber für Letzteres; in dieser Umgebung hatte ich die schlechteren Karten, sollte er mich ersäufen wollen. Nach einer Weile kam er ans Ufer zurück und ich sah zur Seite, während er sich abtrocknete. Es dauerte, bis ich es für ungefährlich befand, zu ihm zu blicken. Zu meiner Erleichterung trug er eine Hose, doch auf seinem Oberkörper hatte er eine dicke Salbe verschmiert.

»Was ist das?«

»Ich verbrenne mich sehr leicht in der Sonne«, sagte Kanra säuerlich. »Diese Paste hilft dagegen. Gütige Funken, manchmal wünschte ich wirklich, dauerhaft in einen anderen Körper schlüpfen zu können.«

Damit wandte er sich ab, um sich die Schultern einzureiben. Mir fiel auf, dass sich seine rot-schwarzen Tätowierungen auch an seiner Wirbelsäule entlangzogen und jenseits seines Hosenbundes endeten. Dank Marawyn wusste ich, dass Farben eine große Bedeutung für Aliamen besaßen. Rot für Mut, Grün für Lebenskraft. Wenn man sich mit einem bestimmten Farbton tätowieren ließ, erhielt man dessen Eigenschaften.

Mir erschien es klüger, Kanra nicht nach seinem Körperschmuck zu fragen. »Warum bleibst du eigentlich kein Albino, wenn du die Gestalt wechselst?«

»Ich weiß nicht«, sagte Kanra. »Ich wurde natürlich so geboren, aber sobald ich eine Haut stehle, wird dieser Defekt repariert. Das passiert bei vielen Aliamen, die krank auf die Welt kamen. Was wolltest du mich wirklich fragen?«

Sein Themenwechsel irritierte mich, wenn auch nur kurz; wahrscheinlich war es naiv gewesen zu glauben, dass ich ihm irgendetwas vormachen konnte. »Woher hast du diese Narbe?«

Kanra folgte meinem Blick mit einem Stirnrunzeln. »Ach, das. Das war dein nutzloser Urgroßvater, bevor er mich ins Gefängnis geworfen hat.«

Etwas in mir schien schlagartig zu gefrieren.

»Das war ein Schwert«, platzte ich heraus. »Du hast gefragt, ob du Arulan verlassen darfst, aber er hat dich angegriffen. So war es, oder? So war es!«

Zum ersten Mal, seit ich Kanra kannte, schien ihm seine Ernsthaftigkeit völlig zu entgleiten. Seine Augen weiteten sich, wenn auch nur für einen Herzschlag, und dann packte er mich abrupt beim Kragen und zog mich zu sich heran.

»Wer hat dir das erzählt? Haben sie Lieder darüber gemacht, die dreckigen Stunden?«

»Ich habe es geträumt«, begehrte ich auf.

Kanra knurrte, doch ich spürte seine Aufregung. »Lächerlich.«

»Weißt du etwas darüber?«, fragte ich hastig. »Gütige Funken, es könnte wichtig sein, es passiert mir seit Jahren!«

Einen Herzschlag lang starrte er mich an. Ich sah mein verschwitztes Spiegelbild in seinen Augen. Dann löste sich Kanras Klammergriff und ich ging eilig auf Abstand, während sein Blick in weite Ferne schweifte.

»Visionen, sagst du. Vom Zinnhybriden.«

Ich nickte schwach.

»Nun, etwas von ihm lebt in deinem Blut«, sagte Kanra nachdenklich. »Gut möglich, dass es eine Verbindung zwischen euch gibt. Warum dann aber nicht die ganzen Inseln von ihm fantasieren, ist mir schleierhaft, der Mann hatte schon damals mehr Kinder als Zinnschuppen am Arm.«

»Ich habe an einer Séance teilgenommen, als ich jünger war«, gestand ich. »Das Medium hat versprochen, dass das nicht mehr passiert …«

Kanra schnaubte. »So funktionieren diese Dinge nicht. Der Legende nach wurden Aliamen aus Mondlicht und Finsternis geboren; die Magie in unserem Blut ist nachts am allerstärksten, macht uns so wandelbar wie die Monde. Normalerweise heißt das nur, dass wir um Mitternacht kräftiger sind als morgens, aber manchmal kommt es dadurch auch zu Visionen. Die Betroffenen träumen jedoch nur selten etwas Interessantes. Es geht immer um eine Person, mit der sie verwandt sind, und nicht jeder hat einen Stammbaum wie du.«

Ich empfand eine dumpfe Dankbarkeit dafür, dass ich nicht durch die Augen meiner Mutter träumte; mein Aliamenblut kam von ihrer Seite der Familie.

»Wie viele von diesen Erlebnissen hattest du?«

»In den letzten zehn Jahren? Ich weiß nicht, vier oder fünf.«

»Ich rate dir, sie gut im Auge zu behalten. Wenn diese Visionen wirklich der Wahrheit entsprechen, können sie wertvoll für uns werden.« Kanra grinste schief. »Der Zinnhybrid war selten ohne seine Stunden anzutreffen.«

Ich ahnte, worauf er hinauswollte, und nickte knapp.

»Du hast damals Arulan verteidigt«, wechselte ich das Thema.

Kanra sah mich seltsam an, ehe er sich abwandte.

»Ja«, sagte er matt. »Aber der Zinnhybrid hatte mich überrascht. Jedes Halbblut muss sich eines Tages entscheiden, ob es ein menschliches oder ein aliamisches Leben führen will, denn das eine schließt das andere aus. Ich sah seine Armee, sein Metall; ich dachte, dass er seiner aliamischen Seite abgeschworen hätte. Das hatte er nicht. Er nahm eine andere Gestalt an und kam direkt zu mir, und so gewann er später auch Ceratari.«

»Er war verletzt«, sagte ich. »Er konnte das nicht oft tun.«

Kanra zog die Brauen hoch, schien noch etwas sagen zu wollen; aber dann setzte er seine Brille auf und hob eine Ausgabe der *Tugend* auf, die neben seiner Kleidung gelegen hatte.

»Sie haben dein Kopfgeld auf sechzigtausend Knochenmünzen erhöht«, sagte er. »Oh, und dein alberner Vorgesetzter in der Garde hat eine Pressekonferenz gegeben.«

Meine Mechanik stockte kaum merklich. Ich musterte das Titelbild der Zeitung; als ich Aryon auf der Fotografie erkannte, hatte ich plötzlich einen Kloß im Hals. *Kyron ist keine Gefahr für das Uhrwerk,* las ich. *Ich weiß, dass du zuhörst, Schatten. Wir werden dich finden und auf den Metallhängen verschrotten.*

Ich schluckte. Alles der Gehirndraht. Sie machten eine Marionette aus ihm, wie sie es schon mit Aurenna getan hatten; ohne ihn wäre Aryon offener gewesen, hätte vielleicht zugehört.

Ich faltete die Zeitung mit zwei Fingern zusammen.

»Ich denke, wir sollten nach Ceratari zurückgehen.« *Denn nur in seinem Herzen kann das Uhrwerk fallen,* dachte ich. »Aber was dann? Wie soll ich die Stunden besiegen?«

»Sie müssen sterben«, sagte Kanra. »Du weißt das. Und den Rest … das habe ich nicht zu entscheiden.«

»Ich dachte, dass ich deine Marionette spielen soll?«

»Das kann dir immer noch blühen«, sagte Kanra grinsend.

Ich merkte, dass ein Lächeln an meinen Mundwinkeln zupfte, aber dann wandte ich mich doch nur um und kehrte in die Ruine zurück.

»Ich habe Levon besucht«, sagte Araine später. »Ich konnte nicht anders. Es tut mir leid.«

Glühwürmchen flogen am Fenster vorbei. Ich legte die Hände hinter den Kopf, beobachtete sie, während ich darüber nachdachte. Ganz sanft strich Araine über mein Messing, die Nahtstellen, an denen es in Fleisch überging. Aus irgendeinem Grund faszinierte sie mein Hybridkörper. Aber es gab wohl Schlimmeres.

»Was hat er gesagt?«

»Ich habe ihm nicht erzählt, wer du bist«, sagte sie. »Nur, dass wir … eine Weile untertauchen müssen. Wir haben gestritten. Er sagt, dass ich … dass das alles eine große Dummheit von mir war.«

Ein kleiner Teil von mir gab Levon Baines recht. Aber dann legte ich einen Arm um Araine und drückte sie an mich, denn sie war keineswegs die Einzige im Raum, die häufig große Dummheiten machte.

»Hast du ihm von unseren Heiratsplänen erzählt?«

»Bevor ich in eine Ruine zurückgehe, in der du mit mir tun könntest, was du willst?« Sie knuffte mich grinsend in die Seite. »Ich wollte ihn nicht erschrecken.«

Ich lächelte darüber. Araine jedoch setzte sich auf und kroch zu unserem Kleiderhaufen hinüber, in nichts außer Sternenlicht gekleidet, und zog zu meiner Überraschung mein altes Fotoalbum daraus hervor.

»Ich habe das aus deinem Haus mitgenommen«, gestand sie flüsternd. »Ich dachte … wenn du deine Familie schon nicht sehen kannst, hast du so wenigstens ein paar Fotografien von ihnen. «

»Es ist perfekt.« Ich gab ihr einen verstohlenen Kuss. »Danke.«

Araine lächelte, die Wangen gerötet. Dann jedoch drehte sie eine alte Funkenlaterne auf und legte das Buch zwischen uns und wir blickten gemeinsam darauf hinab.

»Du musst mir unbedingt von diesen Menschen erzählen.« Sie ließ den Blick über die Bilder schweifen … Bilder von Marawyn, von Najee, von Aurenna. »Ich möchte wissen, was … gütige Funken. Bist du das mit dem langen Haar?«

Ich hatte keine Ahnung warum, doch ihr Tonfall brachte mich zum Lachen. Araine kicherte ebenfalls, und wir verbrachten einen guten Teil der Nacht damit, uns die Fotografien anzusehen. Schließlich löschten wir die Funkenlaterne, und trotz der warmen arassanischen Nächte kuschelte sich Araine an meine Seite. Ich küsste ihre Stirn, ehe ich eindöste; doch es schienen keine fünf Minuten vergangen zu sein, bis mich jemand bei der Schulter packte und unwirsch aus dem Schlaf schüttelte.

»Taiden. Taiden, wach auf.« Araine beugte sich über mich. »Ich habe Schritte gehört.«

»Das ist vielleicht nur Kanra«, murmelte ich.

Araine sah mich wütend an. »Glaubst du ernsthaft, dass ich dich seinetwegen wecken würde?«

Natürlich nicht. Araine war keine schreckhafte Frau; wenn eine faustgroße Spinne in der Ecke gesessen hätte, hätte sie das Tier mit bloßen Händen erschlagen. Ich stand auf und öffnete die Tür einen Spaltbreit. Auf den ersten Blick bemerkte ich nichts Ungewöhnliches, doch dann hörte ich hastige Schritte; sofort drehte ich den Kopf zur Seite und zwei Männer in Grau polterten an uns vorbei.

Ich spürte meine Mechanik stocken, ehe ich die Tür schloss.

»Hol deine Waffen«, flüsterte ich. »Wir haben ein Problem.«

Fünf Minuten später wagten wir uns nach draußen. Araine und ich schlichen durch die Dunkelheit, bewaffnet mit allem, was wir hatten finden können. Ich war froh darüber, dass ich nicht allein war, obwohl ich Araine ungern in Gefahr sah. In den letzten Augenblicken war es hier eindeutig zu still geworden.

Wir redeten nicht. Im Schatten von Geräuschen hätten sich Gardisten anschleichen können. Dann erklang irgendwo unter uns ein Schuss.

Araines Augen weiteten sich. »Das kam aus dem Foyer.«

Sie begann zu laufen. Ich fluchte stumm und hastete ihr nach, und obwohl ich barfuß ging, knirschten die Dielen unter meinem Gewicht. Verfluchtes Messing. Diese verfluchte Frau!

»Araine, bleib hier!«

Sie hörte nicht auf mich. Schlitterte in die Eingangshalle und blieb dort wie vom Donner gerührt stehen. Die Tür war aus den Angeln geschlagen worden und auf dem Boden lagen mehrere Gardisten. Einem von ihnen ragte etwas aus der Brust, was verdächtig nach einem zersplitterten Besenstiel aussah. Das stank auf drei Meilen gegen den Wind nach einem gewissen Halbaliamen.

»Wie haben sie uns gefunden?«, flüsterte Araine. »Ist das – ist das meine Schuld?«

Sie hastete die Treppe hinunter. Ich folgte ihr nach unten, und als ich die letzte Treppenstufe hinter mich gebracht hatte, hörte ich ein Wimmern. Kanra hockte in den Schatten, die Brille schief, das Haar zerzaust. Blut sickerte aus einer Schusswunde an seiner Schulter, halb rot und halb schwarz, wie marmoriert. Er schien es kaum zu merken.

Araine streckte zögernd die Hand nach Kanra aus, doch er schob sich weiter in die Dunkelheit, leise knurrend wie ein verletztes Tier. Mir wurde kalt. Noch nie hatte ich ihn so zerrüttet gesehen.

»Schon gut«, flüsterte Araine. »Wo ist Naris?«

»Sie ist dem Bastard nachgelaufen, der mich angeschossen hat.« Kanras Stimme war schwach. »Ich will nicht …«

»Ist ja gut«, wisperte Araine und drückte seinen Kopf an ihre Brust. »Wir sind ja jetzt hier.«

Kanra sagte nichts, sondern starrte einfach an ihr vorbei ins Leere. Plötzlich hörte ich einen Schuss. Ich wirbelte herum, sah aus dem Augenwinkel, wie eine alte Vase zersprang und ein Schauer aus Glas auf den Boden niederging. Naris sprang die Treppe hinunter, erstaunlich gewandt für eine Frau ihres Alters, erwiderte mit rauschendem Umhang das Feuer. Doch hatte ich keine Zeit, um sie zu beachten. Ein halbes Dutzend Gardisten trat durch die zerschlagene Tür, und einer von ihnen hatte das hässlichste Gesicht, das ich je gesehen hatte.

»Belarron!«, brüllte Wyatt. »Du dreckiger Bastard!«

Ich ballte die Faust. Sein Aussehen hatte sich seit der Gardekonferenz nicht verbessert; noch immer sah ein großer Teil seines Gesichtes aus, als hätte er sich mit einem wütenden Wespenschwarm angelegt. Dieser Anblick verschaffte mir grimmige Befriedigung. Würde es gewiss noch in zwanzig Jahren tun.

»Hattest du einen Unfall?«, flüsterte ich. »Das sieht ja schrecklich aus.«

Wyatt biss die Zähne zusammen. »Du hast mich entstellt, Belarron!«

»Das habe ich«, erwiderte ich kalt. »Es war die Strafe für das, was du aus Aurenna gemacht hast, und du hast verdammt noch mal mehr verdient.«

Araine griff nach meiner Hand, aber ich schüttelte sie ab.

»Taiden!«

»Geht«, flüsterte ich. »Ich verschaffe euch Zeit, aber verschwindet.«

Und im gleichen Augenblick warf Naris ihr götterverdammtes Messer.

Es traf einen der Männer zwischen die Augen. Er stürzte nach vorn, regte sich nicht mehr, und sofort eröffneten die Gardisten das Feuer. Aus dem Augenwinkel sah ich, wie Naris Araine zu Boden riss, während ich einem Impuls folgend durch den Raum hastete und in Richtung eines Stützpfeilers schlitterte. Funken sprühten, als Kugeln über mein Metall schrammten, und plötzlich grub sich etwas in mein Fleisch. Ich verlor das Gleichgewicht, rollte hinter die Säule, wo ich mit eisigem Messing liegen blieb.

Araine schrie. Ich versuchte, mich aufzurappeln, doch mein Bein zitterte stark unter meinem Gewicht. Dann hörte ich ein leises Klicken. Ich sah auf und blickte in den Lauf einer monströsen Pistole, und dahinter sah ich wie durch einen Schleier Wyatts verschwommenes Grinsen.

»Das geht ganz leicht, Schatten«, flüsterte er. »Erinnerst du dich?«

Ich schluckte schwer.

»Ich habe es gewusst«, murmelte Wyatt. »Ich wusste, dass irgendetwas nicht mit dir stimmt. Du hast die Maske dieses dreckigen Arganiers aufgehoben, als er fiel. Ich habe lange Zeit nicht verstanden, wie alles zusammenhängt … aber ich habe gut aufgepasst.«

»Lass Kyron aus dem Spiel«, sagte ich barsch.

Wyatt grinste, ehe er mir einen Fuß auf die Brust setzte und auf meinen Schädel anlegte. »Warum sollte ich? Du hast ihn geliebt, nicht wahr? Dafür kam Kyron ins Gefängnis. Weil er es mit einem anderen Mann getrieben hat, diese widerwärtige Missgeburt. Weswegen hätte es zwischen euch anders sein sollen?«

Ein grässliches Lächeln flackerte über seine entstellten Züge. »Wie oft habt ihr miteinander geschlafen? Hat er's dir richtig besorgt, du kleiner, widerlicher …«

Ich riss mit aller Kraft an seinem Bein. Wyatt strauchelte. Ein Schuss löste sich, ehe er stürzte und die Pistole fallen ließ. Ich zuckte zusammen, aber der Schmerz blieb aus, und dann packte ich die Waffe und drückte blind ab.

Wyatt entfuhr ein seltsames Geräusch. Ein dunkles Loch war in seiner Uniform aufgetaucht, und er starrte mich zitternd an, bis seine Augen glasig wurden.

»Ich erinnere mich«, flüsterte ich. »Es geht ganz leicht.«

Die Schüsse verebbten. Ich sah auf. Um mich herum lagen grau gekleidete Leichen, schrecklich blutig, absurd verdreht. Ich lehnte mich schwer atmend zurück, betrachtete mein schmerzendes Bein. Wie oft hatte ich mich gefragt, ob Kyron und Aurenna mit diesem Ende Frieden finden würden. Ob sie stolz auf das wären, was ich gerade getan hatte.

Jemand berührte meine Schulter.

»Wir müssen verschwinden«, sagte Naris. »Kannst du laufen?«

»Geht schon«, flüsterte ich.

Sie half mir auf, während Kanra und Araine zu uns aufschlossen. Ohne uns weiter aufzuhalten, holten wir unsere Sachen und gingen zwischen den Leichen hindurch. Mir drehte sich der Magen um, als ich an ihnen vorbeihumpelte. Väter, Brüder, Söhne. Und Wyatt, wahrscheinlich.

Leichen vor meiner Tür.

Vor meiner Tür …

Naris stieß die Tür auf und ging nach draußen, das Messer gezückt … nur um es abrupt in den Dreck fallen zu lassen.

»Gütige Funken«, hauchte sie.

Ich folgte ihrem Blick. Wir alle folgten ihrem Blick. Der Aufgang zur Ruine war von Pflanzen überwachsen gewesen, die im Dunkeln glommen. Jetzt jedoch lagen sie niedergetrampelt am Boden, umgaben ein dunkles Objekt, das ich nicht genau erkennen konnte.

Dann brach das Mondlicht zwischen den Bäumen hervor. Erst als ich Araines Schrei hörte, begriff ich, was dort auf der Straße lag. Eine Warnung. Eine Verhöhnung.

Es war der Kopf von Levon Baines.

24

Zwischenspiel
Die Maske tragen

Ein Zettel fiel aus dem goldenen Tagebuch, als Carive die letzte Seite umschlug. Dieses Mal wunderte sie sich nicht darüber. Stattdessen rieb sie sich über die Augen, bis Taidens ungelenke Buchstaben endlich damit aufhörten, vor ihr hin und her zu tanzen.

Ich brauche eine Pause, dachte sie. Obwohl sie Arassa nie besucht hatte, glaubte sie, die Insel deutlich vor sich zu sehen; die Gerüche von Salz und Schießpulver stiegen ihr in die Nase, und sie fragte sich, ob sie langsam verrückt wurde. Wahrscheinlich. Mit einem Seufzen setzte Carive ihre Brille auf, ehe sie nach Taidens Nachricht griff und zu lesen begann.

Wie schön, dass du es so weit geschafft hast … Ach, das klingt furchtbar. Ich schreibe grässliche Einleitungssätze, denke ich. Sieh unter dein Bett, Carive.

Carive runzelte die Stirn, aber sie tat wie geheißen. Unter dem Bett herrschte Unordnung, garniert mit einem Überzug aus Staub. Nach einigen Augenblicken entdeckte sie eine Kiste, die vor ein paar Tagen bestimmt noch nicht dort gewesen war. Carive zog sie hervor und klappte sie auf. Ihr Atem stockte. Auf rotem Samt lag eine schmucklose Maske, die sie nur zu gut wiedererkannte.

Das konnte nicht sein. Taiden hatte die Maske nie abgelegt. *Nie.*

An der Innenseite des Deckels klebte eine Karte. Carive riss sie zitternd ab und begann zu lesen.

Tut mir leid, dass ich in dein Zimmer eingebrochen bin, aber ich habe eine letzte Anweisung für dich. Du wirst dir denken können, was die Maske bedeutet, und ich möchte ehrlich zu dir sein – ich habe es satt, sie zu tragen. Es ist Zeit, sie weiterzugeben. Auf den Inseln muss es einen Schatten geben, und ich weiß, dass du es schaffen wirst.

Ich werde nicht in die Festung zurückkehren. Ich hoffe, dass ihr mir diesen Frevel verzeihen könnt. Sprich mit niemandem darüber. Nimm die Maske und trag sie mit Würde. Bald wirst du das Gesicht der Rebellion sein.

Carive begann zu zittern.

Nein. Nein, das war nicht sein Ernst. Das war unmöglich. Was dachte er sich dabei?

Plötzlich fühlte sich ihr Kopf an, als wäre ein Bienenschwarm darin gefangen. Sie kannten sich ja kaum. Carive fürchtete sich vor der Finsternis von Ceratari, während Taiden Belarron hindurchspazierte, als gehörte ihm die Nacht. Wie konnte er nur so einen Fehler machen!

Sie musste mit einem seiner Berater reden.

Sofort.

Carive schlug den Kistendeckel zu, nahm sie unter den Arm und eilte in Kanras Turmgemächer hinauf. Sie wusste nicht, wen sie sonst um Rat fragen sollte, hatte jedoch Glück; Kanra saß in einem staubigen Sessel und las, während ein Phonograph hinter ihm altmodische Musikstücke spielte.

»Hallo, Karotte«, sagte Kanra, ohne sie anzusehen. »Kennst du die Hybridritter-Gesänge? Es ist schwierig, jemanden in der Ruine zu finden, der sich über klassische Literatur unterhalten will.«

Carive hatte nie weniger Interesse daran gehabt, über ihre Lieblingsbücher zu sprechen. »Kanra. Kanra, es ist wichtig – ich bin fertig mit dem goldenen Buch, Taiden sagt, dass ich der Schatten sein soll – ich kann das nicht, es ist seine Maske, nicht meine!«

Kanra legte seine Lektüre weg. »Wovon redest du?«

Zur Antwort überreichte Carive ihm die Kiste. Kanra klappte sie auf, riss die Nachricht ab und begann zu lesen.

»Wir müssen ihn finden«, flüsterte Carive. »Das kann er unmöglich ernst gemeint haben. Ich will kein Rebellenkönig sein – ich bin eine Frau, verdammt, wie soll ich denn seine Rolle spielen?«

»Taiden machte nie Scherze, wenn es um die Rebellion ging«, sagte Kanra müde. »Wenn du ihn jemals im Zorn erlebt hättest, wüsstest du das. Du tust also gut daran, dieses Stück Treibholz auf dein Gesicht zu setzen und zu tun, was er dir aufgetragen hat.«

Carive sah ihn entsetzt an. Das konnte er unmöglich ernst meinen. Das war irgendein Trick, um sie zu ärgern, es waren immer Tricks, immer Hinterhalte …

Er hat mich gefasst genannt.

Kein böses Wort geschrieben.

»Könntest du ihn nicht suchen, Kanra?«

»Ich bin kein Spürhund«, sagte er gereizt. »Die Maske riecht nach ihm, ja. Aber das ist zu wenig. Er ist vor zwei Tagen gegangen, und die Spuren sind alt.«

»Du bist der Einzige, der ihn finden kann!«, sagte Carive aufgebracht. »Du darfst ihn nicht im Stich lassen.«

»Wenn Taiden nicht gefunden werden will, werde ich kein Glück haben«, sagte Kanra. »Er weiß, dass ich mich auf meine Nase verlassen muss, also wird er irgendein Parfüm auflegen und sich in einem dunklen Loch verkriechen. Außerdem ist er … in letzter Zeit selten in präsentablem Geisteszustand gewesen. Vielleicht greift er mich an oder entwischt mir, und dann wird er auch nicht auf den Metallhängen erscheinen.«

Die Bestimmtheit, mit der er das sagte, frustrierte sie.

»Wir müssen ihn dort erwischen.«

»Richtig. Bis dahin … wie viel hast du noch zu lesen, Carive?«

»Ein Tagebuch«, sagte sie. »Das schwarze.«

»Schaffst du das bis zum Ende der Woche?«

»Natürlich«, sagte Carive fest.

Für einen Augenblick wirkte Kanra verwundert, aber er sagte nichts. »Dann lies weiter, Karotte. Vielleicht findest du in diesen Tagebüchern einen Hinweis darauf, was Taiden mit diesem Durcheinander bezweckt.«

»Und wie er sie überhaupt geschrieben hat«, ergänzte sie.

Kanra sah sie seltsam an, ehe er nickte.

»Ich behalte die Maske vorerst hier. Geh und tu deine Pflicht.«

Carive wandte sich um und ging. Ein eigenartiges Kribbeln befiel ihre Magengrube; nur wurde ihr erst nach einer Weile bewusst, dass es keine Nervosität war, keine Übelkeit. Taiden Belarron befand sie für würdig genug, seine Nachfolgerin zu werden.

Der Schatten des Vulkans glaubte, dass sie fähig war, seine Rebellion in die Hand zu nehmen.

Aber warum? Was machte sie so besonders? Carive konnte nicht glauben, dass sie ihn beeindruckt haben mochte; nur wenige Male war sie überhaupt an seiner Seite gewesen, wenn er rebelliert hatte. Er hätte Araine zu seiner Nachfolgerin erklären sollen, Naris, vielleicht sogar Kanra.

Aber nicht sie.

»Wenn das nicht das Narbengesicht ist«, sagte jemand.

Carive blieb stehen. Hob den Blick. Vor ihr standen die beiden jungen Männer, die sie vor dem Schattenthron aufgezogen hatten. Sofort kippte das wohlige Gefühl, das sie eben noch empfunden hatte, wich zittrig schwacher Kälte. Nicht schon wieder. Nicht hier, nicht jetzt, bitte nicht jetzt.

»Träumst du immer noch vom Schatten?«, sagte einer von ihnen. »Oder ist er weggelaufen, weil er dich gesehen hat? Würde ich an seiner Stelle genauso machen.«

Carive stieg die Röte ins Gesicht, als sie zu lachen anfingen.

»Hör auf, sie zu ärgern, sonst weint sie noch.« Kichern. »Weißt du noch, wie sie geheult hat, weil du ihr Schnecken in die Suppe geworfen hast?«

»Habe ich nicht«, sagte Carive leise.

Die beiden sahen sie mit hämischer Belustigung an. Carive wusste warum; weil sie es gewagt hatte, etwas zu erwidern, die Demütigung nicht mit gesenktem Kopf zu ertragen. Gleich würden sie Schlimmeres sagen, Schlimmeres tun; versuchen, sie auf ihren Platz zurückzuweisen …

Vielleicht gibt dir Kyron wenigstens eine Maske, hatten sie gesagt.

Das hatte er. Gütige Funken, das hatte er.

Carive griff nach ihrer Pistole, um sie mit einem leisen Klicken zu entsichern. Sie wusste, dass diese Waffe kein Spielzeug war; es handelte sich um ein Werkzeug, geschaffen zum Töten. Mehr als einmal hatte es ihr Pech gebracht.

Vielleicht war es jedoch an der Zeit, einige Dinge zu riskieren.

»Ihr werdet mich in Ruhe lassen«, sagte sie. Trotz ihres Zitterns wusste sie, dass Taiden es verstanden hätte; dass der Schatten innerlich so zitterte wie sie, wenn er wahren Schrecken sah. »Ansonsten werde ich euch eine Lektion erteilen.«

Die beiden Männer tauschten Blicke, ehe einer von ihnen zu grinsen begann. Carive richtete die Waffe auf ihn. Sein Lächeln erstarb.

»Es ist schon schwierig genug in der Ruine«, sagte sie leise. »Ihr werdet mich nicht länger stören. Da draußen gibt es ein Uhrwerk zu zerschlagen.«

»Das Flittchen will uns Vorschriften machen«, sagte einer der Männer zum anderen. »Hast du das gehört?«

Carive hob die Waffe und betätigte den Abzug. Es gab einen heftigen Knall und Staub rieselte ihnen auf die Schultern; sie hatte zur Decke gezielt.

Doch ihre Peiniger sahen sie an, als sei sie verrückt geworden, ehe sie davonhasteten. Carive sah ihnen nach, während sie ihre Waffe sicherte. Ein vages Lächeln schlich sich auf ihre Lippen.

Das war doch gar nicht so schwer gewesen.

In der Stille des anbrechenden Morgens hörte Aryon nichts bis auf ein gedämpftes Schluchzen. Er war zu grob mit ihr umgegangen, er wusste es. Sie hatte so viele Bisswunden … sie sah aus, als hätte sie ein Aliam angefallen, und er schämte sich dafür. Noch nie hatte er ein Mädchen so übel zugerichtet. Nicht einmal, wenn er getrunken hatte.

»Tut mir leid«, flüsterte er. »Ich … ich könnte etwas für deine Wunden besorgen. Mir gehört die Steinerne Garde, ich bekomme alles, was ich will.«

Sie reagierte nicht darauf. Aryon hatte nie verstanden, warum es Menschen gab, die Angst vor ihm hatten. Er war ja nicht einmal stark wie sein Vater. Er fühlte sich wie ein Nichtsnutz.

Aryon setzte sich auf. Schauer jagten ihm über die Haut. Die fremde Frau lag zusammengekauert neben ihm; sie hatte die Augen fest zugekniffen, als glaubte sie, auf diese Weise unsichtbar für ihn zu werden.

»Es tut mir leid«, wiederholte er leise.

Sie schwieg. Aryon gab es auf. Er kletterte aus dem Bett, zog einen Morgenmantel über und ging langsam auf den Balkon hinaus. Vor einer Weile hatte er einen Schuss ins Bein abbekommen; noch immer schmerzten seine Bewegungen, doch es wurde besser, und immerhin hinkte er nicht mehr.

Während er die weitläufigen Parks der Uhrwerksinsel betrachtete, schob er sich eine Zigarette zwischen die Lippen und zündete sie an. Bei jedem Rauchkringel, den er in die Luft blies, glaubte er den missbilligenden Blick seines Vaters auf seiner Haut zu spüren. Morgen würde er ihn aufsuchen müssen …

»Du wirst ihm schon zeigen, dass du von seinem Blut bist«, hatte seine Mutter zu sagen gepflegt. »Er wird keine Wahl mehr haben, als uns als seine Familie anzuerkennen. Wir werden leben wie die Aliamenkönige, Aryon. Kannst du dir das vorstellen – wir als die reichsten Menschen im Uhrwerk?«

»Wird Vater uns dann lieb haben?«, hatte Aryon gefragt; er war damals kaum älter als sechs gewesen.

»Natürlich nicht, er ist ein Silberhybrid. Er mag niemanden außer sich selbst. Das spielt allerdings keine Rolle, denn sobald er seine Vaterschaft nicht mehr verbergen kann, muss er dich mit Geld versorgen.«

Das war der einzige Punkt, in dem sie sich nicht geirrt hatte. Oft bezeichnete Ruanne seine Mutter als verlogene Hure, doch nach ihrem Tod hatte er Aryon als seinen Sohn anerkennen müssen. Er erinnerte sich an die wenigen Monate, die er in Ruannes Haus gelebt hatte, ehe er zur Armee gegangen war. Aryon hatte die Gelegenheiten an einer Hand abzählen können, an denen sie sich begegnet waren. Selbst seine Mahlzeiten nahm Ruanne allein ein, und wenn sie sich dennoch begegneten, blickte er stets auf Aryon hinab wie auf ein ekelerregendes Insekt.

Nichts außer der Politik hatte jemals eine Rolle für ihn gespielt. Aryon dachte, dass dies schlichtweg Gewohnheit war; immerhin regierten die Stunden schon, seit der Zinnhybrid vor sechs Jahrzehnten tot in seinen Räumlichkeiten aufgefunden worden war. Das war der erste Streich der Rebellion gewesen. Die Dreizehn hatten darauf reagiert, Gefängnisse errichtet und neue Gesetze geschrieben. Mit Gehirndrähten versehen, wer immer es wagte, sie infrage zu stellen …

Aber jetzt war eingetreten, was sie all die Jahre gefürchtet hatten. Der Schatten war auf die Inseln zurückgekehrt, in Gestalt von Taiden Belarron, und noch schlimmer als das war sein kolossaler Erfolg.

Aryon wandte sich um und kehrte in sein Schlafzimmer zurück. Die Frau hatte sich zitternd zusammengekauert; seufzend ging er in den Salon und döste dort, bis der Morgen graute. Schweigend schlüpfte er in seine Uniform, hielt den Kopf gesenkt, während er zum Anwesen seines Vaters hinaufschritt. Ein hübsches weißes Haus, umgeben von weitläufigen Gärten. Bäume und Büsche mit schweren Blüten, die im Dunkeln leuchteten, ein kleines Gewächshaus voller funkenbotanischer Züchtungen.

Aryon konnte sich nicht vorstellen, dass Ruanne tatsächlich dort im Dreck knien und Tomatenpflanzen einen Lebensfunken einimpfen würde, damit ihre Früchte nach Hähnchen schmeckten oder schillernd lila wurden. Zeitverschwendung nannte er das vermutlich. So wie alles, was nicht das Uhrwerk betraf.

Selbstverständlich wurde das Anwesen bewacht. Aryon musste den Wachen seine Dienstmarke zeigen und sich auf Waffen abtasten lassen; erst dann wurde er in einen ebenholzfarbenen Pavillon inmitten des Gartens geführt. Seidene Vorhänge hielten Ungeziefer ab, und über dem Tisch hing eine kostbar aussehende Funkenlaterne. Aryon hatte sie nie als schön empfunden. Alles bekam einen kalten Glanz, wenn man wusste, dass es Ruanne gehörte.

Ruanne erschien pünktlich zum Mittagsgeläut der Uhrwerksglocken. Er sah deutlich jünger aus, als Aryon ihn in Erinnerung hatte, und seine grünen Augen wirkten wie aus Gletschereis geschnitten. Aryon war bewusst, dass ein Fremder sie vermutlich für Geschwister gehalten hätte. Eines Tages würde er vermutlich sogar alt sein und sterben, während Ruanne noch immer mit dem Gesicht eines Dreißigjährigen über die Inseln regierte …

»Hallo, Vater«, sagte Aryon schwach.

Ruanne setzte sich, ohne etwas zu erwidern. Die Dienstmädchen trugen Teetassen auf, dann stellten sie eine Etagere mit Gebäck auf den Tisch. Aryon hatte keinen Appetit. Beim Anblick des mit Zuckerguss verzierten Backwerks wurde ihm übel.

»Was machst du hier?«, fragte Ruanne. »Du hast in der Garde zu sitzen.«

»Es ist wichtig.« Aryon schluckte. »Ich … die Rebellen haben mich entführt. Ich habe eine Nachricht vom Schatten.«

Ruanne versteifte sich kaum merklich; die veraltete Mechanik in seinen Schultern knirschte. »Arbeitest du jetzt als Belarrons Laufbursche?«

Aryon wurde kalt. »Ich hatte nie … ich bin anders als *er.*«

»Das stimmt. Belarron kann immerhin ein paar Männer herumkommandieren, ohne von ihnen ausgelacht zu werden.« Ruanne sah ihn voller Kälte an. »In den letzten Monaten hast du zufriedenstellende Arbeit geleistet; ich hätte jedoch wissen müssen, dass das nicht von Dauer ist. Wenn ich dich noch einmal dabei erwische, wie du deine Zeit im Bett statt an deinem Schreibtisch totschlägst, lasse ich dich kastrieren und die Überreste in einem Kästchen an den Rebellenkönig schicken.«

Aryon schluckte schwer. Die Worte schmerzten, so wie immer.

Er hat dich nicht verdient, hörte er Taiden sagen.

Lügen. Alles Lügen. Etwas anderes hatte Taiden nie für ihn übriggehabt.

»Wie bist du den Rebellen entkommen?«, fragte Ruanne abrupt.

»Sie haben mich gehen lassen. Der Schatten … möchte die Stunden an den Metallhängen treffen. Am Ende der Woche wird er dort sein.«

Das schien Ruanne zu ärgern, obgleich sich sein Zorn nur selten von seinem Gesicht ablesen ließ. »Für wie dumm hält er uns eigentlich? Das ist eine Falle. So wie auf der Brücke.«

Aryon schluckte schwer. Nein, nicht daran denken.

»Du kennst Belarron besser als ich«, sagte Ruanne. »Sag mir, was er vorhat.«

Er wich dem Blick seines Vaters aus. Taiden war mit Geheimnissen in die Garde gekommen, und so hatte er sie auch verlassen; der Schatten des Vulkans jedoch kam ihm oft wie ein völlig anderer Mensch vor. Er hatte Unschuldige getötet, halb Ceratari in Asche verwandelt. Noch immer hörte er die Schreie auf dem Brückenfest, sah Feuerwerk und Funkenlaternen, griff in heißes Blut …

Ich werde heute etwas Schreckliches tun, Aryon.

»Er … ist sensibel. Das war er schon immer.« Aryon biss sich auf die Lippe. »Nach dem Brückenfest ist er gefallen. Ich weiß es. Wenn er zu den Metallhängen geht, tut er es, um sich zu ergeben.«

Darüber verfiel Ruanne in Schweigen. Seine Mechanik arbeitete hörbar, während Aryon sich ein Stück Gebäck nahm und daran knabberte, um seinen Magen zu beruhigen. Es half nicht. Noch immer flackerten die Lichter des Brückenfestes vor seinen Augen, und der Schatten stand in ihren Glanz gehüllt da, die Arme hoch über den Kopf erhoben.

Ich hoffe, dass du mir verzeihen kannst.

»Geh in die Garde«, sagte Ruanne abrupt.

Aryon sah auf. »Was?«

»Habe ich mich unklar ausgedrückt? Wir werden diesen Raben in der Asche des Vulkans ersäufen. Du wirst die Gardisten mobilisieren und diese entsetzliche Ruine stürmen. Ich rate dir, dass du es besser machst als in den letzten Wochen. Ansonsten wirst du Konsequenzen erfahren.«

Aryon schluckte. Tatsächlich gelang ihm seine Arbeit seit einer Weile besser; niemand flüsterte mehr über ihn, wenn er zu seinem Büro ging, und in den Blicken seiner Kollegen fand er keinen Spott mehr. Er hatte das für eine Belohnung des Uhrwerks gehalten, weil er den Schatten gefangen hatte. Wer sich gegen sein Land auflehnte, endete wie Taiden, doch seine Verbündeten bekamen stets die süßesten Früchte der Inseln gereicht.

»Was soll ich tun?«

»Die Ruine hat nur noch einen Eingang«, sagte Ruanne. »Ihr werdet ihn stürmen, ganz gleich, wie viele Verluste das bedeutet. Die Luftschiffe, die noch fahren können, werden Feuer und Schwefel auf diesen Schandfleck schleudern. Und wer aus den brennenden Trümmern hervorgekrochen kommt, wird eine Ladung Kugeln ins Gesicht bekommen.«

Aryon dachte an die Kinder in der Ruine. Viele von ihnen konnten kaum laufen und waren schon jetzt vom Uhrwerk zu Feinden des Landes erklärt worden. Er wusste, dass er keines von ihnen würde erschießen können. Seit dem Brückenfest fiel es ihm schwer, seine Waffe in die Hand zu nehmen.

»Ich sollte einige Gardisten in die Metallhänge schicken«, sagte Aryon leise.

»Warum? Glaubst du, dass sechzehn Hände nicht gegen eine bestehen? Belarron ist nur ein Krüppel, und seine Umgebung wird nicht für ihn arbeiten. Wenn er dorthin gekommen ist, um zu sterben, werden wir ihm diesen Wunsch erfüllen.«

Aryon wollte etwas erwidern; Ruannes eisiger Blick ließ ihn jedoch allen Widerstand herunterschlucken. Was würde er empfinden, wenn die Stunden Taidens Leiche nach Ceratari mitbrachten? Bestimmt würde man ihn öffentlich ausstellen, damit die Menschen sahen, dass der große Uhrwerksfeind gefallen war. Sollte er sich dann entschuldigen? Für seine Taten um Verzeihung bitten? Oder war er dem ausgelöschten Schatten nicht mehr als Verachtung schuldig?

»Geh mir aus den Augen«, sagte Ruanne. »Du hast Arbeit zu erledigen.«

Aryon nickte hastig, ehe er sich entfernte. Ruanne sah ihm nicht einmal nach, und die seidenen Vorhänge des Pavillons schlossen sich um seinen Vater. Er dachte an die Metallhänge. Wünschte sich einen Augenblick lang, dass der Schatten von dort zurückkommen würde statt dem, was von den Dreizehn Stunden übrig war.

Ein greller Schmerz fuhr durch seinen Kopf. Aryon zuckte zusammen, rieb sich den Schädel, wo er einst genäht worden und eine lange, gezackte Narbe zurückgeblieben war. Nein, Taiden würde dort unten sterben. So war es richtig; so sollte es sein.

Das sagst du nur wegen deines Gehirndrahtes, hörte er Taiden sagen.

Aber natürlich war er nur einer von vielen Lügnern in dieser dunklen, aschegetränkten Stadt.

25

Das letzte Fest der Raben

Die Luft im Zug stank nach Schießpulver und Blut.

Schüsse. Schreie. Der Gardist zielte und drückte ab. Ich ließ mich auf die Knie fallen, um seiner Kugel zu entgehen, hörte ihn fluchen und abermals schießen. Mein Atem blieb heiß unter der Maske stehen, als ich mich aufrappelte und den Geschossen auswich. Nur nicht stehen bleiben. Nur nicht stürzen …

Im Nahkampf ist ein Metalltänzer einem Schützen überlegen, hörte ich Kyron sagen. Er korrigierte die Stellung meiner Füße, rückte meine Hüfte zurecht und bog meinen Oberkörper in die richtige Richtung. *Der größte Vorteil des Tänzers ist seine Beweglichkeit. Solange er sich nicht in die Enge treiben lässt, wird er den Sieg davontragen.*

»Sie hätten nicht hierherkommen sollen«, schrie der Gardist, und ich entging seinem nächsten Schuss nur durch eine rasche Drehung. Er legte sofort wieder auf mich an. Ich beobachtete seine Bewegungen und nahm dennoch ein Geräusch hinter uns wahr.

»Es tut mir übrigens leid«, sagte ich.

Der Gardist stutzte. »Was?«

Dann erklang ein lauter Schuss.

Die Augen des Gardisten weiteten sich, und ich trat hastig zurück, als er wie ein gefällter Baum nach vorn kippte.

Ich sah auf.

»Hallo, Araine«, sagte ich schwach.

Araine grinste mich an. Sie hatte sich in den letzten drei Monaten verändert. Alles überflüssige Fleisch war von ihrem Körper geschmolzen, das lange Haar zu einem Zopf geflochten. Ähnlich wie Naris steckte sie in Hemd und Hose. Wild und gefährlich, verboten schön. In Augenblicken wie diesen war ich unendlich froh, sie an meiner Seite zu haben.

Ich kam mühsam auf die Beine. »Wo sind Kanra und Naris?«

»Gute Frage. Ich habe sie verloren, als ich nach dir gesucht habe.« Araine begann zu gehen. Es war totenstill um uns herum, sah man vom Schnaufen der Eisenbahn ab, das sich mit dem Vibrieren unter unseren Füßen mischte. Schon bald standen wir vor einer verschlossenen Tür, doch Araine kniete nieder und zog ein Etui mit Werkzeug hervor. Nach wenigen Handgriffen sprang das Schloss auf. Wer hatte ihr das bloß wieder gezeigt?

»Beeindruckend«, sagte ich.

»Mit Schmeicheleien erreichst du gar nichts, Belarron.« Sie grinste, als sie die Tür aufzog, und ich folgte ihr in eine Wolke aus beißendem Qualm. Ich begann unwillkürlich zu husten, als meine Lungenmechanik einen Satz machte.

»Alles in Ordnung?«

»Muss ja«, krächzte ich. Araine nickte und sah sich die glatte metallene Wand an, hinter der sich Kohle, Funken und die Zugführer verbargen. Wie wollte sie ins Führerhaus kommen? Ein Sprung war viel zu riskant, brausten wir doch gerade über eine Eisenbahnbrücke hinweg, die Klippen der Vulkanlandschaft unter uns.

»Halt dich gut fest«, schrie Araine.

Ich sah sie verwirrt an, aber ich kniete vor dem Terrassengeländer nieder und verkeilte meinen Unterarm hinter dem glatten Metall. Araine wandte sich um und betätigte einen Hebel an der Außenseite des Waggons, und plötzlich passierte alles auf einmal.

Ein schrilles Klingeln. Die Bremsen quietschten, sprühten Funken; sofort wurde ich nach vorn geschleudert und stieß mir den Kopf am Metallgeländer. Ich konnte spüren, dass der Zug langsamer wurde, während meine Schläfe hinter der Maske pochte; dann blieb der Zug schnaufend stehen und ich sah zu Araine hinüber.

»Notbremse«, sagte sie, sprang auf die Brücke und lief davon. Mit schmerzenden Knien rappelte ich mich auf, um ihr nachzuhasten. Als ich im Führerhaus ankam, hatte Araine bereits die Waffe auf einen der beiden Zugführer gerichtet. Sein Partner stand in einer Ecke, war kreidebleich und zitterte. Das tat mir leid, nur hatten wir jetzt wirklich keine Zeit für Entschuldigungen.

»Fahren Sie augenblicklich ins Zugdepot von Ceratari.«

»Wir können nicht mitten auf der Brücke wenden!«

»Ich wiederhole mich nicht gern«, sagte ich.

Der Zugführer machte sich sofort an die Arbeit. Nach einer Weile gewann die Eisenbahn an Fahrt, und ich setzte mich in eine rauchgeschützte Ecke und legte den Arm um Araine, als sie sich neben mir niederließ. Ob ich es geglaubt hätte, wenn man mir vor zehn Jahren erzählt hätte, dass ich einmal einen Zug entführen würde?

Ich sah angespannt zu, wie die Kulisse von Ceratari näher kam und uns ganz allmählich verschluckte. Das Zugdepot war ein bestenfalls trostloser Ort; um uns herum verpesteten Fabrikschlote die Luft und die Fenster der Wartungshallen waren schwarz vor Ruß. Vom Deckengewölbe hing das Wappen der Belarrons. Ich fand, dass der vertraute Rabe einen zerfledderten Eindruck machte.

Es polterte, als mehrere Gestalten ins Führerhaus stiegen. Ich atmete im Stillen auf, weil es sich nicht um Uhrwerksagenten handelte, und erhob mich von meinem Sitz.

»Wie sieht's aus?«

»Es ist ganz unser Zug«, erwiderte Naris grinsend. »Die Gardisten schwimmen gerade mit den Haien.«

Ich nickte lediglich. Versuchte, nicht an die Familien dieser Männer zu denken. Dann wandte ich mich an die Ceratarier, die Naris und Kanra mitgebracht hatten; Zwillinge, hatte ich mir sagen lassen, bis zur Unkenntlichkeit vermummt.

»Nehmt die Zugführer mit«, ordnete ich an. »Krümmt ihnen aber kein Haar. Danach müsst ihr nicht hierher zurückkehren, wir haben genug Männer, die unsere Beute ins Versteck tragen.«

Die Zwillinge nickten und verschwanden. Erst als sie außer Sichtweite waren, nahm ich die Maske ab.

Kanra ließ den Blick wie beiläufig durch die Halle schweifen, doch so wie ich ihn kannte, entging ihm kein einziges Detail. »Du glaubst nicht, dass alle durchkommen, oder?«

»Nein. Wir brauchen trotzdem so viel Ladung, wie wir bekommen können.«

Kanras Mundwinkel zuckte. »Du hast dich verändert, Hybrid.«

»Du auch, Halbblut.« Ich hüpfte aus dem Führerhaus und stieg in einen der Waggons, ehe ich Araine bedeutete, mir zu folgen. Im Zugabteil zog ich die Vorhänge zu und steckte die Maske ein. Araine warf einen Mantel über ihre unsittliche Kleidung, während ich mir Gesicht und Hals mit Erde einrieb. Mit Perücke und dunkel geschminkter Haut ging ich als gebürtiger Ceratarier durch, solange man mir nicht nahe genug kam, um meine verräterisch hellen Augen zu erkennen.

Als ich fertig war, kniete ich nieder und griff in das Sitzfutter. Ich bekam sofort zu fassen, was ich vermutet hatte, zog den Gegenstand heraus; es war eine lange Stange Dynamit. Das Uhrwerk benutzte oft Züge meiner Familie für seine Schmuggeleien, auch wenn mir unklar war warum. Wer sollte sie deswegen tadeln? Das Volk etwa?

Wenig später kam einer meiner Rebellen mit einer Holzkiste vorbei. Wir stopften so viel wie möglich hinein, ehe er sie zuschlug und das eingebrannte Zeichen irgendeines arganischen Weinguts enthüllte. Eine Weile arbeiteten wir stumm; dann gingen wir hinaus zu den Männern, die ich zu diesem Unterfangen mitgenommen hatte und die sich ebenfalls mit explosiver Fracht bewegten.

Wir mischten uns unter die Zugarbeiter und verließen das Depot, um uns auf den Weg zu unserem provisorischen Versteck zu machen. Wir hielten uns in einer alten Wartungshalle verborgen; sie hatte die Abwasserlandschaften zwischen Industrieviertel und Vulkansee im Rücken, sodass die Garde uns nur mit Mühe umstellen konnte. In ihrem Inneren stand ein altes Luftschiff, alle Haut vom metallenen Gespinst gezogen; um das Schiff herum jedoch hingen Planen, die als provisorische Trennwände dienten.

Wir brachten das Dynamit in einem bewachten Nebenraum unter, und erst danach erlaubte ich es mir, alle Masken abzulegen. Ich war wieder ganz ich selbst, als ich in unser Beratungszimmer im Herzen des alten Luftschiffes trat. Araine richtete sich im Nebenraum her, während Naris die Lagerung des Sprengstoffes beaufsichtigte. Ich durfte nicht vergessen, später einen geeigneteren Platz dafür zu finden.

»Ich fürchte, dass das Uhrwerk sehr verärgert auf unsere neueste Anmaßung reagieren wird«, sagte Kanra, der mit verschränkten Armen an der Wand lehnte, gekleidet in einen der verstörend makellosen

Anzüge seiner aliamischen Verwandten. »Was hast du mit dem Dynamit vor?«

»Ich möchte etwas in die Luft jagen. Was sonst?«

Kanra lachte. »Allmählich wirst du ein Mann nach meinem Geschmack, Hybrid.«

»Danke, Halbblut.« Dabei war ich mir keineswegs sicher, ob ich jemand sein wollte, an dem Kanra Gefallen fand. »Warum hast du auf mich gewartet?«

»Nun, es kommt ein Ereignis auf uns zu, das dich interessieren könnte. Im Herbst hält das Uhrwerk einen Ball in der Residenz der Belarrons ab.«

Mein Lächeln verblasste. »Wie bitte?«

Kanra lächelte schmal. »Du hast schon richtig gehört. Dein Neffe hat die Dreizehn Stunden zu sich eingeladen, um sich für deine Fehler zu entschuldigen.«

Ich dachte nach. Seit Monaten hatte ich keine Nachricht von meiner Familie erhalten und mich mit dem Gedanken getröstet, dass das Uhrwerk es mir längst unter die Nase gerieben hätte, wenn sie meine Mutter oder Marawyn getötet hätten. Doch der Ball war in der Tat eine interessante Neuigkeit. So nahe und angreifbar wie in diesen Hallen würden die Dreizehn Stunden vielleicht für Jahre nicht mehr sein.

»Mir ist allerdings unklar, warum sie deine Sippe nicht töten«, sagte Kanra. »Oder zumindest gefangen nehmen. Sie wären ideale Geiseln.«

»So funktioniert das Uhrwerk nicht.« Ich betete jeden Tag, dass es auch dabei blieb. »Meine Familie ist vom Blut des Zinnhybriden, und das bedeutet, dass sie keine Fehler machen. Wenn man plötzlich meine Mutter oder meinen Neffen verhaften würde, würde sich das Uhrwerksgesetz selbst widersprechen. Was sollen dann die Leute denken?«

Kanra lächelte wölfisch, enthielt sich jedoch eines Kommentars. »Aber warum beginnt die Planung für diesen Ball schon jetzt?«

»Du hast meine Mutter nie erlebt«, sagte ich. »Es würde mich nicht wundern, wenn sie einen Anzug für meine Hochzeit gekauft hätte, während sie noch schwanger mit mir war.«

»Hat er dir gepasst?«

»Ich bin reingewachsen«, sagte ich schulterzuckend.

Kanra lachte auf, wurde jedoch sofort wieder ernst. »Der Ball wäre eine gute Gelegenheit, die Dreizehn zu erwischen.«

»Ich weiß«, sagte ich. »Aber nein. Das Risiko ist zu groß. Wenn ich auch nur eine Stunde übrig lasse, werden sie mir die Überreste meiner Familie in einer Zigarrenschachtel schicken.«

Kanra verschränkte die Arme, nahm meine Antwort jedoch mit einem Nicken hin. Im gleichen Augenblick betrat Araine den Raum. Sie trug eine weite cremefarbene Hose, die perfekt zum Rot ihres Mieders passte, und das Haar fiel ihr offen über die Schultern. Dennoch entgingen mir die Ringe unter ihren Augen nicht. Manchmal fragte ich mich, ob sie es bereute, sich kopfüber in die Rebellion gestürzt zu haben.

Kanra trat an sie heran, hob ihre Hand an seine Lippen, um sie zu küssen. »Sie sehen wunderbar aus, verehrte Dame Baines.«

»Belarron«, korrigierte sie lächelnd. »Du kleiner Charmeur.«

»Ehre, wem Ehre gebührt«, erwiderte Kanra mit einem Lächeln und verließ das Zimmer. Ich sah ihm eine Weile nach. Ärger begann in meiner Magengrube zu brodeln.

Araine folgte meinem Blick. »Es ist nicht so, wie du denkst.«

»Ach? Wenn ich Kanra noch einmal beim Süßholzraspeln erwische, drehe ich ihm den Hals um, und das wird er vermutlich urkomisch finden.«

Araine sah mich scharf an. »Wenn du ihm etwas tust, bekommst du es mit mir zu tun! Nachdem mein Vater … nach dieser Nacht hat Kanra sich bei mir bedankt, weil ich mich um ihn gekümmert habe. Er ist nicht herzlos, Taiden. Deine Rebellion bedeutet ihm viel, er tut alles Mögliche, damit wir erfolgreich sind.«

Ich konnte mir ein gereiztes Schnauben nicht verkneifen, und Araine verschränkte die Arme. »Glaubst du ernsthaft, dass ich mich von einem Mann außer dir verführen ließe? Wir werden *heiraten*, verdammt, ich sehe mich nach niemandem außer dir um.«

Ich blinzelte lediglich, zu kleinlaut für eine Antwort.

Araine lächelte. »Wasch dir die Erde aus dem Gesicht. Du wirst das Bett schmutzig machen.«

Sie redet, als wäre alles ganz normal, dachte ich, als sie den Raum verließ. Als sei sie eine gewöhnliche junge Frau, die ihre Dienstmädchen anwies, jeden Fleck aus den Bettlaken zu schrubben. Sie lag sogar auf unserem kargen Nachtlager ausgestreckt und las, als ich mich zu mir gesellte, gehüllt in ein spitzenbesetztes Nachthemd. Wir schliefen in der ehemaligen Kapitänskajüte des Luftschiffes, zwischen altem Mobiliar und kaputten Funkenleitungen. Manchmal sprühten Lichtblitze aus ihren Enden, und dann klammerte sich Araine oft zuerst erschrocken und dann lachend an mich.

Sie lachte so selten in letzter Zeit.

»Woher hast du das Buch?«, flüsterte ich, als ich unter die Decke schlüpfte.

»Naris hat es mir mitgebracht. Sie kennt sich wirklich gut mit Literatur aus, hast du das gewusst?« Araine drehte sich auf die Seite. »Du hast dich in die Enge treiben lassen. Gut, dass ich den Gardisten erwischt habe.«

»Stimmt.« Jedes Mal, wenn Araine jemanden erschoss, sagte sie das. Ich widersprach ihr nie, doch ich erinnerte mich an das Mädchen, das den Mörder seines Vaters getötet und danach bittere Tränen vergossen hatte. »Mit dem Dynamit können wir allerdings einiges anstellen. Ich muss mir noch überlegen, was, aber lass mir nur ein wenig Zeit.«

»Ich wünschte, ich könnte es Levons Mörder in den Hals schieben«, sagte Araine voller Inbrunst. »Der Tod war viel zu gut für ihn.«

»Ich weiß«, sagte ich leise. Der Zorn, den ich in ihrem Blick sah, erschütterte mich wie am ersten Tag. Nach Levons Tod war Araine kaum ansprechbar gewesen; selbst über die banalsten Dinge brach sie in Tränen aus, und sie rührte nicht an, was immer wir zu essen hatten. Ich hatte sie in den Arm genommen, ich hatte Erdbeeren und süße Pfirsiche für sie beschafft, aber sie saß einfach schweigend da und dachte zweifellos an diese schreckliche Nacht. Ich hatte nicht gewusst, was zu tun war, und das quälte mich. War es nicht meine Pflicht als ihr Mann, mein Bestes für sie zu tun?

»Ich will sie büßen lassen«, war das Erste, was Araine ganz bewusst zu mir sagte. »Sie nehmen mir alles weg. Und es tut so weh.«

Ich schloss kurz die Augen. »Es tut mir leid.«

»Du hast gar nichts getan«, flüsterte sie, und dann zeigten sich die ersten Tränen in ihren Augenwinkeln. »Es ist meine, ich … ich habe sie bestimmt zu ihm geführt, es ist *meine Schuld.*«

Sie fing an zu weinen. Ich schloss einen Arm um sie, und sie drehte den Kopf, um in einen meiner Messingstreifen zu schluchzen.

»Wenn ich nie … ich dachte, er wäre sicher, wenn er nur aus Ceratari weggeht … er hat doch niemandem etwas getan.«

»Ach Araine«, sagte ich leise. »Lass dich nicht davon kaputtmachen. Genau deswegen haben sie ihn getötet.«

»Ich weiß«, flüsterte sie, weinte jedoch leise weiter. »Du musst mir versprechen, dass du nicht auch noch stirbst. Wenn du es doch tust, gehe ich sofort zu den Dreizehn Stunden und schieße ihnen in die Köpfe.«

»Ich werde versuchen, mich zu benehmen«, sagte ich.

Araine lächelte schwach; aber ich kannte sie gut genug, um zu wissen, dass sie sich dazu zwingen musste. Da erst begriff ich, dass sie mehr verloren hatte als ihren Ziehvater. Fort war das junge Mädchen, das sich die Sterne ansah und Wunder zwischen ihnen fand. Das so fest davon überzeugt gewesen war, dass ich das Uhrwerk schlagen und die Inseln zu einem besseren Ort machen konnte.

»Ich liebe dich, Taiden«, flüsterte sie. Aber am Abend weinte sie trotzdem in meinen Armen. Und ich wusste, dass sich das Uhrwerk mit diesem einen Mord eine größere Feindin in ihr gemacht hatte, als es ihm mit mir in mehr als zehn Jahren gelungen war.

Später lag ich reglos in der Dunkelheit. Araine hatte sich neben mir zusammengerollt, und um mich herum lagen einhundertfünfzig Rebellen in der Halle verstreut, doch selten hatte ich mich so allein gefühlt. Ich fand nur noch mühsam in den Schlaf; zu schwer wogen meine Sorgen, meine Angst. Es gab so viele Menschen zu verlieren. So wenig zu gewinnen.

Irgendwann, als mir das Herumliegen unerträglich wurde, setzte ich mich auf. Wenig später regte sich Araine. Sie hatte einen leichteren Schlaf als ich, und das wollte etwas heißen.

»Was ist los?«

»Nichts. Ich komme einfach nicht zur Ruhe.«

»Geht dir so viel durch den Kopf?«

»Ja«, gab ich zu. »Ich bin unsicher, wie ich die Stunden angreifen soll. Wie ich die Rebellion fortführen kann. Ob sie meine Familie bestrafen, wenn sie ihren Ball ausrichten.«

»Sie geben ein Fest?« Plötzlich war Araine hellwach. »Wie schön! Es wird Zeit, dass ich deine Verwandten kennenlerne.«

»Was … Araine, wir können wohl kaum dort auftauchen!«

»Warum nicht? Es ist einfach, sich zu verkleiden. Wenn das Uhrwerk spionieren kann, können wir das auch … und du könntest mit deiner Familie sprechen.«

Ich schüttelte den Kopf. Was sollte ich ihnen schon sagen? *Ich will gar nicht lange stören, aber es tut mir leid, was mit Amarion passiert ist. Das ist meine Schuld. Ach, übrigens, ich bin der Schatten des Vulkans. Alles, was euch in Zukunft zustößt, geschieht nur meinetwegen.*

Das klang selbst in meiner Vorstellung lachhaft.

»Ich habe meinen Eltern genug Schwierigkeiten gemacht«, murmelte ich.

»Sei doch nicht so. Wann waren wir das letzte Mal in feiner Gesellschaft?« Sie stemmte sich nach oben. »Komm schon! Es wird dir Spaß machen.«

»Das ist eine schreckliche Idee …«

Weiter kam ich gar nicht, denn dieses Mal beugte Araine sich vor und küsste mich. Ich wollte sie wegstoßen; dennoch fanden ihre Hände die Nahtstellen meines Brustkorbs und begannen sie zu streicheln.

»Lass das bleiben«, flüsterte ich. Aber Araine ließ mich die Geschicklichkeit ihrer Finger spüren, brachte mich zum Seufzen, als sie die Ränder meines Messings liebkoste. Wie gern hätte ich sie gewähren lassen … doch ich wusste, wo das enden würde, und schob sie von mir fort.

»Es ist zu gefährlich.«

Araine blickte mich an; ihr Gesicht war hart geworden. Ich rückte ein Stück von ihr weg und raffte die Bettdecke zusammen, damit sie nicht sah, wie leicht sie mich in Erregung versetzt hatte.

»Es ist besser, wenn ich mich von meiner Familie fernhalte«, sagte ich leise. »Ich möchte sie nicht in Gefahr bringen.«

»Sie sind wenigstens noch am Leben«, sagte Araine scharf. »Du sagst immer, dass du deine Mutter nicht ausstehen kannst. Ich wünschte, dass ich meine lange genug gekannt hätte, um wütend auf sie sein zu können.«

Sie wandte mir den Rücken zu. »Du hattest deinen Bruder. Du hast Neffen und Nichten. Dinge, die ich nie haben werde, und du hasst sie so sehr.«

Amarion und ich kamen nie gut miteinander aus, hätte ich beinahe erwidert. Ich wollte mich jedoch nicht mit Araine streiten, und so hielt ich den Mund.

»Und du hast einen Vater«, zischte Araine. Ich wusste, dass sie an den Mann dachte, der sie auf dem Rücken durch Fabriken getragen haben mochte. Dass sie sich daran erinnerte, wie Levon ihr das Rechnen beigebracht hatte oder sie aus dem Waisenhaus holte.

»Es tut mir leid«, flüsterte ich.

Araine antwortete nicht.

Als ich am nächsten Morgen erwachte, war Araine nicht da. Sie hatte keine Notiz hinterlassen, und ich sah auf den ersten Blick, dass sie ihre Waffen mitgenommen hatte. Mir schlug das Herz sofort bis zum Hals. Was, wenn sie gerade irgendeine Dummheit machte, nur weil wir uns gestritten hatten?

Ich zog mich an und eilte nach draußen. Nieselregen fiel, wusch den Ruß von den Schloten des Industrieviertels; je tiefer man sich in den Dreck der Gesellschaft wühlte, desto leichter entkam man dem Uhrwerk. Besonders die Arbeiterschicht galt als tumb und träge und wurde selten mit mehr als einem Seitenblick bedacht.

Araine hockte an einer Wand der Wartungshalle. Sie hatte sich in einen Mantel gehüllt, sodass ich nur ihre Nasenspitze und ihre Füße sehen konnte, doch sie war bereits völlig durchnässt. Wie lange saß sie schon hier draußen?

»Geh weg«, sagte sie, als sie mich kommen hörte.

»Nein.«

»Verschwinde oder ich schieße dir in den Fuß.« Araine schlug ihre Kapuze zurück; ihr Haar klebte nass an ihren Wangen. »Vermisst du überhaupt nicht, was du zurückgelassen hast? Bereust du es nie, alles für die Rebellion weggeworfen zu haben?«

»Ich bereue öfter, als du denkst«, erwiderte ich schwach.

»Warum willst du dann nicht auf den Ball gehen? Ich habe mich für den Kampf gegen das Uhrwerk entschieden, aber … ist es denn falsch, einen Abend lang nicht zu rebellieren? Es wäre so schön, so zu tun, als wäre das alles nie passiert. Für uns hätte es eine Hochzeit mit tausend Gästen gegeben. Dein Bruder wäre am Leben, und mein Vater … er wäre in der Bank und würde arbeiten.«

Araine blinzelte. Ich sah ihre Augen schimmern, doch sie brach weder in Tränen aus noch gestattete sie sich ein Schluchzen. »Das sind kindische Träume, habe ich recht?«

»Nein. Ich kann das verstehen.« Ich setzte mich neben sie. Gemeinsam blickten wir in den wolkenverhangenen Himmel; am Horizont zeichneten sich Fabrikschlote ab, Wolkenkratzer, das gebrochene Dach vom Haus des Goldes. Ich musste an Aryon denken, fragte mich, ob er gerade am Fenster seines Büros stand und das Gleiche sah wie ich. Ob er besser in der Garde zurechtkam, jetzt, wo er den Schatten enttarnt hatte?

Bestimmt würde er auf dem Fest sein. Mit der hübschesten Begleitung im Arm, die er hatte kaufen können. Ich verspürte ein eigenartiges Ziehen in der Brust. Ich hatte Aryon so lange nicht gesehen, ja kaum an ihn gedacht, während er mich wahrscheinlich mit jedem wachen Atemzug verfluchte.

»Na schön«, sagte ich. »Aber wir werden keinen Ärger machen.«

Araine erwiderte nichts, doch ein Lächeln stahl sich auf ihr Gesicht.

Zwei Wochen später war der große Abend gekommen. Araine und ich zogen uns in einem leer stehenden Haus um, das meine Rebellen ausgemacht hatten, um anschließend als wohlhabendes und höchst unbekanntes Paar auf die Straße zu treten. Ich trug eine blonde Perücke, während Araine das dunkel gefärbte Haar so hochgesteckt hatte, dass sie einige Jahre älter aussah. So stiegen wir in eine Kutsche, begleitet von unseren *Dienern* – den Zwillingen namens Kupfer und Zinn und Carive mit ihrer dünnen Brille. Ich setzte ein höfliches Lächeln auf, als hätte ich keine Ahnung, mit wem ich es gerade zu tun hatte. Offiziell sollte Araine auf den Ball gehen, um Informationen zu sammeln, und ich war ihr namenloser Begleiter.

»Haben Sie sich das gut überlegt, Araine?«, fragte Kupfer. Oder Zinn. Einer von beiden hatte eine Narbe unter dem Auge, doch ich konnte mir beim besten Willen nicht merken, wer.

»Natürlich«, gab Araine zurück. »Außerdem ist Kanra schon ins Gebäude geschlichen. Er sieht aus wie ein Kellner, er dürfte niemandem auffallen.«

»Wenn Sie das sagen«, sagte der Zwilling. »Falls Sie Hilfe brauchen ...«

»Habe ich immer noch meine Waffen.«

Kupfer und Zinn nickten, doch Carive blinzelte schwach, eingepfercht zwischen den stämmig gebauten Cerotariern. »Warum fahren Sie nicht mit Kyron zum Ball?«

»Er hat zu tun«, gab Araine zurück.

Carive zog die Stirn kraus. Ihr Blick wanderte zu mir herüber. Ich erwiderte ihn aus purer Gewohnheit, das Gesicht regungslos, bis sie sich so schüchtern wie immer abwandte.

»Wie soll er denn auf einen Ball gehen?«, sagte einer der Zwillinge. »Das Uhrwerk hat ihm die Maske ins Gesicht genäht, als er im Gefängnis war. Da muss er sich schon unsichtbar machen.«

»Ach, das sind nur Märchen«, sagte Carive schüchtern.

»Blödsinn. Der Name des Schattens kommt nicht von irgendwoher. Also, er geht durch die Finsternis wie die Aliamen, und man kann ihm überhaupt nur Schaden zufügen, wenn wir doppelten Vollmond haben.«

Ich war begierig darauf zu erfahren, mit welchen Fähigkeiten ich offenbar noch ausgestattet war, doch unser Eintreffen am Sitz meiner Familie beendete die Konversation. Gemeinsam stiegen wir aus, ins Licht unzähliger Funkenlaternen, unentdeckt unter Dutzenden anderer Paare. Ich entspannte mich ein wenig. Falls das Uhrwerk mit uns rechnete, würde es zumindest Schwierigkeiten damit haben, uns aus dieser Menge zu fischen.

Das Anwesen der Belarrons bestand aus dem gleichen roten Stein wie Rabenfels; die Fensterreihen waren hell erleuchtet und eine gläserne Kuppel spannte sich über den Ballsaal des Gebäudes. Dahinter ragte das große Vogelhaus meiner Mutter auf, in dem regenbogenfarbene Papageien umherflatterten. Manchmal, wenn sie sich allein wähnte, sang sie mit ihnen. In meinen ältesten Erinnerungen hatte sie auch für mich gesungen, nur war das so lange her, dass es sich unwirklich anfühlte.

Ich ließ es zu, dass Araine sich bei mir einhakte. Funkenlaternen in Blau und Gold schmückten die Treppe zur Eingangshalle, und am Kronleuchter flatterten Bänder in den Farben meines Hauses, während sich golden glänzender Efeu an den Geländern der Galerie entlangringelte. Eine Armee von Dienern bewegte sich durch die Masse, bewaffnet mit veredelten Meeresfrüchten. Ich hatte keinen Appetit, aber Araine angelte sich ein Garnelenhäppchen. Mir fiel auf, dass ihre Wangen gerötet waren, dass ihre Augen jedes Detail in der Halle aufsogen. Ich hatte sie seit Monaten nicht mehr so fröhlich gesehen.

Ich ließ ihr etwas Zeit, um ihre Eindrücke zu genießen, ehe wir in den Ballsaal weitergingen. Es herrschte eine behagliche Atmosphäre, getragen von der Musik eines Orchesters; dennoch verschlechterte sich meine Laune, als ich zwischen den wirbelnden Röcken auch Männer in grauer Uniform entdeckte.

»Sieh dich um, Araine«, murmelte ich. »Sie vermuten vielleicht, dass …«

Ich unterbrach mich, als mir ein Gast ins Auge fiel. Meine Mechanik stockte. Aryon trug eine geschmückte Gardeuniform, machte jedoch ein Gesicht, als würde er gerade zu seiner eigenen Hinrichtung geführt. Neben ihm ging eine Frau, die mehr als einen Kopf größer war als er; doch er schien nicht einmal zu versuchen, seine Hand an ihre Hüfte zu legen. War das sein Gehirndraht? Machte ich ihm so zu schaffen?

Ich packte Araine beim Handgelenk und zog sie davon. Sie zappelte ein wenig, folgte mir jedoch in den Schatten einer rot geäderten Säule.

»Taiden, was hast du?«

»Aryon ist hier. Wenn er uns sieht, sind wir erledigt.«

»Wir werden ihm aus dem Weg gehen«, schlug Araine vor. »Warum tanzen wir nicht einfach? Sieh dir die Paare an, wir werden wohl kaum hier auffallen.«

Ich seufzte, ließ mich jedoch von ihr davonziehen. Das Orchester spielte bereits die Uhrwerksmärsche, und ich verfiel widerwillig in ihren Takt. Natürlich führte Araine den Tanz. Ich hatte keine Nerven dafür; stattdessen blickte ich mich um, ständig damit rechnend, dass mir Aryon in den Rücken fallen und mich für meine Verbrechen festnehmen würde.

»Du solltest dich wirklich entspannen«, sagte Araine, nachdem ich zum tausendsten Mal vor eingebildeten Schatten zusammengezuckt war.

»Das sagst du so leicht. Es war dumm, hierherzukommen.«

»Beruhige dich. Gar nichts wird passieren.«

Von wegen, dachte ich, verkniff mir jedoch meine Antwort. Glücklicherweise endete das Lied schon bald und gab mir einen Grund, Araine loszulassen. Am Rand des Kuppelsaals standen unzählige runde Tische; ich steuerte einen von ihnen an, wobei ich Araine vorsichtig nachzog.

»Es war gerade so schön«, sagte sie vorwurfsvoll.

»Lass dich zum Tanz auffordern, wenn du willst. Das macht mir nichts aus.«

Araine verzog das Gesicht, sagte jedoch nichts. Wortlos setzten wir uns in die Ecke. Nach einer Weile gesellte sich ein Tischdiener zu uns, gekleidet in eine dunkelblaue Uniform mit aufgesticktem Raben.

»Es gibt schlechtes Wetter, wenn die Monde flimmern«, sagte er.

»Bedauerlich«, erwiderte ich; wir hatten diese Parole mit Kanra ausgemacht, bevor wir uns zum Ball begeben hatten. »Haben sich die Stunden schon blicken lassen?«

Kanra schüttelte den Kopf. »Ich habe niemanden von Interesse gesehen. Nun, bis auf diesen Rotschopf, den du mitgebracht hast … Carive, nicht wahr? Sie riecht nach Krankheit.«

»Das fehlt uns gerade noch«, murmelte ich. Carive war zwar scheu, aber ich erinnerte mich daran, wie gut sie sich gegen die beiden Gardisten geschlagen hatte. »Vielleicht hätte ich sie nicht mitnehmen sollen.«

Kanra zuckte die Schultern. »Es ist nur noch eine Frage der Zeit, bis sie krank wird. Sie ist … nun, meine Verwandten auf dem Kontinent nennen es *rotblütig.* Sie ist ein Opfertier. Ein schwaches, zerbrechliches Ding.«

Ich schwieg, obwohl ich anderer Meinung war. Irgendwie erinnerte mich Carive an den jungen Mann, der ich früher einmal gewesen war, ein wenig schüchtern und den Kopf voller Träume. Aber sie war nicht so naiv wie ich in ihrem Alter. Gewiss schämte sie sich für ihre Augen wie ich für meine Hand, gewiss vermisste sie, was sie verloren hatte; und dennoch …

Während ich darüber nachdachte, ging das Lied langsam zu Ende. Applaus setzte ein; die Damen wurden von ihren Tanzpartnern zu den Tischen zurückgeleitet und es wurde ruhig.

Ich spannte mich an. Die Gardisten bezogen Position an den Wänden; sogar Aryon hatte seine Begleitung losgelassen und gestikulierte wild. *Sie kommen,* dachte ich. *Gütige Funken, jetzt wird es ernst.*

Dann betraten die Dreizehn Stunden den Ballsaal. Sie bildeten zwei Reihen, angeführt von Ruanne und Theria; er führte die Witwe meines Bruders am Arm, während sie sich von meinem Neffen durch den Saal geleiten ließ. Danach folgten ein rothaariger Stahlhybrid und eine alte Dame in Blau. Das grauweiße Haar war hochgesteckt und in ihr Gesicht hatten sich feine Falten eingegraben. Mir stockte die Mechanik. Wann war meine Mutter so alt geworden, und wie sah Marawyn wohl aus?

Er hat Augenringe, stellte ich fest, als ich ihn entdeckte. Marawyn hatte seine Tätowierungen sittsam unter langen Ärmeln verborgen und das kurz geschnittene Haar war von erstem Grau durchzogen. Er wirkte müde, träge, ganz anders als in meiner Erinnerung. Es tat mehr weh, als ich geglaubt hatte.

Das Orchester bewaffnete sich wieder mit seinen Instrumenten und spielte *Metall über Blut,* während Stunden und Raben zu ihrer hohen Tafel hinübergingen. Kanra setzte ein Lächeln auf und ging leichtfüßig davon. Von meinem Platz aus sah ich, wie er sich nach den Wünschen der Dreizehn erkundigte, obwohl er ihnen zweifellos gern die Nackendrähte gezwirbelt hätte.

Erst nach einigen Minuten, in denen ich gespannt wie eine Messingfeder auf meinem Stuhl verharrt hatte, erhob sich Ruanne und schritt zu einem Pult, das mit schwarzen Seidentüchern geschmückt war. Es verstörte mich, mit welcher Kälte man ein Gesicht tragen konnte, das dem Aryons so ähnlich war. Passierte das, wenn man sechzig Jahre lang Silber trug?

»Sie haben viele bedeutungslose Worte in der Eröffnungsrede gehört«, sagte er so aalglatt wie immer. »Die Stunden werden Ihnen keine Floskeln liefern. Die Familie Belarron, die diesen Ball ausrichtet, ist heute nicht vollständig versammelt. Zwei Mitglieder fehlen – eines getötet, das andere zur Rebellion verführt.«

Unter dem Tisch griff Araine nach meiner Hand. Erst dann fiel mir auf, dass ich zitterte.

»Amarion Belarron wurde vom Schatten des Vulkans hingerichtet«, sagte Ruanne. »Sein Bruder hingegen hat sich zum Verräter gemacht. Er ist ein illegal existierender Hybrid, eine Absurdität, die sich gleichermaßen zu Männern wie zu Frauen legt.«

Ich erstarrte. Woher wussten sie ... das war unmöglich ...

Aber dann traf mich die Erkenntnis wie ein Schlag. Wyatt. Ich konnte förmlich sehen, wie er sein Backsteingesicht in der perversen Freude darüber verzog, dem Uhrwerk seine absurdesten Theorien über mich servieren zu dürfen.

Ich hörte das Wimmern einer Frau. Mir wurde kalt. Meine Mutter hatte ihr Gesicht in den Händen verborgen, während Marawyn ihr vom anderen Ende der Tafel einen traurigen Blick zuwarf.

»Nach den Gesetzen des Uhrwerks«, sagte Ruanne in messerscharfem Ton, »hätte Taiden Belarron nicht bis heute überleben dürfen. Er hat den edlen Namen des Zinnhybriden beschmutzt. Im Dreck dieser Stadt hat er die Freiheit, seine widerlichen Gelüste zu befriedigen ...«

Araine sah mich erschrocken an. Ich dachte an die Nacht, in der Kyron und ich in die Schatten gegangen waren ... an seine Ruhe, sein Lächeln, seine Geheimnisse. Was hätte er mir geraten? Nicht zuzuhören und den Metalltanz zu üben, weil die Lektionen nie ein Ende nahmen?

Es tut mir leid, Kyron.

Es tut mir so leid.

»Das ist eine Lüge«, sagte ich matt. »Sie ... müssen mir ja irgendetwas vorwerfen, sie können nicht verraten, wer ich bin.«

Araine schien mir anzusehen, dass ich log, aber sie nickte. Das versetzte mir einen Stich. Ruanne kehrte zu seinem Platz zurück, und während die Gäste applaudierten, schwoll die Musik von Neuem an. Erst als der Saal wieder gefüllt mit Paaren war, wagte ich es aufzustehen. Am liebsten hätte ich diese verlogenen Hybriden auf der Stelle getötet, aber ich begnügte mich mit dem Gedanken an diesen Mord und lehnte mich an eine Säule in der Nähe der Tafel der Dreizehn. Es war ungesund, Entscheidungen im Zorn zu treffen.

»Wünschen Sie etwas zu essen, mein Herr?« Das war Kanra. Obwohl seine Stimme anders klang, betonte er die Worte stets auf die gleiche Weise.

»Nein«, gab eine der Stunden zurück. Ich riskierte einen raschen Blick und sah, wie Ruanne Kanras hilfsbereit ausgestreckte Hand fortschlug.

»Schmeckt es Ihnen nicht, Ruanne?«, fragte Theria. »Sie sind so dünn. So kalt. Sie sollten lernen, auch die kleinen Freuden zu genießen.«

»Wenn ich faste, begehe ich keine Sünden«, sagte Ruanne kurz angebunden.

»Wie lange wollen Sie sich eigentlich noch für diesen Ausrutscher tadeln?«

»Genug«, sagte Ruanne scharf. »Kommen Sie.«

Theria lächelte. Ich tauschte einen Blick mit Kanra, der nicht die Spur überrascht schien, dass ich mich in der Nähe aufhielt. Mehrere Gardisten schickten sich an, den Stunden zu folgen, aber Theria scheuchte sie mit einer unwirschen Handbewegung fort.

Gut für mich. Sehr gut sogar.

Ich ließ den beiden etwas Vorsprung, ehe ich ihnen aus dem Ballsaal folgte. Doch zu meiner Überraschung gingen sie nicht weit. Ruanne öffnete eine Tür und führte Theria in den Raum dahinter, und ich legte ein Ohr an das Holz.

»… meine Vergehen sollten Sie nicht interessieren, Theria.«

»*Vergehen?* Er ist Ihr Sohn, Ruanne! Er ist …«

»Meine Sorge, nicht die der Inseln.« Ruannes Stimme war eisig. »Ich habe ihm einen Platindraht gegeben, und er ist immer noch zu beschäftigt mit seinen ungewaschenen Huren, um der Rebellion gefährlich zu werden. Wir haben größere Probleme als die Unarten dieses Jungen. Es wird Zeit, dass wir uns auf gemeinsame Interessen besinnen, statt gegeneinander zu arbeiten.«

»Es ist wichtig, sich auf das Wesentliche zu konzentrieren.« Ich stellte mir vor, wie sie lächelnd an Ruannes Krawatte zog, während sie das sagte. »Wie einfach alles wäre, wenn wir … nun, dreizehn Regenten sind elf zu viel, finden Sie nicht?«

Ruanne schnaubte. »Glauben Sie, dafür hat uns der Zinnhybrid zu seinen Nachfolgern gemacht?«

»Sie zappeln so sehr, wenn Sie mit einer Frau sprechen. In dieser Beziehung schlägt Aryon wohl nicht nach Ihnen.«

»Ich zapple nicht«, erwiderte Ruanne scharf.

Kurzes Schweigen. Vielleicht ließ Theria ihr Haar spielerisch durch ihre Finger gleiten; ich erinnerte mich zu lebhaft daran, wie sie die Hand auf mein Bein gelegt hatte, als wir uns im Verhör begegnet waren.

»Warum zittern Sie, wenn es darum geht, Ihr geliebtes Uhrwerk zu beschützen? Haben Sie etwa Gefallen an Menschen gefunden, mit denen Sie sich seit sechzig Jahren streiten?«

»Es besteht kein Grund, Freunde abzuschlachten, wenn der Feind so nahe vor der eigenen Tür steht.«

Beinahe hätte ich aufgelacht, aber es gelang mir, das verräterische Geräusch noch in der Kehle abzuwürgen.

»Haben Sie so große Angst vor Taiden Belarron?«, fragte Theria.

»Ich unterschätze ihn nicht. Das ist etwas anderes.« Eine kurze Pause. »Er hat die gleiche Ausstrahlung wie sein Urgroßvater. Sie merken es doch auch. Amarion war albern, gewiss; er wusste jedoch genau, was er wollte, und die Menschen sind ihm nachgelaufen wie dressierte Hunde. Finden Sie nicht, dass sich das anhört, als würde ein kleiner Teil von ihm tief in Belarron weiterleben?«

»Und *deswegen* fürchten Sie ihn so sehr?«, sagte Theria abschätzig.

»Sie haben nicht gehört, was ich gehört habe«, sagte Ruanne scharf. »Kurz bevor Amarion starb.«

»Ach? Wenn er seinem Urgroßvater so ähnlich ist, können wir vielleicht auch etwas Ähnliches tun, um ihn loszuwerden. Amarion wollte so dringend seine Rache, dass er alles andere vergaß. Sogar seinen Körper hat er geopfert. Nur, um seinen Vater zu töten.«

Ruanne schwieg kurz.

»Wir stellen ihm also eine Falle.«

»Sozusagen. Ich würde ihn zu gern einmal allein treffen. Dreizehn Offiziere gegen einen Krüppel, wie sollte das eine Herausforderung sein?« Theria lachte. »Ich denke, dass das noch etwas Zeit hat. Warum entspannen Sie sich nicht ein wenig? Sie könnten einiges von Ihrem Sohn lernen …«

Ein leises Klatschen; vermutlich hatte Ruanne Theria geohrfeigt. »Behalten Sie Ihre Finger und Ihre Intrigen bei sich. Ich werde verhindern, dass Sie die Dreizehn Inseln zu Ihrem persönlichen Bordell machen, und ich werde keine Morde auf der Uhrwerksinsel dulden.«

»Dann haben Sie eben einen Feind gewonnen«, erwiderte Theria scharf. »Wir werden uns sprechen, Ruanne.«

»Ich hätte nichts anderes erwartet«, gab Ruanne zurück, und plötzlich hörte ich Schritte. Ich stolperte von der Tür fort und stürzte hinter einen Vorhang. Wenige Herzschläge später trat Ruanne nach draußen. Theria folgte ihm nicht, als er den Gang hinabschritt und verschwand. Sie war abgeschottet von den Gardisten, mit nichts bewaffnet außer ihren Reizen. Es war die perfekte Gelegenheit, der Rebellion einen Dienst zu erweisen.

Und dann schieben sie es meinen Eltern in die Schuhe, dachte ich.

Stumm verließ ich mein Versteck und kehrte in den Ballsaal zurück.

»Wo bist du gewesen?«, fragte Araine, als ich an unseren Tisch zurückkehrte. Sowohl die Zwillinge als auch Carive waren inzwischen zurückgekehrt, doch ich ignorierte sie und setzte mich, wobei ich verstohlen zu Ruanne hinüberblickte.

»Unwichtig«, sagte ich leise. »Ist irgendetwas passiert, während ich weg war?«

»Dein – der Graf hat eine Rede gehalten.« Araine zupfte ihre Handschuhe zurecht. »Es waren nur elf Stunden anwesend. Was ist mit den anderen beiden?«

»Ruanne und Theria?«, sagte ich stirnrunzelnd. »Ich weiß es nicht. Was haben sie eigentlich getrieben, bevor sie ihren albernen Rat gegründet haben?«

»Sie sind gebürtige Arganier«, sagte Carive abrupt. »Der Zinnhybrid ist ihnen auf seinen Reisen im Exil begegnet. Ruanne kam aus passablen Verhältnissen; Theria hingegen wurde angeblich in einem Freudenhaus in Vareiva groß. Der Zinnhybrid brauchte sie, um den Aliamenkönig zu stürzen. Schwer zu sagen, womit er sie überzeugen konnte, ihm zu folgen …«

»Komm zum Punkt«, unterbrach Zinn sie barsch.

Carive errötete. »Er … er war einfach nur der Sohn eines Weinhändlers. Eines reichen Mannes, ja, aber später hat Ruanne seine

Weingüter zu Geld gemacht und unterstützte die Rebellion des Zinnhybriden damit. Ich habe leider nur wenig über Ruannes Kindheit herausfinden können.«

»Das ist ein guter Anfang«, sagte ich.

»Danke«, sagte sie und lächelte schwach.

Ich blieb einige Augenblicke lang reglos, ehe ich zurücklächelte; irgendwie war ich gar nicht daran gewöhnt, mit meinen Rebellen zu sprechen, ohne dass eine Maske auf meinem Gesicht lag.

»Darf ich dich etwas fragen, Carive?«

Sie zögerte, ehe sie nickte.

»Du … äh … machst einen gebildeten Eindruck.« Ich konnte ihr ja schlecht erklären, dass sie mir schon einmal von ihrem Leben erzählt hatte. »Bestimmt würde dir die ganze Welt offenstehen. Was führt dich also in die Rebellion?«

»Ich wusste nicht, wohin ich gehen soll«, sagte Carive leise. »Ich habe die Universität verlassen, weil mein Studium … weil ich das Gefühl hatte, dass es mich nirgendwohin führt. Bücher bringen meine Eltern … bringen eben nicht das Ende des Uhrwerks.«

Sie wandte den Blick ab. Eine eigenartige Trübheit erfasste mich. Bestimmt hatte Carive ihr Bestes gegeben, um gute Noten zu bekommen; um eine Position im Uhrwerk zu bekleiden, von der sie vielleicht ein milderes Schicksal für ihre Eltern hätte erwirken können. Aber natürlich funktionierte das nicht. Jahre hätte sie gebraucht, selbst unter besten Voraussetzungen, nur legte das Uhrwerk einer Ailionierin zu gern Steine in den Weg.

»Du liest also gern«, sagte ich unverfänglich.

»Ja«, sagte Carive und schien etwas munterer zu werden. »Bevor ich zur Rebellion gekommen bin, hatte ich fast nur Sachbücher in den Händen, aber ich habe ein Buch mit escavanischen Märchen gefunden. Es ist so friedlich. Wenn ich könnte, würde ich meinen Eltern eine Ausgabe davon schicken.«

Es sagte viel über den Zustand der Dreizehn Inseln aus, dass Carive die Geschichten eines Volkes mürrischer Fjordbewohner für friedlich hielt, aber ich grinste. »Die habe ich gelesen, als ich noch ein Kind war. Gute Erzählungen.«

Carives Augen leuchteten auf. Ich merkte, dass mein Grinsen breiter wurde. Gern hätte ich noch länger mit ihr gesprochen, nur tauchte plötzlich Kanra am Tisch auf und ließ mich den Mund zuklappen. Wortlos stellte er eine Suppenschale vor mir ab und ging. *Arbeitszimmer im ersten Stock,* hatte er mit Sirup auf das Porzellan geschrieben. *Du kannst mir später danken.*

Ich verwischte die Schrift mit einem Finger, nickte Araine zu und führte sie aus dem Saal. Es war gar nicht weit, nur die Treppe hinauf, doch in meinen Eingeweiden wühlte eisige Nervosität. Vor der Tür blieben wir stehen und tauschten einen Blick; dann drückte Araine die Klinke hinunter und wir schoben uns in ein dunkles Zimmer. Es wurde beherrscht von einem mächtigen Schreibtisch aus Ebenholz, die Vorhänge wehten leicht in der Brise … aber im violetten Stoff hockten Dutzende von Messingspinnen, deren Panzer im Funkenlicht glänzten.

Auf dem Boden saß eine Frau mit schulterlangem dunklem Haar, gebändigt von einer Schutzbrille mit getönten Gläsern. Einer ihrer Stiefel war geschnürt, der andere nicht. Sie achtete kaum darauf, denn vor ihr lag eine halb fertige Apparatur, in der sie mit dünnen Nadeln herumstocherte.

Meine Mechanik stockte. »Aurenna?«

Sie sah auf, anscheinend nicht im Geringsten überrascht über mein Erscheinen. Ihr Gesicht war runder, als ich es in Erinnerung hatte, doch sie hatte sich die Unterlippe blutig gebissen.

»Jetzt bist du blond und ich dunkelhaarig«, sagte sie munter, ehe sie den Blick auf ihre unförmige Konstruktion zurücksinken ließ. »Stör mich nicht. Ich mache, dass Funkenlaternen die Farben ändern können. Hier geht es schlecht, weil kein Werkzeug da ist, aber daheim habe ich eine große Werkstatt.«

»Freut mich, das zu hören.« *Gütige Funken, sie redet wie ein Kind.* »Kümmert sich Marawyn gut um dich?«

Aurenna nickte. »Er färbt mir das Haar und schnürt mir die Stiefel. Manchmal liest er mir auch etwas vor, wenn ich nicht schlafen kann. Weißt du, was das Problem mit den Funkenlaternen ist? Sobald sie die Farbe wechseln, entsteht Hitze, und dann verbrennt man sich.«

Sie zog einen langen Draht aus dem Ärmel. »Ich werde Hitzeleitungen machen. So kann man Wasser kochen, weil man eine Lampe angeschaltet hat. Das schafft kein Funkenmechaniker außer mir, denn ich bin *gut.*«

»Ich weiß«, murmelte ich … und plötzlich kam mir eine Idee. »Würdest du solche Leitungen für mich bauen, Aurenna?«

Ein herrliches Lächeln fing sich in ihren Mundwinkeln, doch Schritte auf dem Gang hielten sie von einer Antwort ab. Ich wirbelte herum, zog die Perücke vom Kopf, und dann traten meine Eltern in den Raum.

Einen Augenblick lang betrachteten wir einander. Meine Mutter sah aus, als wollte sie ihren rot geweinten Augen nicht trauen; Marawyn wandte sich jedoch um, stieß die Tür zu und drehte den Schlüssel herum. Anspannung lag in dieser Geste. Als würde er gleich von innen heraus zerreißen.

»Was tust du hier?«, fragte er leise. »Wenn sie dich erwischen, werden wir allesamt …«

Meine Mutter brach in Tränen aus.

»Du hast unsere Familie ruiniert!«, fuhr sie mich an und vergrub das Gesicht in den Händen. »Man legt sich nicht ungestraft mit dem Schwarzen Uhrwerk an! *Deinetwegen* haben sie Amarion getötet – er hat niemandem etwas getan, und sie haben ihn *abgeschlachtet!*«

»Denkst du, dass ich das gewollt hätte?«, fragte ich aufgebracht. »Haben sie dir nicht gesagt, wofür sie mich damals hinrichten wollten?«

»Man hat uns für deinen Hochverrat in den Vulkan bestellt«, schäumte sie. »Sie hätten uns beinahe umgebracht, weil du geflohen bist, und jetzt werden sie uns nie wieder in Ruhe lassen! Warum denkst du nie an deine Familie? Stattdessen … gehst du mit diesem Rebellenführer davon und …«

Sie begann so heftig zu schluchzen, dass Marawyn sie beim Arm packte, doch sie redete immer weiter, außerstande aufzuhören. »*Deswegen* wolltest du Selana nicht … deswegen bist du mit diesem Karakusher weggegangen … so habe ich dich nicht erzogen, Taiden!«

Ich schloss kurz die Augen. »Hör mir zu.«

»Du hättest tun sollen, was ich dir gesagt habe«, weinte meine Mutter. »Das alles wäre nie passiert, wenn du nicht so stur sein müsstest.«

»Hör mir zu!«, fauchte ich. »Sie wollten mich hinrichten. Sie haben es schon oft versucht. Aber nicht, weil ich die falschen Menschen geliebt hätte, sondern *weil ich die Rebellion bin.* Es gibt keinen Mann namens Kyron. Der Schatten des Vulkans, das bin ich.«

Ein kurzes, unendlich quälendes Schweigen. Meiner Mutter rollten immer noch Tränen aus den Augen, doch sie starrte mich unverwandt an, und Marawyn war leichenblass geworden.

»Bist du dafür hierhergekommen?«, sagte er ungläubig. »Um uns zu sagen, dass du der Mann bist, den die gesamten Dreizehn Inseln tot sehen wollen?«

»Ich wollte ehrlich zu euch sein«, flüsterte ich. »Ich … ich hatte Angst, dass ihr dem Uhrwerk glaubt, nicht mir. Es tut mir leid … es tut mir alles so leid, ich wollte nicht, dass sie Amarion töten, dass sie … irgendwann euch wehtun.«

Schweigen trat ein. Araine griff nach meiner Hand und drückte sie, doch meine Kehle fühlte sich wie zugeschnürt an. *Sagt doch etwas. Irgendetwas.*

Dann, zu meiner größten Überraschung, umfing mich Wärme. Ich blinzelte. Meine Mutter hatte mich so fest in die Arme geschlossen, dass das Messing in meinem Brustkorb ächzte, auch wenn ihr immer noch Tränen aus den Augenwinkeln rannen.

»Ach Taiden«, flüsterte sie. »Wie konntest du nur … nur so eine Dummheit machen …«

Ich lächelte kurz.

»Wenn ich davon höre, dass sie dir wehgetan haben, komme ich auf der Stelle nach Ceratari«, sagte sie. »Mit fünftausend Mann.«

Ich wusste nicht, was ich sagen sollte. Wärme strömte durch meine Adern. Stattdessen blickte ich zu Marawyn, der meiner Mutter eine Hand auf die Schulter gelegt hatte, ein trauriges Lächeln in den Mundwinkeln.

»Wenn du kannst, schick uns hin und wieder einen Brief«, sagte er leise. »Nach Rabenfels, nicht nach Salacis. Ich bin … in den Ruhestand gegangen.«

Das hieß wohl, dass Marawyn seinen Platz meinetwegen hatte räumen müssen, aber er sah weder unglücklich noch wütend aus. Vielleicht hatte er meiner Mutter Halt gegeben, als sie von meinen Dummheiten gehört hatte. Ich hoffte von Herzen, dass er es auch in Zukunft tun würde.

Einige Augenblicke lang hielt mich meine Mutter fest, offenbar unfähig, mich gehen zu lassen; dann schien sie sich gefasst zu haben und ließ mich los.

»Wer ist die junge Dame, die du uns mitgebracht hast?«

Araine lächelte gezwungen, als wäre sie am liebsten überall, nur nicht hier.

»Du müsstest sie eigentlich kennen«, sagte ich. »Dies ist Araine Baines, rechtmäßige Erbin der Knochenbank und meine Verlobte. Wir wollen heiraten, sobald sich die Lage beruhigt hat.«

Araine knickste höflich. Meine Mutter setzte trotz ihres überraschten Blickes ein Lächeln auf. Großartig. Wenn sie jetzt anfing, mir die Sache mit Selana nachzutragen, würde ich doch noch nach unten gehen und die Dreizehn Stunden umbringen.

»Eine gute Wahl.« Sie lächelte. »Wenn ihr einmal Zeit habt, kommt nach Rabenfels. Vergesst nicht, meine Enkel mitzubringen.«

Marawyn ließ ein eigenartiges Hüsteln hören. Ich musste grinsen, weil ich erriet, was er dachte; ich konnte ihn mir auch nicht als Großvater vorstellen.

»Das werden wir«, sagte Araine. »Ich hoffe, dass wir Sie nicht zu sehr erschreckt haben.«

Meine Mutter rang sich ein Lachen ab, das wohl herzlich klingen sollte, ihre Anspannung jedoch nur zu deutlich illustrierte. »Oh, keineswegs! Das sind wunderbare Nachrichten! Es wurde Zeit, dass du eine Frau findest, Taiden. Du bist immer so schüchtern gewesen …«

Hinter mir ließ Aurenna klappernd ihr Werkzeug fallen. Ich schrak auf, als ich mich plötzlich an ihre Anwesenheit erinnerte, und suchte Marawyns Blick.

»Nimmst du Aurenna mit, wenn du nach Rabenfels zurückfährst, Onkel?«

»Nenn mich nicht *Onkel«,* sagte Marawyn scherzhaft. »Natürlich muss ich sie mitnehmen. Ich kann sie unmöglich allein zurücklassen, das erlaubt ihr Zustand nicht.«

Ich schluckte. »Nein. Lass sie hier in Ceratari.«

Marawyn sah mich verdutzt an. »Warum? In deiner Situation ist eine verwirrte Funkenmechanikerin das Letzte, was du gebrauchen kannst.«

Ich schüttelte den Kopf.

»Ich brauche Aurenna. Niemanden sonst. Sie muss etwas für mich bauen, und es wird das Uhrwerk in die Luft jagen und alle unsere Probleme dazu.« Ich wandte mich Aurenna zu, die mich aus großen Augen anstarrte. Die metallenen Nadeln fielen ihr aus den Händen und ein Regen aus winzigen Zahnrädern ging auf den Holzboden nieder.

»Ich möchte, dass du eine Brücke für mich sprengst, Aurenna.«

26

Wir müssen am Timing arbeiten

»Weißt du«, sagte ich, »ich wüsste gern, wie es dazu kam, dass ich existiere.«

Marawyn erwiderte lange Zeit nichts. Wir waren allein im Arbeitszimmer, sofern man Aurenna nicht mitzählte; aber sie schraubte summend an ihrer Apparatur, zu beschäftigt, um irgendetwas wahrzunehmen. Meine Mutter hatte Araine in den Nebenraum entführt. Vermutlich wollte sie aus ihr herauspressen, zu welcher Sorte Leute sie gehörte. Selbst ein Rebellenkönig musste eine angesehene Frau haben, obgleich sie sich zweifellos daran stören würde, dass Araine ihre Wurzeln im Industriedreck hatte.

»Sag deiner Mutter nichts davon«, sagte Marawyn schließlich. »Sie würde behaupten, dass es dich nichts anginge.«

Ich musste grinsen. Marawyn lachte leise.

»Ich lernte Dinora kennen, als sie zu ihrer Hochzeit nach Rabenfels kam«, erzählte er. »Damals war ich erst zwölf, noch ein Kind, doch ich habe mich bis über beide Ohren in sie verliebt. Natürlich bemerkte sie nicht, wie sehr sie es mir angetan hatte … ich bin sieben Jahre jünger als sie, zwischen uns lagen damals Welten. Aber meinem Vater entgingen meine Gefühle nicht. Er schickte mich zur Armee, damit ich mir … wie sagte er … diesen Unfug aus dem Kopf schlage. Ich versuchte es, doch ich dachte ständig an sie … und es half keineswegs, dass sie bei jedem meiner Besuche auf Rabenfels schöner wurde. Ich konnte nicht anders, als um sie zu werben. Ich hätte mich eher von meinen Beinen als von Dinora lösen können.«

Ich nickte zögernd. »Aber sie ist auf dich eingegangen.«

»Nicht sofort. Sie hat mich jedes Mal weggeschickt, wenn sie bemerkte, dass ich sie ansah. Das war verständlich, doch es brach mir das Herz. Ich war wütend auf mich selbst, auf meinen Bruder, sogar auf die Macht des Zufalls, die mich zum dritten Sohn statt zum ersten gemacht hatte.« Marawyn kicherte. »Aber du weißt ja, wie Artos war. Dinora war unglücklich in ihrer Ehe, und ich dachte … wenn ich sie schon nicht haben könnte, würde ich wenigstens das Lachen in ihr Leben zurückbringen. Ich lud sie zu Ausflügen ein. Brachte ihr balaisische Singvögel. Irgendwann fing sie an, meine Gesellschaft zu schätzen, statt mich davonzuscheuchen. Die Zeit verging, und am Ende habe ich sie gewonnen.«

Ich schluckte. »Und deswegen hat Onkel Artos dich gehasst.«

Marawyn nickte; plötzlich wirkte er sehr müde. »Eines Tages erwischte er uns zusammen. Er hat uns nie verziehen, was wir getan haben, und dennoch gab er dich als seinen Sohn aus. Wir waren uns einig darüber, dass unsere Fehler nicht dein Schaden sein sollten. Dafür liebte ich Artos. Ich liebte ihn, obwohl er mich für meine Anmaßung verachtete. Natürlich hatte er recht damit.«

Er lächelte schwach, eine Traurigkeit im Blick, die ich noch nie an ihm gesehen hatte. »Aber das ist eine andere Geschichte, denke ich. Du allerdings … nach all den Jahren stehst du vor uns, als Schatten des Vulkans. Wie lange tust du das schon?«

»Seit sechs Jahren«, gestand ich flüsternd. »Ich will nicht, dass ihr euch Gedanken macht, aber …«

»Wenn es etwas gibt, was du brauchst«, unterbrach Marawyn mich, »wirst du in Rabenfels Hilfe finden. Ich möchte, dass du das weißt. Blut zählt mehr als Metall für uns.«

Ich schluckte schwer. Fühlte mich schäbig, weil ich meinen Eltern so große Sorgen bereitete, weil es tatsächlich einen Gefallen zu erbitten galt.

»Ich muss Aurenna mitnehmen.«

Marawyns Mundwinkel zuckte kurz. »Du hast kein Gefühl dafür, wie labil sie ist.«

»Sie ist die klügste Frau, die diese Inseln jemals hervorgebracht haben.« Ich biss mir auf die Lippen. »Wenn sie nicht schafft, was sie für mich umsetzen soll, wird es niemand tun können.«

»Das ist zu gefährlich«, beharrte Marawyn.

»Aber ich will mit ihm gehen«, mischte Aurenna sich ein.

Marawyn blinzelte, wie so oft, wenn er verwirrt war; dann jedoch kniete er sich neben sie. »Möchtest du denn nicht in deine Werkstatt zurück?«

Aurenna schüttelte den Kopf. »Funkenmechaniker müssen sich um ihre Hybriden kümmern.«

Marawyn sah sie streng an. »Wir gehen nach Rabenfels. Keine Widerrede.«

Aurenna verzog den Mund. »Ich *will* nicht! Du wirst mich nicht davon abhalten! Ich werde an einem Hybriden herumschrauben, genau wie früher!«

»Ich werde auf sie aufpassen«, sagte ich leise.

Marawyn sah mich gequält an.

Der Rest war Überredungskunst.

Natürlich übergab Marawyn mir Aurenna nicht freiwillig. Das hatte ich auch nicht erwartet. Es brauchte eine Stunde hitziger Diskussionen, bis er meinem Vorhaben endlich zustimmte; doch das Herrenhaus verließen wir zu siebt, und selten war ich so zufrieden gewesen. Aurenna schien sich ebenfalls zu freuen, aus dem Haus gekommen zu sein. Sie strahlte übers ganze Gesicht, als wir die Wartungshalle betraten, und war wenig später lachend in der riesigen Mechanik des alten Luftschiffes verschwunden.

»Sie benimmt sich wie ein Kind«, sagte Araine, während wir sie beobachteten. Aurenna lag längst unter tellergroßen Zahnrädern, und obwohl sie kein Werkzeug bei sich hatte, berührte sie das Metall so sanft wie ein Mädchen seine junge Hauskatze.

»Funkenmetall ist alles, was sie noch hat«, erwiderte ich leise. »Sie lügt nicht, wenn sie sagt, dass sie ein Genie ist. Einmal hat sie einen Apparat gebaut, der ihr Kaffee kochte, wenn ihr danach war … man musste nur Wasser und Kaffeebohnen einfüllen. Der Rest ging von selbst. Weißt du, wie lange sie dafür gebraucht hat? Es waren zwei Tage.«

Araine sah mich schief an. »Und jetzt willst du, dass sie etwas konstruiert.«

»Genau.« Ich schwieg kurz, sammelte meinen Mut. »Aurenna hat eine Laterne erfunden, die Hitze produziert, wenn sie die Farbe wechselt. Wir haben Unmengen von Sprengstoff. Wenn sie ihre Wärmeleitungen perfektioniert, könnte ich weit von der Promenade entfernt sein und dennoch die Brücken dort in Flammen setzen.«

Araines Augen weiteten sich, als sie begriff.

»Du willst das Brückenfest sabotieren.«

»Richtig.« Ich zog mir die Perücke vom Kopf. »Vor sechzig Jahren hat der Zinnhybrid genau dort den Aliamenkönig zum Zweikampf herausgefordert, um den Bürgerkrieg zu beenden. Der Zinnhybrid gewann – schwer verletzt, das mag sein, aber der Krieg ging damit zu Ende. Die Dreizehn Stunden werden diese Brücke im Andenken an ihn überschreiten, während ganz Ceratari zusieht. Doch sie werden nicht mit einer Explosion rechnen.«

»Das wird das Ende der Dreizehn sein«, flüsterte Araine.

Ich nickte. »Aurenna hat ein halbes Jahr Zeit, um ihre Hitzeleitungen zu perfektionieren. Bis dahin sollten wir ebenfalls Vorbereitungen treffen. Mit diesem einen Streich könnten wir so viel gewinnen, dass es eine Schande wäre, uns von Zufällen zu Fall bringen zu lassen.«

»Aber wer soll sich um deine Funkenmechanikerin kümmern? Sie ist nicht in der Lage, auf sich selbst aufzupassen. Sie wird sich womöglich verletzen.«

Ich musste lächeln. »Du magst sie nicht, oder?«

Araine blinzelte, zu verdutzt, um darauf zu antworten.

»Mach dir keine Gedanken. Du bist die einzige Frau, für die ich mich noch interessiere.« Ich zog sie in meine Arme und küsste ihre Stirn. »Geh nicht mehr auf die Straßen hinaus, Liebes. Ceratari muss ruhig schlafen … zumindest fürs Erste. Ich möchte, dass Aurenna sich ungestört die Brücke ansehen kann. Und warum sollten sie eine hilflose Frau verhaften, wenn der Schatten des Vulkans auf der anderen Seite der Stadt für Aufruhr sorgt?«

Araine seufzte. »Pass auf dich auf. Ich werde dich kein zweites Mal aus dem Gefängnis holen!«

»Ich liebe dich auch«, erwiderte ich und verließ das Luftschiff.

Es wurde erst am nächsten Abend interessant, als wir durch die Schatten schlichen und der Tanz von Neuem begann. Naris und Araine brachten Aurenna zur Brücke, damit sie sich die Konstruktion ansehen konnte, während ich mit einem Rudel Rebellen in die Nacht ging. Für unser Ablenkungsmanöver hatten wir den Hafen des Vulkansees gewählt, wo die bunten Fähren von Ceratari ankerten. Wie oft war ich mit einer von ihnen zum Haus des Goldes hinübergefahren …

Ich blickte zum beleuchteten Turm hinüber, der auf seiner Insel thronte. Ich war nicht so dumm zu glauben, dass man uns nicht bemerkt hätte, aber heute lag ein Tänzchen mit den Gardisten durchaus in meiner Absicht. Ich streckte die Hand aus und ließ mir eine Funkenlaterne reichen; dann begann ich zu gehen, bis mir eine der geschmückten Fähren ins Auge stach. Kunstwerke aus Holz und Metall, mit Schnitzereien und allen Farben des Regenbogens verziert. Es tat mir in der Seele weh, so etwas Schönes zu vernichten …

Ich warf die Laterne. Obwohl ich mit der Linken alles andere als zielsicher war, flog sie zwischen die Sitze und zerbrach; Feuerzungen leckten über den Boden, Funken sprangen am Steuerrad hinauf. Dann flammten auch um mich herum Funkenlaternen auf. Dutzende von Lichtern. Klirrende Glaskörper auf geteertem Holz.

Nicht weit entfernt begannen Glocken zu läuten.

Die Zeit zerrann wie Sand. Schien sich auf einige wenige Herzschläge zu verkürzen. Gardisten stürzten aus den Seitengassen, bewaffnet mit Pistolen und glänzenden Stiefeln, die sich wunderbar zum Rippenbrechen eigneten. Ich bewegte mich instinktiv durch die Kugelsalven, wie Kyron es mich vor so langer Zeit gelehrt hatte. Mein Messing ließ ein schrilles Quietschen hören, wann immer ich einem Geschoss nicht ganz entfloh, doch mein Fleisch blieb gut und unverletzt.

Aus dem Augenwinkel sah ich einen Schatten hinter den Gardisten auftauchen.

Damit nahm das Blutbad seinen Anfang.

Es gibt nichts Beunruhigenderes als einen mordlüsternen Aliamen. Kanra gab kein Geräusch von sich, aber er bewegte sich wie eine

Naturgewalt; wenige Herzschläge später lagen zwei Männer am Boden, weil er ihre Köpfe aneinandergeschlagen hatte, und ein dritter kroch rücklings vor ihm davon. Irgendjemand war geistesgegenwärtig genug, auf das Halbblut zu schießen, doch die Kugel verfehlte Kanra um ein gutes Stück. Ich wandte den Blick, als ich die Abzeichen am Ärmel des Schützen sah. Das Wappen von Ceratari, die beiden Spatzen auf Rot und Schwarz – gefolgt von einem silber-goldenen Muster.

Bevor mir klar wurde, was ich tat, begann ich zu laufen. Aryon sah mich kommen und legte auf mich an, aber ich schlug seine Pistole fort und stieß ihn zu Boden.

»Hallo, Aryon. Was führt dich hierher?«

Aryon sah mich voller Hass an.

»Tod und Zerstörung«, brüllte er. »Deine verfluchte Rebellion! Du hast die Inseln in Brand gesetzt, nicht wir! Du bist Unkraut, du bist der große Uhrwerksfeind, ich werde dich umbringen!«

Er strampelte und zappelte und schrie seinen Zorn heraus, und ich hatte meine Mühe damit, ihn auf dem Boden festzuhalten. Aus irgendeinem Grund fiel es mir schwer, in sein gerötetes Gesicht zu blicken. Bestimmt hatte er getrunken. Ansonsten würde er so etwas nicht sagen.

»Wir waren Freunde«, sagte ich leise.

»Als ob dich das je interessiert hätte! Du bist ein Lügner, ein *Lügner*, du hättest deine Strafe hundertmal verdient.«

Ich blickte auf Aryon hinab. Wollte ihm sagen, dass er das nicht ernst meinte, dass wir so oft gefeiert und gelacht und … nichts anderes getan hatten. Was wirklich in mir vorging, hatte ich ihm niemals anvertraut. Vielleicht hatte sich Aryon gekränkt gefühlt. Einsam. Zurückgewiesen von dem einzigen Menschen, der ihm Sympathie entgegenbrachte.

Die Kampfgeräusche verebbten. Ich zog Aryon mit mir nach oben. Er versuchte fluchend, sich meiner guten Hand zu entziehen, doch dann schlug Kanra ihm so heftig gegen den Kopf, dass er mir ohnmächtig in die Arme fiel.

»Mit ihm als Geisel können wir viel anfangen.«

»Ich weiß«, sagte ich ausweichend.

Kanras Augen wurden schmal. Ich spürte, dass ihm eine Frage auf der Zunge lag. Rasch stieß ich Aryon in die Arme eines Rebellen und ging davon, bevor ich mir die Blöße geben musste, mit dem Halbblut über meinen besten Freund zu diskutieren.

So arbeiteten wir uns ganz allmählich zur Wartungshalle vor. Meine Rebellen trennten sich voneinander und jeder suchte seinen eigenen Weg zu unserem Hauptquartier; andere jedoch gingen einfach heim, um morgen früh in ihr bürgerliches Leben einzutauchen. Wer in meinen Hallen schlief, hatte keinen anderen Rückzugsort mehr auf den Inseln. Geächtete, Flüchtlinge aus den Gefängnissen … der Abschaum der Gesellschaft.

Es nahm fast den Rest der Nacht in Anspruch, zur Wartungshalle zurückzufinden, ohne dabei auch die Garde direkt vor unsere Haustür zu locken. Dann jedoch trug Kanra Aryon mühelos nach drinnen und warf ihn in den alten Maschinenraum des Luftschiffes, nur um sich anschließend mit beinahe unnatürlicher Beherrschung den Dreck von den Händen zu klopfen.

»Das ist eine Ohrfeige für das Uhrwerk«, sagte er. »Sie werden alles tun, um ihren Gardepräsidenten wiederzufinden.«

»Ruanne schert sich nicht um ihn. Wenn er überhaupt nach Aryon suchen lässt, dann nur, weil es von ihm erwartet wird.«

Kanra zuckte mit den Schultern. »Du solltest dir gute Bedingungen für die Geiselübergabe überlegen. Er ist ein so lächerlicher Gegner, dass du ihn dem Uhrwerk ruhig zurückschicken kannst.«

»Er hat mich schon einmal geschnappt. Du warst doch dabei.«

»Ja«, sagte Kanra. »Aber du bist nicht mehr, was du damals warst … Schatten.«

Damit ging er nach draußen. Ich sah zu Aryons regungslosem Körper zurück, ehe ich zögernd vor ihm niederkniete. Sehr vorsichtig berührte ich seine Wange, ließ die Finger kurz dort liegen. Aryon bewegte sich, doch ich nahm an, dass er noch bewusstlos war. Ich erinnerte mich zu gut, dass er schlafen konnte wie ein Stein, wenn er erst einmal die Augen geschlossen hatte.

Er ist mein Feind, sagte ich mir, als ich ging. *Mein Feind.*

Aber, gütige Funken, ich vermisste ihn. Ich wollte, dass er wieder betrunken in mein Büro kam und mir nichtssagende Geschichten erzählte … ich wollte die Augen über ihn verdrehen und mit ihm lachen, so wie früher. Wie schön das gewesen wäre … wie schön, die Maske abzulegen, als ich es noch gekonnt hatte …

Araine erwartete mich bereits im Herzen des Luftschiffes. Ich fühlte mich schrecklich dabei, und dennoch war sie das, was ich jetzt brauchte; wortlos kniete ich auf unserem Nachtlager nieder, um sie zu küssen, und sie ging lächelnd darauf ein. Am Ende war mir jedoch flauer im Magen als zuvor. Mein Körper war von süßer Aufgewühltheit ergriffen. Doch in meinem Kopf herrschte eine seltsame Leere.

»Du bist schwanger.«

Araine legte eine Hand auf ihren Unterleib. Die Wölbung dort war so schwach ausgeprägt, dass sie mir bisher entgangen war, aber jetzt sah ich sie ganz deutlich.

»Ich dachte nicht …« Ich schluckte schwer. »Das Uhrwerk wird es töten.«

»Sollen sie kommen und es versuchen«, sagte Araine trotzig. »Ich hätte es dir früher sagen sollen, ich weiß, nur … du hast sowieso zu viele Sorgen. Wir … gütige Funken, du weinst ja.«

Ich wischte mir unwirsch über die Augen. »Wenn uns irgendetwas zustößt … oder wenn sie herausbekommen, dass du schwanger bist …«

»Wir werden einen Weg finden, die Kleine zu beschützen.«

»Woher willst du wissen, dass es ein Mädchen wird?«

»Weiß ich eben.« Sie küsste mich auf die Stirn. »Hör auf, dir Gedanken zu machen. Du bist in letzter Zeit schon grau genug geworden. Geh und jag deine Brücke in die Luft, und danach kehren wir in unser altes Leben zurück.«

»Versprich mir nur, dass du auf dich aufpasst«, murmelte ich.

Araine kicherte.

»Vertrau mir«, sagte sie. »Ich bin die Vorsicht in Person.«

27

Ehemals beste Freunde

Aurenna arbeitete noch immer schnell. Nach einem Monat hatte sie eine Lösung für die Brückensprengung, und natürlich ließ sie es sich nicht nehmen, sie mir in allen Details vorzustellen. Als sie mich durch ihr Arbeitszimmer im Luftschiff führte, um mir ihre Mechanismen vorzustellen, wurde mir abwechselnd heiß und kalt. Ich hatte keine Ahnung, wie sie das anstellte. Doch sie hatte allen Schicksalsschlägen zum Trotz nicht den geringsten Funken ihrer Genialität verloren.

»Hier siehst du die Brücke«, plapperte sie, während sie mich zu einer gläsernen Halbkugel mit der Miniatur des Bauwerks zog. »Ich habe lange gebraucht, um sie nachzubauen, aber es war wichtig, und deswegen habe ich nicht aufgegeben. Bist du böse, weil ich die Glaskugel aus dem Laderaum genommen habe?«

»Natürlich nicht.« Wie auch? Ich hatte nicht einmal gewusst, dass das Luftschiff einen Laderaum besaß.

Aurenna nickte. »Jedenfalls funktioniert es jetzt perfekt. Ein Ende der Hitzeleitung steckt in der Laterne, das andere in der Brücke.« Sie zog einen Draht aus der Miniatur, um mir den Laternenkörper und den Fingerhut voll Sand zu zeigen, der wohl den Sprengstoff symbolisieren sollte. »Die Leitungen sind dünn und fallen nicht auf, wenn man sie durch die Fugen legt. Aber sobald man die Laternenfarbe ändert, werden sie heiß.«

Aurenna betätigte einen Schalter. Die grün schimmernde Funkenlaterne flammte rot auf. Ich beobachtete, wie die winzigen Kupferdrähte in den Brückenfugen zu schimmern begannen.

»Die Hitze genügt, um Sprengstoff zu entzünden«, sagte Aurenna und traf fast den Ton, den sie früher stets in Fragen der Funkenmechanik angeschlagen hatte. »Ich muss nur noch einen Mechanismus entwickeln, der alle Laternen auf einmal umspringen lassen wird.«

»Das schaffst du schon.«

Aurenna kicherte. »Natürlich. Ich bin ja nicht dumm.«

Ich musste lächeln. »Hast du etwas Zeit für meine Metallteile übrig?«

Jetzt strahlte sie von einem Ohr zum anderen. Ich ließ es gerne zu, dass sie mir das Hemd auszog und meine Schutzplatten abnahm. Es war schön, dass ich Aurenna eine Freude mit so einfachen Dingen machen konnte; außerdem war ihr Schicksal leichter für mich zu ertragen, wenn ich sie lachen sah. Sie selbst schien nie darüber nachzudenken, was sie verloren hatte.

Vielleicht verstand sie es auch gar nicht mehr.

»Du kümmerst dich schlecht um dein Metall«, sagte Aurenna. »Wo treibst du dich nur herum? Das Messing ist ganz verschlissen.«

»Kannst du das reparieren?«

»Ich kann *alles* reparieren«, erwiderte sie, ehe ihre Nadeln in meinem Schultergelenk verschwanden. Ich hörte schweigend zu, wie sie Zahnräder richtete und verbogene Federn hervorzog. Nach einer Weile öffnete sich die Tür. Kanra und Naris traten ein, und beide wirkten eigenartig angespannt. Das war nie ein gutes Zeichen.

»Genug, Aurenna«, sagte ich. »Du darfst später weiterarbeiten. Was …«

Ein lauter Knall. Die Fenster des Luftschiffes vibrierten.

»Nun, sie haben herausgefunden, wo wir sind«, sagte Kanra lapidar.

Für einen Herzschlag erstarrte ich zu Stein. Erst dann meldete sich der Instinkt, der in den letzten Monaten in mir gereift war; wortlos schüttelte ich Aurennas Finger ab und drückte meine Schulterplatte in ihre Verankerung, bis sie zischend einrastete.

»Kanra«, sagte ich leise. »Bring Aurenna hier heraus. Naris, du kümmerst dich um Aryon, wir dürfen ihn nicht aus den Augen verlieren. Wo ist Araine?«

»Sie schießt sich ein paar Gardisten«, erwiderte Kanra trocken.

Ich erstarrte kurz. Gütige Funken. Das war viel zu gefährlich!

»Wir müssen die Halle so lange wie möglich halten«, sagte ich hastig. »Seht zu, dass wir den Sprengstoff heil hier wegbekommen. Bringt ihn …«

Ich unterbrach mich, aber Kanra öffnete bereits den Mund. »Eine halbe Meile von hier entfernt steht das alte Schloss des Aliamenkönigs. Es würde sich gut als Versteck machen.«

Schüsse. Jemand schrie.

»Wir treffen uns dort«, sagte ich, setzte Maske und Perücke auf und rauschte aus dem Raum. In der Halle selbst begegnete ich keinem einzigen Gardisten, doch als ich nach draußen trat, fand ich mich auf einem Schlachtfeld wieder. Dutzende von grauen Männern arbeiteten sich auf den Hof vor, schossen auf meine Rebellen, und dann packte jemand meinen Arm und zog mich hinter mehrere Holzkisten.

»Du kommst spät«, flüsterte Araine. Sie blutete aus einer flachen Kopfwunde, und ein Gurt mit Wurfmessern war quer über ihr Mieder gespannt. »Wir werden noch die ganze Halle verlieren!«

»Was machst du hier, Araine? Du bist …«

»Eine erwachsene Frau.« Araine funkelte mich an. »Ich will meiner Tochter nicht erklären müssen, dass ich mich feige verkrochen habe, während das Uhrwerk uns alles weggenommen hat!«

Ich schluckte schwer. Jetzt war es sowieso zu spät, um sie fortzuschicken, und außerdem würde sie mir das nie verzeihen.

»Wir müssen die Halle für ein paar Stunden halten«, sagte ich leise. »Danach lasse ich sie in die Luft jagen.«

»Bist du verrückt?«, sagte Araine scharf.

»Wir werden uns an einen anderen Ort zurückziehen. Die alte Schlossruine. Sag es ihnen.«

Araine nickte, steckte die Finger in den Mund und ließ eine Folge von hellen Pfiffen hören. Wir benutzten Pfeifzeichen, um uns in Situationen wie diesen zu verständigen, und tatsächlich folgte wenig später ein Echo aus hundert Kehlen. Im gleichen Augenblick packte ich Araines Unterarm und rannte mit ihr auf die Halle zu. Sie zeterte und wütete, doch ich achtete nicht darauf und zog sie hastig auf den Hintereingang der Wartungshalle zu.

Etwas klirrte. Jemand schrie. Das Gebäude erbebte unter dem nächsten Knall; ich stürmte hinein und sah gerade noch, wie eine

Gestalt mit zerzaustem Haar aus dem Fenster sprang. Davor kniete Naris und fuhr sich durch die eisengrauen Locken. Blut tränkte ihr Hemd und rann an ihrem Arm hinab.

»Naris!«, schrie Araine. Aber ich hatte einen anderen Gedanken.

Aryon.

»Kümmere dich um sie«, rief ich Araine zu, ehe ich aus der Halle stürmte. Überall lagen reglose Gestalten, Gardisten wie Rebellen, und inzwischen zogen mehrere Luftschiffe ihre Kreise über dem Gebiet. Aryon lief wie ein kopfloses Huhn zwischen mehreren Kistenstapeln hindurch, die Arme noch immer hinter dem Rücken gefesselt.

Ich begann zu laufen. Schlug Haken wie ein Kaninchen, damit es den Gardisten schwerer fiel, mir ihre Kugeln in den Körper zu jagen. Ich verringerte den Abstand zu Aryon, und er schien mich zu hören; er drehte den Kopf, das Gesicht wutverzerrt, stolperte über eine Unebenheit und stürzte in den Dreck. Als ich ihn einholte, hatte er sich bereits auf den Rücken gedreht und versuchte, von mir fortzukriechen. An seinem Kinn prangte eine gewaltige Schramme, aus der Blut in seine Uniform sickerte.

»Du solltest mich ziehen lassen«, fauchte er. »Das bist du mir schuldig!«

»Spar dir den Atem.« Ich wollte ihn nach oben zerren, aber Aryon strampelte so sehr, dass wir beide fast zu Boden gingen. »Gütige Funken, wirst du das wohl sein lassen?«

»Ich brauche keine Hände, um mit deiner einen zurechtzukommen«, prahlte Aryon. »Mein Vater wird dir bald zeigen, was wir mit Rebellen wie dir machen.«

Ich packte Aryons Fesseln und zerrte ihn mit mir fort. Er verfluchte mich, ohne Atem zu holen, während er mir nachstolperte. Zumindest verirrten sich nur noch wenige Schüsse in unsere Richtung. Ich achtete darauf, Aryon hinter mir herzuziehen, damit das auch so blieb, und eilte in die Wartungshalle. Naris und Araine waren verschwunden, doch dafür kam mir Kanra entgegen, die Haut verschmiert von bedenklichen Mengen an Menschenblut.

»Wo ist Aurenna?«, platzte ich heraus.

»Araine hat sie mitgenommen.« Kanra knurrte. »Dieses Stück Dreck hat Naris gebissen, kannst du das glauben? Gardisten sind schlimmer als Tiere.«

»Und das von einem Aliamen«, fauchte Aryon.

Ich verkniff mir eine scharfe Antwort. »Ich muss zurück. Bring Aryon in diese Ruine.«

»Du kannst nichts mehr da draußen ausrichten«, erwiderte Kanra. »Du wirst im Kugelhagel umkommen, ganz gleich, was für ein guter Tänzer du bist.«

»Man wird mich für schwach halten.«

»Du hast den Rückzug angeordnet. Beende, was du angefangen hast, Schatten.«

Ich öffnete den Mund, doch Kanra bedachte mich mit einem ärgerlichen Blick und ich behielt meinen Protest für mich.

»Schön«, sagte ich wütend. »Dann gehen wir. Aber wenn mich meine Rebellen dafür kritisieren, darfst du mein Blut schlucken und alles ausbaden.«

Kanra lächelte schmal. »Mit dem größten Vergnügen.«

Man konnte viel über das Halbblut behaupten, doch wenn ich ihm eine Anweisung gab, so zögerte er nie, sie zu befolgen. Ein paar Tage nach unserer Flucht zog er in meiner Haut durch die Ruine, sprach den verbliebenen Rebellen seine Anteilnahme aus, während ich mich den ganzen Tag lang zurückziehen durfte. Nicht dass mir diese Freiheit geschmeckt hätte. Von den einhundertfünfzig Männern und Frauen, die in der Wartungshalle gelebt hatten, war ein Drittel umgekommen und viele mehr verletzt.

»Ich hätte nicht fortlaufen sollen«, sagte ich zu Araine.

»Du konntest nichts mehr tun«, erwiderte sie. »Außerdem sind wir hier sicher, oder? Das wird kein zweites Mal passieren.«

Ich blickte aus dem Fenster. Die Ruine stand mitten in einem rußschwarzen Feld, das überwuchert war von Fabrikgebäuden und verlassenen Häusern. Früher einmal war dies eines der reichsten Viertel Cerataris gewesen, doch mit dem Tod des Aliamenkönigs war mehr als nur sein Schloss zerfallen. Eine üble Gegend. Aber in den windschiefen Gassen lauerten Verbrecher eines ganz besonderen Kalibers, und ich war zuversichtlich, dass wir die Garde beim nächsten Mal von Weitem würden kommen hören.

»Sie wissen, wo wir sind«, gab ich zu. »Doch der einzige intakte Eingang ist der alte Tunnel, der früher als Dienstboteneingang benutzt wurde. Dort nützt ihnen ihre Übermacht nichts, also müssen sie uns aushungern.«

»Was ist mit dem Sprengstoff?«

»Liegt sicher im Kellergeschoss verwahrt.« Wir hatten kaum die Hälfte unserer Vorräte mitnehmen können; wenn Aurennas Berechnungen stimmten, war das jedoch mehr als genug. »Denkst du, dass uns diese Brücke so viel Glück bringt wie dem Zinnhybriden?«

»Ganz bestimmt«, sagte Araine fest. »Selbst wenn es nur ein paar Stunden erwischt, haben wir etwas gewonnen, findest du nicht?«

Das stimmte. Dennoch war mir unwohl zumute. Wann in meinem Leben war es eigentlich so weit gekommen, dass ich seelenruhig mit meiner Frau diskutierte, wie wir ein Dutzend Menschen umbringen wollten?

Es klopfte. Araine ließ schweigend von mir ab, während ich mich zur Tür umdrehte. Es dauerte nicht lange, bis einer meiner Rebellen eintrat, wie üblich in schmutzige Kleidung gehüllt.

»Kyron ist wieder im Hause, gnädige Frau.« Er sah erst Araine an und danach mich, und sein Gesicht verdüsterte sich. »Wer sind Sie?«

Ich rang mir ein Lächeln ab. »Nur ein Bote.«

Er runzelte die Stirn, ehe er nickte, und ich folgte ihm und Araine in den Salon. Kanra saß in einem Sessel, die linke Hand über die rechte gelegt, wie ich es oft bei Gesprächen tat. Wie genau beobachtete er mich eigentlich?

»Du kannst gehen«, sagte Kanra mit meiner Stimme. Kaum dass der junge Mann den Raum verlassen hatte, nahm das Halbblut Maske und Perücke ab und verließ ebenfalls das Zimmer. Als er wiederkam, trug er wieder seine natürliche Gestalt und bedachte Araine mit einem kurzen Lächeln.

»Ich habe es versäumt, dir zur Schwangerschaft zu gratulieren.«

»Danke«, sagte Araine lächelnd. »Wer hat dir davon erzählt?«

»Naris. Sie hat eine mir völlig unbegreifliche Schwäche für Kinder.« Kanra lächelte schmal. »Wenn ich ehrlich bin, macht sie den Eindruck, als würde sie sich mehr über deinen Nachwuchs freuen als du.«

»Ich weiß.« Araines Lächeln verschwand. »Sie … hat mir einmal von ihrem kleinen Sohn erzählt. Aber er ist krank geworden und gestorben, nur weil kein Uhrwerksarzt helfen wollte. Weil sie die falsche Sorte Mensch war.«

Sie rutschte von meinem Schoß und glättete ihr Kleid, dann verließ sie wortlos den Raum. Ich sah ihr verwirrt nach, doch Kanra wirkte keineswegs überrascht.

»Sie sorgt sich um ihr Kind. Kannst du das nicht sehen?«

»Glaubst du, dass ich das nicht tue?«, fragte ich. »Sie werden es töten, Kanra. Einfach nur, weil es das Pech hatte, mich zum Vater zu haben. Und sie würden Araine und mich zwingen, dabei zuzusehen, wenn sie uns in die Finger bekommen könnten.«

Kanra gab ein eigenartiges Geräusch von sich. Kein gereiztes Knurren, wie so oft; es klang kühl, wie mit Blei beschwert, und seine Stimme war genauso matt.

»Ich will dir eine Geschichte erzählen«, sagte er. »Als ich fünfzehn war, traf ich ein Mädchen. Sie war die Tochter eines arganischen Bauern, und ich half auf ihrem Hof aus, weil ich meinen Stamm verloren hatte. Es dauerte nicht lange, bis wir zusammen ins Heu gingen. Irgendwann kam sie schwanger wieder heraus. Ich bereue das bis heute. Hätte ich besser aufgepasst, hätte ich uns beiden eine Menge Ärger erspart.«

Kanra lachte bitter. »Sie wusste nicht, was ich bin. Sie hatte mich nie bluten sehen … ich aber machte mich verrückt. Die Arganier hassen Aliamen, und das aus gutem Grund; die Stämme auf dem Kontinent ziehen unbeeindruckt von menschengemachten Grenzen umher, sie richten Schäden auf den Feldern an und vergreifen sich an Menschen. Ich hatte große Angst, dass das Kind so werden könnte wie ich, dass man den Säugling auf irgendeinem Scheiterhaufen verbrennen würde und meine Affäre gleich dazu. Deswegen habe ich einen Tee aufgebrüht, der ihre Schwangerschaft vor der Zeit beendete. Sie hat mich dafür gehasst, bis sie starb.«

Ich sah ihn verärgert an. »Was willst du mir damit sagen?«

»Ich bin noch nicht fertig«, sagte Kanra gereizt. »Jedenfalls verschwand ich danach aus Nordargano, und die Geister wissen, was aus meiner Bauerntochter geworden ist. Viele Jahre später traf ich jedoch auf ein anderes Halbblut, das sich offenbar geschworen hatte, jede Nacht im Arm einer anderen Frau einzuschlafen. Als er die Inseln eroberte, hatte er mehr als zwei Dutzend Kinder. Weißt du, wie viele von ihnen Gestaltwandler waren? Drei.«

Ich öffnete den Mund, aber Kanra bedeutete mir mit einer kurzen Geste zu schweigen. »Ich habe damals aus Angst eine schreckliche Entscheidung getroffen. Du solltest das besser machen als ich. Ich weiß, dass du das kannst. Ich hätte dich nicht unter Druck setzen sollen, obwohl du vor ein paar Monaten noch ein Wurm von einem Mann warst.«

»Das werde ich«, sagte ich leise. Wahrscheinlich war diese Aussage das, was einer Entschuldigung am nächsten kam, und mehr konnte ich nicht erwarten. »Wir reden später darüber. Jetzt … muss ich jemanden besuchen.«

»Sei nicht zu hart zu diesem Gardisten«, erwiderte Kanra.

Ich schob die Maske auf mein Gesicht, damit er nicht sah, wie ich den Mund verzog. Konnten Aliamen eigentlich Gedanken lesen?

Aryon war wach, als ich den Raum betrat, der uns als seine Zelle diente. Seine Fesseln hingen fest an der Wand verankert und waren an den Handgelenken dunkel vor Blut. Es sah ihm so ähnlich, an ihnen zu zerren, bis er sich verletzte. Aryon gab niemals auf; er kämpfte, bis er unterging.

Aber dennoch saß er vor mir, schmutzig und blutig, und starrte mich an. Für einen Herzschlag musste ich fortblicken. Noch nie hatte Aryon mich mit solchem Zorn angesehen, nicht einmal, als ich in Gefangenschaft gewesen war, statt ihm.

»Sieh mich an«, fauchte Aryon. »Wenigstens das bist du mir schuldig!«

Ich zwang mich, ihm in die Augen zu blicken. Er schnaubte, zerrte abermals an seinen Fesseln und ließ es wenig später mit schmerzverzerrtem Gesicht bleiben.

»Binde mich los.«

»Damit du mir an die Kehle gehst? Dein Gehirndraht lässt dich nicht klar denken.«

»Verlierst am Ende sowieso, Metalltänzer.« Aryon starrte wütend zu mir hinauf. »Ich habe keinen Draht. Das habe ich dir *gesagt.* Warum seid ihr Rebellen so starrköpfig?«

Ich überhörte ihn. Vermutlich würde Aryon sowieso irgendwelche Gegenargumente aus dem Hut zaubern, was immer ich von mir gab, denn nichts anderes war die Spezialität des Uhrwerks.

»Ich werde dir den Gehirndraht, den es gar nicht gibt, übrigens bald ziehen lassen.« Ich verschränkte die Arme. »Keine Sorge, wir bohren dafür auch nichts anderes hinein. Weißt du warum? Weil wir menschlich sind.«

»Ein Haufen Mörder, das seid ihr«, schnappte Aryon.

»Pass auf, was du sagst«, drohte ich ihm. Gütige Funken, wie konnte man so verbohrt sein? »Steh auf. Ich will dir etwas zeigen.«

Aryon betrachtete mich voller Hass, kam jedoch unbeholfen auf die Beine, als ich seine Fesseln von der Wand löste. Wortlos folgte er mir aus dem Raum, und ich bedeutete auch den Wachen vor der Tür, uns durch das dunkle Schloss zu begleiten. Sie taten es ohne Zögern, im Gegensatz zu Aryon, der leise vor sich hin murrte.

»Wenn du irgendeinen Trick versuchst, schießen dir meine Männer in den Rücken«, sagte ich. »Ich bin nicht in der Stimmung für deine Mätzchen.«

»Ach? Was ist mit dem Mann passiert, der mir gesagt hat, dass sich das Töten nicht gehört?«

»Er hat schlechte Laune«, sagte ich barsch.

Aryon schnaubte, verfiel jedoch in ein trotziges Schweigen, während wir schuttbedeckte Treppen hinunterstiegen. Auch die Tore zum alten Thronsaal waren in erbärmlichem Zustand. Ein halbes Dutzend Männer schlug die prächtig geschnitzten Torflügel aus ihren Verankerungen und zerhackte sie, wohl um sie später verbrennen zu können.

Dann betraten wir den Saal, in dem sich in erstaunlich kurzer Zeit ein Zeltlager entwickelt hatte; wo früher der Hofstaat des Aliamenkönigs getanzt hatte, hockten Männer und Frauen und löffelten ihre dünne Suppe. Ich erinnerte mich an die einstige Pracht dieses Ortes und gestattete es mir, den Mund zu verziehen. Ganz egal, wohin ich ging, am Ende stand ich stets in Asche.

Kaum dass ich in die Halle getreten war, rief jemand Kyrons Namen. Ich winkte mit der guten Hand in die Richtung des Rufenden, und wenig später drehten sich Dutzende Köpfe nach mir um.

Viele meiner Rebellen grüßten mich mit einem Nicken, ehe sie an die Arbeit gingen; dann jedoch hörte ich das Trippeln von Füßen. Kinder scharten sich um meine Beine. Keines von ihnen reichte mir bis zur Hüfte, und sie plapperten so wild durcheinander, dass ich kein klares Wort heraushören konnte.

»Stimmt es, dass sie dich nicht erschießen können?«

»Erzähl uns, wie du diesen Zug überfallen hast, Schatten!«

Ich blickte kurz zu Aryon hinüber. Er stand einige Schritte abseits der Kindertraube und sah ärgerlich zu Boden. Mehr als einmal streiften ihn abschätzige Blicke, und einer meiner Rebellen reckte ihm die Hand in einer obszönen Geste entgegen. Natürlich. Aryon trug noch seine Gardeuniform, und Grau war keine gute Farbe für die Ruine.

Ich ging in die Hocke. »Lauft zu euren Eltern, ja? Ich habe heute noch einiges zu erledigen.«

Stattdessen packte eine winzige Hand die meine. Ein Mädchen mit blasser Haut und Sommersprossen, die auf einer Wange von einer halb verheilten Narbe zerteilt wurden. Ich kam unbeholfen auf die Beine, ließ mich von ihr zu einem Lagerfeuer ziehen, um das sich mehrere Rebellen geschart hatten.

»Kannst du meinen Bruder gesund machen?«, fragte das Mädchen. »Du bist doch der große Metalltänzer, du kannst machen, dass es Feuer regnet und Asche schneit.«

Ich dachte vage daran, dass man das Gleiche über den Zinnhybriden gesagt hatte, als ich noch klein gewesen war. »Zeig ihn mir.«

Stattdessen stand sie auf und zog eine der provisorischen Trennwände ihres Zeltes beiseite. Ich spähte hinein, ehe ich Aryon anwies, das Gleiche zu tun. Dort lag ein kleiner Junge, allerhöchstens zehn; seine Stirn war von kaltem Schweiß bedeckt und eines seiner Beine war unterhalb des Knies verschwunden.

Aryon zuckte zurück. Ich drückte ihm die gute Hand zwischen die Schulterblätter, zwang ihn, genauer hinzusehen. Eine Mischung aus Blut und Eiter sickerte durch den Verband des Jungen. Ich dachte an mein eigenes, ungeborenes Kind. Wenn es jemals so hilflos daläge … und wenn es meine Schuld wäre …

»Wir tun so etwas nicht«, flüsterte Aryon. »Wir sind doch die Garde.«

Er wirkte eigenartig blass, als er das sagte. Beinahe zerbrechlich. Nicht zum ersten Mal fragte ich mich, wie viel von seiner einstigen Sorglosigkeit wohl eine Maske gewesen war.

Ich sagte nichts, sondern zog ihn mit mir zu den Rebellen herum. In ihrer Mitte saß eine magere Frau, deren Wangen ebenfalls voller Sommersprossen waren.

»Bitte erzähl uns, wie das passiert ist«, sagte ich.

Die Frau sah Aryon misstrauisch an, ehe sie den Blick senkte. »Das war, als die Luftschiffe geschossen haben. Mit ihren großen Kugeln. Eine davon erwischte meinen Jungen. Er hat so fürchterlich geschrien …«

»Ich werde veranlassen, dass er eine zusätzliche Ration bekommt«, sagte ich. »Es tut mir leid, dass ich nicht mehr tun kann.«

»Ich weiß das zu schätzen, Schatten«, sagte die Frau und ging ins Zelt. Ich hörte, dass sie leise mit ihrem Kind sprach. Aryon stand jedoch da, als wäre er am liebsten am anderen Ende der Welt gewesen. Vielleicht war etwas in seinen Dickkopf gesickert. Vielleicht aber auch nicht.

»Ich könnte dir Dutzende solcher Fälle zeigen«, sagte ich, als ich ihn davonführte. »Viele von ihnen werden es nicht schaffen – ich habe zu wenige Ärzte. Vielleicht denkst du einmal daran, solltest du je wieder im Haus des Goldes sitzen und deiner Luftflotte befehlen, uns ihre Kugeln auf den Kopf zu werfen.«

Aryons Augen verengten sich.

»Du hältst dich für so verdammt edel«, flüsterte er. »Aber weißt du was? Deine dreckige Rebellenbrut tötet meine Gardisten!«

»Das sagt mir jemand, der eine Händlerin erschießen ließ, weil sie die falschen Geschichten erzählt hat.« Der bloße Gedanke daran weckte den Zorn, der in letzter Zeit so oft in meinen Adern brodelte. »Falls es dir entgangen ist, Aryon – ich habe keine Luftschiffe, die das Haus des Goldes in Schutt und Asche legen. Ich kämpfe, weil ich auf andere Weise nicht mehr leben kann. Und du wirst mir nicht die Schuld für jedes Steinchen geben, an dem sich deine Gardisten die Zehen stoßen, während sie Unschuldige ermorden.«

»Du eingebildetes Stück Altmetall!«, fuhr Aryon mich an. »Du hältst dich für einen Helden, aber das bist du nicht. Das bist du nicht!«

»Richtig«, sagte ich. »Ich bin das, was ihr aus mir gemacht habt. Ich wollte Frieden und ihr einen Uhrwerksfeind, und wenn ihr mir Feuer gebt, werde ich mit Feuer antworten. Wir sollten nicht das Uhrwerk fürchten, Aryon. Es ist das Uhrwerk, das seine Bürger fürchten muss.«

Aryon sah mich an, als hätte er mir am liebsten die Nackendrähte durchgeschnitten, und ich wandte mich an seine Wachen. »Bringt ihn in sein Zimmer zurück. Ich habe seine Lügen satt.«

Damit drehte ich mich um und ging. Ärger pulsierte hinter meinen Schläfen. Wie hatte ich bloß glauben können, dass er mir zuhören würde? Aryon war doch völlig verblendet!

Im gleichen Augenblick, als mir dieser Gedanke kam, zog sich ein Grollen durch das Gebäude. Staub rieselte von der Decke. Ich blieb an einem Fenster stehen und blickte in den Himmel, nur wenig überrascht darüber, die Flotte des Uhrwerks in den Wolken hängen zu sehen.

Ich konnte das nicht aufhalten, dachte ich. Aber Aryon konnte es.

Und dann kam mir eine einfache, herrliche Idee.

Kanra setzte seinen Weinbecher ab.

»Du veralberst mich, Schatten.«

»Ich meine es ernst«, sagte ich. »Wir haben Aryon. Es wird Zeit, ihn dem Uhrwerk zurückzuschicken … nur nicht so, wie sie es sich vorgestellt haben.«

Kanra verzog den Mund. »Ich kann mir Schöneres vorstellen, als im Körper dieses Dummkopfes zu stecken.«

»Es muss nicht für lange Zeit sein. Und ich kann dir einiges über Aryon erzählen, damit du besser in seine Rolle findest.«

Kanra lächelte dünn. »Wenn ich meine Talente verwende, bekomme ich mehr als das Aussehen meines Opfers. Der gestohlene Körper erinnert sich daran, was er sein sollte. Deswegen vergessen Aliamen manchmal, wer sie sind, wenn sie sich eine fremde Gestalt überstreifen.«

Ich verkniff mir die Frage, ob ihm das schon einmal passiert war. »Heißt das, du teilst meine Erinnerungen, wenn du mich vertrittst?«

»Oh nein«, sagte Kanra mit einem Grinsen, das mir nicht gefiel. »Nur Bruchstücke. *Neigungen.*«

Ich nahm mir im Stillen vor, Kanra nur noch in den äußersten Notfällen in meine Haut schlüpfen zu lassen. »Dann kannst du Aryon also gut genug spielen, dass der Austausch vorerst niemandem auffällt.«

»Richtig. Gib mir nur ein Haar von ihm.«

Ich streckte die Hand aus; darauf lag eine Haarlocke, die ich Aryon hatte abschneiden lassen. Kanra stockte kurz, ehe er grinste. Ich wandte höflich den Blick ab, als er mir das Haar abnahm und mit einem Schluck Regenwasser herunterspülte. Wenig später stand ein Abbild Aryons vor mir, in Kleidung, die ihm deutlich zu groß war. Kanra war ein bestenfalls mittelgroßer Mann, nur war das ein gewaltiger Unterschied zu Aryons zarter, kleiner Statur.

»Sei ein guter Schatten«, sagte Kanra mit Aryons Stimme, »und sorg dafür, dass man mir seine Uniform bringt. Ich werde zu seinem Haus gehen und mich dort umsehen, bevor ich mich morgen in mein hübsches neues Gardebüro setze.«

Ich nickte darüber. »Versuch, etwas gegen diese Luftschiffe zu tun. Das ist das Wichtigste. Für den Rest … leg ein Postfach irgendwo in der Stadt an. Ich lasse einen Brief einwerfen, falls mir ein Auftrag für dich einfällt.«

»Gerissen«, sagte Kanra mit einem wölfischen Lächeln. »Würdest du mich jetzt entschuldigen? Ich sollte baden und irgendein Parfüm auflegen, sonst werde ich in den guten Vierteln auffallen.«

Ich musste grinsen. »Pass auf dich auf.«

»Dein Wunsch ist mir Befehl«, sagte Kanra mit einer Scherzhaftigkeit, die ich nicht von ihm kannte. Vielleicht färbte Aryons Körper schon auf ihn ab. Es konnte manchmal so schwer sein, sich ihm zu entziehen …

Ich kümmerte mich darum, dass Kanra ordentlich angezogen verschwinden konnte, ehe ich mich für diesen Tag zurückzog. Als ich in die staubigen Zimmer kam, die ich gemeinsam mit Araine bezogen hatte, saß sie gerade auf dem Bett und redete mit Naris. Ich hörte vage heraus, dass es um Araines Schwangerschaft ging. Aber ich ließ den beiden ihr Gespräch, blickte in den rauchverhangenen Himmel, wo die grauen Gardeschiffe wie Haifische zu lauern schienen.

Am nächsten Tag jedoch waren sie verschwunden. Ich blinzelte ungläubig; Araine versicherte mir jedoch, dass sie ebenso wenig sah wie ich. Da war nur noch wolkenloses Blau, gelegentlich unterbrochen vom Ausstoß der Fabrikschlote. Es war das Schönste, was ich seit Wochen gesehen hatte.

»Kanra«, murmelte ich. »Du durchtriebener Bastard.«

Es kamen tatsächlich kaum noch Luftschiffe, um tagein und tagaus die Ruine zu belagern. Vielleicht eines oder zwei am Tag; eine überschaubare Menge, kaum hinderlich, wenn wir heimlich Vorräte in die Ruine brachten. Nach einer Weile erfuhr ich auch den Grund in einem Brief, den Kanra mir hatte zukommen lassen. Er hatte veranlasst, dass die Schiffe aufgerüstet werden sollten, um die Ruine zu vernichten – nur war beim Bau gestümpert worden, und dabei hatte er gewiss die Finger im Spiel gehabt. Jetzt lag die halbe Flotte Cerataris mit unbrauchbaren Motoren da, während Kanra wahrscheinlich vor Lachen nicht in den Schlaf kam. Er war nicht nur gut, dachte ich. Er war fantastisch.

»Das bedeutet gar nichts«, sagte Aryon jedoch zu mir; seine Zelle hatte ein Fenster, sodass er das Verschwinden der Luftschiffe durchaus bemerkt hatte. »Mein Vater wird mich befreien. Du wirst schon sehen, was du davon hast.«

Ich verschränkte die Hände hinter dem Rücken. »Aryon, glaubst du nicht, dass du verzichtbar für Ruanne bist?«

Etwas flackerte in Aryons Blick, ehe er eine wütende Miene aufsetzte. »Was weißt du schon.«

»Mehr, als du glaubst«, sagte ich mit einem Gedanken an meine Visionen, ehe ich seine Fesseln packte. »Komm mit, Aryon. Ich will dir jemanden vorstellen.«

»Wenn es keine hübsche Frau ist, ist es mir egal.«

»Oh, gut. Dann wirst du dich prächtig amüsieren.«

Aryon verzog das Gesicht, während wir mit seinen Wachen ins Erdgeschoss des Schlosses gingen. Gemeinsam betraten wir einen Raum, der vollgestopft war mit Regalen voller funkenmechanischer Apparaturen. An einem Tisch inmitten des Durcheinanders stand Aurenna und arbeitete an einem Gerät, dessen Sinn mir völlig verborgen blieb.

Allmählich wuchs die dunkle Tönung aus ihrem Haar. Ein beinahe surrealer Anblick, wenn ich bedachte, wie wichtig ihr Aussehen ihr früher einmal gewesen war.

»Oh«, sagte sie. »Hallo, Schatten. Ich baue eine Maschine, mit der ich Kaffee kochen kann, meine alte steht ja noch in Arassa.«

Ich nickte, enthielt mich jedoch eines Kommentars; natürlich gab es keine Kaffeebohnen in der Ruine, aber so hatte sie immerhin etwas zu tun.

»Hast du Zeit für uns, Aurenna?«

»Hast du dir wieder die Schulter verbeult?«, fragte sie streng.

»Was? Nein, sie ist in Ordnung.« Ich legte Aryon die gute Hand an den Rücken, um ihn auf den Tisch zu drängen. »Du musst Aryon ein paar Drähte ziehen.«

Aryon wurde leichenblass.

»Fangt gar nicht erst damit an, an meinem Gehirn herumzuschneiden! Ihr dreckigen Rebellen, ihr wagt es nicht …«

»Wachen«, sagte ich. »Bitte kümmert euch um meinen Gast.«

Die Männer machten sich kommentarlos an die Arbeit. Wie üblich veranstaltete Aryon einen Aufruhr, als stünde ihm eine Lobotomie bevor, doch sie hatten ihn binnen weniger Sekunden auf dem Tisch fixiert und hielten ihn dort fest.

»Ich muss an seinen Nacken«, sagte Aurenna. »So komme ich vielleicht an den Draht, ohne ihm den Schädel aufzusägen.«

Wie gut, dass ich von meiner Umwandlung zum Hybriden nichts mitbekommen hatte, dachte ich bei mir.

»An mir wird überhaupt nicht herumgesägt«, tobte Aryon.

Niemand beachtete ihn. Aurenna wandte sich um und kam wenig später mit einem Skalpell wieder. Ich hielt den Atem an, als sie es an seinen Halswirbeln ansetzte. Aryon keuchte auf, als die ersten Blutstropfen über seine Haut rannen, und Aurenna setzte einen langen Schnitt und förderte das Ende eines silbrigen Drahtes hervor.

Violette Funkenblitze sprangen über das Metall. Aryon verdrehte die Augen, doch ansonsten ließ er sich nicht anmerken, ob ihm die Operation Unbehagen bereitete.

»Gütige Funken«, sagte Aurenna. »Was für ein Stümper hat das denn getan?«

Im gleichen Augenblick ertönte ein Knall. Ich fuhr zusammen. Aurenna hielt inne, sah nach oben und die beiden Wachen tauschten Blicke.

Und das war, als sich Aryon heftig von ihnen losriss.

Die Ruine bebte. Aryon drehte sich auf den Rücken, zog die Beine an und stieß einen der Männer mit den Füßen weg, ehe er zu Boden glitt. Die zweite Wache setzte ihm nach, als Aryon auf das Fenster zulief, doch er war flink; ohne zu zögern rannte er auf die Scheibe zu, riss die Arme vors Gesicht und stürzte sich hindurch. Es klirrte heftig; scharfer Wind fuhr nach drinnen. Mir wurde klar, dass wir hier im Erdgeschoss waren, im verdammten Erdgeschoss –

Ich folgte ihm so schnell ich konnte, doch es war zu spät. Mit einem Keuchen kam Aryon auf der Erde auf und rannte davon.

Kälte erfasste mich, als ich ihm nachsah. Einen Augenblick lang war es still. Ich hörte, dass der zweite Wachmann auf die Beine kam, drehte mich jedoch nicht um.

»Es tut mir leid, Schatten«, sagte der verbliebene Wachmann.

»Schon gut.« Ich überlegte, ob ich Aryon folgen sollte, sah dann jedoch in den Himmel und erstarrte. Dort oben hing ein einsames Luftschiff, rauchverhangen, der metallene Körper im Dämmerlicht glänzend.

Ich dachte an Araine. An unser Kind. Was sollte aus ihnen werden, wenn ich Aryon nachlief und nicht in die Ruine zurückkam?

Ich wandte mich ab. »Bitte sucht Aurenna ein neues Quartier. Ich … schätze, ich sollte Kanra benachrichtigen …«

Die Wachen nickten, doch ich spürte Aurennas Blicke im Rücken. Was sie wohl dachte? Ob sie mich nach all den Jahren noch verstand?

Ich wusste es nicht.

Aber ich hoffte, dass meine Nachricht Kanra erreichen würde, bevor Aryon in sein Büro zurückkehrte und sein Verderben mit sich brachte.

Drei Tage später hatte ich immer noch nichts von Kanra gehört.

Normalerweise machte ich mir keine Sorgen um ihn. Natürlich nicht; er war stark und unerbittlich, und außerdem wusste er auch ohne

Platin, wie man seinen Kopf benutzte. Es sah ihm allerdings unähnlich, nichts von sich hören zu lassen. Wenn Aryon in die Garde gegangen war, seinen Doppelgänger dort aufgefunden hatte …

»Vielleicht sitzt er jetzt wieder in einer Vulkanzelle«, sagte ich am Abend des dritten Tages zu Araine. »Ich hätte ihn nicht wegschicken sollen.«

»Du wärst dumm gewesen, wenn du seine Fähigkeiten nicht genutzt hättest«, gab sie zurück. »Außerdem bin ich mir sicher, dass es ihm gut geht.«

Du zweifelst wirklich nie, Araine, dachte ich. Nicht dass sie das hätte tun müssen. Ich hatte genügend Zweifel für uns beide.

Trotzdem sagte ich nichts dazu. Beobachtete Araine aus dem Augenwinkel, fragte mich dumpf, wie es jetzt weitergehen sollte. Wir konnten unser Kind doch nicht an diesem Ort aufziehen. Mit dem Hunger und der Angst im Nacken. Und wenn mir oder Araine etwas zustieß …

Ich merkte, dass Araine den Kopf an meine metallene Schulter legte. Ganz sanft über meine schlechte Hand strich. Wir dachten das Gleiche, da war ich mir sicher. Fürchteten die Zukunft ohne irgendwelche Worte.

»Es wird alles gut werden«, flüsterte Araine.

Im gleichen Augenblick klopfte es an der Tür.

Wir tauschten einen kurzen Blick. Ich spannte mich an, während Araine nach ihrer Pistole griff. Aber als ich die Tür öffnete, blieb mir fast das Herz stehen. Dort stand Aryon, die Augen geweitet, keuchend und verschmiert von rot-schwarzem Blut. In den Händen hielt er eine schwere dunkle Kiste.

Seine Ärmel waren hochgekrempelt und entblößten Tätowierungen an den Innenseiten seiner Arme.

Ich blinzelte. »Kanra?«

Kanra trat mit einem Knurren in den Raum, um die Tür mit dem Fuß zustoßen zu können. Im gleichen Augenblick begann sein Haar auszubleichen; er musste sich auf die Zunge gebissen haben.

»Sie haben mich fast erwischt. Bastarde des Uhrwerks.« Kanra hustete kurz; als er weitersprach, war seine Stimme wieder gänzlich seine eigene. »Ich dachte, dass sie mich wieder in die Vulkanzellen werfen.

Ein Irrtum. Sie haben mich nur mit ihren Messern gekitzelt; mir eine Nachricht mitgegeben.«

Er überreichte mir die Kiste. Ich blickte zu Araine, die sehr blass geworden war, ehe ich sie auf dem Bett abstellte. Der Deckel war schwer, ließ sich jedoch auch mit einer Hand öffnen. Darunter verbarg sich eine kleine Apparatur, golden glänzend, und eine winzige Nadel senkte sich und kratzte über eine rotierende runde Platte.

»Taiden Belarron«, sagte eine Stimme, die ich erst nach einer Weile als die von Ruanne erkannte. »Metalltänzer. Rabenkrüppel. Wir senden Ihnen Ihren Gestaltwandler zurück, mit einem Angebot in den Händen, als Geste der Freundschaft. Unsere Differenzen sollen ein Ende nehmen. Wir laden Sie ein, uns auf dem Brückenfest zu besuchen, mit dem wir unseren Uhrwerksgründer und Ihren Vorfahren ehren.«

»Das ist eine Falle«, sagte Araine prompt.

»Ja«, flüsterte ich. »Aber lass uns weiterhören.«

»Wir gestehen Ihnen freies Geleit zu«, sagte Ruanne. »Kommen Sie auf die Brücke, die über den Vulkansee führt, und wir werden diesen Disput ein für alle Mal beenden. Es wird kein Blutvergießen geben. Keinen Schmerz. Nur eine Aussprache, wenn Sie es wünschen.«

»Das ist doch nicht zu glauben«, empörte sich Araine.

Ich fing an zu lachen.

Araine zuckte zusammen. Kanra trat neben sie, inzwischen in seiner natürlichen Gestalt, und musterte mich bestenfalls skeptisch.

»Das ist nicht lustig«, sagte Araine ärgerlich.

Ich packte sie bei den Schultern, so gut ich konnte. »Doch. Doch, das ist es, Araine, verstehst du denn nicht? Sie wollen uns eine Falle stellen, eine lächerliche Falle, aber wir waren schneller. Die ganze Brücke ist mit Dynamit vollgestopft!«

Einen Herzschlag lang schien sie nicht zu begreifen. Dann sah ich, wie es in ihren Mundwinkeln zuckte, und ein schalkhaftes Blitzen schlich sich in ihre Augen.

»Du machst Witze, oder?«

»Nein«, flüsterte ich. »Überhaupt nicht.«

Araine fing an zu lachen. Heftig. Ich stimmte in ihr Gelächter ein, schloss sie in die Arme; und erst als Kanra sich räusperte, fiel mir ein, dass er noch im Raum war.

»Du glaubst nicht ernsthaft, dass sie dich ohne Hintergedanken auf die Brücke einladen, Schatten? Sie werden uns allen in die Köpfe schießen, bevor die Dreizehn Stunden überhaupt erschienen sind.«

»Oh, davon gehe ich aus«, sagte ich. »Sie dachten an den Zinnhybriden, als sie diesen Plan geschmiedet haben, da bin ich mir sicher. Er war verrückt genug, um allein in ein Wespennest zu marschieren und unbeschadet herauszukommen.«

»Woher willst du das wissen?«, sagte Araine skeptisch.

»Ach. Nicht so wichtig.« Ich hatte ihr nie von meinen Visionen erzählt; womöglich dachte sie noch, dass mich die Rebellion wahnsinnig machte und würde mich aller Gefahren zum Trotz wochenlang ins Bett stecken. »Kanra, ich möchte, dass du dich ausruhst. Sobald du wieder gesund bist, such mir so viele Rebellen wie möglich zusammen. Bewaffne sie. Es wird Zeit, dass wir diese Farce ein für alle Mal beenden.«

Kanra deutete eine Verbeugung an und ging. Kaum dass wir allein waren, klappte Araine den Kistendeckel zu. Dünn war sie geworden, obwohl ich für sie häufig auf meine eigenen Mahlzeiten verzichtete, aber auf ihrem Gesicht lag ein schwaches Lächeln.

»So wie ich dich kenne, wirst du allein gehen wollen.«

Ich wusste nicht recht, was sie von mir hören wollte, und entschied mich für ein Nicken.

»Als wir auf das Fest meiner Familie gegangen sind …«

»Da waren wir nur zu zweit«, sagte Araine. »Ich würde so gern mitkommen, aber wenn die Kleine nicht rechtzeitig auf der Welt ist …«

Ich setzte mich neben sie ins Bett.

»Es würde mich beruhigen«, sagte ich. »Zu wissen, dass du sicher bist.«

Araine lächelte schwach. Ich wusste genau, dass sie den Gedanken daran hasste, nicht mit mir kommen zu können; dass sie hoffte, bis dahin unser Kind in den Armen zu halten, damit ich sie nicht mehr davon abhalten konnte.

»Stell dir vor, dass die Stunden dort sterben«, flüsterte sie. »Wenn das alles vorbei ist … glaubst du, dann könnten wir unsere Hochzeit feiern?«

Ich versuchte mir das vorzustellen. Bestimmt würden Hunderte von Rebellen erscheinen, wenn sich ihr Schatten vermählte, Marawyn mir schelmisch zulächeln und meine Mutter die ganze Zeit über vor Rührung in ihr Taschentuch weinen. Wie seltsam. Wie wunderbar.

»Das wird das Erste, was wir tun«, versprach ich ihr.

Araine lächelte schwach. Ich legte einen Arm um sie, schloss die Augen, während sie sich an mich lehnte. In meiner Vorstellung heirateten wir in der Ruine, in der auch das Fest von Levon Baines stattgefunden hatte, nur war sie in den Farben meines Hauses dekoriert. Zwischen den Gästen standen auch Kanra und Naris, er in einem Anzug und sie in einem geblümten Kleid, das überhaupt nicht zu ihr passte. Araine hingegen war der Sitte nach in Blau gehüllt, ihr Haar mit funkenbotanisch veränderten Blüten geschmückt, die wie Saphire leuchteten. Meine Rebellen klatschten und jubelten, als ich sie küsste … und dafür musste ich nur auf die Brücke gehen, die Stunden besiegen …

Die Welt verschwand in Finsternis, als ich allmählich eindöste …

»Das ist eine schlechte Idee, Amarion.«

Schnaufen. Keuchen.

»Ist es nicht«, hatte ich erwidert. »Theria, ich kann diesen gesamten Bürgerkrieg mit einem Streich beenden. Ich muss nur meinen Vater töten. Und dafür werde ich nach Ceratari gehen.«

Die Sonne brach über den Rand des Vulkankraters. Ungetrübt vom Ruß, vom Dreck. Der Vulkansee lag glatt und türkis in die Stadt gebettet da, während sich die Wolken auf seiner Oberfläche spiegelten.

»Lass mich mitkommen«, hatte sie geflüstert. »Oder nimm Ruanne mit. Aber geh nicht allein, er wird dir wehtun …«

»Soll er kommen und es versuchen. Die Zeit der Aliamen ist vorbei.«

Mein Vater erwartete mich bereits. Hatte mich hierher eingeladen, seinen Hofstaat hinter sich. In langen Reihen standen sie hinter ihm, gekleidet in ihr verstörend reines Cremeweiß. Beobachteten. Wollten sich daran ergötzen, wie der König über Blut und Asche seinen rebellischen Sohn zur Strecke brachte.

»Mach dir keine Sorgen«, hatte ich gesagt.

Ich werde diesen Kampf gewinnen.

Mein ganzer Körper pulsierte vor Schmerz. Blut quoll zwischen meinen Armplatten hervor; ich leckte es mühsam ab und fühlte, wie meine Gestalt in ihre natürliche Form zurückglitt. Ich biss die Zähne zusammen, als sich meine Knochen verschoben, meine Muskeln, mein Metall. Auch Funkenmetalle konnten alt werden, ihren Zauber verlieren.

Schließlich waren sie etwas Lebendiges.

»Hallo, Vater«, flüsterte ich. »Ich habe dir gesagt, dass ich wiederkomme. Zwölf Inseln gehören mir. Warum lassen wir nicht die dreizehnte dazukommen?«

Er sah mich voller Abscheu an. »Dann ist es also wahr. Du hast dich zu einer Maschine machen lassen und bist in die richtigen Betten gestiegen, und jetzt nennen sie dich ihren Schatten. Was fällt dir ein, den Namen unserer größten Helden derart zu entehren?«

Ich antwortete nicht, sondern zog mein Schwert. Das entlockte ihm ein Grinsen.

»Wie altmodisch.«

»Schusswaffen sind mir zu unpersönlich«, sagte ich. »Ich will fühlen, wie du stirbst.«

Der Aliamenkönig grinste. Ich hob die Waffe, und er nahm ohne zu zögern eine Pistole hervor und schoss. Ich drehte mich gerade noch rechtzeitig aus der Schusslinie, aber ich merkte, dass das Zinn auf der rechten Seite meines Körpers ächzte.

Schmerz begann in meinem Arm zu pulsieren.

»Schon müde?«, flüsterte mein Vater, dem meine Schwäche keineswegs entging. »Ich hätte das schon tun sollen, als du auf die Welt gekommen bist, Junge.«

Die zweite Kugel grub sich in meine Schulter. Ich keuchte auf. Einen Augenblick lang verschwamm die Welt, bis ich mich gefasst hatte und langsam auf ihn zuging.

Zwei Schüsse. Drei Schüsse.

Ein einzelner, tiefer Stich.

Mir wurde erst klar, dass es einen Kampf gegeben, dass er mich an meine Grenzen getrieben hatte, als mein Schwert im Brustkorb meines Vaters versank. Dickes, teerartiges Blut quoll aus der Wunde hervor, und auch mein Blickfeld verschwamm unter schwarzen Schleiern. Ich wusste nicht, wie viele Kugeln mich getroffen hatten. Schwer atmend stand ich da, zog das Schwert zurück, während sich die ganze Welt zu drehen begann; und als mein Vater zu Boden fiel, gaben auch meine Beine nach.

»Egal, was jetzt passiert«, flüsterte er, »du wirst mitkommen, mein Sohn.«

Ich konnte nicht darauf antworten. Mein ganzer Körper pulsierte und ächzte wie eine Maschine, deren Zerfall längst überfällig geworden war.

»Amarion!«

Jemand zog mich zurück. Ein Mann mit weißblondem Haar, die Schultern in poliertes Silber eingefasst.

»Ich habe es geschafft, Ruanne«, flüsterte ich und grinste. »Ich habe es tatsächlich geschafft.«

Ruanne sah mich an, als sei ich wahnsinnig geworden. »Du brauchst einen Funkenheiler, du Idiot.«

»Machst du dir etwa Sorgen? Ich wusste gar nicht, dass du ... oh, dass du das kannst ...«

Ich wollte noch etwas sagen, etwas ungeheuer Wichtiges, doch dann knickte mein Kopf zur Seite. Die Welt wurde dunkel. Als ich aufwachte, lag ich in einem Krankenzimmer, dessen großzügige Fenster einen Blick über ganz Ceratari zuließen. Apparaturen aus Funkenmetall krochen an den Wolkenkratzern hinauf, zogen Bahnen aus bedrucktem Tuch mit sich nach oben.

Willkommen im Schwarzen Uhrwerk, Ceratari.

Ich lächelte schwach und wollte aufstehen, aber mein Körper reagierte nicht.

Ich blinzelte. Senkte den Kopf und konzentrierte mich darauf, meine Finger zu bewegen. Nichts geschah. Eigentlich spürte ich nicht einmal, was jenseits meines Halses vor sich ging.

»Amarion«, sagte Theria leise.

Ich blickte zur Seite; sie saß auf einem Stuhl nicht weit von meinem Bett, meine metallenen Finger in ihre geschlossen.

»Gut, dass du wach bist. Wir wussten nicht, ob du ... ob du es schaffen wirst ...«

»Was ist mit mir?«

»Du brauchtest eine Funkenübertragung. Schnell. Wir haben es noch auf der Brücke getan, das mussten wir, du hattest zu schwere Verletzungen. Aber irgendetwas ging schief.«

»Schön«, sagte ich ärgerlich. »Ich hoffe, dass das in ein paar Tagen wieder weg ist, das ist ja unerträglich.«

Theria wurde blass.

Ich zog die Brauen hoch. »Was ist?«

»Das wird nie wieder weggehen«, sagte sie matt. »Es tut mir so leid.«

Ich starrte sie an. Wollte mich bewegen, irgendwie, damit sie sah, dass ich auf so alberne Witze nicht hereinfiel. Aber nichts geschah. Schwer und kalt lag mein Körper im Bett, war kaum mehr als ein lebloses Stützgerüst für meinen Schädel geworden.

Irgendwo in meinem Hinterkopf hörte ich meinen Vater lachen.

Der Rest von mir begann innerlich zu schreien.

28

Weck den Rebellenkönig

Jemand klopfte an die Tür.

Carive schrak auf. Das schwarze Tagebuch fiel ihr fast aus der Hand; sie klappte hastig den Deckel zu und eilte zur Tür. Dort stand einer der Zwillinge, die sie nicht auseinanderhalten konnte, und zerknüllte seinen Hut in den Händen.

Carive wurde kalt. »Was gibt es?«

Der Zwilling runzelte die Stirn. »Der Albino hat gesagt, dass du wissen musst … die Gardisten kommen. Sie stehen vor dem Tunneleingang. Sie werden die Ruine stürmen.«

Gütige Funken!

Carives Herz raste. Nein. Nein, Kanra hatte gesagt, dass der Tunnel nicht leicht zu stürmen war, dass es sein Plan gewesen war, eine Falle für die Steinerne Garde … doch es würde so viele Tote geben …

»Beim Metallarm des Zinnhybriden«, flüsterte sie. »Warum soll ausgerechnet ich … was soll ich denn da tun?«

»Er sagt, dass wir den Schatten brauchen«, sagte der Zwilling.

Carive starrte ihn an. Begriff zuerst nicht, was Kanra damit meinte. Aber dann dachte sie an die Tagebücher, an ihre neue Aufgabe, an Taidens Wunsch, sie zu seinem Nachfolger zu machen.

Warum hatte er nur sie auswählen müssen?

»Äh«, sagte sie. »Ich richte es ihm aus, wenn ich ihn sehe. Und schick Kanra hierher, bitte. Ich muss ihn dringend sprechen.«

Der Zwilling sah sie an, als hätte sie einen dummen Witz gemacht, wandte sich jedoch ab und ging. Carive sah auf die Bücher hinab, versuchte weiterzulesen; doch sie merkte bald, dass sie sich nicht mehr auf den Text konzentrieren konnte. *Verdammt, Kanra, wo bleibst du denn?*

Er erschien kaum zehn Minuten nachdem sie den Zwilling weggeschickt hatte, aber Carive waren sie wie zehn Jahre vorgekommen. Wie üblich trug Kanra einen dunklen Anzug, der ihn nur noch blasser wirken ließ, und sein Haar war ordentlich zurückgebunden. Er war kein Kämpfer, dachte sie. Auf Arulan hatte er die Feder geführt, nicht das Schwert.

»Kanra«, platzte sie heraus. »Kanra, ich habe keine Ahnung, was ich tun soll.«

»Die Garde wird uns gleich die Hölle heiß machen, Karotte«, sagte Kanra schlicht. »Ich denke, dass ich weiß warum. Wen sie hier oben beschäftigen, der kann Taiden nicht in den Metallhängen helfen.«

»Wieso stehst du dann noch hier herum? Du musst ...«

»Nicht ich«, sagte Kanra. »Du.«

Carive starrte ihn an, aber er wandte sich ab, offenbar in Gedanken versunken. »Da draußen stehen Hunderte von Gardisten, Carive. Wenn du dich beeilst, werden sie dich nicht mehr im Schloss einkesseln können. Ich werde dafür sorgen, dass wir so viele Menschen wie möglich hier herausbekommen, und dann jage ich das Schloss in die Luft. Die Trümmer werden die Garde vorerst hinhalten.«

»Aber wenn die Rebellen sehen, dass wir einfach weglaufen, wenn Taiden nicht da ist ...« Carive dachte nach, ehe sie Kanra Maske und Perücke übergab. »Du musst seine Gestalt annehmen. Lenk die Garde ab. Sie werden bestimmt nicht damit rechnen, und du gibst den Leuten Hoffnung.«

Kanra sah sie seltsam an, nahm die Verkleidung jedoch entgegen.

»Vielleicht hatte Taiden recht, was dich betrifft«, sagte er in einem eigenartig nachdenklichen Tonfall. »Gut. Lauf, Carive. Ich werde die Garde beschäftigen, solange ich kann, aber ...«

Er unterbrach sich, doch dieses eine Mal wusste Carive, woran er dachte. Das letzte Mal, als das Uhrwerk gekommen war, hatte er Arulan verloren. Arulan und seine Familie.

»Warum tut er das alles, Kanra?«, fragte sie leise. »Warum riskiert der Schatten sein Leben ...«

»Schwer zu sagen«, sagte Kanra, wich ihren Blicken jedoch aus. »Aber ich bin sicher, dass du ... bald verstehen wirst.«

Damit rauschte Kanra aus dem Raum. Carive klaubte die drei Tagebücher auf und hastete ihm nach. Sie verlor den Aliamen schon bald, doch ihre Füße trugen sie weiter, bis sie ein Fenster fand und nach draußen kletterte. Es fiel ihr leicht, um die Gardisten herumzukommen, die sich offensichtlich nur auf den Tunneleingang konzentrierten. Nach einer Weile hielt sie eine Kutsche an und bezahlte für die Fahrt zum Vulkansockel – dort, wo die Metallhänge lagen, gebettet ans türkisfarbene Meer.

Carive lehnte sich in ihrem Sitz zurück.

Halt sie hin, Kanra, dachte sie. *Bitte.*

Wir brauchen den echten Schatten, nicht mich.

Die Geburt unseres Kindes begann an einem Frühlingsmorgen. Ich erinnere mich daran, wie ich hilflos nach Naris suchte, als sich Araines Zustand veränderte. Wie sie ungeduldig Frauen zusammensuchte, die sowohl dem Säugling als auch Araine den Weg erleichtern sollten. Ich tigerte nervös von einer Ecke in die andere und drückte Araines Hand, während sie vor Schmerzen schrie. So viel Blut, so viel Geschrei … und am Ende war das zerknautschte Würmchen da, das man sorgfältig wusch und wog, bevor man es seiner Mutter an die Brust legte.

»Ein Mädchen«, sagte sie und lächelte. »Ich hab's dir doch gesagt.«

Ich musste lächeln. Wir waren allein in dem verstaubten Raum; ich hatte um ein paar Minuten Ruhe gebeten, und man hatte sie uns gern gewährt.

»Wie möchtest du sie nennen?«, fragte ich leise.

»Nach meiner Mutter, denke ich.« Araine klang erschöpft, aber ich hatte sie selten so zufrieden gesehen. »Und nach deiner, wenn du möchtest. Daia Dinora Belarron. Sehr gehoben, findest du nicht?«

»Es klingt schön.« Ich küsste ihre Stirn. »Schlaf jetzt, Liebes. Du siehst furchtbar aus.«

Araine lächelte, ehe sie die Augen schloss. Eine Weile blieben wir für uns allein; ich betrachtete das Bündel in ihren Armen und strich verstohlen über die winzigen Hände meiner Tochter. Die Ruhe war mir nur zu willkommen nach den Monaten der Aufregung. Ich nahm

Daia vorsichtig aus Araines Armen und hielt sie fest, bis die Monde über dem Vulkan aufgingen und Araine träge blinzelte.

»Oh«, flüsterte sie. »Du bist ja noch hier.«

»Du hast nicht lange geschlafen«, log ich. »Ich habe gewartet, weil ich dich etwas fragen wollte. Magst du das Varieté, Araine?«

Sie lächelte. »Nein.«

»Ich auch nicht«, gab ich zu. »Aber ich würde dich gern zu einer besonderen Vorstellung einladen.«

Zuerst schien sie nicht zu begreifen, was ich meinte, doch dann schlich sich ein Leuchten in ihre so müde gewordenen Augen.

»Ach Taiden«, flüsterte sie. »Du bist so ein Trottel.«

Ich lächelte. »Was sagst du?«

»Es wäre mir eine Freude«, sagte sie und bedeutete mir näher zu kommen, um mir einen Kuss auf die Wange zu hauchen. Ich lächelte schwach, aber ich merkte, dass sie lange noch nicht wieder bei sich war. Das machte nichts. Dieser Tag fühlte sich an, als würde er nie zu Ende gehen.

Schon bald döste Araine wieder ein. Ich legte Daia vorsichtig in ihre Wiege und beobachtete, wie sich das Mädchen schwach in seiner Decke regte. Der erste Mond war bereits aufgegangen, als Kanra und Naris zu uns stießen. Kanra klopfte mir auf die Schultern und beglückwünschte mich, während Naris ihn ermahnte, ruhig zu sein und das Kind nicht zu wecken. Sie warf mir einen kurzen Blick zu, wartete mein Nicken ab, bevor sie Daia vorsichtig berührte.

»Sie ist so ein hübsches Ding. Aber sie hat nicht viel von Araine.«

Soweit ich es beurteilen konnte, hatte sie recht; auf ihrem Kopf fand sich vereinzelt hellbraunes Haar, das vermutlich bald nachdunkeln würde. Ich blickte zu Naris auf und war überrascht über die Milde in den Zügen dieser eisernen Frau. Ob sie an ihren kleinen Sohn dachte?

Ich stand auf. »Lasst sie schlafen. Ich muss einige Angelegenheiten regeln.«

Kanra seufzte. »Du bist gerade Vater geworden. Das ist ein guter Grund, um sich einen Abend lang Ruhe zu gönnen.«

»Das spielt keine Rolle im Kampf gegen das Uhrwerk.«

Ich legte meine Verkleidung an und verließ den Raum, Kanra folgte mir nach draußen.

»Weißt du, was sie auf dem Brückenfest planen?«, fragte ich. »Hat man dir irgendetwas gesagt, als du noch Aryon warst?«

»Nun, Ruanne hält ihn nicht gerade für die hellste Birne im Kronleuchter.« Kanra grinste süffisant. »Auch die Gardisten dachten, dass sie ihre Späße mit mir treiben können, bis ich sie eines Besseren belehrt habe.«

Ich verzog den Mund, weil ich mir nur zu gut vorstellen konnte, wie eine Belehrung in Kanras Augen aussah. »Also weißt du nichts darüber.«

»Oh, wahrscheinlich wird die ganze Garde auf dich warten und dich mit ihren Kugeln durchsieben. Wahrscheinlich in Zivilkleidung, damit es auf den ersten Blick nicht auffällt. Die Dreizehn Stunden werden auf dich warten … weil sie beweisen wollen, dass man den Schatten des Vulkans sehr wohl erschießen kann. Aber sie sind feige geworden, träge. Seit Jahrzehnten sitzen sie in ihren Sesseln und wurden nie herausgefordert, und jetzt sind sie unschlüssig darüber, wie sie dich loswerden und ihre Macht behalten sollen.«

Ich versuchte mir das vorzustellen. In meiner Vorstellung sah es aus wie das Fest von Levon Baines, Dutzende von Pistolenläufen auf mich gerichtet, und zwischen ihnen legte auch Aryon mit wutverzerrtem Gesicht auf mich an.

»Vielleicht hätte Aryon das unterbinden können«, murmelte ich, ohne darüber nachzudenken.

»Selbst wenn dieser Dummkopf keinen Gehirndraht hätte, warum sollte er das tun? Vielleicht seid ihr einst Freunde gewesen, doch jetzt trennt euch etwas, was selbst die stärkste Beziehung brechen kann – eine Überzeugung.«

Ja. Ja, wahrscheinlich. Trotzdem schmerzte mich der Gedanke daran, mit wie viel Hass er mich betrachten würde. Damals hatte ich wenigstens so tun können, als läge es an der Maske …

»Das Brückenfest ist am Ende der Woche«, wechselte ich das Thema. »Ich möchte, dass du einen Platz findest, an dem sich Araine mit Daia verstecken kann, wenn irgendetwas schiefgeht. Falls das nicht genügt … versuch, eine Karte für ein Luftschiff zu bekommen. Ailion oder Escava. Das sind Länder weit im Norden, dort fällt eine rothaarige Frau nicht auf.«

»Du glaubst nicht ernsthaft, dass Araine von hier verschwindet, wenn dir etwas zustößt«, sagte Kanra und lächelte. »Darin seid ihr zwei euch zu ähnlich.«

»Dann lass dir irgendetwas einfallen.« Ich schwieg kurz. »Ich werde die Stunden nicht davonkommen lassen. Koste es, was es wolle.«

Kanra zog die Brauen hoch.

»Vielleicht habe ich dich damals unterschätzt, Schatten«, sagte er und ging. Ich sah ihm stirnrunzelnd nach, ehe ich mich abwandte, den Blick aus dem Fenster gerichtet. In letzter Zeit waren es mehr Luftschiffe geworden. Aber keines von ihnen schoss.

Ich fragte mich, ob Aryon an die Dinge dachte, die er in der Ruine gesehen hatte. Oder war das nur ein Zufall?

Ich hatte nicht die geringste Ahnung.

Aber ich wusste, dass dieser Wahnsinn auf der Brücke enden würde, auf die eine oder andere Weise.

Nicht lange nach Daias Geburt führte ich Araine auf das Dach des ceratarianischen Varieté–Theaters. Ich erinnere mich daran, wie die Stadt in der Pracht des Brückenfestes glänzte. Wie die Hitzeleitungen ungesehen in den Fugen des Bauwerkes lagen, verbunden mit genau der richtigen Menge Sprengstoff. Die Funkenlaternen baumelten am Geländer, bereit zur Explosion, und an den unzähligen Ständen und Kutschen im Gewimmel schwangen ihre goldenen Verwandten hin und her.

»Müsstest du nicht dort unten sein?«, flüsterte Araine. Ich trug natürlich Maske und Perücke, denn im Getümmel war ein Rebellenkönig niemals allein; doch ich sehnte mich danach, sie bald abnehmen zu können, dem Ende ganz offen entgegenzublicken.

»Ich gebe nur ein Zeichen«, erklärte ich. »Heute habe ich nur wenig zu tun.«

»Das ist gut zu wissen«, erwiderte Araine lächelnd. Ich trat mit ihr auf die Dachterrasse des Theaters, die von einem prunkvollen Geländer umgeben war, und legte den Arm um ihre Taille. Auch um uns herum glommen Funkenlaternen; man hatte einen wunderbaren Blick auf die Brücke und die Feststraßen, die von der Terrasse aus betrachtet Ähnlichkeit mit einem geöffneten Fächer hatten. Es sah aus, als sei halb Ceratari zum Fest gekommen, doch das täuschte. Ein guter Teil der Menge bestand ohne jeden Zweifel aus Gardisten in Zivilkleidung.

Aber auch die Rebellion war nicht untätig geblieben. Ich hatte fast zweihundert Mann auf das Brückenfest geschickt – einen Großteil der Rebellen, die mir zur Verfügung standen. Der Rest, Frauen und Kinder und gealterte Herren, hütete die Schlossruine. Ein verletzlicher Ort, dachte ich manchmal. Dennoch war es der sicherste Hafen für die Uhrwerksfeinde Cerataris geworden.

Araine sah zur Brücke hinunter. Ich drückte sie sanft an mich, wohl wissend, dass uns Dutzende von Rebellen im Auge behielten. Ich musste nur den Arm heben, und alles würde explodieren. Ein einfacher Sieg und süß obendrein.

»Dauert es noch lange?«, flüsterte Araine.

»Nein. Die Stunden werden gleich kommen, und dann gibt es ein Feuerwerk.«

Sie legte die Wange an meine Metallschulter. »Ich freue mich darauf.«

»Ich auch«, sagte ich leise. »Wenn die Dreizehn sterben … haben wir dem Uhrwerk den Kopf abgeschlagen. Wir werden ein ganz gewöhnliches Leben führen. Es wird keinen Grund geben, bewaffnet herumzulaufen, weil niemand mehr auf unsere Rücken zielt.«

»Wir werden uns langweilen«, sagte Araine scherzhaft.

»Ich bin lieber gelangweilt als tot.«

Sie lächelte. »Du bist schrecklich, Taiden. Weißt du, ich habe nie bereut, dass ich mit dir gegangen bin. Das sage ich dir viel zu selten.«

»Ich liebe dich auch«, erwiderte ich leise.

Araine schob meine Maske weit genug hoch, um mir einen Kuss zu geben. Unter uns wurde es still. Zuerst sah ich nichts Ungewöhnliches; nur einige Gardisten, die ganz offen Grau trugen, natürlich. Auf diese Distanz war es unmöglich zu bestimmen, aus welchen Abteilungen sie kamen; doch einer von ihnen trug ein grünes Stirnband …

Meine Mechanik stockte, obwohl mich Aryons Anwesenheit nicht überraschte. Er war der Präsident der Garde, verdammt. Natürlich lief er auch hier herum; beobachtete, ob ich erschien, wann ich erschien, damit er mich endlich töten konnte.

»Was ist los?«, sagte Araine.

»Aryon. Wie immer.« Ich streckte die Hand aus, um sie hinter der Brüstung in Deckung zu ziehen. »Bleib hier, Araine. Ich komme gleich wieder, ich muss nur das Signal geben.«

Sie nickte langsam und entsicherte ihre Pistole, um sie mir in die Hand zu geben.

Ich musste lächeln. »Ich kann doch gar nicht schießen, Araine.«

»Die ist auch nur für den Notfall. Vom Dach kannst du niemanden mit dem Metalltanz schlagen.« Sie lächelte. »Pass auf dich auf.«

Ich nickte schwach. Im gleichen Augenblick wurde es ruhig. Die Funkenlichter, die nicht unter dem Einfluss von Aurennas Konstruktion standen, änderten ihre Farbe von einem satten Gold in Weiß und Rot und Königsblau.

Eine offene Kutsche tauchte am Ende der Brücke auf. Sie war mit Blumen dekoriert, deren Farbton exakt denen der Laternen entsprach, und Funkenlichter glommen wie Glühwürmchen in dem kunstvoll verwobenen Blattwerk. Ich sah ihre dreizehn Insassen in den hellen Uniformen, die ich nur zu gut aus meinen Visionen kannte. Einige von ihnen winkten. Das Volk jubelte, während die Gardisten salutierten, und auch Aryon legte mit verblüffender Ernsthaftigkeit die Hand an seine Stirn.

Über dem Eingang des alten Varietés befand sich ein flaches, glasdurchsetztes Vordach. Vorsichtig ließ ich mich über die Brüstung nach unten gleiten, um dort in die Knie zu gehen. Wenn sie mich nur einen Augenblick zu früh sahen …

Obwohl ich die Kutsche beobachtete, sah ich aus dem Augenwinkel, dass Aryon den Kopf hin und her drehte. Ich begriff, dass er auf mich wartete. Dass er sich fragte, ob ich der Einladung der Stunden gefolgt war.

Die Kutsche blieb stehen.

Aryon blickte in Richtung des Varietés. Ich hielt den Atem an, aber sein Blick wanderte nicht weiter.

Dann wandte er sich um und ging zielstrebig in meine Richtung.

Gütige Funken!

Ich kam hastig auf die Beine, richtete den Blick auf die Kutsche und hob beide Hände. Meine Rebellen reagierten sofort. Ein schwaches Glimmen zeichnete sich in den Brückenfugen ab und sprang auf die Funkenlaternen über. Goldenes Licht züngelte auf, färbte sich schlagartig rot, und ein erstauntes Raunen ging durch die Menge.

Aber Aryon … wo war Aryon?

Ich drehte mich um und wollte mich auf das Dach zurückziehen, doch dann hörte ich die ersten Schüsse hinter mir. Ich blickte über die Schulter, sah, wie mehrere Gardisten in die Menge stürzten; ich nahm Schreie wahr, immer schriller, immer gequälter, während die Stunden lediglich das Dach ihrer Kutsche nach oben klappten.

Dummköpfe, ihr verdammten Dummköpfe.

»Araine«, rief ich. »Araine, geht es dir gut?«

Sie antwortete nicht. Schlagartig begann meine Mechanik zu rasen. Ich setzte einen Fuß in eine Nische in der Wand und wollte mich nach oben ziehen, aber im gleichen Augenblick trat Aryon an den Rand des Daches. Er hatte Araine nach hinten gezogen; der Lauf seiner Pistole lag an ihrem Schädel, und plötzlich war sie die ganze Welt für mich. Araine packte Aryons Arm, als wollte sie ihn wegstoßen, doch er grub die Finger fest in ihre Kehle. Ich sah, dass sie keuchte, obwohl ich es nicht hörte. Aryons Stimme war das Einzige, was noch zu mir vordrang.

»Die Hände kannst du lassen, wo sie eben waren«, sagte er barsch. »Da haben sie mir wunderbar gefallen.«

»Nein«, flüsterte ich. »Aryon, nein.«

Er überhörte mich. »Mein Vater war nicht sicher, ob du kommen würdest. Ich schon. Du kannst dir so eine Gelegenheit unmöglich entgehen lassen, oder? Du musstest einfach hierherkommen, um noch ein paar Menschen zu töten!«

Ich merkte, dass mir der kalte Schweiß an den Schläfen hinablief. »Hör zu, Aryon, wir können über alles reden – sieh, ob du mich erschießen kannst, aber lass sie in Ruhe, *lass sie in Ruhe.*«

»Es ist mir egal, was du vorhast«, fauchte Aryon. »Aber du wirst es aufhalten, verstanden? Du wirst niemandem in dieser Stadt ein Haar krümmen!«

»Das werde ich nicht – leg nur diese Pistole weg, bitte …«

Araine schüttelte heftig den Kopf.

Plötzlich ertönte ein ohrenbetäubender Knall. Goldene und purpurne Funkenblitze schossen an mir vorbei, ließen die Luft vor Hitze flimmern, und der Gestank von Qualm und Asche verstopfte meine Nase.

»Die Kutsche!«, brüllte jemand, gefolgt von den hysterischen Schreien der Masse. Ich achtete nicht darauf; das war kein Sieg, ich musste Araine zurückbekommen …

Einen Augenblick lang erstarrte Aryon. Blickte an mir vorbei. Ich sah, dass er etwas herausbrüllte, vielleicht einen Fluch oder einen Namen, und plötzlich glühte sein Blick vor Hass, und er betätigte den Abzug der Waffe …

Blut spritzte. Besudelte Aryons Gesicht. Araines Beine knickten ein und wie eine Puppe sackte sie in sich zusammen, die gebrochenen Augen glasige Kugeln im Mondlicht.

Meine Mechanik erstarrte und mit ihr die ganze Welt. Nein, dachte ich. Nein, das war nicht passiert, das bildete ich mir ein.

»Das hast du davon!«, schrie Aryon und richtete die Pistole auf mich. »Du bist ein Lügner – ein Mörder –, du hast Ruanne getötet …«

Sein nächster Schuss traf mich in den Bauch. Ich spürte keinen Schmerz, aber mein Messing wurde ganz kalt. Benommen ging ich in die Knie. Meine gute Hand fand Araines Pistole. Ohne darüber nachzudenken, richtete ich sie auf Aryon und drückte ab.

Er hat nicht … nicht wirklich …

Die Kugel grub sich unter Qualm und Blutspritzern in seinen Oberschenkel. Aryon schrie und fiel rücklings nach hinten. Ich hielt die Pistole zitternd nach oben gerichtet, doch er tauchte nicht mehr auf.

Das ist unmöglich.

Ich krallte mich am Geländer fest. Zog mich langsam und unter Schmerzen nach oben, während das Blut unter meinem Hemd hervorlief. Als ich Araine erreichte, hatte Aryon bereits humpelnd die Leiter erreicht, kletterte so eilig wie möglich hinab. Ich wusste sofort, dass ich ihn nicht mehr einholen würde; aber es war Araine, die mich jetzt brauchte, und ich kniete über ihr nieder. Hinter Haar und Blut konnte ich das Weiß des Knochens und die Masse sehen, die er bis eben geschützt hatte. Ich drückte die Hand fest auf die Wunde. Wenn ich sie nur lange genug verschloss … das würde zu retten sein, es gab Messing, es gab Funkenübertragungen …

Jemand zog mich an den Schultern zurück.

»Du kannst nichts mehr für sie tun«, flüsterte Kanra.

Ich stieß ihn fort. Araines Haut war kalt geworden und ich nahm sie in die Arme, um sie warm zu halten. »Hol mir Aurenna. Sie bringt das in Ordnung. Sie hat mich ebenfalls repariert, als ich so gut wie tot war.«

Kanra sah mich lange an. Es war unmöglich, seinen Blick zu deuten.

»Alles wird gut«, sagte ich. Ich lächelte, dass mir die Wangen schmerzten, doch zugleich waren sie irgendwie nass. »Alles wird gut werden.«

»Sie ist tot, Taiden«, flüsterte Kanra. »Es tut mir so leid.«

Er griff mir in den Nacken. Die Welt verschwamm. Ich wachte erst in der Ruine wieder auf, von schwerem Schlafmittel in mein Bett gedrückt, geplagt von Schmerzen in meiner Magengrube. Meine Tochter weinte im Nebenraum. Ich wandte mich mühsam zu Araine um, um sie zu fragen, warum sie noch nicht nach Daia gesehen hatte.

Ich war allein. Am Bettpfosten hing ein schwarzer Stoffstreifen, und jemand hatte Blumen neben eine Fotografie von Araine gelegt. Ich spürte förmlich, wie mir das Herz zersprang. Es war nicht wahr … es *konnte* nicht wahr sein …

Ich zog die Beine an und begann leise zu weinen.

Die Dreizehn Inseln waren mein.

Ich wünschte, es wäre nie so gekommen.

Ruß tränkte das früher so herrlich klare Ceratari. Ließ es von außen wahrscheinlich wirken, als wäre der Vulkan kurz davor, die Insel in Asche zu ertränken. Ich drehte manchmal den Kopf, um es mir anzusehen, denn etwas anderes hatte ich nicht zu tun. Wie gern wäre ich durch die Stadt gegangen. Wie gern hätte ich irgendetwas gefühlt.

Wie gern wäre ich am Leben gewesen.

»Mach den Mund auf, Amarion.«

Ich ignorierte sie. Theria sah mich eine Weile an, ehe sie den Löffel weglegte; ihr Blick war eigenartig dunkel.

»Ich habe keinen Appetit«, sagte ich schlicht. Das war ja nicht einmal gelogen. Häufig fütterte sie mich wie ein Kleinkind, ließ mich säubern, ließ mich baden. Jedes Mal lag ich hilflos da und schämte mich, wie ich mich früher nie geschämt hatte. Der Zinnhybrid, Schatten der Dreizehn Inseln, Sprenger des Aliamenregimes. Jetzt trug er die meiste Zeit über Windeln und wurde von seinen Stunden ignoriert, denn sie hatten bekommen, was sie wollten.

Macht über ein ganzes Land.

Ich hatte keine Ahnung, was sie so sehr daran begehrten. Mir war es eine Qual, wie eine Puppe dazusitzen, mir sogar die Nase putzen lassen zu müssen, während der Tag in langweiligen Gesprächen über Politik zerschmolz. Aber meine Stunden dachten anders. Kopfgeldjäger waren sie gewesen, Huren, verwöhnte Erben und verurteilte Verbrecher. Der Abschaum von Argano, dachte ich bitter. Jetzt hatte er sich in Ceratari festgekrallt und gedachte nicht, je wieder loszulassen.

»Vielleicht wird das in ein paar Jahren wieder gut«, sagte Theria.

Ihre Gleichgültigkeit schmerzte mich. »Das wird es nicht. Das wissen wir doch alle.«

»Wann bist du eigentlich so griesgrämig geworden?«, herrschte sie mich an.

»Ich kann mich nicht einmal an der Schläfe kratzen, Theria, also beantworte dir die Frage selbst. Gütige Funken! Hol mir Ruanne, ich muss mit ihm reden.«

»Schön«, sagte sie ärgerlich und ging. Ich sah ihr nach, empfand jedoch kein Bedauern. Irgendwie war das, was ich früher an ihr gemocht hatte, zerbrochen. Verfault. Seit ich an den Rollstuhl gebunden war, hatte sie mir nicht einmal mehr einen Kuss gegeben, als fürchtete sie, sich irgendwie an meiner Lähmung anzustecken.

Ich merkte, dass meine Augen brannten, aber natürlich konnte ich die Tränen schon lange nicht mehr fortreiben.

Ruanne erschien pünktlich zum Mittagsgeläut, so wie immer. Er rümpfte die Nase, als er eintrat, sagte jedoch nichts. Ich konnte es ihm nicht verübeln. Hier stank es immer nach Krankheit.

»Du hast gerufen?«

»Ja.« Ich schwieg kurz. »Ruanne, denkst du, dass die Inseln gut aufgehoben in den Händen der Stunden sind?«

»Nein.«

Ich zog eine Braue hoch.

»Das alles steigt ihnen zu Kopf«, sagte Ruanne, den Blick aus dem Fenster gerichtet. »Theria hat gestern einen Mann ins Gefängnis geworfen, weil sie der Meinung war, dass er sie unangemessen angeschaut hat. Das sind verzogene Bluthunde, die plötzlich regieren sollen, Amarion. In ein paar Jahren werden sie sich vielleicht zusammengerissen haben, aber so lange muss das Uhrwerk erst einmal durchhalten.«

»Und du? Wirst du auch größenwahnsinnig?«

»Ich bin ein Silberhybrid.«

Ich seufzte. Konnte ihm nicht einmal böse sein. Allmählich wurde mir klar, wie egal mir meine Stunden und mein Uhrwerk geworden waren. Rache an meinem Vater hatte ich nehmen wollen, aber er hatte stattdessen Rache an mir genommen. Mich in meinen Körper eingesperrt, in diese Stadt, in den dunklen, rußverschmierten Vulkankessel.

Ich spürte, dass ein Entschluss in mir reifte. Seit Langem tat er das, beinahe unbeachtet, im Stillen wachsend. Jetzt fühlte es sich an, als sei die Zeit dafür gekommen.

»Ruanne«, sagte ich matt, »ich muss dich um etwas bitten.«

Er zog die Brauen hoch.

»Töte mich«, sagte ich leise.

Ich hatte nicht damit gerechnet, aber er schien tatsächlich über diese Anordnung zu stutzen. »Bist du sicher?«

»Sieh mich an«, sagte ich und merkte, wie mir abermals die Tränen in die Augen stiegen. »Glaubst du, es gefällt mir, so zu sein wie jetzt? Es wird nie wieder anders werden, du hast die Ärzte gehört. Ich habe meinen Vater getötet, aber er hat trotzdem gewonnen, Ruanne. Er hat trotzdem irgendwie gewonnen.«

Ruanne zuckte nicht einmal mit der Wimper. Ich hasste ihn dafür. Dennoch machte ihn diese Gefühllosigkeit zum einzigen Mann, dem ich diese Aufgabe hatte übertragen können.

»Die Inseln brauchen dich, Amarion.«

»Nein«, sagte ich leise. »Es heißt … dass die Schatten wie die Lebensfunken sind. Sie kommen, um Veränderung zu bringen. Ich habe meine Aufgabe erfüllt, und jetzt könnt ihr Spaß mit dem Uhrwerk haben … bis es der nächste Schatten einreißt.«

Ruanne wurde blass. Ich lächelte schwach.

»War nur ein Witz. Bitte, Ruanne, wenn du es erledigen würdest …«

Ruanne zögerte, doch dann nahm er ein Messer vom Tisch, mit dem Theria eben noch Brotscheiben für mich zurechtgeschnitten hatte. Ganz langsam trat er auf mich zu und setzte die Klinge in meinen Nacken. Ich fühlte die Funkenimpulse durch meine Nackendrähte prickeln. Gleich war es vorbei. Nie wieder würde ich gelähmt sein …

»Auf Wiedersehen, Amarion«, flüsterte Ruanne.

Ich lächelte schwach. Bereitete mich auf den Schmerz vor.

»So sentimental kenne ich dich gar nicht.«

»Ich habe dich gemocht.« Ruanne setzte einen einzigen, glatten Schnitt. Ich konnte fühlen, wie die beiden Zinndrähte dort ohne ein Zögern entzweisprangen. Mein Körper lag still und schmerzlos da, aber in meinem Kopf breitete sich ein eigenartiges Kribbeln aus.

Gemocht hatte er mich, der Silberhybrid.

Ich lächelte träge, wollte noch einen letzten Scherz darüber machen, doch dann stürzte meine Welt in undurchdringliche Dunkelheit.

Gespräche. Pläne. Staub, der aus der Decke der Ruine stürzte, wann immer sie angriffen; wann immer sie scheiterten. Ich bekam kaum etwas davon mit. Wollte es gar nicht. Dieses Schloss war grau und tot, ganz genau wie ich.

»Was denkst du, Schatten? Kyron? Kyron, hörst du zu?«

Ich sah auf. Mehrere Rebellen starrten mich an, um den Tisch versammelt, an dem ich meine Besprechungen abhielt.

»Was?«, flüsterte ich.

Schweigen.

»Wir haben ein paar Ideen, was die anderen Stunden angeht«, sagte Naris von einer Seite des Tisches, rauchend, die Brauen zusammengezogen. »Willst du gar nichts darüber hören?«

Ich sah vor mir, wie die Brücke in Flammen verging. Starrte Aryon an. Hörte den Schuss.

Sah Araines Augen brechen.

»Später«, sagte ich langsam.

Meine Rebellen starrten mich an. Ich merkte, dass etwas Nasses über meine Wangen lief. Dann stand ich auf und verließ den Raum, ihre Blicke im Nacken, lehnte mich draußen an die Wand und würgte meine Tränen hinunter.

Doch später kümmerte ich mich nicht um irgendwelche Pläne; später schleppte ich mich an Daias Wiege. Ich erinnere mich daran, dass ich oft im gleichen Raum schlief wie sie. Dass sie mich mit ihrem Weinen weckte und ich mich fragte, ob sie Araine ebenfalls vermisste.

Mein Atem stand warm unter der Maske. Ich setzte sie nur noch zum Schlafen ab und sah nicht mehr in den Spiegel.

Daia hingegen döste friedlich vor sich hin, die winzigen Finger in ihre Decke gekrallt. Vorsichtig nahm ich sie in den Arm. Blieb mit ihr auf dem Boden sitzen. Und die ganze Zeit dachte ich daran, dass sie ihre Mutter nie kennenlernen würde, nur weil ich versagt hatte …

Schritte. Ich wandte mich nicht um.

»Es ist meine Schuld«, flüsterte ich. »Meine Schuld, Kanra. Wie viele Stunden sind noch am Leben? Sieben oder acht? Dafür ist meine Frau gestorben!«

Ich ließ den Kopf auf den Rand von Daias Wiege fallen. Meine Augen brannten. Dann spürte ich, wie Kanra seine Hand auf meine Schulter legte, und schüttelte sie wortlos ab.

Kanra seufzte.

»Ich weiß, dass es wehtut«, sagte er matt. »Aber du kannst dich nicht ewig hier drin verschanzen. Deine Rebellen brauchen dich. Diese Inseln brauchen dich.«

»Lass sie doch brennen«, murmelte ich und blickte auf Daia hinab. Sie war so klein, und schon hatte ich vollkommen in meiner neuen Aufgabe versagt. Trotzdem sagte ich nichts. Sah einfach auf sie hinab und ließ die Gedanken schweifen, irgendwohin, wo Araine nicht mit ihren gebrochenen Augen und dem blutig roten Haar auf mich warten konnte.

Ich erinnerte mich an ihr Lachen. Daran, wie fest sie geglaubt hatte, dass wir es schaffen konnten, dass es ein gutes Ende für uns geben würde. Dann dachte ich an Kyron, an unsere Nacht in den Schatten und seinen leblosen Körper im Gras. Aurenna, vom Uhrwerk geschändet, die brillanteste Mechanikerin, die Arassa je hervorgebracht hatte …

Der Schatten darf nicht sterben, solange es das Uhrwerk gibt. Aber ich wollte es, ich wollte es so sehr. Einfach eine Klinge in meinen Nacken setzen lassen, wie es der Zinnhybrid gemacht hatte. Das Uhrwerk hatte er erschaffen, war gefallen, weil es ihn nicht mehr brauchte.

Vielleicht war es an der Zeit, die Rebellion in andere Hände als meine zu geben.

Mir kam ein vager Einfall. Vorsichtig stand ich auf und legte meine Tochter in Kanras Arme; sie regte sich kaum merklich, schien sich jedoch nicht an seinem Aliamengeruch zu stören.

»Ich möchte«, sagte ich leise, »dass ihr euch gut um sie kümmert. Erzählt ihr nicht von meinen Dummheiten. Gebt ihr nur mein Fotoalbum, wenn sie groß ist. Sie wird sich freuen … ihre Eltern zu sehen.«

Kanra packte mich beim Arm. »Du wirst doch nicht …«

Und dieses eine, letzte Mal reagierte ich wie ein Metalltänzer. Meine schlechte Hand fuhr gegen seine Schläfe und Kanra stolperte gegen die Wand, ehe er zusammensackte. Er war so gestürzt, dass Daia lediglich mit ihm zu Boden rutschte, statt sich wehzutun; trotzdem verzog sie den Mund und begann zu weinen. Ich tröstete sie, bis sie eingeschlafen war, ehe ich sie auf die Stirn küsste und ging. Ganz langsam folgte ich dem Netz von Gängen zu einer Treppe. Meine Schritte hallten monoton über die Stufen und ihr Takt entsprach dem meiner düsteren Gedanken.

Ich kam erst vor einer dunklen Tür zum Stehen. Klopfte leise und hoffte absurderweise, dass Aurenna nicht da war, aber natürlich war sie es doch. Ganz langsam trat ich ein. Spürte meine Mechanik träge arbeiten, als ich mich ohne zu fragen auf ihren Operationstisch setzte.

»Ich brauche deine Hilfe«, flüsterte ich.

Kein Tadel wegen meiner zerschlissenen Mechanik. Kein einziger strafender Blick. Stattdessen kam Aurenna auf mich zu und legte die Hand an meine Stirn, als fürchtete sie, dass ich Fieber hätte.

»Ich brauche etwas, das mir beim Schreiben hilft«, flüsterte ich. »Damit es besser geht mit der linken Hand. Es gibt einige Dinge, die ich … die ich den nächsten Schatten wissen lassen muss …«

»Gib mir eine halbe Stunde«, sagte Aurenna.

Eine Woge der Sympathie für sie überkam mich, weil sie keine Fragen stellte. Weil sie einfach half. Ich wusste nicht warum, aber im gleichen Augenblick lief mir eine Träne über die Wange.

Aurenna stieg schweigend zu mir hinauf. Drückte meinen Kopf an ihre Brust. Fest. Ich merkte, dass ich zu schluchzen anfing; doch Aurenna saß einfach da und hielt mich fest, strich mir tröstend übers Haar. Ich krallte die gute Hand in ihre Schulter, ließ einfach alles geschehen. Vor ihr zu weinen war nicht schlimm. Denn Aurenna kannte jedes Geheimnis meines Innenlebens.

»Ich vermisse sie«, flüsterte ich. »Ich hätte besser auf sie achtgeben sollen, ich hätte … ich will sie *wiederhaben,* Aurenna, ich will diese Rebellion nicht mehr anführen, ich will …«

»Ach Taiden«, sagte Aurenna leise. »Ich weiß, wie sehr es wehtut. Aber ich bin ja da. Eine gute Funkenmechanikerin gibt immer auf ihre Hybriden acht.«

Eine Weile blieb sie sitzen, wo sie war. Wartete geduldig, bis ich mich gefasst hatte, wischte mir die Tränen von den Wangen. Dann stand Aurenna auf, kramte in ihren Regalen herum und schob mir drei Notizbücher herüber.

»Fang schon an, wenn du möchtest«, sagte sie. »Du hast bestimmt sehr viel zu schreiben.«

Ja, dachte ich. So viel zu durchleben. Mich zu wappnen. Ich nahm mir einen alten Füllhalter, tauchte ihn in Tinte und begann zu schreiben. Langsam, um die Lettern nicht mit meiner Linken zu verschmieren.

Um die Vergangenheit ertragen zu können.

Aurenna summte leise, als sie zu bauen begann. Ich hörte ihr kaum dabei zu, dachte mit pochendem Herzen nach. Was musste der nächste Schatten wissen? Half es ihm, von meinen Fehlern zu hören, von den Dingen, die mich hierher gebracht hatten?

Wem sollte ich diesen Titel, diese Last aufbürden?

Ich wusste es nicht. Noch nicht. Also versank ich in den Buchstaben und ließ meiner Geschichte ihren Lauf.

Irgendwo auf den Dreizehn Inseln gibt es ein Lied, das nicht vom Schwarzen Uhrwerk umgeschrieben wurde.

Die nächsten Seiten waren leer.

Carive zögerte. Schüttelte das Tagebuch vorsichtig aus. Eine schmale Karte fiel heraus, ganz wie sie es erwartet hatte; mit zitternden Lettern war sie beschrieben, als hätten Aurennas wundersame Maschine und Taidens Nerven gleichermaßen versagt.

Carive.

Es tut mir leid, dass ich dich diesem Druck aussetze. Dass ich dich zum Schatten mache, obwohl es nichts Schlimmeres auf der Welt gibt als das. Aber ich weiß, dass ich dir meine Gedanken und meine Pflichten anvertrauen kann; dass du deine Aufgaben gewissenhaft erledigen wirst. Kanra mag ein gefährlicher Gegner sein, aber wüsste der gescheiterte Offizier von Arulan auch eine Rebellion zu führen? Könnte ich meine Fehler, meine Dummheiten vor Naris ausschütten wie vor dir?

Sie sind nicht wie du, Carive.

Ich bin mir sicher, dass es dich erschreckt. Dass du dich fragst, warum ich von all meinen Rebellen ausgerechnet dich ausgewählt habe. Ich weiß jedoch, wie es sich anfühlt, am Rand zu stehen; überrascht zu sein von den eigenen Fertigkeiten. Deine Augen mögen schlecht sein, aber du hast mir beigestanden, als wir beide gegen die Gardisten gekämpft haben. Du bist scheu, aber du bist deinen Weg gegangen, selbst als Uhrwerk und Rebellion den Vulkan zu verzehren begannen.

Und, natürlich, schätzt du es zu lesen.

Ich denke, dass du das Potential hast, ein großartiger Schatten zu sein. Dies ist der Grund, warum ich dir meine Erinnerungen übergeben habe. Warum du die Maske tragen sollst, wenn die Stunden überleben, wenn ich nicht mehr am Leben bin.

Du erinnerst mich an den jungen Mann, der ich war, bevor meine ganze Welt zerbrach.

Und auch aus dir wird Großes werden.

Etwas Nasses fiel auf die Karte. Einen Augenblick lang dachte Carive, dass es in die Kutsche regnete, bevor sie die Feuchtigkeit auf ihren Wangen spürte. Er glaubte wirklich, dass sie es tun konnte. Dass sie es besser machen würde als all seine Berater.

Dass sie ein würdiger Schatten sein konnte.

Trotz der Angst, die sie noch immer empfand, breitete sich Wärme in ihrem ganzen Körper aus. Ein eigenartiger Wagemut befiel sie. Carive legte die Bücher und die Karte weg, packte den Rocksaum ihres Kleides und riss den Stoff mit einem einzigen, mächtigen Ruck entzwei.

Die Kutsche blieb stehen. Carive blickte hinaus. Der Vulkankegel von Ceratari ragte hoch über ihnen in den Himmel, die Luft fühlte sich wie von Funkenströmen aufgeladen an.

Carive beugte sich aus dem Fenster. Der Kutscher sah über die Schulter.

»Alles in Ordnung?«

»Ja«, sagte sie und grinste. »Aber wenn es Ihnen nichts ausmacht, muss ich mir Ihre Hose leihen.«

Die Ruine des Widerstands ragte dunkel vor ihnen auf und Aryon wurde nervös. Dreihundert Gardisten gegen eine unbekannte Anzahl von Rebellen. Die militärische Präsenz Ceratarìs in seiner Hand. Taiden hatte geglaubt, dass das Brückenfest den Abschluss bilden würde, doch er hatte sich geirrt.

Das Ende kam jetzt, und es würde blutig sein.

»Das gefällt mir nicht«, hörte er einen der Gardisten sagen. »Wir können nicht einfach in den Tunnel stürmen. Kyron hat irgendetwas vorbereitet.«

»Dazu hatte er keine Zeit«, sagte Aryon abwesend. »Wir werden den Widerstand vernichten. Bald herrscht wieder Frieden in Ceratari.«

Das hoffe ich zumindest. Und was dann? Würden die Stunden am Ende dieses Tages Taidens Leiche in den Vulkan tragen? Aryon wusste, dass sie es schaffen würden; doch er wusste nicht, was er empfinden sollte. Vielleicht würden sie ihn wenigstens lebend fangen … und er würde ein letztes Mal zu ihm gehen und mit ihm reden, denn das musste getan werden, auch wenn Taiden es nicht würde hören wollen …

Aryon blickte zum Umriss der Ruine hinauf, die einem Bienenstock gleich von gräulich goldenen Luftschiffen umschwärmt wurde. Es waren wenige; Taidens Gestaltwandler hatte die meisten von ihnen flugunfähig gemacht, nur war Aryon nicht böse darum. Er dachte an die Kinder im Gebäude, zerfetzt von glühenden Kugeln aus Feuer. *Wenn es noch Götter auf den Inseln gibt, mögen sie mir gnädig sein.*

Aryon seufzte. *Ich kann nicht ewig warten.*

»In den Tunnel mit euch.« Seine Stimme war dünn, doch die Gardisten gehorchten. Aryon sah zu, wie sie in die Dunkelheit vorrückten, ehe er seine Pistole schussbereit machte. Dann ging ein Grollen durch den Boden, gefolgt von einem lauten Knall. Aryons Herz begann zu rasen, als er sah, dass es in der Ruine zu qualmen begonnen hatte – Schreie ertönten im Tunnelgewölbe, und plötzlich schoss eine Schuttwolke aus dem Eingang hervor …

Aryon wandte den Kopf ab. Hustete in den Ärmel seiner Uniform, während sich die Welt in ein graues Nebelfeld verwandelte. Seine Augen tränten; überall um ihn herum erklang Geschrei. *Was ist gerade …*

Er stolperte aus der Wolke. Blickte zum Tunneleingang hinüber. Auf dem Hügel über dem qualmenden Loch stand ein maskierter Mann, von Kopf bis Fuß in Schwarz gekleidet.

Aryon erstarrte. *Das ist nicht wahr.*

Taiden Belarron schob die Maske hoch und grinste.

»Hallo, Aryon«, sagte er. »Versuch, mich zu fangen, wenn du kannst.«

Damit wirbelte er herum und rannte davon. Einen Augenblick lang war Aryon zu verblüfft, um ihm zu folgen, ehe er seinen Gardisten ein Zeichen gab und eilig zu laufen begann. Sein Bein brannte wie Feuer, wo Taiden ihn angeschossen hatte, auch wenn die Wunde bereits einige Wochen alt war; doch es war leicht, ihn im Auge zu behalten, denn sein Umhang wehte deutlich sichtbar im Wind. Dann änderte er schlagartig die Richtung, hastete ins schmutzige Kanalviertel hinunter; Aryon sah ihn eine Brücke hinauflaufen, und plötzlich schwang er sich über das Geländer und sprang in die Tiefe. Sein Atem stockte, bis er sah, dass Taiden auf dem hölzernen Dach einer Fähre gelandet war, die langsam von ihm fortglitt.

Oh nein, dachte er. *Das kannst du vergessen.*

Aryon sah sich hastig um, eilte bis zur nächstgelegenen Brücke, ehe er Taiden nachsprang. Das Boot unter ihnen wackelte bedrohlich, doch er hielt sich auf den Beinen; die Gardisten hingegen sammelten sich am Ufer, einige von ihnen mit Pistolen in der Hand. Aryon sah, dass sie auf Taiden anlegten – dass sie gleich schießen würden, ganz egal, was man über den Metalltänzer sagte.

»Packt diese Waffen weg!«, schrie er. »Man kann ihn sowieso nicht erschießen, ihr Dummköpfe!«

Taiden lächelte dünn. »Das hast du schön gesagt.«

Aryon schwieg. Er hatte Taiden seit dem Brückenfest nicht mehr gesehen und plötzlich wurde ihm flau im Magen. Wie oft hatte er sich schlaflos in seinem Bett gewälzt, immer wieder über diese Nacht nachgedacht …

»Hör zu«, sagte er leise. »Was ich getan habe … es tut mir leid. Ich wollte Araine nicht wehtun, aber …«

»Aber *was?*«, sagte Taiden scharf. »Hat es dir Spaß gemacht, sie vor den Augen ihres Mannes zu erschießen? Hast du dich stark gefühlt? Glaubst du, eine Entschuldigung könnte nur annähernd wiedergutmachen, was du *getan* hast?«

»Was soll ich denn sonst tun?«, fuhr Aryon ihn an. »Es war ein Fehler, ich weiß, ich dachte nur ... als die Brücke in Flammen aufging, habe ich geglaubt, dass mein Vater ... ich wollte es dir heimzahlen, in Ordnung? Ich dachte, du wärst verrückt geworden, ich habe nicht nachgedacht!«

»Das kannst du gut«, zischte Taiden. »Geh baden, Gardist.«

Damit versetzte er Aryon einen Stoß. Aryon keuchte auf, als er das Gleichgewicht verlor, griff hastig nach Taidens Armen; Taiden fluchte, als er ebenfalls zu straucheln begann, als sie gemeinsam ins Wasser stürzten. Das Nass schlug über ihnen zusammen und Aryon lächelte. Taidens Funkenmetall würde ihn in die Tiefe zerren, als hätte man ihm einen Felsbrocken um den Hals gebunden. *Geh und hol dir Araine,* dachte er. *Du warst ja nicht lange von ihr getrennt.*

Er ließ Taiden los, als seine Füße auf dem schlammigen Kanalboden aufsetzten, und stieß sich nach oben. Sein Kopf brach durch die trübe Wasseroberfläche. Einen Augenblick lang schloss er die Augen, genoss seine Atemzüge ... und dann griff jemand nach seiner Schulter und drehte ihn herum.

Aryons Herzschlag setzte kurz aus, als er Taiden ins Gesicht blickte.

»Netter Versuch«, flüsterte er; seine Augen glühten wie Kohlen, sein Lächeln entblößte aliamisch scharfe Zähne. »Leider hast du den falschen Schatten verfolgt.«

Damit packte er Aryons Haarschopf und drückte ihn unter Wasser. Aryon strampelte und schlug um sich, schaffte es jedoch nicht, dem Klammergriff seines Gegners zu entrinnen. Er benutzte beide Hände, um ihn in die Tiefe zu drücken. Es war falsch ... zutiefst falsch ...

Erst als er nicht mehr zappelte, zog Kanra den Gardisten aus dem Kanal. Seine Haut war leichenblass und sein Atem stockte, doch Taiden wäre vermutlich böse, wenn Kanra diesen Bastard einfach umbrachte. Stattdessen biss er Aryon ins Handgelenk, bis Blut kam, rang sich eine weitere Verwandlung ab. Danach warf Kanra den Mistkerl in eine Gasse und hoffte, dass er vorerst dort bleiben würde. Später würde er ihn mitnehmen. Zuerst jedoch ...

Schritte. Kanra roch Schießpulver und Stiefelpolitur, Pomade und steifen Stoff. Die Menschen gaben sich Mühe, es mit Seife zu überdecken, nur machte dies ihren Gestank auf gewisse Weise noch unverwechselbarer.

»Wir sind einer List zum Opfer gefallen«, sagte er, ohne sich umzudrehen. »Das war nur Kyrons Gestaltwandler, nicht der Schatten selbst. Benachrichtigt die restlichen Gardestellen. Wir müssen ihn auf der Stelle verfolgen. Dieser Mann ist gefährlich für das Uhrwerk, und wir werden ruhiger schlafen, sobald er in die Ecke getrieben ist.«

Carives Kopf schmerzte.

Die Kutsche erreichte das Hafendorf. Carive zahlte und eilte davon. Sich in einer Hose zu bewegen fühlte sich an, als liefe sie nackt umher, aber immerhin passte sie wie angegossen; und um die Etikette kümmern konnte sie sich immer noch, wenn sie Taiden erst einmal gefunden hatte. Dieser Trottel. Er konnte doch nicht ernsthaft daran denken, sich hinrichten zu lassen!

Carive begann zu keuchen. Dennoch wagte sie es nicht, ihre Geschwindigkeit zu mindern. Schon bald wich die Hafenstadt zurück und wurde von Türmen aus Schrott ersetzt. Seltsamerweise lag kein Metall auf dem Boden. Es bildete Wände, Hänge, sogar steile Bögen über ihrem Kopf, doch zu ihren Füßen rollte nicht einmal die kleinste Schraube umher.

Carive wurde langsamer. *Magnetismus. Das alles ist Funkenmetall.* Wenn Taiden hier war, hing er vermutlich ebenfalls an irgendeiner Magnetwand fest. Vielleicht hätte er geschrien, vielleicht auch nicht. Der Schmerz musste sich süßer anfühlen als der Gedanke an das Brückenfest.

Sie betrat einen Korridor aus Schrott, der sich beinahe einem Tanzsaal gleich um sie herum aufspannte, und inmitten des sterbenden Glanzes saß ein Mann. Seine Wangen waren hohl geworden, sein Haar inzwischen fast völlig ergraut. Gelegentlich zuckte seine rechte Hand, aber er schien es nicht zu bemerken. Aus irgendeinem Grund beunruhigte sie dieses Detail am meisten.

Carive schluckte. »Hallo, Taiden.«

Der Schatten des Vulkans blinzelte.

»Carive«, sagte er leise. »Beim Metallarm des Zinnhybriden, warum bist du …«

»Weil du dich umbringen willst«, sagte sie hilflos. »Das kannst du nicht machen, Ceratari braucht dich, deine Tochter braucht dich!«

»Daia wird irgendwann verstehen, warum ich es getan habe«, sagte Taiden matt. »Ich bringe sie nur in Gefahr. Außerdem werden Kanra und Naris für sie sorgen. Achtgeben, dass sie keine Dummheiten macht, wenn sie größer ist.«

»Und das sagst du über ein Kind von dir und Araine«, sagte Carive frustriert.

Taiden sah sie mit milder Überraschung an. »Seit wann bist du so frech, Carive?«

»Seit wann bist du so verbittert?«, gab sie zurück. »Du wirst die Metallhänge überleben. Dafür sorge ich. Die Dreizehn Inseln brauchen ihren Schatten, sie brauchen dich, nicht mich!«

Taiden öffnete den Mund, doch dann erklangen Schritte; und er stand auf und schob Carive mit der schlechten Hand beiseite.

»Ganz gleich, was passiert, *greif nicht ein.* Hast du mich verstanden?«

Carive schluckte. »Versprich mir, dass du dich nicht umbringen lässt.«

Taiden blieb ihr eine Antwort schuldig. Schweigend ging er an Carive vorbei, wobei es ihn leicht nach rechts zog, und nichts bis auf das Zischen seiner Mechanik verriet die Anstrengung dahinter. Seltsamerweise verspürte Carive keine Angst, als sie sich hinter einer ausrangierten Kutsche in Deckung begab. Hatten ihr die Tagebücher alle Furcht genommen?

Am Ende der Metallhänge tauchten Gestalten auf. Carive zählte acht von ihnen, allesamt in die gleiche Uniform gekleidet, weiß wie Schnee und verziert mit blauen und roten Ornamenten. Von den Gürteln hingen Pistolen und ihre Stiefel waren auf Hochglanz poliert. Dies musste die Kleidung der aufständischen Hybriden sein, die vor nunmehr einundsechzig Jahren die Dreizehn Inseln erobert hatten.

Seltsamerweise huschte ein Lächeln über Taidens Gesicht. »Wozu die Pistolen? Fürchten Sie mich so sehr?«

»Nur ein Dummkopf trifft sich mit dem Schatten des Vulkans, ohne Vorkehrungen zu treffen.« Ruannes Körper war gespannt wie eine Funkenfeder. »Sie sind hinterhältig wie eine Schlange, Belarron. Sie haben etwas in der Hinterhand.«

Taiden hob beide Hände. »Wir sind allein. Ehrenwort.«

Einen Augenblick lang herrschte Schweigen. Carive hielt den Atem an.

»Fragen Sie sich nicht, warum ich hierhergekommen bin?«, sagte Taiden. »Es mag schwer zu glauben sein, aber letztendlich habe ich eingesehen, dass man das Uhrwerk nicht bezwingen kann. Nehmen Sie mich mit. Machen Sie mit mir, was Sie wollen. Ich bin fertig mit dieser Welt.«

Ruanne zog seine Pistole. Es klickte leise, als seine Begleiter ebenfalls auf Taiden anlegten. Doch der Schatten lächelte, und selten hatte Carive etwas Beängstigenderes gesehen.

»Ich bitte Sie. Man kann den Metalltänzer nicht erschießen.«

»Kein Grund, es nicht zu versuchen«, erwiderte eine weißhaarige Kupferhybridin und schoss. Taiden drehte sich zur Seite. Die Kugel ging ins Leere.

Carive stockte der Atem.

»Sie wollten sich ergeben!«, empörte sich die Frau.

Taiden lächelte schmal. »Ich bin der Schatten des Vulkans. Das Uhrwerk sagt, dass ich ein Lügner bin. Wie könnte ich ihm widersprechen?«

Ruanne steckte die Pistole weg und zog ein Messer. »Am Ende werden Sie sterben, Belarron.«

Dann stürmten die Stunden auf ihn zu. Zwei von ihnen kamen keine zehn Schritte weit, bevor sie den Boden unter den Füßen verloren und auf die Wände zugezogen wurden; die dritte legte die doppelte Strecke zurück, bis sie das gleiche Schicksal ereilte. Fluchend taumelten sie auf die Berge aus Funkenmetall zu und blieben dort hängen. Carive bewunderte Taiden unwillkürlich für die Stärke, die er brauchte, um an seinem Standort zu verharren.

Dennoch widerstanden fünf Stunden dem Sog so gut wie er. Carive dachte nach, ehe sie hinter der Kutsche entlangschlich, zu einem der erstarrten Hybriden hinüber. Eine Hälfte seines Gesichtes war mit Stahl verkleidet; daher hing er mit verdrehtem Hals an der Wand und konnte seinen Unmut allein mit einem Röcheln äußern. Carive zog ihm mühsam die Pistole aus der Hand, prüfte die Munition; dann ging sie neben einem ausrangierten Dampfkessel in Deckung. Sie würde es ihnen schon zeigen, wie sie es ihren Peinigern in der Ruine gezeigt hatte. Sie würde kämpfen!

Die Stunden hatten sich Taiden bis auf drei Schritt Entfernung genähert – langsam, zäh, als müssten sie durch erstarrten Pudding schwimmen. Taiden lächelte darüber, obwohl er ebenfalls stocksteif zwischen den Wänden stand.

Plötzlich stürzten seine Gegner nach vorn. Ruanne holte mit seinem Messer aus. Taiden wich der Waffe aus, kam jedoch ins Straucheln. Eine Klinge schrammte kreischend über seine Metallschulter, während eine andere den Stoff seiner Jacke durchschnitt und eine rote Linie auf seiner blassen Haut hinterließ.

Carives Atem ging rasch. *Er wird sie besiegen,* dachte sie, und im gleichen Augenblick wurde Taiden scharf zur Seite gezogen. Sofort fuhren Messerklingen auf ihn nieder, schnitten ihm in den Rücken und die Taille, versuchten seine Nackendrähte zu durchtrennen. Taiden brach mit einem Aufschrei zusammen, die Beine in unnatürlichen Winkeln von seinem Körper abgespreizt. Carive rollte sich aus ihrem Versteck und schoss; eine Frau knickte schreiend vor ihr ein, und unterhalb ihrer Schulter sog sich ihre Uniform mit Blut voll.

Rasch lud Carive ihre Waffe nach und hastete davon. Sie konnte hören, dass ihr die Hybriden nachliefen. Carive versuchte, nicht über die Schulter zu blicken, als sie die Laufrichtung änderte und hinter einem Hügel aus Funkensilber herauskam. Sie zog eine längliche Platte hervor, umklammerte sie so fest, dass sie sich in die Finger schnitt. *Ich kann es schaffen,* dachte sie. *Nur noch dieser eine Kampf und alles ist vorbei.*

»Bleib hier!« Carive wirbelte herum und erspähte Therias wutverzerrtes Gesicht; sie hatte die Pistole auf sie gerichtet und schoss, und Staubwölkchen wallten nahe ihrer Füße auf. »Tanz, Verräterin! *Tanz!*«

Carive erwiderte ihr Feuer, aber Theria drehte sich mühelos aus der Flugbahn ihrer Geschosse. Dann kamen keine Kugeln mehr nach, und Carive warf die Waffe fort; Theria schritt grinsend auf sie zu, gefolgt von drei Hybriden. Hastig ging sie hinter einer mannshohen Metallplatte in Deckung und ein Kugelhagel regnete auf ihren armseligen Schutzschild nieder.

»Oh, komm her, kleine Rebellin!« Therias Stimme war ein Singsang, süß und scharf zugleich. »Du kannst dich nicht verstecken! Wir werden dich kriegen, wir werden dich *töten*!«

»Das werdet ihr nicht!«, schrie Carive.

Das Feuer verebbte, als die Stunden nachladen mussten. Carive sprang aus ihrem Versteck und ließ ihre Metallplatte auf den Schädel eines Hybriden niederfahren. Mit einem Keuchen fiel er zur Seite, und selbst bewusstlos wurde er noch von den Wänden angezogen und glitt auf unheimliche Weise über den staubigen Boden hinweg.

Drei. Alles drehte sich. *Ich werde es schaffen, ich werde …*

Jemand zerrte sie auf die Beine. Riss sie zu sich herum. Carive starrte einen schlanken Mann an, spürte eine Klinge an ihrem Hals …

Bevor ihr bewusst wurde, was sie tat, schnellte ihr Knie zwischen die Beine ihres Gegners. Der Hybrid keuchte auf, die Hände in seine Lendengegend gepresst, und stolperte ebenfalls dem Funkenmetall entgegen. Dann hörte sie einen Schuss; greller Schmerz schoss durch ihren Arm und Blut stürzte an ihrer Haut hinab. *Ich kümmere mich nachher darum,* versprach sie sich. Der Feuerschnaps in ihren Augen hatte mehr wehgetan. Das hier konnte sie aushalten.

Sie schlitterte an Taiden vorbei, der noch immer auf dem Boden lag. Carive blieb neben ihm stehen; ihr Atem ging schwer, aber sie fürchtete sich nicht. Sie wollte sich nie wieder fürchten.

»Du kannst nicht länger weglaufen«, flüsterte Theria. »Sieh dir den Schatten an … liegt am Boden, geschwächt, zu dumm zum Sterben … zeigen wir ihm, wie es geht …«

Sie kam näher, während Ruanne sich zurückhielt. Carive warf verzweifelt ihr Metallstück. Es traf Theria mitten ins Gesicht; Blut spritzte, als ihre Haut unter den scharfen Silberkanten aufplatzte, und sie verdrehte die Augen und sackte zusammen.

Ruanne presste die Lippen aufeinander. Carive sah aus dem Augenwinkel, dass Taiden schwerfällig über den Boden kroch. Ihr Blick ließ den Ruannes nicht los, als sie langsam rückwärtsging und über eine niedergerungene Stunde stolperte. Etwas Silbernes rutschte aus deren Gürtel und sie stellte den Fuß darauf. Dann holte Ruanne zum Schlag aus; Carive trat die Pistole zwischen seinen Beinen hindurch und schloss die Augen …

Metall bohrte sich in ihren Brustkorb, scharf und kalt. Carives Herz stockte, bevor es eine Welle aus Schmerz durch ihren Körper schickte. Sie hörte sich schreien; die Pistole knallte. Ruanne riss den Mund zu einem stummen Schrei auf und ein Schwall Blut quoll daraus hervor und spritzte ihm auf die Brust.

»Carive.«

Das Kribbeln auf ihrer Haut verebbte.

»Carive … sag schon etwas. Kannst du mich hören?«

Sie nickte. Schmerz wühlte in ihrer Brust. Carive hatte das Gefühl, sich fürchten zu müssen, nur fühlte sich ihr Kopf eigenartig leer an.

»Wir bekommen das wieder hin«, flüsterte Taiden. »Du warst mutig heute, sehr mutig. Kanra soll mir noch einmal sagen, dass ich mich in dir geirrt hätte, verdammt …«

Carive musste lächeln. »Ruanne ist tot, oder?«

»Vermutlich. Er sieht schlecht aus.« Taiden schwieg kurz; dann spürte Carive, wie er die Hand auf ihre Wunde drückte. »Mach dir keine Sorgen. Das ist nichts, was man nicht mit Messing richten kann.«

»Ich glaube nicht, dass ich das will.« Ihr Körper fühlte sich schwer und kalt an; oh, wenn sie nur eine Decke hätte, um sich zu wärmen. »Nichts für ungut.«

Taiden zog die Brauen zusammen. »Hör auf, wie eine Sterbende zu reden, Carive. Ich verbiete es dir, unter die Wellen zu gehen. Verstanden?«

Du bist ein Sturkopf, Taiden Belarron, dachte Carive.

»Eines noch«, sagte sie leise. »Kannst du … wenn du Zeit hast … sehen, ob es meinen Eltern gut geht? Im Gefängnis? Ich weiß nicht, ob sie noch am Leben sind. Aber es wäre schön, wenn du sie befreien könntest.«

»Das werde ich«, versprach Taiden.

Mit einem schwachen Lächeln legte Carive den Kopf zur Seite. Sie spürte, dass Taiden noch immer die Hand auf ihre Wunde drückte, achtete jedoch nicht darauf. Stattdessen stellte sie sich vor, wie herrlich es sein würde, bald zum Gefängnis zu gehen und ihre Familie zu begrüßen. Bestimmt würden sie sich freuen. Bestimmt …

»Ich hoffe, dass sie stolz auf mich wären«, flüsterte sie.

Taiden Belarron sah lange auf sie hinab.

»Ach Carive«, sagte er und lächelte. »Ich bin sicher, dass du dir keine Sorgen darum machen musst.«

29

Nicht schlecht für einen Krüppel

Wir trugen Carive wie eine Heldin unter die Wellen. Ihr Trauerzug war eine halbe Meile lang, und das Schiff, auf das wir sie betteten, ächzte unter Totengaben. Sie hatten uns lange nach ihrem letzten Atemzug gefunden. Sie war nicht das letzte Opfer der Rebellion. Aber sie war die Einzige, die in Frieden gegangen war, und das war viel wert auf diesen blutigen Dreizehn Inseln.

Trotz der sengenden Hitze im Hafen hatte ich einen dunklen Anzug angelegt. Ich saß in einem Rollstuhl, meine Tochter auf dem Schoß, und blickte dem kleinen Totenschiff nach. Es war inzwischen weit ins Blau getrieben, in Feuer gehüllt wie das Brückenfest, und ich schloss die Augen. Ich verabschiedete mich nicht nur von Carive. Meine halbe Welt war unter die Wellen gesunken, und mir blieb nur die Hoffnung darauf, dass der Rest niemals folgen würde.

»Versprich mir, dass du nie so wild wirst wie deine Mutter«, sagte ich zu Daia. Sie blinzelte mich lediglich an. Vor ein paar Tagen noch hätte ich bitterlich darüber geweint, doch meine Augenwinkel waren trocken und juckten. Irgendwie hatte ich keine Tränen mehr übrig.

Jemand legte mir die Hand auf die Metallschulter.

»Du warst sehr stark heute.«

Ich wandte den Kopf. Marawyn lächelte mich an. Er trug eine Brille mit goldener Fassung und das Grau eroberte zunehmende Teile seines kurz geschnittenen Haares.

»Was machst du denn hier?«, murmelte ich.

»Wir sind sofort aufgebrochen, als wir das Telegramm vom Sturz des Uhrwerks bekommen haben«, sagte er und grinste schelmisch. »Ich wollte sehen, ob der Vulkan noch steht, wo ich ihn zum letzten Mal gesehen habe.«

Ich musste lächeln. »Weißt du eigentlich, dass du inzwischen Großvater bist?«

Marawyn blinzelte. Ich wendete den Rollstuhl, damit er Daia auf meinem Schoß liegen sehen konnte. Marawyn starrte sie an, als sei sie ein exotisches Tier, ehe er vorsichtig die Finger nach ihr ausstreckte und ihr über die Wange strich.

»Das …« Er räusperte sich. »Sie sieht dir ähnlich.«

Ich lächelte. »Wirst du etwa sentimental?«

Marawyn schluckte. »Sehe ich so aus?«

Ich musste lachen. Dann hörte ich leise Schritte und meine Mutter tauchte neben ihm auf; obwohl sie inzwischen über sechzig war, hielt sie sich noch so gerade wie vor zwanzig Jahren. Marawyn legte eine Hand an ihre Taille und drückte sie an sich, wie ich einst Araine an mich gedrückt hatte. Es war seltsam, meine Eltern so zu sehen. Ich gönnte ihnen ihr Glück von Herzen und musste dennoch daran denken, dass auf mich nur noch ein kaltes, leeres Haus wartete.

»Hallo, Großmutter«, sagte Marawyn grinsend.

Sie schürzte die Lippen. »Es gibt keinen Grund, frech zu werden, Marawyn.«

Er lachte. »Sieh dir deine neue Enkelin an.«

Meine Mutter zog die Brauen zusammen. Erst dann entdeckte sie meine Tochter, und ihre Augen füllten sich mit Tränen, als sie mir ohne jede Vorwarnung um den Hals fiel.

»Oh Taiden! Das … das ist wunderbar!« Sie ging gerade weit genug auf Abstand, damit ich sie lächeln sehen konnte. »Ich dachte, dass du nie … ich bin so froh, dass du *lebst,* du hast es wirklich geschafft, und ich bin so stolz auf dich.«

Ich schluckte. Das hatte sie mir noch nie gesagt.

»Es tut mir nur leid um deine Frau«, flüsterte sie. »Für dich und dein kleines Mädchen. Ihr hättet gemeinsam alt werden sollen.«

»Danke«, murmelte ich. Trotzdem stiegen mir Tränen in die Augenwinkel, und ehe ich wusste, wie mir geschah, fing ich an zu weinen.

Meine Mutter hielt mich die ganze Zeit fest. Strich mir über den Rücken. Ich fühlte mich wieder wie der kleine Junge, der sich in ihren Armen ausgeweint hatte, weil er eine menschliche Statue war.

»Ist ja gut«, flüsterte sie. »Alles ist gut.«

Nein. Das war es nicht. Aber ich hatte so viel Zeit, um mit mir ins Reine zu kommen; Tage, Monate und Jahre, in denen ich mich um Daia kümmern würde. Der Gedanke daran, es ohne Araine zu tun, tat weh. Dennoch würde ich für sie mein Bestes tun, und ich wusste, dass sie sich nichts anderes gewünscht hätte.

»Ich bin einunddreißig«, murmelte ich. »Ich sollte nicht so viel jammern, verdammt.«

»Du warst schon immer sensibel.« Sie strich mir tröstend übers Haar, ehe sie sich zu Marawyn umwandte und die Stirn über seinen schuldbewussten Gesichtsausdruck runzelte. »Was hast du angestellt, Marawyn?«

»Ich habe mit Tylos darauf gewettet, dass Taiden niemals Kinder haben wird.« Er klang wie ein kleiner Junge, der bei einem bösen Streich erwischt worden war. »Ich fürchte, dass ich jetzt um fünfhundert Knochenmünzen ärmer bin.«

Meine Mutter schnaubte. »Warum überrascht mich das so wenig?«

Marawyn versuchte sich eine beschämte Antwort abzuringen, doch das Eintreffen eines weißhaarigen Mannes erlöste ihn aus seiner misslichen Lage. Kanra trug einen leichten Umhang, der seine empfindliche Haut vor der Sonne abschirmte, und seine Brillengläser funkelten im Licht.

»Ich soll dir Grüße von Naris bestellen. Sie ist für einen Auftrag nach Feuerwacht gereist und vorerst nicht zu sprechen.« Kanra grinste. »Ich mag sie. Sie weiß nicht, wie man stehen bleibt.«

Ich musste lächeln. »Wo sind Melda und Elevar? Hast du sie schon aus ihrer Zelle geholt?«

»Gewiss. Im Moment sind sie im Stadtpark bei den anderen Aliamen.« Kanra seufzte. »Sie sind unruhig, vor allem mein Sohn. Er kennt nichts außer der Dunkelheit des Vulkans. Aber sie leben und sie sind frei, und dafür bin ich dir etwas schuldig.«

»Ich muss ins Haus des Goldes«, sagte ich. »Du darfst mich dorthin schieben, wenn es dir ein besseres Gewissen macht.«

»Dein Humor ist gewöhnungsbedürftig geworden, Hybrid.«

»Danke, Halbblut.« Ich lächelte meinen Eltern zu. »Ich habe noch etwas zu erledigen. Könntet ihr auf Daia aufpassen?«

Marawyn öffnete den Mund, doch meine Mutter beugte sich bereits vor, um ihre Enkeltochter auf den Arm zu nehmen. Sanft strich sie Daia über die winzigen Hände, und Marawyn sah mit geröteten Wangen fort.

»Wir sehen uns später«, sagte er zu mir. »Pass auf dich auf.«

Ich lächelte schwach. Ließ mich von Kanra zu einem Automobil schieben und auf die Rückbank betten, während er den Rollstuhl im Kofferraum verstaute. Kaum dass wir eine der engen Straßen zum Vulkan hinauffuhren, griff ich in meine Westentasche. Ertastete die schwarze Perücke, Kyrons Maske, dunkel und zerklüftet. Ich bog ihre Ränder ein wenig hin und her, ehe ich sie aufsetzte und einen Umhang über meine Schultern warf.

Dann hielt das Automobil an. Kanra rauschte wortlos hinaus, und wenig später schob er mich über eine Brücke dem Haus des Goldes entgegen. Mehrere Männer und Frauen in Blau schlossen sich uns an, die Hände an ihren Pistolengürteln. Ich sah Kanra fragend an, doch er lächelte darüber.

»Deine Rebellengarde«, sagte er.

Bevor ich etwas erwidern konnte, waren wir durch die Haupthalle in den Versammlungsraum getreten. Die Stühle waren gleichermaßen mit Rebellen und Gardisten gefüllt und Journalisten drängten sich im Saal; ich ignorierte sie, als Kanra mir aus dem Rollstuhl und hinter ein Rednerpult half. Ich spürte, dass etwas im Holz meine Hüfte anzog, mir trotz meiner nutzlosen Beine das Stehen erlaubte. Ein vages Lächeln flackerte über mein Gesicht. Manchmal hätte ich dieses Halbblut küssen können.

Es wurde ruhig. Ich schloss kurz die Augen. Die letzte Bewährungsprobe des Schattens, dachte ich.

»Ceratari«, sagte ich. »Das Schwarze Uhrwerk ist gefallen. In diesen Minuten werden die Überlebenden der Dreizehn Stunden im Stillen hingerichtet, wie es ihrem Rang gebührt. Mit ihnen fällt die Tyrannei. Die Ungerechtigkeit. Dafür werde ich sorgen, so gut ich kann.«

Ich sah auf. »Alle Gefängnisse auf den Inseln werden geschlossen. Ich werde veranlassen, dass man das Uhrwerksgesetz einer Prüfung unterzieht. Von nun an wird niemand mehr fürchten müssen, der Willkür des Uhrwerks ausgeliefert zu sein, und damit hat auch die Rebellion ihr Ende gefunden. Ich bin fertig mit der Dunkelheit, mit dem ewigen Kampf … fertig mit dieser Maskerade.«

Ich fasste all meinen Mut zusammen. Zog mir Maske und Perücke vom Gesicht. Ein Raunen ging durch die Menge, als ich das falsche Haar mit meinem Umhang zu Boden gleiten ließ. Darunter trug ich meine Gardeuniform, und sie passte noch wie an dem Tag, an dem ich zum ersten Mal ins Grau geschlüpft war.

Nur eines hatte sich geändert. Ein Abzeichen, das einmal blau gewesen war und jetzt ein silber-goldenes Muster aufwies. Für den Großteil der letzten Kämpfe hatte ich im Bett gelegen, geschwächt von den Verletzungen aus den Metallhängen; am Tag meiner Genesung jedoch hatte ich mir den wichtigsten Sitz im Haus des Goldes gesichert.

»Mein Name«, sagte ich, »war niemals Kyron. Ich heiße Taiden Belarron, und von nun an gehört meine Aufmerksamkeit der Steinernen Garde. Vieles, was Sie über den Schatten gehört haben, ist gelogen. Einige dieser Lügen habe ich selbst in die Welt gesetzt. Diese Maske jedoch … hat ihre Aufgabe erfüllt.«

Damit griff ich Kyrons Maske mit der guten Hand und schlug mit der schlechten gegen ihre andere Seite. Ein trockenes Knacken war zu hören, als sie in der Mitte auseinanderriss; ihre Hälften fielen, als hätten sie nie zusammengehört, nur noch verbunden durch einen dünnen Faden Holz. Ich sah tausend verschiedene Gefühle auf den Gesichtern meiner Rebellen … doch auch auf denen der Gardisten.

Dann hörte ich ein Klatschen. Und noch eines. Ich blickte auf. Mehrere Menschen hatten sich erhoben, um zu applaudieren; während ich zusah, standen immer mehr von ihnen auf, sogar in Grau, und ich sah die Blitze und Verpuffungen der funkenmechanischen Fotoapparate …

»Kämpfen wir für ein neues Ceratari«, sagte ich. »Kämpfen wir für eine neue Welt.«

Und trotz allem harrte mir noch immer eine letzte, schwere Pflicht. Nach meiner Ansprache brauchte ich eine Weile, ehe ich die Stärke dazu aufbringen konnte. Ich erfrischte mich in dem Büro, das einmal Aryon gehört hatte, stellte ein Bild von mir und Araine auf und sah es lange an. Dennoch hatte ich erst nach einer Weile genug Kraft in mir gefunden, um mich in die Zellen unter dem Haus des Goldes rollen zu lassen.

»Seien Sie gegrüßt, Schatten«, sagte eine der Wachen.

Ich reagierte nicht auf diesen Titel. »Bringt mich zum Gardepräsidenten.«

Sie nickten darüber. Schoben mich in die dunkle Zelle, die angefüllt war mit magnetischem Gestein. Aryons Hinterkopf klebte an der Wand; seine Handgelenke wurden von speziellen Fesseln aus Funkenmetall umschlossen, die ihm jede Bewegung unmöglich machten. Ich spürte ebenfalls einen Sog, doch ich war zu weit von der Magnetwand entfernt, um von ihr angezogen zu werden. Gut für mich. Aurenna hatte versprochen, mich bald zusammenzuflicken, nur wollte ich meinem Messing auf keinen Fall noch größere Schäden zufügen.

Aryon sah auf. Er wirkte gequält.

»Es ist gut, dass du gekommen bist. Ich … es tut mir leid.«

Ich ballte die Hand zur Faust. »Das kannst du dir in die Haare schmieren.«

Aryon starrte finster zu Boden; offenbar hatte ich ihm nicht die Antwort gegeben, die er hatte hören wollen. »Du hast meinen Vater hingerichtet, oder?«

Ich sah keinen Grund, es zu leugnen, also nickte ich. Das weckte einen vagen Ausdruck von Hass auf seinem Gesicht, den er vielleicht nicht einmal selbst bemerkte; aber mir war es egal, mir war alles egal, ich hätte Ruanne hundertmal für seine Verbrechen ermordet.

»Wirst du mich auch umbringen?«, fragte Aryon.

»Ich sollte es.« Kanra und Naris hatten mir dazu geraten, und selbst meine Rebellen wollten Blut sehen; doch ich habe für mein Leben genug davon an den Händen. »Wie gut sprichst du Arganisch, Aryon?«

»Gut, aber …« Er erbleichte. »Du *wagst* es nicht.«

»Man wird dir den Draht aus dem Kopf ziehen«, sagte ich unbarmherzig. »Danach hast du Zeit, um deine Koffer zu packen und deine

Angelegenheiten zu klären, ehe du ins Exil gehst. Wenn du jemals wiederkommst, wirst du schneller erschossen, als du den Namen deines Vaters rufen kannst. Haben wir uns verstanden?«

Aryon bäumte sich an der magnetischen Wand auf. »Als ob du mutig genug dafür wärst! Erschieß mich doch auf der Stelle, du verdammter …«

»Führ mich nicht in Versuchung.« Ich wendete mühsam den Rollstuhl. »Dein Luftschiff verlässt Ceratari in drei Tagen. Komm gut nach Vareiva, Aryon.«

Damit rollte ich aus der Zelle und verließ das Haus des Goldes. Es dauerte eine Ewigkeit, mich zum Stadtpark zu ackern; als ich jedoch tiefer in die Anlage vordrang, hörte ich Musik. Wenig später öffnete sich ein leer geräumter Platz vor mir. An jeder Ecke hockten Aliamen und unterhielten sich in einer fremden Sprache. Natürlich hatte ich nie so viele von ihnen auf einmal gesehen; sie waren größer und schlanker als Menschen, geschmeidig wie Raubkatzen, hager von ihrer langen Haft. Sie alle hatten strahlend blaue Augen. Ein eigenartig befremdlicher Anblick.

Ich wandte mich ab und folgte einem Kiesweg bis zur Promenade hinunter. Dort standen zwei Gestalten, blickten auf den See hinaus. Kanra und Melda hatten ihre Finger ineinander verschränkt; Melda war einen halben Kopf größer als Kanra, mit einem ansehnlichen Gesicht und geflochtenem ebenholzfarbenem Haar. Sie trug eine eng anliegende cremefarbene Hose und ein passendes Hemd, doch die Rebellion hatte mich zu sehr an diese Frauenmode gewöhnt, als dass ich noch deswegen errötet wäre.

Zu ihren Füßen saß ein kleiner Junge und ließ Grashalme durch seine Hände gleiten, doch er versteckte sich sofort hinter seiner Mutter, als er mich kommen sah.

»Er sieht aus wie du«, sagte ich zu Kanra.

Das Halbblut zuckte mit den Schultern. »Zum Glück ist er nicht so blass.«

Ich musste lächeln, als ich bemerkte, dass mich der kleine Junge beobachtete. Dann bewegte ich mich ein wenig, und sofort huschte er zu seiner Mutter und krallte sich an ihr fest.

Ich runzelte die Stirn. »Sehe ich so gefährlich aus?«

»Er ist einfach nur ängstlich.« Melda beugte sich abrupt vor, um mich in eine Umarmung zu schließen; ich zuckte zurück, aber sie lachte darüber. »Das war dafür, dass du das Uhrwerk gestürzt hast.«

»Oh, vielen Dank«, sagte ich verwundert. Blickte auf meine Hände, eine gut und gesund und die andere wie üblich ihrem starren Zucken verfallen. *Nicht schlecht für einen Krüppel,* dachte ich. *Wirklich nicht schlecht.*

Melda kicherte. Dann zupfte Elevar an ihrem Arm; sie ging in die Hocke und ließ sich etwas von ihm ins Ohr flüstern.

»Gütige Götter. Er fragt, ob er mit deinem Rollstuhl fahren darf, Metalltänzer.«

Ich musste lächeln. »Wenn ihr mir hier heraushelfen würdet?«

Kanra grinste, ehe er meinen Körper mühelos ins smaragdfarbene Gras umsetzte. Dann streckte ich den Arm aus, versetzte dem Rollstuhl einen Stoß. Elevar bremste ihn mit seinen kleinen Händen, setzte sich hinein und drehte an den Rädern. Ich hörte ihn lachen. Was für ein unendlich süßes Geräusch.

Kanra beobachtete seinen Sohn mit gerunzelter Stirn. »Ich hoffe, dass er sich an diese Welt gewöhnen wird.«

Melda seufzte. »Gib ihm etwas Zeit.«

Er lachte bitter. »So wie ich dir Zeit gegeben habe?«

Ich lehnte mich so gut zurück, wie es mir meine nutzlosen Beine erlaubten. »Du hast mir nie erzählt, wie du Melda kennengelernt hast.«

»Es ist eine lange Geschichte«, sagte Kanra ausweichend.

Elevar zischte mit meinem Rollstuhl vorbei.

»Ich komme hier nicht so schnell weg«, meinte ich.

Kanra seufzte. Nach ein paar Augenblicken begann er zu erzählen.

Ich lächelte in mich hinein.

Viele Jahre später fand ich zufällig einen Brief. Er war auf einer Seite mit handgezeichneten geometrischen Mustern verziert worden und jeder Buchstabe eine elegant geschwungene Linie.

Ich vermisse dich wirklich. Obwohl Levon bei mir ist, fühle ich mich einsam. Ich wünschte, dass du hier bei mir wärst, damit ich dich umarmen kann. Ich wünschte, dass wieder Ballnacht sein würde, weil du der beste Tänzer bist, den ich kenne.

Meine Antwort fiel sehr kurz aus.

Ich liebe dich auch, Araine.

Danksagung

Wie einst ein berühmter Fußballer sagte: Ich grüße meine Mama, meinen Papa und ganz besonders meine Eltern.

Aber natürlich gibt es noch ein bisschen mehr zu sagen als das:

Mein Dank geht an meine Familie, die die grummelige Schriftstellerin im Hause meistens gleichmütig erträgt und trotzdem ein Trompetenkonzert veranstaltete, als ich mit der Nachricht von der Veröffentlichung des Uhrwerks nach Hause kam. An Astrid, die mich so herzlich in der Drachenfamilie aufgenommen und die immer ein offenes Ohr für mich hat. An Ava, ohne deren Koordination ich wahrscheinlich verloren gewesen wäre. An Stephan, der die Zahnräder des Uhrwerks erst in die richtigen Bahnen gerückt, an Michaela für den letzten Schliff und an Marie, die es in das schönste Kleid gesteckt hat.

Grüße gehen auch an die netten Menschen, mit denen ich mir einen Discordserver teile, die zu jeder storytechnischen Schandtat bereit sind und sofort einen Aurenna-Fanclub gegründet haben, als ich zum ersten Mal von ihr erzählte. Ich würde heute anders schreiben, wenn ich nicht seit zehn Jahren Mitglied dieser exklusiven Lounge wäre.

Die ersten Worte des Uhrwerks verfasste ich 2012. Vieles hat sich seitdem getan, nicht nur an Taidens Geschichte, und einige Menschen waren zu seinem Beginn zugegen und haben nicht mehr erlebt, wie aus meinen Worten ein richtiges Buch wurde. Wo immer ihr seid: Ein bisschen ist das Uhrwerk auch für euch.

Mein allergrößter Dank geht aber, natürlich, an alle Leser des Schwarzen Uhrwerks. In den Jahren, die mich das Uhrwerk nun schon begleitet, habe ich fast aufgehört zu glauben, es eines Tages in den Händen halten zu dürfen. Danke, dass ihr auf der Reise über die Dreizehn Inseln dabei seid. Danke für alles.

STEPHAN R. BELLEM

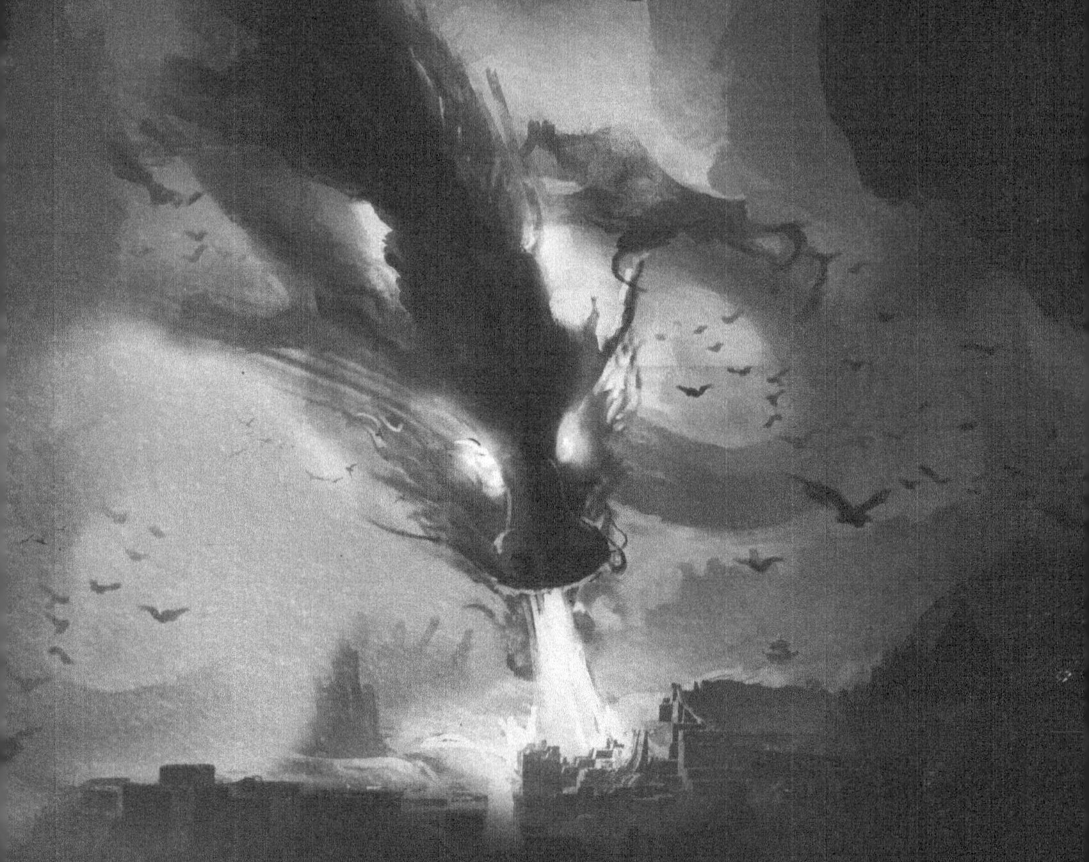

DIE SEELE DES WÄCHTERS

DRACHENMOND VERLAG

»Fliegen wird die Welt verändern!«

Auf dem Kontinent Rhilok herrscht seit Jahrhunderten ein brüchiger Frieden zwischen den magischen Völkern – gesichert von der ultimativen Vernichtungsmaschine: dem Wächter.
So kann der junge Gnom Rhaflit seinem Erfindertum nachgehen. Nach der Armbrust, Morfius' Gesetz und dem Demeterschen System ist seine dampfbetriebene Flugmaschine das Gespräch unter den gnomischen Ingenieuren.
Doch als die Orks plötzlich einen Krieg beginnen, muss er erkennen, dass nicht nur der Verantwortung für seine Heimat übernimmt, der eine Waffe trägt.
Mit einem Mal ist Rhaflits Prototyp die letzte Hoffnung auf Hilfe, bevor der Wächter erwacht und alles vernichtet …

Stephan Bellem – Die Seele des Wächters
ISBN 978-3-95991-890-9 – 388 Seiten – Euro 14,90